MINGUO TONGSU XIAOSHUO
DIANCANG WENKU

民国通俗小说典藏文库·程瞻庐卷

唐祝文周四杰传

（第二部）

程瞻庐◎著

中国文史出版社

"滑稽之雄" 程瞻庐

萧　遥

　　民国初年的文坛上，小说的创作呈现出欣欣向荣之气象，一时间，不同题材、不同风格、不同旨趣的作品层出不穷、洋洋大观。正统的文学史教材里，往往将旧派小说即章回体小说置于次之又次的地位，一笔带过而已，然而在当时的社会，这类小说的受众群体是相当广大的，其畅销程度远远超过了如今被奉为正朔的新文学。

　　旧派小说被排挤，有其自身的原因，也有时势的原因。一方面是因为旧派小说家大多依靠市场存身，为迎合世俗口味，作品中不可避免地会出现低俗下品的情节，加之这一作家群体水平参差、良莠不齐，时日愈久，而"内容愈杂，流品愈下，仅就文字而言，到后来也是庸俗浅陋，没有早先的'哀感顽艳''情文并茂'了。这也是旧派小说历史过程中必然产生的现象，预示着它的日趋没落，不能自拔"（范烟桥《民国旧派小说史略·概说》）；另一方面，"五四"新思潮挟风雷之势而起，要求以新的文学风貌来迎接新的文明，扬新必要抑旧，特别是旧风尚依然有相当数量的拥趸，为着警醒世人，必须予旧派以猛烈的打击，矫枉的同时未免过正。

　　事实上，有相当一部分旧派小说家是自尊自重，并且要求进步的，他们借着章回体小说的壳子，同样创作出号召民主共和、自由平等的作品。特别是以写世情世风、人间百态为主旨的社会小说，更是用或写实或讽喻的手法，活画出清末民初新旧思想激烈冲突下的一幕幕社会悲喜剧。其中的一位代表人物就是程瞻庐。

　　程瞻庐，名文棪，字观钦，又字瞻庐，号望云居士。苏州人。出生于1879年，即光绪五年，1943年因病去世，享寿六十四岁。如以1911年辛亥革命胜利，民国政府成立为界，其三十二岁之前身在晚清，之后三十二年身在民国，新旧两个时代刚好各占一半。关于程瞻庐的生平，于今所见资料甚稀，仅能从周瘦鹃、郑逸梅、严芙孙、赵苕狂等好友为其所作之小传或序言中窥见一二。程瞻庐生于光绪初年，其时仍以科举八股取士，程幼时即厌弃八股，喜读古文，旧学功底深厚。二十岁左右，程瞻庐考入官学。不久，清政府废除八股文，改考策论。比起僵化刻板的八股，策论更注重考生议论时政、建言献策的能力，程氏"每应书院试，辄前列"，"年二十四，入苏省高等学校，屡试第一，遂拔充该校中文学长"（赵苕狂《程瞻庐君传》），可见其与时俱进之能。毕业之后，曾执教于多所学校，兼课甚多。程瞻庐脾气随和，性格优容，国学功底深厚，又能为白话小说，加之他住在苏州十全街，因此大家赠他一个雅号曰"十全老人"。"十全老人"诸般皆善，唯不堪案牍阅卷之劳形，"每周删改之中文课卷，叠案可尺许"。恰值此时，其小说作品刊行于世，广受好评。先有《孝女蔡蕙弹词》刊于《小说月报》，其后又作《茶寮小史》正续编，迅速奠定了他在文坛的地位。说到《孝女蔡蕙弹词》，还有一则趣事。当年《小说月报》倡导新体弹词，程遂将《孝女蔡蕙弹词》寄去，主编恽铁樵粗读之后，便予以刊发，并寄去稿费。等到刊物出来，恽重读之后，"觉得情文并茂，大有箴风易俗的功用，认为前付的稿酬太菲薄了，于是亲写一信向瞻庐道歉，并补送稿酬数十元"（郑逸梅《民国旧派文艺期刊丛话》）。此事传为佳话，亦可见程氏文笔在当时是很受赞赏的。赵苕狂为其所作小传中也曾提及："恽铁樵君主任《小说月报》时，不轻赞许，独心折君所著之《孝女蔡蕙弹词》，谓为不朽之作。"有此谋生手段，程瞻庐遂弃教职，专职著文。应当说，程瞻庐为师还是很合格的，不然当其辞职之时，也不会有"校长挽留，诸生至有涕泣以尼其行者"之情状。此后他陆续在《红玫瑰》等杂志连载多部长篇小说，并发表短篇小说及小品随笔数百篇。值得一提的是，程瞻庐亦如张恨水、向恺然（平江不肖生）等一样，是被《红杂志》《红玫瑰》等刊物包下文章的。所谓包下文章，就是凡程瞻庐所写文章，均在该杂志发表，而杂志则为其提供丰厚的稿酬，足见当时程氏文章之风靡程度，以及杂志对程瞻庐的信任和推崇。须知包圆作品是有一定风险的，倘若作家不能保证质量，劣作频出，对于杂志的销量和声誉是有相当影响的。但是程瞻庐对得起这份信任，时人称其有"疾才"，不仅速度快、文笔佳，而且"字体端正，稿成，逐句加以朱圈，偶误，必细心挖补，故君稿非常清晰，终篇无涂改处也"（严芙孙《程瞻庐小传》），可见其创作态度。民国著名"补白大王"郑逸梅曾拟《花品》撰《稗品》，分别予四十八位小说家以二字考语，曰"或证其著作，或言其为人"，如"娇婉"之于周瘦鹃、"侠烈"之于向恺然、"名贵"之于袁克文等，对程瞻庐则以"洁净"二字相赠。

程瞻庐的写作风格，总体而言，为"幽默滑稽"四字，时人以"幽默笑匠""滑稽之雄"号之。周瘦鹃曾为其《众醉独醒》作序曰："吾友程子瞻庐，今之淳于、东方也。其所为文，多突梯滑稽之作，虽一极平凡事，而得君灵笔为之抒写，便觉诙谐入妙，读者每笑极至于泪泄，殆与卓别灵、罗克同其神话焉。"幽默与滑稽看似同义，其实是有差别的。有人曾这样解释："所谓幽默，乃是内容大于形式；所谓滑稽，则是形式大于内容。"形式大于内容，一般是指以反常规的夸张的行为、语言、做事方式，令人们当即意识到故事和人物的荒诞可笑，瞬间爆发出笑声；内容大于形式，则是将褒贬夹带于正常的叙事逻辑中，通过细节的描述对某一人物或现象进行戏谑或反讽，令人细品之后，心中了然，会心一笑，余味悠长。这两点，都要做到已属不易，都能做好更是难上加难，而程瞻庐恰好是其中的翘楚。

例如程瞻庐有一套仿《镜花缘》风格的小说作品，包括《滑头国》《健忘国》《小器国》等，写的是兄弟三人外出游历，一路之上的所见所闻。"滑头国"中无人不奸，无人不狡，店铺中挂了"童叟无欺"的牌匾，却是狠狠宰客，客人诘问之下，店家居然毫不讳言，并表示是客人读反了牌匾，其实是"欺无叟童"，无论老人儿童，一律欺之骗之。"健忘国"中人人记性极差，姓甚名谁、家乡何处、家中几口，等等等等，通通不记得，因此要将所有的信息记录下来，甚至包括妻子的身材相貌、穿着打扮乃至情夫是谁，都贴在身上，招摇过市，毫无顾忌。由于这几部作品规模较小，结构上虽不显其高明，其主旨也一目了然，在于讽刺当时社会见利忘义、不顾廉耻的种种怪现象，但其中情节的怪诞、语言的机变，足以令人捧腹。

茶寮，是程瞻庐作品中经常出现的一个重要场所，也是程瞻庐创作灵感的重要来源。"君得暇，啜茗于肆，闻茶博士之野谈，辄笔之于簿，君之细心又如此。"（严芙孙《程瞻庐小传》）颇有几分蒲松龄著《聊斋》的风范。茶寮酒肆是各色人等聚集之地，也是各类消息八卦的集散地。程瞻庐日常喜好到茶寮听书，并借机观风望俗，将世间百态、人情冷暖作为素材，一一写入小说。他的《茶寮小史》开篇第一句就是："小小一个茶寮，倒是人海的照妖镜、社会的写真箱。"书中借茶博士之口，将一众悭吝卑琐、有辱斯文的读书人刻画得穷形尽相。"提起那个老头儿，真恨得人牙痒痒的。他去年在这里喝了六十碗茶，临算账时，他只给我小洋四角。我说：'差得甚远，每碗茶三十文，六十碗茶该钱一千八百文。'他把脸儿一沉，说道：'我只喝你十六碗茶，哪里有六十碗茶？'我揭账簿给他看，他说：'你把十六两字写颠倒了，却来硬要人家茶钱。'我与他理论，他竟摆出乡绅架子，把我狗血喷人般地一顿毒骂。……他昨天提起嗓子，喊算茶账，纯是装腔作势，叫作缺嘴咬虱虱——有名无实。他把手插入袋内，假作摸钱钞的模样，直待人家全会了钞，他才把手伸出。要是人家不会钞，他便永远不会也不肯把手伸出，要他破费一文半文，比割他的头颅还要加倍痛苦。"程瞻庐脾气好，作文虽然尽多讽刺，但是语气并不峻切，而是不急不躁，不温不火，令人莞尔，不忍弃掷。

程瞻庐的另一代表作《唐祝文周四杰传》，以民间传说的"江南四大才子"为主角，至今仍为人津津乐道，据说很多影视作品也是以此书为底本进行改编的。四大才子虽然在历史上各有坎坷，周文宾甚至是杜撰出的人物，但传说中他各自的风流韵事显然更是老百姓们喜闻乐见的。程瞻庐的这部小说摒弃了以往话本中明显不合逻辑的粗鄙段落，用自己特有的"绘声绘形""呼之欲出"的笔墨，将四大才子风流超逸又各具面貌的形象跃然纸上。唐伯虎的倜傥，祝枝山的老辣，文徵明的俊雅，周文宾的潇洒，栩栩如生，如在眼前。民国时期的《珊瑚》杂志曾刊登过一位读者的评论："长篇小说，总不离喜怒哀乐、悲欢离合，唯有程瞻庐的《唐祝文周四杰传》，却是一部纯粹的喜剧的小说。……瞻庐的小说，原是长于滑稽，这部纯粹的喜剧的小说，当然是他的拿手。全书一百回，处处都充满着幽默的笑料。"

程瞻庐的一生横跨清末与民国两个时期，亲身经历了辛亥革命这一重大历史变迁。新旧思潮的激烈冲突在他身上作用得非常明显。他自幼接受的是旧文化教育，一方面恪守传统道德，另一方面也见证了八股等糟粕对国家和知识分子的戕害，他的思想中有对变革的渴望和肯定。同时，晚清之后大力倡导的"西化"又令他恐慌并困惑，民国政府成立之后，各种蜂拥而起的新思潮、新现象令包括他在内的许多旧知识分子不由自主地抗拒，因此他的思想是十分矛盾的。以女子解放这一思潮为例，程瞻庐不赞成"女子无才便是德"这一说法，他认同男女都应该读书，都应该接受良好的教育，并且学有所成，报效国家；但是他并不支持女子接受西式教育，甚至对出洋的男子也颇有微词。他的作品中时常有对没有文化的老妈子的讽刺，对阻止女子读书的腐儒的不满，但也常见对留洋归来"怪模怪样"的男女的讽刺。他认同婚姻自由，反对包办，对于旧时姑表联姻等陋俗更是强烈不满，但同时又对过于自由浪漫的恋爱大加批判。他并不赞成妻子为去世的丈夫殉节，但又对真去殉节的女子啧啧赞叹。他鼓励女子放足，却又反对女子剪发……凡此种种，可见在那个特殊的过渡时期，从晚清走入民国的旧式知识分子的复杂心态。

总而言之，程瞻庐的小说在当时既有其进步性，也有一定的局限性；既体现了知识分子面对外忧内患的忧虑和担当，也表现出旧文人的保守和怯懦。这是由时代决定的，并不只是他个人的原因。从文学的角度，他的小说思路开阔，情节生动，可读性非常强，在"鸳鸯蝴蝶派"言情题材为主的作品中别具一格，在当时赢得了众多读者的青睐，在今天也依然有可供参考和借鉴的意义。

目　　录

4

第一回

百花台欢迎闰眷
五骏骑遍访佳人

　　弹唱《三笑姻缘》的把祝枝山唱得太不堪了，唱到周文宾戏友一段，竟把祝枝山说得和周德一般龌龊，已失去了才子的身份，甚至周文宾赚去祝枝山的裤儿，枝山也会上当，把裤儿褪了下来。此种不近情理之谈，虽可以博得听者发笑，但是祝枝山的才子身份从此消灭，只好和周德拜把子去做难弟难兄了。列位看官，书是假的，情理是真的。周文宾要取得祝枝山不辨雌雄的真凭实据，何以定要赚去他的裤儿，只需索得他手书好妹妹的一页扇面，他已无法抵赖了。

　　闲话剪断，祝枝山的东道明明输了，周文宾逼他把杭州太守送来的润笔充作罚金。枝山道："老二且慢，大丈夫一言既出，驷马难追，我既已输了，今夜不缴出罚金，明天也当缴出。不过我祝某的眼睛是不济事的，你骗过祝某的眼睛，不算稀奇，要是你打扮着女装，在热闹街坊上看灯，人家的眼睛也都似我祝某这般钝，我才佩服你乔装的本领。"文宾道："这有何难，我从后街兜到清和坊，背后跟着许多轻薄少年，也都算我是乡下女郎，谁也不曾看破我的真相。"枝山道："不算不算。一者，你口说无凭，祝某不曾目击情形；二者，你从后街兜到清和坊，这不是热闹所在，你便躲过人目，并不为难。你果有本领，我再和你赌一个东道。听说今夜麒麟街王兵部府门前的鳌山灯棚特别鲜明耀目，还加着后面空场上放着异样的焰火，趁着你尚未改装，我伴着你到麒麟街去看花灯和焰火，要是你没有破绽露出，我便再输你一个东道，你敢去吗？"文宾道："谁说不敢去，不过第一个东道你还没有交出罚金，怎么又比上第二个东道？"枝山道："我不抵赖你便是了。假使第二个东道是你输的，那么彼此抵销罚金，

1

两无来去。假使第二个东道又是我输了，那么缴了三百两罚金再缴三百金。"文宾道："我不相信，你的行囊中除却三百金更无长物，怎说缴了三百金，又缴三百金？"枝山笑道："那么你太瞧我不起了，说一句爽快的话，要是两个东道我都输了，第一笔罚金明天交付。第二笔罚金限我在三五天内镇日写扇写对，把收下的润笔一概交付与你可好？"文宾听了，又动了他的好奇性。其实不是他的好奇性发动，是他的天喜星发动了，便道："老祝，去便和你去，只是在路上行走，彼此用什么称呼？"枝山道："要是认作夫妻你太吃亏了，好在我方才唤你好妹妹的，我们便认了表兄表妹吧。"文宾点头道："这也使得。"枝山道："那么我们便动身吧。"文宾道："且慢！"说时解去了罗裙，大踏步便向庭心中跑走到墙隅的尿桶脚边，诗声琅琅地题了一首长歌。然后回到里面，紧上裙子，且笑且说道："做了女人，便是这一层不方便，外面只有男厕所，没有女厕所，我这女人虽然是假的，但是一时内急，不能够拉去裤儿，便在道上吟诗。"枝山道："那么我们便要改变称呼了——好妹妹快走啊！"文宾道："哥哥先请，奴家来也。"于是一对乔装改扮的兄妹同出墙门，家丁们当着二爷不敢笑，待到主人出去了，都是笑得前仰后合，不在话下。

且说这一夜庆赏元宵，街坊上人山人海，都往热闹地方行走。尤其是麒麟街王兵部府前的灯彩，博得人人喝彩不休。彩棚以外，还有鳌山，鳌山以外，还有音乐亭，哀丝豪竹，铁板铜琶，悠悠扬扬地奏动起来。所有看灯的闺眷都坐在百花台上，一应灯彩，色色俱备，绢灯上面都绘着各种故事。有亭台楼阁灯：亭是子云问字亭，台是燕王黄金台，楼是崔颢题诗的黄鹤楼，阁是王勃作序的滕王阁。又有风花雪月灯：风是宗悫所乘的长风，花是炀帝所看的琼花，雪是谢道韫所咏的雪，月是张君瑞所待的月。又有书画琴棋灯：书是苏秦所负的书，画是二乔所看的画，琴是文姬所辨的古琴，棋是贵妃所乱的棋局。又有麟凤龟龙灯：麟是孔子所泣的麟，凤是弄玉所骑的凤，龟是毛宝所放的龟，龙是叶公所好的龙。许多观众正看得眼花缭乱的时候，后面空场上又放起异样的焰火来，博得人人仰目，个个抬头。在先放的是月炮，又唤作赛月明，昔人有诗为证：

> 月色何能赛，腾空吐一丸。万人回首处，三五正团圆。爝火方将熄，金波只自寒。若教明又定，真作夜珠看。

月炮放过以后，大众又喊道："流星炮来了，快快看啊！这是九龙取水啊！这是二龙戏珠啊！这是白鹅生蛋啊！这是老鹳弹霞啊！"又有上升数十丈后，点点滴滴，宛如金花下坠的模样，大众拍着手道："这滴滴金多么好玩啊！"昔人有诗为证：

　　霎尔穿空起，春星落万家。双垂龙取水，一道鹳弹霞。溅瓦金光碎，烧云宝焰奢。倚楼人望久，赶得月儿斜。

　　这些焰火还是寻常的焰火，旁的人家都有的点缀品，大众见了还没有十二分满意。最奇怪的，空场上搭着木架，木架上矗着樯杆，樯杆上挂着花炮，初点的时候，药线上徐徐吐出金菊芙蓉四季百花。比及吐毕，蓦然间呼啦啦的一声，眼前金光涌现，金光中有种种亭台楼阁的形状，闪烁不定，须臾易观。又见高台上垂着大珠帘，有两个人徐徐卷起珠帘，里面次第现出戏剧，形态动作一切如生。隔了片响，爆出一个暴雷也似的声音，忽堕下一颗大珠到场上，着地以后，重又跃起，涌出五彩金龙，追逐这颗大珠。博得人声如沸，一齐地喊着好啊好啊！彩声甫毕，忽地东南角上人头挤挤，都说快快去看一出《钟馗送妹》啊！男的满面络腮胡子，女的却是生得千娇百媚，一个唤一声哥哥，一个唤一声妹妹，却不料兄妹俩会得这般地美丑不同。众人受了这宣传的吸引力，一个个移转目光，都去物色这个钟馗的妹妹。本来看灯、看焰火是假的，看人是真的，便有许多人挤到东南角的人圈子里，去看这一出《钟馗送妹》的活剧。

　　钟馗是谁？钟馗的妹子是谁？不问而知，便是祝枝山和周文宾了。他们出了大门，迤逦行来，只向着热闹处行走。文宾且走且喊着："哥哥慢行。"枝山回头说道："好妹妹不须慌张，有我哥哥在这里开路。"在这哥哥妹妹声中，便引起了许多人的注意。众人向文宾看了一看，不由得唤着一个咦字，又向枝山看了看，不由得哼了一声。枝山向那人道了一声呸，文宾跟在后面，接着道了一个哕字，这都叫作一字传神。众人见了这西贝女郎，大有《左传》上说的"目逆而送之曰美而艳"的意思，众人一时喜出望外，所以道了一个咦字。有了美貌妹妹，定有美貌哥哥，所以看了文宾，又看枝山。谁料祝阿胡子的尊容太不堪领教了，这又出于众人的望

3

外，所以道了一个哼字，大有你这骚胡子不配有这美貌妹妹的意思。枝山听了，很不佩服，暗想你们这般人，简直没有生着眼睛，男女都辨不清，还要辨什么美貌，所以道出一个呸字。文宾忙着止住他，他一者怕和众人发生口角，闹出事来；二者，怕枝山口头不慎，泄露了秘密，须不是要，所以道了一个唅字。这个字有时含着招呼的意思，有时含着警告的意思，有时含着制止的意思，似这般地忽而咦、忽而哼、忽而呸、忽而唅，已不知有几多次。在先尾在后面的不过三五人，后来越跟越多了。编书的好有一比，西贝女郎宛比是雪团，浮薄少年宛比是芝麻，文宾在人丛中行走，宛比雪团在盛着芝麻的匾中打转，经过之处，当然包围的少年越聚越多了。还有人沿路宣传着："快快看啊！看一出《钟馗送妹》的好戏啊！"到这时候，枝山和文宾不须自己动步，被众人拥着而行。还有那些色情狂的男子，专在女人队里摩肩擦背，可惜他们将雄作雌，专在文宾身上转念头，倒惹文宾暗暗好笑，暗笑自己和你们都是一般的，现在不过打扮着一身女人服饰，你们便和狂蜂浪蝶般地驱之不散，这便是服饰害人咧！

　　行到王兵部府门前，益发围得如铁桶一般，休想可以出这重围。幸而空场上面临时搭着几座高台，是专供妇女们看灯、看焰火的台。上有一个女郎，见文宾被他们挤轧得可怜，便向台下唤道："台下的姊姊为什么不到台上来呢？快到这里来坐坐，免受挤轧。"文宾道："多谢姊姊招呼，奴家来也。"便拽起罗裙，上那十余级的短梯。方才招呼的女郎格外殷勤，在台上伸手相挽，挽着文宾上台。文宾回头看着枝山道："哥哥，你先回去吧，奴家承这位姊姊多情，招呼我登台看灯。这座台是只许妇女登临的，哥哥上来不得，还是早早回去，免得受人挤轧。"说罢，扑哧一笑。自古道："招呼不蚀本，舌头上面打一个滚。"文宾满面春风，浑似一朵交际之花，左一声姊姊，右一声姊姊，竟有人腾出座位，和他并坐。和文宾坐在一起的，左一个是二八娇娃，右一个是三五少女，倚红偎翠，似这般的艳福，足使祝枝山见而垂涎。好在文宾上台以后，祝枝山便脱离了挤轧，来来去去，倒可自由。台上的文宾和众女郎彼此寒暄，才知道左边坐的是王裁缝的女儿，右边坐的是卖花女郎金珠，她们都有四五分的姿色，但是和文宾坐在一起，休说两个女郎自叹不如，竟是满台粉黛无颜色呢。那王裁缝的女儿卖弄她善于压线，笑向文宾说道："姊姊，你这般面庞，可惜衣服太不入时了，你买了衣料给我们做，包管你做得入时。"卖花女郎道："姊姊，你有了这般面庞，合该插几朵娇艳的鲜花，才衬得出你的千娇百媚。你插的这几朵像生花，太省俭了，我们的园子里四季鲜花都有，每天早晨，我们可以送花到你府上，况且价钱也不贵。"文宾唯唯诺诺，和她们信口敷衍。

他向台上看了一周，个个都是浓妆艳抹的少年妇女，一时钗光鬓影，和那悬挂的五彩纱灯互相辉耀。文宾问那卖花女郎道："为什么台上坐的都是少年妇女，寻不出一个半老徐娘？"卖花女郎道："姊姊有所不知，这座台是王兵部的公子王天豹造的，取名叫作百花台，准备做今天的姊姊妹妹观灯的所在。凡是够得上登台资格的，都请她登台观看。够不上登台资格的，休想可以登这座百花台。"文宾听说，便看台上的匾额，果然是用鲜花扎成的"百花台"三字，便向卖花女郎说道："请问姊姊，假如有年老的妇女要上台来，便怎么样？"卖花女郎说道："要上这座台，须得我们招呼以后，才得上来的，不招呼不能擅自上台的。不瞒姊姊说，我和裁缝店里这位姊姊，都是王公子雇用上台，叫我们遇见了美貌妇女，一一接引上台。凡是我们瞧得上的，都有几分姿色，姊姊不信，但看这座百花台上有一个丑陋的女子吗？有一个年老的妇人吗？"

说话时，忽听得台下有一个凤阳婆子，抱着小孩子叫喊道："我的乖乖，立都立不住了，待我上台去歇歇吧！"她才跨上一级梯子，冷不防有两个守台的豪奴，一个喝一声："没有眼睛的婆娘，你该上去吗？"一个下死劲地把那婆娘拖下，娘儿俩险些儿栽了一个筋斗，赚得旁人拍手大笑。又有一个三五分姿色的小脚女郎，姗姗行来，一壁走，一壁风摆芙蓉似的摇摇不定，那台上的裁缝女郎又忙着去招呼，把她接引上台。文宾又私问那卖花女郎道："王公子把年轻妇女招引上台，这是什么意思？"卖花女郎道："这位王公子诨名老虎，又称花花太岁，杭州城里谁也比不上他的势力，便是巡按大人也惧怕他三分。今夜王兵部府中的灯彩为什么这般鲜明？檐杆上的焰火为什么这般花样百出？借这题目，好叫杭州城厢内外的姊姊妹妹都来庆赏元宵。又恐怕老的少的村的俏的混合在一处，有许多不便利，所以筑起这座高台，把美貌的妇女都会合在一处，开一个百花大会。王公子便骑着高头马，到各处跑了一周，回到台前，勒住了马缰，把台上的姊姊妹妹看一个饱。"文宾道："为什么不见王公子呢？"卖花女郎道："姊姊没有上台的时候，王公子已来了好多次，现在他又到别处跑马去了。"

正在谈论的时候，台下锣鼓喧天，又来了一起龙灯，判分五色，格外鲜明。在先是白龙灯、乌龙灯，都是张牙舞爪。白龙灯抢的是一颗夜明珠，乌龙灯抢的是一颗黑水玄珠，随后又有青龙灯、赤龙灯，最后一条黄金龙灯，抢的是一颗黄金佛顶珠。龙灯去后，樯杆上面的花炮又是哗啦啦的一声响亮，金光迸现，分明是"天下太平"四字，随后幻出一个半圆形，大众都说："这便是蔡状元起造的洛阳桥。"果然这半圆形幻化了桥梁，桥上有种种色色的人来来往往。似这般的奇异焰火，又引起看台下众人很热烈的呼声。欢呼未毕，銮铃声起，卖花女郎拉着文宾衣袖道："姊姊留心着，花花太岁快要到这里来也。"霎时间台下众人都向两旁让开，广场上面让开了一条人砌的弄堂，一共来了骏马五骑，当先一骑白马，骑的便是诨名老虎又名花花太岁的王熊王天豹。头戴着一品荫生巾，身穿着墨绣大牡丹的葱绿色的狐皮袍子，足蹬锦靴，面上有许多麻斑，麻斑上面带着五分醉意、五分春意，勒马台前，两只色眼只在那西贝姑娘周文宾的面上注视。后面四骑都是随从的豪奴，同时勒住了马缰，或行或止，都跟着主人的马首。王天豹扬鞭一指道："卖花金珠听者，和你同坐在一起的妙人儿是谁？"金珠起立道："好叫大爷得知，这是上城来看灯的许大姑娘，她久住在乡间，难得上杭州的，她的爹爹在城中开着豆腐店。"王天豹笑道："呵呵，妙极了！我看遍了杭城闺秀，再也没有第二人和许大姑娘一般美丽。许大姑娘，我在马上行礼了。"说时把手一拱。文宾假作娇羞，低着头不作声。金珠道："大爷和你拱手，他是兵部公子，人称小兵部，你怎么不还一个万福，自古道'礼无不答'。"文宾道："羞人答答的，怎好向陌生男人答礼？"王天豹见那乡下姑娘满面娇羞，益发衬出她的美丽无比，便在马上说道："姑娘请下台来，和你到兵部府中去享那荣华富贵，强如在乡间度那可怜日子。"金珠道："姊姊听得吗？大爷看中你了，快快下台去吧！"文宾道："奴家不去，奴家情愿帮着爹爹卖豆腐，不愿去跟小兵部。"文宾越是不睬王天豹，他便越觉得乡下姑娘的可爱。他是花花太岁，平时间寻花问柳，钗裙队里都是竭力捧着这位公子，他被人捧得厌倦了，转觉得乡下姑娘对他不瞅不睬，有一种天真烂漫的模样。他想有这么一位绝色佳人，大可做得自己的妻室，今天相逢，定非偶然，要她自己下台，她是不肯的，何妨待我上去邀她下台。当下翻身下马。四名豪奴也都下了马背，牵着牲口，牵到兵部府的马房中去休息，不在话下。

王天豹提起轻裘，从短梯走上百花台，便向文宾施礼。文宾做出没奈何的模样，座上抬身，口称"奴家也有一礼"，王天豹的眼光已注射到文宾的裙下。卖花的金珠道："这位许大姑娘的面庞儿果然是好，但是……"说了半句，以下不说了。那个裁缝女郎接着说道："但是可惜这些上面太靠不住了。"她一壁说，一壁跷起着裙下的莲钩，卖弄她是小脚。王天豹笑说道："许大姑娘，你有这般的花容月貌，为什么不裹足呢？真个可惜了！"文宾道："公子错了，奴家记得有四句诗，公子听着。"诗云：

　　盈尺莲船莫笑奴，观音大士赤双趺。欲知小脚何由起，始自
人间贱丈夫。

王天豹听了这四句诗，拍手称赞道："大姑娘说得不错，小脚怎及大脚的美！大姑娘如不相弃，跟着我王熊回去，管叫你吃不尽的山珍海味，穿不尽的绫罗缎匹。"文宾道："奴家不去，奴家今天和表兄同看花灯，只为人丛中不堪挤轧，奴家避到台上，表兄已不知挤到哪里去了。要是奴家跟着公子回去，表兄访寻奴家不得，回去告诉奴家的爹妈，岂不要累他们着惊？"王天豹道："这有什么妨碍，到了来朝，我王熊可以打发家丁，传请你爹爹妈妈进府，叫他们不用开什么豆腐店。这般生涯，吃酒不醉，吃饭不饱，还不如在我府中吃一碗现成茶饭，管叫你们丰衣足食，一辈子无忧无虑。"文宾道："多蒙公子美意，奴家怎好惊扰。"王天豹道："姑娘不用说这客套话，趁着元宵佳节，快快跟我回去。"文宾走了几步，忽又停着脚踪道："公子请便，奴家是不去的，奴家和公子非亲非戚，跟着公子回去，怕人家嘲笑。"王天豹道："大姑娘不用担忧，明天传请你爹爹妈妈到府，只需他们肯把你给我，那么我和你便可成为伉俪，还怕人家嘲笑吗？"文宾点了点头儿，又走了两步，才走到短梯旁边，又停止了脚踪道："公子请便，奴家是不去的。自古道男女授受不亲，跟着公子回去，人家只以为奴家和公子一定同住一房，似这般的丑名儿一出，许大便难以见人了。"王天豹道："许大姑娘又来了，偌大的兵部府中，怕没有你的住房？便是你怕着冷静，也可和丫鬟们同住一房。快快下台去吧！"文宾便袅袅婷婷地下台去了。

台上的姊妹们见了，又妒又羡，但见豪奴当前，乡下姑娘居中，王天豹押队，一片灯笼火把，直进兵部府中而去。正是：

改扮乔装浑不觉，看朱成碧待如何？

欲知后事如何，且看下回分解。

第二回

书馆春深错点鸳鸯谱
妆楼人静闲品凤凰箫

　　王天豹把那西贝女郎很客气地迎入府中，但是到了众人嘴里，哪有好话说出。街头巷尾到处宣传，市中有虎，闻者色变，都说不好了，王老虎又在外面抢人家的女郎了！有人问道："他抢谁家的女郎？"那人道："他抢的百花台上的女郎，这是我亲眼看见的。他在百花台上见了一位美貌佳人，拦腰抱住，一跃而下，那美人哭喊着救命，喊破了喉咙也是枉然，只见两只小金莲乱踢乱舞，把绣鞋儿都掉落在地，被那浮薄少年拾取回去饮酒，可以当作鞋杯用的。"似这般地宣传，闹得满城风雨。祝枝山也得了消息，便疑及文宾被王老虎误抢入府，但是文宾的裙下并没有两只小金莲，只有一对盈尺的莲船，敢怕王老虎所抢的不是文宾吧？他便到王兵部府附近地方去探听消息。

　　时已夜深，游人纷纷回去，有一群少年妇女都在议论着方才的事。有的说："许大姑娘交了好运，被王公子邀入府中，一辈子荣华享受不尽。"有的说："王公子倒也稀奇，小脚女人不要，却要那横量三寸的大脚女郎。"有的说："许大姑娘的口才很好，她随口哼出一句'观音大士赤双趺'，王公子听了便笑嘻嘻地说什么小脚不如大脚的美，吩咐豪奴把她拥入府中。这一次总算不是强抢闺女，料想太夫人知道了，也不会发怒的了。"枝山听了暗暗好笑。这一次的王天豹合该倒霉，他瞎了眼睛，会得把老二弄到里面去，一定要弄出绝大的笑话。我的东道虽然输了，但在王天豹身上一定可以取偿回来。时候不早，还是回去睡觉的好。

　　枝山回到周公馆，家人们见了，便问二爷呢。枝山很从容地说道："你们二爷在热闹场中走散了。"周姓童仆一齐着惊，都说走散了二爷怎么是好。枝山笑道："他又不是三岁小孩子，会得走失，自然会得回来，便是今夜不回来，明天一定回来。"家人们道："二爷男装出门，走散了也不打紧，现在女装出门，只怕在外面闹出事来，老太太知道了，便是家人们的晦气。"枝山道："你们放心，闹出事来，自有我祝大爷一身担当。"说罢，自回紫藤书屋。那时祝童已睡了多时，枝山进了卧室，纳头便睡，不在话下。

且说王天豹抢夺闺女，两年前曾经闹过一次，是一位教书先生的女儿，抢到家中便要强逼成亲。这位教书先生是个穷秀才，他见女儿被人抢去，便约齐了三学生员，拥入兵部府去讲理。被太夫人知晓了，一面把闺女释放出门，一面把儿子锁禁书房，又遣人向穷秀才再三道歉，赠了他二百金，穷秀才气也平了，好在女儿又不曾被王天豹玷污，只不过吃些虚惊罢了。这一次王天豹锁禁书房，约莫有五六天之久，亏得他妹妹秀英小姐在太夫人面前再三说情，又叫哥哥写了悔过书，才能够恢复自由。王天豹受了这般的挫折，才不敢故态复萌。但是"王老虎抢亲"五个字，杭州城中已出了名，所以今天周文宾进兵部府，不是抢亲也是抢亲。

太夫人对于独养儿子，当然总有几分溺爱，曾向儿子训斥，说："你是贵家公子、一品荫生，怕没有媒人上门，说合着美貌佳人做你的妻子？为什么要在外面干这违法的举动？"王天豹的意思，绝对不信任媒妁之言，定要自己选中了美貌佳人，成为夫妇；要不然，便愿一辈子永做鳏夫。太夫人听了怎不着惊，她只希望儿子早早结婚，自己便好早早抱孙。要是儿子一辈子永做鳏夫，自己老夫妇俩便断绝了抱孙的希望，只好允许儿子的要求，由着他自己去选择佳丽。不过选中以后，禁用强硬手段把美人抢入府中，讨人家笑话。王天豹从了母命，所以想尽方法，要引诱那杭州满城佳丽都来看灯看焰火。便不惜工本，雇用名工巧匠，扎就这特别花灯，制成这异样焰火。当时的人工物价不比现在这样昂贵，但是这一夜花灯焰火的费用也须五六百金。若在近时，只怕花了七八千金也不够咧！他用了这么大的代价，果然被他看中了一个美人，他以为这五六百金的代价花得不冤。

他把美人拥入府中，并不用强硬手段，便被母亲知晓了，也没妨碍。一进了兵部的府第，他挽着美人的手，径入自己的书房。这里面炉火熊熊，如入温室，家丁们都回避了，他便和美人并坐在一起，又细细地赏鉴了一回，确是裙钗队里数一数二的美人。他略问美人的家世，文宾又扯了一会子的谎，说得娓娓动听。王天豹情不自禁，捧着美人的面，待要和他接吻，却被文宾用手一摔，假装娇嗔道："公子，你原来不是个好人，骗着奴家进了书房，却用这般强暴手段，莫怪王老虎抢亲，杭州人当作笑话讲咧！你难道上一回锁了五六天还没有锁怕吗？"王天豹涎着脸道："上一回是我自己不好，千不抢，万不抢，去抢了穷秀才的女儿。这一辈东西是不好惹的，动不动便开什么明伦堂讲什么理。他们天不怕，地不怕，只怕洞里赤练蛇。大年初四被祝枝山战胜了这一辈东西，简直天有眼睛咧！大姑娘，你又不是穷秀才的女儿，我怕什么？"文宾道："明天爹爹妈妈上门来叫喊，你便怎样？"王天豹笑道："给他们几十两银子，便堵住了他们叫喊的嘴。"文宾道："爹爹妈妈不稀罕你的银两，你便怎样？"王天豹道："不要我的银两，我便把他们送到有司衙门。男的打一顿板子，女的挨一顿藤条，铁都要打软了，何况是开豆腐店的，他们的皮肉和豆腐一般地熬不起鞭打。"文宾把头一扭道："奴家要回去了，你是个没良心的，你要强占我做妻子，又要欺侮你的丈人丈母，奴家生了耳朵，从来没听得要鞭打丈人丈母的女婿。"王天豹笑道："只需他们不上门叫喊，到了明天，我便预备着大红帖子请他们来吃酒，绝不把他们难为的。"说话间他又动手动脚起来。文宾拼命抵拒，连唤："使不得的！使不得的！"叵耐王天豹练过拳棒，自有相当的腕力。周文宾毕竟是个文弱书生，渐渐有些招架不住。正在危急之际，他无意地碰着怀中一件东西，有了这件东西，便可以制止王天豹的暴行，便可以解救周文宾目前的危险。

毕竟是什么东西呢？原来周文宾碰着怀中所藏着的一件法宝，不觉胆壮起来，便道："公子休得恃强，你不怕奴家的爹爹妈妈，难道不怕陪着奴家看灯的表哥哥？"王天豹道："你的表哥哥不是田舍翁，定是土老儿，我为什么要怕他？"文宾道："你休小觑奴家的表哥哥，奴家说出了他的姓名，管叫你吓得胆战心惊。"王天豹道："你的表哥哥难道也是一个穷秀才？便是穷秀才，我也不怕，至多不过花了二百金便没事了。"文宾道："公子所怕的是谁？"王天豹道："除非诡计多端的洞里赤练蛇，我才惧怕他三分。"文宾道："奴家的表哥哥便是绰号洞里赤练蛇的苏州解元祝枝山。"王天豹呆了一呆，旋又好笑道："大姑娘你休撒谎，我王天豹不是三岁孩子，休想哄骗得过。你听得我说，除非洞里赤练蛇，我才惧怕他三分，你便硬拉着祝枝山是你的表兄。祝枝山是苏州的解元，怎么会和杭州豆腐店里的女儿做了表兄妹呢？你可有证据给我看？"文宾道："公子放尊重一些，待奴家取出证据给你看。"王天豹听说，便即放手退立，看他取出什么证据。文宾不慌不忙，从怀中取出一页扇面，这是祝枝山得意之笔，写得精神饱满、意态轩昂，这是不能假造的。王天豹的书房中也挂着老祝所书的屏条，老祝的笔法，他当然一望便知，而且上有"许大好妹妹"字样，下有老祝签名，还有很鲜明的两方朱印，一方是祝允明，一方是江南枝指生，益发加了一重货真价实的保障，却把王天豹看得呆了。

文宾松了一口气，暗想："现在不怕他了，这一页扇面，竟成了伏虎的法宝。"便道："公子你看了证据，才知奴家不是撒谎的。今夜表哥哥到我家饮元宵酒，奴家趁他酒后高兴便请他写了这一页扇面。"王天豹道："大姑娘你为什么把扇面随带在身边？"文宾笑道："奴家随带扇面，是预备拍苍蝇用的。"王天豹道："大正月里哪里有什么苍蝇？"文宾抢了扇面，在王天豹头上拂了两拂道："奴家在这里'老虎头上拍苍蝇'。"这句话说得王天豹也笑了。

在这当儿，他仔细打算，很有些为难。要是把那大姑娘留下，生怕祝枝山上门吵闹。他是著名的洞里赤练蛇，杭州城里的两头蛇徐子建都被他吃瘪了。到了明天，他一定吵上门来。我虽然不怕他，但是被我母亲知晓了，又要把我锁禁书房，受尽行止不得自由的苦楚。要是放那大姑娘出门，在又抛撇她不下，她端的惹人爱怜，她端的讨人欢喜。方才我嫌她脚大，她会得随口答出这一首诗；现在我问她随带扇面何用，她会得说一句"老虎头上拍苍蝇"的双关语。她原来是一肚皮的好才学。

王天豹沉吟的当儿，文宾问道："公子，你默默不语，想些什么？"王天豹道："我早知你是老祝的表妹，我便不该把你引入府中，现在到了这里，也顾不得许多了。大姑娘，你从了我，决计不会薄待于你，择了吉期，和你参拜天地，结为花烛夫妇。明天你见了祝枝山请你添些好话，不要和我为难。你做了我的夫人，你的表兄便是我的内表兄，看那亲戚分上，料想那老祝不见得一定和我为难的吧？"文宾道："要奴家在表兄面前添些好话，这也容易，况且表哥哥很肯听从奴家的说话。奴家愿嫁与公子，他也不能作梗。但是公子不弃葑菲，只可明媒正娶，不可做那苟且行为。奴家虽是蓬门之女，也懂得贞洁二字，公子倘把奴家当作路柳墙花看待，奴家宁死不从。"说时，又背了几句《列女传》上的故事，把王天豹的非分干求严词拒绝。王天豹又是钦敬，又是欢喜。钦敬她三贞九烈，和路柳墙花不同；欢喜她守身如玉，将来洞房以后，和她同床共枕，她定是一块无瑕的太璞。想到这里，炎炎的欲火渐渐降落了，便道："大姑娘放心，我和你在书房中谈谈说说，坐守天明，不再有什么非礼举动，可好？"文宾摇头道："不行不行，孤男寡女坐在一处过夜，总不免讨人家说话，这叫作'黄狼躲在鸡棚上——不吃鸡也吃鸡'。"王天豹道："那么送你到丫头房间，和丫鬟同卧可好？"文宾道："奴家依旧不放心，要是大家深入睡乡，你却闯进房间，这便怎么样？"王天豹道："我可以赌个重咒，你该相信了？"文宾道："狗和坑缸赌咒，谁能相信？"王天豹道："依着大姑娘的意思，须在谁人屋里寄宿一宵，方才如你的愿？"文宾暗自思量："最好在他妹子王秀英房中寄宿一宵。王秀英的才名艳名，冠于杭郡。她的面貌，我曾经见过一次，果然是《左传》说的'美而艳'；她的才学怎么样，我却没法和她讨论。最好王天豹把我送入他的妹子房里，那么谈谈诗赋文章，便见才学，久未妥协的婚姻，可以央恳秀英小姐面许终身了。"王天豹奇怪道："大姑娘怎么默默不语？"文宾自忖，这句话须用烘托方法烘托出来，不能够直言谈相的。便道："奴家的意思，要请公子把奴家暂寄在太夫人的房里，那么奴家可以睡得安稳，不怕公子前来调戏了。"王天豹摇头道："不行不行，妈妈老年人，早已深入睡乡，怎好去惊扰她？"文宾道："既然不能在太夫人房中过宿，便请公子唤一乘轿儿，把奴家送回家中，免得爹爹妈妈盼望，那便感恩不尽了。"王天豹听了，益发大摇其头，他花了许多代价骗到了这么一位美人，怎肯失之交臂，轻易送她还家，当下搓了一回手，便道："有了有了，待我向妹子商量，把你暂放在妹子房里过夜，你便没有什么话说了。"文宾道："奴家能得陪伴小姐，万千之幸，但不知小姐可答应奴家进房？"王天豹道："妹子素来心软，她若不肯时，再三哀求，她也肯了。事不宜迟，早些走吧。"文宾道："奴家不识路。"王天豹道："我来和你携手同行。"说时，挽着文宾的手，同出书房。只为是元宵佳节，主人未睡，童仆们不敢先睡，所以重重门户都是灯烛辉煌。王天豹挽着文宾，经过了几重门户，便听得一阵很悠扬的洞箫声音，他便很欢喜地说道："还好还好，妹子没有安寝，她在楼头吹凤凰箫咧！"文宾听了箫声，身在院外，魂灵儿已飞上了闺楼。越近中闺，箫声越发清扬，文宾索性停着脚步，走在庭心里，揣摩这洞箫中吹出的词调。王天豹道："大姑娘，你听了懂吗？"文宾道："要是不懂，便不停着脚步了，小姐吹的词调叫作《百尺楼》，奴家听得两首，其中词句很是秾艳。"词道：

> 粉泪湿鲛绡，只怕郎情薄。梦到巫山第几峰，酒醒灯花落。
> 数日尚春寒，未把罗衣着。眉黛含颦为阿谁？但悔从前错。
> 花压鬓云低，风透罗衫薄。残梦惺腾下翠楼，不觉金钗落。
> 几许别离愁，犹自思量着。欲寄萧郎一纸书，又怕归鸿错。

王天豹很奇怪地说道："大姑娘，我和你同是一双耳朵，我耳朵里的箫声，只听得呜哩呜哩罢了，怎么到了你的俏耳朵里，竟辨得出其中的字句？大姑娘，你把这两首词传授于我，以便念熟了，在妹子面前假充在行，不过一时记不清念不熟，你只把这题目告诉我便是了。"文宾道："题目已说过了，叫作《百尺楼》。"王天豹连念了几声百尺楼，才和文宾同入中门。中门上的老妈子见是小主人携着一个美貌女子入内，当然不加拦阻。不过暗暗奇怪，公子既然骗取美人进了兵部府，为什么在这些时候还有工夫到中门里面来游玩？

不表老妈子满腹怀疑，且说王天豹携着文宾的手，穿曲径，走回廊，绕往西面堂楼，去访他妹妹王秀英。原来楼分东西，东楼是太夫人住的，西楼是王秀英住的。这位秀英小姐年方一十七岁，是王兵部王朝锦的爱女，她和王天豹虽是同胞兄妹，但是美丑有别，贤愚不同。王天豹幼年出过天花，面上痘瘢累累；王秀英却是粉搓玉琢的美人。王天豹性不好学，从小便是个顽童；王秀英却是天性好学，非但诗词歌赋般般都会，抑且琴棋书画件件皆精。为这分上，王老夫妇爱如拱璧，不肯轻许人家。他们理想中的雀屏人物，一要门阀相当，二要人才出众，三要家产富有。在这三点上，周文宾都占优胜，几次央人说合，这头亲事本有成就的希望。周上达是礼部尚书，王朝锦是兵部尚书，同朝做官，品级也是相当。叵耐半年以前，周上达为着失察处分，降补侍郎。王朝锦是个势利人物，见他仕途挫折，圣眷已衰，便不愿把女儿给他做媳妇，所以将成的亲事重又停顿起来。王秀英心中便觉得闷闷不乐，她知道周文宾是四大才子之一，又长得风流潇洒,虽没有见过他的面,但是杭州城中都唤他一声周美人,那么他这美秀而文的态度当然不言可喻了。太夫人见秀英忧忧郁郁,茶饭减少,便猜破了女儿的心事,忙向女儿安慰说:"你父亲的来信太没道理,只需女婿中意,便是良缘,管什么亲家的官职大小呢?况且升降浮沉是宦海中不可免的事。周上达今日降职,他日自会升级,万不可存着势利之心,讨人家笑话。女儿,你对于周姓郎君,如果合意,我可以写一封切实的信规谏你的父亲。女儿毕竟是我养的,我也可以做着一半的主。"秀英听得她母亲这般安慰,果然略解愁绪,饮食也渐渐增进。太夫人写了盈篇累幅的书信,寄往京都,要求她丈夫把女儿许给周文宾,其中种种理由,说得异常恳切。这封书信也曾经过王秀英的目,料想寄到京师,一定有相当效力。不过当时交通不便,和京师书信往来,约莫总有两月之久,这时不曾接到京师回信,所以这头亲事虽然停顿,还没有十分决裂。

昨夜,王秀英小姐忽地做一怪梦,梦见自己元夜看灯,忽被宁王千岁所见,喝令驾前校尉把她横拖倒曳,捉入宫中,锁在一间屋内。正在危急的当儿,忽见一个少年书生把她开放出屋,自称江南才子周文宾。她见了周文宾,如见了亲人,央恳周郎把她救出宁王府。忽地周文宾几声冷笑道:"你道我是周文宾吗?非也!我是吴中才子张梦晋!你在着衣镜中认认面目,你也不是杭郡王秀英,你是姑苏崔素琼。"她忙向镜中看时,已另是一个美女子,并不是自己的本来面目,不禁失声狂呼道:"我王秀英到哪里去了?"隔房住的丫鬟听得小姐说梦话,在板壁上弹指数声,才弹醒了绿闺春梦。这是昨夜的事。所以今夜灯彩虽好,王秀英未下闺楼,为着隔宵有了怪梦,便存着一个戒心。她倚着栏杆,吹了一会子的箫,正待归房安寝,却听得素琴丫头报告,说公子上楼来也。正是:

翡翠枕前逢俊侣,凤凰箫里谱新声。

欲知后事如何,且看下回分解。

第三回

调寄百尺楼识曲聆音
缘定三生石推襟送抱

　　王秀英的使女有素琴、锦瑟两人。锦瑟生性喜睡，未到黄昏，便已沉沉睡思，连连呵欠，一磕一铳地拜起佛来。不比素琴陪伴着小姐，便到深更也没倦意。所以秀英对于素琴格外垂青，把她当作知心婢女看待。但是锦瑟也有一样好处，睡虽睡得早，起也起得早。秀英瞧她早起分上，便叫她到了黄昏时候，无须伺候在旁，尽可先去睡眠，这是每夜的惯例。

　　今天元宵佳节，锦瑟贪看花灯和焰火，自己抱定决心，今夜总得逛到更阑人静，伺候小姐睡眠以后才去安眠，要是不然，岂非辜负了大好元宵。谁料到了深更，无论怎么样，总不能抵抗梦神的命令，众丫头兴高采烈的当儿，锦瑟眼皮上仿佛加着千钧重量，待要抬起眼皮，眼皮只向下压。众丫头见这模样，只好催着她去安睡，所以那时秀英身边，只有素琴相伴。秀英品完了凤凰箫，忽地微微叹气。素琴明知小姐为着亲事未谐，逢这团圆佳节，月圆而人不圆，未免于心耿耿，但只好心中理会，不好口头劝解。她见小姐放下了玉箫，轻轻地问道："小姐不吹了吧?"秀英点点头儿。素琴便把玉箫收拾好了，掌着烛盘，转身到楼头，正待放下楼门，却听得楼下微微有男子的嗽声。这声音她听惯了，分明大爷到了楼下，在那里止步扬声。

　　她掌着烛盘走下扶梯，笑问："大爷在这时候进来做什么?"王天豹轻轻地说道："我有一个朋友，懂得吟诗，解得吹箫，须得在妹子房里寄宿一宵。"素琴道："大爷错了，大爷的朋友怎好寄宿闺房?"王天豹笑道："你别误会了，我的朋友也和你们一般，三绺梳头两截穿衣，你若不信，我便叫她来和你相见。"说时，便唤了一声大姑娘。周文宾听得呼唤，便答一声"奴家来也",从回廊里袅娜娉婷地走进堂楼下面。素琴陡觉得眼前一亮,她以为姊姊妹妹见过了多多少少,似这般十全十美的人物确是初次相逢。上看面,下看足,她省识了春风面,她又要端详到裙下金莲。她见那大姑娘的双脚和自己差不多,她并不连唤可惜,她却暗暗欢喜,惺惺惜惺惺,大脚怜大脚,她在青衣队里常被姊妹们嘲笑,笑她是一双鳊鱼脚。为这分上,她暗暗地抛了许多眼泪。从前人说"小脚一双,眼泪一缸",一个形容裹脚的苦楚,其实在那小脚盛行的时代,裹脚的时候果然痛泪直流。待到双脚裹小以后,博得人人瞩目,个个回头。在家时父母面上有光辉,出嫁后翁姑容上多喜色,尤其十二分快意的,便是博得丈夫的深怜蜜爱,所以《西厢记》中形容红娘眼里瞧出的莺莺,单说一句"只见你鞋底尖儿瘦",已包孕着酬简时候的无边春色,小脚的魔力何等伟大呢!昔人诗中说的"婢女灯前眼,檀郎被底肩",这十个字何等香艳而熨帖。在那裹足时代,凡是爱好的女郎,没有一个不愿吃这痛苦的。她们以为痛苦的代价,便是将来无穷的荣宠。幼年时代挥洒几点泪,不算什么一回事,哭在先,笑在后,哭是暂时的,笑是永久的。所以"小脚一双,眼泪一缸"这两句话未必是事实,"大脚一双,眼泪一缸"倒是当时常有的事。素琴便是其中的一个,她受着人家的奚落,回到自己房里,总是眼泪汪汪,只为王兵部府中的仆妇丫鬟大概都是裹过脚的。素琴抱怨着自己的爷娘贪懒,误了女儿的终身,将来太夫人指配小厮,也不会配给一个体面的家童。想到这里,滚滚涕泪淌个无休无歇,这便是"大脚一双,眼泪一缸"的苦处。

她今番遇见了这西贝女郎周文宾,花容月貌,配着这一双鳊鱼也似的脚,也想这位大姑娘美中不足和我一般,料想她也不知流去了多少眼泪,这是怪可怜的。"同是天涯大脚娘,相逢何必曾相识",便不禁和她亲近起来。文宾上前唤了一声姊姊,素琴一手掌着烛盘,一手握着文宾的嫩腕,笑唤着"大姑娘,我好像认识你的一般,今天相见,也是缘分"。王天豹笑道:"既是有缘,你便引着她上楼,在小姐房中寄宿一宵,到了明天,再做计较。"素琴道:"请问大爷,这大姑娘是哪里来的?姓甚名谁?"王天豹不好直说是骗来的,正在吞吞吐吐欲言又止,文宾很是识趣,便道:"姊姊若问奴家姓甚名谁,奴家是豆腐店里的女儿,唤作许大。虽是小人家女儿,欲在街坊上不大走动,今夜表兄到来,约着奴家出外看灯,在热闹场中彼此走散了。奴家遍寻表兄不得，时候又不早，路途又不熟，没奈何坐在一家墙门口哀哀啼哭，早安排在那里露宿一宵，到了来朝，再行觅路回去。正在窘迫的当儿，忽见灯笼火把簇拥着一位大爷回府，问奴家何事哭泣，奴家道达情形，这位大爷好生之德，怜念奴家露宿门前不是个道理，万一遇了强暴便怎么样？便唤奴家到里面暂宿一宵。奴家虽是小人家女儿，却懂得男女之间分别嫌疑，情愿露宿门前，不愿跟着大爷入府。大爷瞧出了奴家的心思，允许奴家分别嫌疑，寄宿在小姐闺楼，到了来朝，再遣人把奴家送回家中。姊姊，你想大爷这般地慷慨好义，简直是杭州城中罕见罕闻的贤公子，怪不得人家都说王兵部府中的大爷别号小孟尝，又号赛春申。"文宾说话时满口通文，益发配了素琴的胃口，只为近朱者赤，素琴常常伴着小姐，小姐吟诗作赋，当然沾染了相当的文墨。她常常自嗟自叹，她的才学是在青衣队里可以考头名榜元，可惜一双大脚和她的才情不配，以致被人奚落，精神上受了许多苦痛。却不料杭州城里也有和她一般文绉绉的大脚女子，她益发一见如旧，和文宾异常殷勤。她说："大姑娘你暂在楼下等候片时，待我上楼去禀知小姐。"王天豹道："素琴，你上楼去，我也跟着你上楼去。"素琴道："大爷要上楼，待我禀知小姐以后。"王天豹道："我们同胞兄妹，何用禀报，你先行，我随后上来便是了。"王天豹为什么急于上楼？他只怕素琴禀报以后，妹子拒绝他们上楼，楼门一闭，便没有法子可想，所以跟踪上去，当面恳求。她看着哥哥分上，不应允也要应允了。

王秀英进了绣房，正待卸妆安寝，隐隐听得楼下有喁喁唧唧的声音，她并没有注意，以为素琴和旁的仆妇丫鬟在楼下闲话。忽然素琴进房通报，说大爷上楼来也，她听了好生诧异，深更半夜，哥哥上来做甚？便问道："素琴，你可知道大爷何事上楼？"素琴道："大爷看灯回来，遇见了一个迷路啼哭的大姑娘，大爷见了，好生不忍，便收留她在府中过夜。为着男女之嫌，不便叫她在书房中住宿，特地央恳小姐把大姑娘收留在闺楼寄宿一宵。"秀英听了，玉容微嗔道："哥哥做事，越做越荒谬了，闺楼不是迎宾馆，怎好留人过宿？你去回复大爷，他会得收留，他自会得安排宿舍。我们闺楼上没有闲杂人上来，绝难从命。"素琴道："好叫小姐知晓，这位大姑娘是很规矩的，和寻常闲杂人不同。"秀英道："胡说，你见了她一面，怎会知晓她规矩不规矩？快去回复大爷。回来替我卸妆，我要睡了。"素琴怎敢违拗，匆匆出房而去。

　　隔了一会子，又来禀报道："大爷道，无论怎么样，总要求小姐给他一个面子，他站在楼头，小姐不答应，他不下楼。"秀英眉头微皱道："好一个不近情理的哥哥，更阑人倦，还把这不相干的事和人家厮缠。你去回复大爷，请他下楼去，有话明天再谈。"素琴道："好叫小姐知晓，这位大姑娘美貌非常，和小姐不相上下。"秀英啐了一声道："好没道理，把我比那街头女子！快去回复他，我要卸妆了。"素琴出房去后，隔了一会子，又来禀报道："大爷道，他有要话，总得当面央求小姐，无论怎样，小姐总得出房相见。"秀英摇了摇头道："见我也是这般，不见我也是这般，我的闺楼上总不能容留什么陌生女子。"素琴道："好叫小姐知晓，这位大姑娘非但面貌美丽，而且很有才学。方才大爷说的，大姑娘会得吟诗，懂得吹箫，小姐便不应允她寄宿，也得和她会会面，试试她的真才实学。"这句话却打动了小姐的心坎，她有了满腹才华，却没有一个人可以和她谈谈诗文、论论音乐。自己的哥哥既然不学无术，手下的丫鬟虽然略识之无，和她的程度相差太远，也没有什么可谈之处，万不信小家碧玉中也有吟风弄月聆音识曲的人。秀英想到这里，便令素琴请大爷在怡云楼中坐定，待我出来相见。

　　原来秀英的闺楼叫作怡云楼，三字匾额是吴门枝指生的手书。怡云楼并列五间，居中是怡云楼的正间，左是秀英的闺房，右是秀英的书房，素琴把烛台照着王天豹，便在正间坐定，然后照着小姐出房相见。王天豹见了秀英，便道："妹子，你这支洞箫吹得多么好啊！做阿哥的知道你没有睡，才敢上楼相见。妹子你吹的词调儿，可是叫作《百尺楼》？"秀英听了好生惊异。她吹的词调儿，兵部府中的人谁也听不出是什么牌名，却被那不学无术的哥哥一猜便着，可见同来的大姑娘真是个聆音识曲的人。便道："谁告诉哥哥叫作《百尺楼》？"王天豹道："这是我一位新认识的女朋友。"秀英道："哥哥怎有女朋友？"王天豹道："我已叫素琴在妹子面前代达情形，她是一个看灯失踪的女孩儿。她虽是小人家女儿，却有很高的才学，方才和她同到里面，听得妹子的箫声，她便说是《百尺楼》，而且把词句背给我听，什么灯花落、金钗落，我是个外行，外加一个瘟字，除却呜哩呜哩，再也听不出什么词句。妹子，这大姑娘说得对吗？"秀英道："大姑娘现在哪里？"王天豹道："便在楼下。我怜她没处住宿，特来和妹

19

子商量，可否暂借闺楼住宿一宵？"秀英道："哥哥把路上女郎引上闺楼寄宿，这桩事太觉孟浪，但是我方才在洞箫中吹出的几首词，是我新近按着谱儿填就的，她会听出其中的句子，她端的是一个聆音识曲的人。我虽不能留她在这里住宿，但是我很想和她会会面，试试她的才学。"王天豹正待去唤那楼下的大姑娘，素琴已抢着去招呼上楼。

无多时刻，素琴已把周文宾引上了怡云楼。灯光之下，彼此行了一个相见礼，却把秀英小姐看得呆了，万不料乡间女子有这般地眉清目秀、俊逸超群，怪不得哥哥特别垂青，要把她送上闺楼。似这般人物，我见犹怜，何况哥哥？文宾见小姐晚妆未卸，比初见时越媚。相见坐定以后，送茶已毕，秀英向文宾略问情形，文宾对答如流，却把方才哄骗素琴的话复述了一遍。王天豹在旁暗暗快活："这大姑娘和我有缘，她两次和我包荒，把我诱引她入府情形一字不提，却说得我是豪侠公子模样。"秀英道："大姑娘，闻得你聆音识曲，绝世聪明，我在楼头玩弄的洞箫，你听了便知吹的是《百尺楼》，我已佩服你的灵心四映。但是知道词调还不足奇，你怎么知道词中的句语，什么金钗落、灯花落，你果然是在箫声中听出的吗？我在吹箫的时候，果然一首在说金钗落，一首在说灯花落，但是音节里面，金钗落和灯花落只是一般的工尺，你怎么会得听出声外的声、辨出味外的味？倒要请教。"文宾道："小姐，你想伯牙鼓琴，志在高山，钟子期便知他在吟高山；志在流水，钟子期便知他在咏流水。千古知音，只是知那弦外的音，不是知那弦中的音，弹琴如此，吹箫也如此。粗解音律的，但知小姐吹的是《百尺楼》，至于《百尺楼》词中的字句，完全没有知晓。他们只懂得小姐的箫孔中吹出的音，却不明白小姐檀口中包含的音，所以不能听出声外的声、辨出味外的味。"秀英听到这里，很起劲地说道："大姑娘真是闺中子期，你论的音乐，和我的见解一般。我方才吹出的三首词，你果真一一明白我的含而未吐的字句吗？《百尺楼》词共有三首，一首有一首的词句，不过吹出的音节都是一般的，除非明白我含而未吐的字句，才能明白三首词中的不同所在。"文宾道："奴家跟着大爷入内时，只听得《百尺楼》词两首，大约是第二、第三首，为着来迟了片刻，第一首竟没有听得，这是奴家的缺憾。"秀英道："第二、第三首的词句，你都记得清楚吗？"文宾道："奴家虽是个乡村女子，这些小聪明却还理会得。"说时，便把两首《百尺楼》词一字不遗地复述一遍，秀英益发

20

佩服了，这大姑娘的聪明竟在自己之上。便道："大姑娘，三首《百尺楼》词，你既只听得两首，我且补吹第一首，你能一一听出我的含而未吐的字句吗？"文宾道："小姐肯补吹这一套妙音，这是奴家万千之幸！"素琴听说小姐要吹箫，不待小姐吩咐，早把方才收拾的玉箫重又取出，送到小姐面前。王天豹坐在旁边，听她们这般谈论，睡思沉沉，几乎要打起盹来。文宾暗暗感激着这赌东道的祝枝山，若不是老祝和我赌这输赢，我怎会扮着女装上街看灯？怎会被王天豹诱引入府？怎会寄顿闺楼和王秀英小姐相遇？这般艳福，都是老祝玉成我的。我虽然赢了他的东道，我绝不要他罚这六百两纹银，我非但不要他出那罚金，我还得请他做冰上人，从丰送他一笔柯仪。若不是三生石上订定姻缘，哪里有今天的俊遇。那时秀英小姐春葱般的手指按着箫孔，玉容微笑，樱唇半蹙，重又吹出一首《百尺楼》词来，音节是同的，字句是异的。吹罢以后，笑问着文宾道："你理会我的意思吗？"文宾道："奴家理会得。"接着念小姐的词道：

　　杨柳绿如烟，惯逐东风舞。舞向长亭又短亭，不辨东西路。
　　忙整玉搔头，春笋纤纤露。谁是江南杜牧之，解作秋娘赋。

秀英听罢，忙去握着文宾的手道："姊姊，你才是秀英的知音咧！"王天豹道："妹子，时候不早了，你肯留这位许大姑娘在楼上住宿，做阿哥的便要告辞下楼。你若不肯留她，做阿哥的也不敢过于勉强，只好领着许大姑娘下楼，着令家丁们备一乘轿儿，连夜送回豆腐店，免得她的老爹娘在家中盼望。"王天豹明知秀英见了这位大姑娘异常投机，绝不肯立时遣发她回去，所以趁着秀英和大姑娘十二分亲热的时候，趁着秀英握着大姑娘的手不唤大姑娘而唤姊姊的时候，故意逼她一逼，问她肯不肯留大姑娘在楼上住宿。秀英沉吟未语，王天豹早已起立道："大姑娘，你是漂亮人，看这情形，我的妹子不见得肯留你了，时候不早，随我下楼吧。"秀英道："哥哥请下楼去，这位姊姊我要留她在楼上过夜了。"王天豹道："妹子的闺楼上，从来没有留过陌生女子，不要为着做阿哥的分上破了你的例。"秀英笑道："我是瞧着姊姊分上才破这例，和哥哥不相干。"王天豹笑道："原来大姑娘的面子比我做阿哥的还大，你们俩正是天大的缘分。"说罢，起身下楼，临走时，向文宾说道："大姑娘，我的妹子是个好人，待人接

21

物是很殷勤的。你要是怕寂寞，你便和她同眠也好。"文宾道："不须大爷吩咐，奴家理会得。"素琴掌着烛盘，送过主人，回来又到小姐身边侍立。

　　却见小姐和这位大姑娘并坐在一起，大有相见恨晚的光景。秀英道："姊姊，你的才华，愚妹望尘莫及。"文宾道："小姐，休得这般称呼，许大是蓬门陋巷中的女子，和小姐判隔云泥，小姐唤一声许大便是了，若以姊妹称呼，岂不折了许大的福分。"秀英道："姊姊休得谦逊，若照姊姊这般的才学，便唤你师父也是应该的，但把姊妹相称，还觉得夜郎自大。"文宾道："小姐谬赞了，许大何德何能，敢邀小姐青盼。"秀英道："姊姊这般风雅的人，为什么不取个风雅的名字？许大二字，似觉不雅。"文宾道："只为这个名字是爹妈取的，为着排行第一，便叫阿大。旁人牵名带姓，唤作许大，因此许大许大被人家叫出名了。奴家自己也曾题过一个名字，叫作梦旦女史，只是没有叫出了名。"

　　列位看官，这是语里藏机，梦旦便是梦见周公，分明暗示自己的本姓。可惜王秀英没有猜想及此，反而点头道："这个名字便雅了，梦旦姊姊，你的才学是怎么得来的？难道自幼便延着名师认真教授的吗？"文宾道："豆腐店的生涯是很清苦的，怎有闲钱延请西席，奴家的区区才学，全仗着表哥哥指导的。"秀英忙问道："令表兄是谁？"文宾指着居中的匾额道："江南枝指生，便是奴家的表哥哥。"秀英肃然起敬道："莫怪姊姊有这般才学，原来是江南第二才子的表妹，真叫作近朱者赤、近墨者黑。梦旦姊姊，令表兄可在杭州？"文宾道："不瞒小姐说，今天看灯，还是表哥哥约我出门。"说时，取出方才怀藏的扇面道，"小姐请看，这便是今夜表哥哥倚醉所写的扇面。"秀英看过以后，钦佩异常，把扇面交还了文宾，笑吟吟地说道："愚妹有一个上联在此，要请姊姊指教。"随口吟道：

　　　　点点杨花入砚池，近朱者赤，近墨者黑。

　　文宾听了很佩服秀英的妙语双关，暗想她用双关语，我也给她一个双关语，便道："小姐的上联，奴家勉强对就了。"接着吟道：

　　　　双双燕子栖帘幕，同声相应，同气相求。

22

秀英听了，益发佩服得无以复加。她想这位许梦旦姊姊不但妙解音律，而且雅擅词章，今夕相逢，真是三生有幸。便握着文宾的手道："梦旦姊姊，我们到房里去谈吧。"文宾巴不得踏进小姐的香闺，于是一对玉人同入香闺。才揭起门帘，便是一阵甜香，直扑周郎的鼻官。正是：

袅烟绕户帘初揭，烛影窥人夜未央。

欲知后事如何，且看下回分解。

第四回

屏后听诗痴绝乡村女
灯前正拍颠倒虞美人

　　王秀英的兰闺划分外房内房，内房是寝舍，外房是睡前睡后起居休息之所。她握了文宾的手，揭开绣帘，同入外房。这一阵甜香，是金猊炉中喷出的鸡舌香，已把这西贝女郎熏得心旌荡漾。到了房中，秀英竟和他在一张杨妃榻上并肩坐下，秀英道："梦旦姊姊，今年交春以后，还觉得春风料峭，在这里谈谈，比在正间似乎温暖一些。"文宾道："小姐的香闺，宛似洞天福地，奴家何德何能，得到神仙境界。"秀英道："梦旦姊姊不须客气，愚妹有一个上联在此。"随即口吟一联：

　　　　流水高山，君是知音客。

文宾笑道："奴家虽非知音，居然入幕，谬对一个下联。"也出口成章：

　　　　论文谈学，侬成入幕宾。

秀英点头道："对得敏捷之至。"文宾暗暗好笑道："你但知我对得敏捷，怎知我在对句之中，已把我的文宾二字嵌入其中，小姐小姐，你莫怪我哄骗多娇，我已向你通过姓道过名了。"

　　在这当儿，素琴已送上小姐临睡时所饮的一杯参汤。秀英道："也替许大姑娘倒一杯来。"素琴口中答应，却站着不动。秀英道："素琴，为什么不倒呢？"素琴笑道："参壶中的参汤，只炖着小姐每夜所用的一杯，更没有第二杯了，小姐可要另炖一杯？"秀英道："要是另炖，又费时刻了，我嫌一杯太多，你另取一只杯子，分这半杯给许大姑娘吃。"文宾忙道："小姐不须如此，要是小姐瞧得起奴家，小姐吃罢参汤，赐一些余沥给奴家吃，奴家如拜甘露玉醴之赐。"秀英道："梦旦姊姊，你是宾，我是主，怎有主占宾先，把吃剩的余沥饷客？你请先用吧。"文宾道："小姐这般客气，反使奴家不安。实告小姐，奴家自从上了闺楼，得和小姐接近，便起着一种幻想：但愿一辈子伴着小姐，坐则同坐，立则同立，行则同行，止则同止。小姐临池，奴家替小姐磨墨；小姐弹琴，奴家替小姐焚香。小姐容留奴家，做一个怡云楼侍者，请把饮剩的残沥赐给奴家，奴家饮了这残沥，从此死心塌地，永做香闺不侵不叛之臣。要是小姐嫌弃奴家，鄙薄奴家，只和奴家闹这虚文上的恭敬，奴家从此便不敢和小姐亲近了。"秀英道："这杯参汤我只得先饮了。"当下喝了两口，授给文宾。文宾接了这参汤杯子，不肯便喝，把杯子凑到秀英的樱唇旁边道："小姐，你假如瞧得起奴家，你且在奴家手里再喝几口参汤，奴家只要喝那小姐喝剩的残滴，小姐快喝，参汤快要冷了。"秀英没奈何便在文宾手中又喝了两口，文宾才把杯中的余沥一饮而尽。素琴来接这只哥窑杯子，文宾兀自不舍得放手，却在杯子的沿边舔了一周，方才授给素琴，兀自咂嘴咂舌，似乎津津尚有余味。素琴哧哧地好笑道："许大姑娘，你是猪八戒吃人参果，区区半杯参汤，值得这般咂嘴咂舌？"文宾笑道："小姐喝剩的东西，休说参汤，就是半杯开水，也有异样的滋味。素琴姊姊，可惜这杯子吞不下，要是也可吞入腹中，不会划碎肚肠，奴家早把来吞下了，只为杯子上面留着小姐的口津。"这几句话引得小姐丫鬟都笑了。素琴道："许大姑娘，你亏得是个女子，倘使你是个男子……"说到这里便停了。文宾道："是个男子便怎样？"素琴先向小姐打了一个招呼道："小姐原谅，恕丫头胡说。"又向文宾说道，"倘使你是个男子，和小姐做一对儿，管叫你如胶如漆、形影不离。"秀英假作娇嗔道："痴丫头不说好话。"文宾笑道："幸而奴家是个女子，要是男子，小姐的百尺楼怎容凡夫轻上。"秀英道："不是愚妹轻量天下之士，似梦旦姊姊这般的才学，非但钗裙队里罕闻，也是衣冠中间少有。假使梦旦姊姊易了男装去应试，不让女状元黄崇嘏专美于前；易了男装去从军，又是一个文武全才的花木兰。愚妹又有一个上联在此。"又吟道：

黄崇嘏，花木兰，本非男子。

　　文宾暗暗好笑道："秀英秀英，你怎么算了隔壁账，我是男扮女装的人啊！你却把女扮男装的古人相比，真叫作阴差阳错了，待我语里藏机，给她一些因头。"便道："小姐，奴家对就了，鲁隐公名曰息姑，名似女子，实则不是女子，和孟子所说的晋人有冯妇一般。听奴家对的下联。"于是琅琅念道：

　　鲁息姑，晋冯妇，不是女儿。

　　秀英不知他话里藏机，又是赞不绝口，当下越谈越起劲了，便道："梦旦姊姊，你的对仗敏捷，愚妹已领教过了，愚妹还要请教姊姊的诗才。"文宾听说要和他谈诗，当然是很高兴的。但是"诗清只为饮茶多"，他上了怡云楼饮过了一杯香茗，进了蓝闺又喝了半杯参汤，他竟诗思泉涌了。他自从在紫藤书屋的大井角落尿桶脚边诗声琅琅地题过一首长歌，直到这时，约莫有一两个时辰了，一时内急，不禁身子颤动起来。秀英奇怪道："梦旦姊姊做什么？人家吟诗只怂着吟肩，你却颤动着吟躯。"素琴在旁瞧见这位西贝大姑娘脸都涨得红了，便道："许大姑娘，你不是要吟这首诗，敢是要吟那首诗吧？"文宾点头道："多谢姊姊引导我去行个方便。"素琴道："许大姑娘这里来。"
　　原来素琴的卧室便在小姐的外房后面，当下引着文宾走入里面。虽是个丫鬟卧室，却布置得井井有条，一尘不染。曲尺式地排着的两张小床，侧边的一张床，蚊帐下垂，床前放着一双绣鞋，不待文宾动问，素琴已告诉他道："这是我们的锦瑟妹子，她不耐迟眠，早已睡熟了多时。"又转到折叠屏风后面，那边便放着一个朱漆便桶，笑说道，"许大姑娘，你在这里吟诗吧。吟了这一首诗，再到外面去吟那一首诗。"文宾道："姊姊请到外面去吧。"素琴笑道："这有什么妨碍呢？大家都是女人家。"文宾道："姊姊原谅，奴家的习惯，当着生人，便是内急也不会……"说到这里，身子益发颤动了。素琴便退到屏风外面，猛听得砰的一声，马桶盖在地板上碰得怪响，在这分上，便显出周老二上马桶功夫不在行了。大凡妇女家上马桶，总把马桶盖轻轻地戳在马桶旁边，没有碰在地板上的。在屏风外面的素琴暗暗好笑道："乡下姑娘竟露出马脚来了，任凭她会得吟诗答对，在这分上总脱不了她的蠢模蠢样。料想她的一场尿定然和出洞蛟一般地响了。"但是竟出于素琴的意想以外，这乡下姑娘上了马桶竟是声息杳然，既无奔腾澎湃之响，也无淅沥萧飒之声，似这样的静默功夫，和大寺院里的和尚吃热粥一般，不闻声息。她又不禁佩服了。她想："乡下姑娘从哪里学来的这般好模好样？我家小姐上马的功夫要算是好的了，也不免有飕飕飕飕的声音。谁也不会似乡下姑娘这般地默默无声。待我来窥她一窥，她的上马姿势一定比众不同。假如我学会了，也学得一桩好模好样。"素琴是素性好学的，她便凑着折叠屏风的隙缝，一眼开一眼闭地宛似"望里瞟瞟又一张"的西洋镜一般。这时文宾在马桶上吟诗，恰才吟毕，他是背着屏风而坐的，他一手提着裤腰，一手去取马桶盖，碰铙钹似的碰了一声，把来碰上了马桶，腾出空手，便去缚那裤儿。列位看官，只这吟诗一首，险些儿破露机关。幸而当时是闺门女训盛行的时代，处女的目光不越闺门以内，休说闺楼上的千金小姐，在那出嫁以前，永不会窥见男子们的秘密，便是千金小姐贴身的规矩丫鬟，也和小姐一般见识。在这当儿，素琴见乡下姑娘不用草纸拭抹便从马桶上起身，已暗笑她乌糟糟不成模样，又在乡下姑娘拽起裤儿的时候，眼光一瞥，仿佛见乡下姑娘的臀部下面附带着一个圆溜溜的东西，只为灯光被屏风所掩，不能够瞧个清切。素琴自念道："这乡下姑娘可惜了，面貌很佳，她的下部却生着一个赘瘤。怪不得她不肯当着我的面吟诗一首，她原来有这夹带的东西见不得人。"文宾从屏风后面转将出来，素琴请他洗过了手，重到外面和小姐论诗。素琴知道她们谈论文墨，未必便睡，便在神仙炉内炖起莲子汤来，预备垫饥。秀英取出一纸近作，送给文宾过目，原来是《春闺》为题的禁体七律诗，限韵很苛，限的是溪西鸡齐啼五字，又须限用一二三四五六七八九十万千百两丈尺双半等字。文宾读那小姐所咏的一律道：

百尺楼头花一溪，七香车过五陵西。

文宾赞道："开端两句已非俗艳，好在《百尺楼》又是方才洞箫声中吹出的词调。"重又读道：

六桥遥望三湘月，八载空惊半夜鸡。风急九秋双燕去，云开
四面万山齐。子规不解愁千丈，十二时中两两啼。

　　文宾道："因难见巧，端的佩服之至，奴家不辞谫陋，意欲奉和小姐
一首，小姐应允吗？"秀英道："正要请梦旦姊姊赐和，素琴快把文房四宝
取来。"素琴更不迟延，忙把小姐书房中的文房四宝取到沿窗桌子上，移
过灯台，请许大姑娘吟诗。秀英暗想，这是限韵限字的诗，任凭聪明人也
不会仓促立就。谁料文宾执笔以后，约略凝神一会子，早已飕飕落纸，一
挥而就。诗道：

　　百尺高楼四五溪，珠箪十六卷东西。二分明月三分恨，一夜
相思半夜鸡。黄鹤高飞万丈远，红鸳新绣两双齐。春归八九愁千
斛，七里山塘莺乱啼。

　　秀英读罢了这首诗，忙道："梦旦姊姊才大如海，作这首禁体诗，一
些没有拘束。说也惭愧，愚妹吟的一首诗，足足挨了一个深夜，方才吟
就，可见姊姊的才情高出愚妹万倍。"文宾道："小姐太谦了，小姐的原作
一字一珠，奴家的和诗不过杂凑成章罢了。"秀英又把一首近作《虞美人》
词请文宾过目。秀英所填的词，足有百数十首，她单取这首《虞美人》词
给那西贝女郎过目，也有一个道理。她觉得这位乡下姑娘的才调确乎在自
己之上，诗既作不过她，只好和她比一比填词功夫。这首《虞美人》词是
回文词，顺读是《虞美人》的上节，倒读是《虞美人》的下节，不过韵都
完了。她以为填这首回文词很费功夫的，料想乡下姑娘不见得便会一挥而
就吧。文宾看了题目，便道："小姐真好心思，填这颠倒《虞美人》，是很
不容易的，当下先行顺读一遍道：

　　晴溪一雨红深浅，恰恰莺雏啭。卷帘春好燕双归，故故见人
愁面背花飞。

28

文宾又倒读一遍道：

飞花背面愁人见，故故归双燕。好春帘卷唉雏莺，恰恰浅深
红雨一溪晴。

读了一遍，又读一遍，表示十分欣赏的意思。秀英道："这首词还是
去年填的，曾经寄给杭郡中的许多闺友，请她们不拘原韵和我一首，但是
她们都以为无从下笔，知难而退，因此不曾觅得和章。梦旦姊姊天才敏
妙，可否和我一首？"文宾道："奴家虽然不省得填词，但是小姐有命，只
好勉为其难。"于是约略构思，便即提笔填成一首颠倒《虞美人》，顺读便
是上半阕，倒读便是下半阕，题目写的是《灯下闻箫》，调寄颠倒《虞美
人》。上半阕云：

箫声慢捩春人妙，听久宵寒悄。记曾离别最魂销，夜夜碎摇
灯影梦迢迢。

倒转来便是下半阕云：

迢迢梦影灯摇碎，夜夜销魂最。别离曾记悄寒宵，久听妙人
春捩慢声箫。

秀英捧着这首词，吟了又吟，足足有三五遍，便道："天才天才，愚
妹要拜倒下风了。杭郡闺秀，要让姊姊独步。但是愚妹有个疑问，须得请
教姊姊。元夜看灯，虽是良辰美景，然而热闹场中往来行走，究非静女所
宜。姊姊是个有学问的人，和那寻常钗裙相隔天壤，为什么也随着红男绿
女，在人山人海里面拥出拥进，以致迷了路途，归家不得？愚妹明知事不
干己，无须饶舌，只为向姊姊接谈以后，实在钦佩了不得，意欲和姊姊订
为异姓姊妹，所以不避交浅言深，向姊姊冒昧动问。"文宾进了香闺以后，
对于秀英的才学已有十二分的满意，但不知秀英的德行如何。被秀英这般

地一问，文宾便知道秀英确是个有德行的女子，便道："小姐的金玉良言，确是颠扑不破，不过奴家此番夜游，也有不得已的苦衷。"说时，皱皱眉毛，似乎有万分为难的情形，实则他在那里构造一篇谎话。秀英道："愚妹也料到姊姊定有为难之处。"文宾道："奴家虽是小家女子，但也好静不好动，尤其不喜在热闹场中行动。今夜出游，全是表哥哥的意思。"秀英道："原来是枝山先生的意思，姊姊为什么不拒绝呢？"文宾道："好叫小姐得知，他是奴家的表哥哥，也是奴家的师父，奴家若没有这位表哥哥随时指导，便成了一字不识的乡村女子。表哥哥这番到杭州，是寄住在清和坊周礼部的公馆中，他和礼部的二少爷周文宾是个莫逆之交。"他说到这里，略做停顿，抬眼瞧一瞧秀英，但见秀英微微点头道："才子和才子，理该成为莫逆之交，但是后来怎样又和姊姊同看花灯呢？"文宾道："奴家住的地方，便是清和坊的后街，和周公馆的后门正是近邻，奴家也常到周公馆里去走动。他们的周老太太，简直是一尊活佛，不知谁家小姐修得到这样好婆婆。"秀英道："周老太太确是一位好人，杭州城中是有名的。"文宾道："有了贤母自然有贤子，她的两位公子都是很好的啊！"秀英点了点头儿，文宾道："自从表哥哥住在周公馆里，奴家便常常去候表哥哥，有时表哥哥也到豆腐店中来闲谈。今夜表哥哥在周府饮过元宵酒，带着几分酒意，来到豆腐店中小坐。奴家请他写扇面，他说，扇面是肯写的，不过写了以后，须得奴家陪着他在附近赏玩花灯。奴家虽然不喜出外游玩，但是求表哥哥的书法不是容易的事，奴家不允他，他便不肯动笔，好在左近走走没有什么妨碍，便一口应允了。他便很高兴地替奴家写了一页扇面，下笔有神，确是枝指生最得意的书法。奴家不及把扇面什袭藏之，他已催着奴家出门，奴家只好暂时藏在怀里，陪着他出门，以为走了一条半条的巷，便可兴尽而返。谁料走了一程，又走一程，奴家要回去，表哥哥偏不许回去。"

说话当儿，素琴又送来两杯莲子汤，分送主宾各一杯。但是文宾把自己的一杯交还素琴，他只要吃小姐的残沥。素琴道："大姑娘痴了，方才的参汤只有一杯，你和小姐合吃一杯还说得过去。现在明明有两杯莲子羹，各吃一杯不好吗？倒要吃我小姐吃剩的残沥。"文宾道："姊姊哪里知晓，要吃莲子羹，到处可以吃得；要吃小姐的吃剩的残沥，除却这里更无他处可以吃得。小姐瞧得起奴家，赐给奴家一些儿残沥吧。"秀英笑道："梦旦姊姊是个绝顶聪明人，怎么在这分上却有些呆头呆脑？"文宾道："见了小姐才呆，不见小姐便不呆。小姐请用莲子羹，奴家来执汤匙可好？"说时，不待小姐允许，他竟一手执着白瓷杯，一手执着小银匙，一匙一匙地送上小姐樱唇。秀英不肯吃，他说："小姐敢是瞧不起奴家？"秀英勉强吃了一匙，他又送上第二匙。秀英道："梦旦姊姊休得这般。我是主，你是宾，自古道'主不僭宾'，怎有宾先替主人执匙的道理？快快放下，休得折杀愚妹。"文宾道："小姐说奴家是宾，奴家确是小姐的宾。名也是宾，实也是宾。"在这几句中，又是语里藏机。他说"奴家确是小姐的宾"，分明吾夫妇相敬如宾的意思。又说"名也是宾，实也是宾"，他分明又把自己便是文宾向小姐指示。但是秀英怎会知晓，笑道："你既是宾，怎不放下这汤匙来？"文宾道："小姐啊，你倘允许奴家做小姐的宾，快快接受奴家三匙莲子羹；要是不肯接受，你便表示一种割席相拒的意思，奴家便不是小姐的宾了。"秀英道："你这人又是令人可敬，又是令人可厌。好好，我便再吃这三匙吧。"三匙吃罢，这剩余的莲子羹竟是周老二的换骨金丹，吃入肚子里，似乎全体骨骼都减轻了分量，有飘飘霞举的模样。这小小的银匙尤其有绝大的魔力，只为曾经接近过小姐的樱唇，周老二放入口中便是和小姐接那间接的吻，香喷喷、甜津津。这一种异样的滋味，无论怎样形容总形容不出，只好背一句李后主的词，叫作"别有一般滋味在心头"罢了。莲羹饮罢，素琴收去杯子，绞上手巾。忽听得谯楼上敲动三更的更点。秀英道："时候不早了，方才姊姊上楼时，正敲过二更，现在又过了一个更次了，我们谈得起劲，一些儿不觉得夜分已深。"素琴道："请问小姐，这位许大姑娘和谁同睡？"小姐沉吟片晌道："梦旦姊姊只好委屈你了，愚妹房中只有一张牙床，你便住在素琴的房中吧。素琴和锦瑟同眠，让出一张空床请你暂屈一宵可使得吗？"文宾道："好叫小姐得知，奴家敬仰小姐和天上神仙一般，奴家不愿意睡在素琴姊姊房中，奴家只指望睡在小姐房中。小姐不容奴家睡在牙床上，奴家便睡在踏步上面，也和睡在神仙宫阙中相仿。"秀英道："也罢，牙床旁边有一张西施榻，你便搬一套被褥在西施榻上权宿一宵吧。"文宾道谢道："若得这般，便是奴家万千之幸。"秀英便唤素琴到卧室中说："一切都布置好了，你自去睡吧。"

素琴答应着，便进内房，把一套锦衾锦褥在西施榻上铺叠好了，回到外面，请小姐同许大姑娘安睡。自己觉得睡思沉沉，熄了正间的灯火，便回自己房里，急于要入睡乡，按下慢表。

且说秀英携了文宾的手，从外房走入内房，进了绣阁，便把门儿闩上了。周文宾忽地向秀英小姐双膝跪下。秀英见了，惊异不止。正是：

奇缘可入无双谱，仙境旋登第二峰。

欲知后事如何，且看下回分解。

第五回

密语相商微闻脂粉气
纤尘不染戏继睡鞋诗

　　周文宾这时渐入佳境了。从怡云楼走入香闺的外房，是入了天台第一峰；又从外房走入秀英的寝室，是入了天台第二峰；待到房门已闭，他便跪倒在石榴裙下，非但秀英惊异，便是列位看官也觉得突兀。是不是文宾情不自禁，要向小姐求欢吗？非也。这部《唐祝文周传》是从前才子佳人的佳话，不是目今男女拆白党的实录。周文宾正在敬佩这位王秀英小姐，恨不得馨香供奉，把她当作天上安琪儿看待，哪有心怀不端，要去玷污小姐清白的道理？况且他的宗旨是要王小姐面许终身以后，再行央媒说合。他把小姐当作未来的夫人看待，怎肯在结婚以前先留这一个污点呢？列位看官，《西厢记》和《唐祝文周传》同是描写才子佳人的说部，但是《西厢记》脱不了淫书，只为张君瑞是重肉感而轻情爱的，惊艳以后他不想别的，只想"若能够汤她一汤早与人消灾障"，酬简这一宵，见了莺莺，竟不及和她喁喁情话，便是"软玉温香抱满怀"实行他的肌肤之爱。似这般地急色儿，简直失却了才子的身份，怪不得后来有始乱终弃的一幕悲剧咧！《唐祝文周》完全和《西厢记》不同，他们既不是始乱终弃，也不是先奸后娶，一个个都是先结了精神之后，然后才有肌肤之热，所以这部《唐祝文周》绝对不是描写肉欲的书。

　　闲文剪断，且说秀英见那乡下姑娘跪倒在地，不肯起立，怎不惊异，忙道："梦旦姊姊，有话快说，不用这般模样。"文宾道："小姐援救奴家一命，恩同再造。"秀英道："你好好儿在这里，何用呼救？"文宾假作凄惶模样，哀求小姐道："无论怎么样，总得援救奴家出险，今夜好好儿在这里，到了来朝，奴家毕竟难脱虎口。"秀英听到"虎口"二字，她哥哥便是人群之虎，忙道："可是哥哥欺侮于你？"文宾假作拭泪道："小姐明见万里，小姐肯救奴家，奴家即便起立，要是不然，奴家情愿一辈子跪在小姐裙下，死在小姐面前，总比着败名辱身而死馨香百倍。"秀英用手相扶道："不用跪了，无论怎么样，总得设法救你出险。"文宾谢了小姐，方才起立。四顾房中的陈设，比外房益发富丽，他无心赏玩这洞房绣阁，他只是细细地领略小姐的柔情蜜意。

秀英挽着他的手，便在方才铺设衾褥的西施榻上挨肩坐定。秀英道："梦旦姊姊，不用忧闷，哥哥怎样欺侮你，请你告诉愚妹知晓。"文宾道："说便向你说了，请你切莫告诉公子知晓。"秀英道："姊姊放心，我们兄妹俩性质不同，绝不会告诉他的。"文宾道："实告小姐知晓，奴家虽然看灯迷路，但是上元佳节，城开不夜，还可以问询回家。无奈遇见了公子一行人五骑骏马，拦住了归路，使奴家回去不得。"秀英道："他又这般无礼吗？可曾用强把你抢夺回来？"文宾道："这倒没有，不过百般引诱，要奴家和他一路回去。奴家见他来势汹汹，要是不依，只怕他拦腰便抱，抢夺回去，反而不成了模样，只得随机应变，跟着公子回府。"秀英道："回来以后，他可曾肆行无礼？"文宾假作羞答答的形状，低声说道："有许多话不敢向小姐说，只怕污了小姐的耳朵。"又指着衣襟下的皱痕道，"公子自恃臂力刚强，把奴家的衣襟扭着不放，奴家用尽平生之力，再也敌不过公子的一把手劲，幸而天无绝人之路，仗着一件东西保全了奴家的贞节。昔人说'成也萧何，败也萧何'，奴家说'成也是奴家的表哥哥，败也是奴家的表哥哥'。"秀英道："这是怎么解？"文宾道："若不是奴家表哥哥强迫奴家出去看灯，奴家怎会被公子强迫入府？这叫作败也是奴家的表哥哥。若不是表哥哥手书的一页扇面藏在奴家怀中，怎能够吓退公子，保全奴家的贞操？这叫作成也是奴家的表哥哥。原来公子见了奴家怀中的便面，知道奴家的表哥哥便是祝枝山，他枉算是老虎，却惧怕这条洞里赤练蛇，便不敢肆行无礼了。他虽放下了手，却还强迫奴家允许他终身，奴家见机行事，只好权时允许，做个缓兵之计。但是言明在先，不能行这苟且的事，须把奴家安置在一个很安全的地方，最好是寄顿在老太太房中。他说，老太太已睡了，便把奴家送上小姐闺楼寄宿。但是今夜的难关过去，到了来日，他一定要强逼奴家成亲。奴家恳求小姐到了来朝，万不要把奴家交还公子，奴家愿意永远在闺楼上侍奉小姐，奴家不愿意和公子成亲。"

秀英道："梦旦姊姊，你肯和愚妹做伴，非常荣幸，愚妹绝不把你交付家兄。到了来朝，愚妹引你去见家母，禀过了老人家，我们便可以订为异姓姊妹。"文宾道："若得如此，奴家万分感激！明天见了尊堂，奴家还得拜倒在她老人家膝下做个义女，要是老人家不答应，小姐一定要帮着奴家吹嘘的啊！"秀英道："姊姊放心，家母素来爱才如命的。家母钟爱女儿，只为家兄不好学，愚妹却是手不释卷，她便许愚妹是个读书种子。到了来朝愚妹把姊姊的才学告诉了家母，她一定肯把你收作义女。她认你做了义女，家兄便奈何你不得了。不过姊姊失踪以后，堂上二老岂不惶急万分，要是知道姊姊住在这里，他们一定要把姊姊接取回去，绝不使你久做愚妹的伴侣，这便如何？"文宾勾着小姐的粉颈，轻轻地说道："只需小姐不弃，奴家决计和小姐形影不离。明日只需遣人到清和坊周公馆中邀请表哥哥到来，奴家和他说明情由，为着小姐多情，要把奴家留在闺楼上多住几天，请表哥哥通知爹爹妈妈，叫他们不用记挂。要是记挂，他们也可以到兵部府中来探望。总而言之，除却小姐厌弃奴家以外，奴家绝不会无端轻离小姐。"秀英听了，便把粉颊偎着文宾的面庞道："好姊姊，你说甚话来？似姊姊这般的良伴，可遇而不可求，奴家为什么弃姊姊呢？"

两颊相偎的当儿，彼此的感触不同，秀英不知道文宾是男子，她和文宾相亲相近，纯粹要献出于朋友之爱，纯粹出于得一知己可以无憾的感情，方寸何等地高尚纯洁。文宾便不然了，他挂了乡下姑娘的幌子，混上闺楼，和千金小姐鹣鹣鲽鲽地坐在一起，而且肩儿相并，脸儿相偎，一阵阵的脂香粉气直袭到他的骨髓里面，除是铁石心肠，才会漠然不动，何况他又是个风流才子呢？在这当儿，他要是乘机摸摸索索，确有一种可能性。当他野心勃勃的当儿，忽地想着一句"发乎情止乎礼义"的经训，他便自行制止了跃跃欲动的不规则行为。他想："我和小姐这般地相偎相傍，在情字上说来已越了分寸，再进一步，便不是情而是欲了，无论如何，只可以此为限，再也不能向前侵占了。侵占一些，我便失却自己的身份，我便无以对答这位四德俱全的贤小姐了。"

列位看官，旧礼教三个字，现在虽然弃如敝屣，但在当时，周文宾幸而认识了礼义二字，才能够下这克己复礼的功夫。要是不然，他竟趁着房中别无他人，肆行无礼起来，那时机关破露，王秀英岂不要高声呼唤，惊起丫鬟，一时闹将起来，王小姐不免羞愤自尽，周文宾也未免捉将官里去，"一失足成千古恨，再回头已百年身"，这便是离却礼义立场而造成的恶果。所以旧礼教打破以后，未婚夫妇往往做出非礼之事，以致丑声四播，被人指责。要是先奸后娶，倒也罢了，所可怪的，往往奸而不娶，始乱终弃，不是女子无情，便是男儿薄幸，一年之中，不知要闹出多少笑话和悲剧，这便是发乎情不肯止乎礼义的害处。

闲文剪断，且说周文宾想到了"发乎情止乎礼义"的格言，便自行制止了勃勃的野心。他想："我休起着非分的妄想，我且探探小姐的口音，她对于我的亲事究竟有没有意思。"于是放下了勾挽粉颈的手，很感激地向小姐说道："小姐既这么说，奴家便一辈子伴着小姐也情愿的，但是小姐出嫁以后便怎么样？"这句话却勾起了小姐的心事，微微地吁了一口气，不说什么。文宾暗想："这便有些意思了，我们婚姻停顿，看来芳心中未必可可。"便又轻轻地说道："奴家既蒙小姐错爱，有几句不辞冒昧的话，要想动问小姐，不知小姐肯垂听吗？"秀英道："我们既做了闺中知己，什么话都可说，但请姊姊指教。"文宾道："这是奴家听得表哥哥说的，未知道正确不正确。周府的二公子曾经央媒向府上求亲，事已垂成了，忽又停顿起来，据说是小姐心中嫌着二公子的家况平常，奴家听了不肯相信，小姐便有这条心，外面人也不会知晓，何况小姐是一位四德俱全的女子，断不会有这世俗之见。"秀英含羞说道："这是外面的无稽之谈，愚妹敢向姊姊说一句自信的话，愚妹虽然生长红楼，却没有红楼女子的习气。要是存着势利之见，要是存着重富欺贫之心，姊姊也不会和愚妹坐在这里了。"文宾道："小姐一意怜才，不存贫富之见，这是奴家深信不疑的。不过周解元也是当世数一数二的才子，好好的姻缘，为什么生了挫折？"秀英沉吟了片响道："这些话只好向知己说，不好向俗人言，说便说了，梦旦姊姊千万不要走漏风声。令表兄面前，尤其不能提及一字，防着令表兄告诉了他，便成了话柄。"文宾假意儿问道："他是谁呢？"秀英垂着头道："他便是周文宾啊。他的亲事，目前虽然停顿，但是前途很有希望，只为亲事停顿，单是家父一人的意思，妈妈和我都不以为然。"说到这里，又微微地笑道，"我把姊姊当作自己人，才向你宣布秘密，你不能骗了我的话，却来取笑于我。"文宾很是情急地说道："小姐的秘密尽管向奴家说，奴家若走漏一字，可以推开纱窗，向月光菩萨立下誓愿来。"秀英笑道："只需你守口如瓶便是了。实告姊姊，这头亲事，家母心中已是千愿万愿的了，便是家父不愿，也不能和家母执拗到底，只为家母的主张，家父素肯依从的。曾经写了一封很切实的信，寄往京师，力言人才难得，机会易失，除却了他，不容易觅得一个如意郎君。信已去了多时，家母在日间还提及这事，早晚之间，京师便有信到。要是家父的回信到来，从了家母的劝告，那么停顿已久的亲事，立时便有成就的希望。"文宾道："那么还好，奴家听得表哥哥说起，这位周二公子的才学，端的当世无双。"秀英道："他的才学听说是很好的，但是说他当世无双，也不免过誉。他是翰林的公子、翰林的兄弟，有了这般的贤父兄，他的文才自然容易胜人。若似姊姊这般家庭，并非书香门户，却能妙解音律，深通文学，使愚妹自叹弗如。古人说得好：'醴泉无源，芝草无根。'愚妹以为姊姊的文学，才是当世无双。他便是多才，料想也不能胜过姊姊。"文宾笑道："小姐看得奴家太重，看得周二公子太轻了。奴家的一知半解，怎比得上周二公子？"秀英道："我们既是知音，你便不用说这客气的话。实告姊姊，要不是你藏着令表兄写的便面一页，无论如何，我总不信豆腐店里的姑娘有这般的才学。他虽然中了解元，我想他的才学，至多也不过和姊姊一般。"说到这里，沉吟了片响，喃喃自语道，"他果然比得上这位姊姊，我便心满意足了，只怕不能吧。"猛然间谯楼上的更点正起着四更，秀英道："姊姊，时候不早了，安睡吧。我也要卸妆了。"文宾道："小姐可是自己卸妆？"秀英道："向来是素琴替我卸妆的，她已睡了，我自己卸吧。"说时，打了一个呵欠，很有倦意。文宾道："奴家来替小姐卸妆。"秀英笑道："怎好劳你？"文宾道："我们是不拘形迹的，小姐请坐近妆台，待奴家来替小姐卸去晚妆。"秀英见他这般殷勤，也只好领受他的美意。文宾便移着灯台替秀英卸去钗钏，除下花朵。好在他不是门外汉，做女子的筋络他都学会了，待到一切都卸除完毕，又在金猊炉中添些香料，氤氲氲氲地焚将起来。秀英笑道："你太劳碌了，我也替你卸下花朵。"说时，便把他的鬓边插的蜡梅花球卸下，忽地诧异起来道："梦旦姊姊，你这么大的年纪，还没有穿耳朵，奇事奇事！"文宾心头怦地一跳，幸而机警，若无其事地答道："小姐，这便是爹爹妈妈溺爱的缘故，小时候不给女儿裹足，不替女儿穿耳朵，到大来受尽人家的嘲笑。奴家曾经蓄志要穿耳裹足，但又怕着疼痛，因此不尴不尬，变成了这怪模怪样。一半是爹娘溺爱，一半也是自家不长进。但看金枝玉叶般的小姐，尚且经受这穿耳裹足的痛苦，奴家一个乡村女儿，却这般地不要好，不是自家不长进吗？"这几句话，博得秀英微微一笑，便把方寸间的疑云吹散了。文宾待要替秀英宽解衣裙，秀英道："这是我从来不肯假手他人的，姊姊自去睡吧，若再迟延，快要天明了。"文宾又想到"发乎情止乎礼义"一句话，不敢造次，便即预备安寝。临睡时免不得要在小姐所用的金漆便桶上行一个方便。秀英正怪着他把马桶盖落地太响了，但是又羡慕他的上马功夫简直不弱，宛如衔枚疾走，声息全无，不知哪里学得这般的好规矩。秀英毕竟比着素琴稳重，并不在屏风后面窥探他的上马姿势。文宾下马以后，秀英又上马，好在香闺中的镂金马桶不止一个。文宾在外面洗手，却静听秀英的马上诗声。他以为几生修到这耳福，才能够闻所未闻。从小姐上马听到下马，被他听得三种声音，却似三样水果。第一样是枇杷，第二样是荸荠荸荠，第三样是拣剩橄榄。这不过是谐音罢了，并不是镂金马桶里面开了什么水果铺子。秀英初上马时，揭起马桶盖，把来倚在马桶脚边，便有一种哗卜的声音，"哗卜"的谐音便是枇杷。接着排泄机关中的泼凄泼凄之声，谐音便是荸荠荸荠。最后又要盖上盖来，这盖上盖来的谐音便是拣剩橄榄。秀英方便已毕，从九叠屏风内转将出来，正待洗手，却见这位西贝女郎站立在一旁，不住地在点头拨脑。秀英笑道："姊姊呆立在这里做什么？还不睡吗？"文宾听了几乎发笑，他原来在咀嚼三种水果的滋味，只好假意儿说道："小姐不睡，奴家怎敢睡？"

秀英洗手完毕，宽卸衣裙，露出桃红绉纱的小袄、月白绉纱的小裤，娇滴滴越增美丽。周老二见了最为销魂的便是秀英宽去绣履，换上三寸光景的软底碧云罗睡鞋，妙在纤如菱角，不染微尘。文宾赞不绝口道："好一双睡鞋，宛如出水鲜菱，异常洁净。"秀英笑道："这是不着地的缘故，叫作'永无沾地日'。"文宾笑道："奴家斗胆，给小姐续上一句睡鞋诗吧，叫作'也有向天时'。"文宾道了这一句，却又翻悔不迭，他是常看小说的，看到情人两两于飞之乐，便有莲瓣朝天的字样，因此不知不觉地道了这一句，比及出口以后，又懊悔把淫词艳句唐突了小姐。谁知闺楼上的千金小姐，向来只看的是规矩书本，竟猜不出"也有向天时"的命意何在，笑说道："梦旦姊姊，你方才作的诗词都是妙不可言，唯有这一句太拙率了。睡鞋的鞋底，虽然不曾沾地，却也不曾向天，你怎么说'也有向天时'呢？"文宾听了，又是侥幸，又是欣喜。欣喜小姐天真未凿，确是守

38

礼的女郎；侥幸自己续的这句轻薄之词，没有被小姐觉察。便笑应道："小姐驳得不错，奴家竟是信口开河，不近情理，请小姐原谅。"这句哑谜儿，直要到秀英出嫁以后，和文宾洞房花烛似水如鱼的当儿，便回想到周郎续的一句"也有向天时"并非不近情理，却是入情入理，笑向丈夫说道："你那夜续的睡鞋诗，现在可明白了，原来如此。"这是后话，表过不提。文宾见小姐换过睡鞋，含笑上床，放下罗帐，金钩铿然作响，还听得她在帐中轻声说道："愚妹有僭了，姊姊安处吧。"文宾这时说不出地心头懊恼，只这一层罗帐，似隔了蓬山千万重。帐门一下，他望不见多娇的模样了，没奈何只得走到这张花梨木的西施榻旁，草草卸除妆饰和衣裙，上床安睡，却不曾除下头上的帕子。但是咫尺间，天样阔，叫他怎么样地安稳，待要私上小姐的牙床，又被这礼义二字来挡驾。左思右想，被他想出了一条苦肉计，他想自己偷上小姐的牙床是越礼行为，万万使不得的。从前刘备善哭，左一把鼻涕，右一把眼泪，竟把鼻涕眼泪换得锦绣山河。我不妨把小姐的象牙床当作锦绣山河一般，我来效法刘备，试哭一番吧。想到这里，便呜呜咽咽地哭泣起来。象牙床上的小姐正待蒙眬入睡，竟被他哭醒了，不禁唤问情由。正是：

　　绿浦鸳鸯怜并宿，锦屏翡翠爱双栖。

欲知后事如何，且看下回分解。

第六回

倚翠偎红偷傍游仙枕
珠啼玉笑催开并蒂花

　　周文宾已到了天台第二峰，兀自不肯知足，又想上天台第三峰了。王秀英哪知是计，便道："梦旦姊姊，你敢是梦魇吗？无缘无故，竟在床上哀哀哭泣起来？"文宾假作哭声儿答道："小姐有所不知，奴家在家时，夜夜总和妈妈一起儿睡，从来不曾孤眠独宿，因此百般地睡不沉着，想起妈妈，不禁哀哀啼哭，以致惊醒了小姐的清梦。"秀英道："你难道从来没有离过尊堂的吗？"文宾道："有时离却妈妈，总有小姊妹同床伴宿，从来没有独自睡过一宵，今宵却是第一宵，越睡越是害怕起来了。也罢，待奴家披衣下床，坐以待旦吧。"说罢，真个披衣下床，剔一剔银灯，坐在小姐床前，守候天明。

　　秀英素来心软，怎不中了周郎的苦肉计，便即手拍着床沿道："姊姊，你不惯独睡，便在这里睡吧。"文宾假意儿道："乡间女子，怎敢玷污小姐的象牙床。好在快要天明了，待奴家坐一会子吧。"秀英道："沾染了风寒，不是耍的，快请上床来，我在里床，你在外床，快把被儿搬了过来吧。"文宾怎敢错过这千金难换的时机，便去抱了衾裯，搬上小姐所卧的一张飘檐踏步象牙镶嵌的红木床。秀英已拥着绣衾偏向里床。论着床的面积，三个胖子同床也不觉挤轧，何况床上只有文宾、秀英二人，何况文宾是个瘦腰沈约，秀英又是软弱莺莺。文宾把衾裯铺叠的时候，才发生三大恨：第一大恨，小姐床上的被褥多了几副，要是只有一副鸳鸯枕、翡翠衾，岂不是好；第二大恨，小姐这张床的面积太大了些，要是睡的是一张单人床，岂不是好；第三大恨，自己和小姐的身躯太瘦了些，要是都是个肥人，睡在床上，彼此挤在一起，岂不是好。他把衾裯铺叠完毕，又把枕儿放在小姐的枕边。秀英忙道："姊姊原谅，愚妹是不惯和人家并头睡的，睡了便睡不着。"文宾讨了没趣，只好把枕儿移往那边，和小姐分头睡了。秀英心头无事，停一会儿便入了睡乡。文宾的方寸地竟成了跑马厅，仿佛万马奔驰，跑个不停，在那情不自禁的当儿，几乎要揭开小姐绣衾，实行那"软玉温香抱满怀"的一句话。这不是著者形容过甚之词。从来"好色人之所欲"，和这么一位绝色女郎睡在一起，要是心如止水，只怕佛菩萨也办不到。经典上说的摩伽女上了禅床，很有道行的阿难菩萨尚且几毁戒体，何况文宾是个凡夫呢？照这么说，文宾该有不规矩的行为发生了。但是著者笔下担保，这一张牙床上虽然咫尺巫山，却是此疆彼界，判别谨严。小姐既没有开门揖盗，文宾也不曾越界筑路。这不是文宾的戒行胜于阿难菩萨，其中自有不同之点。摩伽淫女百般引诱阿难菩萨，所以保全戒体非常困难，不过幸而获免罢了。现在同睡的秀英小姐冰清玉洁，文宾正存着几分敬畏之心，怎敢冒昧求欢，变作欲速不达？况且听得小姐的口风，她已心属周郎，这姻缘本有成就的希望，万一要强不成，姻缘决裂，名誉丧失，有什么值得呢？"发乎情止乎礼义"这句话又要得着了，几次想插手到小姐的衾窝中，纵不能真个销魂，也博得假个销魂。但是他终于不曾染指。一者小姐的衾窝封裹紧密，未易插手进去；二者小姐虽有微微的鼾声，但是很易惊醒。文宾略略把身子挨近她的衾窝，小姐的鼾声便停止了。文宾怕她惊醒，所以不敢造次。可恨《三笑姻缘》弹词的著作人写到这一回，大大地唐突了才子佳人，实在写得太不堪了。他把这位冰雪聪明的王秀英竟写得和睡如死鼠的乡下蠢姑娘一般。他把这位锦绣才子周解元竟说得和《十八摸》中的丑角一般。他竟说周文宾插手小姐衾窝中实行十八摸，而小姐一无感觉，由着他摸摸索索，动都不动，牵都不牵。吾想这是不近情理之谈。休说深闺丽质这时候早该惊醒，便是乡下蠢姑娘被人在梦中宽衣解带，大概也要睁眼惊问是谁了。尤其可笑的，弹词上说周文宾摸到桃源洞，竟会作起诗来，什么"双峰夹小溪"，什么"有水鱼难养，无林鸟自栖"。我想无论如何，周文宾绝不会在勾魂摄魄的时候，从容不迫地作起诗来。所以《三笑姻缘》弹词中，唯有这一回最是恶札，最是不近情理。我说周文宾和小姐同床以后，并没有演这一出十八摸的打扯戏。睡到后来，听得小姐的鼾声渐匀，想已深入黑甜乡里，他便轻轻地起身，从这边调到那边，居然和小姐并头睡了。小姐面向外，文宾面向内，只是

41

隔着衾窝，又轻轻地偷尝着樱桃小颗，不禁胸头乱跳不止。他想偷接樱唇已经越礼，再进一步便对不起小姐了。但是炎炎地燃起情欲之火，一时又遏止不得，待要牺牲一切，不管她从不从，和她合着被儿睡吧。正待动手，忽又缩回，自言自语道："周文宾，周文宾，断断不可，断断不可！"

且说秀英蒙眬入梦，仿佛北京已有回书，她的老子已把她许给宁王千岁，不日便须把她送往江西，在宁王府中充当第十房姬妾。她得了这封书，吓得魂飞魄散，那宁王是何等奸邪的人，我是清白之躯，怎肯做这贼子的姬妾呢？正在着急当儿，丫鬟禀报："周文宾解元上楼来也。"秀英又羞又愤地说道："他和我有男女之嫌，黉夜上楼，非奸即盗。"话没说完，一个美少年已在眼前，自称便是周文宾，秀英待要撑拒，伸不起手，待要叫喊，开不得口。正在惶急得不得开交，忽听得耳边喃喃讷讷地说道："周文宾，周文宾，断断不可！断断不可！"睁开眼时，睡在足边的乡下姑娘竟睡在一个枕头上来了，这喃喃讷讷的话便出于乡下姑娘口中。这一惊非同小可，竟把秀英从衾窝里直跳地起来，颤声儿地向文宾诘问道："你、你究竟是谁？"文宾见小姐推枕起坐，玉容失色，便道："小姐不要慌张，我便是你的意中人周文宾啊！"秀英听了珠泪直流，急匆匆地下床，也不管睡鞋着地，在衣架上取了衣服，慌忙披了，开口便唤素琴，幸而素琴睡得正甜，没有惊醒。文宾也着了急，赶快拖着鞋子下床，不及披衣，身上只剩一套贴身衫裤，冒着寒冷，跪在小姐面前，轻轻地央告道："小姐有话好说，切勿声张。文宾虽然混入香闺，但是不敢施行无礼，小姐依旧是纯洁无瑕的美玉。一经声张以后，文宾名誉扫地，固不足惜，所可惜的，小姐的芳名也不免受人指责。"说时，伏在广漆地板上，向着小姐叩头不迭。秀英自思："他虽然和我同睡一枕，但是不曾侵入我的衾窝，我是很容易惊醒的，他入我绣衾，断无不醒之理。况且我恰才从床上起身，我的衾窝未乱，足见我的清白并没有被他玷污，我若声张，我的名誉反而洗刷不清了。"又看见跪在面前的周文宾这般瑟缩可怜，又怕他受着寒气，便道："你且起来穿好了衣服，我有话问你。"文宾央告道："倘蒙小姐见怜，暂不声张，文宾自当起立，穿好了衣服，另有一番不得已的苦衷向小姐申诉。要是不然，文宾便尽着单衣单裤，听凭小姐传唤丫鬟，把文宾光着皮肤一顿痛打。"周老二明知小姐怜念他，舍不得他受寒，叫他起来披衣服，便故意行使这条苦肉计，以便阻止小姐传唤丫鬟入房。秀英道："你果然说得出什么不得已的苦衷，我不声张也使得。"

文宾谢了小姐，便赶紧起身，披衣扎膝裤，穿裙子，自有一番手续。在这当儿，秀英已经换了弓鞋，束好裙子，端坐在银灯旁边，面貌沉静，笑态全无，大有《西厢记》上说的"小姐乔坐衙，美香娘处分花木瓜"的光景。她见文宾业已穿好衣裙，便吩咐他把方才携来的衾裯依旧铺叠在花梨木的西施榻上，免得被丫鬟瞧出睡在一床的痕迹。文宾怎敢怠慢，遵令而行。秀英道："你既是周生，怎么乔装改扮，混入闺楼？这般轻薄行为，岂是读书明理的人应该干的吗？"文宾道："若说乔装改扮，另有一番苦衷，少顷可以奉告。至于混入闺楼，咎不在我，是令兄把我哄骗入府，送上闺楼的啊！"秀英道："混入闺楼，既然咎不在你，但是你和我觌面以后，便该自述真名实姓，不应信口胡言，把我哄骗。"文宾道："令兄既把我寄顿闺中，我怎敢道破真名真姓，但是有意无意间，也曾把'周文宾'三字微微点逗，只是小姐不曾注意罢了。"秀英道："你何曾说过自己便是周文宾？"文宾道："小姐问我闺名，我说是梦旦，梦旦者梦见周公旦也，这便是自认姓周啊！"秀英道："你便自认姓周，我怎知你乔装改扮？"文宾道："若说乔装改扮，我又向小姐微露其词，我不是说'鲁息姑，晋冯妇，不是女儿'吗？他们不是女儿，我也不是女儿。"秀英道："你便微露其词，我怎知道这姓周的便是周文宾呢？"文宾道："我又在对仗中点逗过我的名字，我不是说'论文谈学，侬成入幕宾'吗？文宾二字早已向小姐通过真名了。"秀英沉吟片晌，果然他不是一味地欺骗我，他早把周文宾三字吐露了，只是自己太疏忽罢了。想到这里，眼见周文宾垂手站立一旁，未免有些不忍，便道："周生，你有话可坐着说。"说时指着对面一张椅子叫他坐了，不许他挨近身旁。文宾遵命坐下。小姐道："周生，我恰才见你才思敏捷，又见你耳朵上没有穿孔，曾经涌起疑云，怕你不是真个女子，但是听你说得入情入理，我的疑云又吹散了，却不曾把你的对仗研究一下，参透你的语里藏机。这桩事三面都有不是：疏忽失察，是我的不是；骗你入门，是哥哥的不是；乔装改扮，冶容诲淫，是你的不是。我一向听说周文宾才学丰富，品行谨饬，所以姻缘虽有停顿，我的心坎中已藏有一位品学兼优的周解元，时时牵肠挂肚。现在我明白了，名重一时的周解元，文学是很好的，品行太不堪了，枉读孔贤之书，来守儒门之戒，堂堂的丈夫不做，却装作女人模样，在人前自称奴家。周生周生，你不知羞，我却替你羞咧！"说罢，微微地吁了一口气。周老二听了一番训斥，很有些难以为情，连忙离座，向小姐频频打躬作揖。秀英本是满面娇嗔，见他穿了女人的装束，行那男子的打躬作揖，不雌不雄，非驴非马，忍不住微微一笑。又指着对面的椅子道："有话坐着讲，不用这般怪模怪样。"文宾没奈何，只得坐着申诉道："小姐的教训何尝不是，但是文宾所以改作女装，并非出于本性，只因家姊早故，借此安慰慈颜。"便把幼年乔扮琼枝姊姊，以娱老母的事述了一遍。秀英点了点头道："这是你幼年的一点孝心，不能说你是错的，我所不解者，你已成了词场中很有名望的人，便不该败坏风纪，男扮女装。"文宾道："小姐金玉之言，责得很是，不过今夜乔装，纯是有激而成，并非文宾的本意。"便把老祝和他赌做东道的事，述了一遍。秀英道："文人游戏，这也可以原谅的，但是在府上改扮则可，在路上改妆则不可。你既已哄信了枝山，你的东道已赢了，还要招摇过市，在人丛中拥出拥进，端的居心叵测，这便是你的不是。"文宾道："小姐的责备义正词严，文宾百口难辩，但是出门看灯，又都是老祝激成的，要是他自认输了东道，便没有这桩事了。"便把老祝不肯服输，定要再赌一个东道方才心服的话述了一遍。

秀英听他报告完毕，手支着粉颈，思索了一会子，忽地又是双泪直流，和断线的珍珠相似。文宾见了惶急着忙道："小姐做什么，我的下情业已一一申述了，小姐如不见谅，文宾只好伏地请罪，听候小姐处分吧！"说时，又要下跪。秀英拭着泪道："且慢，你的乔扮情由，我已十分原谅，你没有什么不是之处。最荒谬的便是我的哥哥，把一年轻男子寄顿闺楼，暂时虽然瞒过众人，不曾窥破你的真相，但是久后终当破露。他的名誉不足惜，我的名誉何堪设想？"说到这里，又呜呜咽咽地说道，"哥哥，你害得我太苦了，'凭君汲尽西江水，难洗今朝满面羞'。哎呀，受着污名而生，不如死的干净。周生周生，你到了明天，我吩咐丫鬟开着后门放你回去，免得你担受血海般的关系。我的清白你是知道的，你若有一线天良，总得在诗文上面替我洗刷这身后……"说到这里，竟有些语不成声。文宾这一惊非同小可，忙问："小姐预备怎样？"秀英摇了摇头道："罢了，罢了！"文宾惨着声音说道："怎么样呢？"秀英很决绝地说道："唯有一死。"这句话才出口，文宾已跪倒在石榴裙下，满面涕泪地哀告道："小姐，快休存这短见，小姐怕受恶名，尽可唤起侍婢，开着楼门，传家丁们上楼，把周某绳穿索绑，送往官厅究办。周某愿在公堂之上，指天誓日，申明小姐的冰清玉洁，只求小姐不要自尽。"说话的时候，泪如雨下。列位看官，这部《唐祝文周传》是一部乐观派的小说，打破小说中盗贼兵乱陷害狱讼种种的窠臼，所以这部书中完全都是喜剧，没有一出使人不欢的悲剧，既这么说，为什么秀英和文宾又"流泪眼观流泪眼"呢？著者说，他俩流的眼泪都是欢乐的代价，这叫作欢泪，不叫作痛泪。欢泪和痛泪同是一副眼泪，而性质绝不相同。欢泪中灌溉出来的花朵是合欢花。痛哭中灌溉出来的花朵是断肠花。闲话剪断，言归正传。秀英瞧见文宾这般模样，芳心好生不忍，假如不知道他是男子，早把玉手扶他起立，和他并坐在绣榻上，取出香罗帕替他擦泪了。现在行踪已破，要存着瓜田李下之嫌，只好轻轻地说道："解元请起，这不干解元的事，都是王天豹横行不法，才叫他的妹子受这惨报，到了明天，你还是明哲保身，离开这是非门的好。须知我的丑名儿无论如何总是洗刷不清。假如我恋着残生，你便指天誓日地替我洗刷也是没用的，除却一死，更无别法。你要替我洗刷，还是洗刷这身后的名吧。"文宾道："小姐，你要是怜念我的一片至诚，我却有个方法在此，便不怕人家的议论了。"秀英道："什么方法？你且道来。"文宾道："方才小姐说过的，我俩的婚姻不曾绝望，既然不曾绝望，小姐尽可面许终身，那么我俩本是未婚的夫妇，偶犯嫌疑，人家也没有什么笑话可讲。小姐博通经史，从前楚国遭乱，楚王的妹妹仓促奔逃，是一个男子唤作钟建的把她背负在身，才能逃得生命。待到事平以后，楚王要把他妹妹遣嫁，但是他的妹妹表示一句话，叫作'钟建负我矣'，楚王听出了他妹妹的寓意，便把这位金枝玉叶的妹妹下嫁与钟建，千古传为佳话，并没有人说他们的不是。以古比今，小姐比了这位千金，文宾比了钟建，要是小姐将来嫁与他人，未免被人家多一句说话。小姐不嫁与他人而嫁与文宾，人家便没有讥讽的话了。非但没有讥讽，而且还可以传为风流佳话，和当年楚王的妹妹一般。"

周文宾这一番比例说得头头是道，不由小姐不肯了，但是沉吟了片晌，又发生了一个难题。她说："解元这一番话，将今比古，说得有理，但是我便允许了你的请求，万一爹爹信来，执定不允，如何办法？"文宾道："只需小姐允许了，不愁没有办法。万一尊翁不允，你便可把今夜嫌疑的情形，详详细细地写一封家信，告禀尊翁知晓，尊翁大概总可允许吧。万一尊公依旧不许，最后的方法便是小姐方才说的唯有一死。不过文宾请小姐把这一字改作双字，真个没有办法，我们拼着双死，效梁山伯和祝英台，小姐你大概总可允许我吧！"秀英听了，默不作声。文宾道："小姐，现在的办法，两言而决。小姐肯嫁我，便请玉口道出一个允许的允字。小姐不肯嫁我，请你传唤家丁，把我送官惩办。无论如何，我总不肯损害小姐的芳名。"秀英不说允字，也不传唤家丁。文宾道："那么我只好跪到天明了。"小姐樱唇红启，玉梗白露，待要开口，却又缩住了。文宾道："小姐，快要天明了，被人瞧见了不好看，快快应允了吧！"秀英俯首至胸，只不作声。文宾道："你应允我的央求，请你伸出玉手扶我起立。你不应允我的央求，你只不理我，由我跪到天明便是了。"

蓦然间秀英俯着身子，把纤纤玉手挽着文宾起立。文宾道："好小姐，你是我的未婚妻了，瓜田李下的嫌疑不必这般分别清楚了。"说话时，那黎明即起的锦瑟丫鬟恰已起身，却在房外声唤道："小姐，你和谁在讲话？"原来这时东方已现鱼肚白色了。正是：

　　鸡唱一声人乍起，鸳盟五夜梦难成。

欲知后事如何，且看下回分解。

第七回

镜里窥玉容丫鬟注目
堂中来怪客童仆惊心

睡得早起得也早的锦瑟丫鬟，猛听得小姐和人讲话，怎不奇怪。她在昨夜睡眠时，并不见闺楼上有人上来，而且小姐的香闺中从没有人来寄宿过的。这些时候，旭日还没有吐露，小姐向例正在芙蓉帐里酣睡，不到红日满窗小姐是不起身的，为什么今天小姐起身得这么早呢？为这分上，她披衣出房，却在小姐的房门外询问小姐和谁讲话。她哪里知道自己睡眠以后，小姐的闺楼上已发生了许多奇奇怪怪、啼啼笑笑的事，著者已描写了三四回，写秃了几支笔，还没有告一个段落，她却不见不闻，只付诸懵懂一梦罢了。

香闺里的小姐猛听得锦瑟问话，一壁向周郎摇手，一壁答复外面的锦瑟道："我在里面和许大姑娘讲话。"锦瑟道："许大姑娘是谁啊？"秀英道："素琴没有向你说吗？"锦瑟道："素琴还在床上横鼻头竖眼睛呢。"秀英道："少顷自会知晓，休得多问。你打扫了外面，再到里面来打扫。"说也奇怪，经着锦瑟一问，方才男子声音的周文宾，现在又变成了奴家奴家的许大姑娘了。昨夜秀英听着奴家奴家，深信他是一个奴家，现在秀英听着奴家，已知他不是一个奴家了，所以听他叫一声奴家，不禁代着他羞愧，两手各伸出一个食指，在自己的粉颊上划这几下，暗暗地问他羞也不羞。文宾为着王秀英业已面许终身，这一种得意之状，比着高中第一名解元还得愉快十倍，一夜没有睡眠，完全不觉得困倦。

少顷，开了房门，锦瑟入内打扫，见了这位美貌姑娘，笑问小姐道："她便是许大姑娘吗？"秀英点了点头儿。锦瑟又问文宾道："许大姑娘，你怎样上楼来的？"文宾正待回答，秀英道："你别多开口，少顷素琴起身，自会讲给她知晓。"无多时刻，楼下粗使丫鬟都上楼来送脸水、送参汤、送点心，见小姐房中多了一位大脚观音，谁都要向小姐动问缘由。秀英总说要问缘由，你们去问素琴。丫鬟们不敢多问，这时楼上多了一个人，又多添了一份脸水参汤点心，送与这位西贝大姑娘。依着文宾的心思，一切都不要，脸水要小姐洗剩的水，参汤要小姐喝剩的汤，点心也要吃小姐吃剩的。秀英微嗔道："再也不许这般装痴作癫的了。"列位看官，将来的周文宾也是一个惧内之人。经着秀英这般拒绝，他便不敢露出他的狂奴故态，规规矩矩地坐在旁边，和小姐同洗脸、同漱口、同喝参汤、同吃点心。

　　婢女房中的素琴恰才下床，盥洗已毕，有许多姊妹拥在她房中询问这许大姑娘的来历。素琴把这位许大姑娘恭维得和天上神仙一般，说她怎样地知音知律、能诗能文，比着小姐的才学还胜过三分。大家听了，都是羡慕得了不得，猛听得小姐在房中呼唤，便撇着妹妹们去伺候小姐。原来小姐这时要梳妆了，素琴道："先替小姐梳头呢，还是先替大姑娘梳头？"素琴问这话时，以为小姐一定要让这位大姑娘先梳的。谁料小姐竟老实不客气了，很冷静地说道："先替我梳。"素琴暗暗奇怪，怎么过得一夜，小姐对待这位大姑娘便不客气了呢？素琴替小姐梳头时，文宾笑说道："小姐，奴家竟在'水晶帘下看梳头'了。"秀英不理他，只向他丢了一个眼色。素琴虽然在小姐的背后，但是小姐的玉容正映在菱花镜里。素琴便从镜中的玉容，瞧出小姐向大姑娘做那眉眼，不禁暗暗疑惑："怎么今朝小姐对于这位大姑娘又另换了一个花样呢？昨夜小姐对待这位大姑娘是很诚恳的，左一声梦旦姊姊，右一声梦旦姊姊。今朝却出了岔儿，大姑娘和小姐讲话，小姐总是似瞅非瞅似睬非睬，而且不曾听得小姐唤一声梦旦姊姊，而且从那里菱花镜中照见小姐的眼皮上似乎有些微晕模样，难道小姐和大姑娘闹过意见不成？"她又暗想道："我可猜着了，乡下姑娘是经不起人家称赞的，小姐抬举了她，她便向小姐无礼了，因此小姐和她怄气，眼皮上留着泪晕。"

　　不表素琴一壁替小姐梳头，一壁胡思乱想。且说睡在书房里的王天豹，昨夜东奔西走太忙碌了，他把美人寄顿在妹子香闺里面，得意扬扬地下楼，准备到了今天和美人交拜一下，便可成其美事。免得请教那拣日子的盲子先生，这个月不得空，那个月不得空，旷日持久地耽误了佳期。好在拣日不如撞日，洞房花烛，越速越妙，管什么是周堂不是周堂，是吉期不是吉期。他打定了主意，怡然归寝。他准备清早起身，先去禀告了母亲，然后再到妹子那边去看那情人。谁料入梦以后，竟不由自己做主，睡到日上三竿还没有睁眼。外边四名家丁在那里窃窃私议道："是禀报的好呢，还是不禀报的好？"王福道："我看还是不禀报的好，大爷的脾气是不好惹的，平日无事，这时尚不起身，昨天劳碌了半夜，这时候怎肯起身。不要'掀被头，讨屁臭'，不是挨着一顿拳头，定是讨骂几声狗头狗头。"王禄道："不去禀报也不是道理，这胡子坐在客厅上，接二连三地催促，说什么再不去禀报，少顷见了你们的主人，便要说你们狗仗人势，无端慢客。"王寿道："都是王喜兄弟不好，你回复了大爷不在府上，岂不是好？为什么向他说大爷还未起身呢？"王喜道："我回复他说大爷还没有起身，请你把名片留下，待到大爷起身后，再行禀报便是了。谁料他大模大样地踱了进来，只说你去禀报主人，说一个上门做媒的胡子来了。我问他姓名，他不肯说，只说你去禀报了主人，自会知晓。我怎好怠慢他，只好请他在客厅上用茶。"四名家丁彼此商量了一会子，觉得禀告又不好，不禀报又不好，正在没做理会，隐隐听得客厅上的胡子又在外面大发脾气。四名家丁只好出去安慰来宾，说道："暂坐片刻，家主人快要起身了。"但见那客人手捋着络腮胡子，连声冷笑道："哼哼，你们这辈狗眼看人的奴才，把我老祝干搁在这里，明明狐假虎威，可恶可恶！人人怕你们这只王老虎，唯有我老祝不怕你们这只王老虎。"四名家丁中唯有王喜最为乖觉，他见那胡子口出大言，便知道是个大有来历的人，又听得他自称老祝，又见他捋着胡子的手是六个指头，他虽没有和祝枝山会过面，但在大正月里，杭州城厢内外的男男女女互相宣传，苏州祝阿胡子祝枝山在明伦堂上舌战群儒，战胜了两头蛇徐子建，罚他出了巨款修造大成殿，是一件大快人心的事。据说这个祝阿胡子是个六指头，而且主人对于他也惧怕三分，曾说"天不怕，地不怕，只怕苏州洞里赤练蛇"。今天来的宾客，不要便是祝枝山吧？当下含笑动问道："请问大爷可是苏州祝枝山祝大爷？"枝山笑道："行不更姓，坐不更名，我便是祝枝山。而且有个绰号，人称洞里赤练蛇。"四名家丁听了，个个着惊，王福、王禄在旁侍立着，王寿、王喜便去叩那书房的门。

王天豹正梦见许大妹妹和他洞房花烛，好梦将圆，冷不防频频的叩门声敲醒了他的一场春梦，便在床上骂道："哪个奴才，敢来敲我书房的门？"王喜道："大爷，客来了！"王天豹道："你说主人高卧未醒，叫他下午再来！"王喜道："好叫大爷得知，那客人已坐了多时，定要候着大爷出见。"王天豹道："他要见我，我偏不见他，由着他在客厅上呆呆守候，不到下午，休想我和他相见。"王寿道："他是来做媒的。"王天豹道："做什么媒，我已觅到一位如花如玉的美人儿，今日里便要结为夫妇，他要做媒也来不及了。"王喜道："这位上门做媒的人不是别人，便是大爷所说的天不怕、地不怕，单单只怕的那个洞里赤练蛇。"王天豹这才着惊道："他可是苏州祝枝山吗？"王喜道："他说便是苏州祝枝山，人称洞里赤练蛇。"王天豹道："狗才放屁，你敢说他是洞里赤练蛇吗？他是我的内表兄。快快捧出精细果盘，换一碗武夷名茶，送几盘精巧点心，好好地款待这位祝大爷。说我盥洗以后，便即出见。"王喜、王寿诺诺连声，自去端整茶点，献与来宾。枝山在吃茶吃点的时候，频频探听这四名家丁，昨天进府的这位许大姑娘和谁同宿的。王寿道："她到书房中坐了片刻，后来住在小姐闺楼上，两个人吟诗作对，异常莫逆。"枝山听了，不禁暗暗欢喜。

王天豹披衣下床，草草地盥洗完毕，便把衣巾整理一下，出去接见这位不速之客祝阿胡子。王天豹理想中的祝阿胡子，以为一定生得双目炯炯、五绺长髯，有一副清秀的气概。谁料见面之下，竟完全出乎他的意料以外，原来只是一个双眼迷离、貌不惊人的络腮胡子罢了。王天豹抢步上前，深深一揖，尊一声："枝山老先生，今天贵人来踏贱地，学生非常荣幸。"枝山徐徐抬身还了一揖，口称："贤公子，今天有缘相见，也不枉我祝某冒险登门。"王天豹听了愕然，忙问道："老先生冒的是什么险？"枝山道："贤公子有所不知，这叫作'不入虎穴焉得虎子'啊！"

祝枝山口中的虎字，旁人要避着忌讳的，只为王天豹被人唤作老虎，自己知道不很好听，所以不许家人提及老虎两字。要是不留心提及了，他便要大发脾气，说是有意奚落他，不问情由，动手便打。家人们栗栗畏惧，相诫都不敢说老虎两字。遇着老虎的名称，改唤为大虫，什么武松打大虫、什么坐山大虫、什么大虫毯子，这种称呼差不多已成为兵部府中的一种特别名词了。曾有一名婢女瞧见了墙角里一只老虎苍蝇在跳跃，不注意地道了一句道："这只老虎苍蝇要跳将起来了。"王天豹听得，勃然大怒，一掌飞来，打得那婢女头昏眼暗，立时肿起着半边面皮。过了十余天，方才肿退。从此以后，他们见了老虎苍蝇，也都改唤作大虫苍蝇。昨夜被周文宾道了一句"老虎头上拍苍蝇"，这是旁人所不敢说的，王天豹心醉秀色，甘受美人讥讽，而发不出自己的脾气。今天和祝枝山相见，又受着他的奚落，但是瞧着他登门做媒的分上，也只好搭讪着答道："老先生取笑了，请坐请坐。"枝山便大模大样地坐了。王天豹忙在下首相陪。家丁又换过一道香茗，枝山道："贤公子，今天老祝来做不速之客，在华堂上足足坐了半个时辰。"王天豹道："老先生原谅，昨夜学生睡得迟了一些，以致今日晏起，怠慢了老先生。"枝山笑道："日上三竿了，难道贤公子还在里面瞌睡不成？"王天豹道："是的，为着昨夜看灯，直到夜深才归，所以倦极了。"枝山大笑道："足下也有瞌睡的日子吗？"这句话，王天豹简直莫名其妙。枝山又道，"足下也有瞌睡的日子吗？千载难得，千载难得。"王天豹这才明白了，暗暗地骂了一声"老祝该死"。原来枝山这话又在奚落他，俗语说的"千载难遇虎瞌睡"，祝枝山便引用这个俗语故典存心取笑。王天豹虽然怀恨在心，却是敢怒而不敢言，依旧尊他一声老先生，问他何事光降。枝山道："贤公子何妨猜这一猜？"王天豹笑道："不用猜了，方才老先生已向小可说过，是上门来做媒人的。有幸啊有幸！"枝山道："你既知晓，又何必问我呢？"王天豹道："老先生，你替谁家做媒？呵呵，除却她还有谁呢，我又多此一问了。"枝山道："做媒这件事暂搁一下，祝某先向足下商量一件事。"王天豹道："何事相商？请教请教。"枝山道："'穷遮不得，丑遮不得'，祝某所犯的是一个穷字。在苏州时，欠了人家一笔债，为数虽然无多，但是债主凶得了不得，祝某走到哪里，他便追到哪里。"王天豹道："他为什么追在后面呢？"枝山道："这便叫作'追老虎上山'啊！我被他们追逼得无可如何，待要悬梁自尽，又怕勒伤了我的脖子；待要跃入波心，又怕浸湿了我的鞋袜，真叫作'上天无路，入地无门'。"王天豹道："老先生何必如此，好向亲戚朋友相商相商。"枝山道："亲戚朋友有什么用呢，钱财相关，便换了一副难看的面孔，真叫作'东山老虎要吃人，西山老虎也要吃人'。"

　　家丁们侍立在旁，见祝枝山左一个老虎，右一个老虎，分明戏弄着他们主人，彼此都是暗暗好笑。王天豹也觉得老祝口头的老虎太多了，但是自己的婚姻跳不出他的掌握，只好暂时忍耐着，便道："老先生这番游杭，可是为着避债而来？"枝山道："那便被你猜中了，为着避债，才到杭郡。

周老二是我的好友，我便老实不客气地住他的屋、吃他的饭，一住足足住了有三个月之久。周老二倒没有说什么，叵耐这辈家奴都是狐假虎威，见了我老祝，都大模大样不瞅不睬地看不起我，这叫作‘山中无老虎，猴子也称王’。"说时，向侍立的家丁看了一眼。家丁们暗想不妙，这阿胡子竟说到我们身上来了。

王天豹不去接枝山的嘴，由着他讲下去。枝山道："我气不过这辈势利小人，便吩咐带来的小厮祝童，从此以后自备伙食，每天到饭店中去唤两客饭菜，立志不吃周姓的东西，谁料这个志愿是不容易立的。"说到这里，故做停顿。王天豹问道："为什么不容易立下这志愿呢？"枝山笑道："苏州的吃食东西，价钱是很贵的，谁料杭州的吃食东西也是很贵的。我在苏州买东西吃，吃的是老虎肉，我在杭州买东西吃，吃的也是老虎肉。"原来苏州土白，凡是价值不大便宜的食物，都唤作老虎肉。枝山有意取笑，连说了两句吃老虎肉。陪着他同坐的王老虎一时难以为情，觉得笑也不是，怒也不是。站立旁边的四名家丁，在先还把笑声煞住着，现在竟煞不住了，个个笑得直不起腰来。这一笑，益发笑得王天豹窘态毕现。他不好责备来宾，只好迁怒到家丁身上，瞪着眼，顿着脚，向他们示意，禁止他们哗笑，他们才不敢再笑了。

枝山却取出单照，把王天豹照这么一照，照罢一声冷笑。王天豹问他有何好笑。枝山道："我笑你‘老虎不吃人，形状吓煞人’。"王天豹道："老先生为什么专把学生取笑？"枝山道："你若怕我取笑，我便告辞了。"王天豹忙道："老先生休得误会，学生是不怕取笑的，老先生如其高兴，多说几句老虎倒也不妨。"枝山笑道："你要我说老虎，我却不说了。闲话少叙，言归正传，我此番既是做媒而来，你可知道我端的替谁人做媒？"王天豹道："自然替她。"枝山道："她是谁？"王天豹道："自然是你的妹妹了。"枝山笑道："妹妹确是妹妹，不过是你的妹妹，而非我的妹妹。"王天豹大惊道："这是什么讲究？"枝山道："这里不是谈话之所，要知详细，请你指引我一个秘密的地方细谈。"

王天豹便引着枝山到那花厅后面一间静室里面细谈，把家丁们都屏退了，又闭上了门，彼此坐定以后，王天豹便问老先生有何见教。枝山笑问道："昨夜有一位大脚姑娘，被足下诱入兵部府中，可是有的？"王天豹暗想这个诱字承认不得，便道："大脚姑娘是有的，但不是学生诱引她进门的，她自己闯入兵部府中观看灯彩，还说老先生和她有中表关系。学生看着老先生面上，不敢得罪这位令表妹，便备着茶点在花厅上把她款待。"枝山捋着胡须道："承情承情，后来你又把她诱引到你书房中去，可是有的？"王天豹道："学生怎敢诱引她，这是她自己要来认认学生的书房，才和她坐着谈谈学问。毕竟是老先生的表妹，一肚皮的好才学，和寻常的大姑娘不同。"枝山笑道："承蒙赞许，惭愧之至。'春宵一刻值千金'，只在书房中谈谈学问，岂不辜负了春宵？请问足下，你们俩可曾谈谈什么深情密爱？"王天豹道："学生是个规矩人，怎敢起这念头！谁知令表妹却看中了学生，愿把终身相托，学生以为没有媒人是不行的，令表妹便说奴家可以央求祝家表哥哥做媒。"枝山拱了拱手道："恭喜恭喜！雄老虎遇见了大公鸡，正是一对好夫妻。后来怎么样？不言可喻了，定是挽着手儿，进着房儿，宽着衣儿，解开带儿，吹着灯儿，上着床儿，下着帐儿，以后还有许多什么儿什么儿，这要足下自己明白的了。"王天豹着急道："上有皇天，下有后土，学生怎敢干这些无礼的事！昨夜学生和令表妹谈话完毕，便把令表妹送上舍妹的闺楼，和舍妹同宿。"枝山拍手道："王天豹，王天豹，你这番合该吃了亏也！"王天豹听了，不禁大吃一惊。正是：

　　六州铸铁无非错，满局残棋早已输。

　　欲知后事如何，且看下回分解。

第八回

入密室殷勤授心诀
上闺楼仔细看眉峰

　　王天豹听得祝枝山说什么"雄老虎遇见了大公鸡，一对好夫妻"，心中好生疑惑，怎么叫作"雄老虎遇见了大公鸡"？敢是苏州有这两句俗语，祝阿胡子把来取笑我吗？现在又听得枝山拍手，连唤着王天豹吃了亏也，不禁大惊，忙问吃亏的缘故。枝山道："你休慌张，好在这里只有你我二人，凡事总有个商量之处，一经张扬出去，反而不妙。不是我倚老卖老，把你责备，实在你干的事太荒谬了。王老虎抢女人的声名四处宣传，便是我在苏州时也常常听得有人谈到你的威名，简直是谈虎色变。这一回你抢女人，抢出一个报应来了，你想占我表妹妹的便宜，谁料我的表妹妹已占了你的妹妹的便宜，这叫作皇天有眼，'自作孽，不可活'啊！"王天豹道："老先生的说话，学生一句也不明白。"枝山道："你休性急，待我来讲给你听。你把乡下大姑娘引入房中，你便挨着她坐，尽情调戏，你便不会吃亏了。你不该斯斯文文地和她谈什么学问，这是你的大错而特错。"王天豹道："学生在老先生面前不说假话，令表妹进了书房，学生也曾挨着她坐，只为她拿出一纸护照，学生便不敢乱来了。"

　　枝山自思，周老二花样正多，哪里取来的护照，竟使王老虎不敢肆行非礼？忙问道："什么护照？是谁发给他的？"王天豹道："老先生何必装痴作呆，这护照便是你发给的啊！"枝山道："岂有此理，老祝从来没有发过护照！"王天豹道："确是老先生的大笔，上款许大好妹妹写得清楚，下款署着大名，学生怎敢调戏老先生的好妹妹，自然见而束手了。"枝山听了，频频嗟叹，他嗟叹些什么？他想，周老二的运气真好，要没有这一页扇面，他的乔装改扮便不免破露了，非但在兵部府中讨个没趣，便是回到家中，也不免要输给我的东道。谁料他竟仗着这一页扇面，得免破露，而且可以寄迹闺楼，和杭州城中才色兼全的王秀英住在一房，这都是我玉成他的。我的东道虽然输了，我的大媒柯仪却要翻本赢钱，赚出他一千或八百的银子。王天豹见枝山连声嗟叹，沉吟不语，便问："老先生何事嗟叹？"枝山道："公子哥儿，我替你可惜咧！你不该见了这护照，便即缩手。"王天豹道："这是令表妹啊，学生怎敢无礼！"枝山道："你便错在这'怎敢无礼'上，你不敢无礼，她便要无礼了。天豹公子，你昨夜不该看着我的分上，休说是我的表妹，便是我的胞妹，甚而至于是我的内人，你也不放她过门，你便不会吃亏了。我非但不和你理论，而且还要感谢你帮着我赢了一笔银子。所以，这正是你的疏忽，才吃了这大亏，带累我也输这一个大大的东道。'自作孽，不可活'，还有什么话说？"王天豹受了埋怨，兀自不曾知道他葫芦中卖的是什么药，忙道："老先生且慢责备，快把这件事的真情告诉学生吧。"枝山道："这件事虽然糟了，但是外面还没有人知晓，知晓的只有我老祝一人。说便向你说了，但是你该听我的指挥，管叫你还有补救的方法。要是你自作主张，不听我的指挥，那么老祝凭这三寸不烂之舌，遍赴城厢内外茶坊酒肆，把王兵部府里的新鲜话巴戏到处宣传，你不要埋怨我恶作剧。"王天豹道："全凭老先生指挥便是了，快把情节告我知晓。"

　　枝山不慌不忙，便从和周文宾赌东道说起，直说到人丛挤散为止。王天豹怒吼一声道："气死我也！"直跳起来，转身便走，却被枝山拖住道："你往哪里去？"王天豹道："我到妹子闺楼上去和小周拼个死活！"枝山道："好好，你去，我也去。王兵部府中出了新闻，我先去讲给大众知晓。"这一句要挟之词，竟使王天豹欲去不得，便问枝山作何办法。枝山道："你要问我办法，须得听我指挥，不许你发虎跳。你说跑上闺楼去和周老二拼命，这是一着臭棋，你便扯住了周老二，也奈何他不得。难道可以一口把他吞掉了不成？况且他进你的门，是你诱他上门的，他上令妹的楼，是你送他上楼的。处处都是你的理短，他的理长，万一闹将出来，便是'青竹掏坑缸——越掏越臭'。所以你和周老二万万不能结仇。"王天豹道："话虽如此，难道小周占了我王天豹妹子的便宜，我便罢了不成？"枝山道："足下又是执一不化了，周老二只不过和我赌东道，做梦也想不到会上闺楼，会和令妹同房住宿，他占令妹的便宜，是你请他去占的。再

55

者，请足下退一步想，要是许大姑娘果真是女身，果真是我老祝的表妹，恐怕早被你蹂躏了。人家在令妹闺楼中寄宿一宵，是否占了令妹的便宜还没有分明，你便道一句难道我王天豹罢了不成？你把人家的表妹骗入书房，强行非礼，难道我祝枝山罢了不成？俗语道得好：'我不淫人妇，人不淫我妻。'现在呢，你不欺侮我的妹妹，他也不会欺侮你的妹妹。你为什么只有自己，没有他人？"王天豹道："横说竖说，总是你老先生的理长，我王天豹的理短，我自己也想不出什么主意了。老先生，你说该怎样办，我便怎样办，听你指挥，绝无异言。"枝山道："那么我要发令了，你先上闺楼去察探情形，究竟周老二上了闺楼，和令妹是同房睡，还是分房睡？假使是分房睡的，你悄悄地把周老二遣发出门便是了。"王天豹道："假使是同房睡的便怎样？"枝山道："那便要细细地探听了。单是同房而不曾同床，那便还好；同房而又同床，那便不好了。单是同床而不曾同被，那便还好；同床而又同被，那便不好了。单是同被而不曾同枕，那便还好；同被而又同枕，那便不好了。"王天豹道："若要这般查察，除非我也和妹子住在一间房中才行，他们俩谁肯告诉我呢？"枝山道："我有秘传的心诀授你。周老二和令妹可曾成为双飞之鸟、比目之鱼，你不需盘问，只需察言观色，便可十知八九。你见了令妹，第一看她的眉峰，凡是处女的眉毛，宛似风吹草偃，根根贴伏而黏合；要是不贴伏了，不黏合了，那便是挂着'我非处女'的第一扇招牌了。第二看她的精神，凡是深闺守礼的女子，有一种精神团聚的模样；要是精神松懈，一举一动都显出疏懒的模样，那便是挂着'我非处女'的第二扇招牌了。你看了令妹，再看她和周老二有没有什么花样，只需看他们的眼波。凡是有过花样的男女，彼此相视，眼波和眼波另有一种神气，水汪汪、滑溜溜、甜津津，宛比抹着饧糖似的。你上楼以后只需在这上面去研究便是了，他们的眼风相触，眼波上面便起着变化。我到外面花厅上坐，你只依我嘱咐，到闺楼上去察看情形，察看以后，再来问计于我，自有办法。"王天豹在这当儿，不像什么老虎了，竟像一只丧家之狗。他和枝山同出了这间秘室，枝山仍到花厅上坐，吃那果盘里的清闲果子。

王天豹急匆匆地直入内院，将近堂楼下面，恰逢锦瑟丫鬟奉着小姐之命，吩咐厨房做那精致的菜肴，见了主人，忙唤大爷。王天豹道："锦瑟，你到哪里去？"锦瑟道："小姐吩咐我传达厨房，备一桌上等菜肴，替许大姑娘接风。"王天豹摇了摇头儿，暗唤不妙，又问道："昨夜许大姑娘睡在谁人房里的？"锦瑟道："许大姑娘上楼时，我已睡了，她睡在谁人房里，我没有看见，直到天明，方才知晓。"王天豹道："知晓些什么？"锦瑟道："知晓她是睡在小姐房中的。"王天豹道："她和小姐是一床睡的呢，还是分床睡的？"锦瑟道："这个我不知道，又似一床睡的，又似分床睡的。"王天豹道："怎么讲？"锦瑟道："我在打扫房屋的时候，瞧见一副被褥摊在花梨木的西施榻上，便见得大姑娘不曾睡上小姐的牙床。"王天豹透了一口气道："那么还好，我的妹子绝不要乡下姑娘睡上牙床的。但是怎说又似一床睡呢？"锦瑟道："我给小姐铺床叠被的时候，在小姐枕边发现一方元色绉纱包头帕子，我问小姐是谁的，小姐红着脸不作声，却被大姑娘一手抢去，立即扎在头上，便知道是大姑娘的东西。照这样看来，大姑娘好似和小姐一床睡的。不但是一床睡，而且是睡在一个枕头上的。大爷，这是我猜猜罢了，究竟是不是睡在一个枕头上，我并没有看见啊。"王天豹听了不说什么，连叹了几口气。锦瑟道："大爷为什么叹气？"王天豹怒道："你不用管，你自到厨房里去便是了。"锦瑟讨了没趣，自肚皮里计算，简直莫名其妙。

且说王天豹到了堂楼下面，不见有人，他便蹑着脚步轻轻地走上楼梯。只为楼梯上铺有毯子，所以蹑步上去，悄不闻声。比及走到怡云楼的正间，遇见了素琴，忙向她摇手示意，素琴便不敢作声，忙缩到自己房中去。王天豹侧耳细听，却听得小周正和秀英在外房谈话，小周还是雌声雌气地奴家长奴家短，秀英却是没精打采的，他说三句，只答一句话。王天豹心中疑惑，听这疏疏落落的声音，妹子和小周又不像有什么花样。当下干咳嗽一声，足下橐橐有声。素琴接着喊道："大爷上楼来了。"

秀英便即款款出房，笑问："哥哥是什么时候上楼来的？"王天豹道："刚才上楼，一者候候妹子，二者看看大姑娘。"嘴里这般说，眼光只注射在小姐的眉峰上面。秀英心中奇怪："哥哥为什么一眼不眨地替我相面？"便道："哥哥，难道不认识小妹了吗？"王天豹道："妹子眉毛上似乎有些香粉痕不曾拭去。"他口中这般说，趁势凑过头来，把王秀英的眉毛认个真切，但见根根秀眉都似风行草偃，又贴伏，又黏合，这第一扇"我非处女"的招牌却不曾挂出来。秀英上他的当，把罗帕套上指尖，在眉毛上抹了几抹，笑问哥哥："眉毛上的香粉痕可曾抹去？"王天豹又细细地看了一

57

眼，便道："没有了，没有了。"口中说时，又把秀英自头至足细细地估量。秀英道："这又奇怪了，哥哥在小妹身上瞧些什么？"王天豹道："没有什么，没有什么。"口中这么说，两眼骨碌碌，依旧把秀英上下打量。秀英毕竟是聪明人，瞧见哥哥的态度可疑，敢是他已知晓了大姑娘不是女子？转念一想，我可多疑了，大姑娘不是女子，除却我知他知，还有谁知呢？当下请哥哥坐定以后，自己却在下首相陪。王天豹暗想妹子的精神和平日一般地团聚，并没有什么松懈的态度，这第二扇"我非处女"的招牌又不曾挂出来。忙问道："大姑娘呢？为什么不来见我？"小姐正待回答，那隔着纱窗的周文宾又是装模装样地说道："大爷原谅，奴家来也。"便即扭股糖儿似的扭到外面，向王天豹福了一福，打着偏袖，站在旁边。

王天豹不唤他坐下，只把头儿左右摇动，左一顾，右一盼，忙个不了。左一顾，顾的是自己妹子，右一盼，盼的是打着偏袖的大姑娘。他要测验祝枝山传授的方法，等候他们眼光接触，可有什么水汪汪、滑溜溜、甜津津的眼波流露。但是秀英低着头儿，默不作声。周文宾站立在旁，也是一言不发。秀英心中明白："哥哥上楼，一定已知道大姑娘不是女子了，我且不要作声，待他自己说破以后，我便和他理论。"周老二暗暗思量："一定老祝已经上门，向王老虎道破了机关，所以他蹑步上楼，察看我们有没有暧昧。"便把手儿按在王天豹的肩上道："大爷，你好狠心，把奴家送上闺楼，直到这时才来看视奴家，只道你一辈子不上闺楼来了。痴心女子负心汉，奴家不嫁你这薄情郎了。"说罢，在王天豹的肩上拍了一下。要是不曾破露机关，王天豹怎禁得起大姑娘的玉手拍肩，早已瘫化了。现在经这一拍，非但毫不动情，反而几声冷笑。周文宾道："大爷真个变了心啊！只隔得一宵，你便换了一副面孔，奴家一定不要你这薄情郎，不要不要！"说到不要，便故意装出一副憨态。王天豹听了，又好气，又好笑，只为没有见他们的眼风相触，所以抱着冷静态度，一言不发。

秀英心中又起疑惑，哥哥是个急性的人，假如知道了大姑娘不是女子，早已说破了，没有这般的涵养功夫，便即抬起头来看看是何情形。却不料恰和周文宾的目光相触，王天豹大起忙头，居然被他得了这试验机会了。东一瞧，西一望，周文宾的眼波似乎抹了少许的饧糖，妹子的眼波却没有发生什么异彩，反而觉得有些春山含恨、秋水凝愁。在这分上，他便弄不明白了。周文宾道："大爷你唤了奴家出来，怎么这般不瞅不睬？做男子的都不是个好人，奴家只愿意一辈子陪伴着闺楼上的贤德千金。"王天豹哼了一声，恰逢锦瑟上楼，便道："锦瑟，你把楼板上芝麻也似的东西扫去了！"锦瑟道："楼板上光滑如镜，没有什么芝麻啊！"王天豹道："蠢丫头，这不是真的芝麻，这是大爷身上落下的肌肉痱子，只为听了一声奴家，便落下一把肌肉痱子。"周文宾道："大爷，你冷待了奴家，还要取笑奴家吗？奴家不要和你做夫妻。"王天豹冷笑道："我是雄老虎，你是大公鸡，做得一对好夫妻。"周文宾道："奴家不懂大爷所说的话。"王天豹道："还要奴家奴家吗？"周文宾道："不是奴家是什么？"王天豹道："开了天窗说亮话，今天祝枝山上门，早已说破情由，你便是周文宾乔装改扮的。"说到这里，素琴、锦瑟一齐着惊。秀英骂一声："没良心的哥哥，竟把男子乔装改扮，送上闺楼，要来陷害胞妹，我也无颜活在世上了！我去拜别了妈妈，拼了性命吧！没良心的哥哥，你虽设计陷害于我，幸而人家是个君子，我的身子依旧冰清玉洁。"说时珠泪纷纷，竟往东楼去拜别慈亲。王天豹听说，吓得面如土色。正是：

锦帐待谐新配偶，绿闺先起小风波。

欲知后事如何，且看下回分解。

第九回

詈申申娇小姐含愤
情脉脉俏丫鬟居功

王天豹虽是个流氓式的公子，然而对于父母颇有相当的畏惧。王天豹在家时候，一怕父，二惧母，三惮妹妹。假使王朝锦早归林下，实行义方之教，那么王天豹绝不敢在杭州城中横行无忌。无如王朝锦身列朝堂，乞归不得；太夫人深居内院，毕竟耳目不周；至于闺楼上的小姐，尤其与外界隔膜了；一班仆从人等，只知博那小主人的欢心，狐假虎威已非一日。有时太夫人传唤家丁，盘问王天豹在外情形，大家不约而同，都添着好话。王福道："大爷经着老太太的教训，早已改邪归正了，路上逢着娇娘，正眼都不瞧一礁。"王禄道："大爷在书房中看书的日子多，出外的日子少。"王喜道："便是出外，总拣着僻静地方走走，或者在灵隐寺中和方丈和尚谈谈佛学，或者在九溪十八涧游山玩水。"王寿道："大爷不是从前的大爷了，从前宛比寻芳的蝴蝶，专喜在脂粉场中往来。现在呢，他已大大地觉悟了，他说妖娆的女郎不是好东西，容易使人身败名裂，他立志不再去寻花问柳了。"这些鬼话都出于王天豹的指导，教他们把来哄骗亲娘的。太夫人听了，也知未必是真，但是古书上说"三人占，则从二人之言"，现在四人之言都是一般，即非全真，也非全假，大概总有一半的成分，因此她放下了一半的心，以为儿子总比昔日好得多了。唯有秀英小姐灵心四映，知道这其间完全说谎，毫无正确的成分。这四名家丁不过是王天豹的留声机器，把那制就的鬼话蜡片给他们开一下子便是了。

秀英既然猜透是假，却不敢向老母说知。一者，乃兄的劣迹，她并没有得到真实的把柄；二者，老母恰才放下了一半的心，自己便不该去加添她的愁闷。所以听得太夫人说天豹这孩儿近来该有些醒悟了，她便接着说道："哥哥受了妈妈的教训，大概总有些醒悟吧。"有时秀英得了哥哥在外面生事的消息，她见了哥哥，总是很诚恳地规劝，叫他不要口是心非，"瓶口扎得住，人口扎不住"，要是不改故态，总有些风声吹到妈妈耳朵里，又要累她老人家郁怒伤肝，一病多天。不但妈妈的身子不得安宁，便是哥哥也要受着拘禁，行止不得自由了。我劝哥哥，还是回头是岸的好。王天豹笑道："这事全仗妹子替我包荒的了，只要妹子不去告诉妈妈，便没有什么风声吹到她老人家耳朵里了。"王天豹经了秀英规谏以后，便去吩咐家丁，所有在外面的事情休得告诉小姐的仆妇丫鬟知晓，要和太夫人那边一般不露风声才好。

自古道邪不敌正，不规矩的哥哥见了规矩的妹妹，当然有几分忌惮。今天王天豹不曾依着祝枝山的吩咐行事，一时鲁莽，竟把周文宾乔装改扮的事当着秀英和丫头一言道破，以致小姐惭颜，丫头失色。在这当儿，王秀英没有下场，一时恼羞成怒，倏地改变了玉颜，眼泪汪汪地和王天豹反面，定要到东楼上去告别慈亲，以拼一死。王天豹慌忙上前拦阻，打躬作揖，再三赔罪。素琴、锦瑟听说乔装改扮，便把周老二看个彻底。王天豹道："妹子，这桩事实在做阿哥的不好，但是妹子也得怪怪自己。"秀英哭道："我好好地在闺楼上，这都是你的不是，怪什么自己呢?"王天豹道："昨夜这西贝姑娘见了你，谈了一会子的话，越谈越高兴，做阿哥的本要引他下楼，妹子说，看着他分上，留他住在楼上。"秀英怒道："我只道他是个女郎，所以留着他住。要是早知你有意领一个男子陷害于我，昨夜怎肯甘休?"王天豹道："冤哉枉也，要是我早知他是个男子，他便挨上大门，我也得撵他出去，怎肯引他入门，送他上楼?"说时，向文宾眨了一个白眼，恶狠狠地说道，"小周，我和你无怨无仇，你怎么乔装改扮，使我为难?"

秀英暗想不妙，哥哥要迁怒到周郎身上来了，便又哭着说道："你不怪自己，反怪他人，狠心的哥哥啊! 你要设计害我，幸而人家是个正人君子，柳下惠再世，鲁男子重生，他虽没有说明他是男子化装的，但是早存着瓜田李下之嫌，只和我谈谈诗文、论论音乐，秉烛达旦，正大光明。要是人家也像你这般丧心病狂，胆大妄为，那么我还有颜面活在世上吗? 哎呀! 不待你上楼，只怕我早已悬梁高挂了! 哎呀! 你这狠心人，不去谢谢他，反而去埋怨他，难道他不曾损害于我，没有遂了你的心愿吗? 狠心的哥哥，我和你无怨无仇，你怎么下这毒计啊！"说时，伸出纤纤玉手，一把扯住了王天豹的胸膛，且哭且说，"我和你同到东楼去，请妈妈判断。"论到王天豹的蛮力，只需轻轻地一摔，便可把小姐摔倒在地。但是他今天情虚气馁，赔罪都来不及，怎敢发出他的虎威，忙道："妹子放手，有话好说。"旁边的周文宾何等机警，在先他不敢和王天豹理论，怕他恼羞成怒，挥拳挢臂，犯不上吃他的眼前亏。现在看着王天豹业已气馁，秀英又一味地偏袒着未婚夫，便不觉胆壮起来，当下骈着两个指头，在鼻子上摩擦了一下，微微地干咳一声嗽，踏着八字步，向前提起着小生的嗓子说道："天豹兄，你太觉放肆了。"旁边的素琴、锦瑟几乎笑将出来，似这般半雌半雄、忽雌忽雄的奇形怪状，简直生了眼睛第一次看见。打扮是雌的，声音是雄的；面貌是雌的，走路是雄的。照着今天的光景，便是三岁孩子，都知道他是个西贝女郎。照着昨宵的模样，便是积世婆婆，也瞧不出他是个男子化身。

王天豹受了妹子的责备，又要受那周文宾的教训，只向着文宾呆瞪，不敢说什么。文宾接着说道："我昨宵辨别嫌疑，只请你把我寄顿在老太太的楼上，你偏偏把我送上了西楼，你纵非有心陷害令妹，但是总不免使令妹处于为难的地位。天豹兄，你须知晓，幸而世上的人不是个个像你这般贪欢爱色。杭州城中，居然也有我这柳下惠再世、鲁男子重生的周文宾。"说时，又把指头在鼻尖上一擦，表示得意。王天豹低着头不作声，文宾又道："我昨宵秉烛达旦，只和令妹谈些诗文，言不及邪，你若不信，侍女们可以做得保证。"素琴忙道："好叫大爷得知，昨夜小姐和许大姑娘只是吟诗作对，直到锦瑟起身，还没有停止。"锦瑟凑趣说道："丫头到房中收拾东西时，砚台上的墨还没有干咧。"文宾又道："天豹兄听得吗？侍女们都是这般说，我周文宾并没有辜负了你，尊重你的胞妹，保全你的体面，维持你的门风，你不知感激，反而向我怒目而视，说什么与我无怨无仇。正为着无怨无仇，我才不肯干这伤天害理的事。依着你的意思，难道定要我摧残了令妹，那才遂了你的心愿不成？哼哼，岂有此理！"说时，把那穿着洋板蝴蝶大脚鞋子的脚在楼板上踢了几下，表示他一种恨恨的意思。

忽听得软帘外面一声咯咯的笑，笑的是谁呢？原来是太夫人身旁的海棠丫头。她正在房廊下调弄鹦哥，隐隐听得西楼上人声嘈杂，似骂似哭。

这里离着西楼不远，依着房廊向西行走，约莫四五家门面的距离，便是小姐的怡云楼。兵部府中的东西二楼，东曰得月楼，西曰怡云楼。楼下虽然各分着楼梯，但是楼上有房廊可以走通的。太夫人早已起身多时，只为知道昨夜是元宵，女儿昨夜睡眠一定是很迟的，睡得迟起得也迟，所以不见秀英到来，并不放在心上。太夫人清闲无事，梳洗完毕，吃过了点心，一窗晴日，无所消遣，便手执一本弹词临窗细看。太夫人闲了，侍婢也空闲，所以调弄鹦哥算是海棠丫鬟的日常功课。她听得西楼上的嘈杂声音，不觉老大地奇怪。她知道西楼上从来没有这般声音的，向来习惯听得的是吟诗声、吹箫声、弹琴声。有时小姐和素琴对弈，便听得帘前落子声。有时小姐教素琴读书，便听得灯下读书声。西楼上种种声音，都是风雅的、蕴藉的，为什么今天这般嘈杂呢？海棠便依着房廊，径向西楼而去，越听越清楚了，是小姐的哭诉声，是大爷的乞怜声，是素琴、锦瑟的辩护声，还有一个少年男子很清脆的声调，这是谁呢？不由海棠不暗唤奇怪了。小姐的闺楼上，除却老大人和大爷以外，雄苍蝇也不放一个上楼，这男子毕竟是谁呢？而且听得这男子在责备大爷，她益发奇怪了。这男子真是泼天大胆，私上闺楼，非奸即盗，还敢埋怨我家的小主吗？海棠向来不喜听壁脚的，今天却破一个例，暂且听这一下。

她是个小脚婢女，放轻着脚步，蹑手蹑脚地走近了怡云楼正间，隔着软帘听个明白，究竟这少年是谁，他敢这般地数说我们大爷，端的岂有此理！海棠正在心头说岂有此理，怡云楼上的少年也是踢着脚说"哼哼，岂有此理"。海棠忍不住把软帘偷揭起来一看，原来是一个男子嗓音的乡下大姑娘，正在那边提起那穿着洋板蝴蝶鞋子的脚，在楼上踢这几下，便不由海棠不失笑了。锦瑟道："海棠姊姊快到里面来劝劝小姐。"文宾便向秀英说道："小姐，多多惊动，小生下楼看祝枝山去了。"秀英含着泪道："解元见了祝先生，须要全我颜面的啊！"文宾道："不须小姐吩咐，小生自会剖心沥胆表扬小姐的清白。素琴姊，小生路径不熟，请你相送一程，送我到花厅上去会见祝枝山大爷。"素琴向秀英说道："小姐可要我去送……"送字以下，想不出什么称呼。秀英道："你去送他也好。"

当下素琴陪着文宾下楼，一路走，一路问他因何乔装改扮，文宾把在家和枝山赌东道的话约略说了一遍。素琴道："原来如此，怪不得你。"又笑道，"叫我怎样称呼你呢？昨夜的乡下姑娘，今天变作了周家二爷，唤你一声姑二吧。"文宾道："什么姑二？"素琴道："姑是姑娘的姑，二是二爷的二。"文宾道："不行。"素琴道："那么唤你一声娘爷吧，娘是姑娘的娘，爷是二爷的爷。"文宾道："也不行。"素琴道："这也不行，那也不行，依你说，怎样才行？"文宾道："姊姊呼唤小生，上一字是姑娘的姑，下一字是二爷的爷，合在一起唤来，便好听了。"素琴笑道："那么要唤你作姑爷了。姑爷，姑爷！"文宾擦着鼻尖道："岂敢岂敢！"素琴笑道："你真个做了姑爷，休得忘记了我素琴，没有我素琴，你怎会上楼？"说时，便把昨夜在小姐面前怎样竭力把你保举，怎样说动了小姐的心，方才出房会见的话——说了。又道："要不是我素琴从中说情，小姐怎肯出房会见我们的大爷。你果然做了姑爷，难道过河拆桥，忘却了我素琴吗？"文宾笑道："好姊姊，永远不忘你便是了。"素琴道："怎样永远不忘？"文宾道："姊姊要怎样便怎样。"素琴红着脸道："我要一辈子跟着小姐的，你肯不肯？"文宾道："好姊姊，依你便是了。你不见那边有人来吗，我又要装作女人模样遮人耳目了。"

原来对面来的便是王福，只为祝枝山坐在花厅上久不见王天豹出来，知道出了什么乱子，才叫王福入内探听小主动静，再来回复。王福遥见素琴领着昨夜的乡下大姑娘出来，便即迎上前来，忙问素琴道："素琴姊，大爷在里面做什么？"素琴道："福阿哥，快快进去，大爷和小姐在西楼上争论咧！"王福道："为着什么事争论？"素琴指着文宾道："便是为这乡下大姑娘。我奉小姐之命，把大姑娘送还他的表哥哥，你也快请大爷下楼来吧，免得吵吵闹闹，被老太太知道了，又惹动她的肝胃气旧病。"王福答应自去，他想西楼吵闹，一定是乡下大姑娘把大爷的无礼情形哭诉与小姐知晓，小姐大抱不平，把乡下大姑娘送还与她表哥哥领去，大爷不答应，因此和小姐争执。不提王福入内，且说素琴又陪着文宾走了一程路，看看花厅将近，轻轻地说道："候补的姑爷，你自去会你的朋友吧，我要去看我的小姐了。方才说的话，你不能失信的啊！"

素琴去后，文宾便到花厅上去看枝山，依旧袅袅婷婷，一路地喊将进去道："表哥，你的妹子来也。"枝山忙唤旁边站立的王禄道："贵管家请你暂时回避，我们兄妹两有几句密谈，不能使人家知晓的。"王禄侍立了多时，巴不得借此休息。文宾心细，待得王禄出了花厅，便把窗槅掩上了，和枝山坐在暖阁子里秘密谈话。枝山道："老二，你要重重地谢我，昨宵当是乐煞了你。"文宾道："酬谢自当酬谢，但是你别说浑话，昨夜我并没有睡往楼上，小姐只许我睡在楼下。"枝山道："老二，你这般藏头露尾，便不把我当作老友看待了。我已探听得清清楚楚，你和王小姐谈谈说说，异常莫逆，从正间同入外房，又从外房同入内房。我今天到来，正待替你玉成这头姻缘，你不该在我真人面前说假话。你既然存心瞒着我，那么我也乐得置身事外，不来干涉你们的事了。"文宾央告道："老祝，休得为难，你肯玉成这头姻缘，我不要你输东道，还得重重地谢你一笔柯仪。至于昨夜的事，唯天可表，小姐既是冰清玉洁，我也不敢胆大妄为，我只和小姐吟诗作对，坐到天明。"枝山笑道："只怕不见得吧。真个销魂，或者没有这一回事，但是偎红倚翠，占些小便宜，你未必肯放过她吧？"文宾道："老祝，请你不须穷究吧，总而言之，我一定不曾玷污小姐的清白，你休怀疑。你肯撮合，我绝不曾忘你的大德，你千万替小姐包荒一些，休得讲给人家知晓。我怕家母记挂于我，先要回去了。"枝山笑道："不须急，略坐一会子，且待得了里面的好消息，回去不迟。"

在这当儿，忽听得王禄在窗外声唤道："祝大爷，我们太夫人请你带领着大姑娘到内堂去相见。"枝山笑道："来得凑巧，我正要带领敝表妹去见太夫人，难得太夫人先得我心，召我入内，快快走吧！"文宾听了，好生惊慌，轻轻地说道："老祝，这是使不得的，待我回家以后，换了衣巾，再向太夫人赔罪吧。似这般不男不女，非阴非阳，怎生见人？"枝山笑道："你昨宵见得小姐，今天怎么见不得太夫人？"文宾又轻轻地央告道："老祝你别捉弄我吧。昨宵见小姐，小姐不知道我是男子。今天见太夫人，太夫人已知道我不是女郎，所以昨宵不觉得怀惭，今天倍觉得害羞。"枝山凑着他的耳朵道："老二，你胆大一些，管叫'丈母看女婿越看越有趣'咧！"文宾走了一步，又退了两步，悄问枝山道："老祝，我入内时，是走男子的步好呢，还是走女子的步好？"枝山道："太夫人是唤的大姑娘进见，不是唤周文宾进见，自然是女郎步不是男子步了。快走快走，太夫人久候了。"王禄在窗槅外为着枝山宣言回避，不敢入内。但见枝山和大姑娘窃窃私议，不知商量些什么，里面丫鬟又来传唤，说太夫人坐在寿康

65

堂，专候祝大爷和大姑娘入内商量要事。王禄又只得在窗槅外催请道："祝大爷、大姑娘，我们太夫人久候了！"枝山高声道："好妹妹，快走吧！"文宾又逼紧着喉咙道："哥哥先请，奴家来也。"王禄推开槅子道："祝大爷，小人前来引导。"枝山道："管家，有劳你了。"他们一行人都到里面去见这位太夫人。

　　毕竟太夫人为什么要和他们会面呢？编书的自有补叙的必要。且说文宾下楼以后，小姐依旧扭住着王天豹不放，海棠向锦瑟盘问情由，锦瑟道："昨夜的事，我不知晓，今天大爷上楼时，乡下大姑娘还是个女子，后来不知怎么样，乡下大姑娘便自认是个男人，而且便是从前向小姐求亲的周文宾周二爷。"海棠得了消息，转身便走，秀英哭着说道："海棠，你先禀告老太太，你说大爷欺侮我，把一个乔扮女装的男子送上闺楼寄宿，要来陷害于我。幸而这男子是清和坊周文宾周二爷，是个正人君子，和我坐谈到天明，没有遂了大爷的心。"海棠道："小姐休得悲伤，待我去禀报老太太替小姐做主。"秀英道："你须悄悄地告诉老太太，休得使别人知晓。"海棠答应自去。

　　再说坐在南窗看弹词的太夫人，正看到一位庄梦蝶公子乔扮着女郎，混入柳惜花小姐的闺房里面，太夫人微微地在念着唱片道：

　　　　庄梦蝶今宵乔扮一娇娃，来访佳人柳惜花。一入兰闺心欲醉，但见那金猊炉内吐烟霞。牙签玉轴排齐整，还有那古玩奇珍护碧纱。这里是云笺斑管珊瑚架，那边是银箫玉笛与铜琶。痴生此刻多艳福，宛比是桃源春泛武陵槎。

　　太夫人念到这里，喃喃地自言自语道："这位小姐的闺房倒和我们的怡云楼相仿，侥幸这公子哥儿，倒被他乔装改扮混入小姐闺房，真叫作无巧不成书。"恰恰海棠走来，听得太夫人这般说，便道："老太太，你知道了吗？"太夫人茫然道："知道些什么？"海棠道："公子哥儿乔装改扮，混入小姐闺楼。"太夫人笑道："痴婢子，这是刊在书本上的，看了自会知晓。"海棠奇怪道："昨宵的事便会刊在书本子上吗？"太夫人忙问道："你说什么？"海棠看了看左右无人，凑着太夫人的耳朵，忙把方才的情形禀告。太夫人猛吃一惊，手中的弹词便不觉落在楼板上面。正是：

只要有缘皆是偶，果然无巧不成书。

欲知后事如何，且看下回分解。

第十回

白玉无瑕传言玉女
黄金有价愿做金人

　　兵部府中的太夫人得了婢女海棠的秘密报告，说什么周文宾乔扮女郎，被大爷骗入府中，送上闺楼，在小姐房中寄宿。幸而周解元是个守礼君子，只和小姐谈了一夜的诗文，当夜没有说破自己是个男子，直到今日，大爷上了闺楼，方才一言道破。小姐扭住了大爷，哭哭啼啼，闹个不休，特来报与老太太知晓。太夫人听罢，猛吃一惊，不知不觉地把弹词唱本坠落在楼板上面。海棠忙即拾起，放在桌上。太夫人道："海棠，扶我到西楼去，看这畜生，把胞妹欺侮得……"说了半句，气急败坏得说不去。海棠道："老太太，不须恼怒，这件事外人还没知晓，周二爷依旧女装下楼，小姐的名誉要紧，老太太到了西楼，须得不动声色，细问根由才是道理。"太夫人微微点头，她想倒是丫鬟有主意，这桩事果然声张不得。太夫人正待出房，又见素琴进来，向太夫人诉说情由，竭力地替周郎辩白。她说："周二爷乔装改扮，不是轻薄行为，只是一时游戏，和祝枝山赌个东道罢了。现在祝枝山坐在花厅上，周二爷也在那边，女装未卸，人家依旧道他是一个乡下大姑娘，这桩事并没破露。老太太见了大爷，不要大发雷霆，闹得人人知晓。"太夫人得了这详细报告，这口气便略平了些，便由素琴、海棠拥护着，从东楼的一带房廊直达西楼。

　　这时候，王天豹已坐在怡云楼上，左一面坐的是秀英，右一面立的是锦瑟，把他看守在楼头，不放他走。堂楼下面又传来消息，说什么祝大爷在花厅上等得焦急，专候大爷出去商量要事。王天豹道："好妹子，放我下楼吧，祝枝山在花厅上等我。"秀英道："不放的，若要放你，除非见了妈妈。"锦瑟眼快，已在软帘缝里瞧见太夫人颤巍巍地从那边走来，忙道：

"老太太来了！"一面说，一面揭起软帘。秀英含着泪离座相迎，王天豹待要脱逃，已来不及。太夫人且走且骂道："畜生在哪里，气死为娘的了！"王天豹硬着头皮来见亲娘。太夫人怒道："畜生，还不跪下！"王天豹没奈何，只得在怡云楼上做一只矮脚虎了。

太夫人坐下，秀英呜呜咽咽哭诉情形，太夫人道："女儿不须哭泣，其中的情形，素琴已告诉我知晓了。千不是，万不是，都是这畜生不是。"秀英哭道："女儿好好地在楼上吹箫，再也想不到哥哥会使这毒计，陷害女儿。哎呀！妈妈啊！女儿的清白是妈妈知道的，素琴、锦瑟都可以做得女儿的证人，女儿拼着一死，也好遂了哥哥的心愿。哎呀！妈妈啊！女儿就此拜别了亲娘吧！"说时，便即跪下，伏在太夫人膝上呜呜咽咽地哭。太夫人也没有了主意，向着女儿淌泪。王天豹自怨自艾，左右开弓打着嘴巴。太夫人怜惜着女儿，痛着儿子，又怕这名声传将出去，有碍兵部府中的门风，便道："事已如此，闹将出去，便不能洗刷清白。女儿，你且起来，畜生他不用跪了，趁着外面人没有知晓，我们且在这里从长计议。"素琴忙扶着小姐起立，且扶且说道："小姐休得这般，放着祝大爷在花厅上，他是个足智多谋的人，又和周二爷是好友，他总有一个好法子，把昨宵这件事成全过去。"

王天豹站起的时候，听得素琴这般说，忽地想起一件事，忙道："妈妈，今天祝枝山来得古怪，说什么登门来做媒人，孩儿问他替谁做媒，他说替你的妹子做媒。妈妈，想是妹子合该喜星发动，所以鬼使神差，会得叫孩儿把一个西贝女郎骗入兵部府，寄住在闺楼上面。妈妈不如央托老祝为媒，把妹子许配与小周吧。好在妹子佩服他是正人君子，妹子便做了正人的夫人、君子的娘子，岂不是好？只不过便宜了小周。"这几句话直中了秀英的心坎。要是摩登女子，听得这般说，便要一口赞成，说什么"也司哑尔来"。秀英是十六世纪的女郎，动不动便是羞人答答，分明是芳心可可，却又装腔作势，掩着面哭道："妈妈，你看哥哥陷害了女儿，还要把女儿取笑，哎哎哎。"素琴知道这"哎哎哎"是有声无泪的哭，小姐心中想已千愿万愿了，所怕的只是大爷和她开玩笑，连忙帮着秀英说道："大爷，你看小姐这般可怜，还要和她开玩笑，大爷忒煞欺侮小姐了。"王天豹忙分辩道："这是我心坎中流出的话，并非开玩笑，祝枝山现在外面，若不信，可当面问他有没有这句话。"太夫人点头道："周文宾才学很好，女儿又佩服他是个正人君子，况且本已提起过的婚姻，枝山肯做媒，再好也没有。"王天豹道："妈妈既有此意，便可传请枝山内堂相见。"太夫人道："且慢，婚姻大事，须得设想周密。一者，你父亲那边还没有信来；二者，你妹子的意思还得问问。"王天豹道："父亲不答应，只需妈妈做主，父亲便没有话说。妹子的意思不须问了，妹子说的，周文宾是个正人君子，柳下惠再世，鲁男子重生。妈妈倘把妹子嫁与小周，她不是一位柳夫人，便是一位鲁太太了。"秀英把罗帕掩着面道："妈妈，你听他说不开玩笑，他又开玩笑了，他把我作玩物，哎哎哎。"太夫人也听出女儿的哭声，名曰是哭，其实很带些快活的尾声，知道女儿面嫩，便吩咐王天豹道："你不许走，待我和女儿到房中去讲一句话。"说时，太夫人起身道："女儿随我来。"一壁说，一壁走入秀英的闺房。秀英轻轻地道了一句"来也"，却是口行身不动，她又是受了十六世纪羞人答答的洗礼。素琴识趣，知道小姐不肯自动行走，便搀着她入房。入房以后，素琴回转身躯便到外面，以便她们母女俩密谈。名曰密谈，其实不密，素琴不用窃听，早已知晓了。她想，一定是娘问女儿，你肯嫁与周郎吗？女儿听了，一定低着头不作声。娘一定说，这里没有别人，你便直说何妨。女儿一定听凭妈妈做主。素琴又想，只需小姐肯嫁与周二爷，我便可以陪嫁过去伺候着小姐，再向周二爷当面要求，叫他实践方才说的话，料想周二爷知恩报德，小姐又是大度宽容，这件事一定有十分把握。素琴呆想出神，忽地锦瑟拉着她衣袖道："你敢是变了聋子不成，老太太在房中唤了你两声咧！"素琴自觉好笑，便到里面启问老太太何事呼唤。太夫人道："你去吩咐家童，到花厅上去相请祝大爷和那位许大姑娘，同到寿康堂上和我相见。"素琴很高兴地答应着，便即下楼。这便是上回书中太夫人遣人相请祝枝山、周文宾的缘起，补叙已毕。

且说祝、周二人跟着家丁，从备弄中进去，大约有三五进的房屋，里面便是寿康堂。大人家的规矩，须得打动云板，传唤丫鬟，才能够直入中门。家丁见走到了中门旁边，便即悄悄地打动云板三声，文宾想着昨夜的情形，暗暗好笑，越是像煞有介事，表面上挂着分别男女的幌子，越是分别不清。丫鬟听得云板敲动，出来应接，见得一个胡子、一个乡下大姑娘，便道："暂请停步，待我去禀报大爷，出来迎接。"丫鬟通报以后，无多时刻，王天豹便出中门，迎客入内，先在寿康堂旁边爱竹居中分宾坐定。文宾举目四看，绝好的两间精舍，其中布置的商彝周鼎，古色古香，庭心中种着几竿慈孝竹，绿影当窗，红尘不到，再要幽雅也没有，可惜这位小主人太俗了。枝山道："天豹公子，你到了里面，杳杳冥冥，不见你出来，我觉得没瞅没睬，要没有舍表妹出来陪我，我早已出了兵部府，要到左近老虎灶里去吃一碗老虎茶，再来看你。"这又是枝山取笑之谈。苏杭一带，凡是卖开水的小茶寮叫作老虎灶，在小茶寮里吃茶，叫作吃老虎茶。这两声老虎又触犯着王天豹的忌讳，天豹只是皱了皱眉头，不说什么。文宾见天豹的两颊上印着掌掴的痕迹，料想在楼头一定讨着没趣，小姐绝不会打哥哥的嘴巴，敢是他自己打的吧。枝山又道："请问天豹公子，老伯母因何见召？"天豹道："祝老先生，你方才授给我的秘诀，我已如法炮制，妹子果然是冰清玉洁的啊！"文宾笑道："大爷，你可要谢谢奴家。"天豹瞪了文宾一眼道："奴家奴家，亏你这奴家！"枝山道："不用打扯，你快向我说，老伯母素昧平生，今天何事见召？"天豹道："是我自己不好，向妹子道破了机关，妹子便和我哭闹起来，以致被我妈妈知晓，把我一场痛责，罚我长跪了多时。"枝山大笑道："天豹公子，你好好的公子不做，却去投奔梁山泊。"天豹道："这话怎么讲？"枝山道："你昂藏七尺，忽地做了矮人，不是成了矮脚虎王英吗？"天豹皱眉道："老先生且莫取笑，请你到内堂见我妈妈，为着一桩要事奉托。"又轻着声说道，"妹子秀英的终身，看来只好托付与这西贝大姑娘了。你本来是上门做媒的，便请你做了月老吧。"

文宾听了，喜得几乎发狂。但是枝山偏偏大摇其头儿，连说："不做不做，这个媒人是做不得的。"这几句话，不但天豹听了愕然，便是文宾也怦地跳动这一颗勃勃的心。转念一想，不要紧，老祝是惯做反逼文章的，他说不做，他一定肯做，他说做，他未必一定肯做。天豹道："老先生倒也好笑，没有人请你做媒，你倒来做媒，有人请你做媒，你倒不来做媒。"枝山道："公子有所不知，这叫作彼一时此一时，不可同日而语也。方才祝某登门做媒，是做的寻常的媒；现在公子请祝某做媒，是做的特别的媒。寻常的媒好做，特别的媒难做。请公子上复尊堂，另请高明吧。"天豹道："老先生的说话，学生莫名其妙，怎叫作寻常的媒、特别的媒？"枝山道："寻常的媒，只把乾坤两造牵合成就便算了。做媒人的，只吃几杯喜酒，博几两柯仪，这是很容易做的。"又轻着声道，"特别的媒，不但是撮合婚姻，而且要把昨夜闹出的笑话，使外面人一个都不会知晓。小周既没有乔装改扮，令妹的闺楼上也没有闯人男子，倘然走漏风声，唯我媒人是问。天豹公子，你想这责任可是很重大的吗？"天豹道："确是很重大的，种种奉托老先生，一面撮合姻缘，一面还要把昨夜的事情一字不提。"枝山拈着胡子笑道："你要我做缝了口的撮合山，那便难了，老祝生平别无短处，所短的便是不肯隐人之恶，遇见了三朋四友，最喜谈人家闺门的事，只需三分事实，放在我祝某口中，便会说得有声有色，所以苏州人有两句口号，叫作'吹毛求疵祝枝山，鸭蛋里寻得出骨头来'。你想没有骨头的鸭蛋我也会寻出骨头来，何况府上有这大大的新闻。"文宾忙道："哥哥不要作难，奴家昨宵住在西楼上是很规矩的啊，和小姐谈诗论文，秉烛达旦。"枝山道："谁信你来，到了我老祝嘴里，规矩的也变作不规矩，只需两片嘴唇动一动，无孔也会挖成一个洞，只需三寸舌头掉一掉，无海也会涌出万丈涛。"文宾道："哥哥瞧着奴家分上，不要在外面乱讲吧。"枝山笑而不答。天豹央求道："老先生肯守秘密，学生永远不忘。"枝山笑道："不忘不忘，便是忘了我也不妨。"天豹道："老先生成全了，我们日后定谋重报。"枝山笑道："重报重报，你又没有写什么包票？"天豹道："老先生果然做了这特别媒人，又把许多笑话并不破露一言半语，我们送上的柯仪一定特别从丰。"枝山摇了摇头道："从丰从丰，不是三两柯仪，定是四两媒红。"天豹道："待我禀过了妈妈，奉上媒红五百两花银，这可算得特别吗？"枝山道："五百五百，只够祝某延几回医、服几帖药。"天豹奇怪道："老先生好好的身躯，为什么要延医服药呢？"枝山道："我做了这个特别媒人，不延医也要延医，不服药也要服药了。只为祝某是个心直口快的人，肚皮里藏着这段新闻，时时刻刻总想讲给人家知晓，但是得人钱财，与人消灾，待到跃跃欲出的当儿，用着强制功夫压将下去，日积月累，便要酿成一种膨胀的病，须得赶紧延医服药，才能无事。贪了府上的媒红，并不曾得着实惠，不过转我祝某的手，送给郎中先生药店老板罢了。所以我说五百五百，只够祝某延几回医、服几帖药。天豹公子，请你另请高明吧。我祝某素性轻财，把金银当作身外之物，犯不上为这区区媒红闷出病来，请你上复尊堂，我要失陪了。"

这时素琴、海棠奉着太夫人之命，在门旁探听枝山的说话，两个人轮流到寿康堂上禀报老人知晓。太夫人摇了摇头儿，忖量这赤练蛇果然厉害，他竟有挟而求，要填满他的欲壑，顾了面子，便惜不得金钱，忙叫素琴去唤公子进来，有话面谈。在那祝枝山假称要失陪的时候，素琴揭着门帘，唤请小主道："大爷里面来，老太太有话吩咐。"天豹道："老先生暂请宽坐，学生去去便来。"天豹去后，枝山凑在文宾耳上道："看来女家的柯仪总有千金希望，你呢？两免了吧，我不要赚你的媒人钱，你也不要赢我的东道。"文宾悄悄地说道："老祝放心，非但不要赢你的东道，而且还有相当的谢仪，虽没有千金言报，大约三五百两花银总该勉力相赠。"

正在密谈的当儿，天豹重又揭帘入内，向着枝山深深一揖，声称："奉着母命愿赠千金，请老先生做这特别媒人。好在昨夜的事没有许多人知晓，只有几个心腹婢女知道一二，她们都是肯守秘密的，万望老先生成全我们体面，休漏风声。"枝山笑道："天豹公子，你要把千金堵住我祝某的口，区区千金，祝某看得草芥都不如，这个媒人，祝某一定不做。"嘴里这般说，手里却悄悄地去拉文宾的衣角。文宾会意，便道："表哥哥，你看奴家分上，勉力做了这个媒人吧！"枝山道："贪了千金，我说话都不自由，满肚皮的新鲜笑话无处发泄，岂不要把肚皮都胀破了？不做不做！"嘴里说不做不做，手里又连拉着文宾的衣角。文宾道："你难道忘了唐、祝、文、周都是生死之交吗？在这分上，不肯出一些力吗？"枝山道："这句话也倒不错，小周。"说到小周，暗想不好，便改称呼，依旧要掩人耳目，忙道，"好妹妹，金钱用得完，情分用不完，我便看你分上，勉强做这一回媒人吧。天豹公子引我去拜见尊堂，好妹妹你也跟着我走啊！"

于是三人出了爱竹居，同上寿康堂。太夫人离座相迎，两旁站立的丫鬟约有十名左右，唯有素琴、锦瑟、海棠三人知道太夫人在寿康堂上相女婿。其他丫鬟只道是太夫人知晓这个乡下大姑娘好才学，今日里面试才情。枝山见了太夫人，自居晚辈，上前深深一揖，便以伯母相称。文宾依旧装腔作势，口称："太夫人在上，奴家许大万福。"太夫人请他们坐定了，便注视这西贝女郎，口中不言，心中打量："亏他扮得这般酷肖，宛然是一个裙钗，莫怪天豹孩儿见了迷离莫辨，便是我也看不出他是个乔扮的女郎。"文宾见太夫人向他呆看，只好低着头，打着偏袖，一言不发。送茶已毕，太夫人安慰了他几句话，说道："小儿冒犯了大姑娘，幸勿介意。"文宾道："怎敢介意，奴家还要感激着大爷，若不是大爷引导奴家入府，怎得与小姐订为闺中好友。"太夫人暗想以下的话要露出马脚来了，便回转头去和枝山攀谈。枝山把手一拱道："方才公子说起，伯母不惜千金之柯仪，愿订两姓之眷属，要叫晚生做一回冰金，不知可有其事？"太夫人道："老身的意思，想把小女和周家公子说合成亲，央托先生做冰人，并不是做冰金啊。"枝山笑道："伯母有所未晓，寻常的媒人叫作冰人，特别的媒人叫作冰金。"太夫人道："冰金二字，是何用意？"枝山道："冰金者，冰人而兼金人者也。冰人撮合两姓之好，金人须得三缄其口，所以不唤作冰人而唤作冰金。"太夫人笑道："原来有这讲究，便请先生做了冰人，又做金人。"枝山道："这件事，乾宅周氏一定没有话说，晚生可以写得包票，今天周文宾虽然不在这里……"说时，向文宾看了一眼，文宾依旧不作声。素琴、海棠却是暗暗好笑。枝山继续说道："但是文宾的心思，晚生却深知其细。他仰慕令爱千金和天上神仙一般，曾向晚生说，好好的一头亲事，忽而停顿，要是真个决裂了，他便要悬梁高挂，一命呜呼！"太夫人道："哎呀！太觉过分了，堂堂公子，何出此言？"文宾向老祝眨了一个白眼，但是功效全无。只为枝山迷觑着双眼，做一个俏眼给他看，他不知晓；做一个白眼给他看，他也不知晓。他依旧讲他的话道："不瞒伯母说，文宾爱上了令爱，端的似痴似呆。他说，倘有人把这停顿的亲事牵合成就，要他怎样便怎样，要他狗叫便作狗叫，要他鸡鸣便作鸡鸣，所以向乾宅说亲，一说便成，小周正在求之不得咧！不过坤宅如何，未敢预决，伯母允许了，只怕老伯不答应。"太夫人道："拙夫那边，老身早已写过信去，屈指算来，日内该有复书，这头亲事，大概总可以得到拙夫的应许。"枝山道："晚生的说话最喜根牢果实，敲钉转脚，假使老伯依然不许，这便如何？"太夫人道："拼着再去一封详细的信，把一切苦情都说了，大概总可得到拙夫的允许。"枝山道："假如写了详细的信，老伯依然不许，这便如何？"太夫人道："拙夫不是执拗的人，他知道我们为难，大概总可成全其美。"枝山道："假如老伯不肯成人之美，这便如何？"太夫人道："万一如此，这亲事便有挫折了，大概不会的吧。"枝山道："亲事生了挫折，晚生的冰人便做不成了，媒人不做是不妨的，但不知伯母仍要晚生做那缄口的金人吗？"太夫人道："假如亲事不成，先生不做冰人，也要屈你做那缄口的金人，所有酬报，依旧送你千金。"枝山笑道："若得如此，再好也没有。做了媒有白银千两，不做媒也有白银千两，管他亲事成不成，只说一千两雪花银……"

正在志得意满的当儿，忽地外面云板敲动，丫鬟传来消息，拙主人从京中遣发老总管王升送信来了。太夫人吩咐，着他进见，老身有话向他询问。无多时刻，王升来入内堂。太夫人先向枝山说道："这书信来得凑巧，亲事成不成，看了家书，便知分晓。现在拙夫那边已遣发家人带着家信来了。"文宾听了，这颗心在腔子里蹿上落下。正是：

　　千里鸿来通竹报，百年凰卜赋桃夭。

欲知后事如何，且看下回分解。

第十一回

石破天惊情场多阻
山穷水尽奇境特开

老总管王升奉着主人王朝锦尚书之命，兼程南下，赍送家书。到杭州兵部府，敲动云板，要求面见主母。这时候的交通不比现在便利，一无邮政，二无电报。亏得王朝锦身居显职，手掌大权，所以他的书信总是附着五百里加紧的文书，不分昼夜，驿传到杭，比着旁的人家，当然有许多便利。还怕书信中不能畅所欲言，便派着老仆往来南北。这老仆王升是王朝锦第一信托的家奴，准许他在京师杭州两处来来往往，双方的消息当然不会隔膜。王升在杭州住了几个月，便由太夫人遣发他北上，王兵部便可知道家中的一切情形；又在京住了几个月，又由王兵部遣发他南下，太夫人也可知道朝中的许多消息。这一次，王升北上，还在去岁中秋左右，直到今年元宵节后，才回杭州。太夫人听说老仆回来，异常起劲。一者，可知道丈夫的近况；二者，可知道丈夫对于周郎的亲事究竟应允不应允。忙唤海棠去传王升进来见我，又吩咐儿子且引着祝先生、大姑娘到爱竹居小坐，待我问过了王升再来相请。枝山、文宾便即离座，退往爱竹居中。枝山叫天豹不用相陪，且去接见南下的贵管家。天豹道："两位宽坐，少停再来举邀。"

天豹去后，枝山悄向文宾说道："亲事成不成，全听王升所传的音信。这事和我没相干，你们亲事成就，我赚得千金；你们亲事不成就，我也赚得千金。"文宾摇手道："老祝切莫作声，我这一颗心只在腔子里蹿上落下，你听王升已进来了，待我站在门旁窃听一下。"于是文宾蹑手蹑脚，走到门帘旁边，侧着耳朵，细听寿康堂上的谈话。好在距离不远，句句可以入耳，他虽没有瞧见王升的面，但是听他的说话语语诚恳。不问而知，他是一名王家的忠仆了。

太夫人先问他主人在京可好，姨太太们可好。他把主人的起居饮食一一报告，又把姨太太们怎样侍奉主人处处周到，约略地说了几句。太夫人道："那么还好，你主人近来心境如何？"王升道："心境不大好。一者，仕途冷暖不免有些凄怆；二者，时时记挂小主人，不知在家里可是安分读书。"天豹忙接口道："这半年内，你小主人只有闭门不出，安分读书。"文宾忙掩着嘴，几乎笑将出来。又听得太夫人问道："你是什么时候动身的？我在去年冬间曾有一封很长的书信寄往京师，不知你主人接到了没有？你南下时，主人有话吩咐你没有？你带来的家书却在哪里？"文宾暗想太夫人连珠也似发这许多问题，看那老家人怎样对答。又听得王升不慌不忙地禀道："启禀老太太知晓：老奴动身时，本在去年十二月初三，预定年内可以赶到杭州；无奈在山东道上遇了风雪，在客店中停顿了几天，以致误了路程，直到今天才能返杭。老太太寄京的家书，老大人一一都已接到。去冬寄京的一封长信，是不是为着小姐的亲事，劝导老大人把小姐许嫁与清和坊周二公子？"只这几句话，尤其使窃听消息的周文宾拉长了耳朵，要听一个碧波清。偏在那时枝山忽地咳呛起来，有好几句话被他咳呛的声音所乱，慌得文宾向他摇手不迭。待到咳呛平复，文宾又听得王升禀报道："老大人接到了家书，很费着一番踌躇，曾向老奴说过，周二公子的才学，老大人也是很赏识的，又和周老大人同朝做官，虽然周姓家况不及王姓，但是老大人并不轻贫重富，择婿择人才，并不择着金钱。"文宾连连点着头，又听他禀报道，"老大人上次不曾应允亲事，不为家产，为着周老大人过于方正，得罪了宁王千岁……"文宾很注意地听下去，却听得王升声音陡轻，文宾听不清楚，隐隐地只听得王兵部为着周礼部和宁王不睦，恐怕宁王设计陷害礼部，所以不敢把女儿许配与礼部的公子，亲事停顿，便是这个缘故。文宾只是连连摇着头。又听得太夫人道："这是过去的事，不须说了。你且告诉我，你主人得我的书信以后，做何主张？带来的家书在哪里？快交付与我观看。"王升道："回老太太话，老大人把家信交付老奴时，曾经传谕老奴：见了老太太，先把老大人的意思告禀了老太太，再行呈上家书，请老太太过目。"太夫人道："先把你主人的意思讲讲也好，你主人做何主张？"王升道："老大人说他接到了家书，觉得老太太的说话句句真言。周二公子这般的人才，错过了无处寻觅，好在亲事不过停顿罢了，只要周二公子没有订婚，这亲事总可说合的。况且周礼部虽然降为侍郎，依旧圣眷未衰，将来仍有升官的希望。老大人得了老太太的信，踌躇了几天，觉得小姐的亲事总是配与周二公子的好。"文宾听到这里，频频点头，想见他一朵朵的心花开放。又听得太夫人说道："难得他和我一条心，可喜可喜。好在周二公子还没有定亲，赶紧说合，还来得及。但是你主人为什么不早早写信来呢？"王升道："老大人的家书已写就了，正待附着五百里加紧文书，不分星夜驰往钱塘，谁知天有不测风云，人有旦夕祸福……"

　　文宾听了，颜色立变。想见寿康堂上的太夫人当然状态慌张，但听得她颤着声音说道："王升，究竟怎么一回事？你主母听了，不禁心跳。"王升道："老太太不要着急，老主人为着这件事，恐怕家中惊慌，所以打发老奴回来，先把情由说明，再行取出家报，请老太太过目。只为小姐和周姓说亲不成，朝中文武都已知晓。有一天，宁王的兄弟九王爷来见老大人，谈论之下，他忽然取出一纸名单，便是宁王的宠妾九人，江西人唤作宁王府中九美人。宁王的意思，有了九美，定有十美。他探听着我家小姐才貌双绝，尚未定亲，特地央托他兄弟九王爷前来说合，意欲把小姐聘为第十房的宠姬，凑成十美。事在必行，特地向老大人通知一声。"文宾紧皱着双眉，摇头不绝。又听得太夫人急问道："你主人怎样答复他？"王升道："老大人只好婉辞拒绝。老大人说：'小女和周姓曾经提议过亲事，现在虽然停顿，但是拙荆心中很愿把小女嫁给周姓，数日前曾有信来，仍要重提这头亲事，我已允许了拙荆，把小女准配周生。宁王千岁的美意，只好铭诸肺腑。大概是小女无福，要请王爷千岁格外原谅的。'"文宾透了一口气，拂去额上的急汗。又听得太夫人问道："九王爷听了怎么样？"王升道："九王爷听了，连声冷笑。他说：'尚书公，你休得骗人，令爱的亲事决裂，谁都知晓的，怎说重又撮合呢？'老主人道：'王爷千岁尚不见信，有家书在这里可以做证。'"文宾把头一点，暗暗地说一句："赖有此耳。"又听得太夫人问道："九王爷听了怎么样？"王升道："九王爷板起面孔，对老大人竟不唤尚书公，而唤老王了。他说：'老王老王，休说你女儿尚未订婚，便是真个订了婚，我们宁王千岁的令旨，你也不能抵抗。究竟应允不应允，快快答复。'老大人没奈何，只得想一个缓兵之计，央恳九王爷宽假时日，以便把周姓的亲事回绝了，再行设法把小姐献上江西宁王千岁府中。九王爷方才回嗔作喜，定了两个月的限期。在这限期中，须得赶紧与周姓解约，赶紧把令爱送往江西宁王千岁府中，而且越速越妙，只许提前，不许落后。如不遵行，便是违抗王爷的令旨，罪在不赦，休生后悔。老大人诺诺连声，九王爷方才别去。为着这件事，老大人嗟声叹气，一夜不得安眠。到了来日，就写了一封书信，传唤老奴到书房中谕话，老大人把为难情形一一告诉老奴：倘然从了宁王，便葬送了自己女儿；倘把小姐许嫁周二公子，宁王怎肯甘休，他的势力很大，一定要和自己作对，重则性命难保，轻则功名不留。老大人又说，你回到杭州，必须说明了情由，才许把书信取出。究竟如何办法，要请老太太决断。她如爱护丈夫，不使有意外风波，那么只好忍痛割爱，把小姐献与宁王；她如爱护女儿，只得由她把女儿嫁给周生，自己丢官也罢，丢命也罢，便顾不得许多了。书信现在这里，请老太太过目。究竟爱护老大人呢，还是爱护小姐，老奴不便说什么，请老太太定夺。"

王升禀告方罢，哭声便起。哭的人真多咧，一是小姐哭，原来秀英这时便坐在寿康堂的后面，恰才王升禀告时，秀英也在屏门后窃听。窃听时，也是忽而摇头，忽而点首，忽而含笑，忽而凝愁，和爱竹居中的周郎一般模样。听到最后这几句话，恰是应了昨宵的妖梦，从此好事难谐，爱河多浪，要保全着父亲，便不免断送了自己的如花美眷、似水流年，她一时绝望，不禁失声痛哭。秀英一哭，太夫人也哭了，素琴、锦瑟也哭了。最为奇怪便是众人目光中的这个乡下大姑娘也哭倒在爱竹居里，好好的兵部府中，变作一片哭声。有许多不知底细的仆妇丫鬟都在暗暗诧异：小姐哭难怪她，转眼便要远赴江西；太夫人哭难怪她，舍不得爱女远嫁；这素琴、锦瑟哭，也在情理之中，她们都是小姐的心腹丫鬟；这乡下大姑娘为什么也在那边哭呢？她在闺楼上寄宿一宵，和小姐恰才识面，小姐远嫁，干她甚事？只听得"瞎子趁淘笑"，却不听得乡下姑娘趁淘哭。而且她比素琴、锦瑟哭得更苦，竟和太夫人、小姐哭得一般可怜。这是什么缘故呢？爱竹居中的祝枝山也觉得变生意外，他所着急的千两白银只怕从此休想，一阵心酸，几乎挂下眼泪。文宾痛的是美人，枝山痛的是黄金。他扶着文宾起立，轻轻地说道："老二你不用哭，你要哭，我也要哭了。我比你更可怜，请你暂时忍痛，且听里面的太夫人究竟做何办法。"文宾咽着泪，止着哭，再听寿康堂上的动静。但听得里面的哭声渐渐地停了，素琴、锦瑟的哭声先停，帮着王升苦苦相劝。太夫人也停哭了，小姐也停哭了。太夫人道："女儿，你且出来，为娘的到这地步，方寸已乱，究竟怎么样，想不出主意了。"秀英惨声儿说道："这是女儿命苦，要保得爹爹平安，拼了吧。快把女儿送往江西，到了王府中，女儿只有以一死了之。"太夫人又哭道："你拼一死，我也拼一死了。"文宾也哭道："小姐要死，我陪着你死。"枝山附着耳说道："老二，你便要哭，也不能露出男子的声音。"文宾没奈何，只得逼紧着喉咙哭道："小姐要死，奴家也要请先死在你面前。"

列位看官，悲哀是欢乐的反逼文章，越是悲哀，越显出欢喜的真价值。《易经》上说："先号啕而后笑。"这个笑才有笑的真价值。只为是号啕里面产生的笑，不但是轻轻一笑、微微一笑，和那皮笑肉不笑怎可以相提并论。古人说得好，"不是一番寒彻骨，怎得梅花扑鼻香"，所以要写欢乐，先写悲哀。这时候秀英也要死，太夫人也要死，周文宾也要死，可谓悲哀达于极点了。要是一味地哭将下去，那便违背了作者的本旨，只为这部书是欢乐的，不是悲观的啊。在那悲痛声中，又是当当当地云板敲动。恰才的一片哭声，是云板中敲出来的，以后的一片笑声，也是从云板里敲出来的。内堂听得云板敲动，哭声暂停，太夫人忙遣海棠到中门外去问话。没有一会子，海棠捧着一件公文进来禀告，说是杭州按院那边送来的紧急公文，据王福说，是从京师兵部衙门五百里加紧传递的文书，大约就是老大人的家报到了。太夫人接了公文，不禁手颤，料想总是不祥消息。待要开封，只是抖个不住。天豹道："妈妈，把这公文付给孩儿看吧。"当下接了公文。封面上兵部大堂咨送浙江巡按部院，传递麒麟街王第开拆，加紧五百里，不分昼夜，火速递到云云。上面的月日，是去岁十二月二十日，发信的日子比着王升动身迟了二十天。只为是驿递的火速公文，所以能和王升同时到达杭州。天豹开封看那家书，便问妈妈和妹子可要一起来看。太夫人道："料想没有什么好消息，你读给我们听吧。"天豹读道：

夫人妆次：京邸消息，王升南下时，当已禀告。宁王跋扈，竟欲夺我掌珠，藏之金屋。却之不能，允之不忍，事在两难，已于前次书中略述梗概。家中得此消息，谅必痛不欲生。我女素性孝顺，或将效法缇萦，奋身救父。兴言及此，老泪频挥。

80

天豹读到这里，又触动了母女俩的悲伤，呜咽不已。天豹道："你们休哭，下面的说话正多咧。"

谁知事竟有出于意想以外。山穷水尽之时，又遇柳暗花明之景，此固上苍默佑，亦且王氏祖先有灵。想夫人闻之，当必破涕为笑也。

太夫人道："敢是下面有什么好消息吗？"秀英拭抹着眼泪道："哥哥，待我来念给妈妈听吧。"便抢着书信，娇声念道：

宁王久蓄逆谋，待时而动，事机不密，已为朝廷所知。业已降旨，着江西巡抚王守仁就近查办。所有宁王亲旧，俱遭严谴。幸而九王爷说亲时，我未立刻承诺，否则亦在同谋之列，不免身名俱裂。周上达向日结怨宁藩，降补侍郎，今者宁藩逆谋已露，周上达已复原官矣，可喜可贺。

在爱竹居中窃听消息的周文宾听说他爹爹业已恢复原官，一时忍俊不禁，手指摩擦着鼻尖道："可喜可贺，乐煞小生也。"枝山轻轻地说道："你又要露出马脚来了。"文宾便变着声调道："原来住在前街的周老大人业已高升，真正喜煞了奴家也。"好在这时候，众人都注意在京师来书中的消息，文宾在那边自称小生，大家都没有听得。太夫人道："原来周礼部已复了原官，的确可喜可贺。"小姐续念道：

宁藩势盛时，士大夫趋炎附势，奔走恐后，及一闻查办之旨，则又纷纷上疏，弹劾宁王罪恶，以自表其清白。九王爷已革去王爵，待罪都下。所有上次提议之亲事，自作罢论。好在……

秀英读到这里，霞红两颊，把书信授给天豹道："哥哥，你去念给母亲听吧。"天豹道："妹子倒也好笑，我念时，你要抢去念，念了一段，你又不念了，敢是关系你的终身，你又害臊吧。"一个小丫头指着那边喊道：

"咦，门帘中露出一只耳朵来了。"文宾自觉好笑，听至这里，正有些情不自禁，便把耳朵露出帘外，给那小丫头指责，只得把露出的耳朵缩将进去。天豹续念道：

  ……好在周生尚未定姻，则吾女终身有托，自以许配周生为宜。业与周礼部当面谈妥，文定以后，最好在一月以内便即归婚。只为部中流言，有谓吾女业已送往江西，充宁王后宫之选者，此虽无根之言，不值一笑，但恐辗转相传，动人指责。辟谣之方法，莫妙于吾女早日于归，则流言自息。夫人闻之，当以此说为然也。女儿出阁时，论理我宜早日南下，作遣嫁之计。但因宁藩败露，军书旁午，兵部为军马之中枢，身为堂官，碍难请假返里。所有主持喜事，请族长四太爷偏任其劳，吉期越速越妙。好在妆奁准备有年，不虑局促。吉期定后，飞速示我一音，托按院衙门马递到京，俾得早闻消息，心中安慰也。此书由兵部衙门五百里加紧马递，料想信到时，距王升回杭之日不远也。书不尽言，余俟后详。
  敬请
坤鉴！

愚夫王朝锦顿首
十二月二十日

  家信读罢，寿康堂中一片笑声，把愁云惨雾都消灭了。太夫人道："啼啼哭哭里面不料有这一桩大快乐事。"天豹道："妹子，恭喜你……咦！妹子为什么走了？"其余仆女丫鬟多半是不通文的，不知道书信中道的怎么一回事。自有识字素琴把书信中大略情形讲与众人知晓，博得人人称快，一齐喧呼着恭喜老太太、恭喜大爷、恭喜小姐。太夫人忙唤天豹去请祝先生和大姑娘到来商议。祝、周重到堂中，不待太夫人报告情形，先已上前贺喜。枝山贺喜倒也罢了，唯有这西贝姑娘，依旧装腔作势，向太夫人双膝跪下，口称"奴家许大恭喜老太太，贺喜老太太"。太夫人忙唤丫鬟搀扶不迭，连称"大姑娘少礼"。文宾道："小姐得配周二公子，郎才女貌，佳偶天然。奴家还得到小姐面前去贺喜，才是道理。"太夫人忍着笑

82

道："大姑娘，不用去贺喜吧，小女是生性怕羞的。"说到这里，扑哧地笑了。太夫人一笑，文宾也笑了，枝山也笑了，王天豹也笑了，躲在后面的秀英小姐也笑了。觉得周郎会开玩笑，母亲也知道他是男子，还要假惺惺作态。想到这里，也把罗帕掩着樱唇，哧哧地笑个不休。素琴、锦瑟、海棠三人都是知道内幕的，也向着西贝姑娘笑个不休。待到笑声完毕，祝、周二人告辞回去。太夫人还要备酒款待，枝山道："改日再来奉扰。只为舍表妹归心如箭，不能久留了。"于是别过太夫人，文宾还要假惺惺去向小姐告辞，太夫人道："她是怕羞的，今天不见客了，孩儿吩咐家丁，备着轿儿，送祝先生和大姑娘回府。"天豹依言送着二人登轿，不须细表。

轿到清和坊周公馆门口，枝山便唤停轿。轿夫道："这位大姑娘是不是要送她回豆腐店里？"枝山道："也在这里停轿，不必送了。"二人下轿以后，把轿夫遣去了才进大门。周姓家丁见着二爷已回，欢声雷动。祝、周二人同到紫藤书屋。文宾忙遣发家丁把自己的衣服取来更换。祝童上前禀告道："今天苏州有信寄来，放在书案上，请大爷过目。"枝山开封看时，才看得数行，拍手大笑道："老二，今天竟是喜事重重，尊公大喜，你也大喜，便是我老祝也有大喜。"文宾道："老祝你喜从何来？"正是：

啼声才止欢声起，瞑色全消霁色来。

欲知后事如何，且看下回分解。

第十二回

延嗣续祝解元得子
释怨仇徐秀士做媒

　　周文宾见祝枝山拊掌称快，便道："老祝，你得了什么好消息？敢是子畏兄回来了吗？"枝山道："小唐回来，干我甚事。吾所快活的，便是老祝家中添了小祝。实不相瞒，贱内在正月初九产生一子，大小平安。我祝某年近四旬，尚虚嗣续，得此喜报，怎不快活？"文宾更换衣巾，忙向枝山道喜。

　　周老太太知道儿子回来，便遣丫鬟把儿子传唤入内，问他一夜不归，住在哪里。文宾本待依实禀告，为着佣妇丫鬟都在旁边，多一人知晓不如少一人知晓，便向他母亲说道："这里不便说，请到母亲房中，一一禀告。"周老太太见儿子这般鬼鬼祟祟的模样，心中气闷，莫非昨夜停宿在勾栏院中，因此不敢当众禀告？母子俩到了房里，掩上了房门，文宾把乔装出门，到麒麟街观看灯彩，遇见王天豹的事述了一遍。周老太太听了变色道："你好大胆，竟敢在通都大邑之中男作女装，妨碍风化。王天豹把你骗入府中，料想不怀好意，被他破露了机关，你的声名就此扫地了。"说到这里，声音都颤了。文宾道："母亲不用恐慌，幸而没有破露机关。"又把王天豹见了扇面，不敢肆行无礼，把他送上闺楼的事述了一遍。周老太太的面皮忽而紧张，忽而和缓，忽而眉头紧蹙，连唤："不好了，不好了，小姐闺楼上岂能乱闯，你可曾上去没有？"文宾道："孩儿没有法子想，只好寄顿闺楼，以避强暴。"又把上楼以后的事，直讲到和小姐吟诗作对，同归卧室。周老太太气得面都青了，起着指头向文宾脸上一点道："畜生无礼！气死我也！"那时，泪如雨下。文宾便即跪在老娘面前道："母亲且听孩儿告禀完毕，你老人家再加责备。"老太太乱摇着头道："不用说了，越说越叫我气死了。畜生，你不想你爹爹怎样地为官清正，你哥哥怎样地少年老成，唯有你畜生不自长进，辱没了父兄，辱没了门风，辱没了你的一榜解元。咦！你不要跪在我面前了，你即日便离家远去，我永不要见你畜生的面！"文宾受着他老娘斥骂，只是低着头儿，不敢声辩。直待老太太斥骂完毕，才敢抬着头道："母亲教训孩儿的话，都是金玉之言，孩儿怎敢强辩，但是孩儿果然辱没了父兄，辱没了门风，辱没了一榜解元，不待母亲驱逐，孩儿早已没有颜面回来见亲娘了。今天敢于回来，只为孩儿虽然身在嫌疑之地，却是此心可对天日，一些儿没有苟且行为，将来自有对证，绝不敢欺骗亲娘。"老太太怒气稍平，便道："你且讲下去。"文宾这时却不敢倾筐倒箧般地尽情披露了。他把和小姐同睡一床的事瞒过了，只说和小姐谈论学问，越谈越有兴致，直到天明还不觉倦。后来枝山到了兵部府，向王天豹暗通消息，方才破露机关，但是这桩事依旧是很秘密的，知道的人很少。他又把寿康堂上先号啕而后笑的话——说了，直说到宁王逆谋破露，父亲恢复原官，王兵部允许亲事，而且文定以后，不日便须结婚。只这一席话，说得老太太满面堆欢道："孩儿起来。既然他们男女两亲家在京中觌面订婚，我们怎好迟延，即日便要准备选吉下聘了。时候不早，你陪着枝山在外面午餐。午餐以后，你同着他进来见我，商议订婚的办法。"文宾站立起来，拍了拍海青，好在广漆地板上是没有浮尘的，喜滋滋地出房。才出房门，重又缩进道："母亲，孩儿还有一桩喜事告禀你老人家。方才老祝接到家报，他的夫人诞生一子，大小安宁，喜得老祝合不拢嘴来。"老太太道："这也难怪他，三十九岁的人才得这一些根苗。我想天不亏人，枝山救了张小二母子，合该有这好报。"文宾离了上房，又到紫藤书屋来觑枝山。

枝山恰才到那里写家信，封固完毕，笑向文宾说道："老二，你到里面时，我正在替我的新生小儿取名。"文宾道："取些什么名字？"枝山道："只为他是天诞日诞生的，所以乳名唤作天生。"文宾道："帖名呢？"枝山道："只为我年将四十，才有这继续的人，所以取的单名唤作祝续。"列位看官，枝山的儿子唤作祝续，并不是编者在笔端撒谎，明明确有其人，他是一个有名人物，将来的功名还在枝山之上。枝山仅中一榜，祝续却中过两榜；枝山的官阶不过应天通判，祝续的官阶却任至广西左布政使。这不但祝姓宗谱中有祝续的名字，便是《明史·文苑传》中，在《祝允明本传》末尾，亦曾提及祝续的科名和官阶。

闲话丢开，言归正传。且说祝、周两人午餐以后，便到内堂去见老太太，见面以后，枝山便向老伯母道贺。老太太道："祝贤侄，你也是大喜。恰才小儿说起，天诞日尊府添丁。"枝山道："这是仗着老伯母的洪福，所以大家真是喜气重重。我恰才计算，大家都有两重喜庆。老伯有两重喜庆，一是本人复官，一是儿子订婚。老伯有了两重喜庆，老伯母也有两重喜庆，令郎也有两重喜庆，便是小侄也有了两重喜庆。"周老太太道："祝贤侄添丁以外，还有何喜？"枝山道："总算财丁两旺。添丁以外，还有添财之喜，王兵部中的柯仪，他们面许千金。"周老太太道："他们送了千金，我们也当竭力些。"便问文宾道："你预备送多少呢？"文宾道："我不要他输东道，便宜了他的六百金，再送柯仪四百金，也是凑成千金。母亲，你道好不好？"周老太太点头赞成，便道："祝贤侄，这区区之数，你休见笑。"枝山道："老伯母说甚话来，论着我们交谊，便不送柯仪，也当竭力撮合。既蒙厚惠，自然却之不恭。但有一层，小侄带来的书童祝童，见府上喜气重重，他也想得着两重喜庆。"周老太太道："小儿结婚有期，自然要请他多吃几杯喜酒，多赚几个喜封，这不是两重喜庆吗？"枝山道："这是一重喜事，另有一重，不知道老伯母允许不允许？"周老太太道："究竟什么喜事呢？"枝山道："小价祝童看中了府上的使女锦葵，意欲凑这吉期，成为伉俪，老伯母你肯允许吗？"周老太太道："锦葵是我媳妇的丫鬟，老身不能一人做主。老身应允了，只怕媳妇不应允，媳妇应允了，只怕锦葵本人不应允。"枝山笑道："他们俩都已千愿万愿了，宛比唱本书中的男女，早已私定了终身。听得祝童说过，锦葵也曾面求令郎做主，令郎早已允许了。"文宾帮着说道："锦葵确曾向我说过，我曾允许她代向母亲和嫂嫂面前恳求母亲应允了，我再去恳求嫂嫂，料想终可应允的。"周老太太笑道："那么我先允许了，你去恳求你嫂嫂吧。怪不得今天早起，有好几只喜鹊在屋上叫个不休，原来有这许多喜事。"文宾自去恳求他嫂嫂替祝童撮合。周老太太和枝山商量订婚办法。枝山道："千里不同风，百里不同俗，杭州的订婚情形想和苏州不同，须得请了账席先生一同商量才是办法。"周老太太忙遣人去请账席李先生进来商议。这位李先生很熟悉婚姻礼式，到了里面，见过了东家娘娘，又和祝枝山寒暄了一回，一齐坐下。正在开议时，文宾早已笑嘻嘻地从里面出来道："好了好了，嫂嫂应许了，只不过要略迟一二个月才能遣嫁咧。"老太太身边的锦菊丫鬟率领着几个小丫头，都去向锦葵贺喜。锦葵防她们取笑，关着房门，不敢出面。按下慢表。

且说李先生笑问道："东家娘娘唤我账席入内，有何吩咐？"周老太太忙把儿子与王兵部之女的婚事略述情形。李先生道这是天大的喜事，忙即起立向母子俩贺喜以后，方才归座道："既是祝先生说合，祝先生便是大媒了。照例须有男女二媒，祝先生做了女媒，男媒是谁呢？"枝山道："缺少一位媒人，便是徐子建承之可好？"文宾拍手道："这便好极了。他出了一笔罚金，未免心头懊恼，我们请他做男媒，叫他博得些柯仪，也可失之东隅，收之桑榆。冤家宜解不宜结，他便可以气平了。"李先生道："大媒既定，便可择日传红。备着四副小礼，用鹤顶纸造五福全帖，外用红绿夹衬的封套，上面泥金'全福'二字，里面写'恭求台允'字样，外用金如意玉如意压帖，连同纹银小茶叶瓶若干，请男女大媒送往女家。女家便把闺女八字交与大媒，且用纱帽袍套压帖，连同纹银酒樽若干，以及各色花果盆景喜蛋等类，送至男家。这一天，媒人先到女宅道喜，然后到男家吃茶点，吃罢，押盒到女家吃午宴；到了下午，押盒往男家吃晚宴。这便是传红的办法。"周老太太点头认可，便吩咐账席赶紧到卜课先生那边去择吉。所有一切传红应办的东西早早布置，免得临时局促。账席去后，枝山也辞别出外。文宾道："我也要去访徐子建了。"枝山进了紫藤书屋，早见周姓家丁都围着祝童道喜。祝童扯开了笑嘴，喜得和弥勒佛一般。枝山道："你到里面去谢老太太和大娘娘，若没有她们成全，你休想有这快活日子。你叩谢完毕后，快快出来，我有一封家信要叫你送往信局，寄到苏州。"祝童诺诺连声，不用细表。

且说在明伦堂上舌战失败的徐子建，罚去了三百两白银修理大成殿，他怎不把祝枝山恨得切齿。他雇用着无赖，要向枝山寻仇，又被张小二从中解围，竟奈何他不得。他越想越恨了，他既无法复仇，只得天天在家中把祝枝山毒骂。还觉得不能泄愤，竟在园中扎了一个草人，写着"祝枝山"三字，把来绑在树上，每日提着皮鞭，抽一鞭骂一声洞里赤练蛇。草人怎挨得起鞭打，早已打得鸡零狗碎，不成了模样。打坏了一个，又换一个，换到第七个，依然怒气不平。这一天，正在园中提起着皮鞭，恶狠狠地打那草人道："你这赤练蛇，真是恶毒无比，打蛇打在七寸里，打断你这蛇腰，难道你还能作恶不成？"说时，把草人拦腰打了几下，又骂道，"打了你的蛇腰，还得打你的蛇头。蛇无头而不行，打掉你的蛇头，难道你还能作恶不成？"说时，正待鞭挞蛇头，忽地笑将起来，连说："蛇头打不得，打了蛇头，便触犯了我的忌讳，只为我的绰号是两头蛇咧。"在这当儿，忽地来兴进来禀报，说清和坊周二爷来了。子建好生奇怪，周文宾和我罕通往来，他上门来做甚？敢是赤练蛇和他同来，再要施展什么毒计？忙问来兴道："周二爷是一个人到来，还是偕着赤练蛇同来？"来兴道："赤练蛇没有来，来的只有周二爷，而且和颜悦色，说有事恳求你主人，特地登门奉访。"这个蛇怕蛇的徐子建，听说赤练蛇没有来，便不怕了，放下手头皮鞭，向草人怒目道："赤练蛇，暂时饶你几下，会过了你的朋友，再来把你鞭打。"

子建到了外面，把文宾迎入堂中，来兴送茶伺候，寒暄了几句以后，子建便问道："贵友祝枝山可曾离开了杭州？"文宾道："还在舍间居住，大约尚有几个月的勾留。"子建道："解元公，兄弟有几句不入耳之言来相劝勉。唐、祝、文、周四人，虽然订为好友，但是这条洞里赤练蛇毕竟不是相交。兄弟和他素昧平生，尚且被他咬了一口，何况你们住在一处，只怕久后终须受着他的苦楚。似这般的坏东西，还是和他疏远一些的好。"文宾道："枝山生性诙谐，到处游戏三昧。这番他和子建兄作耍，也不过游戏游戏罢了，子建兄切莫当真。"子建冷笑道："旁的可以游戏，这白银三百两，是小弟的血汗之资，怎么可以游戏呢？"文宾道："据枝山道，这也是和你游戏游戏，并非真个要你破财。"子建摇头道："我这白银三百两业已交与汪老师，而且大成殿上日内早已动土开工，亏那赤练蛇还要说这巧话，这不是破财，怎样才算是破财呢？"文宾道："枝山并不要你破财，他有方法叫你'失之东隅，收之桑榆'，失去的不过三百两，收回的倒有五六百两。小弟这番登门，便是代达枝山的一片美意。"徐子建是爱财如命的，听得这般说法，喜出望外，忙问道："枝山先生真个有这意思吗？"文宾道："确有此意，怎敢相欺？"于是便把与王兵部千金订婚的事略述缘起，且说："文定以后，不日便须结婚。枝山做了女媒，还要请一位坐享其成的男媒。小弟的亲戚故旧都来抢做冰人，枝山独自主张，要请男媒，非得请你徐子建兄不可。你在明伦堂上吃了亏，这也得叫你占些便宜。这个冰人非同小可，五六百金的柯仪便可不劳而获，好叫人家知道我这条赤练蛇是并不害人的。"子建大喜道："祝老先生真是仁心侠骨，并世无双。谁说他是赤练蛇，是要堕入拔舌地狱的。既蒙相邀，一切遵命便是了。"文宾略坐了一会子，便即告辞。子建送客以后，回到里面，笑容满面。来兴道："相公，你忘却一桩事了。"子建道："忘的什么事？"来兴道："你不是说会客以后，还是鞭打这条赤练蛇吗？"子建沉着脸道："狗才，你别胡言乱语，不唤祝大爷，却唤赤练蛇。他何尝是赤练蛇，他是一条兴云致雨泽及万物的神龙呢！"来兴道："相公已打破了七条赤练蛇，为什么到了今朝变作了神龙？"子建道："你别多问，以前他是赤练蛇，现在他是神龙。快把园中的草人焚去了，这条皮鞭子拾取进来，以后再也不许你唤赤练蛇。你若要唤时，就把皮鞭子叫你受用。"列位看官，这金钱的魔力何等伟大。子建失去了三百金，把老祝恨如毒蛇；子建取得了五六百金，又把老祝奉若神龙。从此以后，徐子建和祝枝山便成了莫逆之交，时通往来，不在话下。

有书即长，无书即短。最长的便是上元这一天，自从周文宾乔装说起，直说到寄顿闺楼，和王秀英面订婚姻，足足占了十多回书。这是杭州书中的热闹关子，关子已过，说书的便唤作软档，当然没有什么书可说。著者拢总交代一句话：周文宾寄宿闺楼一件事，只有寥寥几个人知晓，都是严守秘密，外面毫无风声。祝枝山虽是老鸦嘴，不说好话，但在紧要关键，他也不肯妄说，况且有这偌大的柯仪堵他的嘴。周府里面知道底细的只有周老太太一人，便是大娘娘也没有知道其中的详细情形，何况仆婢人等，益发不会知晓。王兵部府中知道的人很多，除却太夫人、王天豹以外，太夫人的身边海棠，小姐身边的素琴、锦瑟，都知道寄顿闺楼的乡下大姑娘便是雀屏中选的周二公子。太夫人素来信任海棠，有许多秘密话总和海棠商议，悄悄地嘱咐她："海棠，你是我的心腹丫鬟，人前说不得的话，你绝不会讲与别人知晓。自古道'与人方便，自己方便'，你依着我的嘱咐，我绝不忘你的。待到你出嫁，我便赏给你珠环一副、金钏一双。"海棠道："老太太放心，丫头知道这件事关系很大，所以那天得了消息，便暗暗地告禀夫人，不敢张扬。所有姊妹面前，从来没有露过风声。老太太便不给丫头赏赐，丫头也不敢饶舌，何况老太太有这重大的赏赐。"太夫人既把金珠堵住了海棠的嘴，秀英便如法炮制，悄悄地吩咐锦瑟，也学着太夫人一般的话，而且珠环金钏都肯预先赏赐。锦瑟接受了赏赐，不觉感激涕零，她竟当着小姐宣誓，她说："元宵的秘密，倘有一字泄露风声，管叫丫头嘴上生个大疔疮。"秀英心中十分安慰。她想锦瑟既肯缄口，素琴当然不会饶舌了。只为素琴是自己的心腹丫鬟，夜夜相伴，直到临眠，所有心话都曾向她说知，比着锦瑟不同，我若加给她一对玉钗，无论怎么样，她总不肯向人前说长道短的了。

这夜临睡时，秀英又把嘱咐锦瑟的话嘱咐素琴，取出羊脂白玉钗一对、八宝珠环一副、天圆地方黄金钏一双。素琴却向小姐摇手不迭道："小姐的赏赐，请收回了吧。"秀英道："你敢是嫌少吗？"素琴道："怎敢嫌少？只为接受了小姐的赏赐，便是看轻了周二公子。"秀英道："你的话我不明白。"素琴道："小姐是聪明人，哪有不明白之理？"秀英道："你休作难，有话快说，别和我闹这哑谜儿。"素琴道："小姐，据丫鬟看来，周二公子这般品貌、这般才情，便是黄金万两、白璧百双，也换不到这般如意郎君。小姐，你道如何？"秀英点头道："你这话千真万确。"素琴道："易求无价宝，难觅有情郎。现在小姐把周二公子看得太轻了，看得他只值玉钗一对、珠环一副、金钏一双。"秀英道："素琴，你越说越奇怪了，这三样东西是我赏给你的，和他有什么相关呢？"素琴不慌不忙，说出一番话来。正是：

曾建奇功原有意，平分春色岂无因。

欲知后事如何，且看下回分解。

第十三回

磕响头梦魂惊锦瑟
谈密话消息逗秋香

　　素琴有挟而求，向着秀英小姐不慌不忙地说道："周二公子的姻缘，虽和小姐前生注定，但是那夜若没有我素琴迎他上楼，只怕这段姻缘还是挫折呢。"秀英笑道："这是大爷送他上楼的，与你何干？"素琴道："送是大爷送他的，迎却是我素琴迎他的。小姐记得吗？第一次丫鬟要迎他上楼，小姐曾说，楼上不是迎宾馆，怎好留人过宿。若不是丫鬟说这大姑娘是很规矩的，和寻常女郎不同，小姐怎会和周二公子见面？第二次丫鬟要迎他上楼，小姐又说，好一个不近人情的哥哥，更阑人倦，还来厮缠，你快请大爷下楼去。若不是丫鬟说这大姑娘美丽非常，和小姐不相上下，小姐怎会和周二公子见面？第三次丫鬟要迎他上楼，小姐又说，我的闺楼上总不能容留什么陌生女人。若不是丫鬟说这姑娘很有才学，会得吟诗，懂得吹箫，小姐怎会和周二公子见面？姻缘是小姐的姻缘，介绍却是丫鬟介绍的。现在小姐把玉钗、珠环、金钏赏给丫鬟，大概是为着丫鬟介绍这如意郎君上楼的缘故。小姐小姐，你这万金难换的如意郎君，只值得玉钗一对、珠环一副、金钏一双吗？"

　　秀英暗想："这丫鬟倒会放刁，她把介绍周郎上楼，自居其功，我倒要驳她一驳呢。"便道："素琴，你引导周郎上楼，虽说是你的功劳，但是周郎不上楼来，我们的婚姻依旧可以成就。你不见老爷的来书吗？"素琴笑道："小姐你又说现成话了。小姐这几天来眉含喜色，脸带笑容，饮食增进，睡梦酣甜，端的为着谁来？只为着周二公子的容貌，小姐已见过的了；周二公子的性情，小姐已试过的了；周二公子的才学，小姐已考过的了。所以这几天来心满意足，只等候着二月十五日的吉期到来。要是没有丫鬟把周二公子迎上闺楼，便算婚姻依旧可以成就，但是在这几天之内，小姐多少总担着些心事。周二公子会中解元，八股文章一定是很好的了。但是八股以外，还有种种的风雅学问，譬如聆音、识曲、填词、吟诗等类，未必中了解元般般都会知晓。"秀英点头道："这个自然，尽有高中科甲不谙风雅的人。似他这般的才学，才不辜负了一榜秋元。"素琴道："再者，有了才学，未必便有这般美貌，未必便有这般深怜蜜爱的好性情。那天寿康堂上得了王升伯伯带来的警报，老太太和小姐哭得一佛出世、二佛涅槃。丫鬟虽然陪着小姐哭，但是随时留意到爱竹居中的周二公子的动静。要是我们痛苦，他却淡然，那便可以断定他是无情无义的公子哥儿，谁料他竟哭得比小姐更苦，险些儿晕倒在爱竹居中。姊姊妹妹们不知底细的，都说这乡下大姑娘有些半痴半癫的，谁料半痴半癫的乡下大姑娘却是有情有义的未来姑爷。"秀英点头道："他的性情，我已深知其细了。"素琴笑道："这不是丫鬟的功劳吗？"秀英道："知道了，你收了这几件东西，我还有几件送你。"素琴道："小姐又来了，你道丫鬟真个贪你的赏赐吗？无论小姐赏给我什么东西，丫鬟一件也不要。"秀英道："你要的是什么，老实讲吧。你是我的心腹丫鬟，可以允许你，一定允许你。"

　　素琴才把那天送周二公子下楼，一路行走时要约之词，一一告诉了小姐。秀英微微一笑道："他既允许了，我还有什么话说呢？我也少不得要有一个永远陪伴的人。这几件东西你拿了去吧。"素琴道："小姐把这三件珍物赏与丫鬟，丫鬟是不敢受的。"秀英道："你要怎样才肯受呢？"素琴道："倘把这三件珍物，作为小姐允许丫鬟请求的表记，丫鬟便不敢不受了。"秀英自思，素琴这丫鬟端的厉害，她竟要求我替周郎代下聘礼。也罢，她的确立下一番奇功，我便允许了她吧。便道："惹厌的丫鬟，敲钉转脚，敢是要我代他下聘礼吧？快快取去，算是我允许你请求的表记。"话才出口，素琴便跪伏在楼板上，白噔白噔地磕着响头，谢谢这位宽宏大量的千金小姐。睡在后房的锦瑟初入黑甜乡，受着这磕头响声的冲动，竟在睡梦中说话道："素琴姊，你听啊，白噔白噔的一只赶骚的雌猫，在楼板上打滚。"主婢俩听了都是扑哧地笑将出来。素琴谢过小姐以后，起身站立，把聘物接受了，放在自己的箱中，眼巴巴只盼二月十五到来。只需小姐过门以后，那时姑爷、小姐双双禀明了太夫人，把自己择日收房，那么自己便是解元爷的如夫人了。从此便可自鸣得意，见了姊妹们也觉面上增光。她们自恃着金莲瘦小，以为可以嫁得好夫婿，见了我这盈尺莲船，常常奚落，料我不过嫁得一个种田汉罢了。谁知她们脚小伶仃，只不过嫁一名家丁，我虽盈尺莲船，却嫁得一个头名解元。得意扬扬的素琴丫鬟，从此以后，睡梦里都要笑醒了。

待到吉期前两日，王兵部府中发送妆奁。小姐的妆奁准备已久了，临时又添上了许多华丽东西。杭州的风俗，上等妆奁不过十二箱四橱，唯有王兵部府中的妆奁却是二十四箱八橱。其余包罗万象，无所不有，俗称叫作"全铺房"。这是数一数二的妆奁，所有箱橱都是描金镂花，嵌银丝，镶螺钿，颇极富丽华贵；又有大春台、梳妆台，以及衣架脸架、琴凳春凳。种种内房家什，已瞧得人家眼花缭乱，目不暇给。内房家什以外又有外房家什，大概是金猊炉、七巧台、红木画桌、花梨琴桌，以及书画古玩，光怪陆离的东西，竟使两旁观众只恨爷娘替他少生了两只眼睛。管家王升捧着奁目一本，足有三寸多厚，所有妆奁各件，详细开列，不漏一物。从麒麟街出发，直向清和坊而来。抬的抬，挑的挑，捧的捧，都由埠夫承值，迤逦街市间，足有两三条巷的距离。押夫管家十二名，随妆行走。比及到了清和坊，更听得高升喜炮，迎接妆奁。自有投帖的管家先行投帖，但见礼部府中大门开放，所有妆奁一一陈设在华堂上面，然后启请新姑爷接受奁目。文宾接受以后，交付账房李先生点妆，点妆和点名相仿，费了许多功夫，方才点毕。这一天，款待管家，宴请冰人，一番忙碌，不在话下。似这般的盛奁，轰动了杭州城中的民众，个个赞声不绝。尤其是一班待嫁的女郎，看得眼皮上烘烘地热，几乎把睫毛都要烧去。然而美中不足，便是在这两位大媒身上，惹起人家的猜疑，以为男媒是两头蛇，女媒是洞里赤练蛇，杭州城中的体面绅士很多，谁都可以做月老的，为什么偏偏要去请教这两条蛇呢？

待到二月十四日，两家府第都是挂灯结彩，贺客盈门，周上达不及回杭做主婚人，便由他的族兄周上发代做主婚人。王朝锦正在调兵遣将，讨伐宸濠，也不能主持婚事，便央托他的叔父代做公相。女宅忙的是待新娘，杭州规矩，吉期先一日的傍晚，新娘装扮已毕，由着伴婚扶往家堂宗庙前面行参拜礼。参拜完毕，设着盛筵款待，其名叫作待新娘。新娘坐着首席，还有四陪桌，都是亲友人家的闺眷，须得妙龄女郎、丰姿少妇，才够得上这陪新娘的资格。设宴便在中门以内的寿康堂上，一时钗光鬓影、脂香粉气，还加着清歌妙曲，更奏着乐府新声，宛比广寒宫里许多霓裳仙子赴着月里嫦娥的宴会一般。两旁的使女人等站得和锦屏风似的。有两名丫鬟在那里窃窃私议，小莺向春燕说道："你看吃喜酒的太太们、奶奶们、小姐们，花团锦簇，何等热闹，凡是和王兵部府有些关系有些交情的，谁都要来凑热闹了。"春燕道："小莺姊，你看吃喜酒的里面，单单缺少了一位女宾。"小莺道："凡是住在杭州城中的女宾都已到来，除非远地的亲友不及赶到，但是今天不来，明天也许要赶到的。"春燕道："这不是远地的女宾，却是一个近在城内的女宾，而且和小姐虽只会面得一次，彼此都是很莫逆的，小姐大喜，她却不来道贺，好不令人诧异。"小莺点头道："知道了，不是许大姑娘吗？唉，这个乡下姑娘，太没有良心了。小姐为着她富有才华，真个另眼看待于她。小姐吃参汤，她也吃参汤，小姐吃莲子羹，她也吃莲子羹，和她亲亲热热谈了一夜的话。自从正月十六日备着轿儿送她回去以后，她一直没有来过。难道她不知道小姐要出嫁吗？"春燕道："人有了良心，狗也不吃屎了。这乡下大姑娘一定不是个好东西，鬼鬼祟祟了一夜，不知被她骗了什么珍珠宝贝去，她怕小姐索回，所以不敢再上大门了。"素琴恰立在一旁，听得她们这般说，掩着嘴直奔到里面，笑个不休。

过了一天，便是二月十五日的吉期，两姓热闹情况，便是写秃了编者的一支笔，也不免挂一漏万，只好说些大概了。且说男宅方面，门前高贴着路由单，排齐执事，何等热闹。两位冰人坐在大厅上正中一席，吃过了三道菜，即辞别押轿先行，然后发轿至麒麟街王兵府部。一切仪仗、衔牌、伞扇，绵亘里许，观众赞不绝口。花轿到门，笙歌齐奏。冰人在外堂坐席饮酒，新娘王秀英在里面吃过和合酒饭，然后装扮起来，在那奏乐声中上了凤冠，穿了蟒袍，披了霞帔，还戴着并头莲的兜红巾。掌灯者、持筛者，一对对、一双双，引着秀英上轿。冰人和伴娘都预先上着小轿，抄着捷径，先往男宅。花轿经过的地方大家争以先睹为快。三声炮响，王秀英的彩舆进了礼部府中。一切仪从退往外面。赞礼的赞着熨轿启帘，主人接宝，新人降舆，新郎登堂。待到结婚完毕，祝枝山趁着没有坐席，便到各处去招呼熟人。

来宾之中，文徵明也在其内，见了枝山，向他贺喜。枝山道："衡山，你可知小唐的消息吗？"徵明摇头道："依旧消息杳然。陆氏大嫂焦急得了不得，要是再没有消息到来，只怕便要病倒了。"枝山道："提起了陆昭容，又是可恼，又是可怜。听了你的报告，似乎可怜；想起她捣毁我的家庭，害得我躲在这里，拙荆产子，也不能回去一看，又是可恼。"徵明道："你不须挂念。令郎五官端正，啼声哄亮，将来定是英物。"枝山忙道："你见过我们的天生吗？"徵明道："我虽没有见过，但是内人们常常去探望尊嫂。今天月芳去，明天又是寿姑去，据她们说，令郎确是一个很可爱的孩子，将来强爷胜祖，未可限量。还有一桩趣事，你是枝指，令郎也是枝指。听得街谈巷语，都说阴沟洞里产生了一条小赤练蛇。"枝山拈着胡子，斜着眼睛道："放屁放屁，放其黄犬之屁也。"徵明道："老祝，怎么骂起我来？又不是我说的啊，我是传述人家的话啊。"枝山笑道："我也不是骂你，只叫你回到苏州，见了人家，借重尊口，道几句'放屁放屁，放其黄犬之屁也'。"徵明笑道："你要叫我代放黄犬之屁，只好谨谢不敏，待你回苏时自己去放吧。听得尊嫂说，本月中令郎便须剃头，到了那时，你也该回去一趟吧。"枝山皱着眉道："我很想回去一趟，只怕这雌老虎又来肆其咆哮，向我讨问小唐的下落。一言不合，江北奶奶又要舞动棒槌，我这几间破屋子挨不起她们一打再打。小唐不回来，便是天生剃头，我也不能回去。衡山，你从苏州来，可听得有人谈起小唐吗？"徵明道："子畏失踪，已是半载有余了。外面人议论，以为凶多吉少，只怕他早已不在人世了。"枝山摇头道："只怕未必吧。据我猜测，他一定看中了什么绝色佳人，现在进退两难，去又不是，留又不是，正在'眼泪索落落，两头掉不落'的时候。"说时，拍着徵明的肩道，"趁他们都去看新娘，我和你同到紫藤书屋中去坐坐吧。"

于是祝、文二人进了书屋，果然比着外边清净，两人坐着闲谈。枝山道："我为什么料定小唐还在人世呢？只为我出门时，曾在关帝庙前拈着两个字卷，向测字先生询问吉凶，却是一个秋字、一个香字。后来到了嘉兴，和沈达卿同登烟雨楼眺赏风景，却听得鸳鸯河畔有人高唱着吴歌，歌中左一声秋香右一声秋香，分明唱的是秋香歌，和我所拈的字卷不谋而合。可见小唐的踪迹，定在秋香二字之中。我便遣仆人去找他，叫他上楼对唱给我听。唱歌的是小船上的摇船人，操着苏白，口出大言，跷起着大拇指，说什么赫赫有名的江南第一风流才子，他要听我唱歌，也须一两银子一支。卖出的行情打出的例，若要听我唱歌，也须一两一支，多也不要，少也不卖。仆人上楼回复，我怎肯错过这机会，便允着他的要求，唤他上楼，一两银子唱一支。沈达卿怕我上当，从中相阻，我说要知小唐踪迹，非唤他上楼不可，小唐一定听过他的山歌，他说的江南第一风流才子，除却小唐还有谁来？"徵明点头道："这倒不错，机会难得，花几两银子是小事，料想已从唱歌人的口中探出子畏兄的踪迹来了。"枝山道："探出了踪迹，我还在这里做什么？我不会回去伴产妇娘抱小孩子吗？"徵明道："难道唱歌人也不知子畏兄的踪迹吗？"枝山道："哪有不知之理，只是交臂失之罢了。他上楼见了我，问我可是苏州祝枝山祝大爷，我不该说是的，说了是的，我便吃了人家的亏了。"徵明道："吃了谁的亏呢？"枝山道："吃了你方才如是这般放屁放屁放其黄犬放屁也的大亏。"徵明愕然道："老祝，我没有得罪你，为什么又在骂我？"枝山道："我不骂你，我是骂那替我题那洞里赤练蛇五字绰号的人。这些人死到黄泉，一定敲牙拔舌，剥皮抽筋，磨骨扬灰，永远不得人身。"徵明摇头道："何苦呢？骂得这般恶毒。"枝山道："他们题得太恶毒，难怪我骂得恶毒。这唱歌人知晓了我的姓名，便推托着有一封唐伯虎写给我的书信放在船里，忙着下楼去取信。吾不该放他下楼，他便借此脱身了。比及我久候不来，派着仆人去看他，他早已把空船摇到中流了。仆人唤他回船，他偏不肯，说什么洞里赤练蛇要咬人的。衡山，你想可恼不可恼？瘟乡下人为什么听了我的大名这般害怕？不是为了人家题了我这恶毒绰号吗？所以我恨恨不已，有这一场恶毒的骂。"徵明道："你要寻访这唱歌人，只需央托沈达卿随时物色便了。"枝山道："我何尝不托他物色呢？他几次书来，总说无从寻访。"徵明道："今天沈达卿也在这里吃酒。方才我和他同席而坐，你不曾遇见吗？"枝山道："我在女家午宴，所以没有遇见达卿。"正在谈话时，仆人们喊将进来道："请大媒老爷坐席，外面要定席了。"枝山便和徵明同去赴宴。

花厅上来宾济济，依次入席，水陆杂陈，笙歌并奏，一一开怀欢饮。席散以后，众人预备去闹新房。徵明道："我们都去瞧瞧新娘可好？"枝山道："你去便是了，我是目力不济的，雾里看花，何必多此一举？"徵明道："那么我要去看新娘了，少顷和你在紫藤书屋里相会吧，我今天也要耽搁在书室里的。"徵明去后，忽有人拍着枝山的肩道："枝山兄，我找了你好一会儿咧。"枝山回头看时，原来便是嘉兴沈达卿，忙道："恰才衡山说起，知道你也在这里吃喜酒。只为来宾很多，我又做了月老，忽而在女家，忽而在男家，以致没有和你会面。"达卿道："我告诉你一桩喜事，唐子畏的踪迹已被我探得了。"枝山大喜道："他在哪里？快快告诉我知晓。"达卿道："你在烟雨楼上听那舟子唱歌，你不是说子畏所恋的女子一定叫作秋香吗？你竟有半仙的本领，果然猜得不错。子畏不肯回家，便是恋这秋香。"枝山道："那么这秋香住在哪里？是怎样的一个女子呢？"达卿道："你是料事如神的，请你猜这一猜。"枝山道："秋香住在哪里我不知晓，若说秋香是怎样的一个女子，大概总不是闺秀吧，照着这般的名字看来，不外是一个青衣队里的人。"达卿笑道："真不愧是料事如神，又被你猜中了。"枝山道："那么请你告诉我秋香所住的地方，我得了下落，便可以安然还家，不怕陆昭容来寻事了。"达卿看了看左右道："这里不便讲，出出进进的人很多，泄露了风声，须不是耍。"枝山道："那么我们到紫藤书屋去细谈吧，那里很清静，便是我下榻的地方，尽可细谈，不愁泄露。"

于是两人同往紫藤书屋，并坐细谈。达卿道："你在嘉兴动身时不是托我探听这唱歌人的踪迹吗？他是跳船头的，听得船帮中人说起，此人叫作米田共，业已回苏州去了，以致无从探听，迟迟不能报命。今年元宵，我约着友人同游鸳鸯湖，见那摇船的人似曾相识，问他姓名，便是那天唱歌的米田共。我问他为什么久不见你摇船，他说，我是跳船头的，有时在嘉兴做船伙，有时又在苏州一带摇驳船，我到苏州去了已是两个多月，直到今天才来这里帮人家摇橹。我说那天苏州祝枝山祝大爷问你唐伯虎的消息，你为什么托词下楼，一去不来。他说，祝枝山是有名的洞里赤练蛇，我见了他便害怕，只怕中了他的毒。"枝山道："放屁放屁，放其黄犬之屁也。"达卿道："枝山兄，你不该骂人啊！"枝山道："我不是骂你，我在骂这臭嘴的米田共。以后怎么样呢？"达卿道："当时我就向他说，现在船里没有祝枝山了，你只把唐伯虎的踪迹告诉我听吧。他说，唐大爷的踪迹我是知道的，但我不敢说，只为唐大爷吩咐我的，倘在外面吐露风声，被他知晓了，一定要把我送到衙门究办。我说，你说不妨，唐大爷不会知道的，你告诉了我唐大爷的踪迹，我有三两银子赏给你。他搔头摸耳一会子，便道，你老不讲给人听，我便可以把唐大爷的踪迹依实奉告。"枝山侧着耳朵，很注意地听他讲将下去，却听得一阵喧讲之声，来了许多嚣客，都说："大媒在这里了。这件差使，非得你大媒出场不可。"说时，拥着枝山便走。正是：

消息恰从无意得，喧嚣忽又有人来。

欲知后事如何，且看下回分解。

第十四回

大媒颊上茅草乱蓬蓬
娇女指尖梅花香拂拂

　　祝枝山正待要在沈达卿口中探出唐寅消息，忽地许多闹新房的宾客拥着枝山竟往新房中而去。枝山忙问何故，众人道："新娘躲入后房中，又把门户紧闭，不肯放开，非得你大媒出场不可。"枝山道："撮合成亲，是我大媒的责任。你们要闹房，尽管去闹，和我媒人何干？"众人七张八嘴，都说非得新娘子出来相见，对客吟诗，我们决计不散。枝山无可奈何，任众人拥入新房，果然新娘房里面塞满了一屋子的来宾，一齐嚷道："后房不开，我们不散。任凭相持到天明，我们一定盘踞在这里，坐以待旦。"新郎周文宾在房中东也打躬，西也作揖，但是毫无效力，不能够解散众人。待到枝山进房，众人喊着："好了好了，大媒来了。这婚事全仗大媒鼎力，请新娘子出来见客，吟一首诗也可，作一个对也可，只需我们满意，自会相率出房，绝不错误他们的'春宵一刻值千金'。"枝山道："诸位要见新娘，和她对个对儿，新娘著名才女，料想不会当场出丑。但是言明在先，对个对仗以后，便须立即出房。诸位如肯答应，祝某便来掮个木梢，倒也不妨。"众人都说："只需如此，对过了对联，我们绝不逗留，要是避不相见，我们只好在此过夜了。"枝山道："你们让开一条路，待我走到后房门外，隔着门儿替你们说情。大家都不许喧器，静候新娘出见，才是道理。"这时，声浪都静，专待新娘出来见客。枝山在人丛中挤将过去，慌得几个白面书生一齐让过头去，让得慢一些，险些儿被他茅草也似的须根刺痛了面颊。枝山挤到后房门口，轻轻敲了几下，自称便是祝枝山，特请王小姐出房会客，只需对就了一个对联，祝某愿负全责，请众宾客退出新房，否则被他们包围到天明，反而不妙。但听得素琴在后房说道："祝

99

大爷果真担负全责，小姐自会出房见客，但是对联对得不好，诸位休得见笑。"枝山道："不须客气，对仗一定是好的。"素琴道："请祝大爷央告来宾让过两旁，好待小姐出见。"枝山道："诸位听得吗，快快让过两旁，新娘子便要出来也。"一壁说，一壁在人丛中分路。无多时刻，呀的一声，后房门开放，左右伴娘拥出一位千娇百媚的王秀英小姐出来会客。素琴紧随在后面，和小姐寸步不离。

原来亲友闹新房，和学生请愿团一般，越是避不见面，越是引起啰唣，倒不如挺身相见，是一个简捷的退兵之计。王小姐出了后房，向来宾左也敛衽，右也万福，众人反而矜持起来，不敢有越轨举动。两名伴娘把小姐拥到梳妆台边，打着偏袖坐下，素琴站在一旁，和小姐异常贴近。枝山道："新娘已在这里，恭候诸君的上联。"有一个滑稽少年唤作刘咏诗的说道："上联有了。"他看了看枝山的绕颊短须，便道，"我的上联，叫作'茅草'。"但见秀英凑在素琴耳边，轻轻一语，素琴便道："小姐已对就了，小姐对的便是'梅花'。"这个对联都是即景生情，茅草生在枝山脸上，梅花却插在雨过天青的花瓶里面。众人都说这对仗太容易了，显不出才女的本领。刘咏诗道："我还要添上两个字啊，叫作'一团茅草'。"秀英又向素琴附耳数语，素琴道："对就了，对的便是'几朵梅花'。"刘咏诗道："我的上联还得加上两个字，叫作'生就一团茅草'。"秀英又口授于素琴，素琴代说道："拈来几朵梅花。"刘咏诗道："我的上联，语气还未满足，还得加上三个字，叫作'乱蓬蓬，生就一团茅草'。"秀英不用构思，又叫素琴代答道："香拂拂，拈来几朵梅花。"刘咏诗看了枝山左颊，又看枝山右颊，笑道："一个乱蓬蓬不够形容，我的上联叫作'乱蓬蓬，乱蓬蓬，生就一团茅草'。"素琴不须小姐口授了，便道："香拂拂，香拂拂，拈来几朵梅花。"众人听了，都看着枝山的胡须好笑。枝山道："你们不是闹新娘，闹我祝阿胡子了。对仗已成，大家都可退出了。"刘咏诗道："且慢且慢。我的上联还须加添两个字，叫作'颊上乱蓬蓬，乱蓬蓬，生就一团茅草'。"秀英又是轻轻附耳数语，素琴代答道："指尖香拂拂，香拂拂，拈来几朵梅花。"枝山道："好了好了，你把我挖苦得够了。"刘咏诗道："不行，我还要加上两个字，叫作'大媒颊上，乱蓬蓬，乱蓬蓬，生就一团茅草'。"秀英又授与素琴，叫她代答道："娇女指尖，香拂拂，香拂拂，拈来几朵梅花。"枝山大笑道："大媒得与娇女作对，乱蓬蓬和香拂拂配合成双,这是天大的幸事。"房中宾客一齐大笑。要求满足以后,众人方才退出新房,作鸟兽散。新郎周文宾立在房门口送客,口称"列位慢请,种种简慢,缓日登堂道歉,再会再会"。

在那送客声中,新房中的宾客空空如也。只留着新娘秀英、赠嫁丫鬟素琴,以及伴娘仆妇人等,外加大媒祝枝山,竟盘踞在新房中,不想出去。文宾作揖道:"枝山兄,明日再会吧,你也辛苦了。"枝山道:"我不出去。出去了,少了一副很好的对仗,我这'乱蓬蓬、乱蓬蓬',要和'香拂拂、香拂拂',作一对儿。"文宾道:"这个上联是刘咏诗出的,你不能移祸江东,和我们为难。"枝山笑道:"老二,你太急形可掬了,将来的欢娱日子正长,何争一刻。你娶了新娘,便忘记了老友,真叫作'新人进了房,媒人抛过墙'。"伴娘们见大媒老爷坐着不走,左一声祝老爷,右一声大媒老爷,左一杯香茗,右一杯枣脯汤,都说:"祝老爷是好人,大媒老爷是好好先生,新姑爷在敬礼了,新小姐在请晚安了。指日高升的祝大爷,早生贵子的大媒老爷,时候不早,安处吧。"说到早生贵子,便中了枝山的心坎,暗想我是有了儿子的人了,与人方便,自己方便,别使这促狭吧。当下笑着起来,拍着文宾的肩道:"饶了你吧。"于是离却新房,自回紫藤书屋。进了书室,才想起报告唐寅消息的沈达卿,忙遣这祝童去探问。祝童道:"沈老爷已到东书院安寝去了。"枝山没奈何,回房安卧,且待到了来朝,再向沈达卿探听消息。

著者抛却枝山,且说周文宾这一夜的无穷欢娱,才子佳人,绸缪欢爱,又免不得有一番俗套。到了来朝,秀英梳洗完毕,文宾笑向秀英说道:"我在元宵夜吟的一句睡鞋诗,你当时以为不切,现在该知道是确切不移了。"秀英微嗔道:"官人,你以后合该稳重一些,似这般的轻薄诗句,不是礼部尚书的公子所宜作的。"文宾道:"娘子,我们新夫妇什么话不可说?"秀英道:"官人,你可知'上床夫妻,下床君子'?"这时候兵部府中已遣人来送朝点心,还有许多女宅的亲戚都来望朝。这又是杭州的风俗,每逢嫁女以后,来朝便备着糕粽两大盘、糖汤一壶,送到男家,叫作送朝点心。糕粽是取个高中的口彩,糖汤唤作和气汤,好叫小夫妻一团和气。其他女家亲戚,每日轮送细点两色,名曰握朝。秀英道:"时候不早了,'待晓堂前拜舅姑',公公远在京师,我们同向婆婆请早安吧。"文宾对于新夫人又敬又爱又惧。敬是敬她的孝顺尊嫜,爱是爱她的才貌双全，俱是惧她的下床君子。秀英到堂上拜见了婆婆，周老太太爱她彬彬有礼，和她略谈了几句，叫她不须拘礼，回屋去吧，这是她体贴儿子媳妇，不肯错过他们的甜蜜光阴。

新夫妇回到房中，文宾只挨着秀英并坐在一起。秀英道："官人，我们相亲相爱的日子正长，何争这一时半刻。外面有许多朋友，如祝枝山、文徵明、沈达卿等，都住在礼部府中，你不该躲在房里，冷落了他们，自来朋友之交，胜如胶漆。"文宾道："他们都是过来人，知道我不舍得离开卿卿，一定是原谅我的。"秀英道："官人，不是这般说，冷落了好友，要惹人家笑话。尤其是这位祝阿胡子，他这三寸舌何等厉害，你冷待了他，难保他不来取笑于你。况且三朝无大小，他若恶作剧起来，把我们元宵的事向大众吐露风声，这便如何是好？官人，你不用陪我，快陪老祝去吧。"文宾觉得秀英的话很有道理，没奈何暂别爱妻，去陪老友，但是一步一回头，舍不得离开这盎然春意的洞房。秀英道："去吧去吧，不用回头了。"

文宾离了绣闼，径往紫藤书屋。才走到门口，便听得枝山道："衡山，和你一同回去吧，今天不及，明天便可起程。"徵明笑道："何必匆匆，且待与文宾兄言明以后，再走不迟。"枝山道："你想见文宾的面吗？他躲在房里，怎肯出来和我们相见，陪朋友不如陪娇妻。"沈达卿道："枝山兄，你也强人所难了，新夫新妻，谁也都是这般的，合该原谅他一些。"枝山道："他不出来，我们撞将进去可好，横竖三朝无大小。"文宾吐了吐舌尖，暗想新娘子料事如神，我远不及她。当下"阿罕阿罕"扬声入内，和祝、文、沈三人相见以后，彼此坐定。枝山笑道："老二，你来做甚？不去陪伴你这指尖香拂拂的娇女，却来探望我这颊上乱蓬蓬的大媒，未免辜负香衾了。"文宾道："老祝休得取笑，我们朋友之交，胜如胶漆。"枝山道："呵呵，你要做应声虫了。你道我不知道吗？这两句话不像你说的，是出于你那新夫人香口之中。你要陪着她在一块儿，寸步不离，新夫人怕你冷落了我们，讨那祝阿胡子不说好话，扳你的理性，因此催着你出来相陪。我的目力虽不济，我的耳朵却长，老二，我的所料如何？"

枝山这般猜测，文宾别转了头，微微吐舌，佩服他料事如神。待到枝山问他所料如何，文宾却是乱摇着头，连说不对不对。徵明说道："文宾兄，休得假撇清，你已在那里频频吐舌，老祝猜测之词，只怕是'老道士放屁'。"文宾道："这话怎么讲？"徵明道："叫作'句句真言'。"沈达卿道："文宾兄，你可知道枝山兄要回去吗？"文宾愕然道："老祝因何回去？难道小弟得罪了你，所以匆匆便回？"枝山道："老实向你说，小唐的踪迹，我们已知晓了。回去以后，好在陆昭容面前说得她嘴响，她若不在我面前赔罪服礼，我永不告诉她小唐的藏身所在。"文宾喜道："子畏兄有了消息，这是大大的喜事。他的藏身所在，你们怎样知晓的？"枝山道："这是达卿兄告诉我的。"文宾道："可是那个唱歌人觅到了吗？"枝山道："觅到了唱歌人，便知下落。但是消息须得秘密，只怕先被陆昭容知晓了，便不见我们的功劳。"文宾道："你又过虑了，我住在杭州，唐家大嫂住在苏州，你在这里告诉我，大嫂那边怎会知晓？"枝山道："那么你凑过头来。"当下枝山便把这个消息得之达卿，达卿得之跳船头的米田共，唐寅怎样地扁舟追美，一路唱着秋香的情歌，直到东亭镇华相国府的码头方才泊岸，细细述了一遍。说完以后，又叮嘱着文宾，须得牢守秘密，休在外面张扬。文宾听罢，拍手笑道："老祝老祝，今天也上了周二公子的当，我得了这消息，马上便要打发家奴，赶往苏州桃花坞唐家大嫂面前报信。你想奇货可居，不给大嫂知晓，万万不能，万万不能。"说时，擦着鼻尖，自鸣得意。枝山笑道："你尽可以去冒功，但是我也可以在昭容面前告你一状。"文宾道："告我什么？"枝山道："告你作诗骂她，把她唤作母大虫。你这诗稿，我还在夹袋之中。"文宾笑道："报信是我的功，讥讽是我的过，功过相抵，还是功大过小，凭你去告发吧。"枝山道："非但告你一状，还得把那许大上楼，怎么长，那么短……"话没说完，吓得文宾直直地站了起来道："枝山老友，恕我冒昧，前言戏之耳。子畏兄的行踪，我决计守口如瓶。"文徵明、沈达卿都不知道内幕情形，便问枝山，什么叫作许大上楼。枝山笑问文宾道："可要告诉他们知晓？"文宾又是连连作揖道："祝老先生，祝老前辈，成全了小弟吧。"枝山道："二三知己面前谈谈说说，是不妨碍的。"文宾深深地又是几揖道："多一人知晓，不如少一人知晓，看着小弟面上，请做缄口的金人则个。"枝山道："放心吧，我也是前言戏之耳。"于是文宾方才含笑坐下。

文、沈二人弄得莫名其妙，眼见文宾这般惶急情形，便不好细问根由。枝山道："老二，你不出来，我也要到新房里来找你。须知我在杭州，专为避着你诗中所说的这只母大虫而来，至于我的心中，恨不得早早归去。小唐的消息已有了，我逗留在这里，'归心如箭已离弦'，今天不及动身，明天须得告别。方才我们商量的便是这桩事。"文宾沉吟了片晌道："小弟心中意欲屈留你数天，现在有这特别情形，碍难勉强挽留。但是明天动身，太嫌局促。只为明天是三朝朝见，须请大媒，这是杭州风俗中的隆重礼节，无论如何，你明天万万不能动身。过了明天，我便雇着船儿送你回府。衡山、达卿二兄是难得到杭州的，要请宽住数天，留作平原十日之饮。"文、沈二人都说："家有要事，急于回去，和枝山兄同船去吧。"枝山道："你也不必挽留他们，还是让着我们三人同舟回去的好。到了嘉兴，还得在达卿府上耽搁一宵。衡山呢，他已便宜了许多，我这番也要他出一些力了。"文宾道："怎么出力？"枝山道："我们唐、祝、文、周一般都是好友，为什么小唐走了，要我背乡离井，独去寻访？他却躲在家中，享那左拥右抱之乐。我们回到苏州，假使陆昭容自知理屈，向我赔罪，并且央托我老祝寻她丈夫回来，我便要拉着小文同去寻访，也叫他在朋友分上出一些力。"文宾点头道："这是分所当然的。"枝山大笑道："既知分所当然，你也陪着我们同去，过了三朝，便即动身吧。"文宾低着头儿，作不得声。枝山道："你方才不是说朋友之交胜如胶漆吗？"徵明见文宾面有难色，便道："老祝，你不要强人所难了。去年你动身时，为着我正在新婚，不曾拉着我同行。要是你今拉着文宾兄同行，叫他辜负香衾访小唐，这不是厚于文而薄于周吗？"

说罢，大家都哈哈一笑。枝山道："还有祝童的亲事怎样办法？"文宾道："我已向家嫂面前说道，在这一二月以内，择个吉期，把锦葵嫁与祝童。只为锦葵是从小服侍家嫂的，现在把她遣嫁，不能草草不工。枝山兄既然急于回去，不能久留，将来择定了吉期，叫祝童自到杭州来就亲，你道可好？"枝山点头道："很好很好，一切都已讲妥了，明日便是三朝，我们扰了你的盛筵，到了后日，一定要回去的。你要雇船，须得雇一只宽大的船，船上须有平头正脸善于烹调的船娘，还得掇下一瓮陈年花雕，以便我们在舱中小酌，解除寂寞。"文宾道："——遵命便是了。"枝山道："洞房春暖，片刻千金，你到里面去伴新娘子吧，我们这里有伴，不用你相陪了。"文宾听了，宛如大赦，离座一揖，道了一声再会，转身便走。初出紫藤书屋，还装作步履从容，一进了备巷，脚上便好像开快车似的，恨不得一步便跨入洞房，和王小姐鹣鹣鲽鲽、永不分离。

过了一天，来日便是三朝，杭俗结婚三朝，自有一番举动。这是朝见之朝，新郎穿了袍服，纱帽上插着金花，新娘戴了凤冠，叫作珠翠大满头，有龙凤钗、燕子钗等前后插串，穿着玄领霞帔，束着朝裙。午刻祭祀祖先，文宾和秀英先拜家堂，次参灶神。参灶时，新娘须换绿袄绿鞋。参毕，仍换原服，再参家庙。申刻见礼，华堂上并列两张大椅，空着一张是周礼部坐的，其他一张是周老太太坐的。新夫妇依次见礼，拜了尊嫜，又和众人见礼，好不热闹。祝枝山、徐子建以及许多陪宾都是开怀欢饮，足足地闹了一天。待到来日，祝、文、沈三人都和文宾作别，急于下船。这张大号船儿何等宽敞，枝山赚了柯仪，又博得许多礼物，简直满载而归。不但周、王两家备着丰盛土仪，一起起扛入船中，便是一钱如命的徐子建，感激着枝山请他做了现成媒人，赚了大大的一笔柯仪，听得枝山动身，不但亲自送行，而且还送了四色礼物，这是著名的四杭。何谓四杭？叫作杭扇、杭线、杭粉、杭剪。十六世纪时代，吸烟的风气还没有盛行，到了清代，四杭以外，还多着一种杭烟，叫作五杭。文宾道："老祝此行，本待送你一程，为着今天是回郎之期，不克如愿。"原来杭俗接取婿女双归，叫作接回郎，今天王兵部府中又有一番盛筵饷客。枝山归心如箭，便不及去叨扰了，但向子建说道："老兄一人去受用吧。"枝山正待下船，回头不见了祝童，不禁诧异起来。正是：

　　　　暗逗春愁堤畔柳，怕撩客绪路边花。

　　欲知后事如何，且看下回分解。

第十五回

苔滑高峰娄妃谏主
花栽昊苑崔女离乡

祝枝山回头不见了祝童，众人四处找寻，都不见祝童形影，个个失声道怪，说方才还见他在这里，怎么一眨眼便不见了。枝山道："不用奇怪，我们到了船上，他自会赶来，到了那时，你们看他的眼圈，管叫是淡淡地罩着一层胭脂。"众人疑信参半，便送着祝、文、沈三人下船，都在舱中坐定，赠几句临别之言。祝童果然气吁吁地赶来，口称"大爷下船了吗？奴才解手回来，已不见了大爷，所以一路赶来"。说时，早已下了大船，进舱伺候。他一进舱，众人忍俊不禁地笑将起来，原来祝童的眼圈上果然红喷喷地起着一层薄晕，弄得祝童不好意思起来，向着众人呆看。徐子建笑道："管家的眼圈上，谁给你擦着的胭脂？"祝童红着脸，只说恰才一阵风来，眼睛里着了灰沙，揉了一会子，把眼皮都揉得红了。文宾笑道："你的主人竟是未卜先知。方才找不到你，我们都说奇怪，你主人袖里阴阳，竟算出你自会赶来，而且说你红着眼皮，可见灰沙入眼，你主人也会未卜先知。似这般地料事如神，你的主人可以坐得中军帐，做得诸葛亮了。"祝童低着头不敢作声。子建道："送君千里终须别，小弟要失陪了。恭祝枝山、达卿、衡山三公一路顺风。"说罢，拱手上岸。枝山向文宾说道："你也回府去吧，少停兵部府中便要排着仪从来接回郎。"文宾道："既这么说，我也要上岸了，好在暂时小别，待到清明左右，我和内人回到苏州上新坟，再图良晤。"说时，从怀中取出一副赤金打就的长命富贵四字，连同黄金小印、碧玉帽器、赤金项链锁片等件，授给枝山说，"这是奉着母命送给令郎的。"枝山起立谢道："长者赐，不敢辞。请你在尊堂面前叱名道谢。"文宾又一一和徵明、达卿握别，方才上岸而去。

舟人正待解缆，忽听得岸上有人喊道："且慢开舟，我张小二来送行了。祝大爷在哪里？"枝山藏好了帽器等件，推窗看时，果然是木匠张小二，挑着一担东西，急匆匆地跑来。枝山忙叫舟人暂缓解缆，自己却到船头相迎。张小二跑到岸边，歇得担儿，气吁吁地说道："祝大爷，你的船还没有开，亏得小二紧跑了几步。这一些东西算不得礼物，是奉着老娘之命，送给祝大爷的。"便把挑来的东西送上船头，一瓮绍兴酒、两只金华腿、四瓶茶叶、八盒茶食。枝山摇头道："我不好受你这许多礼物，你是个做手艺的人，得金不易，请你收回了吧。"张小二道："好叫祝大爷知晓，自从你赠我扇面，又替我写上吉利的春联，交着新年，生意不绝。老娘吩咐我休要忘却了恩人，这一些东西聊表小二的一片真心。祝大爷，你赏收了吧。"枝山见他言辞恳切，只得吩咐祝童一一收了，又取出四两银子赠予小二。小二怎肯接受，说："我不是来打抽丰的，万万不敢领受祝大爷的赏赐。"枝山道："你若不受，我心不安。"小二没奈何，只得接受了二两银子，便即道谢而去。枝山向文、沈二人笑道："此番回去，真个满载而归，连那做木匠的也来送礼，真是意想以外的事。"霎时间一片锣声，船已离埠。文、沈二人便问枝山，这木匠为什么叫你恩人，枝山便把雪中相救的情形说了一遍，文、沈二人都是嗟叹不已。三人同舟，毫不寂寞。只有祝童侍立在旁，不多开口，惘惘然若有所失。他想的什么，阅者诸君都已知晓，不须赘述。枝山回苏还有好几天的日子，当时的交通不比现在便捷，俗语说得好："三日三夜上杭州，三日三夜回苏州。"可见苏州与杭州足有三天路程，何况又要道经嘉兴略有耽搁呢。

　　按下舟中诸人，且把苏州的情形约略说说。只为宁王逆谋败露，凡属宁王羽翼尽皆失败。苏州巡按徐鸣皋是宁王的羽翼。宁王势盛时，没人敢碰他，宁王一倒，徐鸣皋便被拿问京师治罪。苏州地方已另派了巡按御史走马上任。三吴人民一齐称快。尤其称快的，便是文徵明的丈人李一桂典史和他女儿李寿姑。只为当时徐鸣皋谄事宁王，要强迫李典史把家藏唐画献与宁王，李典史不肯，徐鸣皋便把李典史逮捕下狱，险些儿有生命之忧。今天徐鸣皋拿解进京，李一桂首先得信，便到天库前文宅探望女儿，把徐按院被逮情形告诉寿姑知晓。寿姑听了，笑说道："天有眼睛。"父女俩谈了些朝政，李一桂不见女婿出来，便问寿姑道："女婿到了杭州已得好多天了，难道还没有回来吗？"寿姑道："还没有回来，大概早晚便要返苏了。"俗语说得好，"说着曹操，曹操便到"，父女俩正在谈论文徵明，徵明恰是今日回家。但听得家丁们声唤道："二爷回来了。"寿姑忙去迎接丈夫，早见文祥已偕同舟人挑着行李什物先到里面，徵明在后到来。寿姑见了丈夫，自有一番慰劳的话。徵明道："月芳呢?"寿姑道："月姊昨天到杜府中去了。听说杜老伯有些感冒，所以月姊带了柳姑娘同去。"编书的顺便下一句注脚：柳姑娘便是柳儿，不曰柳儿而曰柳姑娘，她已是文徵明金屋中的人物了。李一桂听说女婿到来，也到书房中去迎候。翁婿相见，十分亲热。

这一天，李寿姑备着酒肴，替丈夫接风，顺便款待她父亲。翁婿杯酒闲谈，李一桂先问些杭州情形，此番和谁同伴回来，徵明一一地说了。李一桂听说枝山同来，好生欢喜，忙道："既是老友回来了，过了一天，我要去访访他。但是他不怕唐解元的大夫人吗?"徵明笑道："好叫岳父得知，唐子畏已有了消息，所以老祝敢于回苏。但是我在舟中再三盘问老祝，子畏住在哪里，他不敢说。看来这是很秘密的，老祝和唐家大嫂想来还有一番辩论，大嫂不屈服，他绝不肯把子畏的消息说出。"李一桂道："贤婿，你们唐、祝、文、周四人都是吴中名士。外面人不知道的，都说你们风流自命，玩世不恭。所有士林中人，佩服你们的果然很多，讥讽你们的却也不少。唯有我和杜太史，都洞悉你们四位才人的苦衷。"徵明道："两位岳父对于唐、祝、文、周的批评如何?"李一桂干了一杯酒道："贤婿，我说给你听。说得中肯，我们对饮三大杯；说得不合，我愿罚六大杯，你道如何?"徵明听了，异常赞成，筛满了六大杯的酒，专候李典史的批评。李一桂道："你们四位，名重当世，才冠江南，这是你们的大幸，也是你们的不幸。为什么是你们的大幸呢? 十八省秋试，每省都有解元，然说其他的解元，大都碌碌无闻，只有唐、祝、文、周四解元，人人都晓，这便是你们的大幸。为什么又说是你们的不幸呢? 只为名望太大了，便惹动了宁王笼络贤才的心。唐子畏被骗入王邸，幸而觉察得早，佯狂回里。他从此隐于色情之中，造成了许多风流佳话。他的风流，一半是出于本性，一半也是强迫而成的。贤婿，你道是不是呢?"徵明点头道："岳父高见，比众不同。人人都道子畏是狂生，却不知道他有这难言之隐。知道子畏心事的，只有岳父和杜颂尧岳父二人。"李一桂道："唐解元既这样狂避世，那么枝山老友这般落拓不羁，当然也是有托而逃。你和文宾也是怕被宁王罗致幕下，所以多少总带些狂态。这都不是你们的本色，这叫作'有道则智，无道则狂'咧。贤婿，这两句批评下得如何？"徵明拊掌道："当的当的，岳父请用三大杯，小婿也来陪饮三大杯。"饮罢以后，李一桂趁着酒兴说道："贤婿，现在宁王已被擒了，从前陷害我的徐鸣皋也被拿解进京，从此宁王羽翼逐渐廓清。子畏回来以后，不用佯狂避世；你和祝周二人，也不用风流自命了。"徵明大喜道："这是国家之福，小婿合该引满一杯。"说时，满满地喝了一杯，又问李典史道，"岳父接近官场，知晓其中的详情。请把宁王怎样被擒的事，一一讲给小婿知晓。"李典史不慌不忙，把宁王宸濠如何意存不轨，心图谋变，如何挑选江南佳丽十人迷惑君心，潜通消息，一一详细讲给徵明。

　　这都不在本书的范围内，无须细表。读者欲知其详，可看《武宗外纪》来做参考。但是其中有一个与本书有关的人物很值得一叙，编者趁此机会，叙她一叙。这人是谁，便是宁王十美之一的崔素琼。那十美是：

　　　　广灵汤美人之霭，闺字雨君，善画没骨花卉；
　　　　姑苏木美人桂，闺字文舟，善弹七弦琴；
　　　　嘉禾朱美人家淑，闺字文儒，善写灵飞经小楷；
　　　　金陵钱美人韶，闺字凤歌，善唱秦淮小曲；
　　　　江陵钱美人御，闺字小冯，善舞霓裳羽衣；
　　　　荆溪杜美人若，闺字芳洲，善挡雁柱筝；
　　　　洛阳花美人萼，闺字朱芳，善吹子晋笙；
　　　　钱塘柳美人春阳，闺字絮才，善鼓湘灵瑟；
　　　　公安薛美人端，闺字幼清，善品凤凰箫；
　　　　长洲崔美人莹，闺字素琼，善吟香奁诗。

　　人生不幸做女子身，尤其不幸做那十六世纪的女郎。越是才貌双全，越是引起王公贵人的觊觎。这十位美人并皆佳妙，尤其佳妙的便是这位崔素琼美人。周文宾羡慕她的才貌无双，曾经央人上门说合，素琼的父亲崔翁已有了允意。叵耐江苏巡按御史徐鸣皋暗遣画师，趁着崔素琼遨游园林的时候，偷绘芳容，献给宁王。即奉宁王令旨，迎娶崔美人入府，名曰迎娶，实则劫取。可怜一位四德兼全的女郎，竟被那如虎如狼的衙役压迫上道。崔素琼拜别老父，含泪下船。崔翁单生素琼一女，眼见那掌珠被人劫去，一恸几绝。宁王本是色中饿鬼，每逢佳丽入府，先要饱他的肉欲。以前的九美，都是先后入府，慑于奸王的淫威，无法抗拒，谁都不能保全这块无瑕的美玉。崔美人的艳名，比着以前的九位美人还大。宁王看了徐按院呈上的图像，心中怀疑，世上竟有这般的绝色佳人？他眼巴巴盼望崔美人早日到来，看她和图中的面貌是否丝毫不爽。待到崔美人进了王邸，宁王高坐银銮殿上，却叫九位美人分站左右，自有王府太监把崔美人引上殿来。奸王饱餐秀色，喃喃地念着《西厢记》曲文道："颠不刺的见了万千，这般可喜娘罕曾见。"那太监嘱咐崔美人道："高坐在银銮殿上的便是王爷千岁。美人上殿时，须得在王爷面前伏地叩头。"崔美人不去睬他，迈动金莲，走上银銮宝殿。九位美人见她这般面容美丽，体态轻盈，都是暗暗佩服，自愧不如。以为她上殿以后，一定要对着宁王下跪，口称王爷千岁在上，臣妾某某叩头了。谁料这位崔美人竟是桃李其貌，冰雪其心，蓦然间竖起柳眉，睁开杏眼，玉手纤纤地指着宁王骂道："你这奸王，枉为帝室宗藩，不知报效君国，却敢放纵淫威，把良家女子劫取入府。奸王奸王，天网恢恢，疏而不漏，你决计没有好的结果。"殿上诸美人听了一齐大惊。正是：

　　拼将侠骨埋孤冢，肯扫纤眉入后宫。

　　欲知后事如何，且看下回分解。

第十六回

诗中才子非真非幻
梦里替人若有若无

　　坐在银銮殿上的宁王宸濠，被崔素琼一顿辱骂，不禁勃然大怒道："你这贱婢，怎敢侮辱本爵，难道你不怕死吗？"崔素琼道："骂的不怕死，怕死的不骂。我崔莹是好人家女子，被你劫至这里，早已拼着一死，要杀便杀，要剐便剐，若要我顺从于你，再也休想。"宁王拍案道："你既愿死，我便把你剐了，也叫你知道本爵的厉害。"正待传唤武士上殿，把崔莹带下凌迟处死，那时九名美人两旁跪下，都替崔美人乞情，都说："民间女子未知王府的厉害，出言吐语冒犯了王爷威严。恳求大王暂止雷霆之怒，且罢闪电之威，把崔莹交付与妾等，以便贱妾等切实劝导，使她心回意转，好向大王驾前负荆请罪。"宁王正恨没有一个下场，很不容易觅来的美人，要是真个把她处死，未免焚琴煮鹤，便给个面子与诸美人道："既是卿等这般乞情，暂时饶了这贱人。着令卿等切实劝导，以十天为期，须在期限以内，向本爵负荆请罪，本爵便不咎既往，仍可另眼看待。要是满了十天不来请罪，哼哼，莫怨本爵手段太辣啊！"说罢，拂袖退殿。众美人把崔素琼引到自己房中，按日轮流劝导，无非说些从了宁王，怎样的荣华富贵，一辈子享用不尽。素琼微微一笑，只背着四句诗道："乌鹊高飞，不乐凤凰。妾是庶人，不乐宁王。"众人见她不羡荣华富贵，又另换一种论调，都说明知姊姊是个高尚之人，不爱浮荣，但是十天之期转瞬即到，假使姊姊不肯心回意转，他是杀人不眨眼的魔王，说得到办得到，蝼蚁尚且贪生，姊姊何苦把你的花容月貌断送在无情钢刀之下，奉劝姊姊还是心还意转的好。素琼听得这般说，又是微微一笑，只背着四句《诗经》道："我心匪石，不可转也。我心匪席，不可卷也。"如是这般地苦劝无效。忽忽已过了九天，到了第十天，空气紧张，大家都替着她捏一把汗。但是崔美人毫不惊慌，和从前一般态度。娄妃为着规谏宁王无效，反遭宁王厌弃，难得会面，便是会面时，宁王也不和她讲话。娄妃知道丈夫已中了娄斐之言，只好付之一叹，无法指示他的迷途。这一天得了侍婢报告，知道丈夫又掠取一名美女，叫作崔素琼，限期十天须得屈服。现在已到了九天，崔美人还无从顺之意。人人都替她担惊，她却态度如常，全不管大祸便在来日。听说大王有旨，到了来日，崔素琼依旧倔强，便要把她凌迟处死，说什么杀一可以做百，若不把她极刑处死，不能使其他的美人个个慑服。娄妃大惊道："她难道不知晓要受这酷刑吗？"侍婢道："她已预备受这酷刑。听说她第一次见了大王，便是肆口大骂，说什么要杀尽杀，要剐便剐。"娄妃肃然起敬道："原来目今世界还有这般的烈女子，桃李其貌，冰雪其心，真正难得啊！"娄妃敬佩崔素琼，很想和她会面，侍婢便要去传唤崔美人来见千岁娘娘。娄妃道："这般奇女子，怎好去传唤她，还是我自去访问的好。"于是娄妃只带着两名侍婢，卑躬屈节，自去访问崔素琼美人。

这时，崔素琼正坐在自己屋中，和柳美人并坐谈心。愿来九美人中间，只有柳春阳和崔素琼的感情最好。其他八名美人见崔素琼不听人言，早已不高兴再来相劝。从此窃窃私议，都笑这女子不识时务，王爷给她一个转圜余地，她偏偏不肯转圜，宛比扑灯蛾自寻死地，真正愚不可及。又有美人说，她一应允，便做了王爷宠姬，总比着蓬门女子高过万倍。又有美人说，看来崔素琼没有这福命吧。众美人对于崔素琼都不满意。所以到了第九天，崔素琼房中，除却柳春阳外，再无其他的美人前来走动。柳春阳知道崔素琼已拼着一死，却是异常地敬她、爱她、惜她。只为柳春阳顺从宁王，迫于一时无奈，但是自己怯于一死，只好忍辱偷生，得过且过，死活存亡，待到将来再说。她见崔素琼不为利诱，不为威怵，死期便在来朝，却是谈笑自若，毫无畏悔之心。想不到这般娇怯怯的女郎，却有那般铁铮铮的志愿。所以她今天只在崔素琼房中谈心，不舍得暂时离别。她说："姊姊这般高尚志气，春阳见了，如对天人。只恨自己慑于奸王的淫威，玷辱了生平清白。"崔素琼道："以往的事，姊姊不须自怨自艾；将来的事，姊姊须得注意。我看他这般行为，分明'盲人骑瞎马，夜半临深池'，待到大祸临头，一人不足惜，只怕害及姊姊。"柳春阳道："姊姊，这是金石之言，春阳看那王府中人，大半行尸走肉，除却王妃，谁也没有打破这从龙之梦。"崔素琼道："王妃既然洞烛其微，为什么不向宁王规谏？"柳春阳道："谁说不曾规谏，只是谏而不听，因此反而冷待王妃，轻易不和她见面。"崔素琼听了，嗟叹不已。

在这当儿，忽报王妃娘娘驾临，慌得柳春阳出房跪接。娄妃道："美人平身，别闹这礼节，我是为着拜访一位桃李其貌冰雪其心的好女子来的。这位好女子可在这里？"柳春阳平身以后，回复娄妃道："她便在房里。"娄妃吩咐侍婢回避了，便挽着柳春阳的手进入里面。柳春阳道："姊姊，可来见了王妃。这便是方才谈起圣德可风的娘娘。"崔素琼在座上抬身，只说一声"待死之人，不谙礼教，请娘娘原谅"。说时，只是略一敛衽，慌得娄妃放下挽着柳春阳的手，回礼不迭。便和崔女并肩坐下，笑问道："你真个拼着一死吗？"崔素琼道："素琼自入王府，久已安排一死，明天便是最后的死期。"娄妃赞叹了几声，沉吟片晌，却又轻轻地说道："这里都是自己的人，不虑走漏风声。崔素琼，你有这般的才貌，死在这里也是可惜。我便放一条生路，今夜三更，我遣人把你领出龙潭虎穴，由着你自去逃生，你道如何？"崔素琼道："娘娘不须怜惜素琼吧，救了素琼，岂不害了娘娘？况且素琼是一个弱女子，即使逃出龙潭虎穴，人地生疏，也没有地方可以走。即使逃得出王府，总跑不出南昌城；便是逃得出南昌城，也在他领界以内，逻骑四出，依旧难逃毒手。那时自己仍不免一死，又累及了娘娘，这是素琼万万不敢从命的。娘娘的美意，只好记在心中，来世补报吧。"娄妃听了，泪如雨下。崔素琼只是微微一笑，并没有儿女子贪生怕死的态度。娄妃已和崔素琼附耳数语，崔素琼点了点头儿，方才作别。临走的时候，娄妃几次回头，兀自恋恋不舍。崔素琼很洒脱地说道："娘娘不须回头，来生会吧。"这一夜，崔素琼态度如常。

直到来朝，房门久不开放，婢女们叫门不应，知道出了岔儿，破扉而入，却见崔素琼笑容可掬地睡在锦衾里面，推也不醒，摸摸她玉体，早已和寒冰一般，才知她已气绝了多时。婢女大惊，飞报与宁王知晓，也是嗟叹不绝。九位美人中，唯有柳春阳最为伤心，抚着她的遗体，放声大恸。娄妃也来临视，洒了许多凄惶的泪。检视她的遗墨，只有寥寥数语，央求娄妃便把她葬在附郭，立一石碣，上题吴门薄命女子崔莹素琼之墓，休将死耗传给她老父知晓，免得老人闻而肠断。又有一条罗巾，上题绝句一

113

首道：

> 才子风流绝世人，无真非幻幻非真。题诗只恐无红叶，写上
> 罗巾当会真。

诗中自有本事，可惜崔素琼已死了，不知她诗中的风流才子指着何人。后来有人议论，她所指的风流才子当然便是周文宾。为着周文宾曾向崔翁乞婚，虽然没有成为事实，但是崔素琼心中，或者已有文宾其人，所以书上罗巾，透露自己的心事。又有人说，不对，诗尾有"当会真"三字，《会真记》是张生与莺莺的佳话，素琼姓崔，恰是莺莺，她的意中人敢是姓张的吧？毕竟她的情人是张是周，她既不曾说破，编书的也无从武断。好在无真非幻无幻非真，她的诗中既是这般说，那么事在真幻之间，姓张也好，姓周也好，正不必轻下判断了。

且说娄妃悼惜崔素琼全贞而死，一切殡殓，特别从丰。这幅题诗的罗巾，大殓时也放入棺中，单把诗句抄出，刊在碑阴。这三尺孤坟，便在南昌东郭。至于娄妃向她附耳数语，柳春阳在旁也没有听得清楚，以意度之，或者娄妃嘱她自裁，免到来朝身受凌迟的惨刑。崔素琼点了点头儿，便是赞成她的意思。后来崔素琼服毒而死，不知服的是什么毒。有人猜测，说是娄妃给她的鹤顶血，这是理想之谈，不能作为事实。

崔素琼身死的消息如何瞒得过，不久便被她老父知晓。崔翁悼女不已，未几便即下世。待到宁王失败后，王府中的姜姬奉旨发还原籍，交付本人的父母领取回去。柳春阳是钱塘人，发还原籍，由着她父亲柳贡生领去。只为她已做了宁王的姬妾，所有绅富子弟都不愿与她结婚。其他门第平常的人争来乞婚，柳贡生又不愿把女儿嫁与穷小子。这个消息传入王天豹耳中，他是崇拜有才貌的女郎，至于处女与否，在他却不成问题。为这分上，他去访问柳贡生。也是天缘凑巧，恰和柳春阳觌面，果然容光照人，丰姿绝世，王天豹见了十分满意，央媒说合，柳贡生哪有不愿之理。从此柳春阳便嫁与了王天豹，伉俪之间，异常恩爱。有时王秀英归宁父母，便和她嫂嫂柳春阳谈及当时宁王的事，柳春阳便把崔素琼一死全贞的事，细细地讲与秀英知晓。又讲到宁王为着崔素琼死后，十美之中失去了一个最美的人，因此紧于物色一位十全十美的佳人，以补崔素琼之缺。自

有手下一辈谋士，如李士实、刘养正等，保举一位十全十美的佳人，比着崔美人有过之无不及。宁王忙问是谁，他们便说，现在兵部尚书王某之女王秀英，住居杭州，才貌冠世，尚没有和人家订婚，这便是一位十全十美的佳人。宁王听了便写信与九王爷，叫他逼令王兵部立时允诺，后来不知怎么样，这件事料想妹妹定知其详。王秀英道："嫂嫂提起这件事，妹子便险些儿做崔素琼第二。当时警报传来，妹子为着保全爹爹的官职和生命起见，已拼着一死，自愿进宁王府，从容自尽。后来第二个消息传来，说宁王失败，妹子方才得免于难。"说时，又把当年寿康堂上先号啕而后笑的情形述了一遍。柳春阳道："这是妹妹的福分，所以逢凶化吉。要是宁王稍迟一个月败露，妹妹便不免身入龙潭虎穴，保全了贞操，便不能保全生命。再者，假使宁王当时觅不到崔素琼，李士实、刘养正一辈小人先把妹子的才貌双全告诉与奸王，那么奸王怎肯放过妹妹，这一场滔天大祸恐怕也不能避免了。现在先有崔素琼入选，宁王心愿已足，无事他求，比及崔素琼死后，宁王才想把妹妹强迫入府，那便来不及了，这不是妹妹的福分吗？看来吴中薄命女子崔素琼是妹妹的替死鬼吧。"王秀英听到这里，猛然间想起当年闺楼一梦，迷离惝恍，至今未忘，仿佛自己便是崔素琼，崔素琼便是自己。照这么说，崔素琼真个便是给自己替灾替晦的人了。要没有崔素琼，自己便是崔素琼，幸而有了崔素琼，自己才没有做崔素琼。想到这里，益发怜念那崔素琼，感激那崔素琼。于是见了丈夫周解元，便想亲赴南昌城外，在崔素琼坟上祭奠一番。周文宾听了，异常赞成，自己也愿陪着秀英同去。后来夫妇俩果然亲赴南昌，祭奠那吴中薄命女子崔素琼之灵。由周文宾撰着一篇哀感绝艳的祭文，对着三尺孤坟朗读一遍，夫妇俩泪如雨下。这也不是《唐祝文周传》的正面文字，编书的未来先说，表过不提。

　　却说文徵明与李典史酒罢饭后，李典史辞别而去。文徵明又去探望杜颂尧，顺便与月芳会面。相见之下，杜太史的感冒业已痊愈，和女婿讲了许多话。徵明便转述李典史报告的宁王失败情形，杜太史以手加额道："此乃当今天子之洪福也。"又吩咐女儿月芳道，"你的夫婿已回，我这里有你的姨娘服侍，况且病又好了，你跟夫婿回去吧。"月芳对于父命是唯命是听的。这一天，杜太史备着轿儿，送着女儿回家。徵明坐了一会子，也就告辞回家。自古道，新婚不如久别，徵明和月芳别离虽不久，但是鸳鸯枕上，已诉不尽的离怀了。过了一宵，来日起身，梳洗才毕，又去访了亲友，午后返家。恰才坐定，外面传进消息，说唐大娘娘遣着唐兴到来，邀请二爷去商量要事。徵明道："这便奇了，唐家大嫂唤我去做甚？敢是她已得了子畏的消息吗?"正是：

　　　　才郎踪迹仍无定，闺妇愁怀倍觉多。

　　欲知后事如何，且看下回分解。

第十七回

河畔归舟欢腾内子
庙前论字倒写良人

　　陆昭容派着唐兴，来请文二爷到桃花坞去一走，徵明心中岂不突兀。忙唤唐兴入内，问他道："大娘娘为着何事唤我去会面？"唐兴道："小的只是奉着大娘娘之命，请二爷赶紧去走一遭。若问为着何事，大娘娘没有向小的说明，委实不知晓。"徵明道："你们大爷可有回来的消息？"唐兴道："消息全无，大娘娘心中十分忧煎。今天祝大爷上门来见大娘娘，大约早已访得我们大爷的消息了。"徵明道："祝大爷可曾回去？"唐兴道："没有回去，依旧坐在花厅上。大娘娘请二爷过去，或者和祝大爷有什么商议之处，也未可知。"徵明道："你先回去，少停我便登门来见大娘娘。"唐兴唯唯而去。徵明测度情形，料想又是老祝的主见。他被陆昭容打出大门，逼他出门寻找唐子畏，背乡离井，竟在杭州度岁，他以为偏任其劳，吃了许多苦楚。这一番续访子畏，他一定要拉着我同走一遭。唐兴前来相请，大概便是这层意思。

　　不提徵明准备到桃花坞去走一遭，且说枝山从杭州回来，出于祝大娘娘的意料之外。她以为唐家叔叔没有下落，丈夫碍难回家，看来天生剃头的日子，还不能见亲爷的面。却不料祝童首先跑回家里，满面笑容地向着大娘娘磕头请安，说道："大爷回来了。"祝大娘娘这一喜非同小可，忙问可是唐大爷有了消息不成。祝童道："消息是有了，只是我们大爷很秘密地不肯告诉他人。"说时，丫鬟领着舟子进来，报告道："大娘娘，我们大爷带着许多东西回来了。"祝大娘娘瞧见带来的东西，吃的也有，穿的也有，用的也有，差不多和搬场一般，扛的扛，挑的挑，堆满在一起。她想丈夫动身时，只有一肩行李，回来时却是满载而归，他敢是做了官儿不

117

成？正在猜想间，已听得外面谈话的声音道："见了大厅上的被打情形，真个是满目疮痍，痛定思痛，这母大虫好生厉害也。"祝大娘娘听出这是丈夫的声音，连忙离座相迎。编书的且来打个岔儿：以前有个灯谜，谜面是"分明是我丈夫声"，打一句千字文，是用谐音格，叫作"果珍李柰"。因为苏州女人称呼丈夫，辄云"俚耐"，俚耐二字与李柰相谐，果珍李柰者，果真俚耐也。她和丈夫阔别了四五月，这番相见，真是悲喜交集。枝山见娘子身子健全，心头安慰。乳妈已抱着天生来见生身老子。枝山笑道："待我来认认六个指头儿的小手。"祝大娘娘道："大爷，这是谁告诉你的？我写家信时没有提起这句话啊。"枝山道："我是顺风耳朵千里眼，身在杭州，苏州有事什么都瞒不过我。"祝大娘娘微微一笑，暗想丈夫不脱狂奴故态。枝山向四下望了望道："前言戏之耳。请问大娘，岳母可是回府去了？"祝大娘娘道："母亲自从去年到来，替我守肚，直到生孩满月。她见我身子健全，房间也出了，所以二月初八日满月，母亲便在初九回去。"夫妇俩谈话的时候，忙煞了祝童，所有点查东西，开发船户，都是他一人照管。

祝大娘娘问起杭州情形，枝山道："一部二十四史，叫我何从说起，且待慢慢儿告诉大娘娘知晓。"祝大娘娘道："可是唐家叔叔已有了存身的所在？"枝山奇怪道："大娘怎么知晓？"祝大娘娘笑道："我这里也有顺风耳朵千里眼。"枝山道："不用说了，一定是祝童说的。但是祝童也不知小唐究竟藏在什么地方。"祝大娘娘道："大爷可知晓吗？"枝山道："我不知晓，怎肯贸然回家？不过事关秘密，天机不可泄露。唐家这母大虫可曾前来闹过没有？"祝大娘娘道："大爷，我们坐着细谈吧。"于是同到房中，并肩坐定，笑向丈夫说道："大爷，陆昭容那天来寻仇，一半是她冒昧，一半也是你言语冒犯了她，这叫作两有不是啊！待到你动身后，昭容曾到这里向我道歉，叫把损失的东西开单与她，以便照样赔偿。"枝山忙道："这是赔偿不得的。你可开单与她？"祝大娘娘道："未得大爷允许，怎敢开单索赔。奴家向陆昭容道：'损失的东西，为数有限，只求你们叔叔早早回来便了。'"枝山点头道："那么还好，我这些东西怎肯贱卖与她，古称'利市三倍'，我还希望利市十倍呢。母大虫来过一次以后，可曾再来没有？"祝大娘娘道："后来我身孕大了，她又来探望我一次，还送给我许多贵重东西，如人参、犀黄等类。人参备我生育时用，犀黄备小儿清理胎毒时用。"枝山笑道："人参还有用处，她送犀黄做甚？未免多此一举。我离家四月，胎教二字不守而自守，料想小孩没有什么胎毒的，她送犀黄未免画蛇添足了。"说到这一句，触犯着自己的忌讳，不觉大笑道，"我真痴啊，人家骂我蛇还不够，又要自己骂自己吗？"

祝大娘娘问及路上情形，枝山便把周文宾备着大船送他回家，同船的还有沈达卿、文徵明二人，舟过嘉兴，在达卿家中停留了一天，承他十分优待，又承他的姨太太送了许多东西，舟到阊门外码头，只为大船不能进水关，我和小文坐了小船进城，另有驳船运了东西，跟在后面。我这番因祸得福，赚得一二千金，满载而归。仔细想想，也是母大虫玉成我的，她若不上门寻仇，我到杭州做甚？祝大娘娘道："陆昭容和我会面，总是满口道歉，大概她也知悔了。听说唐家七美都怪昭容此举未免过火，你虽和她言语龃龉，毕竟是她丈夫的好友，打毁家伙已属非分，何况再要扭去你的半边胡子。她在先还疑你真个藏着她的丈夫，和她开玩笑，后来她知道不对了，她见你抛着家室，久出不归，可见你也没有知晓小唐的藏身所在。为这分上，她越觉自己非礼。到了我分娩后，她又来探望我一次，只是没有进我的血房，为着她常往各庙烧香，祷求她丈夫早早回来，所以不能走进产妇的血房，她又送我孩子许多赤金帽器。"枝山道："看这分上，我把小唐消息早一天告诉她。要是她依旧发这雌威，她要知晓小唐的消息，须得在我面前长跪三天，我才肯告诉她咧。"这一天，枝山没有出去访友。一者，才拂征尘，有了些倦意；二者，祝大娘娘也不放他出门，要他细细地报告杭州情形，不须赘叙。

且说陆昭容久盼丈夫不回，枝山去后，也没有访得确实消息，心中闷闷不乐。这一天，正在内堂和七美谈话，谈到丈夫消息杳然，八月失踪，直至现在已是半载有余，觅不到一些消息。以前失踪也是有的，总不过三五天便有消息，便是没有消息，一去探问老祝，总有线索可寻。唯有此次失踪，连那老祝都不曾知晓，要是他知道了，一定要回来报信，绝不会避在外面，久不回苏。我上次实在错怪了他。八娘娘春桃道："现在只好将错就错了。除却老祝，旁人也访不到我们的大爷。"陆昭容道："我也是这般想，不过匆匆数月，信息杳然，老祝访不到我们的大爷，谁能访到呢？我只疑大爷此去凶多吉少。"三娘娘九空道："大姊，我想不会有这事吧。我在大士面前曾经求过三次签，不是上吉，便是中平，不是说行人无恙，定是说行人将归。"陆昭容道："论我们大爷的为人，不该有什么意外变端。他在女色上面，虽然有些风流罪过，但是他借此韬隐，并非出于本意。不知道他的，道他是个轻薄文人，知道他的，佩服他是个有气节的少年。他曾向我说，宁王不倒，徐按院不去，绝不能现出我的本来面目。只可惜宁王倒了，徐按院已失败了，我那隐于好色的丈夫还没有回来的消息。我昨天到关帝庙去进香，看见一个挂着'一法通'招牌的测字先生，在庙门前设摊论字，我便拈了一个字卷，向他询问行人消息，他打开字卷，却是一个饮食的'食'字。他问我这出门人是什么称呼，我说是丈夫，他便乱摇着头，在水牌上把食字拆写，先写人字，后写良字。他向我说，食字拆开是人良，人良者，倒写的良人也。照此看来，良人倒也，不是病倒招商，定是长眠不起，只怕立的出门，倒的回家，凶多吉少，不妙不妙。我拈得了这个字，异常不快。回来后，夜间又得了一个不祥的梦，恍恍惚惚见丈夫身死在客店里面，不禁一恸而醒。直到现在，兀自心跳不宁。"六娘娘李传红道："大姊放心，梦是相反的，梦死得活，况且又是春梦颠倒。你大概听了测字先生的浑话，日有所思，夜有所梦吧。"四娘娘谢天香道："春梦果然无凭，但是测字先生说的良人倒了，却不是个好口彩。"二娘娘罗秀英道："四姊说不是好口彩，我却以为这是很好的口彩。"谢天香道："二姊怎么讲？"罗秀英道："这测字先生真是个饭桶。拈了这个很好口彩的食字，他只会说良人倒也，不会从倒字上想出一个到字来。但看人家招寻失踪的人，往往把招纸上寻人的人字颠倒写着，这是讨个好口彩，人倒了，便是人到了。假使那个测字先生把风俗习惯作引证，那么良人倒了，分明便是良人到也，可见失踪的丈夫便有回来的希望。"陆昭容听了，愁眉顿开，笑说道："二妹妹好心思，你的测字本领，比较测字先生的本领还大。"

正在闲谈时，丫鬟们争来禀报道："启禀诸位娘娘，好了好了，我们大爷不日就回来了。"陆昭容道："这是谁人说的？"一个丫鬟道："这是唐兴阿哥说的。"又有一个丫鬟说道："这是唐兴阿哥遇见了祝童，祝童向他说的。"又有一个丫鬟道："祝阿胡子昨天已从杭州回来了。"那时八位娘娘个个面有喜色，只为听说老祝回来，丈夫的踪迹一定被老祝知晓了，要是不然，老祝绝不敢贸然回家。陆昭容吩咐丫鬟，传唤唐兴入内，问他这个消息可是真的。唐兴道："启禀大娘娘，这是千真万确的消息。今天小的出外购物，路遇祝童。但见他身穿了簇新的衣服，得意扬扬，竟是一个很体面的书童。"陆昭容道："休说这没关紧要的话。遇见了祝童，他怎么向你说？"唐兴道："小人先问他从何处得意回来，他说：'我是逃难出门，有什么得意之处。'小人知道他怀恨前事，便再三向他赔罪。又问他可是跟着祝大爷回来，他道：'做奴才的自当跟着主人，免得一时疏忽，失去了主人反向人家寻仇。'陆昭容说："这小子语中有刺，口口声声不忘前仇。你怎样探出大爷将有回来的消息？"唐兴道："小人肚里忖量，祝大爷出门时，曾向大娘娘立下誓愿，要不是寻到我们大爷，他绝不敢回来的。小人见祝童这般扬扬得意，而且跟着他的主人同来，料想大爷定有回来的消息，但是向他盘问，他绝不会轻易告诉小人，只得冒他一冒，听听他的口气。便道，祝童兄弟，何必记着前情，我们都是自家人，不日大爷回来，和你们主人又是如兄若弟，同去登山临水，我和你也可常在一块儿游玩。祝童竟中了小人之计，便问小人，你怎么也知道唐大爷回来的消息？小人说，你也知道了，我怎会不知晓？老实向你说，大爷早已有信来，告诉我们八位娘娘，说不日便须回来。我们大娘娘得了大爷的信，知道大爷出门，祝大爷并不知情，去年冒犯了他，端的对他不起，因此写信给大爷，告诉他一切情形，叫他动身以前通知一声祝大伯，免得祝大伯久避他乡。小人把这一篇鬼话说得祝童深信不疑。"陆昭容道："你本是说鬼话的祖师，去年打上祝家门，也是听了你的鬼话，你这番又说鬼话了，好在这番的鬼话说得得当，准你将功赎罪。"唐兴道："多谢大娘娘不咎既往。小人这番说鬼话，骗信了祝童，见他自言自语道，原来唐大爷藏身的所在，你们先知晓了，可笑我们大爷还要叮嘱我们，不要在外面放风咧。小人见他吐出真情，不禁拍手大笑。祝童才知上了小人的当，懊悔不迭。小人道，你既自招口供，也不必藏头露尾了，究竟我们大爷住在什么地方，快些告诉我们知晓，以便遣人前去迎接。祝童说，你们大爷的住址，只在我们大爷的肚里。他只向我说唐大爷的藏身所在我已知晓了，只不曾告诉我住在何处。小人道，你不会问他吗？祝童道，我问他，他怎肯说，休说我们做奴才的问不出唐大爷住在何处，便是文二爷再三在船中打听，我们大爷不露一些口风。回到家里，我们大娘娘也曾问及唐家叔叔的住处，我们大爷只是笑而不言。所以你要询问唐大爷的住址，除非亲去询问我们大爷才行。小人说，你不要骗我，你是一定知晓的。祝童沉着脸儿，向小人赌咒，小人才知他不是说谎，只得跟着祝童去见祝大爷，倒被祝大爷一顿申斥，说你休听了谣言，向我寻人，我要是知道了小唐的踪迹，也不会出门避难，直到今日才回来了。小人道，祝大爷既没有知道我们大爷消息，为什么忽然回府。祝大爷道，我是记挂家中，方才回来一走，拼着你回去撺掇大娘娘再来寻仇。小人见话不投机，只得告辞而去。"

陆昭容得了消息，又添了愁闷。她深知老祝为人最是刁钻不过的，要他说出丈夫的藏身所在，一定奇货可居。于是便和其他几位娘娘商议办法。春桃主张请大娘娘亲自上门询问。陆昭容道："我和老祝破了脸。我去问他，只怕他益发使刁不肯说出。"罗秀英道："姊姊不去，待小妹前去央求，看他可肯说出大爷的藏身所在。自古道，人有见面之情，小妹和他不曾破过脸，他或者肯给小妹一个面子。"七美听了，一致赞成。罗秀英借着探望祝大娘娘为名，备着八件礼物，还有送给小儿的帽器，坐着轿，带着丫鬟，前往护龙街祝宅。临上轿时，陆昭容再三叮嘱，如得了大爷消息，赶紧回来，免得愚姊盼望。罗秀英诺诺连声，不在话下。

陆昭容和其他的娘娘都在家中盼望着二娘挈带好音回来。待到晌午，才见罗秀英坐轿回来。下轿以后，众美人已拥着她问大爷毕竟在哪里，罗秀英微微摇头。到了里面坐定，罗秀英报告情由，说老祝刁不可言，向他询问大爷消息，他总推托不知，幸而祝大嫂看不过，向我说，唐家叔叔消息是有的，只是他秘而不宣，便在妻子面前，也没有道出实话，要不然，他不肯说，我也说了。我听得祝大嫂这般说，又再三向老祝恳求，他才道一句，要问消息，除非陆昭容亲来问我。祝大嫂便埋怨着老祝太把顺风旗扯足了，强迫他到桃花坞一走。陆昭容道："他可曾允许?"罗秀英道："他说，路远迢迢，我不惯步行。我说，只要祝大伯肯到舍间，我们可以备着轿儿前来相迎的。他说，除非陆昭容把自己所坐的轿儿接我去谈话，我才肯一行。"陆昭容道："没奈何只得依着他的要求，污了我的轿儿，可以另换一乘，究竟大爷的消息要紧。"当下传唤提轿到护龙街去迎接祝大爷。这真是破天荒的事，陆昭容所坐的一乘红缎拦脚的蓝舆，梅罗竹的轿杠、云白铜插销、豹皮坐褥、灰鼠挡风，专供自己拜年进香之用，从来不曾供给人坐过，今天却去迎接这条洞里赤练蛇。待到午后，祝枝山左顾右盼，得意扬扬地坐轿而来。比及下轿入内，八位美人一字平肩地都在滴水檐前迎接，一阵莺啼燕语，都唤着"祝大伯、祝大伯"，叫枝山答应不迭。正是：

莺啼燕语声声慢，鬓影钗光个个娇。

欲知后事如何，且看下回分解。

第十八回

毕敬毕恭佳人款客
不伦不类村汉通文

　　祝枝山今天交运了，陆昭容的自用轿，是苏州数一数二的华丽蓝舆，自从制备以后，本人只坐过三五次。她每逢出门，轿旁插瓶中总插着鲜花，轿里面又熏着异香，轿儿未到，香味已来。左近的人家得了一种新经验，闻着这些异香，便知道唐大娘娘烧香回来了，于是站在门旁踮着脚尖儿，仔细定睛，总见这位大娘娘春山含恨，秋水凝愁，端坐轿内，若有所思。轿子过后，旁人纷纷议论，都说自交新年，这位大娘娘常到各庙烧香求签。唉，唐大爷太觉心狠了，抛着娇妻美妾不想回来，累她们早思夜想，这般可怜。昨天陆昭容到关帝庙进香，也是坐着这乘轿儿，到了今天，坐褥上熏着的异香兀自未消，插瓶中的红杏花依旧娇艳可爱，只可惜坐轿的不是红装少妇，变了一个络腮胡子祝枝山。从护龙街到桃花坞，路上行人引起了绝大的误会，先在空气中嗅着一阵异香，都道"唐大娘娘来哉，拨一看拨俚搭搭"。说时，都拭抹着眼睛，站立两旁，引颈候着轿子到来。所谓"拨一看拨俚搭搭"，这是一句吴谚，即看她一看的意思。待到轿儿将近，众人都探首向轿门窥望，不觉失望，一齐别转头来，连称奇怪奇怪，这是祝阿胡子，怎么坐了唐大娘娘的轿呢？枝山坐在轿中暗暗好笑。这时春寒料峭，他坐在这奇暖的轿中，另换了一种天气。看这扶手板上雕着张生游殿的戏文，居中嵌一个指南针，坐在轿中，可以不迷方向。两端还镶嵌着纹银小匣，一边装着豆蔻，一边装着口香茶膏。枝山借此消遣，居然甜津津香喷喷，异常受用。他想，小唐家中是色色考究的，所有式样，外面都唤作唐款。尤其考究的便是陆昭容，她是陆翰林的爱女，嫁来时，赠奁的东西号称巨万，所以她坐的轿儿这般地精美绝伦。枝山又想，这般轿儿确是生平第一次享用，多坐一刻好一刻。他便吩咐轿夫，在城内打了一个转，再往桃花坞不迟。轿夫道："祝大爷可是要远兜远转？"枝山道："只为你们抬得平稳，我祝大爷坐得舒服，所以叫你们远兜远转。"轿夫道："祝大爷不许生气，你要远兜远转是可以的，只是口彩不利。苏州俗语，叫作城头上出棺材——远兜远转。"枝山道："臭贼放屁，不用远兜远转，径向桃花坞去吧。"

比及进了唐府墙门，下轿入内，在这滴水檐前，已有这八位美人排班去接，这又是破题儿第一遭。可惜雾里看花，目迷五色，又不好取出法宝，把她们照这一照。而且燕语莺声，你也祝伯伯，我也祝伯伯，祝枝山自生耳朵以来，又是第一回听得这般的柔声软语，忙即唱了一个总喏道："诸位嫂嫂，恕我祝某不能一一作揖，只好唱一个总喏了。"又是一迭声的"祝大伯难得光临，祝大伯请里面，祝大爷请到花厅上坐"……枝山答应不迭。自有唐兴、唐寿导着老祝到花厅上，面南坐定，八位美人分坐在两旁相陪。送茶以后，献上八只高脚银盘，盘中装着许多糖果。先由陆昭容抓一把玫瑰水炒的瓜子奉敬，其他七美人依次敬客。每人敬一样，有敬松子仁的，有敬金橘糖的，敬一样唤一声祝大伯。枝山到了这时，只恨爷娘替他少生了几张嘴，又要敷衍她们，又要咀嚼糖果，如何来得及呢？陆昭容道："昭容去年端的冒昧，回来和七位妹妹说起，大家都说昭容欠礼，早向祝大嫂面前再三赔罪，所有毁损的东西，大伯尽可开单前来，昭容自当一一照赔，万望祝大伯沧海之量，不咎既往。"枝山笑道："嫂嫂，你何前倨而后恭也。去年见了老祝，奉敬十二根捣衣棒；今见了老祝，奉敬八只银盘。银盘里的东西虽然好吃，棒槌底下的滋味端的难熬。"陆昭容知道他今天总要发泄牢骚，只得撩着这口气，一味软化，笑着说道："祝大伯不用提起前事吧，棒槌打毁的东西，昭容照赔便是了。"枝山道："这些粗笨的家伙，赔不赔还在其次，但有一件东西，虽然一钱不值，却也无处寻觅。嫂嫂肯赔，先赔了这件东西再和你讲话。"陆昭容道："祝大伯要赔什么东西？"枝山笑道："去年借重尊腕，把老祝左边的几根贱毛拔去，走向人前，似乎不大雅观。请你照赔了吧。"陆昭容暗笑道，这阿胡子太觉放刁，旁的东西不索赔，索赔这几根马桶豁洗，分明有意和我为难。待要发作，又想硬干不得，还不如软化的好。便站立起来笑向枝山说道："祝大伯的尊髯失去了多少？"枝山道："多虽不多，少也不少，大概有十多茎吧。"陆昭容道："祝大伯，昭容便向你福这十余福。"说时，拉着袖儿向枝山福了又福，连福了十余福，算是赔偿他的损失。枝山道："不算不算，似这般赔偿损失，太便宜了吧。"其他七位娘娘一齐立起，由罗秀英发言道："祝大伯，我们大姊福了不算，待我七妹妹也来福这十余福吧，祝颂你祝大伯后福无穷。"陆昭容道："既这么说，我也来补这十余福，好叫祝大伯福如东海。"于是八位娘娘都转到枝山面前，挨肩站立，浑如锦屏风很齐整地各各拉着袖儿，向祝枝山福了十余福，方才归座。

　　枝山的为人，最怕人家和他客气，尤其怕人家的妇女和他客气，越是客气，他越不能说种种挖苦的话，只得说："好了好了，诸位嫂嫂究竟为着何事，唤我老祝到来？"陆昭容道："无事不敢奉邀祝大伯，只为祝大伯已探悉拙夫的行踪，请祝大伯指示他的行踪，以便寻他回来。"枝山道："尊夫有了消息，这是谁说的？"陆昭容道："这是小厮唐兴听得贵价这般说的。后来二妹到府探问，祝大嫂也是这般说。"枝山笑道："嫂嫂们切莫听信谣言。"陆昭容道："这不是谣言，这是祝大伯自己宣露的消息。"枝山笑道："实告嫂嫂，向来祝某的说话，根牢果实，绝不说谎。自从去岁避难以来，祝某的说话便有些靠不住了，十句之中，总有一句是谣言。祝某说的尊夫有了消息，恰是十句中的一句谣言，请弗相信，这是靠不住的。"陆昭容笑道："祝大伯是一位忠厚长者，怎会造谣？"枝山道："我本不愿造谣，这是嫂嫂教我造谣的啊。"陆昭容道："这倒奇怪了，昭容何尝教祝大伯造谣？"枝山拊着胡须道："嫂嫂，我还你一个凭据。俗语说，嘴上无毛，说话不牢。我是嘴上有毛的，我说的话，自然句句皆真、语语都确。叵耐嫂嫂在去年把贱毛连根拔去，多虽不多，十分之一是有的，拔去贱毛不打紧，只是坏了祝某说话的风水，所以十句中间，总有一句是不生根的话，这都是嫂嫂害我的。"陆昭容道："祝大伯休得取笑，拙夫行踪究在哪里，请祝大伯早早指示。"枝山摇头道："我不知晓啊。"陆昭容道："祝大伯是不会不知晓的，要是不知晓，祝大伯断然不会回府的。"枝山道："嫂嫂，我这番回来，拼着嫂嫂又来拔去我的蛇须，拔去了一边，再拔一边也不妨。"七位娘娘见六娘娘问不出老祝的话，索性行使一个苦肉计，说祝大伯再不说出我们大爷的行踪，我们八姊姊只好向你跪求了。说时，忙着呼唤丫鬟快去取红毡毯来。枝山连忙摇手道："诸位嫂嫂，你们真个要拜死我老祝吗？休得这般，待我讲给你们知晓，不过说便说了，寻却不去寻的。"陆昭容道："祝大伯，好人做到底，送佛送到了西天。"枝山道："你们要我去寻访，为着朋友分上也不敢辞，不过有两桩事声明在先，须得我们天生剃过了头，才好去访问子畏。"陆昭容道："这一桩可以遵命。"枝山道："第二桩，我要拉着小文同去。只为他在家中享福，太便宜了，我们唐、祝、文、周须得有福同享，有难同当。"陆昭容道："不知文叔叔可肯同去？"枝山道："嫂嫂去求他到来，以便一同商议。"陆昭容忙唤唐兴去请文二爷到来，唐兴领命自去。

众美人又包围着老祝，细问丈夫的行踪。枝山看她们这般恳切，便不好再放刁了，又想起娘子叮嘱他的话，顺风旗不要扯得太足了，忙道："诸位嫂嫂，你们子畏兄倒也写意，为着遇见了一名美貌婢女，不惜解元身份，一路追踪而去，宛如路入天台，不想回里。忽忽已是半载有余，累你们朝思暮想，端的罪过。"陆昭容道："祝大伯的消息是从何处得来？"枝山不慌不忙，从烟雨楼闻歌说起，直说到央托沈达卿探听唱歌人下落，只把秋香两字藏起不说。又道："探听了两月有余，才知道这唱歌人唤作米田共，这个名字是尊夫替他取的。尊夫坐了他的小舟，尾追着大舟上一名绝色丫鬟。尊夫向米田共说，你追得上这大舟，重重有赏。米田共问他何事追舟，尊夫说，只为大舟上有个绝色丫鬟，人间独一，世上无双，非得追上大舟，饱看一回不可。"陆昭容皱了皱柳眉道："这是拙夫太荒谬了，青衣队里的人，至多和我们八娘春桃一般，难道还有什么杰出的人才？"枝山道："这叫作'情人眼里出西施'，又叫作'家花不及野花香'，又叫作'隔墙果子分外甜'。尊夫虽然荒谬，却也要原谅他的。吃饱了山珍海味，也觉腻烦；换一味雪笋汤儿，倒也有味。"说罢，呵呵大笑。依着陆昭容平日的性子，听到这几句，便要柳眉倒竖，杏眼圆睁。现在呢，丈夫的行踪还没有知晓，索性软化到底，道一句："祝大伯又要取笑了，这只大舟是谁家的呢？舟上丫鬟叫什么名字？"枝山道："嫂嫂休要'炒虾等不及红'，凡事总有个来源，盐从怎样咸起，醋从怎样酸起，话须一句一句地讲，饭须一碗一碗地吃。"陆昭容要听消息，无法可施，便道："祝大伯说得不错，请你一句一句地讲便是了。"枝山暗暗好笑，今天这只母大虫驯服得和小猫一般，横竖眼前没有对证，我来加盐加酱，引起她们的醋劲也好。便道："摇船的米田共是认得尊夫的。听得尊夫这般称赞那丫鬟，他也有些不服气，他说，没有见过世面的人，这般说法不打紧，你唐大爷不该这般说。谁都知道你唐大爷拥有八位美人，人人都是西子重生，个个都是王嫱再世。行的时候，宛如一队花蝴蝶，立的时候，好比一座锦屏风。大舟的丫鬟好虽好，总比不上你府上八位美人。谁料尊夫几声冷笑，向米田共说道，我们这几位配说美人吗？像大舟上的丫鬟，才算是美人呢。米田共不信道，我听得唐家大娘娘花容绝世，二娘娘国色无双，三娘娘袅娜弄姿，四娘娘娉婷顾影，五娘娘翩若惊鸿，六娘娘朗如秋月，七娘娘宜嗔宜喜，八娘娘善舞善歌，有了这八位美人，人间的艳福都被你大爷占尽了，大舟上的丫鬟稀什么罕，追她做甚？唐大爷不如回舟去吧。"八美听到这里，好像那摇船人替她们题小照，个个面有喜色。枝山道："这个摇船人确是一片忠言，叵耐尊夫忠言逆耳。他说，米田共，你懂得什么？我唐寅没有遇见这美貌丫鬟，只道家中的八房娘子确也不弱；一遇见这美貌丫鬟，便觉得家中的八房娘子都如尘羹土饭，不屑一顾。这丫鬟才算是美人，我的八房娘子美在哪里，替她倒洗脚水都不配呢。"这句话才出口，气得陆昭容直直地站将起来，唤一声："祝大伯，你快把他的行踪说出来，我们拼着和他反面，问问他谁是尘羹，谁是土饭！"

枝山暗暗得意，自思我把这小扇子搞得几下，竟擦出了她们炉中的炉火。谁知罗秀英拉着陆昭容坐下道："大姊，你上当了，这是祝大伯和我们开玩笑咧。这摇船人既是不识字的，我们大爷替他取了米田共三字为名，把粪字拆开，嘲笑于他，他都不省得，为什么米田共嘴里忽地通起文来？既知道西子王嫱的故典，又会把我们八姊姊各个下一句四字批评，句法又很老练。他有了这般学问，他不做摇船人了，他也不叫作米田共了。这不是祝大伯和我们开玩笑吗？"这几句话提醒了陆昭容，笑向枝山说道："原来是祝大伯和我们开玩笑，名曰米田共的忠言，实则是祝大伯的戏语。原来祝大伯便是米田共，米田共便是祝大伯。"枝山自思，破绽被她们捉住了，自己懊悔不迭，才信顺风旗不能扯得太足，说谎话也要有个分寸。米田共不是通文的人，怎会说这通文的话。最难堪的，被陆昭容说祝大伯便是粪，粪便是祝大伯。枝山这时不觉恼羞成怒，便从座上抬身，道一句"诸位嫂嫂再会了"。说罢，便想动身。陆昭容忙道："祝大伯哪里去？"枝山道："摇驳船去，嫂嫂说的米田共便是祝某，祝某便是米田共，我既做了米田共，只好摇驳船去。"陆娘娘连忙道歉，七位娘娘也陪着大娘娘道歉，枝山方才勉强坐下。

但是谈了许多话，还没有说出是谁家烧香的大船，大船上的丫鬟叫什么名字。陆昭容屡次动问，枝山总说且慢且慢，待到小文来了，再行奉告，免得一番生活两番做，告诉了各位嫂嫂，又要告诉小文。陆昭容听了，肠痒欲搔，明知老祝卖关子，越要他说，他越不肯说，话在他的肚里，只得等候文徵明来了，再做计较。今天的老祝，须得佛一般地待他才是道理。于是八位娘娘陪着老祝开谈，李传红、马凤鸣的敷衍功夫最好；春桃是婢女出身，应酬尤其周到。

　　约莫申刻光景，文徵明方才坐轿到来。八位娘娘只在花厅上迎接文家叔叔，并不像方才迎接老祝时，站在大厅下的滴水檐前，恭恭敬敬地迎候。枝山暗暗欢喜，我今天的面子比着小文大过数倍。于是徵明坐定，枝山老实不客气地坐在徵明上首。徵明问道："诸位嫂嫂何事见召？"陆昭容道："方才祝大伯说，拙夫的消息他已知道了。曾把大略情形告诉我们八姊妹，只不曾说出拙夫尾追的那只大舟是谁家的大舟。祝大伯说起，须待你叔叔到来，才肯宣布。现在叔叔到了，祝大伯大概可以宣布了。"文徵明道："我也疑及是为着这桩事。此番我们从杭州回来，老祝也曾把子畏兄追舟的事约略告诉我知晓，只不曾说明追的是谁家的舟。我再三问他，他再三卖关子，总说且慢且慢，回到苏州，见了唐家各位嫂嫂，我再宣布这桩事，可以请你到场同听的，免得一番生活两番做，今天告诉了你，明天又要告诉唐家八位嫂嫂。"枝山笑道："好了好歹，宣布姓名，此其时矣。但是事关秘密，须得屏退了仆妇丫鬟。"陆昭容忙令她们尽行退出，且把门儿关闭，免得有人窃听秘密。比及众人退出，枝山道："论起这份人家，尽都知晓，并且和唐、文两家都有些姻戚关系。子畏跟踪的丫鬟，唤作秋香，是在华鸿山太师府中承值华太夫人的。子畏一路跟踪，跟到东亭镇上，这是米田共摇他去的。以后如何，米田共也不知道了。据我看来，一定混迹在相府里面，不过怎样混入，祝某没有目击情形，不肯武断。以意度之，他不是乔装使女，定是假扮书童，做了低三下四之人，才好和秋香接近。现在半载有余，不想回来，据我看来，子畏图谋的秋香一定没有到手，弄得进退两难，只好过一日是一日了。"

　　文徵明听到这里，忽然拍手道："老祝猜得不错。子畏兄一定做了书童，而且书童的名字，我已知晓他唤作华安。在先他是承值书房的，后来华老赏识他才思敏捷，便叫他伴读书房，不把他当作家奴看待。听说华老曾有把他断作螟蛉之意，只为太夫人不许，所以把这事搁起了。"枝山道："衡山，你怎么知道这许多底细？"徵明道："这是内人杜月芳说的。月芳得之于她姊姊雪芳，雪芳是华老的家媳，归宁时候，谈起这聪明书童，但是她不知道是唐寅的化身。前天月芳告诉我知晓，我暗暗奇怪，书童中间绝不会有这般的俊秀人物，敢是子畏吧。不过转念一想，华宅二娘娘冯玉英和子畏是中表兄妹，子畏倘在华府，一定要被二娘娘看破机关，看来这书童不见得是子畏吧。为这分上，把我的方寸疑云吹散了。现在听了老祝的话，可见所疑不虚。大概二娘娘假作痴聋，由着他在相府中胡闹吧。"徵明说到这里，引起了陆昭容的无名之火，声言要往东亭镇去访华府二娘娘，问她为什么听凭她的表兄做那低三下四的人，慌得七位娘娘都说使不得使不得。正是：

　　　　顿使柳眉都倒竖，遂教杏眼尽生嗔。

　　欲知后事如何，且看下回分解。

第十九回

祝希哲片言息怒火
冯太君千里归故乡

　　陆昭容得了丈夫的消息，不怨丈夫，却怨着华府二娘娘冯玉英起来，恶狠狠地要到东亭镇上去寻仇。为什么不怨丈夫呢？她和唐寅毕竟有夫妇之情，明知唐寅隐于贪色，掩过宁王耳目，干出种种玩世不恭的事，并非出于本意，在情理上是可以原谅的，因此便不怨丈夫了。为什么怨及冯玉英呢？她不在华老夫妇面前道破机关，但是不该瞒起着唐寅的家眷。要是她有一封信来略露端倪，陆昭容等在家中也不至于日夜焦急。为着冯玉英和唐寅是中表兄妹，唐寅在华府中做了半年书童，冯玉英断无不知之理。她不敢告诉华老夫妇，也应该告诉家中八姊妹，便可安心；一面还可以设法遣人和唐寅会面，劝他悄悄地逃归苏州。这分明是冯玉英暗暗使刁，累她们担惊受吓，不知丈夫的生死如何。陆昭容为着这一点，把许多毒气都化在她表小姑冯玉英身上，便要立时唤舟，亲到东亭镇华府中去见二娘娘，问她一个知情徇隐的罪名。慌得七位娘娘都说使不得使不得。陆昭容道："有什么使不得，我是说得到做得到的，人家惧怕华太师声势，我偏不怕他。华鸿山和我爹爹是同年的进士，我许叫他一声老年伯。我见过了二娘娘，还得请教这位老年伯，问他为什么侮辱斯文，把一榜解元当作青衣队里的人。侮辱斯文罪小，亵渎朝廷名器罪大。他若倚老卖老，不肯引咎自责，我便告到京师，也是我的理长，他的理短。诸位妹妹不用相阻，事不宜迟，还是赶快动身的妙。"七位娘娘劝阻不得。

　　正在没做理会处，座上的祝枝山忽地拍手大笑，笑得前仰后合。罗秀英很奇怪地问道："祝大伯为什么好笑？"枝山笑道："我笑你们七位嫂嫂都是不识时务，要劝阻大嫂动身。大嫂到东亭镇去和华鸿山冯玉英寻仇，你们七位嫂嫂以为使不得，老祝以为使得使得。华鸿山端的可恶，把解元公屈做书童，冯玉英尤其荒谬，把嫡表的哥哥当作低三下四之人。大嫂这番上门问罪，一定能以得着胜利，理直气壮，怕着谁来。大嫂见了冯玉英，先给她一个下马威，打她一下很松脆的嘴巴，然后向她严词责问。我想冯玉英一定向大嫂负荆请罪。大嫂再接再厉，去见这个华老头儿，也给他一个下马威，不问情由，先揪住他一把胡须，至少也得拔去他十之七八，然后向他严词责问，华老头儿一定向大嫂连连道歉。大嫂一不做二不休，索性到驾前告他一状，那时龙颜一怒，定把华鸿山削职为民，从此这老头儿只可销声匿迹，再也不能做那乡绅的领袖了。大嫂大嫂，很可去得，老祝在苏州静听你得胜回来咧。"七位娘娘皱着眉儿，见老祝在那里放野火拓烂药，闹出事来，他好袖手旁观，分明不怀着好意咧。

陆昭容一经撺掇，离座起身，待要到里面去检点行李，哪日动身。文徵明很冷静地说道："嫂嫂且慢动身，还要三思。恰才老祝定下的计划，都非上策。他是撺掇人上竿，拔了梯儿看。华鸿山果然罪在不赦，但是子畏兄未必便能逍遥法外，安然无事。因为他在华府充当书童出于自愿，并不是华老强迫他的。听得我们月芳说，相府书童都须写一纸卖身文契为凭，子畏兄屈身做仆，当然也有一纸契约，契约上面决计有自愿卖身的话。据我看来，此事通天不得，一经通天，只怕子畏兄身受的罪名要比华老加上几倍咧。"陆昭容听到这里，未免存了投鼠忌器之惧，便向枝山道："请教祝大伯，这事一经通天，拙夫要犯着什么罪名?"枝山笑道："你大嫂要出气，便顾不得许多了，只需华老头儿褫革功名，便遂了你的心愿了。至于尊夫的吉凶，休得管他。他自不惜身份，玷辱身份，改名易姓，屈身做仆，他的罪有什么大不了事，轻则远处充军，重则也不过当众斩决，大嫂你又何必顾及他呢?"昭容听到这里，一腔怒火如被冷水打灭，便又坐了下来，心平气和地说道："祝大伯一番指导，昭容如梦初醒，东亭镇上果然去不得，要是冒昧前去，便是害了拙夫，叫他投入法网。祝大伯，念昭容是个女流之辈，方寸已乱，哪里有什么好计较。若问万全方法，须得请教祝大伯，如何可使拙夫安然归家，不生枝节?"枝山将着胡须道："方法是有的，只是痛定思痛。"昭容道："这话怎讲?"枝山摸着面颊道："自经大嫂拔去几茎贱毛，至今尚有余痛。"昭容道："从前种种错误，日后在祝大伯面前一并伏地请罪便是了，只求祝大伯把万全方法指示

132

则个。"

枝山不慌不忙地说道："据我老祝主张，这件事情须得从容布置，万万鲁莽不得，而且外面休得吐露一切风声。按着方才衡山的报告，华相府中的华安书童，十有八九分是子畏化名，但是未经探听切实，如何可以上门问罪。老祝为着友谊分上，偕同衡山，免不得要到华相府中去一走，只道是慕着华安的才名，要和他谈谈学问，一经见面，便可水落石出。那时趁机忠告，便可悄悄通知子畏，叫他设法脱身，才是个安全之计。"昭容道："祝大伯的方法何尝不是，不过拙夫经久在外，不想回家，大概还不曾和秋香订定姻缘，所以有这恋恋不舍之意。要是祝大伯指导于他，他仍执迷不悟，这便如何？"枝山道："大嫂放心，老祝劝子畏设法脱身，不是叫他单独脱身，要叫他和秋香一同脱身。不是在大嫂面前夸下海口，只消我老祝到东亭镇上去一走，管叫子畏携着如花如玉的人双双回里。大嫂只需替他们早布置新房，应了我老祝的两句口令，叫作'再来一个八变九，九秋香满镜台前'。"八位娘娘听了，都是面有喜色。昭容便问祝大伯何日动身，枝山道："二月二十四日是小儿剃头的日期，亲友道贺，自有一番忙碌。我们动身，大概二月底三月初吧。"回头又向徵明说道："衡山，你嫌太局促吗？"徵明沉吟未答。枝山笑道："老祝不肯强人所难，你新婚才经四月，左拥右抱，其乐无涯。你如嫌着局促，缓一年去也好，缓十年去也好，老祝绝不相逼。只是言明在先，此番访唐，老祝不再孑身独往，非得你同去不可。"昭容央告道："文家叔叔，请看着拙夫分上，不要改期吧。"徵明没奈何，也只得应允了。祝、文二人起身告别。徵明是坐轿来的，当然坐着原轿回去，昭容又把自用的轿送那祝阿胡子回家。

祝、文二人去不多时，忽地看门人报将进来道："北京姑太太回来了。"昭容益发欣喜，姑太太一来，这华府的书童是不是丈夫化名，一问便可知晓了。于是率同七位娘娘，到外面去迎接这位北京回来的姑太太。列位看官，这位姑太太是谁呢？便是冯铸九通政的夫人、二娘娘冯玉英的母亲、唐寅的姑母。冯铸九通政服官皇都，姑太太随宦京师，经年没有返里。此番回来，是带着儿子、媳妇一同南下，先到东亭镇，在华相府中住过三五天，和女儿冯玉英畅谈别绪，旋又回到苏州山塘上通政府第。行装才卸，姑太太急于要到桃花坞唐家一走，只为"千年不断娘家路"，何况是阔别了多年。又听得唐家八美为着丈夫失踪，举家惶骇，须得去安慰她们一番才是道理。姑太太的儿子、媳妇都劝着他老人家歇息一天，明日再去探望亲戚。姑太太道："伯虎这侄儿太会淘气，他一走以后，全不管八位娘子，春花秋月，郁郁不欢。我既已知道了正确的消息，早去一刻，她们便早一刻安心。"儿子媳妇听了，当然不再劝阻。好在阀阅人家，自有轿班常川伺候，姑太太吩咐起轿，忙即带着秋纹丫鬟先后上轿。姑太太坐的是绿色大轿，秋纹坐的是玄色小轿，一路并无耽搁，直进城关，径往桃花坞而去。

陆昭容虽然知道姑太太业已动身南下，但是何时抵苏还没有得着正确消息，现在听得姑太太回来，这一喜非同小可。八美同时出接，家人们开放正门，两乘轿儿进了，秋纹的小轿先停，秋纹出了轿儿，大轿也就停了。打起轿帘，秋纹把这位老太太搀扶出轿，八美敛衽上前，齐叫一声姑婆。姑太太说："诸位侄媳经年不见了。"又向陆昭容说道，"你的面庞比昔年清减了许多，想是记念我的伯虎侄儿。但是老身此来，带得好消息，你们不用愁闷，且到里面去细谈。"昭容肚里明白，她一定到过了东亭镇，得知丈夫确实消息，所以有这口气。于是八位嫂嫂拥着这位老太太同到房厅坐定。房厅上的匾额，是唐寅自己题的，叫作"八谐堂"，含有八音克谐的意思。姑太太见了这题额，便笑着说道："现在要变作九谐堂了。"于是一宾八主，挨次坐定，丫鬟送茶送果盘，姑太太带来的秋纹丫鬟自有使女们殷勤招待，不须细表。

姑太太和八美寒暄数语以后，笑说道："老身自从去岁得知伯虎侄儿失踪，这个心总是七上八下，不得安宁。老身尚且如此，八位侄媳的记念行人不言可喻了。但是此番回来，老身先到东亭镇，在玉英那边住过数天，无意中得知侄儿的下落。"说到这里稍做停顿，察看昭容等态度如常，并无喜出望外的模样。姑太太暗暗奇怪，敢是伯虎的消息她们已知晓了不成？不如冒她们一冒。便向昭容说道："听说侄儿的下落，你们已得了消息。"昭容道："他撇着我们去后，直到今日，消息杳然。昨天昭容还到关帝庙去烧香，默祷神明，保佑丈夫早早回家。姑婆在东亭镇，怎样得来的消息，倒要请道其详。"姑太太道："亏得你们没有知晓，否则一定要抱怨我们的玉英了。其实这桩事，玉英也是左右为难。俗语叫作'打杀在夹墙里'，幸亏老身在华相府里住了几天，才明白玉英的许多苦衷。要是不然，休说你们要埋怨玉英，便是老身也要痛责女儿。"昭容暗暗佩服姑太太的口才很好，她把女儿为难情形先说在前，好叫我们不能责备玉英，便假作不知地说道："姑婆的话简直莫名其妙，拙夫失踪，和玉英妹妹毫不相干，昭容等即使无礼，也绝不会怨及毫不相干的人。"九空道："怨及无辜的人，便是大大罪过。我们大姊是很讲道理的。"姑太太道："你们原来真个不知伯虎的消息？伯虎何尝失踪，他住在东亭镇华相府中。"昭容假作欢喜道："原来如此，拙夫已做了相府中的上客，这真是难得啊。从前华相府中的老太师曾经屡次恳求拙夫替他作画，迟迟不曾允诺。这番拙夫住在华相府中，想已遂了老太师的心愿，一定礼贤下士，格外优待。何况又有玉英妹妹在里面，拙夫益发有了照顾。上有老太师的虚左待宾，下有贤表妹的端诚款客，昭容听了，说不出的欢喜。"姑太太皱了皱眉儿道："要是伯虎侄儿在华府中做上客，我们玉英便没有什么为难之处了，可惜不是。"罗秀英道："不是相府上客，定是相府中的中等宾客，和华老分庭抗礼，平等称呼。"姑太太摇头道："做了中等宾客倒也罢了，我们玉英也不用担着心事，可惜也不是。"谢天香道："我猜着了，定是拙夫在相府中做一位下等宾客，和那门下清客一般看待。玉英妹妹是爱面子的人，眼见表哥哥不受华相府的优待，心中不乐。华老又是她的公公，做媳妇的又不能编派他公公的不是，因此左右为难了。"姑太太依旧摇着头道："伯虎侄儿做了相府的门下清客，虽不十分体面，却也不十分丢脸，玉英也不至十分为难，可惜也不是。"春桃道："这倒奇怪了。这也不是，那也不是，难道他也似我从前一般，做了低三下四之人吗？"姑太太点了点头道："倒有些意思了。"口中这么说，眼光注射到美人面上，却见她们虽有几分惊讶之色，但是有些矫揉造作，不大自然。这时的姑太太叫作"哑子吃馄饨——肚里有数"，料定她们已得了信息，却是假作不知。

但见李传红笑道："怕是姑太太和我们开玩笑吧。料想华老一代贤相，绝不会把秋榜解首屈做低三下四之人吧？"马凤鸣道："便算华老一时糊涂，误把秋榜解首做了低三下四之人，但是这位四德俱备的二娘娘绝不会佯作不知的。我想她一定劝谏公公，切莫做这侮辱士林的事。"姑太太暗自忖量，果然所料非虚，她们绝已知晓了伯虎的踪迹，听她们的语气，很抱怨着玉英。便向李传红说道："我们玉英是一个寻常女子，说什么四德俱备，未免谬赞了。"蒋月琴道："我想华老绝不会侮辱士林的，他便不看拙夫分上，也得看他二媳妇分上，总没把媳妇的表兄当作下人看待之理。"

姑太太道："诸位侄媳所说的话怕不有理。但是华老当时倘使认识伯虎，绝不把他买作书童，玉英早知上门投靠的便是自己表兄，也不肯使他公公把秋榜解首买作书童。平心而论，这桩事怪不得华老，实在伯虎太会淘气了，更名易姓，叫作康宣，手写契约，愿做奴才。比及我们玉英知晓，他已顶了华安的名，在书房中伺候两位公子了。"昭容道："原来有这般的事，这是意想所不到的啊。我想玉英妹妹明白事理，事前虽不曾知晓，事后知晓了，合该向拙夫竭力劝导，好叫他回头是岸。"姑太太道："好叫侄媳得知。玉英所居的地位，实在为难，说破又不是，不说破又不是。说破了，伯虎毕竟是衣冠中人，叫他置身何地；不说破呢，又对不起你们八位才子。她很费了多少心思，才向她表兄劝解一番。说到劝解，也有诸多不便。当着丫鬟劝解，只怕走漏风声；背着丫鬟劝解，少主妇与书童密语，瓜田李下，易犯嫌疑。她用尽了心思，只得向着她表兄说隐语。起先向他说，你的来意，无非为着'叶下洞庭，荷开水殿'。"

昭容点了点头道："上一句是骆宾王诗，叫作'叶下洞庭秋'，下一句是徐陵诗，叫作'荷开水殿香'，这八字歇后语，只暗藏着秋香二字。但不知拙夫听了如何回答？"姑太太道："伯虎坚称卖身投靠，出于无奈，必须小主母始终成全。玉英见他不肯回头，又向他说，堂堂相府，礼法森严，桂子添香，可望而不可即，你若知难而退，不失为识时豪杰；你若执迷不悟，苏州人的颜面，一齐被你削尽。似这般地严词训斥，玉英以为伯虎总该回头了，总该觑个机会回转家乡了。他若乘隙逃归，相府中不过走失一名书童，谁也想不到此人便是伯虎化名，迷途未过，尽可知难而退。谁料他恋着这个可望不可即的秋香，不想回去。玉英心中异常懊恨，几番要禀明翁姑，遣发伯虎回去，但是为着有种种妨碍，到底不曾说破。"昭容道："有什么妨碍呢？"姑太太道："这事有两桩妨碍。第一桩已说过了，禀明以后只怕伯虎置身无地；第二桩，又恐受着翁姑的责备，既知是伯虎化名，为什么迟迟不说，直到今日方才举发呢？"昭容点头道："在这分上，我很原谅玉英妹妹，但是她不能禀明翁姑，何妨先给我们一个消息，也免得我们朝思暮想，问卜求签。"姑太太道："玉英向我说起，她好几回要写信给你们知晓，但恐怕事机不密，一经张扬出去，华老有失察之咎，伯虎也不免损失名誉。所以写信以后，重又焚去，如是者足有三五次。最后的一次，她又决计要告诉你们了，写了一封盈篇累牍的信，把自己种种苦衷一齐写在上面，又叮嘱你们万万不可声张，只可暗暗遣人来劝伯虎回去，要是闹破机关，面子上很不好看。她写信完毕，待要派一名仆役送往苏州唐府，其时正在去年十月中，恰值相府中大房媳妇杜雪芳在苏州城内吃过了他妹妹月芳的喜酒回来，妯娌相逢，谈谈苏州情形，杜雪芳便说及祝枝山挨打的事。玉英听了猛吃一惊，她想幸而这封信没有送往苏州，要是送往苏州，万一唐家表嫂也用这种手段到相府中来寻仇，那么这件事便闹得大了。想到这里，她便把写就的书信悄悄付之丙丁。但是她的心中总觉得十分抱歉。直到我这番南下，在玉英那边停留了几天，她才把许多苦衷告我知晓，央求我到了苏州，悄悄地把伯虎踪迹向你们说知，而且须得用着稳妥的方法，不漏风声，悄悄地遣人到华相府中诱引伯虎回来。但有一层，伯虎不得秋香是绝不肯回苏的。据玉英说，秋香虽是丫鬟，却有大家风范，面貌既好，品性尤佳，知道诸位表嫂大度宽容的，不妨早日替伯虎预备新房，以便他载美回来，享受家庭之乐。"昭容沉吟了一会子，便道："姑婆瞧见过秋香吗？"姑太太笑道："非但瞧见过秋香，而且这个假书童真侄儿的唐寅唐伯虎，也曾和我会过一面。他不叫我姑母，竟跟着华府书童唤我一声亲家太太，这不是很滑稽的一件事吗？"昭容忙问姑侄相见以后，说些什么话来，姑太太不慌不忙，说出一番话来。正是：

忍使才人充贱役，漫将姑母唤亲家。

欲知后事如何，且看下回分解。

第二十回

唐解元大除夕行令
冯玉英上元夜张灯

　　姑太太不慌不忙，说出一番什么话来，不用姑太太报告吧，编书的自有一番插叙的必要。只为编书的忙着编那杭州书，冷落了东亭镇上的唐伯虎。自从去年描写观音以后，直到现在，也有四个月了。这四个月中，他在华相府里怎生消遣，编书的也得略叙梗概。当那祝枝山在杭州题无字对的一夜，唐寅在东亭镇上吃那度岁的酒，也曾小试才情，一夜行三令，什么叫作一夜行三令呢？原来大除夕这一夜，华老和两个儿子在书院中饮酒，他知道近来华文、华武的学问大有进步，完全是华安指导之力，因此饮酒中间，想出一个酒令，试试儿子的心思。大踱道："爹，你你有令，尽尽管出，你你有屁……"说到这里，他居然也知道"有屁尽管放"五字不便出口，所以说出有屁两字便缩住了。这也是受着唐寅数月的教育，所以气质上有了小小的变化。二刁道："爹要行令，尽半（管）行令。"华老道："我行的令，一字中须含有三个同样的字，又要叶韵，又要应用俗语诗成句。我来举一个例，你们听着。'品字三个口，宁添一斗，莫添一口（俗语），口口口，劝君更尽一杯酒（唐诗成句）。'"其时唐寅在旁侍酒，悄从华老背后指一指盆中的熏鱼。大踱经这一指，便会从鱼字上着想。想了片晌，他便道："爹，儿儿子的令，有有了。"华老道："你且道来。"大踱期期艾艾地说道："鱻字三个鱼，水清方见两般鱼（俗语），鱼鱼鱼，微禹吾其鱼乎（《左传》成句）。"华老点头道："大郎茅塞已通，二郎何如？"唐寅又背着华老，指指坐案上的水晶镇纸。二刁经这指点，也知道从晶字上着想，便道："爹，你要喜喜（试试）我的本忌（事），我已想就了。"华老道："想就了，快快道来。"二刁连忙刁着嘴说道："晶字三个

138

日，常将有日思无日（俗语），日日日，百年三万六千日（古诗成句）。"华老道："二郎应的令，又比大郎得体。难为了你们，居然也有了这一日。"说罢，回过头去，吩咐华安也来应一个令。唐寅道："太师爷和两位公子行令，小人怎敢擅接？"华老掀髯大笑道："你有这般大才，我们还要拘什么主仆形迹呢？"唐寅道："那么小人斗胆了。小人说的是：'鑫字三个金，父子同心土变金（俗语），金金金，一寸光阴一寸金（成语）。'"华老大喜道："华安，你接的令竟是善颂善祷。我们父子三人，但愿应着你的令。"这一夜，父子三人欢然饮酒，竟是从来不曾有过的事。饭毕，便到内堂去聚餐，父子婆娘同吃合家欢，不在话下。

且说平、安、吉、庆四书童另有一桌酒菜，摆在金粟山房，开怀欢饮。华平道："我们四人也来行一个令，似乎有些趣味。"大家听了，一齐赞成，遂请华平起令。华平道："我不比华安兄弟，满肚子都是书，我只会行一个叠句俗语令，须得引用叠句吴谚形容一件事，每人各道两句，而且都要叶韵的。我来起令了：'豁绰豁绰走过来，扒吼扒吼三碗饭。'华安兄弟轮着你了，你是苏州人，一定接得入彀的。"唐寅笑道："这个酒令倒也有趣，我来接两句：'阿祝阿祝挑粪担，刮辣刮辣断扁担。'"众人大笑道："粪担打翻，不免臭气熏天了。"第三轮着华吉了，他笑着说道："其古其古拖地板，阿咪阿咪拌猫饭。"唐寅笑道："华吉兄弟，你这一接也很好，打翻了粪担，自然要拖地板了。拖了地板，忽又拌起猫饭来了，真个匪夷所思。华庆兄弟，轮到你收令了。"华庆想了片时，便道："想便想着两句了，不知说得对不对。"众人道："不用客气，请教请教。"华庆道："乒乓乒乓两半爿，啊呀啊呀叫起来。"唐寅笑道："大概是猫饭碗打碎了，啊呀频呼，有什么用呢？"

平、安、吉、庆四人行令完毕，恰才散席，忽听得月洞门后有女子声音，连唤着"华安兄弟快到这里来，和你有话讲呢"。唐寅听得是石榴的声音，很不高兴，勉强迎上前去，假作欢颜，问她有何话讲。石榴道："你们四个人在外面行令，我们五个人也在里面行令。"唐寅道："还有四个人是谁呢？"石榴道："便是老太太身旁的四香。"唐寅道："妙哉妙哉。"石榴道："庵啊庵啊。"唐寅道："你可是叫我吗？"石榴道："你说庙哉庙哉，我只好说庵啊庵啊了。华安兄弟，里面行令的是春香姊，她听见你们行那俗语令，她也要行起俗语令来了。她的酒令再要促狭也没有，轮到我说，我竟没有说了。好兄弟，看我分上，替我做一回枪手吧。"唐寅暗想，为着石榴分上，我不高兴替她捉刀，为着秋香分上，我便借她的嘴接这个令，暗暗向秋香通一个消息，以便他日可以双双逃归吴门，岂不是好？便问石榴是怎么一个酒令。石榴凑近唐寅耳朵，喃喃的一会子。唐寅道："容易容易。"也凑着她的耳朵，把这四句酒令告诉了她。石榴连声道谢，很欢喜地走了。

列位看官，可知道五丫鬟行的什么令，叫作"一一道来令"。这五个丫鬟都是侍女们中的领袖，一席酒肴比着其他丫鬟格外优待。秋香已得了小丫鬟的报告，说什么外面平、安、吉、庆四人畅怀饮酒，行一个俗语令。华平开端说的"豁绰豁绰走过来，扒吼扒吼三碗饭"，众丫鬟听了，个个好笑。春香道："他们行令，我们也来行个令吧。秋香妹妹，你是个女才子，请你起令吧。"秋香笑道："'女才子'三字原璧奉赵，说到起令，外面平、安、吉、庆既是接着次序，公推华平先说，这里如法炮制，也得请春香姊起令了。"春香道："若要引用诗句，我是一窍不通的，行一个俗语令，或者还可将就将就。现在行个'一一道来令'，每人说四句，上一句须得现成俗语，含有两个一字，下一句须接得连贯，而且叶韵。我来先说了：'一搭一档，两个朋友；一高一低，手挽着手。'那么夏香妹接下去了。"夏香道："这个酒令看似容易，其实是很难的。你们不许催促，待我慢慢儿想。"春香道："我们行令并不苛刻的，由着你去搜肠索肚吧。"夏香搔头摸耳一会子，便道："有了有了。'一吹一唱，弗用鼓手；一纵一跳，会扦筋斗。'那么秋香妹妹说了。"秋香脱口而出道："一粥一饭，外加黄酒；一荤一素，蛮配胃口。"这几句说得众人都笑了。轮到冬香，见她搜索枯肠，好容易地凑出四句道："一来一往，青青杨柳；一拖一扳，拉住娘舅。"春香大笑道："拉住娘舅做什么，敢是做那'扳娘舅'吗？那么石榴姊姊收令了。"石榴道："要我收令，容易容易，说四句俗语，有什么大不了事。哎哟，我要去解一个手了，对不起，略待片时，我是就来收令的。"说时，把身子略颤几颤，仿佛是尿急的模样，急匆匆地离座去了。谁知她托词解手，实则到外面去寻枪手。众人待了一会子，不见她到来，便有些怀疑起来。春香笑道："我已代她想着四句收令了，叫作'一歪一缸，托言解手，一出一进，去寻枪手'。"夏香道："不见得吧，她去寻谁呢？"春香道："定是这个和她同年同月同日同时生辰的四同兄弟。"众人正在议论她，石榴恰才到来，手插入衣襟，做那整理裙子的模样。坐定以后，便道："收令的句子，我早已安排好了，叫作'一哭一笑，赌神罚咒；一心一意，同时逃走'。"众人听了，并不注意，唯有秋香芳心自警，分明这魔子借她的嘴，向我投递消息，要叫我背主逃走。唉！魔子错了，我受了太夫人天高地厚之恩，怎肯背着她逃走，你莫痴想吧。这一节书，叫作"唐伯虎除夕三行令"。

除夕已过，便是来年。待到元宵节，祝枝山在杭州看灯，唐伯虎也在相府看灯，华老为着两个儿子茅塞已开，所以今岁的兴致比较往年尤其热烈，雇用名工巧匠，大扎花灯。相国府中，点得明星颗颗。华老要鼓励着儿子们读书上的兴趣，吩咐华安多撰几条灯谜，挂在金粟山房。吃了元宵酒后，华老偕同两个儿子到金粟山房中去猜谜。太夫人听说外面悬挂灯谜，也叫二媳妇冯玉英撰几条细巧的灯谜，又要易猜，又要不俗，以便鼓动里面主婢的兴致。于是表兄妹两人小显才情，同做谜主，唐寅在金粟山房中做谜主，二娘娘却在紫薇堂中做谜主。

话分先后，书却平行。且说华老偕同华文、华武进了书房，唐寅上前迎接，不须细表。华老抬头看时，果见纸灯上面粘着十余条谜语：

（一）工	《史记》一句	（二）贵	《左传》一句
（三）佳	《书经》一句	（四）诧	书名一
（五）口	官名一	（六）口	府名一
（七）钦差	《诗经》一句	（八）父为相国	唐文一句
（九）吃吃	《诗经》一句	（十）月老	汉先人名一
（十一）薪桂	饮料名一	（十二）银河	郡名一
（十三）皇陵	地名一	（十四）松翁	《四书》一句

华老道："有几个灯谜，作得很堂皇冠冕。这第五个谜面是口字，猜的官名，明明道着下官。"说时，掀着长髯道，"你不是说'中堂'吗？"唐寅道："太师爷猜得不错。"大踱道："奇奇怪，口口字，猜猜中堂，不不对。"二刁道："老冲，你不小（晓）得，口忌（字）在堂忌（字）中间，所以叫作中堂。"大踱道："第第六条，也也是口，我我来猜，是是河间。"唐寅道："大公子猜得很好，口字是河字的中间，和第五个谜底用意

相同。"大踱道："吃吃,很很难猜啊。"二刁道："老冲,这就忌（是）说你啊。打一句四希（书）,'似不能言者'。"华老这时宠爱着华安,见这谜面明明讥笑大郎,他却并不在意。又指着第七条道："这钦差二字,明明道着下官,记在中年时,曾经屡奉上命,到外面去查办事件,这个谜底不是'天子命我'吗?"唐寅道："相爷猜中了,请再猜几条。"华老道："留给他们猜吧。都被我揭去了,他们便觉扫兴。"指着第八条道："二郎,你的心思较大郎灵敏一些,你猜这个谜底是什么? 我是知道的。"二郎道："唐文忌（是）很多的,不几（知）哪一篇?"华老道："大概是《滕王阁序》吧。"二郎想了一想,便道："有了,这不忌（是）叫作'家君作宰'吗?"华老点头道："孺子可教也。"大踱道："阿阿二猜了,我我也来猜,这这诧字,打打一个书名叫叫作《家语》。"唐寅笑道："大公子猜得很好。"二刁道："我来猜'薪桂',什么叫作薪桂? 可忌（是）两件东西?"唐寅道："不是。所谓薪桂者,以桂作薪之谓也。"二刁拍手道："这不忌（是）把木樨花当作柴烧吗? 猜一种饮料,叫作木樨烧。"华老大笑道："谜面好,谜底也好。"

正在谈笑时,春香张着灯儿,来请太师爷到里面去猜谜。华老道："里面也有灯谜吗?"春香道："是二娘娘做的,挂在紫薇堂上。老太太、大娘娘,以及许多姊妹,都在里面猜谜。奉着老太太之命,请太师爷进去指教。"又向两位公子说道："大爷、二爷也可到里面去多猜几条。"大踱道："我我不去,弟弟媳妇,作作谜,大大伯,猜猜不着,坍坍台。"二刁道："我也不去,家鸡（主）婆作灯谜,丈夫猜不着,益发坍台。"华老道："你们不去也好,便在外面猜谜吧。"于是春香张着灯儿,伺候华老入内。里面的灯谜都是二娘娘主政。二娘娘制造灯谜的才思不亚于唐寅,她是性喜填词的,有好几条灯谜都把词牌名作谜面。灯上挂的是:

（一）风入松	古文一句	（二）杏花天	《礼记》一句
（三）双红豆	六才一句	（四）虞美人	古美人名二
（五）卖花声	用物一	（六）怀王孙	俗语一句
（七）临江仙	古女一	（八）四边静	府县名四
（九）两同心	字一	（十）相见欢	四书一句

这十条灯谜以外，还有四条是专猜《女儿经》的。为着丫鬟们读书不多，《三字经》《千字文》《百家姓》《神童诗》以外，还有一本《女儿经》，这是人人读熟的。为着丫头们猜谜便利起见，所以都把《女儿经》做谜底。这四条是：

（一）日　　　《女儿经》一句　　（二）一　　　《女儿经》一句
（三）芒种　　　《女儿经》一句　　（四）土　　　《女儿经》一句

其他还有诗词六首：

（一）花　魁

秦郎端合号情郎，占得花魁艳自芳。岂必香膏腻云鬓，笑将荷露拭新妆。
猜俗语一句。

（二）闺　情

轻搓细腻动清寒，和云凝脂冰艳攒。漫记三三围暖阁，芳华五五已凋残。
猜牙牌名一。

（三）平江即事　调寄《江南春》

姑苏好，儿女喜闲情。几粒相思抛彩艳，数方点缀系轻匀，一缕似簪缨。
猜儿童饰物一。

（四）寻梅　调寄《宫中调笑》

梅瘦梅瘦，行到灞桥时候。诗思细说姻缘，持爱深怜足尖。尖足尖足，犹道伤残玉骨。
猜俗语一句。

（五）长材赞　调寄《十六字令》

长，奇伟魁格气宇昂。偏乖巧，珠明夜有光。
猜俗语一句。

（六）于归　调寄《怀王孙》

香车宝马到门阑，鼓乐声催仔细看。生憎骨月忍伤残，度针
关，左右双双坠玉环。
猜俗语一句。

那时紫薇堂上拥着许多仆妇丫鬟，谁都想来猜这元宵灯谜。太夫人声明在先，猜中一条，赏银三钱，凭着谜条向账房中去领取。她把金钱鼓动了众人的兴致，不论老的少的村的俏的，都可在紫薇堂上猜谜。太夫人又知道婢女们中间，唯有秋香的才学最好，悬挂的灯谜，秋香可以猜中十之六七，便向她说道："让她们去乐一乐吧，把容易的叫她们去猜，猜不中，你再去猜不迟。"秋香遵着太夫人吩咐，站立一旁，并不跟着众人去猜。

有许多不识字相，偏摸着识字丫鬟把谜面细解。就中有许多俗语的谜，看似容易，实在繁难。只为二娘娘生长在南京，后来才迁到苏州，她所说的俗语，不知是苏州俗语，还是南京俗语。一个烧火的南京老妈子侧着耳朵，听那识字的丫鬟解释谜语。一个丫鬟道："这第四个寻梅的词句，听得秋香姊说，一定有驴子两字在内。只为灞桥骑驴，是有故典的。只是下面说什么尖足尖足，这是什么讲究呢？要猜俗语，苏州没有这一句俗语，无锡也没有这一句俗语。秋香姊说，只怕是南京俗语吧。"烧火的南京老妈子福至心灵，忽地喊将起来道："这不是'骑着驴子叫脚痛'吗？"二娘娘笑道："不错不错。"便有人把谜条揭取下来，交付老妈子，叫她少顷到账房里去领取三钱银子便是了。喜得老妈子扯开了嘴，又央着识字的丫鬟把打俗语的灯谜讲给她听。那丫鬟又把那"长材赞"讲给她听，说道："有一个很长的男儿，性情乖巧，和夜明珠一般，你们南京有这句俗语吗？"老妈子道："有的有的，这不是'大汉子不呆便是宝'吗？"二娘娘道："又被她猜中了。"老妈子又揭去了谜条，共得六钱银子。那个识字的丫鬟，要向她分肥。她说："猜中了第三个，便和你平分可好吗？"那丫

144

鬟便把第三个的灯谜讲给她听，但是她只有六钱银子的福分，再也不能福至心灵了。

秋香猜中的也很多，四条《女儿经》的谜底，被她猜中了三条。日字条"月未明"，芒种猜"第九节"，土字猜"第五行"，恰值华老从外面进来，眼看秋香连中三谜，笑向太夫人说道："这部《女儿经》，我的肚里是没有的，若要我猜，猜到天明也猜不出。"太夫人道："老相公，你也不妨去助助她们的兴儿。"华老道："我来猜几个词牌名的谜面玩玩，省得零碎报告，我便一起儿说吧。"太夫人道："都被你猜去了，她们要向隅，你便猜这一半吧。"华老道："一半也好。"当下把十个词牌谜面看了一遍，捋着长髯，凝神思索，点头拨脑一会子，便道："有了有了，我来猜这五个。这'两同心'是猜个答字，《虞美人》是猜'娥皇女英'二人，'双红豆'是猜'一样是相思'，'四边静'猜府县名四是'安东、西安、南康、宁朔'，还有'怀王孙'猜一句俗语，王孙二字有别解，草也是王孙，猴也是王孙，我知道了，不是'一肚皮的草'吗？"二娘娘道："公公猜的，条条都着。"太夫人笑道："老相公连中五条，三五一十五，可得谜银一两五钱。"华老道："今天内堂猜谜谁猜得最多，我便把一两五钱银子移赠予她。"太夫人道："我的目力不济了，秋香，你背几条谜面给我听，我是见猎心喜，也来猜这么一下子。"秋香便把第三条平江即事一阕《江南春》背给太夫人听，说："这是猜小孩子饰物的。丫鬟想了良久，再也想不出是什么东西。"太夫人点头，笑向二娘娘道："二贤哉，这不是糕豆线吗？"二娘娘笑道："这般很冷僻的东西，婆婆不假思索，脱口而出。"秋香道："老太太，什么叫作糕豆线啊？"老太太道："这是苏州的风俗。没有种过痘的小孩，帽上都穿糕豆线，是一粒黄豆一小块年糕穿在一起的。我猜得高兴，你再背一个给我猜。"秋香又把第六首于归调寄《怀王孙》念给太夫人听，说道是打一句俗语。老太太道："这个谜也不难，是叫作'临时上轿穿耳朵'，二贤哉，是不是呢？"二娘娘道："婆婆所猜的哪有不是之理。"太夫人道："我也把这六钱银子移赠予猜谜最多的人。"于是众丫鬟都告奋勇，在灯光下费尽心思。太夫人道："大贤哉，你也来猜几个。"大娘娘道："这玩意儿媳妇是不近情的。婆婆有命，只好勉力为之。"她便在词牌名中，猜中了两个：一是"杏花天"，猜的是仲春之月；一是"风入松"，猜的是声在树间。她也当众声明，这六钱银子移赠予优胜的人。石榴猜了几个都猜不中，笑向春香说道："待我解一个手，再来猜一下子。"秋香道："不行不行，你又要托词解手，去请枪手了。"石榴被她说破了，不好意思去请华安捉刀。

待到灯中的蜡烛将残，秋香道："老太太，丫头可以猜吗？"老夫人道："她们猜不出，你猜也好。"于是秋香连猜了五条："卖花声"猜那卖花线的手摇的东西，其名叫作唤娇娘；"临江仙"猜一个古女，叫作洛神；"相见欢"猜"四书"两句，叫作"有朋自远方来，不亦乐乎"；又把第一首花魁诗，猜一句俗语，叫作"卖油娘子水搽头"；第二首闺情诗，猜一句牙牌名，叫作"揉碎梅花"。经她猜中以后，谜灯上的谜条差不多告个消乏了。秋香所得的谜赠是一两五钱，再加华老的一两五钱，太夫人和大娘娘的两个六钱，她一共四两二钱银子，其他的丫鬟见了，不免又妒又羡。元宵已过，待到二月中旬，太夫人正和两位媳妇在紫薇堂上闲话，中门上传来消息，说北京的亲家太太到了。二娘娘听说母亲到来，好不欢喜，便禀过婆婆，到中门外面去迎接。正是：

深居相府称贤妇，暂出中门迎老娘。

欲知后事如何，且看下回分解。

第二十一回

觅竹叶婉转求姑母
取参枝邂逅遇娇娘

华府二娘娘听说她母亲来了，这一喜非同小可。她为着表兄唐寅在相府中充当书童，将来总有破露的日子；一经破露，自己便"扫煞在夹墙里"。翁姑一方面，一定要责备知情而不告发；表嫂一方面，又得埋怨她不肯潜通消息。虽然在唐寅描写观音的一天，二娘娘曾在婆婆面前略吐端倪，将来翁姑责问，不怕无法答复；但是表嫂那边，她很抱着不安。旁的表嫂还可相谅，陆昭容怎肯甘休，倘把对付祝枝山的手段，领着手提捣衣棒的娘子军前来上门问罪，这便如何？便算相国门庭，陆昭容不易闯入，但是二娘娘总有回苏的日子，一旦仇人相见分外眼红，这又如何？她在正月里接到哥嫂来信，说不日便要奉母回苏，顺便还得到东亭镇上访亲，骨肉相聚，便在目前。二娘娘望穿秋水，好容易被她盼到了这一天，急忙忙带着丫鬟出中门迎接慈亲。直到轿厅，只见她母亲和哥嫂都已出轿，二娘娘上前相见。那边二刁也在书房中得了消息，出来欢迎他的丈母以及内兄内嫂。相见以后，二娘娘迎着她的母亲、嫂嫂进那中门。这时老太太、大娘娘已在中门口迎接了。冯太太带来的随从很多，男仆一方面，自有老总管招待；女仆一方面，簇拥着婆媳俩同入中门里面。华姓的婆媳和冯姓的婆媳见面，自有一番寒暄客套。霎时间紫薇堂上挤满了许多人，热闹情形，无须细表。

华武陪着他的舅爷冯良材同上花厅，华老也在滴水檐前迎候。冯良材趋步上前，高唤姻伯。华老笑容可掬，挽着冯良材的手同上厅堂。宾主坐定，童仆献茶，一切细节不用赘叙。冯良材道："去年接到舍妹来信，知道妹丈的学问大有进步，不知道现在的西席依旧是这位王老夫子吗？"华老道："不瞒足下说，王老夫子教授多年，颇少进步。后来老夫子辞馆以后，便由一个伴读书童随时指点，两个小儿的文学从此便日臻佳境了。这书童也是苏杭人，可见贵处山清水秀，灵气所钟，不但翰墨林中人才辈出，便是污泥中也会生出一朵青莲花来。"冯良材道："原来有这般事，可喜可贺。舍妹信中却没有提及啊。这位贵伴读，可以使大侄得见一面吗？"华老道："贤侄尽可试试他的才学。二郎，你去唤华安出来，说苏州冯大爷在这里，要来面试才情。"二刁答应着，便到金粟山房去唤华安出来会客。唐寅忙问是谁，二刁指着自己的衣袖道："便忌（是）他。"唐寅听了，茫然不解。二刁道："半仙，你聪明一戏（世），懵懂一期（时），这句都不懂。俗语说的'着衣要看袖，娶妻要看舅'，你懂吗？"唐寅惊问道："可是舅爷来了吗？"二刁道："正忌（是）他。"唐寅忽地捧着肚皮，连唤着哟哟之声。二刁道："半仙做什么？"唐寅道："一时肚痛难熬，请二公子告禀舅爷，缓日到舅爷面前来请安便是了。"二刁只道他真个肚疼，便去回复他老子。华老听了着惊，传唤总管，替华安延医调理。其实唐寅哪里是病，他知道华武的舅爷便是自己的表兄，中表相见，要是被他一口道破，那么机关尽泄，功败垂成，自己和秋香永无成为夫妇的希望了。因此借着肚疼，逃过这座难关。好在冯良材并不住在华府，只为挈眷南下，船里面载着许多箱笼物件，只得住在船中，以便照顾。日间在华府闲谈，夜间却向舱中住宿。唐寅的病也变作日重夜轻，冯良材来时，他卧在床上，假作呻吟，冯良材一去，他又下床活动了。

二娘娘替她母亲嫂嫂在西楼上布置房间，夜阑人静，打发丫鬟先睡了，她便谈及表兄卖身投靠的一桩事，说他为着秋香，追舟到东亭镇上，混入相府，捏称康宣，以及进府以后，代作文章，描观音，一一都告诉她母亲知晓。冯太太听了，又喜又惊，喜的是侄儿有了下落；惊的是水落石出以后，女儿有种种为难情形。毕竟年老的人阅历较深，便替着女儿想出计划，与其被唐家八美探出伯虎的踪迹，不如在自己回苏的时候，亲到桃花坞说明伯虎踪迹以及女儿的为难情形，叫她们悄悄地遣人前来劝导伯虎回去。二娘娘道："要他回去，除非遂了他心愿。秋香是婆婆宠爱的丫鬟，性又稳重，不比闲花野草，易被蜂蝶诱引。他要骗得秋香到手，难如登天。"冯太太道："你可唤他来见我吗？待我来好好地劝导他一番。"二娘娘道："他这几天内，装作肚疼，躲在房里，防的是哥哥撞见了他，破露机关。母亲要见他，他一定托病不来。"冯太太道："难道他日夜躲在房里吗？"二娘娘道："听说他日间卧床，傍晚下床。大概哥哥下船以后，他便不睡在床上了。"冯太太向着女儿悄悄地说道："若要见他，除非这般这般。"二娘娘点头，便道："这个方法很好。"

按下西楼上母女谈话，且说伴读书房的唐寅，知道到了晚间，冯良材便不在这里了，姑母住在西楼上，不会无端闯入书房里来。老总管陪着医生前来诊脉，脉象中既没有什么特征，舌苔上也和常人一般，饮食照旧，气色未变，这位医生也诊不出他是什么病。总管道："他的病是很奇怪的，日间吃饱以后，嚷着肚疼，卧床不起；到了夜间，肚子便不疼了。"医生道："这不是感冒风寒，一定是患了肠痈，所以日间进了饮食，肠中作痛。"当下开了一纸药方，竟认他是患着肠痈。唐寅听了，暗暗好笑。待到进药时，他便背着人把汤药泼去了，只算是业已进药，依旧不生效力。

这一天，红日西沉，唐寅打听得舅爷业已下船，便一骨碌从床上起身，又在书房中自由散步，只为闷睡了一天，要吸取些清洁空气，出书房进了月洞门，在那九曲小桥上面来来往往。岸旁边杏花盛开，正在春色平分的时候，他不禁起了感想，记得去年初进相府时，岩桂开放，秋色满园；曾几何时，又是杏花天气。秋香深居简出，三四个月没有见面。自己羁留此地，去又不能，留又没味，家中八美望穿了盈盈秋水，我又怎生对得住她们呢？转念一想，我的消息，只怕不久便要被她们知晓吧。姑母南下，在这里小做勾留，母女谈心，何话不说，待到姑母返苏，我的秘密便要完全破露。他呆呆在池旁低着头，只是出神。那时暮色沉沉，树林荫翳，忽地有人在红杏树下唤道："华安兄弟，我在书房中寻你不着，原来却在这里。"唐寅仔细看时，却是二娘娘身旁的素月丫鬟，便道："素月姊，寻我做甚？"素月道："听得你有肚疼的病，日重夜轻，现在可好了吗？"唐寅摇头道："我也莫名其妙，日间不能起身，太阳下山，病体便渐渐地轻松了。"素月道："有一位医生善治疑难百症，她现坐在春在轩中，替姊妹们看病才毕，你的奇症何妨请她医这一医。"唐寅道："不用姊姊关心，小弟的病是无药可医的。"素月道："这位医生专会医治那无药可医的病，好机会休得错过了。"说时，不管唐寅允不允，拖着他便走。唐寅暗想，去也不妨，待他开了方子，依旧可把汤药倒去。他理想中的医生，不是江湖郎中，定是祝由科，只为这一类的医生，多是挂着善治疑难百症的牌子。

　　他到了春在轩中，素月揭起软帘，只见灯光之下，端坐着一位老夫人。唐寅不觉大惊，待要退去，早已不及，但听得素月唤道："冯太太，那个害病的来了。"唐寅认识是姑母，只好假作不知，回头问素月道："这位太太是谁？"素月道："这便是我们相府中的亲家太太啊！"唐寅没奈何，只得口称"亲家太太在上，小人华安拜见"。冯太太见他跪下，道了一句"贵管家罢了"。唐寅谢着起立，冯太太道："听得相府中有人讲起，说有一位伴读书童害了怪病，日重夜轻，医药无效。老身在北京时，曾见有人和你犯着一般的病，只用着一味药，便即霍然，我今传授于你，这一味药叫作当归。"唐寅道："小人也略识药性，当归虽好，须得和黄甘菊一起煎服，没有黄甘菊，当归是无效的。"冯太太道："黄甘菊须和知母做伴，你要把菊花入药，恐难如愿以偿。"唐寅道："只要采一些带枝竹叶做药引，这帖药便有神效。"冯太太点头道："你保养着身体吧，我试替你寻觅这带枝竹叶去。"唐寅谢了冯太太，自回书房。素月追上来问道，"冯太太替你开的什么方子？"唐寅道："你不听得吗，竹叶做药引，和黄甘菊、当归二味一同煎服，自有奇效。"素月听了，记在心头，以为这个简便的药方将来传授于人也是好的，她便回身去了。谁知道姑侄相逢，说的都是隐语。冯太太劝他归家，才说一味当归。唐寅把黄甘菊影射秋香，冯太太说秋香是老太太的爱婢，甘菊伴着知母，你未必可以到手。唐寅又把带叶竹枝影射祝枝山，要姑母请他前来传授计魁。冯太太会意，所以后来冯太太到了苏州，把遇见唐寅的话告诉陆昭容，叫她央求枝山到东亭镇面见唐寅，传授他偷香计划。陆昭容到这时候也说实话了，把祝枝山报告消息的经过一一说了。姑太太坐了一会子，便即辞去。八美相留，劝她多住几天，姑太太道："行装才卸，家中还待布置，且待伯虎侄儿载美回来，老身再到这里来贺喜吧。"八美相送姑太太上轿，不须细表。

　　到了二月二十四日，是小祝剃头之期，祝枝山开筵宴客，自有一番忙碌。又休息了数天，才和文徵明雇着舟儿，同到东亭镇上去访唐寅。其时唐寅在华相府中度日如年，只盼着枝山早早到来，传授他锦囊妙计。这一天，正是三月初一日，他坐在书房中替公子们讲了几篇文章，春日迟迟，备觉愁闷。他和秋香为着中门阻隔，如隔云山千万里。相府的规矩，非闻呼唤，不得出入中门。定要太夫人传唤，或者公子们差遣他入内，才可以身入中门，希望得见秋香。谁知事有凑巧，公子们每日所用的参汤，今天已缺乏了人参，唐寅便告个奋勇，问两位公子可要差遣小人到里面去取人参，呆公子都怕读书，巴不得华安暂离书房，他们可以自由活动，便允许他去取人参。唐寅很高兴地负这使命，以为人参是要向老太太告取的，见了老太太，当然也见秋香。老太太决计吩咐秋香去取人参，取了人参秋香一定亲手交付于我，我便可以趁此机会，搔她一下的手心。谁知走了备弄，经过厨房门外，又遇见了他所不欲见的石榴，又是好兄弟长好兄弟短，叫个不休。她说："那天传授的酒令，多谢你好兄弟；后来打灯谜，也想请你好兄弟帮忙，却被那促狭的春香冷言冷语，叫人难堪。好兄弟，你到哪里去，可要到我小厨房中去坐坐？"唐寅道："多谢姊姊，小弟奉二位公子之命，向太夫人告取人参，不及到厨房里来谈话了。"石榴道："好兄弟，亏得你遇见了我，才不白走这一趟。今天初一，老太太到后园佛楼上拈香，众丫鬟都跟着同去，紫薇堂上只有秋香一人在那里照看。要取人参，须待老太太拈香回来，你不用去吧。"唐寅道："小弟要去回复公子了，免得他们盼望焦急。"石榴道："这两个踱头，由着他们便是了，机会难得，我们谈谈去。"唐寅道："好姊姊，缓日谈吧。今天还没有替他们上书咧。"说时生怕纠缠，转身便走。石榴盼望情人，盼到转角上不见了情人的影儿，方才回进厨房，唉声叹气地说道："我拼着用去数贯钱，雇着匠人把墙角拆去了，免得障碍我情人的影儿。"

且说唐寅知道秋香独在紫薇堂上，这是千载一时的机会，怎肯蹉跎过去。他转过墙角，不过站立了片时，知道石榴已不在那里了，重又折回，便到紫薇堂上和秋香单独见面。到了中门左右，例须经过管家婆的通报，才得入内。他连唤三声干娘，却不见管家婆答应，管家婆在哪里呢？为着春昼疲倦，又是众丫鬟都不在旁边，益发睡思沉沉，坐在自己房里打盹。唐寅趁着守门无人，便大胆地闯将进去。单是秋香一人在内，怕她怎的，便放轻着脚步，走到紫薇堂外，揭起软帘，探头内望，静悄悄不见一人。他想石榴敢是说谎吧，这里何尝有秋香呢？他又蹑步上堂，忽听得毕卜毕卜的琐碎声音，暗暗点头，这是刺绣的声音。向着后轩看去，真个机缘凑巧，他的心上人正在那里刺绣，背向着外，面向内看，所以唐寅上堂，秋香毫不觉察。唐寅益发胆大了，悄悄地走近秋香背后，见她垂着粉颈，正在绣花绷上挑绣一朵大大的牡丹花。唐寅步步留神，不放声息。但是眼见着妙人儿便在目前，不由得舌根起着馋涎，赶紧咽下，喉间葛得有声，暗想不妙，要被她觉察了，轻轻地后退三步。秋香已听得这葛得的声音，但是并不停针，也不抬头。她万万想不到这魔子已立在她的后面，她以为无非是别一房的丫鬟和她开玩笑，蹑着脚步儿躲在背后吓她一吓。她一壁绣花，一壁喃喃地说道："你们还够不上吓人呢，若要吓人，须得拜我做师父。"唐寅见秋香并不抬头，胆又大了，重又蹑步，走了三步，益发留神，馋涎都不敢咽了，秋香依旧毕卜毕卜地做个不停。这朵牡丹花是替二娘绣上锦被的，趁着余闲，加紧工作，便有丫鬟和她戏谑，她也懒于抬头。俗语说的"抬头不见三针面"，怎肯把抬头的工夫误了她的针黹。绣了一会子，这一根红绒线恰恰绣完了。她便拉断下来，把针孔里的线头用牙儿咬去。这又是她的习惯，咬去了线头，不肯便即吐下，她竟放在舌尖上，打一个转，转得滴溜滚圆，和痧药一般大小，掉头一吐。恰有一阵微风，把这红点子吹上了唐寅的衣襟。唐寅忽地想着李后主词中咏的美人口，其中有两句云："烂嚼红绒，笑向檀郎吐。"想到这两句，一个不留神嘴里竟嗡嗡起来。秋香大惊，敢是飞来的黄蜂要来蜇人不成？回头看时，却和唐寅打个照面，秋香飕地站立起来，含嗔说道："大胆的书童，你难道不知道相府规矩，怎敢闯入内堂！"唐寅不等她说完，便道："秋香姊姊，且慢责备，小弟奉着二位公子之命，来到内堂领取人参，并不是擅入中门啊。"秋香见他说得嘴响，便道："你要人参，须得禀过太夫人，才能领取。太夫人上佛楼烧香去了，你快出去，停一会儿再来领取便了。"唐寅擦着鼻尖道："太夫人不在这里，来得正好。秋香姊姊，小弟便是唐寅，你可以面许终身了，快快面许给我一个表记。"说时，伸出着手儿，叫秋香给他一件订婚的东西。秋香顿生一计，想把他敷衍片刻，待到太夫人烧香回来，便不怕他了。当下笑着说道："解元爷，你要我面许终身，我有一个哑谜儿，给你猜这一猜。"唐寅道："灯节已过了多时，猜什么哑谜儿呢？"秋香道："我的灯谜，不写在纸条上，只向你做几个手势，你猜破以后，便知道我允许不允许。"唐寅道："请教请教。"秋香伸着纤手，向上一指，向下一指，向自己心口一指，又把手儿摇这几摇，便道："快猜快猜。"秋香的意思，是暗示着上有天，下有地，起这邪心，不可不可。但是唐寅见了这手势，便道："妙极了。向天一指，在天愿做比翼鸟；向地一指，在地愿为连理枝；向心一指，我和你心心相印；摇手儿，便是长勿相忘。"

秋香皱了皱眉头，暗想这魔子所猜，竟完全和我的念头相反，不如再来一个哑谜儿，赶了他出去吧。便道："再来一个，你看清楚了。"先把两个大拇指一跷，又向外一指，又伸出来三个指头，又反手向后指着两腿。秋香的意思，是暗示两老从外面回来，被他们知晓了，三百下家法板打你后腿。唐寅点头道："益发妙极了。跷着两指，是我和你两人同心；向外一指，是约定了出外私奔；三个指头一伸，便待三更时分；两手向后，便是约在后花园密面。好姊姊，后花园的地方很大，约在哪一处呢?"秋香又好气又好笑，不如再给他上一个当，瞧见了绷上的牡丹花，随口说道："约在牡丹亭上便是了。"唐寅听了大喜，转身便去。正是：

牡丹亭上圆新梦，杨柳枝边结好盟。

欲知后事如何，且看下回分解。

第二十二回

紫薇堂俏婢子啼鹃
牡丹亭老太君看鹤

　　唐寅和秋香订约，曾经上过一番大当，自古道"前事不忘，后事之师"，唐寅无书不读，难道胸中没有这两句吗？编书的却要替他表白一番心事。他毫不迟疑，急于返身出那中门而去，却有两种意思：一者，紫薇堂上不是久恋之地，要是太夫人到来，只怕大祸临头，还是当止则止，趁早出去的好；二者，秋香口头订约未必是真，但也不见得一定是假。上次备弄相逢，她不信我是真正唐寅，无怪她要给我当上。自从当着她描写观音，我的本领她都已知晓了，除却唐寅更无第二人有这能耐。她已深信我是真正的唐寅了，上一回订约是假，这一次订约是真。唐寅存着这两种心思，所以转身便走。他出了中门，打盹的管家婆依旧没有觉察。唐寅回到书房，告禀大踱、二刁，说太夫人上佛楼拈香去了，紫薇堂上静悄悄没有一人，这人参便取不成了。大踱道："奇奇怪，难难道，中中门内，断断绝人烟？"二刁道："且慢，别人不在，秋香总在里面看守紫薇堂，忌（是）她的老差戏（使）。"唐寅眼光一瞥，忽见自己青衣上面留着一点朱痕，这就是秋香吐上衣襟的残绒。美人之贻，宝如拱璧，便裁着一方纸摊在桌上，把那小指甲儿剥取这颗红点子，放在纸上，包着一个小包儿，纳入袋中。呆公子问他这是什么东西，唐寅推托说是神效的痧药。呆公子互相商量，都说紫薇堂上绝不会无人看守的，定有秋香在内。二刁猛想到，妈妈不在里面，这忌（是）调戏秋香的好机会，忙把两手捧着肚子，连唤着疼得厉害，敢是黄老老要出门旅行去吧。唐寅道："二公子做什么好好的嚷起肚疼来呢？"二刁道："半仙，你只有忌（自）己，没有他人，吾忽然嚷起肚疼来，便其（是）抄着你那天的老文章。"大踱道："阿阿二，肚

154

肚子疼，大大叔，有有痧药。"二刁听着，真个向唐寅讨取这纸中包裹的一颗痧药。唐寅道："二公子，这痧药只医头疼，不医肚疼的。肚疼的误吃了，便要大叫一声，断肠而死。"二刁道："我要登坑了，坑急坑急，我奉太上老君，急急其（如）律令敕。"

说时，取了一张草纸，便出书房，一口气奔入中门，径到紫薇堂上，口喊着"我的秋香"，忙得秋香抛针站起，她问二公子进来做什么。二刁道："我忌（是）老实人，不会花言巧语，一些没有虚头，进来想发魇，又叫作寻开心，又叫作塌便宜，又叫作转念头。秋香，你肯依从我二公子，我愿抛却万贯家希（私），抛却西楼上的才女，和你到外面去租小房鸡（子），做露希（水）夫妻。"说时，嘬起着嘴唇要向秋香接吻，忙得秋香倒退几步，口称"二公子，青天白日万万使不得"。二刁道："什么时候喜（使）得。"秋香心生一计，方才打发魇子动身，骗他今夜三更时分在后花园牡丹亭中会面，现在遣发二刁，也便如法炮制吧。便道："二公子，倘蒙垂怜，请你今夜三更，在后花园牡丹亭中会面。"二刁听说，骨头都减轻了分量，笑嘻嘻地离却秋香，出中门径返书房。

大蹑在书房中自言自语道："阿阿二，解解手不来，大大可疑，他他一定看香去。"正在说时，二刁已来了。大蹑道："阿阿二，为为什么，久久解而不归？"二刁道："老冲，我上了马桶拉喜（屎），拉了半马桶，肚鸡（子）才不疼，耽搁了多少时刻。"大蹑道："阿阿二，休休得骗人，你你并非去拉屎，但但看，草草纸，还还在你手里。"二刁听说，自觉好笑，忙把草纸丢在地上，刁着嘴读那《陋室铭》。大蹑忽又捧着肚子，连唤肚肚子疼。唐寅道："这也奇了，怎么兄弟肚疼，哥哥也是肚疼？"大蹑道："大大叔，我我们，肚肚子疼，学学你的样。"说罢，拾起这张草纸，也推托着大便而去，便不停留，直入中门。遥望见秋香，便连唤着秋香不绝。秋香暗想不妙，一个去一个又来了，忙又抛针起立，便问大公子何事到来。大蹑道："干干快活事，香香，你你肯和我快活，我我把大娘娘，降降为，如如夫人，把把你，超超升大娘娘。"说时，伸着一只蟹手，要想钳住秋香的新剥鸡头。慌得秋香倒退几步，连连摇手道："大公子，这里耳目甚多，太夫人又将回来，万万使不得。"大蹑道："这这里，使使不得，什什么地方，使使得？"秋香暗想，索性戏弄他们一番，都约在牡丹亭中，叫他们在黑暗之中，谁也认不得谁。便把谎骗二刁的一番话，又去谎骗大踱。大踱听了满意，也是欢然而去。出了中门，便把手头的草纸丢在地上，免得进了书房露出马脚来。二刁见大踱到来，二刁道："老冲，假登坑，看秋香。"大踱道："谁谁说假登坑，坑坑票已不在我手中了，我我是出中门，便便即丢去的。"说到这里，自知露出了马脚，但已不能收回成命了，便即坐下读唐诗。读到"可怜夜半虚前席"，忽地自言自语道："夜夜半，就就是三更，休休要，忘忘记了。"二刁读那《陋室铭》道"西蜀鸡（子）云亭"，读到这里，也是自言自语道："鸡（子）云亭和牡丹亭，不基（知）哪一只亭子造得讲究？"唐寅听得呆公子的论调，心中估量着他们也到紫薇堂上去调戏秋香，秋香也把他们约在牡丹亭上，而且同在三更时分。秋香秋香，你端的太会开玩笑了，你这番订约又在骗我吗？

大踱、二刁巴不得早早天黑，三春时节，正是春日迟迟，越是希望红日下山，这一轮红日仿佛生了根也似的，再也不肯下去。呆公子托词用功读书，今夜不上闺楼安宿。好在书房中也有他们的床榻，这是一年之中，难得在书房中歇宿的。东楼上大娘娘并不怀疑，以为丈夫真个发愤勤读，夜以继日。西楼上二娘娘生性机警，料定二刁绝不在书房中用功夜读，一定又有什么花样弄出。但是听得东楼上大娘娘已经把被褥送进书房，要是西楼上不把铺盖送下，便见得自己定要夫婿在闺楼上歇宿，岂不惹那仆妇丫鬟们笑话。因此吩咐素月道："我不信二公子真个在书本上用功夫，但是铺盖不可不送下闺楼。究竟他在外面干什么，到了明天，一经盘诘，决计真相尽露。素月道："二娘娘料事如神，一定不会错的。"

编书的回转笔头，再说紫薇堂上的秋香，她今天经了三次危险，虽把一个魔子两个呆子哄骗出去，但是来日正长，他们上过这一次的大当，他日相逢，难免报复。想到这里，益觉身世可怜，飘飘然如大海中的孤舟，东也一个恶浪，西也一个怒潮，即使幸免覆舟，待登彼岸，只怕遥遥无期。想到这里，不觉涕泗横流。自己也是一个书香人家的女子，父亲王鸿儒是苏州乡间的秀才。只为命运颠沛，中年父母双亡，两具棺木无力埋葬，不得已卖身葬亲，在华相府中充当丫鬟。太夫人另眼相待，和自己女儿一般。真个是她的女儿便没有人敢欺侮了，为着不脱一个婢女身份，什么自称唐伯虎的华安、什么一吃一刁的公子，都要来欺侮于我。人生不幸做女子，尤其不幸做女子中的丫鬟，她越想越悲伤了，粉颊上面滚下了无数断线珍珠。

在这当儿，太夫人拈香回来，由众丫鬟簇拥进门，秋香忙把罗巾拭干了泪点，强作笑颜，上前去迎接这位老夫人。比及太夫人坐定以后，秋香送上茶茗，太夫人见她眼圈红红的，分明是泪晕模样，忙问道："秋香，你哭过的吗？"秋香道："并没有哭，只是灰尘扑到眼睛。"虽是这般说，泪点又挂将下来。太夫人钟爱秋香，怎肯叫她受委屈，再三盘问，你究竟为着何事悲伤？究竟谁人欺侮了你？秋香待要隐饰，怎经得太夫人盘问得急，她在方寸中盘算一下，要是把两个踱头一个魇子前来调戏的事依实禀告，踱头们毕竟是她的儿子，魇子可倒运了，一顿板子怎肯轻恕。我们都是低三下四的人，为什么同类相残，同罪异罚，便宜了踱头，磨折了魇子？况且他自称唐寅，虽没有证实，却有九分是真。他为了我屈身做仆，我还要累着他挨打，道理上说得过吗？也罢，待我把魇子瞒起，只说两个踱头前来调戏我吧。当下便把二公子进来怎么样，大公子进来怎么样，把许多无礼情形告诉了夫人，只把约他们在牡丹亭中的几句话藏着不说。太夫人恨恨地说道："这两个畜生简直不可教训。"说到这里，忽又转念一想，照着他们无礼情形，合该把他们唤到里面一顿痛打，便是从轻发落，也得罚跪半天，警戒他们的将来。但是儿子受罚，果然咎有应得，东西楼两位贤哉不免要议论我宠爱丫鬟，薄待亲生儿子。上一次也是为着调戏秋香，我把两个畜生罚跪堂上，媳妇们当面没有说什么，自有丫鬟们传给我听，大娘娘、二娘娘都在房中流泪，都说婢女的面子太大了。这分明是讥讽于我，所以这一次再不能把儿子处罚了。但是秋香面前也得有一个交代，便道："秋香，公子们果然不好，但是你见了他们，也该正色相待。"说到这里，她想这句话说错了，但是一时又收不回去。秋香见太夫人叫她正色相待，她觉得语气之中并不怪着儿子，反怪着自己不大稳重，以致惹草拈花，她是好人家女子，一向侍奉着太夫人，从来不曾受过委屈。她口中虽然答应着一个是字，心中的悲痛潮水一般涌将上来。她回转娇躯，屡声琐碎地奔入自己房里，倒在床上，呜呜咽咽地哭将起来。

太夫人懊悔着出言不慎，但是名分所在，自己当然不能向秋香道歉，但向三香看看，意欲叫她们去相劝。春香不待太夫人开口，便到秋香房里再三相劝，说太夫人原不比从前这般公平，上了些年纪，心地也糊涂一些了，不怪自己儿子无理，却怪做婢女的不曾正色相待。我们将来总得想一个对付之法，要是不然，做婢女的太吃亏了。秋香经她相劝，哭声儿也停止了，便和春香并坐床头谈心事。春香道："蹑头进来以后，一定绕脚不清，你用什么方法哄他们出去？"秋香便把骗他们在三更时分牡丹亭会面的话一一说了。春香搔搔鬓角，忽然想出一个计划来，她说："秋香妹妹啊，蹑头发魔情形，太夫人没有亲眼看见，未必深信。我有一个方法，今夜三更，哄骗太夫人到后园中去一走，叫她亲眼看看这两个蹑头的穷形急相，究竟是婢女轻狂，还是公子无理。"倘在平时，秋香绝不会赞成春香的计划，同去哄骗这位老夫人，但是今天在气愤的时候，居然把头点几点，说道："春香姊的计划很好，但用什么说话哄骗太夫人到后园中去呢？"春香道："你不要管，到了那时，我自有一番说话，管叫老夫人挨着深宵，一定到后花园中去走一走。"商量定后，春、秋二香依旧出房，在太夫人身旁伺候。太夫人虽不曾向秋香道歉，但是和颜霁色，和秋香有说有笑。秋香说："方才中门上传进话来，书房中的人参已经用完了。"太夫人使唤春香拣取几支人参，送往外面。

待到晚饭毕后，太夫人每夜功课，一定在灯下念经，遣发小丫鬟到后花园去，架些檀香在炉中燃点着，这是朔望的常例。每逢天晴，总是烧露天香，整块的旃檀燃到天明还没有熄。秋香见太夫人和她亲热，隐隐地表示着一种道歉之意，秋香心中不觉懊悔起来，方才不应该答应着春香，设计哄骗这位老夫人，但是言已出口，却又翻悔不及了。太夫人敲着小木鱼，正在灯下喃喃地念经，春香凑在秋香耳朵边，喃喃讷讷，不知讲些什么。太夫人心疑，放下木鱼槌，便道："你们讲些什么？"春香道："丫头们正在讲一桩奇怪的事。"太夫人忙问何事。春香道："这是小丫鬟讲给我听的，小丫鬟们得之于书童，书童得之于看门的，看门老伯伯得之于路上行人。他们都说，华相府中每逢朔望，焚烧着绝世奇珍的云鹤香。"太夫人听得云鹤香三字，好生惊异。她曾听得古董家说起，有一个在漂洋船上的舵工，每值余下的饭，他总把它晒作饭干，日积月累，约莫有两大叉袋。那天，船泊某岛，船上人都到岛上去游玩，只留着舵工守船。他闲着无事，便把叉袋中的饭干倒在船头上晒晾。才一转身，忽见海中钻出一条似龙非龙的怪物，把船头上的饭干吃个净尽，重又钻入海中。舵工暗唤侥幸，吃去了饭干不打紧，伤害了人，这便不得了呢。谁料水声响亮，那怪物又探起头来，舵工大骇，以为性命休矣。谁知怪物并不伤人，却衔了一个大树根拖上船头，便即潜入水中，不再出现。舵工得了树根，知是怪物报酬的宝物，晒干以后，异香扑鼻，放在炉中焚烧，日间不见什么奇异之处，点到半夜，缕缕的瑞烟上冲霄汉，凝而为一朵祥云，自有白鹤飞翔上下。烟既消灭，鹤亦飞去。于是把树根当作至宝，叫作云鹤香，和夜明珠、聚宝盆一般宝贵。

这桩故事，太夫人曾经讲给春香知晓。老年人记忆力薄弱，只道没有向丫鬟讲过，当下很惊异地问道："真个我们府中有云鹤香吗？云鹤香怎么样？你讲给我听。"春香道："二月十五日，我们后园中烧露天香。据路上人说，有一个无戒寺的和尚夜过相府围墙，闻得异香扑鼻，抬头看时，缕缕瑞烟化作一朵祥云，忽地来一只白鹤，飞翔了半个时辰，方才烟消鹤去。"太夫人动容道："那么真正是云鹤香了。春香，你还不知云鹤香的来历咧。"当下又向春香炒冷饭般地把说过的漂洋故事重又讲给她听。春香假作奇怪道："这是丫鬟自有耳朵以来，第一次听得的怪事。"其实呢，太夫人向春香讲的云鹤香故事，已经第七回了。不过太夫人前说后忘，只道丫鬟真个第一次知道。于是太夫人吩咐丫鬟道："我们朔望焚香的旃檀，只道是寻常的旃檀，原来有云鹤香杂在里面，今天我们不要早睡吧，大家坐守到三更，到后花园中去看看祥兆。"春香见太夫人已入彀中，暗暗好笑，后花园中只有败兆，有什么祥兆呢？秋香心中颇觉为难，为着春香撒这瞒天的谎，自己说破也不好，不说破也不好。说破了，在春香面前失约；不说破，又恐蹩脚无礼，惊吓了太夫人。好在自己是太夫人的顾问，太夫人听了春香的话，一定要向自己询问，那么说些活络的话，由着太夫人决断。果然不出秋香所料，太夫人回转头来，唤一声"秋香，你道真个有这般的奇事吗"。秋香尚没回答，春香已站在她背后，拉她的衣角，她只好说这两可之词，便道："太夫人问及婢子，此事是虚是实，婢子以为'理之所必无，事之所或有'。"秋香说这十个字，真叫作"快刀切豆腐——两面光鲜"。太夫人沉吟片响道："我想此事绝非谣言，只为云鹤香的故事，外面人都没有知晓，就是春香也在我告诉以后，她才知道这异议的来历，我想檀香里面，一定杂有云鹤香。待到少顷，自见分晓。"秋香诺诺连声，不便多说。

且说大踱、二刁取得了铺盖，却不许唐寅打开。大踱道："这这铺盖，或或者，备备而不用。"二刁道："我也其（是）备而不用，高兴睡在希

（书）房中，便打开铺盖睡在希（书）房中，不高兴睡在希（书）房中，便搬着铺盖上我的楼。"唐寅心中了了，假作不知，晚饭以后，便伸着懒腰，呵欠连连。大踱道："大大叔，你你先睡。"二刁道："半仙，不要你陪伴，你去横鼻头忌（竖）眼睛，我们读我们的希（书）。"唐寅道："照这样说，小人放肆了。"便到内书房自去安睡，装作连连的鼻息声。两个呆公子都侧着耳朵，静听那谯楼更点。二更以后，也有些睡思沉沉，大踱一伏案便睡熟了，二刁大喜，自言自语道："老冲睡着了，两人共乐，不其（如）一人独乐，忌（时）不宜其（迟），可以去矣。"说罢，背着铺盖出书房，进月洞门，暗中摸索，由前花园转入后花园。他把铺盖摊开在牡丹亭后的假山洞内，专候秋香到来。正是：

梦里情人原是假，镜中明月本非真。

欲知后事如何，且看下回分解。

第二十三回

宵征肃肃公子把衾裯
夜语喁喁丫鬟同枕被

自古道：色胆如天。素来不敢在黑暗中行走的华武，为着好色之心的冲动，竟会背着铺盖，暗中摸索，在后花园假山洞中坐定，时时探头外望，可有什么人影儿走来。适逢初一，月魄未升，纵然满天星斗，毕竟黑夜不便瞭望。隔了一会子，隐隐地听得走路的声音，落脚沉重，不是弓鞋琐碎之声。二刁忽地害怕起来，恐怕有什么鬼魔到来。后来听得在那自言自语的声调道："一一忽醒来，阿阿二，先先跑了。第第一道韭菜，不不要被他先割了去。"二刁暗暗好笑，知道老冲来了。他便不露声息，暗中冷眼旁观。又听得大踱自言自语道："香香啊，这这是什么香？是是檀香？"渐渐地走近假山洞边。二刁肚里寻思，不要也走到一个洞里来。但是大踱并不钻入假山洞里，却在假山附近一个养着猴子的木笼外面站定。他借着星光，细细辨认。他是生平不会做秘密事的，一壁在物色卧处，一壁在喃喃自语："这这是猴子公馆，猴猴子，去去年冻死了，公公馆空着，暂暂且来做，公公子公馆吧。公公一位，侯侯一位，公公比侯侯高一位，公公子也比侯侯子高一位。唉唉作来，铺铺盖，搬搬公公馆来。"二刁几乎笑将出来，原来老冲睡到猴棚里去了。

抛却呆公子，再说紫薇堂上的太夫人和丫鬟们坐守深更，春、夏、冬三香早已呵欠连连，不耐久待。太夫人道："你们都去睡吧，看云鹤香要有福分的，我只需秋香做伴便够了。"三香去后，秋香肚里寻思，上了年纪的人只怕吃不起这惊慌，我不如说破了吧，便道："老太太坐守深更，未免太辛苦了。外面传来的话十有九虚，只怕齐东野语，不足深信吧。"说到这里，但见遮堂门后探出春香的头来，向她颠眉眨眼，又把手儿摇

161

摇，分明叫她说破不得。原来冬、夏二香真个去睡，春香何尝去睡，她还待看这一幕戏呢。秋香为着春香暗暗地监视着，益发不便说破了。太夫人道："虽是外面传来的话，宁信其有，莫信其无，这是难得的祥瑞，错过了岂不可惜？你不用阻挡我吧。"秋香见太夫人决意要上这大当，也只好任其自然，阻之不得。约莫谯楼上将打三更，秋香便收拾起两盏绢糊的折叠灯，灯笼上有"秉烛夜游"的字样。一盏点的，一盏折叠好了，执取在手中。这是上房的灯笼，专供夜游花园之用。秋香陪着太夫人缓缓步行，出了中门，便向后北园而去。路虽不多，她们弓鞋窄窄，要步行好一会子，才能到达牡丹亭。

书中再表唐寅，他知道秋香行这诡计，定有什么新鲜花样弄出，他便假装着安睡，其实呢，却在细察呆公子们的动静。在先，还听得他们在书房中讲话，后来听得两个蹀头里面睡着了一个，又听得二刁喃喃自语了一会子，出书房去了。唐寅知道大蹀是贪睡的，要是他在书房一夜睡到天明，那么牡丹亭中的一幕趣剧不是少却一个角色了吗？他要安睡，我偏不叫他安睡。等过了一会子，料想二刁已到后花园中去了，忙把板壁重重地碰了一下，碰醒了大蹀的沉沉睡梦。但听得他在座上抬身，口称"不不好了，阿阿二先先去开心了"，一壁说，一壁脚步匆忙，出那书房而去。唐寅喃喃自语道："一个去上当，一个又去上当了。既然被我窥破秘密，我倒要来做一个袖手旁观的人，看他们闹出什么话把戏来。"他便悄悄地离了书房，从前园转到后园，却在围廊转角之处停了脚步，坐在半墙上等候。他知道这是秋香到园中的必由之路，她究竟来不来，总不能把我瞒过。这时候，后花园中伏着三人，转角处坐的是唐寅，假山洞中匿着的是二刁，猴子笼中卧着的是大蹀。可笑这大蹀贪睡成癖，好比猪八戒重生，这猴子笼中虽然龌龊，但是铺着被褥，软绵绵也觉舒服。他入内时候，还想支撑着，无奈在书房中没有满足他的睡欲，到了后来，又是呵欠连连，把身子一横，又是深入睡乡。二刁听得大蹀的鼻息声，也引动了他的睡欲，一答一拜地在假山洞中打盹。

三人之中，只有唐寅清醒，他远远地听得弓鞋窄窄之声，却不是一个人的步调，他便奇怪着，秋香又约着谁来呢？好在半墙外面是一条夹弄天井，便跨入天井里面，蹲着身子，把半墙做了障蔽，在黑暗中偷看出来的到底何人。他远远地望见秉烛夜游的灯笼，只听得秋香道："太夫人走稳了，这里便是围廊了。"太夫人道："秋香，你闻得香气吗？檀香气息隐隐地扑入鼻管中来，但不知这檀香里面真个有云鹤香吗？"唐寅聪明绝世，早已心中了了。原来秋香赚着太夫人夜半入园，借着看云鹤香为名，要发觉我和两个踱头的无理举动。云鹤香是世间稀有的奇珍，太夫人轻信谣言，未免上当了。

在这当儿，主婢俩已经走过围廊转角之处，何尝知道半墙以下匿有冷眼旁观的人。秋香提着灯笼，引领太夫人穿那花径，在牡丹亭上坐定，却把这盏灯笼挂上亭子的栏角。亭子外面便是焚点檀香的所在，整块的檀香烧得香气氤氲，火光闪烁。秋香自思踱头魇子料想便要到来了，须得想一个脱身之计才是好呢。当下手摸着鬓边，忙道："太夫人，小婢的金钗儿已溜了下来，恰才在围廊里走，曾被那树枝儿拂过鬓发，料想这金钗儿一定留在那里。太夫人请暂待一下子，小婢拾取以后，再来伺候。"太夫人道："你黑暗中怎生寻找失物，把灯笼提了去吧。"秋香道："小婢手中还有一盏折叠灯，防着园中风大，一盏吹灭了，还有一盏预备。"于是把带来的纸灯在檀香炉中点了，再把那盏折叠灯点了起来，捏灭了纸吹火，丢在一旁。口中说太夫人暂坐一下，小婢去去就来，其实借此脱身，也想做一个冷眼旁观的人。谁料走到围廊转角处，便有一个冷眼旁观的人在那里守候着。比及秋香走过，他便迎上前来，轻轻地说道："秋香姊姊，你好！"秋香待要回身，早已不及，被唐寅一把握住玉腕。秋香轻轻地说道："赶快放手！"唐寅悄悄说道："好姊姊，我上过你一次的当，这一回不放你过门了。若要放手，须得面许我终身。"秋香道："你果真是唐解元吗？"唐寅道："货真价实，怎会虚冒？"秋香沉吟了一会子，便道："终身是可以付托的，但是只可付托与真正的唐解元，不肯付托与华安书童。"唐寅大喜，便在她玉腕上吻了几下，放她过去。他于是和秋香分道扬镳，唐寅自回书房中安卧去了。

且说太夫人坐在亭中，久候秋香不来，连唤着"秋香在哪里，金钗儿可拾得了吗"。问了几声，不见回答，却把假山洞中打盹的二刁唤醒了。他似乎听得秋香秋香的呼声，难道秋香在牡丹亭中自己报名吗？他便悄悄地走出假山洞，鸦行雀步地向牡丹亭而来。其时太夫人站在亭中，仰视着天空，只有满天星斗，并没有什么彩云拥护，白鹤飞翔。她便玉手指着天空，默默地通神道："苍天苍天……"冷不防背后有人连唤着"秋香秋香，盼煞我二公子了"。口称秋香，两条胳膊便把太夫人拦腰抱住。只为太夫人两手上举，腕下正是门户开放，因此被二刁紧紧抱住。幸而他先说着秋香，又自称二公子，太夫人认识是儿子的声音，虽然吃惊，还不十分厉害，便道："吓煞我也，抱住老身的是谁啊？可是不争气的畜生？"二刁听这口音，也自惊怪起来。他想，方才蹑步上来时，似乎亭中站着的是秋香，怎么眼睛一眨，变了妈妈的声音呢？便也问道："被我抱的其（是）谁啊？可其（是）我的妈妈？"太夫人怒道："二郎该死！还不放手？"慌得二刁放下了手，转到太夫人面前，双膝跪下，口称"倪鸡该希（死）"。太夫人道："畜生，听说你在书房中用功夜读，为什么躲在这里前来恐吓老娘？"二刁道："倪鸡不敢说谎，秋香把倪鸡寻开心，约在这里相会的。"太夫人连唤秋香，又不见她回答，心里明白，这件事便是日间的余波。日间两个畜生调戏了丫鬟，我没有把他们责备，秋香不服气，才和春香商量出这个计策来骗我到这里来，名曰看云鹤香，实则把我骗到这里来看两个畜生的恶模样。想到这里，一声长叹，便道："畜生起来，为娘的要被你气死了，快快送我进中门去吧。"二刁没奈何，只得爬将起来，取了亭角上的灯笼，照着老娘走下亭子。太夫人道："你们两个踱头都不成材，我以为你的心地比大踱明白一些，谁料你更不如大踱。唉，华门中出了你这不肖之子，真个气死我也！"二刁忽地想起老冲也在园中，休得便宜了他。他提着灯笼，故意绕道而走。走过大踱存身的猢狲笼子，却听得里面鼻息之声，太夫人慌得停了脚步，便问："怎么有人在里面打鼾，究竟是人是怪？"二刁道："妈妈推（猜）这一推（猜），其（是）人呢，我叫他出来；其（是）怪呢，我们趁早躲避。"太夫人道："只怕是怪吧。"二刁笑道："妈妈他其怪，妈妈也其一个女怪了，只为里面的怪，便其妈妈的公郎。"太夫人惊问道："难道里面睡的是大郎吗？"二刁点头道："且（岂）敢且（岂）敢。"太夫人道："我不信大郎会得睡在这肮脏的地方。"二刁道："妈妈不信，倪鸡来唤他出来。"便在木板上面敲了几下，却把里面的大踱敲醒了，隔着板扉问道："谁谁啊？"二刁不应，又把小指儿在板扉上弹了两下，大踱道："可可是香吗？请请到公馆里来。"二刁依旧不作声。大踱早已推着板门，在里面直跳出来，忙问道："香香。"话没说完，太夫人骂道："畜生全没廉耻！"二刁高提着灯笼道："老冲你认认清楚，其（是）不其（是）秋香？"说时，把灯笼照着太夫人的面部，慌得大踱连

164

忙伏地请罪。太夫人恨恨地说道："气死我也，两个畜生都是半斤八两，陪着我到里面去！"大踱没奈何，爬将起来，陪着太夫人进中门。

他们演的一幕戏，都被春香暗中窥见，自想这锦囊妙计居然有效。太夫人未进中门，居然早已赶紧入内，轻轻地拉着秋香说道："两个踱头今夜都做了磕头虫了，秋香妹妹，这是我替你出这一口气。少停太夫人入内，一定怒我造谣，把我处罚，这却要你秋香妹妹代我设法的。"秋香道："太夫人责罚，由我一人任当，绝不累及于你。"春香听了放心，自回房中安睡去了。秋香独坐在紫薇堂上，远远听得一个道："气死我也。"一个道："求求妈，不不生气，香香不好。"一个道："都其（是）秋香害了倪鸡。"秋香知道母子三人要到里面来了，赶紧掌着羊角灯，上前迎接。太夫人道："秋香你好……"秋香道："太夫人，这是婢子出于无可奈何啊！"大踱道："秋香，你你是害人精！"二刁道："秋香啊，你不肯，尽半（管）不肯，为什么要骗人？"太夫人怒喝道："畜生们还要饶舌，上梁不正下梁歪，你若不去调戏丫鬟，她怎会无端骗你？快快替我上楼去吧！放在眼前，益发叫我生气！"兄弟俩走了几步，重又回来，央告太夫人，不要向老父面前提起此事。太夫人道："你们肯改过，我便替你们瞒过一遭。要是再和秋香兜搭，两罪俱发。"兄弟诺诺连声，连称不敢再犯，便即退出紫薇堂，出往东西二楼而去。上楼而后，房门紧闭，忍气吞声，不敢敲门打户。彼此都被拒在外房，胡乱过了一宵。一个铺盖丢在假山洞里，一个铺盖丢在猢狲笼中。到了来日，自有人发现以后，送往楼上，表过不提。

且说太夫人遣发踱头上楼以后，闷闷地坐在紫薇堂上，连称"秋香，你不该使这诡计，累我受惊受气"。秋香放下灯台，长跪在太夫人面前，且哭且诉道："当时哄骗两位少主，只为实逼处此，无法可施。要不然他们怎肯返身出外？"太夫人点头道："你哄骗他们，我不怪你，但是为什么要哄骗我呢？"秋香道："这也是一时气愤，和春香商量，想出这个诡计，要叫太夫人眼见两位公子侮辱丫鬟的情形。计定以后，婢子又懊悔起来，只有太夫人对于婢子有天高地厚之恩，不该为这细事，使高年人饱受惊恐。所以太夫人将出中门，婢子再三阻止，便是这个道理。"太夫人暗想不错，方才确是秋香劝阻我的，只为我急于要看什么祥瑞，才受着这一场

165

惊恐。想到这里，又舍不得宠爱的丫鬟久跪地上，便道："秋香，我原谅你了，快快侍奉我进房安睡去吧。"秋香又掌着灯台，送太夫人回房。

每逢朔望，华老总宿在外面书院中，太夫人独坐寂寞，总叫秋香相伴。向例秋香伴睡，不过睡在后房的小床上面。这一夜却是奇怪，秋香替太夫人卸妆以后，有一种恋恋不舍的情形。太夫人也觉得秋香哭过两次，端的可怜。秋香累着太夫人受惊，天良自咎，觉得太夫人的仁慈简直和活佛一般。太夫人也觉得今夜的事，咎在自己儿子，不在秋香。倘要避免儿子再来和秋香相强，她预备着缓日和华老商量，把秋香收作义女，那么名分所在，两个踱头便不敢调戏自己的妹子了。主婢两人各安着心事，太夫人道："秋香，你到后房去睡吧。"秋香道："婢子须待太夫人安睡以后，才敢去歇宿。今夜不知什么道理。最好在太夫人身边多站一刻，方才心安。"太夫人道："我也不知什么道理，最好把你留在身边，不放你回后房去。秋香，今宵我们主婢俩同睡了吧。"这一夜主婢同睡一床，你也不知什么道理，我也不知什么道理，编者却知道其中的道理。多分是太夫人和秋香的缘分尽了，这是最后聚会的一宵。到了来宵，便成"伯劳东去燕西飞"，再也不能同睡在一床了，所以心理上起了这不可思议的先知作用，彼此真是恋恋不舍。到了床上，同枕同被就卧，兀自唧唧唧唧了许久，方才入梦。

到了来日，便是三月初二日，编书的便要提及同来谒见的文、祝二人了。他们是三月初一动身的，舟到东亭镇已在黄昏时候。这一夜，不便黇夜登门，只得泊舟在学士桥边歇宿。到了来日，备着名帖，同往太师府中去参相。这一回书，名曰"文祝参相"。投帖的不用祝童，却用文徵明带来的文祥。只为祝童已到杭州就亲去了，周府大娘娘择定吉日，在三月初一日把锦葵嫁与祝童。乐哉乐哉，总管祝童要做新郎君去了，所以今天却由文徵明的书童文祥前往投帖。守门的华府门公王锦传进名帖。华老恰在金粟山房中调查儿子们的功课，诗文果然进步了，但是呆性依然，说出话来，依旧要惹他老子动怒。王锦上前告禀道："苏州文、祝二解元登门求见相爷。"说时，把名帖呈上。华老接取看时，一个帖子上写"姻侄文徵明再拜"，一个帖子上写"晚生祝允明再拜"。华老大喜道："难得难得，二位苏州才子来了。"谕令王锦开着正门相迎，在吉甫堂相见。

那时，在书房中伴读的唐寅听得文、祝到来，好生欢喜。文徵明关系尚浅，祝枝山是少他不得的，锦囊妙计都在这胡子的腹中。且待老头儿出去会客，我便从备弄中走往门前，打听他们的座舟，候在船边，待他们下船时，向老祝秘密问计。华老道："华安，你们苏州才子文、祝二解元来了。可惜美中不足，第一风流才子唐伯虎久已失踪，没有同来。你做了伴读，客来送茶，本不须差遣你了，但是今天又当别论。两解元自恃才高，似乎目空一世，我今天派你去送茶，我叫他们试验你的才学，你便可放出本领来，叫他们知道做才子的并不稀罕，相府中一名书童也可和他们相比。我去了，你随后便送茶来。"唐寅很勉强地答应了一个是字，只为老祝是不好弄的，青衣送茶，要惹他一世话柄。华老放下名帖，洒一洒衣袖，正待出去会客，大踱道："文文徵明，号号称，阴阴间秀才，爹去见他，不不要被他拉拉到阴……去。"华老道："畜生胡说！"二刁道："老冲不说好话，爹要会客，只要带一个叫花鸡（子）去便好了。"华老道："什么缘故？"二刁道："叫花鸡会得捉蛇，洞里赤练蛇要咬人，便好叫捉蛇的叫花鸡捉去。"华老道："一派胡言！正是不可雕的朽木也！"说时，便即靴声橐橐到吉甫堂上而来。

文、祝二人见了华老出来，一个称姻伯大人，一个称老太师，还要按照着后生小子谒相的礼节，请华老上座受谒。华老道："两位孝廉休得客气。老夫是退归林下的人，不敢受这大礼，还是分宾坐吧。"于是两宾一主各各坐定，照例便须送茶，但是唐寅托着茶盘，欲出不出，只在遮堂门后站着。文、祝二人和华老寒暄片时，还不见有香茗饷客。枝山虽然近视，栲栳大的"吉甫堂"三字却能看得清楚。他回头向徵明道："衡山，今天测字先生的话果然灵验。"徵明莫名其妙，也即随声附和道："果然灵验啊。"华老忙问何故，枝山道："不瞒老太师说，今天晚生等登门谒相，曾在测字摊上拈着一个字卷，问他可能与贵人相逢，拈的却是一个吉字。测字的道，登门以后，一定和贵人在吉堂上相见。但有一句话须得注意，休把吉字倒看作两个字。老太师听他说的话何等灵验，今天得在吉甫堂上谒相，真个应了他的吉堂相见一句话，而且相见以后，又真的把吉字倒看作两个字了。"华老仔细一想，把吉字倒看作两个字，分明是口干二字，祝枝山说这俏皮语，向我讨茶吃咧，忙喝着华安送茶。唐寅只得应一声

"小人来也"，硬着头皮，托着茶盘出来。枝山已取着单照，预备看个彻底。正是：

     登门调相无非假，调虎离山却是真。

    欲知后事如何，且看下回分解。

第二十四回

吉甫堂上相国集贤宾
学士桥边枝山授诡计

这"小人来也"四个字，何等清脆，祝枝山听出口音，知道唐寅来了。想到陆昭容上门寻仇，看着小唐失踪累我搁尽了霉头，今天须得在小唐身上来报复。唐寅托着茶盘走出，枝山把袖中单照取出，向他一照，见他罗帽直身，分明是个童仆打扮。他便藏起单照，叹了一口气。他以为解元做仆，带累着朋友无颜。唐寅勉强送茶，但是不愿称他祝大爷，只唤道："喂！用茶。"枝山道："什么叫作喂啊？"唐寅道："啰！用茶。"枝山道："什么叫作啰啊？忽喂忽啰，这般称呼，端的少闻。"华老见枝山这般论调，便喝道："华安，你须尊称祝大爷用茶。"唐寅没奈何，只得道了一句"祝大用茶"，却把"爷"字吞去。枝山道："这个贵管家，像是个苏州人啊。"华老道："他果然是苏州人。"枝山道："老太师要用奴才，切莫用苏州奴才。苏州奴才叫唤客人，总是不清不楚，叫人老爷，却叫老鸦，叫大小姐，却称小雀。苏州奴才不是个东西啊！"华老不语，向唐寅看了看，暗示他须要注意，枝山在骂你了。唐寅把第二碗茶送给文徵明，却清清楚楚叫一声"文大爷用茶"。慌得文徵明站了起来，接取茶杯，道一声"管家有劳你了"。华老暗暗点头，文、祝二人，毕竟衡山忠厚，枝山刻薄。唐寅把第三碗茶呈与相爷，便站在华老背后，低着头，垂着手，在那里小心伺候。

华老道："二位孝廉，去年相见时，正在小春时候，忽忽光阴又是江南春暮了。王太傅、杜太史以及沈石田画师，想都安好？"枝山道："他们都好。"华老道："请问祝孝廉，贵处唐伯虎可有消息？"枝山道："老太师问的唐伯虎，是哪一个唐伯虎？"华老道："贵处的唐伯虎，难道不止一人吗？"枝山道："敝处的唐伯虎何止一人，只有唐伯虎号称第一才子，所以无论哪一行，凡是领袖的人物，都唤作唐伯虎。流氓里面的大哥哥，便唤作流氓唐伯虎；妓院里面的著名龟奴，便唤作乌龟唐伯虎；偷偷摸摸的好手，便叫作小贼唐伯虎；大出丧里面的死者，便叫作死人唐伯虎。"华老道："我不问别人，我只问江南第一风流才子唐伯虎。听说他在去年失踪至今，不知可有确实消息？"枝山笑道："老太师若问唐伯虎，便在这里啊。"唐寅听了，心中怦地一跳，暗想老祝可恶，他竟放野火，大拆烂污了。华老奇怪道："唐伯虎在哪里呢？"列位看官，明朝年间的士人都是手执纸扇的。枝山捏着折扇，向着华老相侧首一指道："这便是唐伯虎啊！"唐寅恰立在华老右边，见他向右指，他避到左旁；枝山又向左一指道："这便是唐伯虎啊！"慌得唐寅又避向右边。枝山向右指，华老便向右顾，右面无人；枝山向左指，华老便向左顾，左面也无人。华老道："祝孝廉，你太会开玩笑了。左一个唐伯虎右一个唐伯虎，毕竟唐伯虎在哪里？"枝山打开着折扇道："真个唐伯虎是瞧不见的了。只在晚生手持的扇儿，画也是唐寅落款，字也是唐寅落款，所以向着老太师连说两句这是唐伯虎。"唐寅听了，惊魂稍定。华老道："怎么真的唐寅瞧不见呢？"枝山道："不瞒老太师说，敝友唐伯虎自从去年失踪以后，遍寻无着。直到今年正月，山塘河里来一个浮尸，经人捞起，把芦席盖着。晚生被他娘子陆昭容逼着要人，东访也不着，西访也不着，晚生以为活人里面寻不着，只好到死人里面去寻了。所以听说捞起浮尸，便到那边把芦席揭开，认一认死者的面目。不认犹可，认了时喊得一声苦也，原来风流才子变作了漂亮浮尸。连忙报信与他八位娘子知晓，赶紧搭着席棚，买棺盛殓。"华老道："可惜，难道草草棺殓，便算了事吗？"枝山道："小唐死后，曾经延请四十九名和尚，拜了四十九日的忏，在他家里开吊一天，素车白马，纷纷吊唁，死得虽惨，排场还算不恶。晚生为着朋友分上，在他家里做丧房，非常忙碌。只是开吊以后，有一桩很不体面的事。"华老道："还有什么不体面的事呢？"枝山道："不瞒老太师说，言之可丑。八位娘娘只剩了七位，四十九名和尚只剩了四十八名。原来大娘娘陆昭容跟着大和尚掩逃去了。"唐寅听了，咬咬银牙，口虽不言，肚皮里说放屁放屁，放其黄犬之屁也。华老知道枝山的说话是靠不住的，细细一辨，竟捉出了破绽。便道："祝孝廉，你好惶恐。"枝山道："什么惶恐？"华老道："唐伯虎和老夫虽不曾见面，却有亲戚关系，第二房小媳便是伯虎的妹妹。你做了丧房，却不到这里来下讣，你敢是瞧不起老夫吗?"枝山听说，一时作声不得。文徵明暗暗快活，老祝说出报应来了，便即摩擦鼻尖，哼哼地几声冷笑。枝山暗想，小文的胳膊向外弯了，便道："华太师，若问下讣的事，当时丧房不止晚生一人，衡山也在其内。晚生管的是银钱，衡山管的是讣闻，若问为什么失于下讣，这是要问衡山的啊。"华老知道他满口胡言，又要移祸江东，便即付之一笑，不再究诘。

枝山道："我看贵管家眉清目秀，料想不是聪明面孔笨肚肠啊，多少总识得几个字儿。"华老捋着长髯道："祝孝廉休得轻视这书童，他是诗词歌赋无一不能的。若论才情，恐和你祝孝廉不相上下。"枝山道："好好，管家请你过来，我要试试你的才学。"华老便唤华安走将过来，听凭祝大爷考验。枝山道："管家，请问你的原来姓名?"唐寅道："小人姓康名宣。"枝山笑道："好一个康宣，倒有些相像。"这是他话里藏机，说康宣和唐寅字迹相似。唐寅忙向枝山歪嘴，叫他不要破露机关。枝山道："你既姓康，我有一个吃糠上联在此，请你对来，叫作'小奴才枉贪口腹，吃糠吃糠'。"唐寅道："小人对就了，可以对'重粪担初压肩头，阿祝阿祝'。"原来重粪担挑上肩头，竹扁担上发生一种"阿祝阿祝"的声音，唐寅借着扁担声音取笑老祝。枝山斜着眼睛看他一下，便道："你既聪明，我倒要和你行一个不饮酒的令。"唐寅道："请问祝大，行的是什么令?"枝山道："行的是四人令，须说一个字，中含四个人字。前两句七言诗，是杜撰的;后两句要用七言成语，成语之中也须包含四个人字，而且要叶韵。我先说一个与你听，可知古体的垂字，是怎么写法?"唐寅道："一撇一竖，中间四个人字，下加两画，上长下短。"枝山道："我便说'垂'字:'罗帽直身垂手立，巫字之中有四人。'那么两句俗语来了，俗语中有四个人字，叫'有福之人人服侍，无福之人服侍人'。"唐寅暗唤一声老祝该死，借着行令，把我毒骂。枝山催着快说，唐寅这个那个满口支吾，渐渐露出窘态。徵明见枝山逼人太甚，便来解围，忙道："枝山你要行令，怎么丢却了我啊?我也来接一个令。华相府的'华'（華）字，古体写法，中间两个十字写作四个人字。我说'阀阅之家华相府，华字之中有四人'。"枝山捋着胡子道："衡山惯拍马屁，两句俗语怎样?"徵明道："叫作'谁人背后无人说，哪个人前不说人'。"唐寅暗暗欢喜，这两句针锋相对，分明替我解嘲。枝山道："管家，你好说了。"华老道："祝孝廉，你要行令，怎么抛却老夫。我来说个伞字令：'满天星斗珍珠伞，四个人儿上下齐。人恶人怕天不怕，人善人欺天不欺。'"枝山哟哟连声，他知道华老替书童报仇，分明把恶人说我，把那小唐当作善人，我且不要管他，且逼着小唐接令，接不下去，他便要当场出丑了。正待向唐寅催促，唐寅道："祝大，这四人令已想着了，我说的是一个齿（齒）字，叫作'佳人齿白如瓠犀，四个人儿上下齐'。"枝山道："这是指说话色眯眯，俗语怎样？"唐寅道："俗语便是说的色眯眯啊，叫作'酒不醉人人自醉，色不迷人人自迷'。"枝山道："老太师须得留意，管家'色不迷人人自迷'，这是他自招的供状，恐怕他不怀着好意啊！"华老道："祝孝廉又说笑话了，华安的才情既已试过，究竟好不好呢？"枝山道："晚生还得试他一试。这些小聪明不算稀奇。他既是苏州人，且把苏州阊门为题，作七律诗一首，倘在这五十六字之中，把阊门的繁华景象包括无遗，我才佩服他确有本领。"唐寅听了，很从容地口占七律一首道：

　　世间乐土是吴中，中有阊门更擅雄。翠袖三千楼上下，黄金百万水西东。五更市卖何曾绝，四远方言更不同。若使画师描作画，画师应道画难工。

　　华老掀髯笑道："祝孝廉，你看他的诗才，究竟敏捷不敏捷呢？"枝山道："诗虽敏捷，但是他以吴中为乐土，为什么抛却吴中，来到这里做奴才呢？"唐寅道："这是小人无可奈何，父母双亡，身遭颠沛，方才投靠相府，充当书童。"枝山道："你家中的人难道都死完了吗？"唐寅道："休说家中，便是我的知己朋友，都已死得干干净净。"徵明向枝山看了一眼，暗暗地怪着他要讨嘴上便宜，带累我也被他咒在里面。华老道："今天两位孝廉光降寒舍，不知可有什么贵干？"枝山道："那么要说实话了，唐伯虎落水身死，是晚生一种揣度之词，并非实事。只为半载以后，不知他的下落，以意度之，或者做了水中捉月的李太白了。"华老笑道："我也不信唐解元会得遭这横祸。或者他隐居不出，尚在人间。"枝山道："晚生四处寻访，只是不得消息，不知他躲在哪一个乌龟洞中。"徵明道："老祝休得这般说，什么洞不洞啊，你不怕触犯你的忌讳吗？"枝山斜眼看了徵明一下道："小文你总是胳膊向外弯的。"华老又问道："二位孝廉殷勤枉顾，却不曾把来意说明。"枝山道："晚生等登门谒相，却有两种来意：一者，晚生在杭州嘉兴访不到小唐，此番约着衡山同往常州镇江等处，随时物色他的踪迹，路过东亭镇，特来上门请安；二者，衡山听得他杜夫人说起，府上去年所买的书童生性聪明，擅长文学，晚生等不信世上有这般的风雅童儿，特地登门试一试贵管家的才藻。现在已经考验过了，老太师果然赏识非虚，贵管家的本领和晚生等真个不相上下。"

　　华老听了枝山称赞他的书童，益发满怀欢喜。待要备着接风筵席，替两解元把盏，又吩咐打扫着客房，请他们小住数天，好作平原十日之饮。枝山向徵明丢了一个眼色，便即起立告辞，说："不需老太师适馆授餐，晚生等急于下船，要去寻访小唐踪迹。陆昭容上门捣毁厅堂，这是老太师在苏州时的事情。她要在我身上交出小唐来，没奈何只得沿途寻访。老太师，晚生等告别了。"华老挽留不住，知道祝枝山是贪财的，便奉赠两位解元一百两程仪。待要送客上船，文、祝二人再三握辞道："程仪告领了，老太师送至河滨，这是不敢的。"华老道："嘉宾登舟，焉有不送之理？"枝山一面推辞，一面向唐寅歪嘴。唐寅会意，向华老说道："太师爷要送客，待小人代送了吧。"枝山道："老太师便依允了他吧。到了舱中我还得请贵管家吟一首诗，填一阕词。"华老心中最好叫书童卖弄才情，便即应许他代行送客，自己只送到滴水檐前，彼此道别。

　　唐寅送着文、祝二人出那相国府，那时文祥已候在门前。见一个罗帽直身的童儿伴客出门，看这模样，好像是桃花坞的唐大爷了，口中不言，心中明白，原来半年不见的唐大爷却在这里为奴，不问可知，他又看中了什么美人了。于是四人同行，约莫半里之遥，才到学士桥。四人相率下船坐定。这是枝山避人耳目，所以船只不泊在水墙门口，却泊在学士桥边。这是市梢头，免得众人侧目。唐寅道："枝山你好！赤口白舌把人骂。"祝枝山道："咒骂是不痛的，你看我颊上胡须，被令正连根拔去了几茎，痛定思痛尚有余痛，咒骂你几声，有什么大不了事？"唐寅道："昭容上门寻仇，捣毁尊堂？"枝山道："放屁，你竟辱骂我的先母。"唐寅道："我所说的尊堂不是尊堂老伯母的尊堂啊。这是府上的厅堂，捣毁以后，当然加倍奉偿。我且问你，你寻到这里来，可是姑母回来时告诉你的信息？"枝山道："不待令姑母说起，我在杭州早已知晓了。"便把沈达卿赴杭通讯的事说了一遍。唐寅道："你既寻到这里，有何锦囊妙计？"枝山道："别无他计，只把你赚入舟中，送往姑苏，交付于令正，叫她们严加管束，这便是我的锦囊妙计。"说时，便吩咐船家解缆开舟。慌得唐寅摇手不迭，连说："不要开舟，怎么可以半年之功废于一旦。"徵明道："枝山不用恶作剧了，快替子畏兄想个计较吧。"枝山道："小唐，你好惶恐，只知窃玉偷香，却不知窃玉偷香的方法。从前娶得八美，都仗着我老祝代你筹策，你才得告成。现在你要自出心裁，枉做了半年的奴才，依旧不曾把秋香骗得到手。"唐寅道："知道你有锦囊妙计，我方央托姑母，向你讨这一支救兵。你看朋友分上，总得指示我偷香窃玉的方法。"枝山道："锦囊妙计是有的，只怕你得陇望蜀，贪心无厌，有了九美，便想十美。"唐寅正色说道："枝山，你难道不知我隐于好色吗？果然载得美人回，从此以后，再也不想去寻花问柳、倚翠偎红了。枝山，你可知道宁王已失败了吗？"枝山道："前言戏之耳。我也知道你从此以后，一定收束身心，不再有风流放荡的事。但是我要问你，这一回的偷香窃玉，可曾有几分功绩？"唐寅道："大约有一半的功绩。不过我的秋香是太夫人的心爱的丫鬟，听得旁人说，不久要收作义女。在这分上，不容易把我的秋香骗得到手。"枝山笑道："休要肉麻了。秋香又不曾配给你，怎么就说我的秋香。"唐寅笑道："老祝不知秋香三笑留情，早已以身许我，所可虑的太夫人不放她走耳。"枝山道："你可有什么计划，使秋香骗得到手中？"唐寅道："计划是有的，只怕未必奏效。"便凑着枝山耳朵，把自己计划轻轻地说了一遍。枝山笑道："你的计划未必一定奏效，只怕成的分数少败的分数多。"唐寅道："你的锦囊中有何妙计？"祝山道："妙计是有的，不过奏效以后，你娶得秋香，须叫她在我老祝面前也笑这三笑。你肯应允吗？"唐寅没奈何，只得应允。枝山道："你回到相府，见了你的主人，你且先把自己的计划试这一试。要是有效，我的锦囊妙计便不须用了；要是无效，你便依着我的锦囊妙计，管叫你到了夜间，便可以载褥佳人回到吴中，和范少伯载着西施一般无二。"唐寅便问计将安出。枝山叫他凑过耳来，如是如是，这般这般，把计划传授于他，喜得唐寅扯开了嘴，和弥勒佛一般。

唐寅又问起家中八位娘子，谅都安好。枝山道："你叫作华安，你是安的。尊府八美怎会安呢？你回去后，自会知晓。免得老头儿盼望，快快上岸去复命吧。到了深夜，我自会另备一只小舟，在华宅水墙门口停泊，这便是你载美的舟了。你到岸边咳嗽三声，船上人自会迎你下船。"计划已定，唐寅对于老祝感激不尽，便即离船上岸，却又要掩人耳目，立在岸边，向舱中高唤道："二位大爷恕小人不远送了。"说罢，自去复命。枝山笑向徵明说道："我和你到了此地，早已旗开得胜，马到成功。吩咐榜人，快快开船吧，今天晚间我们还要赶到苏州咧。"于是榜人为着枝山之言，正待解缆，徵明道："船家且慢且慢。"正是：

桥畔轻舟今去也，囊中妙计又如何？

欲知后事如何，且看下回分解。

第二十五回

小施伎俩老相国受欺
大发牢骚众家奴集议

　　祝枝山道："开船便是了，且慢且慢做什么？"文徵明道："子畏兄虽然得了你锦囊妙策，但是有效与否，尚在镜中。据我看来，不如把船只停在这里，悄悄地探听消息，看华老可曾上当。果然中了这妙计，再行奏凯而还，未为迟也。要是不然，我们还得设法载着子畏兄同回苏州。"枝山大笑道："我的妙计不灵，你怎会一箭双雕？娶得杜月芳，又娶李寿姑，最近又添了一位姨太太。你试想想，没有我老祝的妙计，你的艳福何从而来？我的妙计万试万中，哪有不灵之理。船家快快开船！"徵明道："且慢且慢，你不是通知子畏兄另备着一只小舟在华宅水墙门迎候吗？你现在忘却了这件事，到了夜间，子畏挈着情人来到水墙门口，岂不要望洋兴叹？"枝山道："衡山，不劳你费心，我早已布置了。方才未曾上岸，我已央托船家替我代唤一只小舟，须如傍晚时分，泊近华府水墙门口。衡山，会做稳婆的怎会割穿脐带，雨天的泥人儿都是晴天做就的，若要临时上轿穿耳朵，那便来得匆忙了。"衡山听了，连连道是。于是榜人解缆，径往苏州而去。

　　两解元在舟中杯酒谈心，不嫌寂寞。枝山要把华老所送的程仪平平均分。徵明道："此番得胜回来，全仗大力，这笔程仪，在理你该独受。"枝山笑道："你客气，我福气，不和你推辞了。"直待船到苏州桃花坞，正在斜阳光里，文、祝上岸，登门求见八位大嫂。这时候唐家八美早已望穿秋水，一听得文、祝参相回来，不觉心花大放，忙问唐兴："主人可曾同舟归来？"唐兴道："只有祝大爷、文二爷二人，我家大爷却没有同来。"八美听了，已放的心花重又紧闭，只得依旧接迎他们俩同上八谐堂谈话。

文、祝坐定后，不即开口，先是昭容动问枝山，说两位参相以后，可曾和拙夫会面。枝山笑说道："定下了计较，才去参相，怎有不和尊夫会面的道理？但是大嫂，你这位尊夫须得加上诨号，尊他一声逐臭之夫。我和衡山二人到了东亭镇，船才泊定，打着扶手正待上岸，谁料石踏步上，有一个不识相的狗奴才，蹲倒了身子在河滨别别别……"昭容奇怪道："什么叫作别别啊？"枝山道："大嫂，你是门外汉，闻其声而不知其物。这是那个狗奴才在河滨洗那臭夜壶。老祝见了大怒，骂道狗奴才不识相，这柄臭夜壶停一会儿洗也不妨，为什么对准了我们的船头。正待一靴脚把他踢入水内，那个狗奴才忽地放下臭夜壶，向我道一句老祝久违了，原来洗那臭夜壶的人便是尊夫。所以要尊他一声逐臭之夫。"八位娘娘都是俯着粉颈，轻轻嘘气。毕竟陆昭容厉害，秋波转处，却见文徵明正在向老祝连连摇头，分明地阻止他说谎，忙问："文家叔叔，你们船到码头，真个听得这般很难听的声音吗？"徵明道："这很难听的声音，直到现在方才听得，不是出于臭夜壶的口中，却是出于老祝的口中。"枝山道："衡山，你又要胳膊向外弯了。"徵明道："你太不近情理啊！八位嫂嫂正要听你的消息，你不该信口胡言。"

那时唐姓的仆妇丫鬟送过了香茗以后，都站在八谐堂上探听消息。枝山道："大嫂要听消息，须得屏退随从，才能够商量正事。"昭容歪歪嘴儿，随从的都退出门外。于是文、祝二人互把在华相府经过情形说了一遍。八美听了，个个欣慰。罗秀英道："祝大伯的锦囊妙计，真个屡试屡验吗？"枝山摸着颔下胡须道："我把这络腮胡子做保证品，要是妙计无灵，任凭你们把我的胡须拉一个'女魔王痛殴唐僧'。"昭容道："这话怎么讲？"枝山道："这便叫作'精打光'啊！"说到这里，满堂莺莺燕燕都是哧哧地好笑。枝山道："不用笑了，这第九位娘娘的房间可曾安排就绪？"昭容道："昭容知道祝大伯的计划没有不灵的，这位未来的九妹妹房间，我们都已安排就绪。但有一层，便宜了他，我们八姊妹实在心不甘休。他把我们抛撇在苏州，不通一讯，我们八姊妹哪一个不是心惊肉跳、朝思暮想？"又指着三娘娘九空道，"她希望丈夫早早回家，朝夜焚香念经，几乎把木鱼儿都打破了。"八娘娘春桃道："我们吃了齐心酒，一定要把大爷警诫一下，好叫他回头是岸，不再起这寻花问柳的心。"枝山道："小唐这般风流放诞，一半是天性使然，一半也是对付宁王起见。现在宁王倒了，我想小唐总该另换一个人了。不过欢欢喜喜地迎接他回来，确乎便宜了他，大嫂要警诫他一下，这是理所当然。但不知怎样地把他警诫？"昭容道："我一时也想不出什么计较，好在祝大伯锦囊在身，请你代想一个方法吧。"枝山道："要问方法，易如反掌。也不须另寻计划，只需如法炮制便够了。大嫂，记得你去年光降舍间，是随带着十二名手执捣衣棒的江北奶奶，现在警诫尊夫，也只需招寻这原班的娘子军前来，待到小唐进门，捣衣棒迎头痛击，把小唐打成了一个糖饼。"昭容摇头道："这个计较太恶毒了，江北奶奶都是粗手大脚的人，他是瘦怯怯的书生，怎挨得起这般痛打？"枝山道："不错不错，这十二根棒槌不打小唐，是专打小唐的好朋友，不打瘦怯怯的书生，专打乱蓬蓬的胡子的。"昭容道："祝大伯旧事休提，除捣衣棒痛打之外，可有什么别的妙计？"枝山向着九空说道："这个计较，要借重你这位三娘娘了。"当下不慌不忙，把摆布唐寅的方法怎样长怎样短，说了一遍。这是编书的用一个概括之词，不须明叙。只为唐寅回来时，自有一番描写，文字里面，可省则省之，免得一番生活两番做了。

且说唐寅送了文、祝二人下船，回到相府去，向华老面前复命。他进了相府，不时地揉擦着眼皮，做出眼圈儿红红的，似乎哭过一般。那时华老已回二梧书院，待了良久，不见书童来复命，心中很觉奇怪。对于文、祝二人忽然而来，忽然而去，很觉异常突兀。衡山是规矩人，谅无他意；这条洞里赤练蛇，诡计多端，他来参相，定有什么用意。他和华安是同乡人，不要勾引他回苏州吧。正在疑虑的当儿，却见送客的书童来到书院中复命，说文、祝两解元都已开船到常州去了，吩咐小人转禀相爷，谢谢馈送的程仪。他一壁说，一壁擦着眼睛。华老道："华安，你和谁怄气？为什么眼圈儿都红了？"唐寅道："小人被那祝大爷百般嘲笑，奴才长奴才短，叫得小人置身无地。孟子云：'羞恶之心，人皆有之。'小人在相府充当伴读书童，只道宰相家人七品官，总不会受人嘲笑。谁料被那祝大爷说什么'有福之人人服侍，无福之人服侍人'，这两句打动了小人的心坎。小人也是顶天立地的人，即使不想人来服侍，却也羞着我去服侍人。况且身世飘零，无家无室，想后思前，总非了局。好在小人的身价银存在账

178

房，并未用去，小人愿把身价银缴还相府，但求相爷允许，把小人暂时放归故里，避过这出口骂人的祝大爷，免得祝大爷从常州回来时，路过这里，又要把小人侮辱。"华老愤然道："祝枝山真不是个东西，你做书童，干他甚事，却要他说长道短，笑你奴才，骂你奴才。你且放心，以后祝枝山再来登门，我总拒绝不见。便是相见，也不叫你捧茶敬客，他便不能侮辱你了。今天叫你送茶，这是我的失计。你做了伴读，久已免除贱役，我叫你青衣送茶，借此卖弄你的才情，谁料惹祸招殃，横生枝节，我懊悔已不及了。你嫌无家无室，我可以给你一名丫鬟做你的妻室，只要你认真伴读，使那公子们考中功名，我绝不埋没你的劳绩。到了那时，或者你已脱离了奴籍也未可知，是要你努力便是了。"

唐寅暗自忖量，祝枝山果然料事如神，以上的说话是我自己的计划，枝山说这计划是无效的，至多华老随意赏给你一名丫鬟，再也不会娶得秋香到手，若要秋香到手，除非用着我的锦囊妙计。现在我该使用着枝山的锦囊妙计了。当下吞吞吐吐地说道："相爷宠爱小人，可谓仁至义尽。但是相爷吩咐的话，祝大爷已经说过。"华老道："叫什么祝大爷，你只唤一声老祝便是了。老祝怎样向你说呢？"唐寅道："老祝料事如神，他说：'你做了奴才，休想可以脱离奴籍。你便自愿赎身，你主人绝不允许你取赎。便自恨无家无室，你主人也不过给一个才貌不相当的丫鬟做你的浑家罢了。你依旧一世奴才做到底，辱没了你的祖先，辱没了我们苏州人。你怕人家笑你是奴才，你不妨随我同去，我绝不要叫什么好听，你只唤我一声祝先生，我便叫你一声康世兄。你要娶妻室，我这里体面丫鬟很多，任你选择，定不吝惜。要是不合你的意，文二爷家中也有许多俊婢，也尽可以任你选择。机会难得，快快跟了我们去吧。'"华老道："这条赤练蛇越说越荒谬了。你怎样回答他呢？"唐寅道："小人回复他道，祝大爷的话怕不有理。但是相爷待小人不薄，万难不别而行。"华老点头道："这才是良心话啊！他又怎么说呢？"唐寅道："祝大爷冷笑了几声，笑着小人不明事理，你要禀明主人发放回乡，那么你便永无回乡之日了，你怕做奴才，快快跟我去。小人又说相爷待我不薄，不得相爷应许，绝不私逃。祝大爷又说一句刻薄的话，他说我一篇良言劝不醒，真叫作'狗要吃屎，砂糖换不转的',你现在不醒悟,过了几天,你才深信我祝大爷的说话都是金玉良言。"华老怒道:"什么金玉良言,狗屁也不如!华安,你不要中他的妙计。谅他们一榜解元,不脱寒酸气象,再也养不起许多婢女。文、祝两家的丫鬟,怎比得过我们潭潭相府,使女如云。你要妻室,我绝不给你一个才貌不相当的丫鬟;你只需放出眼光,我肯把阖府的丫鬟排列在东西鸳鸯厅上,凭你选择,你愿不愿呢?"唐寅听了,益发佩服他的老友枝山。这一套话,都是枝山在船上传授他的,华老果然上当了。唐寅所希望的,只希望这"阖府丫鬟凭你选择"八个字,现在他竟如愿以偿了。心花一开,头皮也不觉得痛了,跪在地上扑通扑通地磕着响头。且磕且谢道:"太师爷这般地恩待小人,结草衔环,难报大德。小人情愿一辈子在相府中服役,任凭老祝笑小人是奴才,骂小人是奴才,小人只当他放着响屁,捏着鼻子不去理会他便是了。"华老道:"知恩报德,理该如此。你且起来吧。"唐寅跪着不起道:"小人还有话告禀太师爷。小人曾向老祝说,相府之中,使女如云,要有家室,太师爷定把才貌双全的使女配给书童。祝大爷要诱引小人返苏,小人是不去的。"华老捋着胡子道:"好啊,老祝怎么说呢?"唐寅道:"老祝说,你这奴才,生就奴性。你主人便把才貌双全的使女给你做妻子,成婚的时候,也只草草不工。你依旧头戴罗帽,身穿直身,脚着蛤蟆头靴,和那使女拜堂。你便娶得西子王嫱,也是辱没煞了。快快跟着你祝大爷去吧。你肯同行,我决定叫你另换衣巾,做个书生打扮,我便把你当作小友看待。小人回答道,祝大爷不用甘言相劝,我情愿做太师爷的奴才,不愿做解元师的小友。文、祝二人听了,连声冷笑,说什么朽木不可雕也,贱骨难医,你去做你的奴才吧。"华老怅恨道:"老祝可恶,一而再再而三地把你诱引。你不要听他,他会得叫你更换衣巾,我难道不会叫你更换衣巾吗?他会把你当作小友看待,我难道不会把你当作小友看待吗?你且起来,午饭后,在鸳鸯厅上选择丫鬟,你点中了谁,立时可以更换衣巾,和你心爱的人完成花烛。从此以后,你只在我府中教书,我叫大郎、二郎改换称呼,都叫你一声先生,那么你该安心住在这里了。"唐寅又连磕着响头道:"若得如此,小人今生报不尽太师爷的恩,到了来生,依旧做马做牛,报酬大德。"说罢,感激涕零地站立起来。华老道:"你回书房去吧。我到里面，告知你的主母，以便遣发丫鬟，听你挑选。"在这当儿，唐寅进书房，华老进中门，按下慢表。

且说华平、华吉、华庆，都在二梧书院伺候相爷，眼见华老这般宠爱华安，不免动了妒意，退到外面，窃窃私议。华平道："彼此都是书童，你看华安兄弟这般脸上敷金。给他妻子不算数，还得由他挑选；立时成亲不算数，还得叫他更换衣巾；脱离奴籍不算数，还得叫他充当西宾。两位兄弟啊，从此以后，我们便不能和他称兄道弟了。他是西宾，我们是童仆，我们见了他要唤一声'师爷在上，书童叩头'，他见了我们，要摩擦鼻尖，道一声'罢了罢了'。本来他和我们是芦席上爬到地上，以后他和我们，他是高高在上，我们是低低在下了。两位兄弟啊，你想气不气呢？"华吉、华庆二人都是少年气盛，一经华平煽动，无名火直透囟门，都说太师爷太觉偏心了，我们须得约齐着府中兄弟们，商量一个对待的计划。于是在老总管房中召集了许多童仆，便把方才的情形报告一遍。就中年龄较长已有妻室的，当然不赞成什么剧烈举动，但是没有妻室的童仆见人吃饭喉咙痒，一致主张，大家吃着齐心酒，同去恳求主人。府中丫头很多，可以配给华安，难道不可以配给众家奴？须得太师爷雨露均施，使众人同受实惠，休得福者自乐，苦者自苦。老总管阅历较深，忙道："众兄弟休得一蓬之火，触怒主人。华安自有华安的本领、华安的福分，诸位可与人争，难与命争。'命里穷，只是穷，拾着黄金会变铜；命里富，只是富，拾着草纸会变布。'快快散了吧，多一事不如少一事。要是主人动怒，打起满堂红来，何苦把自己的皮肤挨受一顿家法板。况且相府规矩，成年的童仆，只需三年无过，便可赏给丫鬟作为妻室。兄弟们，还是安分的好。"

华吉、华庆却不服老总管的劝告。华吉说："老伯伯既知相府规矩，三年无过，才得娶妻。华安在相府中不到半年，太师爷便许他挑选妻室，这话怎么讲？"华庆道："华安该有妻室，我们早该有妻室了。我们成年以后，在相府中伺候太师爷，都是三年不足，两载有余。太师爷怎么忘却了我们呢？"人丛中还有一个打杂差的痨病鬼阿七，哑着嗓子向众人说道："太师爷做事，越做越荒唐了。我阿七在相府里当差足有五载，早该给我一个妻子。太师爷嫌着我身体不好，说我早晚要做阎罗王的点心，免得害

181

了人家的女子，过门后便做寡妇，因此不依着定下的规矩。人人伺候三年都赏给一名丫鬟，唯有我阿七年将三十，依旧是个光身汉。他说我是阎罗王点心，我身子来得强壮。"说时，连咳了几声不彻底的嗽。又有人接着说道："好有一比，好比'弯扁担不断'。"说话的是相府中守后园的叫作小王，只为他说话时往往说一句好有一比，所以大家叫他王好比。华平道："兄弟们一般都是伺候人的，太师爷把华安抬得太高了，我们的面子上太不好看。"王好比道："实在面子上太不好看了。好有一比，好比'王胖子投井，下不过去'。"管理大厨房的小杨道："小厨房中的石榴妹子，同我年龄相仿，要没有华安投靠入府，将来太师爷一定把石榴给我为妻。只为我们都是管厨房的，门当户对，再好也没有。自从华安入门，石榴便心向着华安。此番挑选丫鬟，他一定把石榴选去，那么我便完了。"王好比道："小杨，你的希望好有一比，好比'竹篮子提水，落了一个空'。"华平道："小杨，你趁着华安尚没有选中丫鬟，赶快禀告太师爷，留着这石榴，不许华安挑选。"王好比道："禀告也是没用的，好有一比，好比'墙头上榻白水'。"小杨道："他果把石榴选去了，他便是我的仇人，我和他势不两立，永远和他绝交。"王好比道："合该和他绝交，好有一比，好比'张果老倒骑驴子，永不见畜生之面'。"华平道："我们去见太师爷，哪个当前，凡事须有一个领头的人。"王好比道："领头的人是不可少的，好有一比，好比'蛇无头而不行'。"华平道："王好比，你是会说话的，便请你做领头的人，我们都跟着你去。"王好比摇头道："我是怕做出头人的，好有一比，好比'出头椽子容易烂'。"痨病鬼阿七道："我的年纪最大，我来做个领头的人。众位兄弟跟着我走啊。"众人便跟着痨病鬼阿七径向二梧书院而来。但是走得没多几步，痨病鬼阿七又连咳了几声不彻底的嗽，停止着脚步道："诸位打前，让我随后吧。"王好比道："阿七哥行行又止，好有一比，好比'石乌龟喝水——口不应肚'。"痨病鬼阿七道："我不是口不应肚，只为这几天内发着老毛病，两腿软绵绵，不能够奋勇当先。须知愿做领头人是我的立志，只恨这两条腿不答应。"王好比道："阿七哥，你只会说，不会跑，好有一比，好比'铁嘴豆腐脚，能说不能行'。"众人一窝蜂地走近二梧书院，你推着我，我推着你，谁都不肯首先入内，只在外面七张八嘴。正是：

随声附和易中易，奋勇当先难上难。

欲知后事如何，且看下回分解。

第二十六回

杜雪芳内堂誉俊婢
华相国书院训群童

华老面许唐寅在鸳鸯厅上挑选丫鬟，合该告知太夫人，以便进行。他走入中门时，恰值太夫人和两房媳妇在紫薇堂上闲谈。婢女们告声相爷进来了，婆媳三人一齐离座相迎。相见以后，彼此坐定，华老先把祝枝山诱引华安的事述了一遍。二娘娘肚里明白，大概是母亲返苏以后，说破了表兄的踪迹，表嫂们央托老祝到这里来施行妙计的。但不知他的计划如何。太夫人道："我们家里的书童，和祝枝山有什么相干，要他前来煽惑。但不知华安受骗不受骗？"华老道："枝山诡计多端，口才又好，说得华安方寸动摇，前来央求我暂时放他回里，愿把身价银缴还，免得受那老祝嘲笑。"太夫人道："这事如何使得？放他去后，他永不再来了。他一去不打紧，误了我两个儿子。自经他伴读以后，才得些门径，他一去后，哪里觅得到这般善于教导的人？老相公，你无论如何，总不能允许他回去的。"华老道："我便和夫人一般意思，要把华安留着不放，须得使他安心在这里伴读。枝山诱引他的种种好处，我也件件允许他。要得美妻，我把丫鬟给他挑选；要除奴籍，我便叫儿子们唤他先生。他见我这般地仁至义尽，便即感激涕零，情愿一辈子在相府效劳，再也不受枝山的勾引了。夫人，你道我的办法可好？"太夫人道："要把华安留住，只有这个办法。除却四香以外，旁的丫鬟都可听他挑取。"华老道："我已面许他了，阖府丫鬟任他点取。要是除却四香，这阖府丫鬟四个字，便有些矛盾了。奉劝夫人，也把四香遣发到鸳鸯厅去，未必华安点中的丫鬟便在四香里面。"太夫人先问大娘娘道："大贤哉，你道如何？"大娘娘杜雪芳道："媳妇的意思也和翁姑一般，华安伴读有功，万万不可使他回去。寻常丫鬟只怕他看不中，若在留他，总得遣发四香一同听选。"太夫人又问二娘娘道："二贤哉，你道如何？"二娘娘冯玉英道："媳妇的意思，也觉得留着华安，确能使他的小主人增长学问。但是翁姑要留他，须得藏着四香，不许他挑选，他自会一天天地住在相府里面。若把四香任他挑选，便是催促他回乡。"太夫人沉吟片晌道："二贤哉的说语，向来很有见地。唯有今天说的几句，老身却不明白了。怎么不挑选四香，他会久留，一挑选四香，他便要回乡呢？你莫非说错了吧。"二娘娘道："婆婆以为说错，媳妇只好自认说错了。但是也得问问四香，究竟她们愿不愿呢？"秋香忽地跪在太夫人面前道："婢子情愿一辈子侍奉你老人家，不愿到鸳鸯厅上去听选。"太夫人道："好秋香，起来吧。我不放你去听选便是了。"秋香拜谢起立。太夫人道："秋香不去听选，你们三香愿不愿去听选呢？"三香听了，你看着我，我看着你。她们的心里都是千愿万愿，不过这愿字填满在心坎，却不能出之于口。

十六世纪的女界，打不破耻羞观念。不但闺阁千金说及婚姻，不敢有显然的主张，便是大人家的婢女，也有些羞人答答，不肯直言，也不肯公然表示我愿嫁谁。她们三人你看着我、我看着你的结果，却是默然不语。太夫人道："不用害羞，究竟怎么样呢？"于是三香咬了一会儿的耳朵，才由春香代表说道："悉听老太师、老太太的吩咐，出去听选也好，不去听选也好。"这虽是两可之词，其实呢，弦外余音已是千愿万愿的了。华老道："夫人，这便有办法了。少顷鸳鸯厅上挑选佳偶，且把四香留在里面，看华安在群婢之中，可能挑出合意的人。要是已有了合意的人，那么四香便不须去听选了。要是一个都不合意，那么夫人只暂时割爱，放着四香去挑选。要是不舍得秋香，且把秋香留着，遣发三香去，由着他点中一人。合计相府中有三四十名丫鬟，不见得华安个个不满意，只满意于夫人留着不放的人。"太夫人道："老相公这个办法果然很好。"又回头向杜雪芳说道："大贤哉，你道如何？"杜雪芳向来唯唯诺诺，不做主张，唯有今天却发表着意见道："婆婆不问媳妇，媳妇不敢妄言，婆婆问及媳妇，媳妇却

185

有一个愚见。相府中粗细丫鬟虽有三四十人，但是外面早有两句歌谣道'华府众梅香，不及一秋香'，这是阖府中人都知晓的。华安进府半年，断无不知之理。他若随随便便请主人赏给他一房妻子，那便没有什么话说。现在他要在众婢之中挑选一个才貌双全的女子，他不想秋香想谁呢？媳妇以为若要留着华安在书房中伴读，婆婆只可一时割爱，把秋香派到鸳鸯厅上，凭他点取。要是华安点中了秋香，他便安心伴读，断绝思乡之念。小主人得他指导，茅塞已开，再加功夫，自有飞黄腾达的希望。要是婆婆舍不得秋香，待等华安成婚以后，依旧可以叫秋香前来侍奉。相府中房屋很多，只需拨付几间，叫他们新夫妇居住，那么秋香依旧住在一家，婆婆跟前也不会寂寞。"华老听到这里，频频点首，暗想两房媳妇，人人都说二媳妇有见解，现在听了大媳妇的议论，她的见解也不弱于二媳妇啊。太夫人是棉花耳朵风车心，听得杜雪芳这般说，也觉得很有理由。不过事在两难：叫秋香出去，只怕秋香不愿；不叫秋香出去，又怕华安不满意。旁边站立的四香，秋香低着头不作声，三香频频向大娘娘注目，眼光之中，都含着怨恨的意思。她们肚里明白，除去四香，把其他的姊妹给华安点取，华安决计一个也不中。照着方才的计划，留着秋香，单把我们三人应选，三人的才貌不相上下，大家都有被他点中的希望。若照大娘娘的说话，要把秋香一同遣发到外面，那么我们三人便绝望了。大娘娘，大娘娘，你为什么这般作恶？怪不得你要嫁一个跛头，好好的楼上不住，要住在后花园猴子笼中。

其实呢，大娘娘的心思，编书的定然知晓。她并非和三香作对，她也有她的一片苦衷。她恨着丈夫昨宵干出这般的荒唐行为，今日早晨自伤遇人不淑，淌了许多眼泪。又有人从园中猴子笼内发现了大跛的铺盖，从园丁送到中门管家婆那边，由管家婆送上东楼。大娘娘见了，益发又羞又愤。她想秋香常侍婆婆左右，那么自己的跛头丈夫"偷食猫儿性不改"，绝不肯专心读书，一定又有什么笑话闹出。趁着今天的机会，不如撺掇婆婆把秋香派至鸳鸯厅上，听凭华安选去。那么秋香成了有主之花，便可以断绝丈夫的邪心。再加着华安得了秋香，便肯久留在相府中伴读，丈夫的跛头跛脑虽然无法疗治，丈夫的学问，有了这位循循善诱的人，决计可以取得功名，替自己妻子争得一份冠诰。那么嫁了跷头，总算也做了命妇。要不然，见了嫁得如意郎君的妹妹，岂不要使我惭死吗？这都是大娘娘的心思。所以今天在紫薇堂上，她竭力劝止太夫人，休得留住秋香。

太夫人又回转头来，问冯玉英道："二贤哉，你道如何？"二娘娘道："媳妇的愚见，和大房的姊姊不同。公公和婆婆若要留住华安常在书房中伴读，须得留住秋香，不许他点取。把秋香多留一天，华安便多住相府一天；把秋香多留一年，华安便多住相府一年；把秋香一辈子地在相府中留着，华安便一辈子地在书房中伴读。"太夫人听到这里，搔头摸耳地说道："二贤哉，你的说话一向是很爽快很有决断的。怎么今天的话简直不可思议，简直莫名其妙，我猜不出是什么意思。老相公，你可明白吗？"华老捋着长髯，这个那个一会子，也猜不出二媳妇做何主张。

其实呢，二娘娘的心思，编书的也知晓的。她知道今天枝山上门，为着送一条锦囊妙计。公公召集丫鬟，听凭表兄挑选，公公不知不觉已入了表兄的彀中，挑选女子一事是假，专要秋香是真。表兄取中了秋香，一经成婚，便须滑脚，说不定载美的舟已在河滨守候。这个闷葫芦转身便要揭破。待到揭破以后，翁姑必定责我隐瞒，不如趁那未发觉的时候，略露端倪，好叫公公婆婆事后追思，我曾提醒他们的，只是他们不悟罢了。要是听着我的说话，秋香怎会被表兄骗去，连夜脱逃呢？这是二娘娘的心思。所以她今天竭力主张留住着秋香。她不是和表兄作对，她只是替自己减轻干系。明知秋香是留不住的，便是暂时留住，其他丫鬟一定完全落选，表兄有挟而求，非得秋香不可。其时三香听着，个个面有喜色。春香力劝着太夫人："不如听了二娘娘的说话吧，二娘娘的主张是很好的。她说留住秋香妹子，便即留住了华安，这句话是不错的。"太夫人回过头来道："你倒比我聪明。留住了秋香，便是留住了华安，这两句话是怎样讲啊？你且讲给我听。"这两句话，却封住了春香的嘴。她不过随声附和，至于怎样地留住秋香便即留住华安，任凭春香千思万想，也总想不出这个道理了。

忽地中门上传进消息，说阖府没有娶妻的家丁，都要央求太师爷各各赏给他们一房妻子，他们都在二梧书院庭心中守候太师爷出来。华老愕然道："岂有此理！他们也学着华安向我有挟而求吗？哼哼，华安有华安的本领，他们有什么本领呢？"说时座上抬身，太夫人站立相送。华老道："夫人止步，你且吩咐众丫鬟，待到饭后在鸳鸯厅候选。四香暂时留着，他若选不中，再遣三香出去。他再选不中，定要秋香出去。到了那时，我和夫人再做计较。"说罢，靴声橐橐地出中门去了。

话分先后，书却平行。那时二梧书院的庭心中站着一群家丁，也有三四十人。痨病鬼阿七道："你们松一些，挤得紧紧的，把我骨头都轧得疼了。"一壁说，一壁喘个不停。王好比道："阿七哥是轧不起的，动不动便要吐血，要是轧得他口吐鲜血，好有一比，好比'小鸡踏扁头，实在没救头'。"众人果然松了一些。大家埋怨着阿七："你来胡调做什么？这般风都吹得倒的人，还想要老婆吗？"阿七咳了几声不彻底的嗽道："看我风吹得倒，要养三男四女，我可以写得包票。"王好比道："阿七哥病体奄奄，还贪女色，好有一比，好比'软刀子割头不知死'。"华平道："方才已遣人到中门报信去，请太师爷出来了。只是出来以后，我们做奴才的休得心中害怕，说不出话来。"王好比道："我们虽是奴才，只要吃了齐心酒，便不怕太师爷了，好有一比，好比'蚂蚁虽小，蛀倒了住房'。"小杨道："华安不把石榴点去，和我无干，若把石榴点取，定要在太师爷面前和他论理。"王好比道："太师爷即使宠爱华安，毕竟离不了一个理字，好有一比，好比'理字没多重，三人抬不动'。"在这当儿，隐隐听得华老痰嗽之声，相国威严，不寒而栗。

众人都说不要啰唆，太师爷出来了。王好比道："一听得太师爷声音，便变作这般模样，好有一比，好比'炉边雪狮子，一近身便融化了一半'。"众人道："我们快推着领头的人向太师爷禀话。阿七哥不是愿做领头的吗？"阿七哑着声音说道："恰才愿做领袖，现在喉咙中作痒，防着吐出血来。会说话的还是叫王好比上场吧。"忽见华老怒容满面，靴声橐橐地来到二梧书院，在独座中向南坐定，厉声问道："你们众刁奴，成群结队要来见我，毕竟是什么意思？"众人听得申斥的声音，谁都软化了，又不好虎头蛇尾，便即解散，于是要揎着王好比道："会说话的请上前替我们回话。"王好比不肯走，众人把他一推一送，早已换到了滴水檐前。王好比自言自语道："没奈何，只好上去了。好有一比，好比'伸头一刀，缩头也是一刀'。"便即走入二梧书院，向着华老叩头道："太师爷在上，小人看守后园门的小王又称王好比的叩见。"华老道："你且起来，究竟为着何事，拥聚多人，七张八嘴？"王好比道："这事不和小人相干，小人好好地在后花园中看守园门，忽地华平兄弟把我唤入，到了老总管那里，说要开什么奴才会议。小人问他们何事，他们都说为着太师爷赏给华安兄弟一房妻子，一样都是做奴才的，他们恳求太师爷一视同仁，按着人数，每人赏给一名婢女做妻子。就是华安有了妻子，旁的兄弟都是独身，好有一比，好比'救了田鸡饿了蛇'。若说小人呢，看守园门，没有什么出息，怎会养家活口，有老婆没有老婆，倒可随便，好有一比，好比'三亩棉花三亩稻，晴也好，雨也好'。"华老知道是华平主动，却推着王好比上来说话，益发怒不可遏，便令王好比退下，却把华平传唤到二梧书院，罚令长跪，把他责骂一顿，说："大胆的奴才，既是你暗中煽动，却又推着一个不相干的王好比上来说话，这是什么道理？"华平申辩道："启禀相爷，这不是小人的主张，这是打杂差痨病鬼阿七出的主意。他说年已三十岁了，在相府里服役足有五年，依旧是个单身汉，华安兄弟进相府不过半年，相爷却许他挑取丫鬟做妻房。他不服气，他说相爷把他委屈了，自愿做领袖的人，率领阖府不曾娶妻的童仆，要求相爷恩赏一名丫鬟。"华老怒道："你们这辈奴才，都不是东西，快唤阿七上来问话。"痨病鬼阿七道："华平兄弟，都是你出的主意，怎么推到我一人身上？"华平道："谁叫你说愿做领头人呢？"王好比道："阿七哥快快上去吧，华平兄弟是不担责任的，好有一比，好比'黄叶飞来怕打头'。"阿七没奈何，只好跟着华平来见主人。华老又喝令跪在面前，问他为什么鼓动家丁，目无长上。阿七道："相爷明鉴，小人这般病恹恹的身体，不久活在人世，怎敢希望什么家室之乐。这都是华平、华吉、华庆三人的意思。只为平、安、吉、庆四人，一般都是书童，相爷厚待华安，他们三人不服气，要禀告相爷恩赏一名婢女，又怕相爷不答应，便邀集了小人们三四十人，以壮声势。其实呢，都是他三人做主。"说到这里，一阵地阿罕阿罕阿罕咳个不住。华老肚里明白，主动的只有三人，其他童仆都是被他们强迫的。本要把华平等各责一顿家法板，但是打了以后，他们又要抱恨主人不公，益发遗有后言了。当下斥退了瘝病鬼阿七，吩咐平、安、吉、庆都到二梧书院来听训话。

于是华平去召集三人，同上二梧书院听候相爷吩咐。待到叩见以后，华老道："你们四人，虽然一般都是书童，但是才学大分高下。我待人一秉大公，只要有特别的本领，我便特别加恩。相府中定下规矩，凡属成年的童仆，都须服役三年，才许赏给妻室。这是对于寻常的童仆而言。华安身为书童，却能充任公子的伴读，使他们的学问蒸蒸日上，可见他是特别的书童了。我便把他特别加恩，也是理所应当。你们三人只需也有华安的本领，我自然也是特别加恩；你们没有本领，却要和华安比较，他是虎，你们是犬，能强于虎吗？我有一个上联在此，你们替我对来，'谁信犬能强似虎'，你们挨着次序，华平先对，其次华吉。其次华庆，三人对得都工，便可会同华安在鸳鸯厅点取佳偶。快快对来！"平、吉、庆三人你看着我，我看着你，都变作哑口无言。华老道："可见你们对不出了。华安可把这个上联宣布与庭心中众人知晓，谁可对一个工稳的下联，便许谁和你一同挑选一个妻子。"唐寅便站在滴水檐前把华老的话传布与众人知晓。瘝病鬼阿七道："要我对对，真个要我的命了。王好比你是会说话的，还是你去对吧。"王好比道："要我对对，好有一比，好比'擀面杖做吹火管——一窍不通'，看来赏给丫鬟没我的份了。大家散了吧，各人有各人的福分，好有一比，好比'命里该吃粥，有饭吞弗落'。又有一比，好比'鹅吃砻糠鸭吃谷，各人自有各人福'。"说到这里，众人都笑了，便不敢自讨没趣，庭心中走得不留片影。

唐寅回禀华老说："他们对不出下联，都是知难而退了。"华老道："他们不会对，你对一个吧，最好即景生情，以便平、吉、庆三人听了心服。"唐寅见二梧书院中挂着一幅沈石田画的《鲤鱼跳龙门图》，便道："小人便照着画轴上的意思，对一句'焉知鱼不化为龙'。"华老大喜道："这七个字，自负不凡，果然是有出息人的口吻。你们三个心服吗？"平、吉、庆三人都禀道："小人心服了。"华老道："既已心服，我便宽饶你们一顿痛打。你们满足三年服役，便在目前，只要无辜，哪怕没有妻子。你们都替我下去吧。"于是三人谢了主人，各去服役。一场风波，就此平静。华老道："华安，你也到书房中去吧。"唐寅辞了华老，从院中抄往金粟山

190

房。才走到假山右边，忽有人迎上前来，当胸一把扭住，喝道："今天和你拼命去。"唐寅不觉猛吃一惊。正是：

　　谁料冤家偏路窄，从知情海总风多。

　　欲知后事如何，且看下回分解。

第二十七回

扭胸脯小杨争板凳
烘馒头痴婢闭房门

冤家狭路相逢，把唐寅一把扭住。唐寅看他是谁，原来是掌管大厨房的小杨。唐寅道："小杨，我和你往日无冤，今日无仇，你把我当胸扭住，为着谁来？"小杨恶狠狠地说道："我和你往日有冤，今日有仇，窄路相逢，须得评个理去。来来来，且到假山旁边螺髻亭中，和你谈几句话。"唐寅道："谈话便谈话，休得拉拉扯扯失了体统。"小杨并不睬他，把他扭到螺髻亭中，方才放下，彼此都坐在石鼓凳上。唐寅偷眼看小杨，见他额筋涨起，面红颈赤，好似和自己有深仇宿怨一般，忙含着笑脸说道："小杨哥，小弟进了相府半年，对于弟兄们从来不会有过言语高低，总是如兄如弟，亲爱异常。今天小杨哥究竟为着何事，要和小弟过不去？冤家宜解不可结，无论什么事，小弟总肯谦让。要是小弟平日在无意之中，有什么得罪了小杨哥，只需明白告知，小弟无不赔罪服礼。"这一派缠绵委婉说话却把小杨的一腔无名火消灭了一半，便冷笑了几声道："华安兄弟，你可知道'鹅食盆里不用鸭插嘴'，你便害了馋痨，也不该夺了我的食去。"唐寅道："这便奇了，小杨哥管理厨房，小弟伴读书斋，桥归桥，路归路，彼此各不相干。小弟便害馋痨，书房里自有小弟的饭菜，断不会偷入大厨房，把小杨哥手制的羹汤悄悄地吃了。小杨哥休得冤枉了小弟。大厨房中偶一不慎，便有野猫入内抢着东西去吃。"这几句话把小杨说得笑了，忙问道："人人说你聪明伶俐，你原来也是一只呆鹅。我说你夺了我的食去，并不是大厨房中的鱼肉荤腥。"唐寅道："不是鱼肉荤腥是什么？难道葱韭大蒜？"小杨道："这不是大厨房中的东西，是树上的东西。"唐寅道："这又奇了，树上的东西和小杨哥何干，却要你据为己有？"小杨道："你知道树上的东西是什么？"华安道："不是桃子，定是杏子，不是枇杷，定是杨梅。"小杨道："你把这些东西偷吃了，和我何干？可恨你要吃的不是这一类的水果。"唐寅道："不是这一类的水果是什么？"小杨道："你休假痴假呆，装作不知。你一心要吃的，便是相府中一只挺大的石榴。我给你一个信息，这只石榴是不配你吃的，石榴上面已有我的许多眼毒，你若误吃了，管叫你中毒而亡。"唐寅笑道："小杨哥越说越好笑了，这里的石榴，至多不过酒杯般大，酸溜溜溅人齿牙，谁稀罕呢？你要一人享用，小弟不来分甘。你没有吃过洞庭山的石榴，这真叫作石榴咧，每只足有大碗般大，绽开来时，红的部分如宝石，白的部分如水晶，吃在口中甜如菠萝蜜，好吃煞人。"

小杨皱眉道："你还是真个不知，还是假个不懂？这石榴不是真的石榴，是假的石榴，不是酒杯大的石榴，却是会说会话的石榴。开了天窗说亮话，自从你进了相府，小厨房中这条长凳上再也不能挨上我的屁股。你和石榴很得意地坐在长凳上，有说有笑，全不想我在隔壁切肉，隔着一重小门听得清清楚楚，一时愤起，恨不得把切肉的刀直刺自己的心坎。"唐寅道："这算什么，难道小杨哥活得不耐烦吗？"小杨道："你有所不知，从前你没有进相府时，这条广漆长凳上，一个月中我总得坐着三五回。眼见自己坐的长凳生生被你占了去，叫我怎不又羞又愤。"唐寅道："为着一条长凳，你便乌眼鸡似的和我寻仇，我可以通知石榴姊姊，叫她把这条广漆长凳从小厨房里送到大厨房里，好叫小杨哥朝也有长凳坐，暮也有长凳坐。休说一月坐三五回，便是一天也可以坐三五百回。"小杨道："你休说这俏皮话，谁稀罕这一条广漆长凳，送到大厨房里也只好当柴烧。"唐寅道："小杨哥又来了，没有长凳坐，你要自杀，有了长凳坐，你又要当柴烧。"小杨道："我说的长凳是和石榴同坐的长凳。单是我一人坐，红木椅子也不稀罕，何况一条广漆长凳。我争不过你，你的脸蛋子比我好，才学又比我高。你霸占了我所坐的长凳，还不心足，你竟要挟太师爷，着令阖府的丫鬟供你选择。旁的丫鬟不过是摆摆样儿罢了。人家向我说，你的心中早已点定了一名丫鬟，只需她到鸳鸯厅上，你便把她点中了，永远做你的妻房。"唐寅惊问道："你知道的是谁？"小杨道："还有谁呢？便是和你同年同月同日同时生辰的石榴。唉，华安兄弟，你道她真个和你同年同月同日同时生辰吗？你休信她。你没有进相府时，她和我同坐在一条长凳

193

上，彼此谈谈生辰八字，她也说和我同年同月同日同时生辰，她也把我叫作四同哥哥。自从你进了相府，她硬和你四同，和我四不同了，好好的一段姻缘，生生地被你夺了去，叫我怎不怀恨？"唐寅道："小杨哥，原来为这区区小事。我也开了天窗向你说亮话，今天鸳鸯厅上点取妻室，我的心中确乎要点取这位石榴姊姊。只为她面貌既好，性情又佳，又烧得一手的好羹汤，似这般的贤能女子端的少有。但是我没有知道她和小杨哥有这一段姻缘。小杨哥既已说明了，君子不夺人之好，你且放心，少停鸳鸯厅上点取妻房，我把这位贤德女子让给小杨哥。人人凭我点取，只有石榴姊不在点取之列。小杨哥你该原谅我这一片好心。"小杨道："华安兄弟，你真个不想夺我这只石榴吗？"唐寅道："我可以指天立誓。"说时，站立起来，当天立下誓愿道："苍天在上，后土在下，小杨哥心爱的石榴姊，我华安绝不侵占。如有食言，天诛地灭。"小杨方才拍着唐寅的肩道："好兄弟，你确是个正人君子。恰才冒犯，请你原谅。"于是彼此一笑而别。小杨回厨房，唐寅自回书房。

　　唐寅出了月洞门，将近金粟山房，却听得里面两个踱头也在讨论今天的事。大踱道："阿阿二，你你看，大大叔，点点丫鬟，中中的是谁？"二刁道："我不小（晓）得他看中的忌（是）谁，我的心里，最喜他点中的香。"大踱道："我我也愿他点点中香。"唐寅听到这里，尤其注意，暗想两个踱头的说话，倒合着我的心思。又听得二刁说道："老冲（兄），你为什么要华安点中香？"大踱道："以以前的香，是是我的亲家，现现在的香，是是我的冤家。昨昨夜的事，越越想越苦恼，骗骗我上当，还还叫妈妈来，看看破机关。"二刁道："昨夜上楼以后，小小（嫂嫂）怎样待你？"大踱道："说说也苦恼，房房门，关关得紧腾腾，赛赛过牢门。我我冻了半夜，铺铺盖忘记在猴棚里。阿阿二，弟弟媳媳，怎怎样待你？"二刁道："我家家难（主）婆，比小小（嫂嫂）更凶，罚我跪在地板上，跪了大半夜。老冲（兄）啊，说来说去，都忌（是）秋香害人精。"大踱道："今今天，妈妈对我说，要要把秋香，做做她的义女了。"二刁道："她做着丫鬟，已凶得这般模样；做了我的妹鸡（子），尤其凶了。我不愿有这妹鸡（子）。但愿华安点中了她，让她做那书童的家鸡（主）婆。"大踱道："我我也是这般想，放放在眼前，又又不能调戏她，不不如让她，做做那，华华安的家婆。"唐寅听了，尤其得意。他所惴惴于心的，只怕

194

两个跷头做他的情敌。华老虽然宠爱书童，毕竟帮着儿子。他想我要点中秋香，有这二憨作对，便不免好事多磨。现在呢，他们吃了秋香的亏，把她恨如切齿，但愿我点中了她，这正是遂着我的心愿了。当下走入书房，仍去伴读，按下慢表。

且说华太夫人已把众丫鬟唤至紫薇堂上，宣布华老的意思，她他们聚集东西鸳鸯厅，听候华安从中挑选，即日成婚。你们如其不愿做华安的妻子，可以申明在前，以便从中剔去，不在挑选之列。那时候粗细丫鬟一共三十八人，中有两名年在十三岁左右。太夫人道："这两名幼婢未到成亲年纪，合该剔退。其他不愿的快快声明，休得自误。"谕话已毕，三十八名异口同声，都说愿去应选。便是两个小丫鬟也不愿剔退。一个道："华安哥哥点中了我，可以做养媳的。"一个道："华安哥哥点中了我，可以做等大的。"太夫人不懂什么叫作等大。二娘娘道："这是苏州俗语，等大便是养媳。等待她年龄大了，方才成亲，这便叫作等大。"太夫人斥责幼婢道："我要你们退出，怎敢多说！"小丫鬟没奈何，只得在人丛中退出，眼角里亮晶晶的，几乎要堕下泪来。太夫人道："除却两名幼婢，一共三十六名，吃过了午饭，都到鸳鸯厅上去应选。"众人一片声地应道："遵太夫人吩咐。"各各散去。

就中最起劲的便是小厨房中的石榴。她以为今天挑选，自己稳稳地有份。华安兄弟和我认识最早，情谊最深，他不点我，点谁呢？其他的丫鬟都是心花怒放，希望得做华安的妻子。这一天，开出饭来，众丫鬟怎有心思吃饭，要吃三碗的，只胡乱吃了一碗。饭桶里剩下的饭很多很多，但是水灶上的开水却告了消乏。只为大家都要在化妆上用功夫，你也要热水，我也要热水，把皮肤洗了又洗。其时没有香肥皂，只有澡豆和皂荚，一时不知耗费了多少。洗面洗手不算数，还要忙着去洗脚，只怕华安品头评足的当儿，嗅着了脚臭，以致落选。

梳头娘姨的女儿唤作小莺，预备着两个无馅馒头。旁的丫鬟见了忙问道："小莺，你没有吃饭吗？买这面包子做什么？"小莺道："你们休得问它，自有用处。"说时，遣发同伴出房，把房门闩上了，独自一人在里面洗面整妆。同伴的四喜心中怀疑，她要整妆，为什么要吃面包子呢？便在门缝中窥她一窥，以便打破这个疑窦。于是一眼开一眼闭地窥那房中整妆的小莺可有什么秘密举动。但见她洗过了脸，抹过了粉，把两个面包子放

195

在面盆旁边。又见她打开一个小纸包，把指甲儿舀取一种粉末，敷在面包上面。敷了一个，又敷一个。四喜益发奇怪，心中暗想，难道替面包拍粉不成？她自己要拍粉并不稀奇，她替面包拍粉那便大大地稀奇了。又见她在鸡鸣炉上点起了火，把面包放在炉上，烘得热腾腾的。便见她袒了胸脯，露出猩红抹胸来，把两个热面包分夹左右腋下。四喜暗想，她又玩什么把戏了？但见她两腋夹着面包，不住地在房中打转，和热石头上的蚂蚁一般。转了一遍，又转一遍，转得粉汗淋淋、气喘吁吁，兀自不肯停止。四喜自言自语道："莫非她发痴了吗？快快告诉她妈妈去。"于是到了外面，寻得那个梳头娘姨，开口便说："干妈，你们的小莺痴了，腋下夹着热馒头，在房中团团打转。"梳头娘姨轻轻地告诉四喜道："你不要大惊小怪，我来告诉你，她是猪狗臭的，人家口传的经验良方有这一个方法，把药粉擦在馒头上，把馒头烘热了夹腋下，在房中脚不停地打转，直待浑身是汗，方才停止，那么腋下的猪狗臭都吸入面包里面。把这面包丢在狗巢里，无论什么馋嘴的狗，嗅都不敢去一嗅，休说道吃了。这个方法虽然不能使猪狗臭断根，但是一天以内可以消灭恶臭。天可怜的，小莺般般都好，只有这毛病是美中不足。但愿华安点中了她，待到成亲以后便是嗅出猪狗臭来，那时木已成舟，生米已煮成了熟饭了。"四喜听了，沉吟了片晌，忽地拉着梳头娘姨到隐僻地方站住了，轻轻问道："干妈，这话真吗？"梳头娘姨道："我来骗你做甚？"四喜道："不瞒干妈说，我家爹爹也有这个毛病，每逢夏天，其臭尤甚。人家说这毛病要传代的，我却不信，只为我的腋下并没有这般的气味。今年正月里，说也惭愧，我的腋下觉得痒痒的，把手搔了搔，有些潮湿，凑在鼻上嗅嗅，却和爹爹的腋下一般气味。原来我也有了这毛病了，但没有爹爹这般地厉害。"梳头娘姨道："那么你和我们小莺害着一样的病了。干女儿，快向小莺讨些药粉去，你也买着两个面包子，如法炮制，夹在腋下，不住地打转，包管人家嗅不出你腋下的气息。"四喜听了，感谢不止，忙去打开小莺的房门，把这一篇话向小莺商量。小莺很决绝地答道："药粉是有的，只是今天不给你，明天给你。"四喜道："小莺姊，今天明天不是一般的吗？明天不要紧，要紧的只在今天。好姊姊，我和你是好姊妹，给我一些药粉吧，我被华安哥哥点了去，绝不忘你的恩。"小莺把头一扭道："我不把药粉给你，便是怕你被那华安兄弟点了去。好妹妹，今天不给你，明天一定给你。"

按下四喜、小莺，且说二娘娘的贴身丫鬟素月，也是忙着梳妆打扮。二娘娘心里明白，表兄目中只有秋香，其他的丫鬟忙些什么，都是自寻烦恼罢了。春、夏、冬三香都没份，何况是我的素月。不如我来点醒她几句，免叫她自寻烦恼吧。于是把素月唤到身边，冷冷地说道："素月，你忙些什么？华安点取丫鬟，点点了吧。他的意中，只要太夫人身旁的秋香，万万不会轮到你身上，你不要无事忙吧。"素月道："他要点中秋香，老太太留着秋香不放。他没有秋香可点，便要点中另一个了。小婢明知万万不及秋香，幸而秋香不去应选。小婢忙着梳妆打扮，他要点中了一个丫鬟，小婢或者有些份儿。"二娘娘笑道："便是秋香不去应选，可选的丫鬟很多，不见得便会点中了你。"素月腼腆着说道："他和我是很亲热的，见了我总是满面春风。有一天，我到灶下去拎取开水，他在备弄中和我相逢，他见我提得很沉重，便替我提了一程路。又有一天，我行路匆忙，在花园中走过，被那树枝儿拂去了金钗，我没有知晓，被他看见了，拾取在手，追上来给我。有这两桩事，他待我不薄。今天去应选，须得打扮得头光面滑，好叫他见了小婢，记起前情。或者他在秋香以外点中的另一人，不是他人，便是小婢。"说到这里，扯开了嘴，好像已经中选的一般。二娘娘听了，又好气，又好笑。笑那素月永无被选的希望，却是口口声声左一个他右一个他，宛比狗屁不通的考生，痴心妄想中了举人怎么样，中了进士怎么样，旁人见了，不是齿冷，定是肉麻，恰和痴丫头一个样了。便由着她去打扮，不加干涉。

少停，小厨房中所备的饭菜送上闺楼。二娘娘见了，好生诧异。一碗红烧肉，火功未到，一拨一跳，放在口中，和牙齿做尽了对头；一尾鱼益发好了，鱼皮都已粘去，和剥光的老鼠一般。若在平时，二娘娘定要向石榴发话，现在却原谅她了，知道今天的石榴意马心猿，哪有心思顾到烹饪上面。果不其然，小厨房中的石榴心不在焉，只在四同兄弟身上。她烹饪已毕，没有工夫去吃饭，便要回到自己房中去梳洗。正待走出小厨房，却有人唤她石榴妹子，抬头看时，却是大厨房中的小杨。石榴道："小杨唤我做甚？今天没有工夫跟你讲话，再会了。"小杨道："你究竟为着何事，忙到这般地步？"石榴道："你难道不生耳朵吗？今天华安兄弟奉了太师爷之命，在鸳鸯厅上挑选妻子。他是我的四同兄弟，他点中的人，不是我是谁？我上楼去梳妆了，你休误了我的时刻。"小杨道："你爱着四同兄弟，难道忘着四同哥哥?"石榴道:"以往的事何用提起。你若妒着我的四同兄弟,方才太师爷在书院中考试才情,你为什么不上去一比,却是溜之大吉?"小杨道:"石榴妹子,我并不是妒忌你的四同兄弟。只为我有几句话,要和你同坐在广漆长凳上谈这一谈。好妹子,这条广漆长凳,我已半年不曾坐过了。今天只有两三句话,你便依着我吧。"石榴见他很可怜,便和他同入小厨房,同坐在这条广漆长凳上谈话。正是:

有情哪及无情好,相见怎如不见佳。

欲知后事如何,且看下回分解。

第二十八回

卅六名群芳都待选
五百年佳偶总无缘

石榴见小杨的可怜，便应允他到小厨房中去谈话，并坐在这条广漆长凳上面。石榴道："有话快说，错了我的工夫，须不是耍。"小杨待要开口，却有些哽咽模样。石榴道："可又来，丑模丑样算什么？"小杨道："石榴妹子，我只道这条长凳上永没有我们二人并坐的机会。"石榴道："这些废话，说它做甚？你有正经话快说，不然我要失陪了。"小杨道："我虽是你从前的四同哥哥，但是远不及你目前的四同兄弟。他果然点中了你，这是你们的姻缘，我有什么话说？"石榴道："那么你便是明白人了。"小杨道："万一你的四同弟兄没有点中了你，那么你的终身，可肯付托与你的四同哥哥？"石榴道："今天是什么日子？太师爷说，是王道吉日。你不该向我说这不吉利的话。四同兄弟点取妻房，第一个便要点中我石榴，哪有不点中之理？你太把我看得轻了。"小杨道："石榴妹子，我的说话譬如放一个屁，好妹子你掩着鼻子，且待我放这一下。华安点取妻房，第一个便要点中你，这是不错的。万一华安临点的时候，一时糊涂，竟点中了另一人，好妹子，你便怎么样？"石榴道："这是没有的事，说它做甚？要是太夫人身边的秋香出来，我便不能捏这稳瓶，秋香是留在里面的了，他不点中我，点中谁呢？"小杨道："好妹子，你让我再放一个屁。你被华安点中了，你做了你的四同兄弟的妻子；你没有被华安点中，你便做你的四同哥哥的浑家。你答应了，我放你走；你不答应，我跪在你的面前，直待你答应了，方才起立。"说时，竟双膝跪在石榴身边。石榴道："惹厌得很，我答应你便是了，横竖不会有这事的。若要西边出日头，容易容易；若要华安兄弟不点中我，难上加难。"小杨得了石榴的应允，便即站起，和石榴同出小厨房。石榴上楼，小杨自往外面。他已吃了安心丸，从此厨娘嫁了厨子，宛比蟑螂配灶鸡一对好夫妻，再好也没有。唯有石榴的痴梦未醒，她以为小杨正在做梦。华安点取妻房，哪有点不中我的道理，小杨和我厮缠做甚？我给他吃一个空心汤团，嘴上好听，实在没有这一回事。太师爷说华安的才情不愧当今才子，我石榴要嫁才子的，谁肯嫁你一个厨子。小杨小杨，你要娶我为妻，至少要在红马桶里翻几个筋斗咧。这是石榴的刻薄语，红马桶里翻筋斗，更是转世投胎的代名词。石榴以为小杨要娶她，须得转了几个胎方才如愿。谁料后来石榴落选以后，回房哭了一夜，忧忧郁郁害了一场病，倒亏着小杨替她延医购药，异常垂顾。病起以后，小杨时时烧着肥鸭送给石榴，石榴吃到第七只肥鸭，才觉得小杨待她不薄，嫁一个义重情深的厨子，胜于嫁一个口是心非的才子。这一年的小春之月，太夫人便把石榴许配于小杨，后来相怜相爱，也是一双佳偶。未来先谈，表过不提。

　　且说唐伯虎在鸳鸯厅上点取秋香的一天，这是上巳的前一日，春光烂漫到十分，他的幸运也是烂漫到十分。所欠缺的在下一支笔，却没有烂漫到十分，未免辜负了这个好题目。这一天风和日暖，鸟语花香。华老吃过了午饭，坐在二梧书院的独座里面，静听消息。两个踱头依旧坐在书房中勤读。华老吩咐两子，不许越经雷池一步，防着点取丫鬟，他们在旁边胡闹。相府中东西鸳鸯厅便在二梧书院的后面，所有丫鬟须得叩见了主人，才许到鸳鸯厅上静候挑选。隔了一会子，管家婆送进一本花名册子，除却四香，一齐开列在内。华老揭开看时，上面开着：

　　老房婢女，花名共十二名：
　　一等婢女，无。
　　二等婢女六名，小莺、春梅、春桃、小白、春鸠、翠莺。
　　三等婢女六名，四喜、玉燕、芙蓉、喜鹊、小铃、大翠。
　　大房婢女，花名共九名：
　　一等婢女一名，秋桂。
　　二等婢女四名，榴花、凤仙、月珍、蜡梅。
　　三等婢女四名，彩云、玉箫、海棠、秀蓉。
　　二房婢女，花名共九名：

一等婢女一名，素月。

二等婢女四名，双香、秋菊、金菊、牡丹。

三等婢女四名，银珠、碧桃、银花、金花。

针线房婢女，花名共三名：

一等婢女一名，小琴。

二等婢女二名，金宝、巧儿。

小厨房婢女，花名共三名：

一等婢女一名，石榴。

二等婢女二名，芍药、红莲。

　　华老数了一遍，计共三十六名，便唤管家婆引领她们出来，到二梧书院按名点进。须得照着名册，鱼贯而入，不许抢先，也不许落后。管家婆领命而出。去不多时，已把丫鬟领到二梧书院的庭心中站定。华老向南坐着，平、安、吉、庆四童分立左右。飕飕的一阵风来，把那脂粉香气送入书院之中。脂粉并非是饮料，却含有一种麻醉性。华平、华吉、华庆几乎沉醉在脂香粉气之中。唐寅却是司空见惯，若无所事，眼光所至，已把外面的丫鬟浏览一周，燕瘦环肥，花团锦簇。但是美中不足，没有四香在内，只不过一般庸脂俗粉罢了。他肚里打算，这是落选的东西，枉费了许多花粉，都是偷鸡弗着蚀把米，脂粉虽多，俺这里一个也不中。但是站在庭中的众婢女都在那里窃窃私议。有的说："华安兄弟在看我啊。"有的说："他不是专看你的，眼光转到我面上来了。"有的说："他向你只看一下，他看我却看了二三下。"华老走到滴水檐前，传谕众丫鬟："休得交头接耳，互相谈话。须知今天是你们喜星发动的日子，嫁一个如意郎君，须得五百年前定下的良缘。相府中的书童华安，一表人才，又是满腹才华。他虽是一个童儿，他的才学并不在苏州才子文徵明、祝枝山之下。你们想想，人生在世，嫁得这般的夫君，快意不快意？"众人欢声雷动，都说谢谢相爷，谢谢太师爷。唯有石榴不则一声，频频冷笑。她笑众人都是无事忙，都是白起劲。四同兄弟点中我一人，和你们不相干。华老又道："你们不用谢我，点中不点中，还要看你们的运气。果然点中了，今天便是黄道吉日，新郎新妇同时脱离奴籍，便在东鸳鸯厅上结亲，西鸳鸯厅上坐宴，后花园拨与房屋三间，作为新夫妇的住宅。从此书房中的公子把华安唤作先生，把华安娘子唤作师母。你们想想，这般福分，可是人生难见难逢的事。"众人又是欢声雷动，都说相爷的恩天一般大，太师爷的德雨露一般深。就中那个夹着热馒头出过镳头的小莺，一时忘却形骸，竟唤将起来道："两位公子要唤丫鬟作师母，这不是折杀了丫鬟吗？"说时，引得众人大笑起来。华老申斥道："又不曾点中了你，要你说这客气话！"小莺好生惭愧。石榴觑了她一眼，又是连连冷笑，笑这小莺竟自命为师母，谁知师母便是我石榴，什么人都抢夺不动。你要做师母，竟是在说梦话了。

华老谕言已毕，便令管家婆按名点进。第一名便点着小莺，益发使她起着侥幸之心，侥幸着一等丫鬟，四香都不在场，自己便推升第一名。但愿馒头有灵，把猪狗臭吸收净尽，不要被他嗅出了才是好咧。管家婆把众丫鬟都点过了，东鸳鸯厅候选丫鬟一十八名，从小莺起，到彩云止。西鸳鸯厅候选丫鬟一十八名，从海棠起，至红莲止。都排列得齐齐整整，打扮得袅袅婷婷，整备着指指点点，希望着甜甜蜜蜜。就中唯有小厨房石榴丫鬟，一副得意面孔，难绘难描。她想太师爷说的华安娘子、公子师母，不在别处，便在这里，我便是华安娘子，我便是公子师母。华老把众丫鬟点名已毕，接着便唤华安过来，唐寅应了一个有字。华老道："华安，你进了相府，虽有半年，但是两位公子经你指导以后，果然茅塞开通，大有进步。休说旁的书童万万追你不上，便是从前延请的王师爷，经年教导，也不及你半载提携。你有这般的大功，我不把你竭力提拔，便是埋没了人才。我是存心公平的，并没有什么偏爱之心。童仆里面，如有和你一般的人才，我便和你一般看待。可惜三四十名童仆里面，只有你一人出秀，那么我也只好把你一人提拔了。这真叫作'才难不其然乎'。"平、吉、庆三人听了，好生惭愧。唐寅道："太师爷太把小人宠待了。小人受宠若惊，心有不安。叩求太师爷雨露遍施，待到小人成婚以后，对于他们三个，也个个给他一名婢女，以免同是书童，却有荣枯之别。"华老向平、吉、庆三人说道："你们听得吗，你们妒忌人家，人家却抬举你们。只要你们伺候殷勤，别无过失，我便瞧着华安分上，再隔一个月后，个个赏给一名婢女做妻子。"平、吉、庆三人都是喜从天降，上前谢过主人。华老道："你们也得谢谢华安。"三名书童果然都向华安道谢。这是唐寅放的起身炮，横竖起身在即，不妨做个人情。

华老道："华安，三十六名丫鬟分站在东西鸳鸯厅上。时候不早，你在三十六名中点取一名吧。"唐寅谢过华老，便道："小人斗胆，到那边去点这一下了。但是有缘无缘，不能预定。点中了，固然是太师爷的如天之德；点不中，也得太师爷海量包涵。"华老听着他的语言，知道他对于三十六名丫鬟未必踌躇满志，看来四香不出，未必降格以求吧。心中这么想，口中却说："你点便是了，中不中那时再说。"

唐寅离了二梧书院，先往东鸳鸯厅。这其间的丫鬟，从小莺直到彩云，都排着一字阵，大有《阿房宫赋》中所说的"缦立远视，而望幸焉"的模样。唐寅向众一揖，说明来意，便打从第一名起，先向这位姊姊请教芳名。小莺道："奴家便唤小莺啊。常在老太太房中走动，她老人家都说我不愧名叫小莺，生得娇小玲珑，异常惹人怜爱的。"说话的时候，恰恰一阵风来，她便把两腋夹得紧紧的，恐防方才夹着馒头出辔头，不曾把腋下的气味吸收净尽。谁料唐寅的鼻管中已起了感觉，便道："小莺姊，小弟赠你一首绝句。"便琅琅吟道：

姊姊芳名唤小莺，娇姿绰约态轻盈。

才念了两句，小莺便问这两句是什么解释。唐寅道："这是很容易解释的。只为姊姊唤了小莺，果然和小莺一般无二，说你面貌既佳，态度又好。"小莺道："多谢华安兄弟，那么第一个炮仗便响了，太师爷说的华安娘子、公子师母，这便是我小莺了。"一壁说，一壁紧夹着两腋，防着泄气。唐寅道："四句诗只道了两句，还有两句哩。"又续吟道：

只愁两腋风生后，不做猪精似狗精。

小莺道："什么猪精狗精，很触耳的，觉得有些不好听。"唐寅道："姊姊觉得有些触耳不好听，小弟也觉得有些触鼻不好闻。得罪了，小弟和姊姊无缘。"小莺红着面孔，啐了一口道："谁稀罕你这魂灵头！叫作有货不愁无处卖，百货对百客，你不爱自有人爱的。"一壁说，一壁走了。

唐寅又向第二位姊姊请教芳名，那丫鬟道："奴家小名唤作春梅。"唐寅点头道："好一个美名儿啊。"春梅道："这也不见得，但求你不要吹毛求疵便好了。"说到吹毛求疵，唐寅便向她头发上注意。原来"黄毛丫头十八变",她还变得不多,没有把黄毛变去。忙道:"春梅姊,小弟也赠你一首七绝。"春梅道:"七夕便是七月七,这是等不及的。现货现买,要买趁早,勿买懊恼。"唐寅道:"春梅姊误会了,小弟说的七绝,是送你一首诗啊。"便琅琅吟道:

> 闻说春梅压众芳,梅芳香里见红装。

春梅道:"你且讲给我听,是骂我还是赞我?"唐寅道:"自然是赞你,说梅花是百花之魁,你叫春梅,你便可和梅花媲美。倘在梅花香里见了你这红装,这是一样可爱的。"春梅道:"三文钱的白糖,要给你赞完了。我自己也不信有这般地好。华安兄弟你赠了我这两句,便算了吧。"唐寅道:"再有两句,一并赠了你春梅姊。"又续吟道:

> 只愁易到黄梅节,梅子黄时发也黄。

春梅道:"什么黄梅黄梅,现在还没有到黄梅时节呢。"唐寅笑道:"黄梅未到,姊姊的头发已黄了,自有黄发儿去奉聘姊姊做妻室,小弟却没有这福分,得罪了。"春梅恨恨地说道:"谁稀罕你这奴才。'头发黄,嫁个丈夫状元郎',你哪里有这福分?"说罢,自言自语地走了。

唐寅又请教第三位姊姊的芳名,那丫鬟道:"小妹唤作春桃啊。"唐寅道:"奇怪奇怪,你们都是春字号的,有了春梅,又有春桃。"且说且把春桃上下估量,但见她眼波流动,意态飞扬,浑不似处女模样了。便道:"春桃姊,只怕你春风已度玉门关了。小弟有一首《西江月》奉赠。"春桃道:"不要西江月东江月,你老实说了吧。"唐寅道:"小弟便在《西江月》中,赞扬姊姊几句。姊姊听着。"

> 粉颊烘来似醉,朱唇点处如樱。香波一转欲销魂,饶有小红丰韵。

春桃道:"华安兄弟,一口气便念出这四句诗来,你赠她四句诗,都是两句好两句坏。你赠我的可是两好两坏?"唐寅道:"四句都是好的。我

204

讲给你听：第一句，说你粉颊红喷喷，宛似醉杨妃一般；第二句，说你生就樱桃小嘴；第三句，说你生就一双俏眼睛；第四句，说你大有美人的丰韵。"春桃道："谢谢你，你说我有这许多好处，情人眼里出西施，我们俩同去禀见相爷，立刻便可成婚了。"唐寅道："且慢！这不是七言绝句，这是一首《西江月》，共有八句，现在只说一半。"春桃道："且把下四句念给我听。"唐寅道：

  洞里桃花灼灼，溪边流水盈盈。避秦早有问津人，莫道渔郎
薄幸。

  随又说道："春桃姊得罪了。看来梅占先春，已是东风有主，小弟只好退避三舍了。"春桃不懂这咬文嚼字的话，但是有这"得罪了"三个字，可见"不是生意经"了，喃喃地说道："不要你瞎三话四，我是已有主顾的了。不中山客，便中水客，谁稀罕你这苏空头呢？"说罢，悻悻地去了。
  唐寅道："那么要点第四位姊姊了，请教芳名。"那丫鬟道："奴家唤作小白。"唐寅道："妙极妙极，你竟和齐桓公同名，大概总带些霸气，为什么这般弱不经风啊？"小白道："你喃喃地说些什么话？是不是背着书句骂我？你欺侮不读书的人是罪过的啊！"唐寅道："姊姊放心，小弟怎敢相欺，也赠你《西江月》一首。"

  疑雪疑霜面貌，贪风贪月情怀。芳名小白亦奇哉，可有齐侯
气概。

  又解释道："第一句赞你面貌和霜雪一般白，第二句赞你性贪风月，第三句说你和齐桓公同名，可有他这般的气概。"小白道："齐桓公是什么人？可也是做婢女的？"唐寅笑道："齐桓公是古代称霸的英雄，姊姊这般娇怯怯的模样，和齐桓公大不相同了。还有下半首，姊姊听着。"

  虽胜秾桃艳李，却教蝶怨蜂猜。可怜身子瘦如柴，莫怪区区
不采。

遂一躬到地，道一声：“得罪了。姊姊瘦得可怜，小弟和你无缘。”小白道：“发了几个寒热，方才瘦了一些，过了几天便好的。”唐寅道：“那么过了几天再点吧。”于是第五、第六依次点去，直点到彩云为止，东鸳鸯厅上的丫鬟个个落选。

那么要开始点西鸳鸯厅上的婢女了。就中捏着稳瓶的石榴早向众姊妹说知，华安兄弟的婚姻不在东厅，却在西厅，东厅上面的姊妹，一个也挑选不中的。众人听了，半信半疑。后来听得十八声得罪了，便知道东厅十八人都已落选。石榴道：“你们相信我吗？好姻缘便在这里。大家候着挑选吧。”西厅上丫鬟听了，一个个芳心勃勃。正是：

止渴望梅终是假，磨砖作镜岂能明。

欲知后事如何，且看下回分解。

第二十九回

尤石榴痛恨薄情郎
唐解元激怒老相国

　　正在西厅上的丫鬟芳心勃勃的时候，这位风流教主唐寅唐解元早已负着手儿，踱着方步儿，从东鸳鸯厅踱到西鸳鸯厅来了。他一上了厅堂，十八名丫鬟的方寸中益发紧张起来。除却石榴稍为镇静一些，其他十七名丫鬟的心房中仿佛开着打米坊，一上一下地舂个不停。唐寅满面春风地向着众丫鬟说道："众位姊妹，小弟奉揖了。"慌得十八名丫鬟个个回他一福，就中石榴更为殷勤，唐寅只作得一揖，她却还了三福。这叫作一揖换三福，后来同伴中传为笑话，表过不提。

　　且说唐寅作揖以后，声明来意，说是奉着太师爷之命，在诸姊妹中点取妻房，有缘无缘，却是前生注定的。恰才在东鸳鸯厅点过一遍，这是小弟福薄，一十八名姊妹之中竟无夫妻之缘。东厅点过，来到西厅，有缘无缘，未能预定。点中了，是小弟有幸；点不中，是小弟无缘。得失之间，请诸姊妹不要介意。十七名丫鬟尚没开口，只有石榴发言道："四同兄弟，不要客气，这是一定可以点中的。东厅无缘，西厅一定有缘。"唐寅笑问第一位姊姊的芳名。那丫鬟道："小妹唤作玉箫。"唐寅道："这个名儿好风雅也。"便把玉箫上下估量了一遍，见她玉容生得太地道了，老天爷还替她加着一层雕琢功夫，便笑说道："玉箫姊姊，小弟有一首十六字令，奉赠予你。"开口念道：

　　娇，姊姊芳名唤玉箫，十麻子，九个是风骚。

　　玉箫道："华安兄弟，你不是说'十个麻子九个骚'吗？奴家不在九

207

个之中，排行第十，是不骚的啊。"唐寅道："骚也无缘，不骚也无缘，有屈了。第二位姊姊是何芳名？"

站在第二的海棠是个嘴唇上开着窗洞的，她怕人家看出了破绽，手执罗帕掩着嘴，装作羞人答答的模样。唐寅请教了芳名，便道："小弟也有一首十六字令，姊姊听着。"念道：

香，姊姊芳名唤海棠。

说到这里，便道："海棠是花中神仙，小弟合该倾倒名花，在这里奉揖了。"作了一揖，又作一揖，海棠不好受之不报，连忙还他一福。在这一福之中，嘴唇上失了障蔽。唐寅道："《十六字令》尚有两句。"接念道：

开窗洞，牙齿要乘凉。

又说："海棠姊美中不足，有屈了。"海棠骂道："嚼你的舌头。你不中意，何妨老实说，说什么风凉话！"唐寅道："要说风凉话总说不过姊姊，嘴唇上开了窗洞，再要风凉也没有。第三位姊姊是何芳名？"

那丫头道："奴家是秀蓉啊。"唐寅道："好一位秀蓉姊，生就一副聪明面孔，料想背影是一定好的。请姊姊转过娇躯，待小弟一看。"秀蓉道："华安兄弟，你不在行了。看女人是要看当面的，你看了当面，看什么背影？"唐寅道："那么小弟也有一首十六字令赠予姊姊。第一个字便称赞姊姊的聪明面孔。"

聪，姊姊芳名唤秀蓉。翻筋斗，未免两头空。

接着说道："秀蓉姊，你和小弟无缘，有屈了。"秀蓉怒道："无缘也罢了，你不该把'驼子跌筋斗，两头弗着实'一句俗语嘲笑于我。你这般肆口轻薄，死后要割去舌头的啊。"唐寅抱着打情骂俏的主意，秀蓉骂他，只算是过耳飘风，并不在意。排列在第十六名的石榴，忽地骂着秀蓉道："你这贱丫鬟，点中不点中，是要有缘的，你怎敢出口伤人，骂我四同兄弟！"秀蓉看了石榴一眼，只为她是三等丫头，石榴是一等丫头，石榴骂她，她不敢十分抵抗，只是冷冷地说道："我是贱丫头，你是什么呢?"石榴道："我不日便是师奶奶，你见了我还得磕头请安!"秀蓉撇着嘴说道："看你做你的师奶奶!"说罢，悻悻地去了。

唐寅又从第四名点起，直点到第十五名，都赠她们一首十六字令，宛比批评家的开阖评语，先褒后贬。前八个字是褒，后八个字是贬。编书的不须逐一声明，滥充篇幅。且说点过了第十五名巧儿，接着第十六名便是小厨房中一等丫鬟石榴了。唐寅来点以前，石榴早安排着点到自己，这位四同兄弟便要说一句小弟点中的便是这位姊姊。谁料乒乓一声，她的稳瓶儿竟打碎了。唐寅笑问道："这位姊姊是何芳名?"石榴听了，陡地一气，便道："四同兄弟，你还要问我的名字吗? 我俩坐在广漆长凳上，谈谈说说，什么话都曾讲过。我的名字，你难道忘却了吗?"唐寅笑说道："姊姊原谅，小弟模糊了。姊姊的芳名，以前是记得的，现在忘却了，只为小弟有了健忘的病。"石榴道："健忘健忘，我待你许多好处，难道你都忘了吗?"唐寅道："一切都忘了。请姊姊快把芳名告我，以便奉赠姊姊一首十六字令。"石榴还以为唐寅和她开玩笑，便道："你休假作痴呆。你要问我名字，索性把我的姓都告诉了你吧，我唤石榴，我的姓是姓尤。"唐寅道："那么十六字令作就了，姊姊听着。"于是念道：

尤，姊姊芳名唤石榴，鸳鸯梦，今世未曾修。

诗念完，笑向石榴道："石榴姊，小弟和你无缘，有屈了。"石榴听了，面色惨变，转身便出鸳鸯厅。才下阶沿，便撞见了秀蓉，迎面问道："师奶奶，你到哪里去?"石榴把手帕掩了面不去理她，只向无人处走。强忍着鼻涕眼泪，须得择一个可以挥洒涕泪的地方，便走入假山洞内，面对着太湖石，呜呜咽咽地哭泣不止。深恨自己瞎了眼睛，竟把这负心人当作情人看待。痴心女子负心汉，这句话便应在今天。唉，华安华安，你太忍心了吧。石榴哭了一会子，略做停顿，却听得假山洞外，也有凄恸凄恸的哭声。石榴好生奇怪，难道也是落选的丫鬟在那里悲痛吗? 自己的落选出于意外，合该悲痛的，人家为什么悲痛呢? 他探头向外看时，却见太湖石畔立着一个涕泪满面的男子，不是别人，却是大厨房里面的小杨。石榴道："小杨哥，你哭什么?"小杨道："石榴妹子，我的哭，是你引出来的。

我本来没有什么悲伤，只为你哭得可怜，便引出我许多涕泪。石榴妹子，你到亭子里来坐坐，我告诉你几句话。华安点不中你你到了现在才知晓，我却比你早得了信息。"石榴便问道："你怎么比我先得了消息？"小杨引着石榴到亭子中坐定，便把唐寅所说的话装头装尾地说道："你想华安，华安并不想你。他曾向我说，厨娘嫁厨子，再好也没有。可笑石榴原想嫁给我，她真是做梦咧。我不日要做两位公子的师傅，我点中妻房，总须知书识字，才好做得一位师奶奶。石榴除却烹饪以外，什么都不知晓，她做了师奶奶，便辱没了我华安。他又向我说，小杨哥，你和石榴倒是门当户对，我来替你做个媒人吧。"石榴怒道："他原来早存着不良之心，谁要他做媒！"小杨道："不要他做媒也罢了。但是我和你有话在先，四同兄弟不要你，四同哥哥却要你。好妹子，从今以后，小厨房中的广漆长凳上，你休要拒绝我吧。"石榴听了，一声长叹，闷闷不乐地去了。按下不提。

且说唐寅点过了石榴，又点到最后两名婢女，当然都不中意，无须细表。华老遣人探听消息，知道三十六名丫鬟没有一个入选，捋着长髯，暗暗沉吟道："华安的眼力很好，这些寻常脂粉之辈，他哪里看得入眼。夫人那边的四香，除却秋香，看来未免要露脸了。"便遣人到中门上去传话，请太夫人遣发三香到东厅上去听选。三香奉着太夫人之命，笑吟吟地同出中门，站立在东鸳鸯厅，听候唐寅到来点取成婚。

唐寅知道三香已到，又从西厅来到东厅，向三人连连奉揖，说小弟何德何能，得邀三位姊姊前来听选。春香道："华安兄弟，听说你点了三十六名姊妹，一个都不能遂你的心愿。相府中姊妹，除却秋香妹子，只有我们三人了。秋香妹子已跪求着太夫人，免她出来应点。太夫人已允了她的请求，无论如何不放她出来。好兄弟，你的姻缘只好在我们三个里面挑选一个了。要是我们也都不能合你的意，那么这里便完了，你也休想有结婚的一日了。"春香宣布这一席话，很有用意，先说秋香不出，断了唐寅的希望。原来三香里面，只有春香最美的，她自信总有七八分把握。夏香、冬香面貌虽佳，都有几分缺憾。夏香的裙下莲趺不甚纤小，终年装着高底。凡是装高底的，面子看是纤小，实则把两脚跟藏在裤管里面，俗语叫作"前面卖生姜，后面卖鸭蛋"。冬香呢，年纪最小，说话的时候，往往水花飞舞，溅到人家的身上和面上。这两种缺点春香都没有的。她所捏的稳瓶，又比石榴坚固一些。唐寅道："春香姊，小弟赠你一首《黄莺儿》，姊姊听着。"

姊姊号春香，真不愧，俏红装。柳腰款款模样，美比王嫱，艳比王嫱，花容月貌人人想。

春香道："好兄弟，你说得我太好了。"唐寅道："还有结句，姊姊听着。"

只可惜，身高一丈，仿佛扈三娘。

接说道："春香姊，小弟无福消受，请你原谅吧。"春香含嗔道："你这般挑剔，只怕你的娘子须得定造一个才行。"唐寅笑着不答，又向夏香说道："小弟也赠你一首《黄莺儿》。"夏香道："你要骂我，爽爽快快地骂我，休得先褒后贬，'一把砂糖一把尿'。"唐寅笑道："那么砂糖来了。"

姊姊夏天香，好算得，美娇娘。有谁和你同罗帐？戏水鸳鸯，逐水鸳鸯，偎红倚翠人人想。

夏香道："砂糖太甜了。"唐寅道："不会太甜，我来解释这甜味。"又笑说道：

只可惜，后藏鸭蛋，前面卖生姜。

又是一揖道："夏香姊，小弟不曾修到这般的艳福，请姊姊原谅。"夏香沉着脸道："果然被我猜中了，一把砂糖一把尿。"唐寅道："冬香妹子，又有一首《黄莺儿》赠你。"冬香道："好曲子不唱三遍，你不中意，老老实实道了一句，唱什么'黄莺儿''白莺儿'？"唐寅笑道："我都是一律看待，不分高下。赠了她们，不能使妹子向隅。你且听者，我一起儿说了。"琅琅念道：

妹妹唤冬香，也是个，美红装。倘然和你消灾障，千种思

211

量，万种思量，颠鸾倒凤人人想。只可惜，唾花飞舞，点点溅
衣裳。

念罢又说："冬香妹妹年龄尚轻，将来自会嫁个好郎君，我却没有这福分，有屈了。"冬香道："我也知道你选择不中的。选不中，由着你，但是不该啰啰唆唆说这许多话，简直不是话，是喷你的蛆。"说到"蛆"字，点点唾沫应声而出，直向唐寅面上飞来。唐寅忙把衣袖拂拭道："我没有喷，你却喷了。"在这当儿，靴声橐橐的华老来到东厅，看他心爱的书童在这里点取丫鬟，毕竟点中了谁。待到上厅时，冬香已回到后面去了。却见鸳鸯厅上，静悄悄地只有这心爱的书童，别无他人。

华老坐定以后，便问华安："你选中的是谁?"唐寅跪禀道："太师爷恕罪，相府中侍女如云，可恨小人无福，目迷五色，竟一个没有选中。"华老道："难道花名册上开列的三十六名丫鬟，以及老房的上等侍婢，竟没有一个中你的意?"唐寅道："启禀相爷，这是祝大爷……"华老怒道："休唤祝大爷！只唤他老祝！"唐寅道："老祝早向小人说过的。"华老道："他又放些什么屁?"唐寅道："小人在舟中向老祝说，你不要诱引我到苏州去，相府中侍女如云，总胜于你们穷解元所用的黄脸婢子。"老祝笑道："兵在精而不在多。庸脂俗粉的女子，便有千百人也不能遂你的意；国色天香的佳人，只一个也能使你梦魂颠倒，心悦诚服地爱她。相府的侍女虽多，大概都是庸脂俗粉的女子吧。便有一二个国色天香的佳人，只怕……"华老道："只怕什么?"唐寅道："不要说了吧。老祝敢说，小人不敢说。"华老道："恕你无罪，直说便了。"唐寅道："那么小人斗胆了。老祝说，便有国色天香的佳人，怎会赏给你们奴才做妻子，老相国不会自己受用吗?"华老勃然大怒道："胡说胡说！该死该死！"唐寅叩头道："小人知罪。"华老道："不和你相干，我是骂老祝该死。你且起来。"唐寅谢了主人，方才起立，站在一旁。

华老道："华安，这三十六名丫鬟不能遂你的心愿，还有可说。后来我不是传唤老房里的一等侍婢四香也来听你挑选的吗?"唐寅道："启禀相爷，太夫人身边本有四香侍奉，今天只有春、夏、冬三香出来听选。她们三人都和小人无缘。"华老说惯了四香，偶不注意，便发生了一个漏洞，待要更正，已来不及，便道："秋香没有出来吗?"唐寅道："阖府丫鬟，

人人都出，唯有秋香姊姊不曾赏光。"华老假意儿问道："秋香为什么不出呢？"唐寅道："小人方才听得春香姊姊说，四十名丫鬟，人人可以挑选，只有秋香不在此例。秋香已跪求着太夫人，情愿一辈子侍奉老人家，不愿赏给家奴。太夫人应允了她的请求，无论如何不放她出来应选。小人听了，益信姻缘自有前定，凡和小人无缘的，可以任凭小人挑选，而不能满足小人的意。要是可以满足小人的意，却又好事多磨，不愿和小人作配。相爷所说的阃府侍女，悉凭小人挑选，小人以为说到阃府二字，凡是侍女，一切包含在内，现在才知道秋香是例外的。然而人各有志，也怪不得秋香，小人只恨自己没福罢了。"华老听出他言中有骨，分明对于"阃府丫鬟"四字怀着疑义，却又不便驳斥。只为阃府丫鬟悉凭挑选，确是自己亲口允许的，藏着一名秋香，算不得阃府丫鬟，好似做主人的失信于他。而且他又顾虑着祝枝山到了常州镇江以后，不日便将东归，要是他又来谒相，自己便防不胜防了。华安的心，本已摇摇如悬旌，再加他一片胡言，说我留着秋香，真个是供着自己受用，证明他的所料不虚，华安怎不堕入彀中。只怕没多几天，便要去如黄鹤了。也罢，我偏不叫华安堕入彀中。华安既暗暗地表示他除却秋香不能满意，我不如到内室恳求夫人，权时割爱，把秋香遣发到外面，由他点取吧。

　　当下想定主意，便道："华安，你既说秋香不出，好事多磨，我便去面恳你主母，把秋香遣发出外，由你挑选。但是我所虑者，秋香出来以后，你又是一首《黄莺儿》，半讥半讽，依旧不能中意。那么非但秋香心中难堪，便是你主母的面子也被你削去。"唐寅又跪着禀道："太师爷何出此言。若得秋香姊奉命来到东厅，好比阴黑的夜间得见明星皓月，小人欢喜赞叹尚且不遑，岂有含讥带讽之理。小人所虑的，秋香既愿终身侍奉太夫人，这是她的一片忠心，要是委屈她出来，便是夺她的志，小人怎生过意得去。她既不愿，且由着她吧，横竖小人无福便是了。"华老道："你且放心，不管秋香愿不愿，我总得叫她嫁你，这不好算委屈了。像从前邯郸才人嫁了厮养卒，这便叫作委屈。秋香呢，她虽强，毕竟是个青衣婢女。我把她嫁与才子，而且同时开去你们的奴籍，好叫老祝无所用其挑拨的伎俩。总而言之，我不堕入老祝的彀中便是了。你且起来，在这里等着，我要进中门去了。"唐寅磕头道："若得太师爷始终成全，将来粉身碎骨，愿报大德。"拜罢起立。

但见华老拂着袍袖，一壁走，一壁自言自语道："诡计多端的老祝，你说老夫留着美貌使女，不肯赏给奴才吗？老夫偏偏把她赏与华安，使你的说话不灵。老祝老祝，你要华安入你彀中，万万不能。"说时靴声橐橐，离却东鸳鸯厅而去。唐寅暗暗好笑道："这老头儿真和傀儡一般，口口声声地不叫我堕入老祝彀中，谁料你却堕入了老祝的彀中。只为这一番的说话，也是老祝定下的计划，他把华鸿山玩于股掌之上。老祝老祝，我真佩服煞你也。"正是：

　　　　赖有锦囊酬妙计，好叫艳婢嫁才人。

　　欲知后事如何，且看下回分解。

第三十回

璧合珠联佳人入选
波谲云诡才子遭殃

华老和太夫人相见以后，谈及华安对于阁府丫鬟，除却秋香，都不合意。这书童眼界很高，不放秋香出去，便不能把他羁禁。还加着祝枝山诡计多端，防不胜防。夫人，你瞧着两个孩儿分上，把秋香遣发出去吧。太夫人本是个好人，无可无不可，有什么疑难，总和二媳妇商量。唯有今天，太夫人猜不破二媳妇的哑谜儿，怎么留住了秋香，便可留住华安，秋香嫁了华安，反而不能把华安留在相府。唯有大媳妇的说话入情入理，要把华安久留在相府中伴读，非得把秋香赏他为妻不可。便道："老相公既然这般说法，妾身只得遣发她出去应选。不过妾身已应许了她永远在我左右侍奉，现在要叫她出去，也得好好地劝她一番。老相公请便，妾身自会向她开导。"华老拱手道："那么此事全仗夫人好好地劝导了。"说罢，自回书院而去。

那时秋香不在左右，太夫人遣人唤她到来，把华老的一番意思向她说了。秋香听了，双泪直流，跪在太夫人面前，央求她转告相爷，收回成命，婢子矢志不移，只求一辈子侍奉你老人家。太夫人道："你没听得大娘娘说的话吗？嫁了华安，依旧可以住在府中，过了三朝五朝，依旧可以侍奉我的。好秋香，起来吧。"秋香道："大娘娘虽然这般说，但是女子家三从四德，载在书本上面。婢子不嫁华安，便可以拿定主意，一辈子侍奉你老夫人。要是嫁了华安，他若把'天字出头夫做主'的一句话把婢子压住，过了三朝五朝，不放婢子入内侍奉，婢子也无可如何。再者人心难测，他娶了婢子，要是依旧不肯留住相府中，那么婢子处于为难的地步。从他回苏，便辜负了太夫人天高地厚之恩；要是不从他回苏，这'出外从

215

夫'的一句古训，分明把来违背了。仔细思量，还是永远侍奉你老夫人的好。"太夫人道："秋香，你过虑了。料想华安绝不会这般无良心的吧。万一华安真个带你回苏，你只好'嫁鸡随鸡，嫁狗随狗'。你太夫人只怪着华安，绝不会怪着你的。好秋香，起来吧。"秋香道："太夫人虽然这般开导，但是婢子思来想去，还是跟随太夫人的好。记得昨夜和太夫人同睡，承蒙太夫人百般怜惜，要把婢子作为义女看待。果然有这一天，做了多年婢女，便可以吐气扬眉地做那相府千金了。要是嫁着华安，一辈子做那书童的妻房，有什么好处呢？仔细思量，还是侍奉你老太太的好。"太夫人道："你又过虑了，我既已许你做螟蛉女儿，迟早总有这一天，决计不会食言的。你若不信，你便改换称呼，你唤我亲娘，我也可唤你一声女儿。不过我的意思，要把你收为义女，也得广延亲友，大开筵宴，很热闹地有一番排场，好叫大家知晓。要是草草不恭地认为母女，那便近于儿戏了。好秋香，你听了我的话，出去应选。果然被华安选中了，立时把你开放奴籍，和华安结婚。过了三天五天，我便吩咐账房，择着吉期，备着柬帖，正大光明地邀请族友，来看相府收纳义女的盛礼，以践昨宵的诺约。好秋香，起来吧。"秋香道："太夫人肯把婢子收为义女，婢子怎有不信之理，但是仔细思量，还是不嫁的好。婢子在相府中做太夫人的义女，仗着太夫人的福荫，谁也不敢欺侮婢子。要是嫁了华安，那便不然了。太夫人纵把婢子当作义女看待，也不过在名分上好听，实际上却有许多难言之隐。为什么呢？假使婢子是个青衣的身份，嫁给他一个穷小子，任凭荆钗布裙，旁人却没有话说。要是做了相府的义女，婢子过于寒俭，反而要惹人嘲笑，说什么相府千金亲操井臼，和小人家妇女一般。到了这时，岂不进退两难？待要锦衣玉食，他是一个穷小子，万万供给不起；待要井臼亲操，又是妨碍着相府的面子。仔细思量，还是侍奉你老太君的好。"太夫人道："秋香，你又过虑了。我把你认为义女，绝不是有名无实的。我膝下无女，你做了我的女儿，怎可以草草遣嫁。不过你主人要笼络华安，一经他点中了你，你立刻便要成婚，所有妆奁，一时赶办不及。你结婚以后，我吩咐账房快把五千两纹银替你置备一副丰盛的妆奁，三千两纹银赏给你作为居家日用，你也可以呼奴唤婢，不会井臼亲操了。你成亲时，我还得给你珠环两副、金钗两双，珊瑚、玛瑙、珍珠的首饰应有尽有，绝不会亏待了你。好秋香，起来吧。"秋香便在太夫人面前连磕了三个头，方才起立，口中兀自说道："婢子的心中还是恋恋在太夫人左右，最好此番出去，也和她们一般落选。这便叫作'塞翁失马，安知非福'呢。"太夫人道："你跪了良久，略坐一会子，出去应选吧。"于是秋香在太夫人旁边告坐，柳眉微皱，杏脸含愁，似乎委屈她的一般，实则她的心版上，已刻着千百个愿字。她是以退为进的，越是说着不嫁，越是要求着嫁后的权利。她的三种要求都遂了，明知嫁了唐寅不免私逃回苏，经她三次以退为进的结果，她便逃奔，太夫人也原谅她了。非但豁免做婢，而且稳稳地做那相府的义女，五千两妆奁、三千两津贴稳稳地可以到手了。以退为进胜于以进为退，自从秋香发明了这个方法，后人往往抄袭她的秘诀，口口声声求退，却是口口声声求进，这些人大概都是秋香的忠实信徒吧。

闲话剪断，言归正传。秋香坐了一会子，太夫人便催着她出去。秋香道："一个人出去羞人答答的。"太夫人道："我唤三香陪你可好？"春香忙禀道："丫头们是不去的了，被那穷小子左一首《黄莺儿》，右一首《黄莺儿》，把我们种种取笑，现在还要出去，这便是'挨卖私盐不值钱'了。"太夫人忽地想着，方才有两名没有成年的幼婢不曾开列在花名册内，不如唤她们陪着秋香同去吧。当下唤着两名幼婢陪着秋香到东鸳鸯厅上去应选，两名幼婢很高兴地答应了。

再说唐寅在那东厅上团团打转，足有三五十次，却不见秋香出来，心中好生惊异，默默地念着《西厢》句调道："她若是到来，便春生敝斋；她若是不来，似石沉大海。数着她脚步儿行，靠着这窗棂儿待。"此时的唐寅，只在最后五分钟中挣扎。祝枝山的锦囊妙计所争的只在这一着，一着不到，满盘都空。他越是不见秋香出来，越觉得爱河多浪、情海生波，老祝的锦囊，只怕不是如意珠吧。想到这里，区区方寸地，变成了茫无涯际的黑海。

猛听得里面一片的催促声音，"秋香姊快些走吧，秋香姊快些走吧"，分明是小妹子的声音，大概是内堂雏婢陪着秋香到这里来了。这一片声音，宛似一轮晓月，便觉黑海中大放光明。唐寅好生欢喜，便搭起着唱喏架子，专待秋香到来深深一揖。又听得秋香的声音道："桂香、菊香两位妹妹，不要这般催促啊。你们要去应选尽可前行，我是万分不愿的。且在后面缓缓行走，要是你们被他选中了，我便可以免却出去了。"一个雏婢道："秋香姊不去，我们也不去了。我们是没有成年的婢女，不过陪着姊姊去瞧热闹罢了。华安哥哥指名要你出去，你不要推推却却，使他久候了。"三个人且行且语，说话的声音是很轻的。不过这时候静悄悄没有旁人，唐寅侧耳静听，句句入耳，暗想秋香既出中门，任凭姗姗来迟，总须走到鸳鸯厅上。我且躲在窗外，待她们进了鸳鸯厅，再去相见。于是揭开窗幕，悄悄地出来，闪到转角处，静候她们到来。隔了一会子，断断续续的弓鞋声渐走渐近。断断是她们停了，续续是她们又行了。行而停，停而又行，她们果然都进了东厅了。一名雏婢道："秋香姊，为什么不见华安哥哥呢？"一名雏婢道："敢是他在西厅上吧？"接着秋香道："他既不在这里，我们回去吧。"唐寅暗想不妙，这个机会错过了，万难再遇，忙把衣襟一整，揭开窗幕，抢步上前，口称："秋香姊姊，两位妹妹，华安在这里奉揖了。"接连三个深深的揖，她们还礼不迭。唐寅道："这位妹妹，没有请教你的芳名。"那雏婢道："华安哥哥，我叫作桂香啊。"唐寅道："桂香妹打扮得很不俗啊，我也赠你一首《黄莺儿》。"

　　妹妹爱梳妆，真不愧，桂花香。轻轻年纪玲珑样，瘦瘦容庞，淡淡衣裳，小姑未解春心漾。且到了，年华三五，预备做新娘。

"桂香妹对不起，且到了十五芳龄，再和你做媒吧。这位妹妹的芳名，还得请教。"那雏婢扭扭捏捏地说道："我叫菊香啊，桂香十三岁，我比她大一岁，你也不见得中意的吧？"唐寅道："无论中意不中意，我总赠你一首《黄莺儿》。"

　　妹妹爱芬芳，真不愧，菊花香。东篱嫩蕊无人赏，来要轻狂，谁敢轻狂，求凤曲子令休唱。且到了，年华二八，赶制嫁衣裳。

"菊香妹对不起，待到了二八芳龄，我来替你做媒吧。"桂香、菊香毕竟年龄幼稚，未解风情月意，都说："华安哥哥多谢你，千万留在心上。到了那时，你不替我做媒，我是不依的。"唐寅笑道："两位妹妹放心，我是绝不食言的。秋香姊，那么轮着你了，可要赠你一首《黄莺儿》?"秋香笑道："你道了一句不中意的便够了，唱什么《黄莺儿》呢?"唐寅道："秋香姊，你要小弟说中意，小弟便立刻道出一百个中意。你要小弟说不中意，任凭刀加颈上，剑指胸头，小弟绝不肯道一个不字。秋香姊听者，《黄莺儿》来了。"

> 生性爱秋香，待飑下，不能飑。西厢待月浑相像，你是莺娘，我是弓长，勾销一笔风流账。我与你，姻缘美满，戏水效鸳鸯。

"秋香姊，小弟点中你了。洞房花烛以后，做一对戏水鸳鸯吧。"秋香啐了一声，羞得两朵红霞直透芙蓉颊上，向着雏婢说道："两位妹子，我们进去吧。"这时候华老遣着华平来探消息，唐寅道："华平哥哥，小弟已点中着秋香了。"华平跷着大拇指道："这是头儿脑儿顶儿尖儿。华安兄弟，你多么大福分啊。"唐寅笑道："这都靠着太师爷的洪福，小弟要到书院中去叩谢大恩。"于是跟着华平同到书院中见了华老，自有一番感激涕零的说话，无用细表。

华老道："华安，你的眼力很好。阖府丫鬟你都视若无物，单单看中了秋香。她不但面貌好、性情好，而且书函文墨、女红针黹，件件都好。你主母曾向我说，这个使女将来要认为义女，替她择配一个如意郎君，断不嫁低三下四之人。现在赏给你做妻子，是我夫妇俩特别破例。你谢了我，还得进中门去谢谢这位老主母。"唐寅道："小人谢过了太师爷，正想要去谢谢老主母。小人没有太师爷、太夫人这般特别如意，只好永远埋没在童仆中间，永远挨受老祝的嘲骂。现在不怕他了，他要嘲骂小人，小人便可扭住了他，和他评理，看他再敢这般大言不惭，目中无人。"华老道："你既感激我们俩的大恩，从此以后，你该怎样图报?"唐寅道："小人安排着粉身碎骨，报答大恩。"华老道："也不要你粉身，也不要你碎骨。我只把那大郎、二郎付托与你。我也不想他们飞黄腾达，和我一般。我只希望今年应试，他们都考取一名秀才，总算读了多年的书，有了一个交代。这个责任你能担当得起吗？"唐寅道："两位公子的天赋并非愚鲁，只为以前西席教授无方，以致小于进步。一经小人指导，公子们的学问已非昔比了。若要博得一名秀才，小人以为易如探囊取物，情愿在太师爷面前负着全责。至于将来科第的问题，考取两榜，却不敢必，考中一名举人，这也是意想中事。太师爷但请放心便是了。"华老掀髯笑道："大郎、二郎若有寸进，这都是你的功劳，正不枉我一番抬举也。你的主母在紫薇堂上坐着，快去谢赏吧。"唐寅辞了主人，便到这里去拜谢太夫人。

才到中门旁边，管家婆已向他殷勤道喜。唐寅笑道："这都是仗着干娘的福分，才有这一天。拜托干娘到这里去禀告太夫人，说书童华安特地前来谢赏。"管家婆叫他在中门外暂立，自到里面通报。无多时刻，出来回复道："太夫人有命，叫华安无须谢赏，且待结婚以后，向太师爷、太夫人行礼便是了。"唐寅知道太夫人忙着替秋香整妆，无暇和他相见，只得退了出去。

才到外面，听说华老吩咐老总管替他们新夫妇安排一切结婚礼节，又令家丁们在后花园打扫几间房屋，一切器具床榻早早布置，作为华安藏娇之屋。大厨房小杨也奉太夫人之命，赶办喜筵。他是很感激华安兄弟不肯夺人所好，所以今天办的菜肴，不惜工本，特地讨好。东鸳鸯厅作为拜堂的地方，挂灯结彩，好不光耀。唐寅已卸除了罗帽直身，戴着文生巾，穿着海青，手摇折扇，足蹬皂靴，已不是奴才打扮了。乐工掌礼等人，可以一呼即至。

俗语说得好，有钱不消周时办，一切结婚手续，正在布置之中，忽地门公王锦入内察报说："启禀太师爷，无锡县知县何戡何老爷来了。"列位看官，须知这位何知县便是前书四十二回中，大踱、二刁和他扳谈的人。他见两位呆公子不成模样，曾道两句"龙生犬子，凤产鸡雏"，后来被华老知晓了，作了一首诗向他请罪，何知县好生惶恐，亲自登堂伏罪，方才无事。从此以后，何知县逢时逢节，加倍殷勤到相府来请安。他是华老门生，明朝年间，最重师生名分，他虽然做了地方官，见了太师，依旧行那弟子之礼。华老为着今天替书童安排喜事，自有一番忙碌，吩咐王锦去回复何老爷，说主人今日事忙，缓日相见。王锦去不多时，重又进来，声称小人奉了太师爷之命，请何老爷缓日相见。何老爷说今天有一件要事，须得面禀太师爷，定要一见。华老听说有什么要事，只好请他进见。何知县是常来的人，不须登堂参相，自会到二梧书院拜望他的老师。主宾见面以后，略叙寒暄，各各坐定，自有仆人送茶敬客，不须细表。

唐寅心中稀奇，今天并非朔望，何知县到来做甚？况且说有要事，倒须听他一听。他便隔着纱窗，听他们主宾问答。华老道："何大令有何要事，倒要请教。"何知县道："门生此来，一者询问老师起居，二者报告一桩要事，和老师有些亲戚关系。"华老道："什么事情？"何知县道："老师，第二房令媳不是苏州冯通政的令爱吗？"华老道："是的，冯通政服官京师，倏已多载。上月通政夫人回苏，路过东亭镇，曾到这里小住几天。现已往苏州去了。足下问她何事？"何知县道："通政夫人不是苏州解元唐寅的姑母吗？"华老道："是的，只可惜这位唐解元去年失踪，直到今日没有下落。"窗外的唐寅暗暗好笑道："没有下落吗？唐解元便在这里。"又听得何知县说道："究竟唐解元在何处？可有消息吗？"华老道："哪有消息，他的好友祝枝山四处寻访，只是徒劳往返。"何知县道："幸而他失踪了。要是不然，目前便有生命之灾。"唐寅听了，陡然一吓，益发注意静听。华老道："什么生命之灾？愿闻其详。"何知县道："这都是昔年唐解元应了宁王聘问的不好。"华老道："宁王聘问唐寅，这是以往的事。听说唐寅看出宁王志在不轨，便即佯狂自污，借端求去，才被宁王斥退出府。直到现在，他和宁王不通闻问，宁王逆谋是和他不相干的。"何知县道："老师有所不知，唐解元虽然脱离宁府，不通闻问，但是他的名字却登载在宁府册籍之中。这一回宁王被擒，不日就要明正典刑。他的羽翼如李士实、刘养正一辈谋士，尽皆被逮入狱。其余诸人，按照着宁府的名册，一一追究。唐寅的名字登载在宁府上宾名册之中，听说不日就要派着锦衣卫员役，前往苏州捉拿唐寅治罪。倘有人把唐寅藏匿在家，发觉以后，一律连坐。门生知道唐寅跟相府中有亲戚关系，所以得了消息，前来密禀钧座。要是唐寅惧罪，避匿在相府之中，老师须得把他捆送有司衙门，解往南京去治罪，万万不可把他藏匿在府，惹祸招殃。"华老道："原来有这么一回事，唐寅从来不曾到过这里，他若是畏罪亡命，逃到这里，老夫一定把他捆送到有司衙门，以便克日解京治罪，绝不把他藏匿，自贻伊戚。"

这几句话不打紧，把窗外站立的唐寅吓得浑身发抖，暗想不好了，大祸临头，我只好赶快逃命了。秋香秋香，只怕没有福分和你成婚了。正是：

只道从天来好事，谁知平地起狂澜。

欲知后事如何，且看下回分解。

第三十一回

不速客来逢凶化吉
有心人至破涕为欢

　　天有不测风云，人有旦夕祸福。唐伯虎接受了祝枝山的锦囊妙计，把华鸿山夫妇玩之于股掌之上，美满姻缘，如愿以偿。只需结婚以后，便可效法着舟载西施的范大夫，连夜回里，万万想不到有这意外的风波。想到自己虽没有受过宁王的爵禄，但是曾经一度在他府中充当上宾。虽然清者自清，浊者自浊，一经对簿，总可水落石出，但是逮捕的当儿，自己是个钦犯，银铛就道，不免挨受着许多苦楚。又听得华老这般说法，分明是个怕事的人，幸而他不知我是唐寅，要是知道了，一定把我捆送有司衙门治罪。那么红鸾星才照命宫，白虎星又临当头，到了那时，欲走不得，若要逃走，还是趁早的好。想到这里，浑身益发抖个不住，怕被里面主宾知晓，只得避到自己房中。

　　才入了金粟山房，两个蹑头又和他厮缠。一个道："大大叔，你你好运气，大大公子，不不及你。"一个道："半仙，老生活见了你，宛比见了爷。你要什么，老生活便依你什么。你不忌（是）希（书）童，你忌（是）老祖宗了。"唐寅不和他们多说，只是呆瞧着他们，身子索索地抖动。大蹑道："奇奇怪，大大叔，发发抖。"二刁道："老冲（兄）半仙做了魁星咧！"大蹑道："为为什么，做做魁星？"二刁道："魁星忌（是）斗鬼，半仙也忌（是）斗鬼。"大蹑道："那么，香香，要要做魁星奶奶。"二刁道："秋香做了半他的家鸡（主）婆，半仙忌（是）斗鬼，秋香忌（是）斗姆娘娘。"能言善辩的唐解元，得了何知县的不祥消息，一时呆若木鸡，浑身上下颤个不止，由着他们取笑，只不作声。他怕被呆公子看破机关，便托言身上不适，好像害了疟疾一般，忙说："二位公子请到里面去吧。"两个蹩头听了，宛如开笼放鸟，收拾着书本，便离了金粟山房。二刁拉着大蹩道："老冲（兄），和你到花园中亭鸡（子）里面议忌（事）去。"大蹩道："议议什么事？"二刁道："忌（事）关秘密，到了亭鸡（子）里，再和你说。"于是两个蹩头同到园中，穿过假山，在亭子里开始计议。他们议些什么，暂且按下。

只说二梧书院中的一宾一主，依旧在那里谈论。何知县道："唐解元虽与宁王脱离关系，但是宁王既倒，株连的人实在太多，现在旨意尚没有下，要是旨意一下，他便是被捉的钦犯了。天地虽大，便没有他容身之处了。"华老道："既然旨意来下，足下何从得此消息？"何知县道："好叫老师知晓，门生有一个内弟，在锦衣卫当差，这个消息便是从内弟那边得来的。为着相府知唐解元有亲戚关系，才来禀告。唐解元既不在相府里面，门生便就此告别了。"说罢，起身言别。华老也不强留，送他上轿，不须细表。

华老送过了何知县，回到里面，在书院中坐定，便问华平道："一切结婚的礼节，可曾安排了没有？"华平道："相府中人手众多，件件般般都已安排了，只需待到吉时，便可成婚。"华老道："成婚在什么时候？"华平道："老总管伯伯遣人选择吉时，选的是黄昏戌时。"华老道："这还从容，现在不过申正光景，距离戌时还有一个半时辰呢。"华平道："结婚礼节虽然布置就绪，但是这位新郎君不知道能不能拜堂。"华老道："这话怎么讲？"华平道："恰才小人到书房中去，看见华安兄弟坐在自己房里，面色惨变，浑身发颤。小人问他有什么病痛，他说没有病痛，只不过有些发颤罢了，待过一会子便会好的。小人怕他害的是疟疾，到了吉时，不知道怎生模样呢。"华老沉吟片晌，暗想这小子难道没有这福分不成，好好地要做亲，他便害着疟疾来了。于是吩咐华平到书房中去探望，要是还没有好，须得赶紧延医服药。吩咐完毕，靴声囊囊地进中门去了。

进了中门，众丫鬟正忙着替秋香整妆，大娘娘、二娘娘陪着婆婆，在紫薇堂上指挥婢女，替秋香铺设新房。所有应用的东西发到外面，由童仆们送往后花园新房中陈设。正在忙碌的当儿，华老入内，婆媳三人一齐离座欢迎。待到彼此坐定以后，华老道："越是今天事忙，越是有客到来。本县何知县说有要事来见老夫，倒被他纠缠了良久。"太夫人道："他有什么要事呢？"华老道："他是为着唐寅而来。"说时，又向二娘娘说道："二

224

贤哉，我且问你，令表兄唐解元果然失踪了吗？”二娘娘猛吃一惊，她想公公无端提起唐伯虎，敢是被他看破了机关吗？她心中慌忙，表面上却是很镇静地答道：“公公问及家表兄，自从去年失踪，直至今日，没有正确的消息。”华老道：“没有正确消息还好，有了正确消息那便不妙了。”二娘娘益发愕然，忙问公公这话怎讲。华老道：“有了正确消息，非但唐寅不妙，便是我们也得担着惊恐。何知县恐怕他藏匿在相府里面，特来秘密通知，要是藏在这里，不但累及二贤哉，也得累及老夫。”说到这里，忽而一阵咳嗽，把未完的说话打断了。二娘娘着急得了不得。听着公公的口风，唐寅的卖身投靠、藏匿相府，看来都被公公知晓了，与其被公公说破，不如自行检举的好。想到这里，正待把华安便是唐寅的话告禀公公，华老的嗽声已止了，承接着方才还未完的论调道：“总算如天之福，唐寅从来不曾到过我们家里。”二娘娘惊魂略定，便道：“家表兄真个没有到过这里来啊，何知县要访问家表兄，为着甚事？”华老便把何知县的一席话说了一遍。太夫人和大娘娘听了，不过频频嗟叹罢了。唯有二娘娘听了，担着许多心事，满腹推详，还是说破的好，还是不说破的好。说破了，关系重大，公公要保全自己，不免把表兄送往官署；不说破呢，窝藏钦犯，罪在不赦，倘使被人破露机关，我们担当不起这重大干系。即使今夜表兄成亲以后，便即挟美脱逃，但是他不知道自己犯着这样大罪，坦然回苏，岂非自入罗网。待到被逮入官，一经审问，岂不要供出半年来藏身相府的话。那么公公依旧脱不了失察的罪名。事不宜迟，还是向公婆面前说破真情的好，虽然苦了表兄，却是保全了华氏全家。想到这里，便要跪在公婆面前，说破她表兄的踪迹，却听得华老向着太夫人微微叹息道：“我们这般地优待华安，但不知华安小子有没有这般的福分。”太夫人奇怪道：“老相公怎出此言？”华老道：“何知县去后，听得华平禀告，预备做新郎君的华安，忽地面色惨变，四肢发颤，似乎害了疟疾。他的结婚时刻便在黄昏戌时，只怕临时发生了挫折，以致误却良辰。”二娘娘听了，便起着不忍之心。她想：“表兄惊慌得这般模样，怎忍落井下石。”想到这里，便又不敢告发了。

再说坐在内书房的唐寅，穷思急想，毫无良策。待要脱逃，又舍不得秋香。待要娶了秋香带着她逃走，又恐被人捉住，送往官厅，岂不连累了秋香。想到这里，方寸摇乱，除却发颤，一些主张都没有。华平、华吉、华庆探望了好多次，见他颤个不停，三个人窃窃私议。华平道："一个人莫与人争，要与命争，看来他的命运平常，以致好事多磨，临时发生着怪病。"华吉道："据我看来，他这般失魂落魄，不像害着疟疾，好像受了惊吓一般。"华庆道："不管他是不是疟疾，但在紧要的时候，忽地害起怪病来，真个是无福享受。"

按下书童议论，再说在亭子中商量计划的呆公子。他们坐定以后，二刁连说着天有眼睛。大踱道："阿阿二，天天有眼睛，我我晓得的。天天的眼，一一只红眼，一一只白眼。红红眼，是是日头。白白眼，是是月亮。"二刁道："老冲（兄），你总扮（归）憨头憨脑。天有眼睛，忌（是）说天有报应。半仙要做亲，天不许他做亲，忽然害起疟病来。"大踱道："但但愿他，一一世害疟，一一世不做亲。"二刁道："老冲（兄）的话，不脱一个憨忌（字）。从来没有听得一喜（世）害着疟疾的。我看他到了戌期（时），总要勉强拜堂的。我们吃了秋香的亏。方才在希（书）房里，我们巴望秋香被半仙点去，这忌（是）一句气话，他真个点中了秋香，我们不服气，一定要想个方法，使他们晓得两位公子的厉害。"大踱道："阿阿二，有有何妙计？"二刁道："我的妙计，就忌（是）闹新房。秋香实在可恶，昨夜在园中叫我们上当，此仇不报，非为人也。待到他们结亲以后，送入洞房，我和你闯将进去。我抱着秋香，当着众人亲她的几（嘴），你拉着她的小脚，脱去她的鞋鸡（子），这便忌（是）坍坍她的台，报报我们的仇。老冲（兄），你道好吗？"大踱道："好好极，依依计而行，你你亲她的嘴，我我脱她的鞋子。"二刁道："老冲（兄），须要秘密，不要忌（自）言忌（自）语，被他们知晓了。"大踱道："我我是守口如瓶，绝绝不自言自语。阿阿二，你你要留心。"两人定计以后，方才各到里面。

但是呆子做事，绝不会绝对秘密。大踱到了里面，忍不住地自言自语道："阿阿二，亲亲嘴，我我脱鞋子，坍坍她的台，报报我们的仇。"这几句话，被大娘娘听在耳中，很担忧虑。二刁到了里面，以为严守秘密，当着二娘娘不说什么，背着二娘娘，便独在房中喃喃地说道："秋香秋香，做了新娘，看你逃到哪里去。我亲你的几（嘴），老冲（兄）摸你的小脚，脱你的鞋几（子），坍坍你的台，出出我们的气。"二刁说这话是很轻的，他以为一定没有人知晓，谁料"隔墙还有耳，窗外岂无人"，恰被素月听

226

个清楚，悄悄地去告诉二娘娘。冯玉英听了，也替秋香捏一把汗。忽地外面传来消息，说方才来过的何知县现在又来谒相了，称有要事，定要面禀相爷，相爷又请他到二梧书院中来和他谈话了。这个消息传到唐寅耳中，益发恐吓起来。何知县来过一回，又来做甚？想是凶多吉少，莫非定要到这里来捉人吗？事不宜迟，要走须早。好在老祝代雇的船想已停泊在水墙门左近，三十六着，走为上着，且待到了船里，再做计较。苏州是去不得的，还是逃到东洞庭山去投奔王守溪相国吧。秋香秋香，我辜负了你三笑留情了。我不是把生命看得重，把恋爱看得轻，只为此番亡命在外，拼着九死一生。我若被人捉住，身受惨刑，这是我自己不好，你有何辜呢？大丈夫人不累人，一身做事一身当，绝不使你担惊受吓。好在没有做亲，你依旧是个女儿身，尽可另配如意郎君，度你一辈子的快乐光阴。要是前缘未断，也只好做那再世鸳鸯了。

唐寅想定了主意，身子便不发颤了，开了箱儿，略取些零碎银子藏在身边，便离了金粟山房。正待出外，恰遇见了华平，便问华安兄弟："你的疟疾好了吗？"唐寅道："多谢关心，颤过一会子便好了，看来不是疟疾吧。华平哥哥，听说何老爷又来了，他忙些是什么呢？"幸而唐寅见了华平问了这一句，他和秋香的三笑姻缘有这良好的结果，要是唐寅不遇华平，或者遇了华平而不问及何知县前来做甚，那么"为山九仞，功亏一篑"，只需唐寅出了相府，和秋香便没有会面的日子了。那时华平不慌不忙地说道："华安兄弟，你原来没有知道吗？何老爷第一次到来，说什么苏州唐解元犯了弥天大罪，将有旨意下来，把他拿问到京。"唐寅急问道："第二次到来又是什么？"华平道："恰从书院门口经过，听得何老爷向相爷说，恭喜恭喜，唐解元无事了。以下的说话没有听得清楚，大概已饶恕了他吧。"

唐寅暗唤一声侥幸，亏得没有走，一走便糟了，于是别了华平，自往书院门口。他是有心的人，隔着门帘窃听里面主宾谈话，但听得华老道："唐解元不是从逆的人，他有先见之明，洁身远引。要是把他株连入案，那么乡党自好之辈，人人自危了。可见孰清孰浊，自有定评。老夫知道这个消息，也替唐解元吐气。"何知县道："门生也知道唐解元不是从逆的人，所以得了消息，便来禀报老师。"华老道："何大令第二次的消息是从何处得来？"何知县道："也从门生的内弟处得来。恰才辞别了老师，业已回船，恰逢门生的内弟也有要公，路过这里，和门生不期而遇。门生便请他到船上谈话。他问门生道，你怎么也在这里？门生道，我是唤舟前来拜望老师华相国的。他问拜望华相国可有什么要公。门生道，拜望老师，便是要去报告一件消息，听得唐解元和华相府有亲戚关系，唐解元既然身遭不测之祸，只怕连累相府，因此去见老师，报告秘密。内弟道，那么你真多此一举了，唐解元的冤枉早已表白了，朝中称赞他是一个很有气节的解元，锦衣卫拿解到京的处分便可豁免了。唐解元脱然无事，依旧可以做他的风流才子。你却去禀告老太师，叫他老人家担惊受吓，这不是多此一举吗？门生道，这倒稀奇，怎么一时雷霆不测，一时风日晴和，倒要请教。内弟道，你且猜这一猜，谁替唐解元表白冤枉的？门生道，不是大有力的人，怎能奏这回天之效。和唐解元最莫逆而且名位很高的，要算王守溪王老相国了，但是王相国退隐洞庭山中，并不在京中啊。内弟笑道，你猜错了，替唐解元表白冤枉的不是别人，便是唐解元本身。"华老道："这事益发奇怪了，倒要请道其详。"躲在门帘外的唐寅暗暗忖量着："我也觉得奇怪，也要请道其详咧。"又听得何知县继续报告道："好叫老师知晓，门生听得内弟说起，表白唐解元冤枉的便是唐解元本身。门生很慌张地问道，难道唐解元到了南京，去叩阍辩枉的吗？内弟道，非也，唐解元的踪迹依旧没有分明，只不过到江西去查办的钦差曾在一间住屋里面抄得墙上题诗一首，落款吴门唐寅。把这首诗献呈，是一首五言律诗道：

　　碧桃花树下，大脚黑婆娘。未解银钱袋，先铺芦席床。
　　三杯镶水酒，几炷断头香。何日归乡里，和她笑一场。

"朝中得了这首诗，知道唐寅绝不是从逆的人，他这首题壁诗大有思归之意，而且字句滑稽，分明戏弄奸王。因此不曾吩咐锦衣卫把他捉拿到京了，唐解元便脱然无事，一切浮言从此消灭。所以表白唐寅冤枉的，不在他人，便在唐寅本身。你既把唐寅将有不测之祸告诉了老太师，趁着没有开舟，且向华相府去走一趟，再把唐寅脱然无事的话告禀钧座，也好使老太师听了，心中安慰了许多。"华老听了，掀髯大笑。谁料笑声之中还有笑声，却在门帘以外。原来唐寅听到这里，心花大放，一时忍俊不禁，竟在门外仰天大笑。华老听了诧异，便即吆喝道："谁敢无礼，在门外放声大笑?"唐寅暗想不好了，要露出马脚来了，自知躲避不及，只好揭起门帘，抢步入内，跪在华老面前请罪。正是：

蓦地含冤无可说，仰天大笑是何因。

欲知后事如何，且看下回分解。

第三十二回

娘子军秘密解围
女儿酒殷勤献客

华老和何知县谈话，听得门外有纵笑之声，以为家童无礼，擅敢扬声大笑，目无长上，因此厉声吆喝。比及揭帘入内，伏地请罪的却是他的心爱书童华安，不觉怒气消失了一半，便道："华安，你是熟谙礼貌的，官长在座，怎敢扬声大笑，有失体统。"唐寅道："启禀相爷，只为唐解元和小人是同乡，小人虽未曾和唐解元见过一面，但是衷心佩服，已非一日。方才听得他身遭冤枉，要被锦衣卫捉解到京，小人虽和他非亲非戚，不过唐解元遭了不测，苏州便缺少了一位有名才子，为这分上，小人暗暗地代为纳闷。恰才在门外伺候，听得何老爷报告详情，知道唐解元的冤枉得以昭雪，那不但是唐解元一人的荣幸，凡是苏州人，大家都觉得荣幸，小人一时乐极忘形，不禁扬声大笑。比及自己觉察，已是懊悔莫及，伏乞太师爷原谅恕罪。"华老点头道："你也讲得有理，以后谨慎一些便是了。今天事出无心，不来罪你，起来吧。"唐寅谢了主人，站立一旁。华老道："恰才听得你忽害疟疾，现在好了吗？"唐寅道："仰赖太师爷洪福，恰才小人似疟非疟地颤过了一会子，现在已好了。"华老道："你今晚便要成婚，快去预备，不须在这里伺候吧。"唐寅诺诺连声，退了出去。何知县道："贵管家胸有学问，门生是曾经领略过的。这般大才，屈在童仆里面，端的可惜。"华老道："为着他小有才情，已把他升为伴读，不日便要免除他的奴籍，和西宾一般看待。只为小儿经他指导以后，进步异常迅速，老夫破格用他，也不埋没他这一番功劳。"何知县又颂扬他老师的度量宽宏，求贤若渴。又谈了一会子，方才起身告别。华老相送，不须赘叙。

他送过何知县以后，恐怕二媳妇得了警报，替着表兄担惊，便到里面，把唐寅脱然无罪的事报告了一遍。二娘娘知道了，便把一场惊恐化作云烟。那时众姊妹都忙着替秋香整妆，唐寅在外面也有众弟兄从中帮忙。华老夫妇预先吩咐：新郎新妇今晚在鸳鸯厅结婚坐筵以后，不须叩谢主人，便可送入洞房。所有外宅童仆、内堂丫鬟，都在后花园赴宴，以表庆贺。过了三天，才许新夫妇参拜主人主母，同时便把秋香认作义女，把华安升作西宾。华府众人不得再唤他华安，须得唤一声康宣康师爷了。为着华安、秋香人缘很好，外面童仆、里面婢女，不约而同地各各凑着银钱作为贺礼，而且都更换了新衣，到后花园去吃喜酒。唯有石榴不去凑热闹，倒在床上，低声哭泣。新夫妇结婚礼节，不须重言申明。只为《唐祝文周传》中记载的结婚，已叙过的有文徵明、周文宾两家喜事，此番唐寅和秋香结婚，编书的不妨从略。

只说在鼓乐声中，参天拜地，一一都已完毕。待到送入洞房，这两个呆公子知道闹新房的时候已至，野心勃勃，借此要向秋香报仇。大踱道："阿阿二，快快走啊！"二刁道："到了新房中，不要忘记了，我捧了秋香的面孔，和她亲几（嘴）。"大踱道："我我捧了秋香的脚，脱脱她的鞋子，还还有，袜袜套，脚脚带，可可要一定剥去。"二刁道："最好一起剥去，宛比潮粽几（子），剥剩一只白喜（水）粽。"大踱道："白白水粽，是是有糖的。香香的脚，是是有矾的。"二刁道："今夜便宜了半仙，新被新褥，又有新娘鸡（子）同睡，我可以套了唐诗的句几（子），送他两句诗，叫作'小楼一夜听春雨，深巷明朝卖直身'。"大踱道："这这诗，怎怎么讲？"二刁道："半仙和秋香兴云作雨，这不其（是）'小楼一夜听春雨'吗？到了明朝，他不做书童了，这件直身可以卖去了，不其（是）叫作'深巷明朝卖直身'吗？"大踱道："我也来套套唐诗。"于是期期艾艾地念道："春眠不觉晓，秋香实在好。夜来云雨声，矾落知多少。"二刁道："什么叫作'矾落知多少'？"大踱道："这这便是香的，缠缠脚矾啊。"两个踱头且讲且走，径向后花园而去。

那时童仆丫鬟男女分席，男的在看云轩坐席，女的在听松斋坐席。新夫妇的房间却和后花园相近，并列三间，中间是坐憩，左间是书室，右间是新房，都是朝南平屋，去年才落成的，焕然一新，尚无他人住过，好像专为他们伉俪而设。看云轩、听松斋两处，正在开怀大饮，笑语喧哗。唐寅被华平拉去，定要他陪着饮酒。新房中只有两名小丫头桂香、菊香伴着，秋香坐在烛影摇红之下，益发显得艳丽非常。大踱、二刁鬼鬼祟祟地在四下里探望，知道这是一个大好的机会，只需闯将进去，管叫秋香没处逃奔。呆公子互相招呼，大踱叫二刁休得敲动口头锣鼓，二刁叫大踱休得香啊香啊喊将进去。大踱道："阿阿二，休休放风声。"二刁道："老冲（兄），我们去闹新房，是用侵的方法，不用伐的方法。"大踱道："这这话，怎怎讲?"二刁道："这其（是）半仙讲《左传》，讲给我们听的，叫作列国交锋，有钟鼓曰伐，无钟鼓曰侵。我们这番闹新房，你不打口号，我不敲锣鼓，叫他们出其不意，这便其（是）用侵的方法，不其（是）用伐的方法。"大踱道："阿阿二，快快侵啊!"二刁道："老冲（兄）不要想（响），这叫作衔枚疾走，不闻号令，但闻人马之行声。"

这一对难兄难弟走近新房，彼此乱摇着手，禁止声张。先在窗缝中窥这一窥，却见红烛光中，秋香打扮得和天仙一般，打着偏袖，坐在床沿上，端然不动，两名小丫鬟在旁边打盹。大踱不知不觉地道了一个妙字，二刁两手乱摇，才吓得大踱不敢开口。于是两个踱头，一转身便把门帘揭起，抢步入房。一个道："我我来摸小脚。"一个道："看你再逃到哪里去，我来亲你的几（嘴），摸你的……"话没说完，却不见了新娘子，只见帐门下垂，银钩微动，似乎有人躲在里面一般。两名小丫鬟看着新床，向两位呆公子努嘴儿。大踱道："阿阿二，香香在床。"二刁道："她躲在床中，再好也没有，老冲来来。"于是呆公子怎敢迟延，彼此都揭起着帐门，把罗帐洞洞开放。不揭时，万事全休。一揭时，吓得这一对难兄难弟，一个儿眼睛像地牌，一个儿眼睛似二筒。原来罗帐中躲着的不是秋香，却是大娘娘杜雪芳、二娘娘冯玉英。

只为呆公子不会干什么秘密事，他们要向秋香恶作剧，早于不知不觉中口头迸露，被两位娘娘知晓情由。二娘娘足智多谋，便约着大娘娘来到新房里面，定下这个计较。一面叮嘱秋香，倘然两位公子到来，你只躲入后房，我们自有退兵之策；一面密遣丫鬟沿途侦探两位公子的行踪，随时报告。可笑呆公子自诩秘密，以为用的是侵的方法，不是伐的方法，谁知道他们的一举一动，早经那些女探子头报二报地报上中军帐来。二娘娘知道这难兄难弟转瞬便要光降了，于是妯娌二人同入罗帐，盘着膝儿，趺坐在罗帐里面，却叫秋香在帐门外面坐着。他们要闯入，一定要在窗缝中窥这一下。呆公子的脾气，二娘娘是深知其细的。比及听到窗外有一个妙

232

字，躲在帐中的二娘娘悄悄地通知秋香道："你可以躲到后房中去了。"秋香怎敢怠慢，惊鸿一瞥地躲入后房。布置完毕，呆公子早入新房。二娘娘故意把帐门拽这几下，好使那银钩动摇。两个小丫鬟向呆公子努嘴儿，呆公子毫不疑虑，以为秋香怕羞，躲入罗帐中去了。揭开帐门看时，却是两位夫人一齐柳眉倒竖、杏眼圆睁，各向丈夫申斥道："你来做什么?"大踱还想支吾，二刁的惧内胜于乃兄，拉着大踱返身便走道："老冲（兄），快些走吧!"大踱身不由主，也跟着二刁便跑，跑了一程，方才气喘吁吁地站立在太湖石下。兄弟俩各把双手抹着额上的汗，向地上乱洒。大踱道："阿阿二，奇奇怪，今今夜，碰碰见了花粉煞，好好的香，眼睛一眨，变变了两婆娘。"二刁道："都是老冲（兄）不好，憨头憨脑，开口见喉咙，泄露了军机，被她们知宵（晓）了，请出小小（嫂嫂）和我的家鸡（主）婆，行这退兵之计。"大踱道："香香可恶，第第一次请出妈，第第二次请请出大娘娘，此此仇……"说到这里，气急败坏地说不下去。二刁接着说道："此仇不报，非为人也。老冲（兄），今夜闹不成，明天去闹。明天闹不成，后天去闹。好在新房里面三朝无大小，不见得小小（嫂嫂）和我们家鸡（主）婆天天去躲在新房里。老冲（兄）啊，过了这一夜，明天去报仇吧。"于是兄弟俩没精打采地去了。哪知道到了来日，这仇便报不成了，只为秋香已随唐寅去了。兄弟俩一腔愤恨，没处发泄，却去寻那桂香、菊香两雏婢，痛责她们不该努嘴儿，和秋香通同一气，叫公子爷上当。菊香道："公子错怪了丫头，这是我们的好意啊。"呆公子忙问什么好意。桂香道："我和菊香向公子努嘴儿，是通知你们休得揭帐，帐中躲着的是两位娘娘。我们不好明言，只好努嘴儿。"呆公子听了此言，确有理由，便承认是自己误会，错怪了小丫头。这是后话，表过不提。

且说两位娘娘行了这个退兵之策，笑着下床，便叫小丫鬟把后房匿着的新娘子扶了出来，笑说道："这个难关已过，我们也得回楼去了。"秋香道："婢子恭送两位少夫人出房。"大娘娘道："你不用这般客气，你是新娘子，无须相送。便是婢子二字，也得尊谦谨避。过了三天，翁姑把你认为义女，你便是我的小姑了。"二娘娘道："不但是小姑，还得尊称一些。"大娘娘笑道："还得唤你一声师母咧。"二娘娘道："三天以后我和秋香有三般称呼，一是小姑，二是师母，还有一个称呼，我不说了。"大娘娘道："还有什么称呼呢?"二娘娘道："到了那时，自会知晓。"便即勾着秋香的头颈，轻轻地凑着她耳朵说道："我还得唤你一声表嫂咧。"秋香微微一笑，芳心中十分安慰，只要二娘娘有这一句话，便可以证明自己的夫婿确是千真万确的唐寅。

不提两位娘娘各回闺楼，对于自己的夫婿还有一顿相当的训斥，且说看云轩中的童仆，都是开怀欢饮，对于华安百般颂扬，都说华安的做人异常周到。自己有了妻房，还肯替兄弟们恳求主人，提早日期，赏配丫鬟。方才我们在二梧书院中多说多话，真是胡闹。大厨房里的小杨道："华安兄弟真个是正大光明的大丈夫，他不肯夺人之好。"看守后花园门的王好比，尤其把华安夫妇说得人间罕有、世上无双。左一个好有一比，右一个好有一比，都是一番拍马式的颂词，而且通篇叶韵。他说："华安兄弟的本领，实在高妙，好有一比，好比'额角上放扁担，叫作头挑'。相爷为着他的本领呱呱叫，派着他在书房承值，自在逍遥。自从师爷辞馆，华安兄弟的福星高照，天天伴读书房，做了童仆中间的头脑，水桶也不提，便壶也不倒，和两位公子同坐同食，何分大小。穿了开摆直身，戴了乌纱罗帽，这般气概，好算是青衣队中的大好老。苏州祝枝山的才学人人都晓，但是和华安兄弟吟诗作对，也不能把他难倒。有了他的学广才高，合该娶一个花容月貌。我们不须妒忌，不用懊恼，从来米有糙白，货有低高。华安兄弟人既乖巧，又是富有才调，自然相爷见了心爱，太夫人见了讨俏。我们这辈粗人，怎好和华安兄弟比较。他是山上的松，我们是岸旁的草；他是云间的白鹤，我们是枝头的小鸟。他把笔杆儿轻轻一摇，胜于我们一天到晚忙个不了。好有一比，好比'豆腐店做了一朝，怎及肉店里的一刀'，又有一比，好比'老鹳一踱，胜于麻雀千跳'。"

王好比为什么对于唐寅这般地竭力恭维，只为已被唐寅灌了许多迷汤。唐寅在结婚以前，特地到王好比房中去联络感情，很恳切地向王好比说道："小弟和老哥是向来很疏远的，老哥掌管后门，小弟伴读书房，一月之中，难得有几次见面。现在相爷恩赏小弟完姻，所拨的住宅恰和老哥的房间相近，从此以后，我们便是近邻了。俗语道得好：'金乡邻，胜于银亲眷。'我们小夫妇无知无识，一切都要你老成人指教。"说时，又从衣袖里摸出四两银子，用红纸包裹着，说，"这区区东西，算是投赠高邻的敬礼，老哥倘肯赏脸，一定要收纳的。"王好比平日看守后门，有什么进款，整两的银子是难得见面的，他接受这笔厚礼，当然十分欢喜。唐寅知道财是人人爱的，又问王好比除却金钱以外，还有什么嗜好之物。王好比道："我生平欢喜'三酉儿'，尤其欢喜人家请我喝个烂醉，不须自己破费分文。好有一比，好比'嘴上抹石灰——白吃'。"唐寅道："那么老哥合该有吃运。太师爷赏给我一坛女儿酒，这是绍兴孙翰林送与太师爷的，共有四坛，太师爷为着我伴读有功，才分赏一坛与我。听说绍兴地方的风俗，富家生了女儿，便即做酒若干坛，埋藏地窖。待到女孩儿及笄以后，有了夫家，出嫁的日子，便把窖藏的酒取出犒客，这便叫作女儿酒。窖藏的年数，多或二十余年，少或十六七年。所以满满的一坛酒，到了开坛日，只剩了半坛，其味很厚，会饮酒的当作至宝看待。我是不会饮酒的，无论是女儿酒、男儿酒，大概饮不满三杯。你老哥既是洪量，我便请你饮一个爽快。不过一客都是客，小小的半坛酒，不够许多人轰饮。我的意思，这坛酒只有请我的好乡邻，旁的人都不许染指，你道如何？"王好比听到这里，舌尖馋涎险些儿挂地三尺，忙道："承蒙厚赐，这是我的吃运亨通，千万多谢。"唐寅道："酒还没有喝，说什么千万多谢。"王好比道："好有一比，好比'未吃先谢，敲钉转脚'。"唐寅道："你今天在席上切莫贪杯，只约略喝了一二杯便够了。待得酒阑席散以后，我们新房里还备着几色佳肴，背着众人的面，把原封的女儿酒开给你尝新，好叫众人没份，只你一人有份。"王好比笑道："只有我一人独享，益发好了。好有一比，好比'鹅食盆里不许鸭插嘴'。华安兄弟，承你的美意，我今天在席上留着酒量便是了。"王好比和唐寅既有预约，所以同席的敬他饮酒，他只把嘴唇在酒杯上碰了一碰，便即放下。从坐席至席散，他面前筛满的酒，一杯依旧是一杯。众人都起着疑惑，知道王好比是著名的晒干酒瓮，怎么今天却是涓滴不饮，出乎众人意想以外？王好比道："你们说我贪杯，我今天偏偏一杯不饮，好有一比，好比'一粒骰子掷七点'。"

待到众人散后，王好比来闹新房。新夫妇离座相迎，一个唤他老哥，一个唤他大伯。新房里面已排列着四色佳肴、一壶美酒，请王好比坐了首席，唐寅、秋香两边相陪，你也敬他一杯，我也敬他一杯。王好比喝了唐寅所敬的酒，当然也要喝秋香所敬的酒，这便叫作成双杯。在先一双两双，王好比很爽快地一饮而尽，饮到八双十双，王好比有些来不得了，便道："承蒙你们的好意，我喝得够了，留着明天再喝吧。"唐寅道："老哥只喝得三五杯酒，怎说喝够了？"王好比笑道："华安兄弟，你真的要捉我的酒花吗？我已喝了一斤多，怎说三五杯？我的喝酒好有一比，好比'哑巴吃馄饨，肚里有数'。"唐寅道："喝干了这一壶，便不再添了，老哥须喝个爽快。人人都说你老哥是海量，怎么今夜便失了风？"从来酒醉的人，一般都有将军性，自古道："遣将不如激将。"王好比经这么一激，便即兴奋起来，大着舌头说道："华安兄弟，这一句失风的话，我是不领受的，休说再添一壶酒，两壶也不妨。"说时，连举着数大杯，都是一饮而尽，没多时候，已不听得他好有一比的声音，原来他已伏在几上睡着了。正是：

　　酒不醉人人自醉，色不迷人人自迷。

　　欲知后事如何，且看下回分解。

第三十三回

夜行船悠扬闻棹唱
瓦茶壶淅沥听秋声

　　好有一比的王好比，不胜女儿酒的酒力，竟沉醉在新房里面。唐寅把他推了几下道："老哥，你要睡，到床上去睡。"王好比含糊着答道："床上睡也好，你扶我去睡啊。"唐寅把王好比扶近新床，他便不问是谁的床，一骨碌便倒在床上，头才着枕，鼻息声便如雷而起。

　　唐寅笑向秋香道："北门管钥，已入我手，娘子，这便是我们夤夜私奔的好机会也。"原来王好比执管的后门钥匙已落在新床上面，被唐寅拾取在手，打从后园门出去，便可以毫无阻隔了。秋香低垂着粉颈，默不作声。唐寅道："娘子，事不宜迟，还是收拾收拾赶快动身的好。我方才不是和你商量妥帖的吗？灌醉了王好比，我俩便可以离却相府，同上扁舟，娘子快快收拾啊。"秋香徐徐抬着头道："大爷，这桩事还待三思，未可冒昧。"唐寅道："娘子又来了，和你已经议妥的话，如何可以翻悔。古人道得好：'当机立断。'此时不走，将来悔之莫及。"秋香微微摇头道："背主私奔，如何可以干得？身受太师爷、太夫人天高地厚之恩，便要随着大爷回苏，也得禀明了主人主母，才是道理。"唐寅道："娘子聪明一世，懵懂一时。要是禀明了主人主母，他们老夫妇大发雷霆，道我唐寅假扮童奴，夤夜入府，窃玉偷香，有伤风化，立时把我捆送有司衙门，这件事便闹大了。只怕一榜解元，便断送在娘子一言之下。娘子你不是害了我吗？害了我，便是害了你的终身。"秋香沉吟道："事在两难，叫奴家如何主张？从了大爷，背了主人，从了主人，背了大爷。"唐寅道："这件事容易取决，娘子不曾嫁我，自当听从主人。娘子既已嫁我，也只好嫁鸡随鸡，嫁狗随狗。"秋香踌躇道："大爷之言，何尝不是。不过私奔以后，相府中人不知道奴家跟着才子回乡，只道奴家贱骨难医，嫁得一个书童，便要背主出奔，这个丑名儿，好叫人万分难受。"唐寅道："娘子不用忧虑，卑人来得光明，去得磊落。来的时节，便在卖身契上平头写着我为秋香。去的时节，也须在墙壁上面留几行诗句，表明我唐寅去了，以便华老夫妇见了，如梦初醒，懊悔莫及。"秋香道："既这般说，便请大爷题诗，待奴家替你磨墨。"便到对照的房间里面，取出笔墨和砚台，文房四宝，只用其三。秋香磨得墨浓，唐寅蘸得笔饱，便在中间的粉墙上面先写着"六如去了"四个字。秋香笑道："大爷又写平头诗了，这是你的拿手好戏。"唐寅落笔飕飕，便在下面各各补充六个字，成了一首七言绝句，叫作：

> 六艺抛荒已半年，
> 如飞归马快加鞭。
> 去将花坞藏春色，
> 了却伊人三笑缘。

秋香笑道："大爷说来说去，总是三笑留情。"唐寅笑道："若不是三笑留情，怎有今日之下，娘子不必稽留了，'三十六着，走为上着'。"秋香道："大爷且慢，便要动身，也得把细软东西收拾收拾。"唐寅大笑道："娘子太觉小觑卑人了。这番花坞藏春，自有百般供养，所有吃的、穿的、住的、用的，娘子都不须顾虑，要是携带细软，反而授人口实。"

这句话却中了秋香的心，她虽是个青衣队里的人，却很有几分傲骨。今夜潜逃，要是多带了东西，总不免落一个卷逃的名声，索性一物不带，只穿了几件家常便服，把自己的积蓄和主人的赏赐不动丝毫，封裹完好，上面都签了一个秋字，留在新房里面。至于唐寅的东西，早已一一封裹，都不带去，便和秋香翩然离却新房。却听得床上的醉汉，兀自鼻息声浓。

秋香掌着灯，照着唐寅，竟到后门旁侧。唐寅取出钥匙，开了园门。好在更阑人静，毫无觉察，便把钥匙和三簧钢锁都放在门房中王好比的桌子上面。却见门背后挂着一盏五福捧寿的小灯笼，秋香喜道："我们夜行，这东西是不可少的。"便把灯台上的余烛移在灯笼里面，却把灯台放在王

238

好比房里，轻轻地说道："大爷看仔细着，奴家照着你行。"唐寅道："娘子不用你照，还是卑人来提灯吧。在相府中行走，你比我熟悉，在街坊上行走，我比你熟悉。"秋香怯于夜行，便把灯笼授给唐寅。男先女后，开了后门，重又掩上了。三月初的天气，夜行不觉寒冷。唐寅提着灯笼，缓着脚步，一步一回头地说："娘子，你看仔细着。'古人秉烛夜游，良有以也，况阳春召我以烟景'……"秋香道："大爷不用掉文，前面黑魆魆的，似乎有人在那里拂袖。"唐寅道："这是风吹柳动，娘子不用惊疑。转过几株大柳树边，望见相府水墙门，便是停船的所在了。我们拍手为号，便可下船。"秋香道："我们到了那边，要是没有船只，岂非进退两难？"唐寅道："娘子不须顾虑，老祝锦囊妙计，断无错误。"两人且说且行，好在半夜时分，没有一人相遇。

约莫到了水墙门左近，唐寅把灯笼交付秋香，连连击掌三下，却听得石踏步旁边也是击掌三下，这才打了一个招呼。无多时刻，便见一灯如豆，照到驳岸上面，原来舟中掌着灯笼，来迎客人下船。唐寅向秋香手中接取灯笼，高高地擎起，照照舟子的面貌，不禁唤了一声："奇啊！"那舟子也把灯笼举起，照了照客人的面貌，不禁喜逐颜开道："原来你是唐大爷，我和你很是有缘，来也是坐我的船，去也是坐我的船。"唐寅也笑道："原来你便是米田共，今日里二次相逢，奇啊奇啊！快快拢船过来。"米田共道："这位女客是谁，可是秋——"唐寅道："嗳声，今夜秘密动身，不许声唤，回到姑苏，重重有赏。船在哪里，我们要上船了。"米田共接着唐寅的灯笼，把他扶上船头，还要搀扶秋姊。唐寅忙道："不用你扶，我来扶，男女授受不亲，非同小可。"一壁说，一壁挽着秋香的纤手，同入船舱。

秋香见是一只舴艋小舟，圈席作棚，十分局促。她随着太夫人往来苏杭，总是坐着大号官舫，似这般的小舟，简直是第一次坐着。好在她打定了出嫁从夫的主见，嫁得才人，心愿已足，暂时局促，当然不成为问题。比及坐定以后，船里乌糟糟，哪有灯台明烛。米田共扑地吹灭了自己灯笼里的火，却把唐寅带来的灯笼挂在后梢头，解缆登舟，便向苏州方面进发。一壁摇橹，一壁和唐寅闲话。唐寅问他这只船是谁雇的，米田共道："我是跳船头的伙计，到处做生涯，并不限定一处。自从去年遇见你大爷以后，一路唱歌，唱到了东亭镇，承你绘扇做船钱，得了多两纹银，我便交着好运了。"唐寅道："怎样地交着好运？"米田共道："唐大爷，你的本领真大，你在这扇面上，只有轻轻几笔，却绘出一个阿福来，我真感谢你不尽。"唐寅道："米田共错了，这页扇面上没有绘什么阿福啊！"米田共道："大爷不用性急，待我讲给你听。我虽是一个穷小子，到了这般年纪，也巴望有个相骂的人。"唐寅道："什么叫作相骂的人？"米田共道："大爷满肚子都是故典，这个故典却不知晓。俗语说得好，船头上相骂，船艄上搭话。我说的相骂的人，便是搭话的人。"唐寅笑道："你原来缺少了一个船婆。但是我去年乘你的船，记得你向我说，唐伯虎家有八美，你只有一个邋遢婆娘。那么你也可以和她在船头上相骂，船艄上搭话。"米田共道："相公的记性真好，我去年确有这句话，不过这句话是有虚头的。我说的一个邋遢婆娘，并非完完全全的一个。苏州人打话，叫作杀半价。我说的一个邋遢婆娘，半价之中还有半价。开了天窗说亮语，这个邋遢婆娘，不是我米田共独有的，是四个人共有的，我只有四份之中的一份。譬如切一个面衣饼，我只吃四架之中的一架，譬如切一个西瓜，我只吃四角之中的一角。因为怕你大爷见笑，我便夸下海口，说家中有一个邋遢婆娘。好在那婆娘不在旁边，要是在旁，便得刮辣松脆地打我几下嘴巴，道一声杀千刀，亏你不羞，你只吃了一些份儿，便在人前说得嘴响，我是你独有的老婆吗？还有张老大、李老三、许老七呢。"米田共说得起劲，惹得舱中的秋姊姊笑个不住。

唐寅道："不要讲到歪里去，言归正传，你说的扇中绘出一个阿福来，这句话做何见解？"米田共道："大爷不嫌絮聒，我便细细地讲给你听。自古道：'花对花，柳对柳，破畚箕相对兀笤帚。'大爷是有福的人，这便叫作花对花、柳对柳。米田共是没福的人，只和破畚箕相对兀笤帚。这个邋遢婆娘，在先是嫁给我的，后来为着我不能养活她，她才另寻了三个姘头。谁料人心不足蛇吞象，做了大货，还要做小货；有了姘头，还要有姘姘头。面子上一女嫁四夫，暗地里的大丈夫和小丈夫约莫有八九个人。我见了如何气得过，便向那婆娘发话。我说男子们三妻四妾是有的，女子们只可一妇配一夫，一马驮一鞍。她听了不服气，要我还出证据来。我说不看别人，但看桃花坞中的唐大爷，他娶了八美，人人都称他风流才子，可见男子们多娶几个老婆是不妨碍的。要是女人家也有七八个汉子，那便出乖露丑了，被人家在背后指指点点，道她是浪妇。那婆娘冷笑了几声，摇头不信。她说，男也是人，女也是人，男子可以一人娶几个老婆，女子也可以嫁几个老公。我说不对，但看茶壶和茶杯，男子比茶壶，女子比茶杯。一把茶壶里的茶，可以筛满七八只茶杯，那么一个男子，自然可以娶得七八个老婆子。"唐寅拍手道："这个比喻却比得确切，料想那婆娘没话可说了。"米田共道："她听了又不服气，她说你不见席面上的鲜鱼汤吗，鲜鱼汤只一碗，调羹却有七八个，女子宛比鲜鱼汤，男人宛比调羹，一碗鲜鱼汤，不妨七八调羹在里面舀，一个女人，不妨七八个男人在她身上。"话没说完，秋香早把手掩着耳朵。

唐寅道："粗俗的话不用讲下去了。你只说谁是阿福。"米田共道："为那婆娘和我斗口，我又没法禁止她，我只得把她活切头。"唐寅大骇道："你难道把她杀死了吗?"米田共道："不是把她杀死，我说的活切头，便是和她活离。记得去年和大爷会面的时候，我已和那婆娘活切头了。不过大爷问我，不便说实话，我便装些场面，只说家中有一个邋遢婆娘。"唐寅道："原来如此，你便该讲那阿福了。"米田共道："阿福是一个摇船人家的女儿，小的时节，生得面庞又胖又圆，和惠山脚下泥塑的大阿福一般，因此人人都唤她阿福。我和婆娘活切头以后，便央人向阿福求亲，阿福的娘也看中了我，但是狮子大开口，须得二十两纹银做聘金。太爷试想，我是一个穷光棍，有了早饭，没有夜饭，吃的都在身上，着的都在肚里。"

唐寅笑道："船家错了，你该说吃的都在肚里，着的都在身上，怎么说颠倒了?"米田共道："大爷，你有钱人，不知没钱人的苦。一个人弄得吃的都在肚里，着的都在身上，果然是穷了，但是还不算真穷。"唐寅道："真穷怎么样?"米田共道："吃的都在身上，着的都在肚里，才是真穷。生了满身的白虱，这叫作吃的都在身上。把一切衣服都当了钱，买些充饥的东西，都吃下肚去，这叫作着的都在肚里。"唐寅向秋香道："听了他的话，很可以解除寂寞。他这几句话，大有《传灯录》的意思。《传灯录》上说：'去年贫，不是贫，今年贫，才是贫。去年贫，贫无立锥之地，今年贫，贫得锥子也没有。'"秋香点了点头道："大爷道得不错。"米田共道："相公你说什么去年瓶不是瓶，端的是油瓶，是酒瓶？"唐寅道："你不用问，你把你的话讲下去。"米田共道："自从得了你大爷的扇面，当得纹银多两，我便不愁没有下聘的钱了。回到苏州央媒说合，把二十两纹银做了聘金，这亲事便成就了。大爷，你的本领真大，你只有轻轻几笔，却替我绘出一个阿福来。"唐寅道："现在这阿福可曾和你成婚了吗？"米田共道："哪有这般容易，阿福的娘何等厉害。她向媒人说，若要我的女儿出嫁，须送财礼四十两，开门钱二十两，缺少丝毫，不是生意经。大爷，我是一个摇船的人，哪里来这许多银两，除非第二次遇见你大爷，替我再绘几页扇面，那便有参天拜地的希望了。"唐寅道："只需你紧紧摇舟，把我摇到姑苏，我开发船钱以外，再替你绘几页扇面，把阿福绘给你做老婆可好？"米田共听了，好不起劲，果然努力摇船，准备在天明以前赶到浒墅关，守候开放关门。

唐寅和秋香并肩坐着，猛觉得手背上面洒了几滴水点，暗想不妙了，天竟下雨了。于是仰望天空，依旧满天星斗，才知道不是雨点，却是泪点。便道："娘子做什么，此番回苏，和你一辈子度那快活日子，着甚来由，在暗地里淌泪？"秋香呜咽着说道："大爷有所不知，奴家夤夜出门，总是不别而行，老夫妇待人不薄，奴家仔细思量，总觉得良心上说不过去。"唐寅道："娘子又来了，这叫作从权啊，到了后来，华老夫妇一定原谅我们的。"又向米田共说道："你是善于唱歌的，快拣好听的唱几支给我们听，以便舟中解闷。"米田共道："大爷那天替我改正的山歌，我还记得，可要再唱一遍？"唐寅道："已往的歌不用唱了，你只拣几支新鲜的唱给我听。"米田共正待唱时，灯笼里的残烛看看将尽，便即换上了一支，随口唱道：

送郎送到小桥东，小奴奴手提一盏纸灯笼。郎啊郎啊，你做人莫做灯笼样，外面好看里头空。

唐寅笑向秋香道："娘子，你恰才在园中，实做了一句小奴奴手提一盏纸灯笼。"秋香道："大爷，你不要做了灯笼壳子，外面好看里头空。"米田共唱得起劲，又来一个道：

郎住湖西门半开，姐住湖东门半关。湖东湖西一条水，水中
月出望郎来。

　　唐寅道："这倒奇怪，不像是村野人吐属，是谁教你的？"米田共道：
"大爷爱听，还有几支，一起儿唱了，再告诉你那教歌的人。"便又唱道：

　　送郎郎去几时回，青蛙阁阁做黄梅。黄梅时节家家雨，郎要
来时慢些来。打湿衣服还犹可，冻坏情郎太不该。黄金有价人无
价，万金难买美多才。

　　唐寅道："这是吾道中人的口气，这个人也有相当的才名，究竟是谁
教你的？"米田共道："大爷猜这么一猜，这是今年元宵在鸳鸯湖替人家摇
船，有一位相公教我唱的。"唐寅拍手道："我可知道了，那人定是沈达
卿。"米田共道："大爷真是仙人，一猜就着。"唐寅道："沈达卿为着何事
教你唱起歌来？"米田共道："实告大爷，你临走时再三叮嘱，叫我休得多
嘴，不要把你的踪迹告人。我依着你的话，把去年八月里追舟的事在人家
面前一字不提。后来十月里遇见祝大爷，赚我说破你的踪迹。我为着洞里
赤练蛇是不好惹的，被我想个计较，脱身逃走。直到今年元宵，摇着沈相
公的船，他向我盘问你的踪迹。在先我不肯说，后来他许我几两银子，我
那时腰无半文，不免见钱眼开，便一一地告诉了他。好在沈相公不比祝大
爷，绝不讲给人家知晓。他给了我银子，又传授我几支山歌，叫我以后唱
歌，不要唱这秋香歌，只唱新传授的几支山歌便是了。"
　　唐寅笑道："你错过了好机会，倘在去年十月里便告诉了祝枝山，我
们便可以早日回苏，你也可以早日和阿福成亲。可惜你错了主见，以致有
这挫折。"米田共道："告诉祝大爷不妨碍的吗？"唐寅道："有什么妨碍，
你可知今天唤你的舟，也是祝大爷的意思。若没有祝大爷，你怎得和我两
度相逢，怎得有和阿福成亲的希望？他是你的大媒咧，你以后休得唤他洞
里赤练蛇了。话别多说，你还是再唱几支吧。"米田共道："大爷，别再唱
了，再唱也没有好的啦，还是快快摇船，天明以前，好赶到浒墅关。"唐

寅道："对，别只顾谈话，误了行程。"于是大家沉默，一叶扁舟直向浒墅
关来。正是：

半载辛苦为娇娘，此日扁舟载艳来。

欲知后事如何，且看下回分解。

第三十四回

扁舟载艳美在其中
佛殿题诗变生意外

　　天明以前，伯虎载艳的船果然赶到了浒墅关。时候尚早，关门未放，便停泊住岸旁，守候开关。米田共摇了半夜的船，摇得乏了，便坐在船艄上打盹。灯笼里的残烛渐渐地熄灭了。曙光未露，小舟中伸手不见五指，却听得米田共的鼾声正浓。唐寅和秋香并坐舱中，倚翠偎红，暗香浮动。倘使唐解元是个道学先生，那么不做坐怀不乱的柳下惠，也做和顾横波同睡一床而能摒绝邪念的黄道周。可惜唐解元不是道学先生，而是风流才子。半年来朝思暮想的人，也有鹣鹣鲽鲽的一日，孤舟中怜我怜卿，又没有个监视的人，得便宜处且便宜。纵不能真个销魂，也得假个销魂，摸摸索索的事，这是不能免的。假如寻常女子，到了这时，情不自禁，当然迎的分数多，拒的分数少。秋香姊却不然，俏身子躲躲闪闪，连称"大爷放尊重些，大爷使不得"。这只一叶扁舟是随人转侧的，秋香躲躲闪闪，船便在水面上晃晃荡荡。米田共睡梦正酣，经这一阵颠簸，把他的好梦却惊醒了。揉一揉眼睛，连称奇怪奇怪，分明是风平浪静，为什么船儿晃个不住，难道船里面有猫儿打架、鸡儿争锋不成？看一看天色，恰恰曙光破露，略待一会子，关门便开放了。

　　明朝年间，浒墅关不比现在这般冷落，这是万商云集的地方。一进了关门，市廛栉比，直接苏城。唐寅吩咐米田共上岸买些茶食充饥。那天正是上巳良辰，桃红柳绿，点缀春光。唐寅听得乡音入耳，一处处都是软语吴侬，更觉得精神爽快。秋香为着一宵未寐，很有些疲倦样子，星眼懒抬，柳腰斜倚，竟微微地睡去了。唐寅护惜名花，不敢惊动香梦，而且叮嘱船家，须得缓缓摇橹，不要使那船儿倾侧，累她好梦不酣。待到午前，船已进了阊门水关，离着桃花坞不远，迎面的船高喊着来船扳艄，才把秋香喊醒了。抬了抬倦眼，便道："大爷，这里离府上多少路程？"唐寅笑道："这是我们自己家里，你把府上两个字用得不当。娘子，快要泊岸了，到了那边，一定有许多书童婢女伺候河滨，只为老祝他去已通知过了。我们八位娘娘都是大贤大德，很有周南召南之风，知道娘子到来，欢迎恐后，一定不会妒忌的。"秋香听了，芳心略定。米田共道："前面便是唐府的照墙了。"唐寅道："我们的船只便停泊在照墙后面的石踏步旁边。你看照墙后面，可有什么仆妇人等在那里伺候？"米田共道："只见照墙不见人，大约大爷府上还没有人知晓你回府。"唐寅暗暗奇怪，怎么河岸无人，竟出于自己意想以外？便想到老祝授计的时候，自己曾问及家中是否安宁，老祝道："你改称华安，你却安了。府上八美，怎会安宁？"我问他怎样不安，老祝又不肯直说，只道你到了家里，自会知晓。现在看这情形，莫非家中有了什么变端不成？唐寅想到这里，不免有些担心，然而不肯露于颜色。停舟以后，叮嘱秋香道："娘子，你暂坐舟中，待卑人先行上岸，通知她们以后，遣发轿儿接你入门。"说罢，匆匆地上岸而去。

唐寅到了岸上，转过照墙，望见了自己的大门，不禁怦地一跳，接着倒抽了一口冷气。但见大门闭得紧腾腾，上面贴着一纸布告道：

本宅改作家庵，早把大门封锁，以便静坐蒲团，虔修佛前清课。

厌看车水马龙，爱听晨钟暮鼓，一应旧日亲朋，毋庸高轩光顾。

这一纸布告，分明是大娘娘陆昭容的手笔，看来她已存着出世的思想了，但不知她可曾在佛前祝发。其他的七位娘娘又是怎么样呢？唐寅正在呆想的当儿，却听得有人在后面喊着道："这不是大爷吗！"唐寅回头看时，却是个小尼姑，似曾相识，却记不起她的法名，忙道："小师太，你唤什么，我却忘怀了。"那小尼道："大爷贵人多忘，我是观音堂中的妙珠啊！"唐寅恍然明白，原来他的三夫人九空喜和尼姑往来，每逢佛诞，妙珠常到府中来送素斋的，所以觉得似曾相识。当下把妙珠估量了一下，便道："妙珠师太，你到这里做什么？"妙珠笑道："大爷出门以后，杳无音信，抛下了八位娘娘，求神问卜，总说吉少凶多。大娘娘一声长叹，便把并州快剪刀剪去了头上青丝。七位娘娘都是跟着大娘娘行动的，大娘娘立志削发修行，其他七位娘娘也跟着大娘娘削发修行。便把解元府改作了唐氏家庵，又聘请小尼做客师，每逢念经时，小尼也跟在里面做佛事，遇有善男善女到庵堂中来随喜，八位师太不便酬应，便由小尼做招待。"

唐寅听了，嗒然丧气，便道："小师太，我已安然回来了，她们也不用做尼姑了。我要到里面去，快叫她们把这大门开放了。"妙珠道："大爷要到里面去随喜随喜，小尼可以引导大爷到佛堂中去参观佛像。大爷要和八位师太会面，再也休想，你不见大门贴着的字条，无论什么人都不招接吗？"唐寅道："这字条是什么时候贴的？"妙珠道："大概已贴了三四个月。"唐寅道："既这么说，我便央告你引导入内，随喜则个。"妙珠道："正门是不开放的，走了侧门吧。"便引着唐寅去敲那侧门，剥剥几声，便有一个老佛婆出来开门，见了唐寅，便问客人是谁。唐寅道："我不是客人，我是这里的主人，今天回来了。"老佛婆道："你便是唐大爷吗？可惜迟来几个月。你若在去年十月里回来呢，八位娘娘齐来出接，捧宝也似的捧进你去。如今嫌迟了，八位师太苦志清修，什么男人都不愿见面，你只好在大殿上瞻仰瞻仰佛像吧。"唐寅皱了皱眉儿，连声长叹，妙珠引着他上佛殿。

这座佛殿便是解元府中的大厅，居中一方匾额，原名叫轮香堂，便是"香满一轮中"的意思。现在呢，匾额上面糊着黄纸，写的是慈光普照四个字，也是大娘娘的手笔。唐寅问妙珠道："这四个字是什么时候写的？"妙珠道："大概也有三四个月了。"唐寅见居中供着佛龛，上面挂着欢门，两旁封条字画，都已收拾干净。桌子上磬子木鱼，以及摊着的经卷，色色完备。地上平列着八个蒲团。妙珠道："大爷，你想可怜不可怜，如花如玉的八位娘娘，现在变着顶上显圆光的八位师太。仔细思量，都是大爷所作的孽。大爷，你在外面迷恋着谁，一向雁杳鱼沉，不想回来？"唐寅把袖掩面，哽咽着说道："这都是我唐寅不好，如今懊悔嫌迟了。小师太，央求你到里面通知八位娘娘，说我回来了，快请相见。"妙珠道："通报也无效，她们是出家人，你是俗家人，各走各的路，何须相见。"唐寅道："小师太，无论如何，总得请你去通报一声，我想她们忆念前情，绝不会拒绝相见。"妙珠道："通报便替你通报，但是见与不见，我却不能做主。"

说罢，转身入内。唐寅待要跟着进去，却被老佛婆拖住道："大爷进去不得，这是师太们的禅房重地，怎容你去乱闯，快请到厢房中去坐坐。"说时，硬把唐寅拖入厢房里面，送了一杯茶，叫他静听里面消息。

唐寅道："好好的自己家庭，却不许我乱闯，真个'香伙赶走和尚'了。"老佛婆冷笑道："谁叫你忘却家庭呢？你早几个月回来，这便是解元府，任凭你到处走动。迟了几个月回来，这便是唐氏家庵，你要乱闯乱行，万万不可。"唐寅低垂着头，作声不得。隔了一会子，妙珠从里面出来，向着唐寅发话道："大爷吩咐小尼入内通报，小尼不肯，大爷偏要小尼去，小尼觅了八位师太，碰了一鼻子的灰。"唐寅道："怎么碰了一鼻子的灰？"妙珠道："小尼才说大爷回来了，大师太便发话道，我们家庵里面，哪有什么大爷回来，敢是人家的男子走错了门户？小尼道这位大爷不是别人，便是唐府的主人唐大爷。八位师太听了，都是柳眉倒竖、杏眼圆睁，说这座家庵中的主人便是我们八姊妹，哪有什么糖大爷盐大爷，你快快遣发他出门，休得在这清净佛地啰唣不休。说罢，又把小尼埋怨了许多话。这都是你大爷害着小尼，无端碰这一鼻子的灰。"唐寅仰天叹道："苍穹苍穹，我唐寅竟有这样的一日吗？活在世上，也觉无颜，也罢，待我题一首绝命诗吧。"便向妙珠讨了笔砚，磨得墨浓，蘸得笔饱，落笔飕飕地在佛殿上题了四句诗道：

> 西方大士居中坐，
> 贝叶经摊法像前。
> 佛地拼成归宿地，
> 堂堂七尺赴重泉。

妙珠和老佛婆都是不通文理，便来请问唐寅，这四句诗做何解释。唐寅讲了前两句，她们点头拨脑，都说不错。讲到后两句，老佛婆道："大爷这是使不得的，清净佛地，岂容大爷觅死。"妙珠道："大爷休得存这短见，蝼蚁尚且贪生，何况七尺之躯。此处不留人，自有留人处。听得大爷出门在外，另有相好，便在外面立个门户，一夫一妇，白头到老，有何不可？"唐寅掩着面道："小师太有所不知，我害着他们八姊妹晨钟暮鼓，断送青年，叫我良心上如何说得过去，唯有拼却一死，也好减少我的罪恶。"

说时，擦泪不休，擦得眼皮上红红的，倒赚得妙珠和老佛婆都在旁边掉泪。妙珠道："大爷越说越伤心了，无论如何，小尼总不能让你在大殿上觅死。"老佛婆道："大爷早知今日，何必当初，但是除却死法，还有活法。"唐寅道："什么叫作死法活法？"老佛婆道："你要死在佛殿上，叫作死法。你若央告我佛婆，到里面劝劝这八位师太，可肯看着我老脸，和你会这一会，这叫作活法。"妙珠扁着嘴道："你的脸有这么大，不用说吧，到里面去，又得碰一鼻子的灰。"唐寅道："待我写一纸悔过书，央求老佛婆替我送给八位娘娘。"老佛婆道："这里没有娘娘，我是不送的。"唐寅道："好好，不唤娘娘，我也唤她师太便是了。"说罢，携着文房四宝，到厢房中去修书。妙珠和老佛婆都跟随入内。唐寅道："你们不用相陪，当着你们，我是写不出书信的。"两人哪知是计，退了出去。唐寅觅她们退出，赶把厢房门掩上了，又加了闩。两人在门外叫唤道："大爷怎么赚了我们出外，闭门落闩？"唐寅不睬她们，却喃喃地自言自语道："也罢，不死在佛殿上，便死在厢房中也好。唉！苍天苍天，不料一榜解元，名重当世的唐寅，只落得如此结果。阎王注定三更死，断不留人到五更。待我解下丝绦，悬梁自尽了吧。"

只这几句话，把门外的妙珠和老佛婆吓个半死。妙珠忙着到里面去通信，老佛婆不住地敲门，连唤大爷使不得，万事总有个商量。唐寅在里面只不作声。老佛婆待向里面窥这一窥，无奈厢房的门密不通风，更无隙缝可窥。正在慌急当儿，猛听得弓鞋细碎，接着莺莺燕燕的声音，都说怎么好，怎么好，快把厢房门打开了。原来八位娘娘率领了许多书童婢女，都来救护。唐兴、唐寿下死劲地在门上拳打脚踢，毕竟他们力大，把门儿打开了。大娘娘早在门外高唤着大爷不要当真，这都是假的，忙领着七位娘娘，拥入厢房。她们以为唐伯虎早已挂在梁上，所以急匆匆地前来解救。但是稀奇，进了厢房，却不见唐寅的踪迹，八位娘娘面面相觑，都说："我们大爷却到哪里去了？"忙问老佛婆，老佛婆也是愕然。明明大爷在里面，难道大爷会土遁，霎时遁去了不成？

忽听得书橱后面笑声透露，且笑且说道："娘子们用的好计，已被卑人窥破了虚实，用一个苦肉计，管叫你们一齐出来和我相见。"说罢，从容不迫地从书橱后面转身出来，向着八位娘娘依次奉揖，慌得她们万福不迭。陆昭容道："你一去半载，消息不通，直到今天，方才载美回家。你

249

要娶九房妹妹，我不拦阻，但是不该把我们抛撇半年。这般薄幸无情，合该受些教训。因此连夜预备把家庭假扮佛堂，好叫你回来的时候，吃这一吓。"唐寅道："你们的诡计，怎禁得明眼人立时瞧破，何吓之有？"陆昭容道："你既不吓，何须觅死？"唐寅道："我的觅死是假的啊！"罗秀英道："觅死是假，受吓是真。"九空道："我们在遮堂门后窥见你愁眉泪眼，频频太息。"春桃道："你既不吓，为什么题这绝命诗？"马金凤道："大姊的锦囊妙计，总不会被你立时看破，你休说这现成话。"众美人七张八嘴，都不信大娘娘定下的秘计会得被唐寅窥破。唐寅含笑不语，待到众美人喧声稍止，便道："列位贤妻，若不提出一个真凭实据，你们怎肯相信。卑人未进门庭，便知道是你们串的一出戏文，比及上了佛堂，益发知道自己的所料非虚。我讨取笔墨题这一首绝命诗，这是我点破你们的诡计，并非真个题什么绝命诗。"陆昭容道："你又要强词夺理了，我恰在遮堂门后，听得你讲给他们知晓，分明要在佛堂上面做你的归宿之地，怎说不是绝命诗，却是点破我们的诡计？"唐寅道："大娘，我和你同到外面去读这壁上题诗，你是金陵才女，读了这首诗，便知卑人所言非谬。"于是唐寅陪着八美，同上佛堂。

壁上四句诗兀自墨迹未干，要是这四句诗不是平头书写，还能够瞒过金陵才女陆昭容，现在呢，每句平头，自有用意。陆昭容但看平头四个字，却是"西贝佛堂"，分明唐寅点破这佛堂是假的，不禁又喜又恼。喜的是夫婿多能，不愧江南第一风流才子；恼的是自己定下的妙计，不能惩戒这轻薄夫婿。罗秀英忙问唐寅："难道我们设立的佛堂，其中还有破绽不成？"唐寅道："破绽正多咧。第一个破绽，大门上粘贴的布告，据妙珠说已粘贴了三四个月。但是一幅薛涛笺，颜色犹新，分明未受着雨淋日炙，大约粘贴的日子不是今朝，便是昨夜，怎说有三个月之久呢？第二个破绽，据妙珠说，这佛堂也设了三四个月，墙上封条字画撤去已久。但是墙壁上面，色分深淡，对条障蔽的所在，色淡而无尘，对条不遮的所在，色深而有尘。留着这痕迹，便知道墙上的对条字画撤去未久，不是今朝，便是昨夜，怎有三四个月之久呢？第三个破绽，匾额上糊的黄纸，浆痕犹在。"

陆昭容含嗔说道："便宜了你这薄幸郎，可惜我们疏忽了一些。"便即吩咐妙珠和老佛婆，把这佛堂收拾了吧，所有一应东西，送还了观音庵中老师太，过了一天，我们再来写愿。又吩咐唐兴把门上和匾上粘的字样揭去了，免得传扬出去，惹人家笑话。又吩咐唐寿传谕厨房，快快搬出预备的酒席，替大爷接风。唐寅道："还有一个人没有上岸呢！"陆昭容道："我倒不知，她是谁啊？"唐寅道："便是卑人为着她颠倒梦想的人，她叫作秋香。老祝说的'再来一个八变九，九秋香满镜台前'，却是两句佳谶啊！"陆昭容喜道："原来第九位妹妹来了，你何不早说，却叫她冷清清坐在舟中。"当下吩咐轿夫，用着自己的轿儿，把九娘娘接取上岸。又吩咐家人把正门开放了，要叫九娘娘的轿来直入正门，在轿厅上面下轿。又叮嘱着七位娘娘，待到九娘娘的轿儿进了大门，我姊妹们都到轿厅上去迎接。唐寅听了，暗暗快活，我们的八个娇娘全无妒意，大有周南召南之风。忽地轿夫急匆匆地进来禀告道："启禀大爷和列位娘娘，河滨并没有停泊着九娘娘的座船。"唐寅怒道："你们都是饭桶，待我来领你们去，便知端的。"当下领着轿夫，径出大门。走到照墙旁边，只停着一乘空轿，赶往河滨看视，不禁喊了一声苦也，原来方才停泊的小舟已不知摇到哪里去了。正是：

佛殿题诗原是假，扁舟载艳又成空。

欲知后事如何，且看下回分解。

第三十五回

陆昭容惩戒狂夫
唐子畏忏除旧恶

快乐须从艰苦中映衬出来，才是真快乐。不知高山，哪知平地。不有苦中苦，哪有乐中乐。这部书描写唐祝文周的欢喜姻缘，结果都归圆满。祝枝山拥有云里观音赵氏，文徵明拥有杜月芳、李寿姑以及美姜柳儿，周文宾拥有王秀英以及艳姬素琴，就中唯有唐伯虎的幸运最大，八美以外，又添一美。倘使载艳归来，毫无挫折，不独文字上失之平衍，不能引人入胜，即就情理而论，抛撇了八位美人，使她们啼珠怨玉，动魄惊心，要是不受些小小折磨，惩戒他的风流罪过，在情理二字上，似乎有些说不过去。所以一波未平，一波又起。解元府改作家庵，虽然被他慧眼看破，并不吃惊，但是河埠扁舟，不知去向，这却值得唐解元魂飞天外，对着这河埠呆呆发怔。扁舟失去不打紧，扁舟里面的妙人儿便是他的灵魂。灵魂已失，这块然的躯壳要他何用？为着这魂灵儿，半年来背乡离井，在相府中做那低三下四之人，万不料费尽心机，依旧是一场幻梦。于是顿足踏地，大骂着舟子不良。吩咐轿夫，沿着河岸，分头追赶。说是一只圈棚小舟，船艄颈挂着一盏五福捧寿的灯笼，船舱里坐着一位千娇百媚的女郎，这便是新娶的九娘娘。你们不许逗留，快去追赶。追到了，重重有赏；追不到，打断你们的狗腿。两名轿夫口头答应，却不肯拔步便跑，只向着主人痴笑。唐寅毕竟是聪明人，便知道这又是大娘娘弄的玄虚。城中繁闹之区，舟人怎敢昧良，劫着美人远去。况且秋香又是玲珑剔透的人，扁舟摇动，哪有不声唤的道理。想到这里，心头顿觉安慰了一半，便不唤轿夫去追赶，反而举步从容，折回府中。

那时八位美人在轮香堂上，议论纷纷。他便停踪潜听，恰听得大娘娘

252

假作慌张，连说："不得了，不得了，她是我们大爷的心肝宝贝，一旦失去，便是攫去了大爷的心肝。诸位妹妹，你们留心着，大爷不见了九娘娘，回来定要觅死，方才上吊不成，这一回难免悬梁高挂。"五娘娘马凤鸣道："只怕不见得吧，九妹虽已失踪，我们八姊妹依然无恙，难道不可以解免大爷的寂寞吗?"二娘娘罗秀英道："我们八个怎比得上那一个，我们八个是尘羹土饭，那一个是仙露明珠。大爷的意思，还要'以一服八'呢!"八娘娘春桃道："大爷为着那一个，把我们八个抛在九霄云外，好容易赚到家门，偏又被摇船的摇去了。大爷便不觅死，也得背乡离井，寻取他的心上人回来。"六娘娘李传红道："大爷上次出门，不惜卖身投靠，做人家的书童。这番出门，不知又要闹什么玩意儿。"大娘娘接嘴道："他是不惜身份的，什么都肯扮。"春桃笑道："听得老祝说起，大爷在相府中，专替主人倒便壶，别别别地倒个不休。这回出门去寻觅他的心上人，不是扮一个倒马桶的倒老爷，定是扮一个挑粪担的种田汉。"唐寅皱了皱眉头，知道是老祝造的谣言。三娘娘九空道："阿弥陀佛，这真叫作眼前报，已够着他受用了。"七娘娘蒋月琴道："三姊毕竟是慈悲人，念着弥陀，敢是舍不得他。"四娘娘谢天香道："恰才他没有受惊，这一次多少总要叫他受些惊慌。"

唐寅听得清楚，分明是八美合谋，预把秋香接取入府，却叫我担惊受吓。她们一计不成，又设一计，端的太可恶了。转念一想，却怪不得她们，都是我自己不好。把她们抛撒在家，足有半载以外，秋月春花，等闲虚度。这次弄些玩意儿，惩戒我的风流罪过，好使她们出一口气，这也是人之常情。于是打定主见，一味软化，直上轮香堂，向八位娘娘正式道歉。陆昭容道："大爷闹什么虚文，还是赶快遣人把新人寻取回来的好，趁着他们没有去远。"唐寅道："大娘休得为难，新人便在旧人那边。"陆昭容假作嗔怒道："大爷又来了，你说的旧人是谁，难道我们藏着你的心上人不成，你可取得什么证据来?"春桃帮着昭容说道："大爷冤枉我们把新人藏起，一定有什么证据落在大爷手里，你可还我们一个证据来。"唐寅笑道："你们休得一搭一挡、一欢一唱，可怜我一宵没有睡觉，精神疲倦，挨不起什么惊恐。卑人知罪了，还我新人吧。"说时连连作揖。昭容兀自假作诧异道："新人是你自己伴着回来的，怎么向我们要起人来?"唐寅知道八美中间，九空的心肠最软，他又向九空打躬作揖，左一句慈悲为本，右一个方便为门。九空正待开言，陆昭容向她瞅了一眼，她便摇头道："我不知晓。"唐寅道："列位娘子，你们作弄卑人，卑人自知其咎，不敢抱怨。但是有几句心坎中流出的话，要在列位娘子面前表白一回。你们不要把卑人当作贪花爱色的狂徒啊，卑人这般风流放荡，正与箕子为奴、接舆佯狂一般道理。卑人不幸略有才名，做了宁王夹袋里面的人物，无论如何，他总放不过卑人。徐鸣皋按院是奸王的羽翼，卑人一举一动，都在徐按院监视之中。为着避免物色，所以一向佯狂自污，做一个登徒好色的人。列位娘子，卑人在这半年中间，把你们抛撇在家，不通音信，确是万分负疚。然而亏得卑人失踪，方才保全了性命。"说时，便把何知县两度报告信息的事一一说了。众美人听了，一一失色，都说险极险极，亏得这一首诗，救了大爷性命。唐寅道："虽是这一首诗救了我性命，然而也仗着历年以来，卑人隐于好色，佯狂自污，才和奸王踪迹疏远，不生关系。要是去年没有追舟的事，卑人依旧住在家中，难保徐按院不来强迫卑人。那时去也不好，不去也不好。要是被逼而去，那么这番诛戮，卑人断难幸免。要是托词不去，又恐徐鸣皋把卑人设计陷害。现在想后思前，这六个月的失踪，却是很有益于卑人的。列位娘子，以为何如？"

众美人听了，大半点头赞成。陆昭容冷冷地说道："大爷的说话，怕不有理。但是你的隐于好色，佯狂自污，既为着避祸起见，现在宁王已失败了，你还是一辈子隐于好色，佯狂自污吗？"唐寅道："大娘轻视卑人了，'已往不可追，来者犹可及'。卑人娶得九娘以后，立即变化气质，做一个循规蹈矩的人。除却诗酒陶情、啸歌寄兴以外，再也不做那寻花问柳、倚翠偎红的勾当。好叫外面人改变舆论，都说唐解元本非好色之徒，他是有托而逃的高士。昔者刘伶隐于酒，刘盘龙隐于赌，陶渊明隐于菊，林和靖隐于梅，唐解元的风流放荡也是这般意思，他是隐于好色，借此自污。在那宁王跋扈的当儿，人人说他是登徒子、急色儿，其实呢，俗人不识高贤，分明是冤诬了他。但看宁王失败后的唐解元，又另换一位唐解元了，遇见美人，正眼都不瞧一瞧，只和家中的九位美人吟风弄月、作画谈诗，再也不到外面去猎艳。可见唐解元的风流跌宕，并非出于本意，他只是借此避祸罢了。"陆昭容笑道："这叫作'癞蛤蟆跳上戥盘——自称自赞'，说时容易做时难，只怕到了他日，遇见了倾国倾城的美貌，便想再加一个九变十。"唐寅很激昂地说道："大娘放心，卑人从此以后已断绝了

254

得陇望蜀的心。休说人间女子不在心上，便是天仙降凡，也不能牵动卑人的眼光。”陆昭容微笑道：“大爷果能心口相符，我们众姊妹还有什么话说。只怕不见得吧。”又向众姊妹说道：“你们以为大爷的说话果然出于本心吗？”春桃首先说道：“靠不住，靠不住。”其他诸位娘娘也道靠不住。唯有三娘娘九空道：“大爷的一席话，也许是良心发现。趁着佛堂还没有收拾完毕，且在菩萨面前立下誓愿，我们众姊妹才信大爷的说话。”唐寅笑道：“三娘说得不错，卑人便在菩萨面前立下誓愿来。好在佛前放着现成蒲团，香炉内尚有未烬的旃檀。”便即插烛也似的跪将下去，喃喃祝告道：“菩萨在上，念弟子唐寅身犯色戒，并非出于本心，一向佯狂自污，逃避奸王网罗。现在奸王伏法，朝政清明，弟子做一个太平自由之民，还我本来面目，再也不去寻花问柳，再也不去倚翠偎红。有时节焚几炷名香，消除绮孽；有时节编一首歌曲，唤醒痴顽。菩萨菩萨，‘过来昨日疑前世，睡起今朝觉再生’，今日的弟子，不是昔日的弟子了。”祝告完毕，又磕了一会子的头，方才立起道：“列位娘子，大概见得卑人的真心了。”八位美人听了，点头不已。

原来假设佛堂，潜藏秋香，都是祝枝山和陆昭容定下的计较。第七十五回枝山遇见唐寅，便回到姑苏，向八位美人面前报信。陆昭容恐怕唐寅回家以后，过了一年半载，依旧起什么得陇望蜀的念头，便要预备一个计划，把薄情郎惩戒一下。枝山笑说道：“若要惩戒尊夫，须得借重三娘娘。”这是枝山知道三娘娘九空是尼姑出身，和苏城中的比丘尼都有相当的联络。赶快向观音堂中，借得全副佛殿庄严，把轮香堂改装了佛堂，雇一名尼姑，在家庵中主持香火。待到伯虎到来，这么长这么短，把他吓这一吓。一面派轿夫把秋香接取上岸，又吩咐舟子把船远泊，少停自有人来开发船钱，好叫伯虎惊上加惊。既应了《易经》上的话：“入于其宫，不见其妻凶”；又失却了心爱的秋香，变作了“黄鹤不知何处去”。伯虎即使机警，两计之中，必中一计。待他进退两难，萌了死志，然后向他点破机关，并把他奚落一场，好叫他受了这一场教训，从此断绝邪念，不再干这偷偷摸摸的勾当。昭容听了，赞成这两条妙计。不过九空婉言规劝，这计划下得太凶，万一大爷有了三长两短，这便懊悔嫌晚。陆昭容说无妨，待到他有了觅死的神气，我们便好把机关道破，绝不会弄假成真。众美人对于陆昭容都是唯命是听的，昭容的意思已决，大家便无异议。便在观音堂中借了佛像庄严，又雇用了妙珠师太，叫她在唐府左右不住地徘徊往来，好叫那薄情郎上当。又打发唐兴、唐寿在暗地侦探，待到妙珠师太陪着大爷从侧门进来，你们便开放大门，快快带领轿夫，抬着自己这顶新制的大轿，到河埠去接取九娘娘上岸。这便是当日定下的计划。

八位娘娘知道今天九娘娘进府，都在八谐堂上守候。秋香在轿厅上出轿以后，便有小丫鬟在旁边守候，把她从备弄中搀扶入内。在这个当儿，妙珠师太已把唐寅引到假设的佛堂里面瞻仰佛像。同时秋香已进了备弄，由那小丫鬟引入八谐堂。那时八位娘娘都已含着笑容，降阶相迎。秋香看这八位娘娘，出落得玉貌娇姿，打扮得花团锦簇，暗暗佩服大爷的艳福不浅，连忙口称"列位姊姊，这般抬举小妹，折杀小妹了"。大娘娘口称："九妹今日降临，愚姊等接待不周，诸祈原谅。"于是把秋香迎上八谐堂，众美人的视线都集中在秋香一人身上，大都不约而同佩服大爷的眼力真好。尤其是大娘娘陆昭容，她想大爷失踪的前一天，向我们八姊妹夸下海口，说什么"全凭窃玉偷香客，去访沉鱼落雁容"。我听了不服气，向大爷发话，说我们环肥燕瘦，集于一门，还谈不到沉鱼之貌、落雁之姿，你有什么本领，访得到第九位美人，胜似我们的八姊妹。大爷又夸下海口，说九级浮屠还缺着最上的一层，非得有风磨铜定风珠这一类宝物，不能完成这九级浮屠。现在大爷娶得第九位夫人，分明已觅得了风磨铜定风珠一类的宝物，而可以造成这塔顶塔尖。我和七位妹妹都拂拭着秋波，要仔细看看这一位沉鱼落雁的美人，要是稍有些美中不足，便可在大爷面前说得嘴响，原来你访觅的塔顶塔尖，却也不过尔尔。所以今天秋香到来，八美人的眼光都集中在她的身上。从她云发上面，顺看到裙下双钩，除却暗唤几声妙也，觅不出一些破绽。又从裙下双钩，逆看到云发上面，除却暗道妙极了，更寻不出一些缺憾。看了前面不算，又看背影；看了侧影不算，又看正面；看了态度不算，又看丰神；看了容庞不算，又看腰肢。任凭吹毛求疵，却不能在秋香身上索取什么美中不足。大娘娘佩服了，其他七位娘娘也同时心折了。

秋香见八位娘娘都向她呆看，不免红霞上颊，低着头不作声。待到上了八谐堂，还没坐定，秋香请问八位娘娘的姓名，便要依次行礼。陆昭容道："九妹且慢，你远途到来，受了风尘劳顿，理该休息片时，再行相见之礼。"说罢，遣发丫鬟，领着九娘娘到堂楼上去休息。这房间是陆昭容替秋香预备的，虽然仓促布置，却也陈设完备，应有尽有，秋香心中好生感激。比及进了房间，八位娘娘都来谈话。陆昭容说："九妹不须拘束，在这里暂作休息，我们众姊妹还得下楼去和大爷谈话。"秋香毫不疑惑，以为八位娘娘和大爷久别重逢，自有一番絮语。谁知道她们到了外面，把唐解元两番摆弄，一计不成，又生一计，直待伯虎在佛前许下了誓愿，八美心中渐渐气平，听他这一席话都是由衷之谈，并非空言搪塞。尤其恳切的便是"过来昨日疑前世，睡起今朝觉再生"，大有"既往难追，来者可及"的意思。列位看官，这十四个字，并非著者杜撰，确是《六如居士全集》中的一联佳句，题目是"警世"两个字。我再把全诗写在下面：

> 措身物外谢时名，着眼闲中看世情。人算不如天算巧，机心
> 争似道心平。过来昨日疑前世，睡起今朝觉再生。说与明人应晓
> 得，与愚人说也分明。

这首诗是常言道俗情，其中发人猛省的，便是第三联"过来昨日疑前世，睡起今朝觉再生"。后来袁了凡先生根据这四个字，说什么"从前种种，譬如昨日死；此后种种，譬如今日生"。论调虽变，意思是一般的。不是大彻大悟的人，怎会有这了解语。当时八美听了，才信唐寅忏悔的话确是肺腑中流出。

三娘娘九空央告昭容道："大姊，饶了他吧。"昭容方才回嗔作喜道："大爷不用慌张，你的心上人正在堂楼上休息。船钱已开发了，但是舟子声言大爷面许他绘写便面两页，不知有没有这么一回事？"唐寅笑道："确有其事，我曾约他过了三天前来取件。"昭容笑道："大爷的脾气太怪僻了，堂堂华相国央求你的墨宝，你却吝而不与。一个摇船人托你绘扇，三日便可取件。"唐寅笑道："现在看着九娘分上，便是华老要绘什么东西，也不能拒却了。"于是一夫八妇，共入内堂。唐寅看了八谐堂三字匾额，笑说道："这匾额的字样要换了。"昭容道："换什么字样？"唐寅道："原名八谐堂，意在八音克谐。现换九成堂，意在箫韶九成。我须请一位大手笔的先生，把匾额另书一通了。"在这当儿，秋香已下堂楼，盈盈出外，见了八位娘娘，彼此行了一个平等礼。八谐堂上，充满着许多喜气，昭容早已准备着接风酒，排设在桃花坞左近的关春轩中。这时候，桃花盛放，

正堆着满树红霞，仿佛含着笑意，欢迎主人回里。席间畅谈衷曲，说不尽多少离惊。唐寅酒落欢肠，不觉诗兴勃发，便在席上唱起自己所作的《花间配酒歌》来，歌道：

> 九十春光一掷梭，花间酌酒唱高歌。枝上花开有几日，世上人生有几何。昨朝花胜今朝好，今朝花落成秋草。花前人是去年身，去年人比今年老。今日花开又一枝，明日来看知是谁。明年今日花开否，今日明年谁得知。天时不测风云起，人事难定悲与喜。天时人事两不齐，莫把春光付流水。好花难种不长开，少年易老不重来。人生不向花间醉，花笑人生也是呆。

唱毕这一首诗，众美人都把弓鞋在地上点拍。忽地一阵春风，吹得枝头花朵颤个不住。秋香道："大爷，你看枝上桃花，笑得前仰后合。"昭容道："想是笑那不醉花间的呆人吧。"唐寅笑道："怕被桃花笑作呆，一杯一杯又一杯。"说罢，擎着酒壶，向席上九美各敬三杯。这一席酒，从午后直饮到酉初，上了灯火，还没有散席。正在欢饮的当儿，忽地祝枝山闯入园中，一路喊将进来道："小唐休得起劲，华鸿山已到苏州，要向你起问罪之师了。"众人听了，一齐愕然。正是：

> 映水有钩鱼却钓，衔山无箭鸟惊弓。

欲知后事如何，且看下回分解。

第三十六回

访踪迹园内闹妖魔
破机关房中卧酒鬼

编书的宛比种田汉，熟了一边，荒了一边。自从唐寅和秋香黄夜逃归以后，编书的忙着写苏州书，却把东亭镇上华相府中的情形暂时搁浅，很想作一段补叙文章，又苦着百忙中插不下这一支笔。好了，祝枝山闯入唐府的园中，说什么华鸿山要来趣问罪之师了。伯虎和九美听了愕然，编书的却是欣然。并非幸灾乐祸，却要借着枝山报信做线索，回转笔尖，叙一回华府中失去童婢以后的情形。

唐寅和秋香结婚是三月初二的夜间，这一夜，阖府童婢同吃喜酒，直到更深才罢，以致来日起身，都错误了时刻。华老夫妇都是起身很早的，华老住在二梧书院，太夫人住在内院的上房。向例太夫人起身时，秋香早在后房门外伺候了。这一天，上巳良辰，太夫人起身以后，照例梳洗完毕，还得上佛楼去拜佛。虽然开开后房的门，竟不见了伺候的丫鬟，便唤了一声"秋"。说到秋时，又住了口，暗想我可痴了，秋香已赏给华安了，哪有第二个秋香呢。想到这里，又觉得昨天不该强逼秋香去应选。秋香一去，我便感受着不便，春、夏、冬三香虽和秋香都是同等丫鬟，但是哪里比得上她，今天便好算她们的试金石了。我已起身多时，后房门已开放了，她们兀是懵腾春睡，这不是她们伺候着我，却是我去伺候着她们了。误了我的上佛楼时刻，不是要的，唉，不见高山，哪见平地。太夫人一壁自言自语，一壁把后房门碰得怪响，才把三香的梦魂惊醒了。

原来三香并非贪睡，只为昨宵吃过喜酒，未免动了她们的身世之感。一首《黄莺儿》打断了她们的痴想，很有把握的姻缘变作了镜花水月，眼睁睁瞧见人家亲亲热热甜甜蜜蜜地做一对儿，自己却没有这福分，叫她们如何不艳羡呢？虽然一年半载之后，也可以赏配书童，但是华府中书童，除却华安，再没有第二个看得上眼。再者，华安、秋香同时已除去了奴籍，过了几天，太夫人便要认秋香做义女，认华安做义婿。一经正名定分，她们见了秋香，便得唤一声姑奶奶；见了华安，便得尊一声新姑爷。本是同等的童婢，却要分出上下的阶级来，这不是俗语所说的"蒲鞋服侍草鞋"吗？为着这几层原因，睡到床上，哪里睡得安稳。

一会儿春香翻了一个身，自言自语道："亏得有了两个鼻孔，要不然便气死了。"一会儿夏香把那装高底的脚在床上踢了几下道："恨只恨这双断命脚没有缠小，惹那苏空头含讥带讽，说什么'后头卖鸭蛋，前头卖生姜'。"一会儿冬香手拍着床沿道："早知如此，我出去做甚？羊肉没吃得，惹了一身臊。"春香又接着说道："鞋子没有做，落了一个样儿。"夏香又接着说道："偷鸡弗着，蚀了一把米。"冬香道："你蚀去了什么？"夏香道："新绣的红罗踏青鞋，不舍得上脚，今天换了新鞋出去，却被他生姜鸭蛋，胡言乱语。看来这双鞋子不吉利，拼着抛弃了，这不是蚀了我的一双鞋子吗？"春、夏、冬三香住在一房，彼此互道气话，将近四鼓的时候，方才入梦。没多一会子，却被太夫人惊醒了。揉了揉眼睛，早已是日上纱窗，忙即披衣起床，伺候着太夫人做那照例的工作，不在话下。

待到梳洗完毕，太夫人用过参汤，正要上佛楼去拈香，忽地管家婆传来消息，说那看守园门的王好比失踪了。太夫人忙问怎样失踪，管家婆道："这是花园中的园丁说起。今天早晨在园中打扫，却见后园门没有上闩落锁，只是虚掩着。推开房门，三簧和钥匙都放在桌子上，所有房中的物件东西完全没有缺少，只少了一盏灯笼，多了一个灯台。那个开口好有一比、闭口好有一比的王好比不知躲到哪里去了。一时轰动了府中多少人，都在园中寻觅，假山洞中，茅厕坑里，一一都已搜遍了，却是踪迹杳然。一面禀报太师爷，一面禀报太夫人，听候办法。"太夫人道："王好比失踪不打紧，大约私出园门，不久便要回来的。只是华安的新房便在后园，要是园门依然开放着，不大稳便。"管家婆道："听说园门已经锁上了，方才有人从新房左近走过，里面的鼻息正浓，料想他们的好睡还没有醒咧。"太夫人道："你传我吩咐，叫他们不要在新房左近高声说话吧，惊

260

醒了新夫妇，不是耍。"管家婆笑着答应，暗想太夫人这般宠爱新夫妇，怪不得春香告诉我，太夫人要把秋香作为螟蛉义女。要是秋香做了太夫人的女儿，我的干儿子便是太夫人的女婿了。丈母看女婿，越看越有趣，因此舍不得惊醒他们的好梦。

不表管家婆肚里寻思，且说三香拥护着太夫人，上佛楼做佛前功课，拈香拜佛，自有一番耽搁。比及下了佛楼，早已巳初光景，却又见管家婆慌慌张张上前禀告，据说王好比依旧踪迹不明，新房里依旧鼻息如雷，隔了三间屋，还可听得清楚。太夫人道："秋香是和我同睡过的，她的鼻息很轻，绝不会声闻户外，料想是华安的鼻息吧。"管家婆道："只怕也不是华安的鼻息声吧，听得华平说，华安的鼻息声不是这般的。"太夫人道："这又奇了，新房中除却他们两个还有谁来，你们为什么不敲着房门问个明白呢？"管家婆道："家丁们不敢敲门，只为奉着太夫人的传谕，不敢惊扰他们的好梦。"太夫人听了，弄得莫名其妙。春、夏、冬三香都要去看这奇事，便搀掇着太夫人到园中去看个明白，究竟是不是新郎打鼾，只消在房门外弹指几下，便可知晓。太夫人道："这么地好睡，轻轻弹指三下，济什么事？"春香道："秋香妹子或者已醒了吧，便是没有醒，她却容易惊醒的。太夫人弹指三下，她不醒也要醒了。"太夫人道："春香言之有理，你们伴着我去走一趟吧。"于是一主三婢同入园门。

太夫人一壁走，一壁沉吟，新夫妇也太放肆了，日高三丈，还不起身。华安不必说，秋香是很懂规矩的，难道忘却了《鸡鸣戒旦》的一章诗吗？唉，真个好人难做，不是她来问候我，却是我去问候她了。列位读者，今天的太夫人可谓大搬霉头，恰才去敲三香的门，现在又要去敲秋香的门了。

她们到了园中，满园春色，怎有心思去欣赏。绕回廊，穿曲径，行到新房左近，早有三三五五的家丁都在那里窃窃私议，见了太夫人，都是直垂着双手一旁侍立。太夫人道："新房里面依旧有鼾声吗？"华平禀道："启禀太夫人，新房中鼾声正浓，高一阵，低一阵，却不像是华安的鼻息。"太夫人道："华安的鼻息怎么样？"华平禀告道："去年师爷辞馆回家，华安独卧寂寞，曾唤小人伴着他同睡一房。住过几天，小人识得他的鼻息声，匀而净，轻而清，况且是很易惊醒的，从来没有睡得和死狗一

261

般。这些时候还是忽高忽低地打鼾，高一阵，似黄牛歇气，低一阵，似黄狼翻身，面向内，背朝外，依旧睡着了，依旧呼他呼他地打鼾了，恰似妖魔一般。"华老忙问道："里面怎么样，敢是房门没有下闩？"太夫人吓得心跳不停，忙叫春香替她揉胸。

三个书童从地上爬将起来，勉强入房。但见桌子上残肴狼藉，酒杯中余沥未干，敢是新夫妇昨夜放量饮酒，以致醉倒在床。但又稀奇，桌子上的杯箸却有三副。除却新夫妇以外，还有谁呢？三个书童互说稀奇，却不敢揭开帐子看个明白。华老催着他们启帐。华平道："启禀太师爷，帐子里面依旧鼻息声响，小人们德不胜妖，太师爷是当朝柱石，自有吉神拥护，请太师爷到新房中坐着，小人们才敢启帐。"华老点点头道："倒也说得有理。"便向太夫人说道："我们一同进去镇压邪魔吧，夫人以为如何？"太夫人道："老相公怎么忘怀了，妾身不进暗房，已有五年之久了。"

原来念佛人忌进两种房间，一是新婚夫妇没有满月的房间，叫作暗房；一是产妇娘没有满月的房间，叫作血房。太夫人以为新夫妇同衾合枕以后，早已如是云云，这房间便成了暗房，念佛人进这暗房，便把历年修来的功德完全抛掉，因此她只坐在中间，端然不动。

华老见太夫人不入暗房，他便痰嗽一声，昂然入室。太夫人道："老相公留心着，立在房门左近便够了，休得走近床前。"华老笑道："见怪不怪，其怪自灭。你们不用害怕，快把帐门打开了。"于是帐门吊起，机关破露。烂醉如泥的王好比和衣向里睡在床上，鞋子都没有卸下。一床锦被，只这个酒鬼压着而卧，酒气冲人，不可响迩。新郎、新妇都不知到哪里去了。

华平道："启禀太师爷，新床上睡着的好像是看守后门的王好比，华安、秋香踪迹杳然。"华老怒道："快把那醉汉拉将起来，待我问话。"这又是个难题了，为着有了先入之言，恐怕是妖魔变相，平、吉、庆三书童怎敢去推动他。三人之中还是华平胆大，在门角拾取一根木闩，在醉汉的臀上击了一下，便即准备一个逃走的姿势。倘是王好比，他便不走。不是王好比，他便要躲到华老背后，仗着老太师的福分，妖魔定然远避，不敢肆虐了。啪的一声，醉汉臀上着了一下，他只动了一动，含糊地说道："华安兄弟，我不饮酒了，好有一比，好比'酒不醉人人自醉'。"

那时平、吉、庆三人都听出了王好比的口音，立时胆壮三分。华吉手快，把他一把拉起。华庆拉住了他一只耳朵，拉到华老面前，方才放手，喝问着："你是守后门的，怎么后门不守，睡到新人床上来！新郎、新妇都到哪里去了？太师爷正在这里，快快老实招供！"王好比吃了一吓，隔宵酒意吓去了大半，搔了搔头颅。昨宵的事历历在目，却不见了华安、秋香，自己问着自己，也不知什么一回事，只是呆呆发怔。华老怒喝道："你把华安夫妇藏到哪里去了？怎么鹊巢鸠占，别人的新床由着你醋睡？"王好比益发急了，跪在地板上，哀求着华老道："相爷，这是哪里说起，小人自己也不明白，分明华安夫妇陪着我饮酒，隔了一会子，华安夫妇竟不见了，好有一比，好比'眼睛一眨，老母鸡变了鸭'。"华老道："华安夫妇是什么时候陪你饮酒？"王好比道："是在夜间请我饮酒，把那陈年的女儿酒，左一壶，右一壶，请我吃了三四壶。我只道将酒劝人，终无恶意，谁知他们存心要害我。好有一比，好比'乡下人不识土地堂，叫作上他当'。"

华老恍然大悟道："不好不好，华安夫妇把守门人灌醉了，一定不怀着好意，敢是潜逃去也。"当下喝退了王好比，吩咐仆人察看新房中的细软可曾席卷而去。太夫人坐在外面，不入暗房，却叫丫鬟们到新房中探听动静。春、夏、冬三香轮替报告道："太夫人不好了，床上卧的是看守后园门的王好比，不是华安夫妇。"太夫人奇怪道："新郎、新妇呢？难道到园中散步去了？"隔了一会儿，又报道："太夫人不好了，华安夫妇丧尽天良，灌醉守门人，连夜逃走了。"太夫人道："阿弥陀佛，休得冤枉了他们，一定另有别情，他们绝不会逃走的。"

其时房内众家童检点东西，一切细软都没有带去。华老心中很是奇异，偶然抬眼，却见墙隅题着几行字。华老负手去看，分明是华安的手笔。读了一遍，又读一遍，竟被他看破了平头四字，不禁勃然大怒道："可恶可恶，唐寅这小畜生，竟拐骗了秋香去也！"太夫人隔着房门问道："老相公说的是哪一个唐寅？"华老道："还有谁呢？便是唐寅唐六如。他冒充了康宣，卖身投靠，专为秋香而来。现在秋香已被他骗到了，他便连夜私逃了。这一首题壁诗，便嵌着'六如去了'四个字。我竟被这小畜生哄骗了半载有余，越想越可恼了。"说罢，连连顿足。房外的太夫人忽地也放声大哭道："我的秋香，你竟忍心撇着我去了吗？"正是：

　　　未必生离同死别，早知今日悔当初。

　　欲知后事如何，请看下回分解。

第三十七回

老太君哀哀哭俊婢
少夫人历历话书童

　　太夫人听说秋香被唐寅骗去，不禁放声大哭。她清晨起身，便觉得缺少了秋香一人，有多少不方便，还以为过了几天，依旧可以侍奉左右。现在被人骗去，已成了断线的风筝。多年的知心婢子，只落得这般下场，怎不痛苦填膺，哭一声我的秋香，骂一声害人的唐寅。春、夏、冬三香在旁相劝，但是哪里劝得住她，竟越想越苦起来，滚滚涕泪，沾湿衣襟。华老搓着手掌，也到外面来解劝，说哭也无益，总得想个方法，把这一对男女大大地惩戒一回。太夫人且哭且说道："这都是唐寅不好，却不能怪着秋香，老相公要惩戒他们，须得分个皂白。"华老怒道："秋香也不是个东西！我们这般有恩于她，她却恩将仇报，嫁了丈夫，忘却了主人、主母。"太夫人道："这倒怪不得她，昨天她再三不肯出去应点。她说嫁了丈夫，便不免要'嫁鸡随鸡，嫁狗随狗'，到了那时，从了丈夫，便不免背了主人。我便允许她出嫁以后，要是跟着丈夫回去，绝不会怪你的。她既申明在先，所以昨夜的事，只可惩罚唐寅，却不能责备秋香。"华老道："事到今日，也说不得许多了。老夫本来十分奇怪，书童里面怎么有这般出类拔萃的人物。论他的才情，不在文、祝两解元之下，原来他便是唐寅。唉！越想越可恨了。怪不得枝山、衡山无端前来上我的门，现在知道了，他们不是来谒相，却是来访友，和我见面以后，老祝的说话都带些皮里阳秋。我当时没有觉察，事后思量，老祝的说话，句句都含着骨头，一面戏弄唐寅，一面还取笑着老夫，可惜觉察得太迟了。"

　　太夫人道："他上门投靠时，谁做的中保？"华老恍然记忆道："他的中保便是门役王锦的兄弟王俊做的。王俊是著名的老实人，怎敢这般哄骗主人，说唐寅是他的表侄？"便令华平把王俊唤来问话。王俊见了主人，被华老一顿训斥，慌得磕头不迭。华老盘问他康宣的来历，他到这地步，怎敢隐瞒，便把当日瞧见有个少年在门外痛哭，声称访亲不遇，却图投河自尽。小人见他说得可怜，便起了恻隐之心，认他为表侄，把他荐入府中充当书童。其实呢，他究竟是康宣不是康宣，小的全不知晓。华老怒道："好一个全不知晓，既不知晓，怎么把他荐入府中？我便打你一个全不知晓！"便唤华平把王俊送往总管处责打家法板一百。王俊叩头道："小人挨打，理所当然，但是这个康宣究竟是谁，叩求太师爷明白示知，小人受打无怨。"华老哼了两声，示意华平，要令华平告诉他一个明白。华平指着王俊道："你这呆子，竟在那里做梦。你道他是谁？他是苏州才子唐伯虎，你却冒认他是表侄。"王俊睁圆了眼睛道："这唐伯虎可是二娘娘的表兄唐伯虎？"也是王俊不该挨这一顿痛打，只这一句话，却提醒了华老夫妇。华老道："奇啊！我们不认识唐伯虎，二媳妇是认识他的，为什么不把他的来历告诉翁姑知晓？"太夫人道："老相公说得不错，妾身也是这般想。唐寅卖身入府，二贤哉合该知晓。我们不用责罚王俊，他是个忠厚人，易于上当，且饶恕他一遭吧。"华老呵斥王俊道："念你是个无知之徒，一时受愚，心尚无他。且记下这一顿打，以后再犯，两罪并罚。"王俊谢过华老夫妇，磕了几个响头，方才告退。到了外面，又受着他哥哥王锦二顿训斥，不在话下。

且说二娘娘冯玉英起身以后，明知今天是一个难关，无论如何，表兄和秋香总不在府上了，待到破露机关，一定受着翁姑的一场训斥。为这分上，她今天起身以后，怕下西楼，先把二刁遣发下楼，着他将功赎罪，在书房中熟读文章三篇。今夜上楼须得通篇背诵，背诵得无讹，从宽准许入房；背诵生涩，今夜依旧不许入房，在外面杨妃榻上度这春宵。原来昨夜二刁回房以后，曾受一场严重的阃训，着令住宿外房，不许轻越雷池一步。今天又颁下这条命令，二刁当然唯命是从，到书房中去熟读文章。二刁去后，二娘娘派遣素月做暗探，下楼去打听消息，倘有什么奇闻，便须上楼报告，不得有误。素月去不多时，便即匆匆地上楼报告道："娘娘，相府中果然出了奇闻，昨夜园门未闩，逃走了人咧。"二娘娘忙问道："逃走的是一个人，还是两个人？"素月道："逃走了一个人已是大惊小怪，怎说是两个人呢？"二娘娘又问道："逃走的是男是女？"素月道："只走了一个男子。"二娘娘道："秋香没有逃走吗？"素月诧异道："她做了新娘，为什么要逃走？她和新郎睡得正酣呢！"二娘娘自信聪明，这时倒弄糊涂了，新郎、新娘都没有走，走的却是谁呢？便问素月："你可打听这逃走的人？"素月道："楼下沸沸扬扬都说看守后门的王好比失踪了。"二娘娘尤其诧异，怎么不逃的逃了，该逃的反而不逃呢？她又差着素月下楼去探听。第二次报告，才知道新夫妇业已脱逃，却灌醉了王好比，放他在新床上酣睡，以便李代桃僵。待到第三次报告，素月怒冲冲地上楼道："娘娘你想华安这个人该死不该死，他拐骗了秋香，却在墙上题诗一首，冒名苏州唐大爷。他不晓得苏州唐大爷便是娘娘的表兄。别人不认识唐大爷，娘娘是认识唐大爷的，岂有唐大爷进了相府半年，不被娘娘看破的道理？明明是胡言乱语，太师爷却又奇怪，看了这诗句，把唐大爷的名字骂个不休。又传唤王俊入园，要把他责打咧。娘娘，这是哪里说起，快到太师爷面前去诉说明白，这人并非唐大爷，明明是轻薄少年，冒称风流才子。要是不说，唐大爷的名誉不好，娘娘的面上也是无光。"二娘娘冷冷地说道："理他呢，是唐大爷也好，不是唐大爷也好。"这句话却把素月怔住了。她以为娘娘一定恼怒，谁知道娘娘却说这风凉话。素月索性不下楼打听了，且看娘娘做何主张。谁知素月不下楼，却有人上楼，便是太夫人身边的夏香。原来太夫人为着这件事，分遣春、夏二香上楼，春香上东楼，夏香上西楼，要请两位娘娘同入园中去谈话。二娘娘见了夏香道："我本待要到园中去劝劝婆婆，事不宜迟，我们同下楼去吧。"于是夏香伴着二娘娘下楼，且行且问道："二娘娘，这华安是不是唐寅？"二娘娘笑道："你看他是唐寅不是唐寅？"夏香笑道："据丫头看来，好像是唐寅，又不像是唐寅。"二娘娘道："你说这活络话，和没有说一般。"夏香道："不是丫头说这活络话，其实华安这个人，端的不容易猜测。说他是唐寅，怎么二娘娘见了，不呼他一声表兄？道他不是唐寅，怎么书童里面，有这般好才学？"二娘娘道："你看他是真唐寅的分数多，还是假唐寅的分数多。"夏香道："二娘娘走好，这里出中门了。丫头以为他是个假唐寅。他知道唐寅是个风流人物，便在墙上题诗，冒称唐寅，好叫太师爷去寻访唐寅说话。待到真伪分明，他已不知去向了，这是他的声东击西之法。可惜他没有想到二娘娘和唐大爷是中表之亲，他冒充唐大爷，二娘娘定在公婆面前竭力剖白，他的作伪有什么用呢？二娘娘，你见了堂上翁姑，是不是便要剖白这件事？"二娘娘低头不答。夏香道："二娘娘为什么不作声，究竟丫头的话可曾猜中？"二娘娘笑道："你说他是假唐寅，便当他是假唐寅，你有什么话说呢？"又走了一程，夏香道："二娘娘，仔细看，这里是园门了。丫头以为华安定是名不虚传的唐寅。"二娘娘笑道："你的说话真活络，恰才道他是假唐寅，现在又道他是真唐寅，真在哪里？"夏香道："若不是真唐寅，秋香妹子怎肯跟着他逃？若不是真唐寅，怎么太师爷说他的才学不在文、祝两才子之下呢？二娘娘你道如何？"二娘娘又不作声。夏香连问了几遍，二娘娘才道："你说他是真唐寅，便当他是真唐寅。"夏香满腹狐疑，探不出正确消息。

比及到了那里，华老怒容未敛，太夫人泪点犹垂，大娘娘杜雪芳先到片刻，已在那里劝慰翁姑，说华安是不是唐寅，二房里的妹妹到了，自会知晓，那时再定方法，也不为迟。才说到这一句，夏香伴着二娘娘恰才进门。见过翁姑以后，太夫人惨声儿说道："二贤哉你好——"说到这里，以下的话便哽住了。二娘娘道："婆婆为什么这般悲伤？"太夫人道："你不该把我们瞒在鼓中。别人不知道唐寅，原不足怪，你们是中表兄妹，哪有不认识之理，你不该在我面前只字不提。"二娘娘道："启禀婆婆，唐寅混入相府，媳妇在先不知，后来他上西楼来参见少主母，媳妇才认出他的庐山真面。那时事在两难，说破也不好，不说破也不好。"太夫人道："你只不肯说破罢了，说破便好，怎说不好？"二娘娘道："唐寅上楼参主，已是童仆打扮，他的卖身文契也都写就了。那时媳妇要是立时指破机关，唐寅哪有容身之地，少不得拔足奔跑，但是哪里逃得脱，相府中童仆众多，一定把他捆送有司衙门，严行审问。唐寅果然吃亏了，但是公公也不免损伤名誉。说得好，是一时失察，受了唐寅之愚；说得不好，便是侮辱斯文，硬令一榜解元更姓改名，充为童仆。况且唐寅的口才很好，他的朋友如祝枝山、周文宾一班人物，都不是好惹的人，他们不说唐寅戏弄公公，却说公公压迫唐寅。虽然是非黑白，将来总会分明，但是宰相之尊，和那辈后生小子争论，'胜之不武，不胜为笑'，还是暗中消弭，不使破露的好。"华老点了点头儿道："你的见解不错。祝枝山这一辈人，确是不好惹的，那天已领教过了。但是你用的什么消弭方法？"二娘娘道："好叫公公知晓，媳妇只这地步，别无他法，只有良言相劝，使他知道潭潭相府，礼法谨严，不容野心勃勃，希图什么无理行为。媳妇又猜出他的来意，料定他在苏州遇见了秋香，一路追踪而来，卖身投靠，希图把秋香骗取到手。所以向他警告，这婢子非比等闲之辈，不劳妄想，还是回头的好。媳妇劝告他时，当着丫鬟，防着泄露风声；背了丫鬟，又防着事关嫌疑。一时操尽心思，才想出借着文言和歇后语，向他警告，才把素月她们瞒过了。可惜唐寅执迷不悟，未肯听纳良言。"当下便把在堂楼上和唐寅问答的话述了一遍。华老道："你既劝诫在前，那便怪不得你了。"太夫人道："你和大贤哉都坐了讲话。"

于是妯娌俩都侍坐在旁，继续讨论这件事。太夫人道："二贤哉，你既劝他不悟，为什么不早早告诉我们知晓？"二娘娘道："媳妇在婆婆面前，有好几次微露其意，婆婆记得吗？"太夫人奇怪道："你没有向我说起啊！要是说起，我怎会不记得？"二娘娘道："一次在去年十月里，唐寅题了'雕鹊图容'四字，还作了一首欺侮幼主的诗，媳妇向婆婆附耳数语，足有三五次，请婆婆重重责打他一顿家法板。媳妇的意思，使他吃了些痛苦，自觉惭愧，悄悄地逃返姑苏。那么唐寅去后，人家只知道相府中逃去了一名书童，事属寻常，便不会引起物议。但是婆婆听着他的甘言巧辩，不肯打他。后来被媳妇指出他的破绽，他才俯首无言，这顿板子便打得成了。秋香的心里，也很愿婆婆把他痛打，但是婆婆到底不曾打他。"太夫人道："老身早知他是唐寅化身，怎有不把他痛打之理？"又搔了搔发鬓道，"哦，记得了。"于是指着旁边侍立的三香道，"都是你们这辈蠢丫头不好，跪在我面前，向我乞情。我是存心慈悲的，听了你们的话，却便宜了这个轻薄少年。"春香道："太夫人啊，当时丫头们也不知道他是唐寅，要是知道了，便是太夫人不打他，丫头们也得撺掇老夫人把他打个皮开肉绽。"华老坐在旁边，对于这件事莫名其妙。二娘娘道："这时公公不在府上，是到苏州吃喜酒去了。"于是便把唐寅在书房中题"雕鹊图容"的事，述了一遍。华老怒道："可恶的小子，擅敢下笔轻薄，可惜老夫不在这里，造化了他。要不然，这一顿家法板，断难饶恕。而且责打以后，还得把他驱逐出府。"二娘娘道："公公倘在府上，唐寅便不敢肆行无礼了。他为着婆婆是慈善心肠，书房中两位公子又都容易受欺，他才敢舞弄笔墨，戏侮主人。媳妇在这当儿，见婆婆不打唐寅了，未免便宜这书童，便请婆婆罚令他绘写观音，将功折罪。媳妇还向婆婆说，要绘观音，须觅丹青名手，除却唐寅，竟无第二。媳妇已暗暗地说他便是唐寅，可惜婆婆当时没有注意。"太夫人点头道："这句话确曾说起。"华老道："后来这幅观音图可曾绘好？"太夫人道："绘好以后，便即装潢，现在挂在慈航宝阁上。"华老便命华平到阁上去把这幅观音图取来我看。华平去后，二娘娘又道："婆婆既没有想到华安便是唐寅，媳妇为着唐寅做了伴读，书房中的两位公子读书大有进步，益发不敢说破他的真名实姓。说破了，只怕他存身不得。满拟待到两位公子取得功名以后，然后把这个伴读书童的来历告禀翁姑知晓，却不料唐寅和老祝合谋以后，借端要挟美妻。公公便吩咐阖府丫鬟齐到外面，凭他挑选。婆婆不舍得秋香出去应选，便和我们妯娌相商。"又笑向大娘娘说道，"那天姊姊力劝婆婆放着秋香出去应选。"大娘娘道："当时只道他是真个书童，所以劝婆婆快把秋香赐给他，好叫他遂了心愿，长久伴读，好叫他们兄弟俩日有进步。"二娘娘道："昨天婆婆问及媳妇，媳妇的主张，却与姊姊大不相同。姊姊以为遣发秋香出外，便可以留住伴读书童。媳妇以为遣发秋香出外，便不能留住伴读书童。婆婆当时很奇怪着媳妇的说话不近人情。"太夫人道："不错啊，当时老身很奇怪你的说话，以为向来有什么疑难问题，总是你的主见胜于大贤哉。唯有昨天和你们商量，大贤哉的主见却胜过了你。而且猜不出你的意思，怎么留住了秋香，便可留住华安？"二娘娘道："现在婆婆总该明白媳妇的意思了。唐寅为什么卖身相府，甘做低三下四之人？他便是为着秋香而来。秋香嫁了他，那么他的志愿已遂，怎不立刻便逃？媳妇的意思，为着这般的伴读书童万金难觅，多留秋香一天，便是多留唐寅一天，多留秋香一年，便是多留唐寅一年。所以力劝婆婆不要吩咐秋香出去应选。无如婆婆不听，强迫秋香出外，才有这夫妇潜逃的事。"太夫人听了，懊悔嫌迟。

那时华平已把阁上的观音像一轴又将下来。华老捋着长须，细细观看，便道："可惜这幅画，今日才得赏鉴，要是去年便见了，就可以认出是六如手笔。"又读了这题词，口称夫人端的粗心。这幅画的题词，平头写着"我为秋香，屈居童仆"，落款江南不才子，把"不"字写成"一个"两字，分明自称江南一个才子，不是唐寅是谁？而且描的佛像很似夫人，描的善才、龙女又很似他们夫妇俩。唐寅的来意，完全在画幅上供出。他今如愿而偿了，老夫却气不过他，今天便须携带卖身文契，向苏州去走一遭，看他有何颜面和老夫相见。正在谈话时，忽听两个踱头都向属中而来。一个道："气气死人也。"一个道："侧柏隆冬详，半仙骗秋香。"华老皱眉道："他们俩又来做甚？"正是：

运去无风偏作浪，时来有病也回春。

欲知后事如何，且看下回分解。

第三十八回

呆公子自夸先见
老太师亲访逃奴

华老正待赶赴苏州和唐伯虎理论，却听得两个儿子到来，便唤华平去诘问他们，大好春光，不在书房中勤读，赶到这里来做甚。华平问过，回来禀告道："启禀太师爷，恰才两位公子，口称得了伴读书童逃走的消息，兄弟俩读书都没有兴致，特地到这里来劝劝堂上二老。"太夫人道："难得他们有这孝心，你去唤他们进来。"于是大踱、二刁同入里面，瞧见全家都坐在这一间屋子里面。他们上前见过二老之后，大踱首先开言道："华华安，可可是走了？"华老道："大郎，你既已知晓了，问他做甚？"二刁道："听说逃走的希（书）童，不其（是）华安，其苏州唐伯虎？"华老皱着眉道："只为他是唐伯虎，所以为父的越想越恼。试想半载有余，被他瞒在鼓中，他竟把为父的玩弄于股掌之上，直待骗去秋香，方才本相尽露。人之无良，一至于此。为父的到了苏州，一定要向他索回秋香。他若不依，他的文契还在这里，我便把他当作逃奴看待，锁解到府，罚他永充贱役，才可以发泄为父的胸头之恨。唉！早知他为着秋香而来，留他在府中做甚，早已一顿乱棒把他打出大门了。"二刁笑道："爹，你不要怪着唐寅，他早相（向）你说明来意，他其（是）为着秋香而来的。"华老道："这是我看了画轴上的题词，才知道他的来意早在画轴上声明。但是这幅画轴一向挂在佛阁上，我没有看见，要是早见了，我便要预防了。只为上面写得明明白白，是我为秋香屈居童仆。"说时指着题词给儿子看。二刁道："这幅画其（是）十月里绘的，唐寅其八月里来的，他进了相府没多几天，便向你老人家说明来意，请你把秋香喜（赐）给他。倪鸡（儿子）还劝你老人家，休得上他的当。"大踱道："爹，可可记得，我我也说，不不要把香，给给他。"华老听了茫然，太夫人也很奇怪道："我不信你们这两个呆头呆脑的人倒有先见之明。"侍坐的妯娌也各各心头奇怪，不信这两个痴人的见识倒在公公之上。华老捋着长髯道："大郎、二郎，你们可明白讲来，为父的便是健忘，也不会把去年八月的事完全忘得干干净净，敢怕是你们在那里做梦吧？"二刁道："爹，不要奇怪，且听倪鸡（儿子）讲来，究竟其（是）爹做梦，还其倪鸡做梦，说了出来，便会明白。去年八月中秋在天香堂上庆赏中秋，可其（是）有的？"华老点了点头儿。二刁道："你老人家叫华安吟希（诗）作对，把那席上的佳肴一样一样地赏给华安吃，可其（是）有的？"华老又点了点头儿。二刁道："你老人家又出了一个上联，用的拆忌（字）格，把希奇（思字）拆开，可其（是）有的？"华老愕然道："什么希奇拆开，没有这么一回事啊。"大踱道："阿阿二，口口齿不清，我我来翻译。他他说，思思字拆开。"华老点头道："这是有的，为父的把思字拆成十口心三字，出的上联，叫作'十口心思，思国思民思社稷'，你们对得都不好，唯有那个假扮书童的唐寅对得很好。"二刁道："爹啊，你可记得他对的其（是）什么下联？"华老搔了搔髯发道："便在口头，一时却记不清了，你们可记得吗？"大踱道："记记得，他他说八目尚赏。"华老点头道："不错不错，提起这个赏字，为父的便记将起来了。记得那时满园金粟盛开，一阵风来，香透鼻官。唐寅即景生情，对的下联叫作'八目尚赏，赏风赏月赏秋香'。"华老念到"赏秋香"三个字，忽地也醒悟起来道，"唐家小子，端的可恶，他说这'赏秋香'三字，是很有用意的。"二刁道："爹也明白了他的用意吗？可惜太迟了，倪鸡（儿子）曾在席上向爹进言，不要上了华安的当。鲜鱼汤可以赏给华安，秋香不可以赏给华安，这便其倪鸡（儿子）有了先见之明。爹啊，只怕不其（是）倪鸡（儿子）在那里做梦吧。"华老摇着头道："说也惭愧，倒是二郎有先见之明。你没有做梦，为父的那时却在梦中。"大踱道："我我也说过，秋香啊，赏赏他不得。爹爹，不不听，给给我白眼，吃吃大汤团。"二刁道："爹不但眨白眼，还把象牙筷向桌上一拍，骂我们'朽木不可雕也'。"大踱道："骂骂我们，徒徒读死书。"二刁道："爹说赏秋香三个忌（字）不能喜（死）解，要活解的。不忌（是）婢女秋香，却忌（是）满园秋香。"大踱道："爹爹说，你你们，误误解，解解的，不不通。"二刁道："爹啊，忌（是）不忌（是）我们徒读喜（死）书？"大

273

踱道："请请问你，老老人家，是是我们不不通吗？"华老叹道："智者千虑，必有一失，愚者千虑，必有一得。想不到老夫的见识，竟出于两个孩儿之下。唐寅分明已在那时向我道破衷曲，老夫却没有留意，反而责备两个孩儿的不是。这不是儿子徒读死书，却是老夫徒读死书；又不是儿子不通文理，却是老夫不通文理。仔细思量，都是吃了唐寅的亏，这番赶到苏州，断然饶不得他。"

太夫人道："老相公要动身，还是早一天动身的好，遇见了唐寅，罚令他交还秋香。他若应允，我们便隐恶扬善，不追究他的前非。要是不然，好在按院便在苏州，老相公和新按院有同年之谊，便去拜会按院，把卖身文契做凭据，只怕他的一榜解元便要断送在秋香身上。"华老沉吟道："到了苏州，要把逃童逃婢一起追究。唐寅果然罪在不赦，秋香也是背主私奔，他们的罪状是一般的，不能够同罪异罚，重于唐寅而薄于秋香。倘把唐寅告到按院台前，那秋香便也不免一起送官究治了。"太夫人着急道："这是使不得的！怎好叫秋香出乖露丑，对簿公堂？"华老道："太夫人错了，唐寅秋香合谋同逃，要是原情定罪，秋香罪在唐寅之上。我们对于唐寅并无什么深恩厚泽，他要逃走，还是情有可原。至于秋香，她受了我们老夫妇天高地厚之恩，却不该昧没天良，跟着男子背主私逃。老夫到了苏州，绝不放过这贱婢。"太夫人听了，益发着急起来，忙道："老相公，这是万万使不得的！老身已把秋香认作女儿了，怎好再叫她受这许多折磨？"华老听了，不觉愕然，忙问夫人这女儿是什么时候认的。老夫人便把昨天遣发秋香出外，秋香再三不肯，后来许着她出嫁从夫，许着她厚奁赠嫁，许着她认为义女，择日行礼。华老奇怪道："唉！夫人既把她认为义女，为什么不通知老夫一声？"太夫人道："昨天匆忙，无暇告诉老相公知晓。准备今天相告，却不料秋香已跟着她丈夫去了。"华老摇头道："夫人受愚了，这贱婢以退为进，假装不肯去应选，实则她已千愿万愿的了。只不过假惺惺作态，好叫她潜逃出门，夫人不能怪她，而且将来还有重奁赠送，还可自称义女，算是相府千金。夫人夫人，你身居八座之尊，却被一个婢子百般播弄，惭愧啊惭愧！"这几句话，赢得太夫人恼羞成怒了。要是寻常妇女，早已翻转面皮，大吼其河东之狮，不是桌子拍得怪响，便是双脚乱跳起来。太夫人究竟是名门之女，涵养功深，向来不曾有过疾言厉色。她只很从容地说道："老相公说妾身受愚，妾身为什么受愚，都只为老相

274

公先已受愚，妾身便不得不受愚了。妾身许纳秋香为义女，算是受愚，那么去年八月间，那假书童才进大门，老相公便要把他认作义子，不知究竟受愚不受愚？秋香服侍多年，妾身把她认作义女，很近情理。那假书童进了相府不满三天，老相公已想把他认为义子，老相公的受愚，比着妾身的受愚，究竟孰轻孰重？妾身为着膝下无女，有这个知心合意的婢女，认作螟蛉，所谓'慰情聊胜于无'，便是受愚，也属情有可原。老相公生有两子，而且都已成房，虽然愚鲁一些，毕竟自家骨肉，你却看中了花言巧语口是心非的假书童要做你的承继人。亏得妾身进了忠告，方才暂缓举行，要是真个认为父子，他却抛了你义父，一去不来，这笑话才闹得大呢！妾身受愚，究竟是三绺梳头两截穿衣的琐琐裙钗；老相公身为当朝相国，顶天立地的奇男子，须不比我们妇人家，却不要明于责人而暗于责己。老相公试反躬自问，果然智珠在握，一些没有受人之愚吗？"太夫人平日对于华老，有顺从而无争执，今天的滔滔清辩，还只是破题儿第一遭，这便驳倒了华老。但见他搓了一会子的掌，自言自语道："老夫今天竟在四面楚歌之中，夫人有夫人的理，大郎、二郎又有他们的理，说来说去真是老夫的疏忽。老夫向来爱才如命，求贤若渴，今天却吃亏在这分上。唉！不要说了，还是赶到苏州和这轻薄小子讲理去吧。"

说时，催着华平、华吉整顿行装，预备下船，好在华府的坐船常年预备，只需吩咐一声罢了。太夫人又再三叮咛道："老相公，你见了唐寅，不妨严词训斥，见了我的义女，须得顾全她的面子。须知道出外从夫，天经地义，她自己做不得主，一切都被唐寅所累。"二娘娘也在担忧，恐怕公公到了苏州，和表兄闹翻了，以致两败俱伤，便向华老进言，劝公公到了苏州，先和家兄冯良材会面，他和唐寅是中表兄弟。公公把唐寅拐婢的事向家兄说知，家兄自会开导唐寅，把秋香送回相府，而且亲自登门向公公婆婆请罪，那么大事化为小事，小事化为无事了。华老道："老夫到了苏州，本要去访冯良材，只为他到了这里，老夫还没有答拜他。"大娘娘也向华老进言道："公公到了苏州，不如先和家父会面，家父和唐寅是文字之交，一向也很投机。媳妇以为这件事不宜立时决裂，尽可央托家父去劝告唐寅。倘使唐寅自愿赔罪，公公便可和他约法三章：第一，秋香虽然嫁了他，只许她住在公公指给的房屋里面，不许她住在苏州。"太夫人点头道："大贤哉言之有理，秋香常住在相府中，老身便不嫌寂寞了。"大娘

275

娘道："第二，唐寅不忘秋香，只可自己到秋香那边来，不许把秋香接到唐寅那边去。"太夫人点头道："这个计划益发好了，把秋香留在这里，他念秋香，自会到来，以前不知他是唐寅，现在知道了，待他来时，把一切诸菩萨的法像限着他。"太夫人说到这里，又转变着论调道："不好不好，他来伴着秋香，他便不能沐手绘佛像，我只叫他绘几幅屏条和中堂，要使那奇货可居的唐画张满了相府中的墙壁，才泄我这胸头之恨。"大娘娘道："婆婆着他绘画，还是小事。媳妇的意思，有了第二，还有第三，要是唐寅为着秋香而来，一来便须住这一年半载，日间只许他在书房里伴读，要和以前一般勤奋，才许他放学以后和秋香会面。要是不然，夜间也叫他伴陪着公子读书。"太夫人听着，益发赞成了，笑道："大贤哉向来不大有主见，现在的主张却不错，真个'夫人不言，言必有中'。老身最佩服你的第三条办法。唐寅不忘秋香，一定要到相府中来的。到了相府，他贪着和秋香做伴，只得在书房中努力伴读，那么大郎、二郎便不愁没有寸进了。老相公，你且把这三条计划牢牢记着，到了苏州便这么干吧。"华老道："到了苏州，本来要和老友杜太史相见，这三章约法只是我们的如意算盘，不知可能做得到，只好随机应变。"

大踱、二刁都不赞成大娘娘的计划。大踱道："这这个，不不行，相相府，延延师，不不能，把把师母为质。"二刁道："妈啊，你不能听那小小（嫂嫂）的主张。我们不基（知）道华安便其（是）唐寅，可以唤他做伴读。我们既已基（知）道华安便其（是）唐寅，那么我们要拜他做先生了。从来对待先生，须尽恭敬之道。《孟子》上说：'待先生如此其忠且敬也。'若照小小（嫂嫂）这般说法，相府延师，须把师母做抵押，教得认真，许他放学以后和师母相会；教得不认真，便其（是）近在咫尺，也不许他们夫妇相逢。先生坐那无罪基（之）牢，师母做那有夫基（之）寡，好比牛郎织女，永远隔着天河。这个名声传将出去，只怕不大好听吧？"华老向来对于儿子的议论总不赞成，不是骂一声踱头该死，定是道一句小子乱言，今天却不由得频频首肯，向着太夫人说道："夫人，你听他们的说话，很有几分道理，却不要轻视他们这一双踱头。"太夫人冷冷地说道："老相公，你从前把他们看得太低了，一言不合，便是厉声呵喝，接着还要自怨自嗟，似乎这两个孩子永无出头之日的一般。现在呢，你又把他们看得太高了，你竟承认他们都有先见之明。你既承认他们的见识在

276

老子之上，你自称不通而以他们为通，自称徒读死书而以他们为不读死书，似这般赞美儿子未免太过，没的养成了他们的骄纵脾气。老相公，这两个跷头依旧是跷头，不要'爱之则加诸膝，恶之则坠诸渊'啊！从前跷头长跷头短，现在又把他们当作宝贝。"太夫人这几句话，说得两位少夫人忍俊不禁，都把手帕掩着樱唇。

没多一会子，华平、华吉早把一应行装发下船舱，单单守候着老太师登舟。于是太夫人率领着两房媳妇，恭送华老动身。临走时，华老忽地想着一件东西，便道："险些儿忘却了一件要物，有了这要件，任凭唐寅怎样抵赖，老祝怎样狡黠，这胜券总算是老夫所操的。"又回过头来道，"夫人，你可知道是什么东西？"太夫人道："莫非是一纸卖身文契吗？"华老道："然也然也，这一纸书胜于十万雄兵，管叫得胜回来，秋香会得回到相府，唐寅会得登堂谢罪。夫人，这红旗捷报，请你拭目以待可也。"华老说罢，便匆匆到二梧书院，把收藏的一纸文契检取出来。可惜他没有细细复看一遍，要是复看一遍，便可以看出破绽，这一纸书算不得什么证据了，只为他心粗了一些，急急地便把来纳入怀中，以致下文饱受多少奚落，暂时慢提。且说婆媳三人送过华老以后，依旧回进中门，唯有华文、华武恭送华老登舟，直待开舟以后方回府第。

按下两个跷头，且说华老带着华平、华吉赶往苏州，要和唐伯虎大开谈判。开舟的时候已近午初，好在一帆风顺，增加速率。华老在舟中自斟自酌，聊解寂寞。吉、平两童侍立左右。华老便问书童："你们预料情形，此番到了苏州，唐寅可肯见我？"华平道："小人的愚见，唐寅听得太师爷到来，一定带了秋香惧罪潜逃。"华吉道："小人以为唐伯虎听得太师爷一到，他便带了秋香伏地请罪。"华老笑道："你们的主张不同，须得说明缘故。华平，你把逃的缘故讲来。"华平道："这番太师爷亲到苏州，这是出于唐寅意想以外的，他以为相府中失去一名丫鬟没有什么大不了事，何况太爷已把这婢女嫁他，临走时又不曾卷物潜逃，谅他料不到太师爷会得亲自上门问罪。他知道太师爷到了苏州，一定挈着秋香逃避不迭。所以小人想来，太师爷便到苏州，也不会和唐寅会面。"华老又问华吉道："你把你的见解讲来。"华吉道："小人以为唐寅断然不敢和太师爷避面，他知道太师爷上门问罪，一定带着卖身文契而来，文契上虽没有写着他的真姓实名，不过确是他的亲笔，无论如何，总赖不掉。他怕太师爷把文契向衙署出首，他只得向太师爷叩头伏罪了。"华老点头道："你也猜得不错。"又捋着须髯道，"一个猜他匿踪，一个猜他认罪，二者必居一于是矣。"比及华老酒饮完毕，撤去残肴，由书童们搬到后舱去享用。华老向例，每逢饭后，须得小睡片时。这一睡，因为方才太劳碌了，比着平时多睡了半个时辰。待到一觉睡醒，只听得市声鼎沸，好像已到了热闹所在。推窗观看，却是七里山塘，市廛繁密，有多少年轻子弟都是遨游虎丘回来，夕阳中襦影鞭丝，如入画景。

这一天是上巳良辰，嬉春士女分外热闹，"七里山塘水亦香"，塘河中还有许多画舫，载着粉白黛绿，奏动那管弦丝竹之声。华老左顾右盼，不觉寂寥，华府的坐船到了阊门外码头便即停泊。舟人系了缆绳，正待另换小舟，摇入城关，其时船旁正泊着一只轻舟，里面有一位绅士出舱招呼道："老太师快过船来，兄弟候久了。"华老听得是他亲家杜翰林杜颂尧的声音，好生奇怪，便到船头笑问着亲翁怎会未卜先知，预识华某今天来游贵地。杜翰林笑道："兄弟怎有这本领，只不过今天老祝前来通知，说老太师傍晚必然赶到苏州，却令兄弟在此守候。"华老大惊道："老祝真有神谋妙算也。"正是：

　　大索逃人华相国，巧施妙计祝先生。

欲知后事如何，且看下回分解。

第三十九回

杜太史停舟迎远客
祝解元开账索吟髭

华鸿山对于唐、祝、文、周四才子，最惧的便是这条洞里赤练蛇。自从昨天登门参相，被他小试伎俩，把华相府中闹得七颠八倒，笑啼皆有，华老益信祝枝山的诨名真个名不虚传了。此番船到苏州，却不料已被祝枝山知晓，敢是他袖里阴阳，有这神机妙算，因此站在船头，惊奇不已。杜颂尧却请华老过了小船，以便谈论。于是华平、华吉把主人扶上邻舟，一切随带的东西都运了过来。这只船比上不足，比下有余，比着华老的坐船，确乎比不上，比着城中的游艇，这便是一只双开门的大船了。只为进了城关，河道浅狭，相府中的大船不便驶行，所以华老每到苏州，总把坐船停在城外码头，自己或坐轿，或换小舟，进城关访候亲朋。有时在动身以前，写信通知亲朋，何日方可抵苏，那么亲朋雇了船只，先在河埠迎候，这是常有的事。不过今日动身出于仓促，亲朋都不曾知晓，杜颂尧怎会听了老祝之言，前来迎候，这便值得华老惊异不止。

宾主进了中舱，华平、华吉自和杜升在船头讲话。舟子已解了缆绳，橹声欸乃，直进水关。华老不及和杜颂尧叙那寒暄套语，便问他怎么会得着老祝的通知，预料华某有姑苏之行。杜颂尧笑道："老太师如何倒问起兄弟来？这是你昨天亲向老祝说的，来日傍晚，一定抵苏，代达敝亲家，雇着扁舟，在河埠相候。"华老笑道："奇怪奇怪，这是老祝撒谎，老夫何尝说过这句话来？"杜颂尧道："请问老太师，既没有向老祝道过这句话，如何不先不后，老太师恰在今天傍晚舟抵吴门？"华老道："这件事一言难尽，少顷和你细谈。"当下嗟叹了一会子，又问颂尧道，"亲翁，你见了老祝，他可曾向你谈起什么事来？"杜颂尧笑道："老祝怎有好话说出，老太师不用问吧。"华老听了奇怪，定要盘问根由。杜颂尧道："总而言之，狗嘴吐不出象牙罢了，老太师听他做甚？"华老见他吞吞吐吐，便道："亲翁，我们既是至戚，又是好友，老祝无礼之言但说何妨，老夫姑妄听之，只算老祝放屁便了。"杜颂尧道："老祝提起老太师，说听得东亭镇上又开了一家当铺，规模是很大的。老太师不惜屈尊降贵，天天到当铺子里去查看账目。"华老道："老祝完全造谣，可谓毫无根据，华姓的当铺除却隆兴当铺，更无别家。况且经营当铺，都由当铺里的总经理全权掌管，东家并不前去查账。只不过到了年底，开一份红账给老夫过目便是了。所以隆兴当铺里的事，全由宋悦峰管理，老夫未尝顾问。岂有新开了一家铺子，老夫不惮跋步，天天去上铺子的道理？"杜颂尧道："不但老太师这般说，兄弟向老祝也是这般说。只为府下开设当铺，兄弟谊属葭莩，断无不知之理，多分老祝轻信了人言，以致有这误会。谁知老祝大笑道：'东亭镇上新开的大当铺，不是老太师开的，却是小唐开的，这当铺子的牌号唤作康宣当铺。老太师确乎天天去上康宣的大当。'"华老皱眉答道："上了康宣的大当，确有其事。"说时，便把去年八月十三日康宣投靠情形略述一遍。杜颂尧道："记得这一天，兄弟恰恰造府奉访老太师。"华老点点头道："便在这一天，恰才写过文契，适逢亲翁光降。老夫知道亲翁怜才心切，曾唤他出去叩见亲翁，他却花言巧语，推托不去，当时瞒过了老夫。事后思量，分明他恐怕破露机关，所以不敢出面。后来冯良材姻侄到来，他和冯良材是中表兄弟，也是恐怕破露机关，自称有病，不敢出头露面。老祝说老夫上当，这倒不错。他又说些什么？"杜颂尧道："他的说话总是哑谜似的。他又说：'老太师贪了一块糖，赔了一个房，多了一张床，贴了一副妆。'"华老道："第一句还有些意思，糖者唐也，这是说老夫赏识那乔装书童的小唐。以下三句是什么解呢？"杜颂尧道："兄弟那时也只猜出一句，以下三句便要请问老祝。他说：'老太师恋着小唐，不惜把青衣中的翘楚唤作秋香的赏给他做妻子。听说秋香才貌无双，老太师很有把她纳作偏房的意思。现在为着小唐，只得忍痛让去这个偏房，将来贪着这门亲戚，或者把小唐认作东床，倒贴一副丰厚的嫁妆，也未可知，这便叫作"贪了一块糖，赔了一个房，多了一张床，贴了一副妆"。房者偏房也，床者东床也，妆者嫁妆也。'"华老道："这是老祝胡言乱语，不值一笑。老夫自从告归林下，研究关闽濂洛之学，久把风情月意付诸东流。况且两儿都已成室，向平之愿完全都了，绝不会自寻烦恼，图娶什么偏房。要是唐寅久居相府，没有赍夜逃奔的事，那里把秋香认作女儿，把唐寅认作东床，将来补送一份妆奁，也是意想以内的事。现在却不能了，这一对男女，都是忘恩负义之徒，老夫特来问罪，不是认亲。老祝号称智囊，在这分上，他却猜错了。"说罢，一阵冷笑。杜颂尧见他盛气难侵，只好唯唯诺诺，不赘一词。又问及公子的功课情形，华老道："论及功课，却不能不归功于唐寅了。两儿宛比石田，任凭什么春风化雨，石田中不见萌芽。唯有唐寅伴读了几个月，居然生气蓬勃，大有欣欣向荣之象。今年出应童子试，或者可以博得一领青衿，这却不能不感谢唐寅的。只可惜他有才无行，他要入相府，也不用做这低三下四的人。有了他的名声和才学，老夫礼聘他做西宾，也是应该的。只需宾主相投，便赠他一名俊婢，算作谢师，他便可以正大光明把秋香娶去。可惜他舍正路而不走，做这不可告人的事，卖身投靠，还写了一纸亲笔的文契。老夫此番上门问罪，看他有何颜面和老夫相见！'凭君汲尽西江水，难洗今朝满面羞。'"杜颂尧道："老太师暂息雷霆，此事还当三思。唐子畏不惜名誉，甘做青衣，又干了这载艳潜逃的勾当，老太师登门问罪，他便百喙难解。但是兄弟的意思，老太师不妨网开一面，遣人向他开导，叫他挈着秋香亲到东亭镇去负荆请罪。但要不依，然后上门问罪，也不为迟。"华老道："他若自计前罪，老夫也不为已甚。况且两儿的文字正待名师提携，他便不肯在老夫那里坐拥皋比，也得叫两儿遵从他做改笔先生，若得他点铁成金，使两儿有所成就，一切前嫌，自可不计。"杜颂尧道："那么有了一个办法了，今夜便请老太师在舍间住宿。子畏那边，最好有一个和他关切的人，先在今夜向子畏竭力开导一番，以免明日登门问罪，使他当众丢脸。"华老道："唐寅的表兄冯良材，是二媳的哥哥。他和唐寅很是关切，不如遣人请他到来，托他做一个调停的人。"杜颂尧道："他是冯通政的公子，和子畏谊关至戚，托他调停，再好也没有。"舟中宾主闲谈，不觉船抵河岸。

杜颂尧吩咐杜升上岸，备轿相迎。华老道："这里离太史第不远，我们上岸步行便是了，何用坐轿。"于是宾主登岸，同到城隍庙前杜颂尧的宅中。正待进门，忽地来了一个少年，向华老深深一揖道："姻伯果然光降吴门，小侄候久了。"华老抬眼看时，便是方才说起的冯良材，不禁大喜道："老夫正欲奉访足下，却不料'邂逅相逢，适我愿兮'。"冯良材又招呼了杜翰林，堆着笑颜向华老道："姻伯今天降苏，小侄已预得消息。是枝山向小侄说的，他叫小侄在杜老伯府上相候。但是候了良久，不见二位到来，因此在太史第左近徘徊瞻眺，果然得和二位相逢。"华老道："老祝的袖里阴阳，无一不中，这胡子又是可爱，又是可畏。"杜颂尧便请华老和冯良材同到里面谈话。好在唐寅在华府经过的情形，不须华老报告，冯良材已在老祝那边得知详细。他口口声声，也说唐寅的不是，又问华老为有什么要访他。华老道："一者，上次大驾光临，尚没奉答，老夫专诚前来答拜。二者，为着足下和唐寅谊关至戚，要借重大驾，今夜便到桃花坞，总得劝醒了唐寅，叫他明天先到这里向老夫赔罪，然后挈着秋香，即日便到东亭镇上向老主母负荆请罪。唐寅依着足下的劝告，老夫便可大度宽容，不念旧恶。若是不然，他的卖身契还在老夫身边，一经当众宣布，唐寅哪有面目住在姑苏，只怕不齿于士林，被绝于名教了。"冯良材道："姻伯吩咐的话，可谓义正词严，小侄自当向子畏竭力开导。时候不早，小侄失陪了，得了消息，再到这里禀复。"杜颂尧道："今夜替华太师接风，席间缺少陪宾，恭候足下同来一叙。"冯良材道："心领了，冯某此去，须把子畏说得回心转意。说不是三言两语之力，须有好一会儿工夫，大约便在子畏处晚餐了。"杜颂尧道："这里是专候足下前来报告消息的啊。"冯良材笑道："太史公不须着急，无论如何，冯某总得前来禀复。"说罢，便即告辞。华老是客，良材也是客，客不送客，自有杜颂尧离座送客，送罢入内。

这时候杜姓家人忙着接待贵宾，厨房中整备筵席。杜颂尧开出的陪客单，无非城中的几位老乡绅。华老道："衡山是不是到镇江去了？昨天他和枝山曾来访问老夫。"杜颂尧道："老太师，这又是老祝的说谎。老祝受着陆昭容的威逼，扯去半边胡子，又把他家中打得落花流水，强迫他交还唐寅。"华老道："这是去年十月中的事，记得其时老夫恰在苏州吃令爱的喜酒，后来怎么样呢？"杜翰林道："后来老祝被逼不过，只得到杭州去住了几个月，顺便访问唐寅的踪迹，居然竟被他访问得实，知道唐寅为着扁舟追美，在东亭镇上停留。枝山得了消息，才敢回苏地见了昭容以后，报告情由。枝山为着小婿和唐寅一般都是好友，便拖着小婿同到相府访问唐寅。"华老道："东亭镇上的地方很大，他们怎么一寻便寻到老夫家里来呢？"杜颂尧道："这有两种缘由：一者，老祝从一个摇船人那边得到消

282

息，知道子畏去年追随的官舫，是华相府中的烧香船只；二者，老太师在苏州亲朋面前，曾经道及相府中的伴读书童怎样地人才出众，老祝知道了，便认定这书童便是唐寅的化身，所以才拉着小婿登门谒相，借此和唐寅相会。便在船中传授秘计，叫他成亲以后，便即脱逃，他和小婿却在昨夜返苏。至于镇江游览的事，完全托词，并非真相。"华老道："原来老祝也回了苏州，老夫正自奇怪，他既到镇江去了，他怎会通知亲翁，到河埠来迎候老夫。原来老祝镇江之行，也是子虚乌有。唉！他的诡计太多了。亲翁，自古道：'近朱者赤，近墨者黑。'令祖文衡山品学兼优，不该和这奸猾之徒结为挚友。今天盛宴，何妨邀请令祖同来饮酒，老夫也好向他进那药石之言，叫他和老祝割席断交，免得将来受他的累。"杜颂尧道："小婿理当恭陪末席，饱听老太师的训言。但是今日来了他的好友周文宾。"华老道："原来周文宾也在苏州，他的文名也是很好的啊！"杜颂尧道："他不但文名好，他的艳福也好，他在杭州，有一段风流佳话传播人间。少顷饮酒时，可以详细讲与老太师知晓。今天上午，周文宾带着新夫人到苏州来上花坟，小婿被他唤去了，大约陪着他去游山玩水，所以今夜不能奉陪老太师饮酒。好在老太师须有多天停留，过了一天，便可唤小婿趋候起居，面聆钧诲。今夜陪座只有几个老友。"隔了片晌，又道，"老太师倘嫌寂寞，老祝便近在咫尺，可以吩咐杜升去请他前来陪饮。他是贪吃的，闻道一声请，似得了将军令，一定便来奉陪。"只这几句话，慌得华老摇手不迭，忙道："亲翁，你怎么要叫老祝来陪饮，那么你便比着下逐客令还凶了。华平、华吉快来收拾东西，依旧搬下船去。"平、吉两人齐声应诺。杜颂尧忙道："老太师何用动怒，不唤老祝来陪饮便是了。"华老道："亲翁，这才是留客之道咧。自从昨天老祝来见老夫，被他鼓唇弄舌，平地生波，老夫吃了他多少的亏，从此对于这个狗头存着戒心。听着他的声，便在厌恶；见着他的影，便起恐怖。避他不暇，怎好同席。所以听得亲翁说要唤老祝来，老夫觉得比着下逐客令还凶。"杜颂尧听了，呵呵大笑。无多时刻，杜颂尧所请的陪客一一都到了。

杜翰林家中夜饮开始的时候，正是祝枝山闯入唐解元的园中，一路喊将进来道："小唐休得起劲，华鸿山已到苏州，要向你起问罪之师了。"众人听了，一齐愕然。尤其惊慌的便是九娘娘秋香，听到这个消息，不免玉容失色，便道："大爷，如何是好？"唐寅道："九娘娘，你怕什么？有了这足智多谋的老祝到来，什么事都不怕了。"于是向九美说道："你们宽饮几杯，我去和老祝商量机密。"陆昭容道："大爷，你陪着他在咏歌斋谈话，好在有现成酒肴，搬一席在斋中和他对饮，你道可好？"唐寅笑道："大娘这般地优待老祝，只怕他痛定思痛。"说罢，便离座出外，欢迎老友，同到对面咏歌斋中坐定，问及华老到苏情形。仆人们张灯设席，不待细表。枝山笑道："走得着，谢双脚，原来一到便有酒饮，小唐，我的妙计如何？"唐寅笑道："你的妙计虽好，但是成也萧何，败也萧何。若没有你老祝，我不会有这意外之喜，也不会有这意外之惊。"枝山笑道："你有意外之喜，是我之功也。你有意外之惊，非我之咎也。这都是嫂夫人的主张，我不过参赞其间罢了。"唐寅道："好一个参赞其间，这都是你使的诡谋毒计。"枝山笑道："'一把砂糖一把屎，不记砂糖只记屎'，这便是替你写照。我玉成你的姻缘，你不记恩。我向嫂夫人参赞密谋，你便记起我的仇来。我既然使着诡谋毒计，那么我这番登门也是多事。横竖华鸿山是向你问罪，不是向我问罪，干我甚事。你也不须假惺惺留我饮酒，我便要告辞了。"说时假作离座起身，但是不曾放下手头的杯子。慌得唐寅拖他坐下道："老祝，小坐为佳，前言戏之耳。"枝山道："我也知你是游戏，所以也来戏你一戏，要是真个要和你破脸，为什么不放下这只酒杯呢？这叫作'万事不如杯在手'。小唐你且敬我三杯，浇了我的渴，我才和你定计。"唐寅真个连敬了三杯酒，便道："华老既然问罪而来，我们合该商量一个对付之策。要是他上门来，是见他的好，还是避他的好？"枝山道："小唐，休要我定计划，我便给你看一件东西。"说时，从袖子里摸出一纸横单。唐寅接着笑道："原来你把锦囊秘计写在纸张上面。你以手代口，我以目代耳，这才叫作秘计啊。"比及接在手中，就着灯光观看，便道："枝山，你拿错了，这是装折账啊。什么门几扇、窗几扇、挂落几个。唉，益发好了，琉璃灯几盏、红木挂屏几方、古铜瓶几件、名人书画几幅，这算什么？可是你送给我的礼单？"枝山笑道："明人不消细说。这是去年大娘娘率领着一十二名手持木棒的江北奶奶，前来攻打祝家庄。寒舍许多什物器具门窗户闼，都断送在捣衣木棒之下。大娘娘曾经面许祝某，这一篇损失账，待你回来一并清偿。你现在回来了，先请你承认了这篇账，再做计较。"唐寅笑道："承认便是了。"于是一行行地看去，下面都标着计银几两几钱的价值，一共计银八百六十五两七钱三分。最可笑的，损失单里面，有祖传夜壶一柄，计银二十四两八钱五分。唐寅大笑道："这柄夜壶太名贵了，怎么要这许多银子？"枝山道："你别小觑了这柄夜壶，这是先曾祖荣禄公传给先祖太常公，先祖太常公传给先父处士公，先父处士公传给我祝某，已经传了四代，竟被江北奶奶捣毁了。小唐，你想七八十年的古董夜壶，一时哪里有觅处，休说这白地青花的瓷质还是开国时代的洪武窑，世上已经不见，便是夜壶里面年深月久的积垢，卖给药铺子里，也是一种名贵的药品。这件东西的损失，照实论价，足值三十五两五钱，我为知己分上，打了一个七折，只算你二十四两八钱五分的银子，已是特别克己了。"唐寅道："好一个特别克己，我一切遵命便是了。到了来朝，赔给你纹银八百六十五两七钱三分便是了。"枝山道："你把清单翻过来看，还有特别项下的损失呢。"唐寅翻过清单来看，只见上面还有一项损失单，写的是：

受之父母不敢毁伤的江南第二风流才子颔下髭须七十五茎半。

下面还注着，每茎应值银若干，随时面议。唐寅看罢，益发大笑起来。正是：

奇货可居唯溺器，千金不换是吟髭。

欲知后事如何，且看下回分解。

第四十回

欲壑难填尽情敲竹杠
良宵易误何处觅桃源

唐寅大笑道："老祝，你太无赖了，这几茎蛇须也要开单索赔？"枝山道："你别看轻了这七十五茎半的吟髭，旁的东西都可论价索赔，唯有这受之父母、不敢毁伤的一肤一发，却是无价之宝。"唐寅道："你是祝解元，不是周灵王，你要向我索赔，须得做了周灵王才行。"枝山道："这是什么缘故？"唐寅道："你在损失单上写着'受之父母不敢毁伤'八个字，这几茎蛇须便不该向我索赔了。枝山，要是拙荆一时失手，剥去了你的蛇皮，抓碎了你的蛇肤，那么还可说是受之父母不敢毁伤，只为蛇皮蛇肤确是父母的遗体。这几茎蛇须，不是先天带来，是后天生出的。假使你做了生而有髭的周灵王，我还承认你的蛇须确是受之父母。我试问你，这几茎蛇须确是从母胎中带出来的吗？"枝山道："你别和我咬文嚼字，是周灵王也好，不是周灵王也好，总而言之，这几茎吟髭断送在尊阃之手，非得向你索赔不可。"唐寅道："赔偿也容易，拉一条黄狗，拔几茎狗毛，狗毛抵偿蛇须，那便五雀六燕，铢两悉称了。"枝山道："小唐，你不愿赔也好，我吃干了这壶酒，便要谢扰回家，横竖华老上门问罪，你自有应付之计，干我甚事。真叫作'各人自扫门前雪，莫管他家瓦上霜'。"说时，连干了几杯酒，准备尽了壶，便即起身。唐寅道："老祝别忙，我已准备着千两纹银，赔偿你的损失。除却家用物件八百多两以外，尚有一百数十两，作为赔偿你的蛇须之用。这价值不算菲薄了，大概一茎蛇须，赔偿二两有余。"枝山笑道："瞧着朋友分上，我便贱卖了吧，但是还有一种要求，曾在东亭镇舟中向你说过，今天便须实行，你可记得吗？"唐寅道："什么要求？我可不记得了。"枝山道："我怎么这般健忘，昨天授计与你的时候，

286

我不是向你说的吗，事成以后，你要吩咐这位九娘娘，在我老祝面前也要笑这三笑，和你说的三笑留情一般。你已应允的了，今夜便请九娘娘出来，在这里笑这三笑。"唐寅听了，觉得应允不是，拒绝也不是，这个那个支吾了一会子。枝山频频催促，一定要摩挲老眼，试验那三笑留情的美人。唐寅道："老祝，休得逼人太甚，我已应允过了，绝不抵赖。但是今夜不能，至少须过三朝，待到有了日子，再来约你相见。"枝山道："今夜相见，不是一般的吗？"唐寅道："今夜相见，有三不可。我虽允许，还没有得到我们九娘娘的允许，强她相见，未免不情，此一不可也。昨天所定的约，须在事成以后，才好叫我们九娘娘笑这三笑。现在虽已成亲，还没有同衾同枕，而且华老跟踪前来，夜长梦多，不免有种种阻折，全功还没有告成，如何便可践约，此二不可也。新娘见客，宜昼不宜夜，你的目光又短，在那灯光迷离之下，便是做尽眉眼，也不过俏眉眼做给瞎子看，此三不可也。老祝，你要她笑这三笑，不如换个日子吧。"枝山拈着短髭道："你也说得有理，我便准许你过了三朝，拣个天朗气清的日子，叫这位娇娇滴滴新娘子，向着我一团茅草乱蓬蓬的祝大伯，'巧笑倩兮，美目盼兮'，也和我做一个三笑留情。"唐寅道："依你便是了，请问你到了来日，我们怎样地应付华老？"枝山道："且慢，假如你便在今夜叫那新娘子和我三笑留情，我的要求已遂，便可和你商量一个应付华老的计划。现在你要展期三天才肯实行，那么我的锦囊妙计也是展期三天，再行告诉你吧。"唐寅道："枝山，你又要为难了，过了三天，这件事已闹得糟了，如何可以展缓得？"枝山道："那么我还有一个要求，你的丹青是名闻四海的，我们夫妇俩都要请你绘一幅肖像，你若应允，我便传授你的秘计。"唐寅道："要替祝大嫂描容，这是区区的拿手好戏，去年在相府曾替华太夫人绘过观音大士。祝大嫂别号云里观音，替观音描容，定可胜任愉快。唯有替祝大哥描容，那便把我难倒了。"枝山道："同是一幅画，你可替内人描容，难道不可替我老祝描容？"唐寅道："若要替你老哥描容，须得向肉铺子里告借斧头一用。"枝山道："胡说，描容何须斧头？"唐寅道："借得斧头，便把你的两只尊脚剁去，那么描写尊容，不致贻人笑柄。要是不然，误把尊足也绘在里面，这不是成了画蛇添足了吗！"说到这里，博得宾主都是笑不可仰。

笑声未毕，唐兴来禀告道："冯家表少爷来了。"唐寅喜道："原来良材表兄来了。"连忙起身相迎，又令家人添着一副杯箸，好叫良材在一起儿饮酒。唐寅见过了良材，问了姑母大人的起居，便道："枝山也在里面，请到那边去把酒谈心。"于是三人对饮。唐寅和良材略叙契阔以后，便道："小弟今天匆匆返里，尚没有到过姑母那边请安，不知老表兄甚风吹得到此？"冯良材指着枝山道："愚兄今天听到枝山兄说起，知道你已接受了他的锦囊妙计，可以载艳还乡了。愚兄大喜，待要到府来奉候，枝山兄却叫愚兄别忙，且在傍晚时候，在杜颂尧太史那边探听华鸿山可曾到来，要是华老已到了杜府，你便去拜访他，借此可以探听他的来意，连夜便到这里来报告。"唐寅道："华鸿山可在杜府？"冯良材道："果然不出枝山兄之料，他今天果然跟踪到来，便在杜太史那边住宿。他见了愚兄，便央托愚兄来向你劝导，看你可肯向他老人家负荆请罪。"说时，便把华鸿山央托的话一一说了。唐寅听了，面上很有难色。冯良材道："华老在杜府守候消息，事不宜迟，总得想个应付之策。"唐寅道："单是小弟去向华老负荆，明天不妨一行。好在有杜颂尧在旁缓颊，料想华老总可相谅。若要小弟挈着新娘子，去向太夫人请罪，这是万万不能的。好容易赍夜脱逃，还我本来面目，要是到了东亭镇，他们把新娘子扣住了，却迫令小弟依旧伴读书房，这便自投樊笼，永无脱身之日了。"枝山笑道："小唐，偷香窃玉，祝不如唐；设计行谋，唐不如祝。据我老祝看来，华老该向你赔财，你不该向华老赔罪。"唐寅道："枝山错了，我在相府中，虽然风流放荡，逢场作戏，但是扪心自问，毕竟对不住这位老人家。我向他赔罪是应该的，他怎会向我赔罪呢？"枝山笑道："小唐，你没有听准字音，你向他赔罪是罪过的罪，他向你赔财是财帛的财，只消我祝某略施小技，管叫他赔了佳人又折财。"唐寅大喜，便问计将安出。枝山道："这件事非得有三四人在旁帮忙不可，也是你的机会好，今天周文宾夫妇，以及他的如君素琴特地到苏州来上花坟，须有多天的勾留。"唐寅道："文宾到苏，好极了，明天一定请他过来。"枝山道："非但周老二到来，嘉兴沈达卿挈着他的如夫人芙蓉，也到苏州来游春了，你明天也可以请他到来。再加我和徵明，一共四人。他若不来问罪便罢，他若到来，我们四个人去招待他。他是相国，我们是士人，明天准备着唇枪舌剑，演一出《四士伴相》，非得叫他大大地赔贴一副妆奁不可。"唐寅道："太夫人本有约言，过了几天，要把我们九娘娘当着亲朋认为义女，又须备着五千两纹银置办嫁妆，三千两纹银作为居家日用之费。"当下便把那天秋香以退为进，向着太夫人曾有种种要求的话，述了一遍。枝山笑道："照这么说，我的锦囊妙计益发十拿九稳了。"又向冯良材说道："你去回复华老，只说见了唐寅，他已自悔自尤，很对不起你老人家，要他赔罪，他也办得到的。不过羞恶之心，人皆有之。他不肯到杜府来赔罪，防着传播出去作为笑话。倘蒙你老人家亲自光临，他愿设着筵席，替贵客洗尘。那时挈着秋香，向你老人家伏地请罪，听凭你老人家怎样发落。这么一说，华鸿山明天一定到来。只需他一进了大门，那么入我彀中，便不怕他不把一副盛妆送将来也。"又凑在唐寅耳朵上，把明天的计划如是这般地说了些大略。唐寅听了，心花大放，于是一主二宾开怀欢饮。饮到半酣，冯良材急于要去复命，唐寅也不强留，请他先吃了饭，用着轿儿，送他到城隍庙前杜太史第去。临走时，枝山再三叮嘱良材，不要说起我在这里，防着华老心存疑忌，不肯光临。良材道："不须重言申明，我自理会得。"良材去后，枝山贪杯，又是左一杯右一杯地饮个不停。

唐寅隔宿在舟中一夜无眠，今夕何夕，正是千金一刻的春宵，挣扎着精神，准备和秋香勾销这一笔相思账。偏是老祝喝酒喝得起劲，不想动身。唐寅正要仰仗他的神机妙算，又不敢下逐客令，只得勉强奉陪。他的身子陪着老祝，他的一颗心早飞越在秋香那边。他知大娘娘已在堂楼上替秋香铺设新房，而且她们八个人对于这位新人，都是怜怜惜惜、亲亲热热，没有一丝半毫的醋意。大娘娘尤其豪爽，她曾向唐寅说："你这半年来，漂泊在外，和家中信息不通，难怪我们要怨你薄幸。自从见了这位九妹妹，我们的恨意全消，休说你见了她不免神魂颠倒，便是我们八姊妹见了她，也有一种难绘难描的恋恋不舍。记得去年你受了我的奚落，便即口出大言，要觅一个顶尖儿的人物，成就那九级浮屠的最上一层。那时我笑你肆口夸张，断不会在钗裙队里选出一位高出我们之上的妙人儿。自从见了这位九妹妹，我们应了句成语，叫作'见夷光之貌，归而自憎其容'，她真算得顶儿尖儿，她确是后来居上，可以当得九级浮屠最上的一级。"这些话都是方才在园中谈的。唐寅听了，乐不可支，他准备今夜要上九级浮屠最上的一层，度此春宵。谁料老祝不识趣，干了一壶酒，又添一壶。他喝酒不打紧，这陪客的主人却难以为情了。在先，枝山和他讲话，他还唯唯诺诺，随口敷衍。后来由着老祝讲他的话，他的一颗心早在九级浮屠最高的一级上盘旋。他摩擦着鼻尖，自得其乐地描摹着未来的兴趣。他想，妙啊，昨夜在舟中，虽然相傀相傍，但是新娘子躲躲闪闪，左一声大爷稳重，右一声大爷使不得，还加着这一叶扁舟晃晃荡荡，防着舟子惊怪，只落得巫山咫尺，依旧天涯。现在你逃到哪里去呢？你说大爷稳重，大爷是不稳重的了。你说大爷使不得，我说这是周公之礼，有什么使不得，一定使得，一定使得。

唐寅正在忘形之际，却不料事有凑巧，枝山正多喝了几杯酒，笑说道："小唐，你若没有我老祝，依旧在相府中充当低三下四之人，怎有一朵鲜花入你怀抱？"说到这里，又涎着脸道，"究竟这朵鲜花怎样地异香扑鼻，耳闻不如目见，目见不如鼻嗅。小唐，你肯给我嗅这一嗅吗？只怕你要说朋友妻不可欺，这是使不得的。"唐寅却没有听得上文，只是乐极忘形地说道："有什么使不得呢，一定使得，一定使得。"枝山听了大喜，这真不愧是好朋友了，竟肯把新夫人给我嗅这一嗅，忙即摸着一团茅草乱蓬蓬的髭须，迷花着两只色眼，笑说道："既是使得，来这一下子，'鼻之予臭也，有同嗜焉'。"说时，唾沫乱溅，急态横生。唐寅才怔了一怔，便道："枝山，你说什么？"枝山道："小唐，你说什么？"唐寅道："我没有说什么啊！"枝山道："你休抵赖，你已应许我了，连说道有什么使不得，一定使得。"唐寅笑道："老祝，你知道我的一定使得，使得的是什么？"枝山道："那便不须重言申明了，你的使得，便是我的使得。"唐寅道："你的使得，又是什么？"枝山道："你又假作痴呆了。我以为使得，只怕你以为使不得。你既应允我有什么使不得，那么我既使得，你也使得。便是她说使不得，有你在旁坚说着一定使得一定使得，那么使不得的也变成使得了。来来来，你唤她来，横竖你说使得的，我便和她使得一下子。阿胡子刺痛了嫩皮肤，她怨不得我，只好怨你连称一定使得的夫婿。"唐寅才知道枝山不说着好话，便道："狗头无礼，我不请你喝酒了，免得狗嘴里吐不出象牙。"于是便唤书童替祝大爷上饭。幸而枝山说了几句醉话，唐寅才好假作恼怒，不再添酒。枝山也觉得喝得够了，草草吃了一碗饭，便即起身，走路时已走着经折路。护龙街和桃花坞相距也有数里之遥，又是唐寅预备着轿儿送他回去。临走时，枝山又是再三要求，须得坐着那天坐过的这顶大娘娘新置的大轿，才肯回去。唐寅唯唯答应，欺他是近视眼，又在夜间，又是多喝了几杯酒，辨得出什么新轿旧轿，便随意雇了一

290

顶轿，派着唐寿跟轿招呼，送他回去，不须细表。

唐寅送客以后，觉得骨节轻松，这才是自家身体了。一口气跑到八谐堂，以为八美陪着秋香，一定在堂中谈话。谁料八谐堂上阒无其人。又到堂楼下面，询问婢女，据说九位娘娘一齐上楼安睡去了。唐寅道："你别弄错了，八位娘娘自去安睡，这位九娘娘一定在新房里坐候，绝不会安睡的。"那婢女道："恰才丫头在楼上，眼见大娘娘亲送九娘娘到新房中去，又怕她独居冷静，拨一名银菊姊陪伴九娘娘。大娘娘去后，新房已闭上门了，又落了闩。大爷要进房，须得早走一步，稍迟只怕新娘娘要入梦了。"唐寅笑道："蠢丫头懂得什么，新娘子怎会入梦，她一定悄倚银灯，等候我上楼的。"口中这么说，早已举步上楼。上楼也没有好相，这十八级的转弯扶梯，恨不得一步便即跨上。比及到了楼上，这是前后五大开间的转楼，九房美妇，列屋而居，每人各占一房，每房都分前后两间。好在团团都是走廊，环绕着冰雪花样的碧油栏杆，向来前后楼的居中一间，作为唐寅的休息之所。唐寅虽爱风流，但是好色不淫，懂得动静相养的道理，动极思静，静极也思动。动的日子，当然挨着次序，进那八位娘娘的房。静的日子，他便独睡在居中的一间，大娘娘至四娘娘住在前楼，五娘娘至八娘娘住在后楼。遇着动而后能静的日子，或者"霞飞鸟道，月满鸿沟，行不得也哥哥"，唐寅总住在这两间静室里面。自从秋香到来，大娘娘便把后楼的居中的一间静室，布置九娘娘的新房。因此前楼有静室，后楼没有静室，后楼的静室变成新辟的运动场了。

唐寅上了堂楼，从前楼转到后楼，当然要向新辟的运动场进行。但是奇怪，经过的房间都是闭得紧腾腾的，而且里面又都寂静无声。转念一想，她们都睡了也好，免得闯将进来，大闹新房，辜负了合欢时刻。但是到了新房门外，果然双扉紧闭，才知楼下的婢女的禀报并不撒谎，忙在房门上轻轻地弹指几下，但是里面不闻答应之声。唐寅道："娘子开门，卑人来了。"说了两三遍，才有一名丫鬟名唤银菊的隔着闩儿轻唤一声："大爷，不用在这里敲门了。九娘娘路上辛苦，业已安睡，大爷明天来吧。"唐寅怒道："我在自己家中，你怎敢闭门不纳？"银菊道："这是大娘娘吩咐的，大爷若要开门，须去通知大娘娘，再由大娘娘亲来叩门，才可开放。"这几句话，便把唐寅吓退了。他想既有命令，谁敢不依，看来今夜不在塔顶上住宿。好在九级浮屠都在堂楼上面，自来新不问旧，我还是去陪大娘娘吧。想到这里，只得去敲陆昭容的门。他便转到前楼，在陆昭容的房门上敲了三下。陆昭容道："是谁？"唐寅道："是卑人。"昭容道："我已安睡，恕不开门了，你到那边去吧。"所说那边，是一句含混话，不知指导唐寅到哪一位的房中去。没奈何，离却这里，挨着次序，去敲二娘娘的门。罗秀英道："是谁？"唐寅道："是卑人。"秀英道："我已睡了，对不起，那边去吧。"说也奇怪，八位娘娘都是一般口吻，都是隔着房门道："我已睡了，对不起，那边去吧。"十叩闺门九不开，唐寅明知又是大娘娘的恶作剧，没奈何，只得自到那间静室中去独睡了。正是：

　　　　不曾真个来圆梦，无可如何又独眠。

　　欲知后事如何，且看下回分解。

第四十一回

鸳梦未圆冷落唐才子
鹦哥如意推举女状元

十叩闺门九不开，所开的只有前楼居中的一间静室，好在里面也上了灯火。房分内外，外面陈设着书案画桌，以便唐寅挥洒翰墨，描写丹青。内房设着一个单人床，以便他独居休养，上面三字题额，却是昭容手笔，叫作能静楼。她毕竟是才女，在这题额上面含有深意。《大学》上说的"动而后能静"，可见能静二字，是动作后的一种修养。试想唐寅以一身周旋于八美之间，便是金刚之身，也不免告了消乏。幸而有了这位专权阃内的大娘娘，幸而有了这所后方休养的能静楼，才能够维持精神于不敝。只为劝静之权，完全操之于大娘娘。唐寅虽有动的工具，却没有动的主权，必须大娘娘体察情形，认为可以动了，唐寅才敢待时而动。既动以后，大娘娘一定请大爷到能静楼去休养，而且休养的日子可多可少，大娘娘自有全权处理此事。休养日子的久暂，当然以唐寅的精神为前提。大娘娘的父亲陆翰林，博学多能，兼通医理。大娘娘得了家学渊源，对于望问闻切，色色精明。唐寅受了这种拘束，妻房虽多，却没有色欲过度的弊病，这都是大娘娘一人之功。方才唐寅陪着枝山饮酒的当儿，陆昭容在八谐堂下和八位娘娘谈话。大娘娘笑说道："恰才把大爷戏弄一番，并非愚姊故意的恶作剧，干这不近人情的举动。愚姊的意思，要叫大爷的放荡风流在今天告一段落，从此以后，不再萌发他的狂奴故态，要他悔悟，不得不给他受些惊恐。"罗秀英道："大姊的一片好意，我们众姊妹都是深知其细，亏得大姊有这一激，才激出大爷的良心话来。"陆昭容道："亏得众姊妹相见以诚，愚姊的一举一动，大家都肯降心相从。但是仔细思量，我们的大爷未免劳乏了。昨夜在船中，通宵没有安睡，今天到苏，又饱受着虚惊。恰才听得枝山报告，说什么华太师将来问罪，不免又担着心事。枝山又不识趣，强拉着大爷和他对饮，也不管人家身子疲乏。他这一席酒，不知要喝到何时才休。"又笑向秋香说道，"这恶客不去，未免辜负了新房中的千金一刻。"秋香听得大娘娘这几句话，调笑之中含有骨子，便道："大姊休得取笑。小妹的意思，但愿枝山不去的好。"大娘娘道："恶客不去，九妹不嫌寂寞吗？洞房花烛夜，这是人生难得的良宵。"秋香忽地起立道："列位姊姊，小妹有个下情，趁着大爷没有进来时，向众报告。大姊说的洞房花烛夜，小妹以为现在尚谈不到此。一者大爷惊魂才定，须得休养精神；二者大爷在昨天忙了竟日，晚间扁舟旋里，一夜没有合眼，大姊说他未免疲劳，确是疲劳之至，须得请他在安静的地方，酣畅睡眠，不到日上三竿，休得起身；三者华相爷已到苏州，来日大难，今夕何夕，并非苟且宴安的日子。与其贪图着洞房花烛夜，还不如和枝山尽夜长谈，想出一个对付相爷万稳万妥的方法，才是道理。"陆昭容听罢，不觉肃然起敬，连赞着："九妹的见识，能见其大，我们八姊妹中，又添了一位志同道合的九妹。今夜我们各各上楼安睡，早闭房门，大爷的卧宿地方已安置在能静楼上，所有被褥等件应有尽有，一律完备。趁着大爷没有进来，我们早早上楼去吧。"大娘娘首先发起，其他八位娘娘各各依从。唐寅上楼的当儿，分明要向秋香搦战。自从饱受了九处的闭门羹，英雄无用武之地，只好长叹一声，便在能静楼上，继续尝那六个月来孤眠独宿的况味。自古道："不见可欲，使心不乱。"他今夜却住在群雌粥粥的堂楼上面，叫他如何不怨。他睡在床上，咬着牙龈，轻轻地道一声妒妇，我认识你了。他虽没有明言妒妇是谁，然而不问可知，除却那发号施令的陆昭容，更无别个了。列位看官，我替妇女们说一句公道话。妒非妇人的恶德，却是妇人的美德，做妻的有了妒意，男子便存了三分忌惮，纵有娇妾美婢，也不敢肆意贪欢。做妻的出了一个妒的名声，做丈夫的却因此可以爱惜精神，节省劳力，将来到了老年，也不至于弯腰曲背，动不动便做阎罗大王的点心。所以有一句老话，叫作"到老方知妒妇贤"，这是颠扑不破的阅历之谈。无论陆昭容并非怀着妒意，便算她是妒，也是有益于唐寅的。可惜唐寅在那春情冲动的时候，把好意当作了恶意，分明大贤大德的娘子，竟轻轻叫她一个妒妇的名声。他道了一声妒妇，欲念都消，睡魔便乘隙而入，无多时刻，竟栩栩然梦做蝴蝶去了。他博得这一宿美睡也是受着妒妇之赐，要是不然，似他这般精神疲乏的人，还要在新开的运动场中卖力，干一番剧烈运动，这便不是养生之道了。

话休絮聒，且说能静楼上的唐寅梦腾春睡，直睡到红日满窗，方才睁眼，推枕而起，已恢复了饱满的精神。外面丫鬟听得里面有声息，才来轻叩朱扉，接着递脸水，送参汤，进朝点。唐寅问道："诸位娘娘都已起身了吗？"丫鬟笑道："大爷可知道什么时候了？量那日暑，恰是巳正光景。九位娘娘不但梳洗完毕，而且尽都下楼，去迎接贵宾了。"唐寅猛吃一惊道："可是东亭镇上的华相爷来了吗？"丫鬟道："华相爷还没有来，恰才冯府表少爷遣人来通信，说华相爷须得交了午刻，才能到来。"唐寅道："华相爷既没有来，九位娘娘去迎接什么贵宾呢？"那丫鬟道："好叫大爷知晓，今天的贵宾来了好几起，都是女宾，不是男宾。"唐寅忙问女宾是谁。那丫鬟道："周二爷的大娘娘王秀英、二娘娘素琴，第一起到来。大娘娘是兵部千金，生得花容月貌，还加着珠围翠绕，益发觉得富丽了。二娘娘是大娘娘的赠嫁丫鬟，面貌很秀美，只可惜裙下露出一双鳊鱼脚，有些美中不足。"唐寅道："你懂得什么？西子王嫱都是大脚，只要面貌好，脚大些有什么妨碍。还有第二起呢？"那丫鬟道："第二起便是祝大娘娘和沈二娘娘。"唐寅道："沈二娘娘是谁？"那丫鬟道："听说是嘉兴沈大爷的二娘娘，相貌很好，人也是很和气的。"唐寅道："再有谁呢？"那丫鬟道："第三起便是文二爷的家眷了。大娘娘杜月芳，二娘娘李寿姑，三娘娘柳儿。三位中间，自然是大娘娘生得最美，二娘娘也不弱，三娘娘是大娘娘的侍婢，人是很玲珑的，眼睛里也会说出话来。我们九位娘娘，都伴着她们在八谐堂上讲话。单是这几位娘娘，已是花蝴蝶的一般，看得人眼花缭乱，还有带来的丫鬟，个个穿绸着缎，插花戴朵。"说时掐着指头算道，"周府的丫鬟八名，祝府的丫鬟三名，沈府的丫鬟两名，文府的丫鬟六名，还加着我们家中的姊妹，可以排得丫鬟阵了。"唐寅道："你可知道这许多女宾为什么不先不后，都是今天到来？"那丫鬟道："只为我们的九娘娘名望太大了，她们到来，一是贺喜，二是看看我们这位九娘娘怎样地千娇百媚、比众不同。"唐寅道："她们见了九娘娘，可有什么批评？"那丫鬟道："眼睛是人人都有的，见了我们九娘娘，个个称赞不置。周府大娘娘王秀英、文府大娘娘杜月芳，尤其和我们九娘娘一见如故。彼此拉着九娘娘的一只手，都说好像和我们九娘娘认识过的一般。"唐寅道："九娘娘怎么说呢?"那丫鬟道:"九娘娘说:'小妹和二位嫂嫂也像在什么地方遇见过的一般。'我们大娘娘在旁笑道:'看来你们三人彼此都有缘分,首次相逢,便似曾相识起来。'周府大娘娘忽地提起一件事,却使我们九娘娘谦让不迭。"唐寅惊问道:"提起的是什么事?"那丫鬟道:"提起的便是拜把子,她们三个人要想结为异性姊妹。文府大娘娘听了,也很愿意。只有我们九娘娘却谦让起来。她说周家嫂嫂是兵部千金,文家嫂嫂是翰林爱女,都似天上神仙一般。小妹只是一个泥中婢子,相去天远地隔,二位嫂嫂这般说,岂不折杀了小妹。但是九娘娘越是谦让,两位少夫人越是要和九娘娘结为异性姊妹。她们都说:'天上神仙怎及你泥中婢子,你若不肯,便是瞧我们不起了。'九娘娘情不可却,方才应允。听说要拣了好日,在我们家中演一出桃坞三结义呢。"唐寅摸着鼻尖道:"好一个桃坞三结义,这个名目题得很好啊,是谁题的?"那丫鬟道:"大娘娘说的,你们既是一见如故,拣个好日,便在我们那边演一出桃坞三结义吧。"唐寅点头道:"妙也,有了桃园三结义,便有桃坞三结义。桃园三结义,是英雄结义;桃坞三结义,是美人结义。"

丫鬟见他不痴不癫,只把鼻儿乱擦,笑说道:"大爷不用擦鼻尖了,擦得皮肤都红,成了一个赤鼻子,便不好看。"唐寅道:"休得胡说,我且问你,今天来的众美人中间,哪个最好?"那丫鬟道:"好是个个都好的,不过人怕人比人,货怕货比货。沈府的芙蓉二娘娘,单独看时,倒也不恶,一比便比掉了。她的面貌虽好,身段不佳,怎及文府的柳儿三娘娘身材飘逸,走路时如惊鸿飞燕一般。但是面貌清瘦,怎及周府的素琴二娘娘,面庞圆满,一笑两个酒靥。只是裙下太不入时,生了西子王嫱的大脚,怎及祝大娘娘这般金莲窄窄,走路很有大家风范,端的不愧是云里观音。可惜年龄稍长,又加着新添官官,她的面貌不免憔悴一些,怎及文府的李寿姑二娘娘,年纪又轻,面貌又美。只可惜说话的略带一分鼻音,自不及文府杜月芳大娘娘,她是翰林的爱女,才学又好,面貌又佳,难怪文二爷为着她梦魂颠倒,非得要她做夫人不可。杜月芳大娘娘果然很好,但是和周府的王秀英大娘娘站在一起,王秀英大娘娘益发好了。但是怎样地益发好了,叫丫鬟也难以形容,只觉得杜月芳大娘娘考中探花,那王秀英大娘娘便得比她高上一级,考中榜眼。"唐寅道:"有了榜眼探花,还有状元是谁?"那丫鬟道:"状元是谁,便是我们的九娘娘。不瞒大爷说,杜月芳大娘娘单独站着，杜月芳便是状元，王秀英大娘娘单独站着，王秀英便是状元。唯有和我们九娘娘并站一起，那么状元属于我们九娘娘，她们两位，只好一个是榜眼，一个是探花了。"唐寅听到这里，乐极忘形，竟把猫耳朵塞入老虎鼻孔里去。这句话须容著者注解了，怎么叫作猫耳朵塞入老虎鼻孔里去？只为唐寅一面和丫鬟讲话，一面洗脸刷牙，吃参汤，进点心。今天所进的点心是一种面制点心，形似猫耳，用着鸡汤同煮，俗名唤作猫耳朵。唐寅且吃且听她品评这女界三鼎甲，她说的果然是当日扁舟追踪的秋香，这一喜非同小可，一时自忘形骸，竟把送入口中的猫耳朵送到鼻孔里去。猫耳朵送入虎鼻，不但丫鬟好笑，唐寅自己也觉好笑起来。

待到点膳完毕，丫鬟便替他理发整冠。唐寅道："时候不早，要忙着去安排筵席，款待嘉宾。"那丫鬟笑道："若待大爷去安排一切，扁担粗的面也被你弄糊涂了。大爷昨夜一觉，睡到这时候才想起身，你睡得正熟时，大娘娘已按部就班，一桩桩一般般替你安排好了。"唐寅好生感激家有贤妻，做丈夫的便省却多少心力，却把昨夜骂她是妒妇这一句话在良心上自行取消了。正在说话时，却听得楼头呼道："鹦哥姊，可是和大爷讲话，大爷可曾舒齐吗？舒齐了，下楼陪客。"鹦哥道："大爷正待要下楼了，银菊妹子，外面来的谁人？"银菊道："嘉兴沈大爷、杭州周二爷、本城文大爷，以及昨夜饮酒的祝大爷，都来了。"唐寅便唤鹦哥收拾房间，自己却整着衣巾，自去招待来宾。文、祝、周三人都是熟不拘礼，唯有沈达卿难得到来，须得殷勤晋接，才不失主人之礼。他打从备弄中经过八谐堂，略揭门帘，窥一窥里面的女宾。银菊跟着下楼来，悄悄地告诉主人，和九娘娘并坐的两位美人，便是周、文两家的大娘娘，那穿银红镂金衫的便是周大娘娘王秀英，那穿葱绿蝴蝶衫的便是文大娘娘杜月芳。唐寅见了，暗暗称妙，若没有这位女状元陪坐在旁边，王秀英和杜月芳端的可以唤作闺媛领袖、仕女班头。可见小周、小文的艳福虽通，但是区区总比他们稍胜一筹。他又微揭门帘向那边窥这一窥，除却云里观音识面以外，其他不识面的美人，料想便是李寿姑和柳儿、素琴、芙蓉一辈闺眷了，加着自己的九位娘子，和她们错综地坐着，真叫作桃腮和杏靥争辉，玉貌与雪姿比色，这座八谐堂竟变作美人堂了。正待细细地赏鉴秀色，却见唐兴在备弄中叫唤道："大爷快到园中去，祝大爷、沈大爷、文二爷、周二爷都在宴白亭中，等候大爷去谈话。"唐寅怎敢怠慢，便到园中去，和好友相会。

这宴白亭是引用李白春夜宴桃李园的典故，为着亭子四周，遍种桃花。这时候又是上巳初过，春光未去，李白说的"阳春召我以烟景，大块假我以文章"，恰恰地替他们写照。唐寅到了园中，未见人面，先闻笑语；艳艳的桃花，开放正盛，这笑语声音，都从桃花林中透出。唐寅闯入林中，连称："诸位光降，恕小弟不曾倒屣。"沈、文、周三人都说"不敢不敢"，于是各各整衣上前，向唐寅连连拱手，口称："恭喜恭喜。"唐寅笑道："小弟也要向诸位恭喜，一贺达卿兄纳宠之喜，二贺徵明兄箱中之喜，三贺文宾兄看灯之喜。"文、周二人听得语中有因，都向老祝说道："你好你好，托你守秘密，你却告诉了小唐。"老祝笑道："说说何妨，风流佳话，可为知者道，难与俗人言。小唐是我们知己，不在隐瞒之列。"文宾也向唐寅取笑道："子畏兄，我有一个笑话在此。苏州城中有三位书生并坐谈古，大家都是羡慕古代的忠臣义士，竭力地替古人捧场。第一个书生道：'精忠报国，痛饮黄龙，我捧岳飞。'又一个书生道：'麻衣草诏，十族全诛，我捧本朝方孝孺。'又一个书生，搜索枯肠，才想着晋朝血染锦衣的卞壸，但是他读了别字，不把壸字读作壸教之壸，却把壸字少看了一画，误认是个壶字。他道：'小弟不捧别人，小弟只捧着便壶（卞壸之误）。'"说罢，拍手大笑。沈达卿道："文宾兄太开玩笑了，不怕子畏兄脸上难堪。这叫作'王胖子投井——下不过去'。"唐寅道："什么便壶不便壶，我不明白。"文徵明道："这是老祝造的谣言，他向文宾兄说：'昨天到东亭镇上，眼见你捧着华老的夜壶在河滨洗涤。'文宾兄信以为真，才编个笑话，把你取笑。"

于是彼此一笑，分宾坐定，便商议对待华老的方法。枝山道："今天冯良材来看我，他说华老今天一定到来，但是华老曾向冯良材再三探听，明日陪坐，可有祝枝山在内。听着华老的口气，他似乎已知道我祝某的厉害，若有祝某在座，他一定不敢到来。"周文宾道："华老在少年时，和王本立齐名，一时有华龙王虎之称，怎么到了晚年，却这般畏首畏尾，辜负了华龙的佳誉。"唐寅道："这便叫作'恶龙难斗地头蛇'啊！"枝山道："六月债，还得快。你便要报那便壶之耻了。"文宾道："冯良材怎样回答华老？"枝山道："小冯也是玲珑剔透的人。他说：'明日陪宾，不过沈达卿、周文宾、文徵明三人，祝某是不在其内的。'华老听了，方才慨然允诺，今天午刻，到这里来赴宴，以便子畏向他负荆请罪。我又通知杜老，要是华老预备动身时，先遣仆人到来通个消息，以便我们有个准备。"宴白亭中正在谈论华老，忽地杜翰林府中的杜升前来通报消息，说太师爷已在整理衣冠，预备上轿出门了。正是：

扫径最难佳客至，迎门端赖主人贤。

欲知后事如何，且看下回分解。

第四十二回

宴白亭祝枝山设计
轮香堂华相国坐茶

杜升报告消息，说华太师已准备出门，将到这里来赴宴。又说，太师爷曾有宣言，名曰赴宴，实则来受唐大爷的负荆请罪。要是唐大爷不向他老人家叩头乞恕，他老人家便要取出卖身文契，把唐大爷当作逃奴看待，捉回东亭镇，用家法板处治。我们老爷在旁苦苦相劝，请他老人家不须动怒，到了桃花坞，唐大爷自会向老人家道歉。太师爷又有宣言，到了这里，不是寻常道歉便可了事，须得当着大庭广众，唐大爷依旧做那家奴打扮，头上顶着家法板，膝行上前，听凭太师爷的处责。他老人家才肯大发慈悲，宽恕唐大爷的既往，勉励唐大爷的将来。我们老爷派遣小人来预先通知，待到太师爷到来，须得顺他的意旨，休把这事弄僵了。枝山道："知道了，你回去便是了。"

杜升去后，唐解元的面上有一种为难的情形，频搓双掌，在那里呆呆不语。枝山笑道："你呆什么，快去更衣，顶着家法板，在我们面前演习一回，和礼部堂上演习仪注一般。"唐寅道："老祝，这不是说笑话的当儿，倘使华老真个要我弄这玩意儿，万万不能。"枝山道："你不能，便怎样？"唐寅喃喃地套着《孟子》道："我视弃家室，犹弃敝屣也。窃负而逃，遵海滨而处，终身欣然乐，而忘家室。"枝山道："好好，你便窃负而逃，你的背上也负不得许多人，只好负着你所心爱的秋香。其他八位美人做何办法，还是叫她们各逃生命呢？还是叫她们择其善者而从之？"文徵明忙道："老祝留心着，跋扈将军来了！"枝山一怔道："谁是跋扈将军？"徵明道："跋扈者，拔胡也。你这半边胡子，已经拔胡将军拔去，你若胡言乱语，只怕那一边的胡子也要变作牛山濯濯。"枝山瞪了一眼道："小文，你是老实人，今日里也会‘干狗屎发松’，区区的半边胡子，但拔何妨？好在有了定价，也不过在损失单上加上了一笔银子。"沈达卿道："不要说笑话了，华老行将到来，快快按着枝山兄的锦囊妙计次第施行。"于是笑声停止，准备着欢迎华老入门。当时议定步骤：沈达卿出门迎宾，文徵明、周文宾二人陪着坐茶用点。大门洞洞开放，从门口直至大厅，两旁站立着许多罗帽直身的俊仆。这一辈俊仆，有的是唐府家奴，有的是临时向亲友家雇用的，其名唤作拆管，都是齐齐整整地站班相候。另遣两名伶俐仆人，便是徵明所带的文祥、枝山所带的祝童，在遮堂门后听取消息，一来一往地轮流报告。提及祝童，须得附带声明几句话：他到了杭州，便在三月初一日和周府的丫鬟锦葵成婚，为着周文宾挈带家眷，要到苏州来上花坟，所以祝童结婚以后，便带着锦葵一同赴苏。唐伯虎在苏州成就了三笑姻缘，祝童在杭州也成就了荷包姻缘。今天祝童夫妇都在唐宅。祝童奉着主人差遣，和文祥同在遮堂门后打听消息，锦葵跟随着周府少夫人在内堂听候使唤。好在唐府的大厅轮香堂，经着陆昭容大娘娘指派家奴，整理得富丽堂皇，真叫作昨日今朝不大同。昨天摆设的佛堂痕迹完全收拾净尽。黄纸匾额已扯去了，"慈光普照"四个字已不知去向了，只有"轮香堂"三字匾额拭抹一新，写的鲁公笔法，落款的名字便是守溪王鏊书。唐寅所题的西贝佛堂平头诗早已刮去，所有屏条字画重行张挂，而且张灯结彩。厅堂上所有的器具都已焕然一新了：堂中一席排设着三十二只水晶盆子，都是高高地装着水果和细点；居中设着太师椅，铺着红缎椅靠，款待这位其尊无比的华鸿山华老太师。门前先派着迎候的人，非但对于华老待若神明，便是华老带来的家丁，也有唐兴、唐寿做招待员，另在一处备着八色茶盆，竭诚款待。

无多时候，华平、华吉跟随着华老的大轿，已从城隍庙前径向桃花坞唐府而来。坐在轿中的华老怀抱着一腔怒意，准备见了唐寅，大大地把他训斥一顿。好在卖身文契随带在身，他若不服，见了这张文契，也只有俯首受骂，作声不得。比及将近唐府，却听得道旁的人三三五五地议论，说今天唐解元府中接待贵宾，从昨夜到今日忙个不停，大门洞开，童仆们从门口直达大厅，两旁站立足有五十多人。华老听了，已觉奇怪，为什么有如许的排场？谁知苏州人说话无非"杀半价"，说有五十多人，实在不过二十多人罢了。那时华老的十成怒气已消去了一成，以为唐寅既然这般地款待老夫，那么老夫对付他也须稍留余地。轿儿进了解元府第，乐工们奏动音乐，侍立的家丁们个个垂手低头，毕恭毕敬。专迎贵宾的沈达卿已恭候在轿厅上面，待到华老出轿，早已抢步上前，一躬到地，口称"晚生沈达卿恭迎老太师"。华老和沈达卿也曾会过数面，知道他是嘉郡名士，在江浙文坛中也是一位斲轮老手，连忙答礼不迭，口称："老夫来到这里，探听一个失踪人消息，何劳足下出迎。逃……"说到逃字，华老的意思是要说逃奴如何，转念一想，不要太过分吧，唐子畏虽然可恶，毕竟有些亲戚关系，不好直呼他逃奴，想到这里，便把逃字转到唐字，好在逃字和唐字，只不过一声之转罢了。当下捋着胡须问道："唐子畏何在？"沈达卿笑道："敝友唐子畏冒犯虎威，端的罪在不赦，今天本待出迎，但是出迎以后，便亵渎了老太师的尊严。"华老道："这倒奇怪，怎么一经出迎，便会亵渎了老夫？"沈达卿道："敝友出迎以后，便是自居主人，却把宾礼款待老太师，这不是亵渎了老太师的尊严吗？因此央求晚生代为出接。待到少顷坐席以后，便请老太师朝南坐着，敝友用着很隆重的典礼，向老太师伏地请罪。"华老听得"隆重典礼"四个字，知道少顷唐寅出见，一定参酌着面缚衔璧的成规、负荆请罪的先例，顶着家法板膝行上前，他或者已承认了。想到这里，又把十成怒气消去了一成。那时沈达卿陪着华老，先在旁边花厅上少坐。华平、华吉两书童自有唐兴、唐寿领着款待，送茶送点，格外殷勤，却叫平、吉二人心中不安，但愿自己的主人不要和这里的主人为难才是道理。且说沈达卿陪着华老略叙寒暄，伺候的仆役献茶的献茶，献汤的献汤。先上了富贵汤，是枣脯和桂圆拼合而成；后献的连贵汤，是莲子和桂花拼合而成。沈达卿道："这是敝友的一些敬意。富贵汤，是祝颂老太师大富大贵；连贵汤，是希望两位公子同步青云。"华老捋着长髯道："他倒还记得书房中的公子。"说时，怒意又消去了一成。因为提及儿子，便想到开通茅塞，唐寅确有指导之功，十成怒气只剩了七成。便向沈达卿说道："足下既和子畏深交，子畏的一切行为，料想深知其细，从来名士风流，未尝无人，不过似子畏这般风流放荡，未免太过分了。"沈达卿道："不但老太师责他放荡，便是晚生等见了子畏，也曾极言忠告。不瞒老太师说，昨天子畏回来，内外交谪，备受窘迫。外则受谪于朋友，内则受谪于室人。他一时自怨自艾，闭着门户，悬梁自尽。幸而众人觉察，破扉入内，才把他解救下来，悠悠苏醒。今天敝友困惫已甚，头目晕

302

眩，日高三丈，兀自睡在床上。但是敝友说起，待到老太师坐席的时候，敝友无论如何，总得匍匐堂前，向老太师泥首请罪。"华老点头道："子畏的为人，又是可恨，又是可怜，但愿他从此忏悔了吧。做了念书人，心术不正，便辜负了自己的锦绣文章。"说这话时，颜色渐霁，十成怒意，只剩六成。沈达卿又道："今天敝友邀了文衡山、周文宾两解元，奉陪老太师在大厅上用茶点。"华老道："这又何必呢，茶点已在这里用过了。"沈达卿道："今天老太师光降此间，敝友认为无上的荣宠，现在只算暂做休憩，还没有上堂坐茶，稍尽敝友的敬礼。老太师请在大厅上坐，文、周两解元候久了。"华老忆及昨天要和衡山闲谈，偏是他没有工夫，陪着周解元踏青去了。今天文、周两解元同做陪宾，总算有幸之至。便即离座，由着沈达卿做引导员，引至大厅上面。

　　阶下乐工，一齐奏乐，在那笙歌声中，文徵明、周文宾抢步上前，请华老在轮香堂上堂皇高坐。华老奇怪起来：自己是来做宾客，又不是来做他的老子，哪有厅堂上面居中设席，自己面南而坐的道理？当下辞让起来，不肯就座。周文宾不比文徵明忠厚，他的心思有时不在老祝之下。但看在杭州乔扮乡姬，赚取老祝书扇，他的口才便可想而知了。他见华老逊让，便即语里藏机地说道："老太师德望巍巍，是此间的泰山北斗，倘不朝南而坐，叫敝友唐子畏怎能心安？"华老笑道："周孝廉太把老夫抬举了，恭敬不如从命，只好有僭了。"说罢，向南坐上。文、周两解元便在左右相陪。华老心中，十成怒意已消释了一半。谁知周文宾的说话异常狡狯，他说泰山北斗，着眼在泰山二字。他既声称华老是此间的泰山，分明说华老是唐寅的丈人峰，还加一句"倘不朝南而坐，叫唐子畏怎能心安"，表面上是恭维之言，实则这朝南二字很不好听。苏州人有一句刻薄话，把"朝南乌龟"四字当作岳丈的代名词。华老吃了盐块，还没有知晓。派在遮堂后面窃听消息的祝童早已听出其中的骨子，一溜烟跑到花园中，在唐、祝面前详细报告。枝山点了点头，叫他再去探听。祝童去后，枝山笑向唐寅说道："华老已承认做'朝南乌龟'了，停一会子，你去拜见你的丈人峰吧。"抛下园中，再说轮香堂上高坐的华老太师，见他们款待的礼式异常隆崇：仆人献茶，都是趋步上前，手托着茶盘，在席前跪献，然后由旁侍的家人接取在手，分送宾主；三十二只高脚水晶盆，满满地盛着时鲜果品、精巧干点，文、周二人把来一一敬客。华老道："文孝廉，那天光降敝庐，老夫很觉接待不周，当时匆匆便去，不肯稍做勾留。听说要往镇江一带游玩，怎么又不曾去，却已早返吴门？"徵明沉吟了片晌，便道："那天趋府参相，在吉甫堂上面聆教训，非常荣耀。临行时又蒙老太师厚赐赆仪，更深感激。本待往游金焦二山，只为祝枝山临时变计，惮于远行，以致不克远游，折回苏郡。"华老笑道："文孝廉啊，不是老夫倚老卖老，有几句逆耳忠言，请你详察。"徵明欠身答道："老太师肯施教训，小子自当洗耳恭听。"华老道："这位临时变计的祝孝廉，端的诡计太多了。那天他在老夫家里，信口胡言，哪有一句真实的话。似这般言而无信，大非端人正士所为。老夫接谈之下，便不愿和他再见。听说文孝廉和枝山很是莫逆，可知道'入芝兰之室，久而不闻其香，习与俱化；入鲍鱼之肆，久而不闻其臭，也是习与俱化'？枝山有毒蛇之称，更比鲍鱼可怖，文孝廉合该早与绝交，免受其累。老夫是一片好意，昨天曾经和令岳谈起这件事，今天又向足下面进忠告。'良药苦口利于病，忠言逆耳利于身'，足下切勿当作老生常谈，才是道理。"

徵明诺诺连声，不敢替老祝剖白。周文宾忽地连连念着"良药苦口利于病，忠言逆耳利于身"，点头拨脑，好像有什么感想一般。华老道："周孝廉连声念这两句格言，敢是效法'子路终身诵之'吗？"文宾道："晚生偶尔想起昨天枝山也曾道过这两句格言，他说，那天祝某见了老太师，也是一片好意，面进忠告，'良药苦口利于病，忠言逆耳利于身'。可惜老太师不曾俯纳忠言，以致上了唐寅的大当，发生男女矞夜私逃的事。要是听了祝某的忠告，便没有这般事发生了。"华老道："枝山那天在吉甫堂上，只是无中生有，架起空中楼阁，何曾有一句忠实之言？老夫素来谦恭下士，他有忠言，断无不受之理。诗云：'先民有言，询于刍荛。'刍荛之言尚且可以采纳，何况一榜解元乎？只是他没有忠言相告罢了。"文宾道："可惜枝山没有在座，否则请他把所进的忠言申说一遍，老太师听了便可豁然。"华老笑道："周孝廉，你休相信他的言语，他怎有忠言告人，总是一片胡言。"文宾道："老太师听察，不是晚生袒护着枝山，论到他的为人，确是很有热心的。对于年高德劭的元老，尤其不敢放肆，一定开诚布公，说几句忠实的话。人家只道他存心欺诈，却不知道他的欺诈分明因人两施。遇着欺诈之徒，他便以欺诈待之；至于老太师这般盛德巍巍，名闻朝野，他非但不敢欺，而且不忍欺。他告诉晚生，说那天在吉甫堂上，确有几句苦口忠言，只可惜老太师听而不闻，以致辜负了枝山的一片好意。"华老听了半信半疑，便问文宾道："他端的道些什么来？"文宾道："那天晚生没有和枝山同上华堂，他的说话，晚生但据传闻，并未目击情形。好在衡山兄和他同日参相，他说的什么忠言，老太师只问衡山兄便是了。"华老果然回转头来，笑问道："文孝廉，那天吉甫堂上你也在座，枝山有没有忠言相告，只怕没有吧？"徵明吞吞吐吐地道："有是有的，但是小子受了老太师的教训，枝山便有忠言，小子也疑他是作伪，所以不敢告禀。"华老道："是真是伪，老夫自会知晓，文孝廉尽把他的忠言申说一遍。"徵明道："老太师听禀。那天登堂谒相，一者问问老太师的起居；二者为着子畏兄失踪半载，曾有人秘密相告，说他在相府中充当书童，此来也好物色子畏，劝他早日回去。小子曾和枝山秘密商议：'要是遇见子畏，是说破的好，是含糊的好？'枝山道：'这是两难的事，说破呢，叫子畏当场出丑，似乎对不住好友；含糊呢，好友分上对得住了，但是帮着子畏欺骗你这位盛德巍巍的老太师，未免于心不安。'"华老点头道："这也虑得很是，后来可曾商定什么方法？"徵明道："后来枝山想定了一个计划，他说宁负好友，莫欺贤相。老太师天上星辰、人间吉甫，我们后生小子，理宜开诚布公，说破相府中的华安便是唐寅变相，好叫老太师预为之计，莫把他当作真个书童。"华老道："既这么说，为什么不道破机关？"徵明道："那天吉甫堂上，枝山见了子畏，曾经两度点破机关。第一次枝山问了子畏的姓名，知道他改称康宣，康和唐相似，宣和寅相似，枝山劈口便说很像很像。他分明在说，这不是康宣，是唐寅啊，唐寅和康宣，很像很像。他以为老太师听了这蹊跷的话，一定可以从康宣相像的字，悟出康宣便是唐寅。可惜老太师不曾注意及此。"华老点头道："那天老祝确有这句话。但是老夫素性爽直，怎会猜这哑谜儿，他既要道破机关，何不直接爽快地向老夫进言，为什么隐隐约约，弄这玄虚？"徵明道："枝山为着老太师不曾注意及此，他第二次点破机关，便直接爽快地向老太师进言了。那时子畏站立在老太师背后，老太师问及子畏，枝山便指着老太师的背后说道'唐寅在这里'，说了两遍，老太师回头两次，可惜都被子畏躲去，依旧不曾看破机关。"华老点头道："枝山果然这般说，但是老夫为着他胡言乱语，不说真话，因此疑他和老夫开玩笑。他既然自称直接爽快，为什么老夫问他唐寅在哪里，他又说是扇面上落款的唐寅呢？"徵明道："老太师只管和枝山觌面谈话，谁知站在老太师背后的唐寅向枝山扮着鬼脸，一会儿努起眼睛，一会儿捏着拳头。枝山虽是短视，不过那般摩拳擦掌的情形，他也有些觉察，因此他才不敢直言，只说是扇面上落款的唐寅，把这事支吾过去。这是枝山不得已的苦衷，老太师须得格外原宥。"华老沉吟了片晌道："那么老夫错怪着枝山也，他既经两番通知老夫，那么这次上了唐寅的当，老夫之咎，非枝山之罪也。"正在谈论时，忽地里面传出消息道，请太师爷在八谐堂上坐席，以便新郎、新娘向太师爷谢罪。华老正待谦让，文、周两解元却已离座相陪，一定要请太师爷到八谐堂上去用午膳。华老觉得却之不恭，只得请文、周两解元引路，同到内堂赴宴。正是：

两部管弦三月饮，一般裙屐六朝人。

欲知后事如何，且看下回分解。

第四十三回

平头文契签押六如
捧腹文章清空一气

运筹帷幄的祝枝山，和沈达卿、唐寅同坐在宴白亭中，一面探听消息，一面静待时机。唐寅道："老祝，须得你和华老会面以后，仗着你的滔滔雄辩，才好使华老返嗔作喜，不和区区为难。"枝山笑道："小唐，火到猪头烂，何用性急。华鸿山对于我老祝，恨得牙痒痒的，要是遇见了我，便要拂袖而去，不交一语，那么这件事便弄糟了。现在用着釜底抽薪之计，借重达卿、徵明、文宾三人和他敷衍，解他的火气。"达卿道："鸿山下轿的时候，满面都是怒容。我把他迎了进来，说了几句恭维的话，他的怒容已消释了一半。看来这位老太师却是好好先生，依着枝山兄的锦囊行事，他一定入我的彀中。"枝山笑道："若不是好好先生，怎么小唐会在他相府中住了半载有余，却没有认出这色鬼的本来面目？要是我做了华鸿山，休说半年，便是半天也瞒不过我，立时把那假书童按倒在地，剥去裤儿。他想发我丫鬟的魇，我便即以其人之道，还治其人之身。"沈达卿摇手道："这不是取笑的时候，你看文祥又来报信了。"枝山道："这里便是中军帐，探子快快报来。"文祥忍笑说道："华相爷正和我们二爷谈话，谈起你祝大爷。"枝山道："谈些什么？料想没有好话说出。"文祥道："他说你大爷不是好人，他劝我们二爷不要和你往来。"枝山道："为什么不要和我往来呢？"文祥道："华相爷还喃喃地背着几句诗，小人听不明白，大约把你当作一种臭鱼看待。但是鱼的名目，小人有些模糊了，好像把你比作爆鱼。不过小人想起爆鱼，是用油爆的，不会臭的啊，敢怕不是吧。"枝山道："你听不明白，他说的'入鲍鱼之肆，久而不闻其臭'。"文祥伸了伸舌头道："祝大爷，你的耳朵真长，华相爷确是念这几句诗。他还有一句不好听的话，他说你的死蛇臭，比着鲍鱼还臭。"枝山道："放屁。"文祥道："这是华相爷放的屁，和小人无干。"枝山道："我不罪你，再去探听，随时来报告。"文祥去后，唐寅笑道："你要取笑我，却被华老取笑了。"枝山道："由他取笑，我自有报复之道。"停了一会子，祝童又来报告道："亏得文二爷竭力替大爷申辩，华相爷不怪大爷，却怪自己了。他说上了唐大爷的大当，咎在自己，不在你大爷。你大爷本是很热心的，曾经两度点破机关，华相爷自己粗心，不曾留意及此，他现在自己知懊悔了。"枝山笑道："那么老祝出场的机会不远了。"便令祝童通知内堂，快去请这位老太师在八谐堂上赴宴，又向沈、唐二人说道，"我们也须按着锦囊行事了。"

按下运筹帷幄的祝枝山，且说文、周两解元陪着华鸿山直入内堂。其时八谐堂上已铺设得金碧辉煌，居中设着一桌山珍海味的丰盛筵席。定的位次，华老面南而坐，两旁四人恭陪，所有椅靠桌帏，都是大红绉纱洒金大枝牡丹，很有富贵堂皇的气象。恰才聚会的唐家九美、文家三美、周家二美，以及祝家一美、沈家一美，一共一十六位美人，都暂避在丹桂轩中。这丹桂轩便是第一回书中唐解元与文、祝、周三人饮酒行令的所在。丹桂轩便是八谐堂前的旁落房屋，距离是不远的，按下慢题。且说华老到了内堂，由陪宾的请他上坐，他坐在居中，上首坐的是沈达卿，下首坐的是文徵明、周文宾。每首坐两人，上首却空着一张座位。沈达卿道："老太师原谅，今天恭陪钧座，本定着祝、沈、文、周四人，只为老太师对于枝山稍有芥蒂，因此他恐怕老太师见了不欢，预先避席，陪座之中，少了一人，实在不恭之至。"华老笑道："便是祝孝廉一同饮酒，这又何妨。老夫听了文孝廉的话，所有芥蒂完全消释了。"徵明道："既是老太师海量宽容，枝山便不须避面了，听说他怕着老太师谴责，今天到了这里，只是躲在园中，不敢出面。"华老笑道："出面何妨，谁与他计较往事。"文宾道："老太师既然不咎既往，我们不如遣人去请他入席。"于是吩咐家人到花园中去请祝大爷入席。

无多时刻，祝枝山早已进了八谐堂，向着华老深深一揖，谢了那天馈赠川资，方才入座。家童们两旁敬酒，不须细表。酒过三巡，枝山假作惊讶道："老太师当朝柱石，如何下顾吴门，倒要请教。"华老道："老夫此来，为着寻觅唐寅。"枝山拈着短髭道："老太师要觅唐寅，为什么近处不觅，先到远处来呢？那天唐寅便站在老太师后面，晚生几回指点，老太师却是视之不见、听之不闻。"华老道："已往的事，现在不必说了。哪里知今日的逃奴，便是昔年的才子。唉！一做逃奴，便失却了才子的身价。祝孝廉，老夫为这分上，很替你们吴中才子可惜。"枝山道："恰才听得子畏说起，去年卖身做奴，不过游戏三昧，并没有什么真凭实据。"华老怫然道："祝孝廉，休得听那逃奴的妄言。卖身投靠，须立文契，文契现在，怎说没有凭据？"枝山道："子畏又曾向晚生说起，他虽然做了低三下四的人，却抱着一种光明磊落的态度。进门的时候，便把来意说明，出门的时候，又把姓名说破，中间还有题的小词、作的对仗，他又处处把自己的来意说明。不知老太师可曾处处理会？"华老道："他临走时的题壁诗，平头写着'六如去也'，这是有的。不过发现在他既逃以后，要是他早题了这首平头诗，老夫便可以看破机关，不容他这般猖狂无礼。至于他在题词中表明来意，是在去年描写观音时题的一首平头《西江月》，嵌着'我为秋香屈居童仆'八个字。不过题画时，老夫不在家中，这幅图画也在唐寅出走以后方才看见。要是早见了这首平头《西江月》，老夫便算糊涂，毕竟也会看破机关。可惜发现得太迟了。"

枝山道："听得子畏说起，每逢老太师出了上联，他对的下联总把他的来意说明，可是有的？"华老听了，很有些不好意思，只为"赏风赏月赏秋香"七字，明明是唐寅道破心事，可笑自己被他瞒过，反被二郎一言道破。他想到这里，便沉吟了片晌。枝山又催促道："老太师，这对仗可是有的？"华老是注重不欺功夫的，对于濂洛关闽四道学家的学说，都下一番深切的研究，便道："祝孝廉，说也笑话，这是八月中秋所出的对仗，他把'赏风赏月赏秋香'七个字，对那老夫的上联'思国思民思社稷'。其时老夫却被他瞒过，二小儿素性愚鲁，倒被他猜破机关。惜乎老夫固执己见，以为秋香二字并不指着上房婢子，反而斥责二郎，道他是徒读死书。"枝山道："子畏表明来意，不仅在中秋夜的对仗中间微露端倪。据他向我说，八月十三日，他进了相府，老太师便出对句，试试他的才情，其时相府中来了贵宾，老太师偶然触机，便出了一个上联，叫作'太史多情，快意人来千里外'，可是有的？"华老点头道："确有其事。"又向徵明说道，"这一天便是令岳到来。"徵明道："子畏兄对的什么句，怎样地自己表明着来意？"华老道："对句是很工的。"说时又搔了搔霜鬓，便道，

"老夫毕竟年迈了，这个对仗，三天前曾经想着，怎么便在口边，一时又想不起来。祝孝廉，他可曾说起是怎样对的？"枝山道："他对的'姮娥有约'，以下的句子老太师记得吗？"华老道："你提起这四个字，老夫便想着了，他对的是'姮娥有约，访秋香满一轮中'。其时正近中秋，他对的是应时对仗，并没有表明来意啊。"枝山道："老太师试诵一遍，便可以知道他的用意了。"华老道："他对的上四下七，上句是'姮娥有约'，下句是'访秋香满一轮中'。他只说些中秋故典，何曾表明来意？"枝山大笑道："老太师高才博学，怎么把子畏的对仗读了破句？"这句奚落语，又激怒了华老，遂即正色说道："祝孝廉休得胡言，老夫早登甲第，久掌文衡，便是周诰殷盘也不能把老夫难倒，何况这浅近对仗，不是上四下七的读法，怎样读法？"枝山道："老太师你读作上四下七，唐寅的来意容易瞒过，你读作上七下四，唐寅的志愿便可了如指掌了。老太师如不相信，且照着上七下四重读一遍。"华老道："重读何妨，上句七字，便是'姮娥有约访秋香'。"沈达卿和文、周两解元听了，也都大笑起来，都说这七个字便是子畏的供状，他的用意早已如见肺肝。枝山道："老太师读了这七个字，感想如何？"华老攒眉道："老夫上了唐寅的当了。当时读作'访秋香满一轮中'，访秋两字略停，香字和满字相连，因此他藏着婢女的名字，老夫可以被他骗过。"枝山道："这便是老太师一时失察了。"华老听了失察二字，好生难受，便道："祝孝廉且慢相讥，老夫忠厚待人，怎识人心险恶。'君子可欺以其方'，他便把这对句来尝试，其实呢上七下四的读法也叫作一时强辩。上句'姮娥有约访秋香'七字便算成立，下句'满一轮中'四字，如何解法？欠佳啊欠佳，不通啊不通！"枝山笑道："老太师，这四个字也有用意。子畏志在娶了秋香，在那轮香堂上圆满姻缘。老太师方才坐茶的地方，便是子畏的轮香堂，轮香二字，便运用'香满一轮中'的故典。"华老摇头道："老夫又不是神仙，怎会知晓唐寅七曲八绕的心思。况且他家中的大厅唤作轮香堂，真到今日才见，老夫又不会未卜先知。"

枝山道："子畏又向晚生说起，不但对仗上面表明来意，便是他亲写的一纸卖身文契，也曾表明来意。这不是他的卖身文契，这是他的志愿书啊。老太师如不相信，尽可遣发贵管家到相府中去拣出这张文契，子畏的志愿不难一目了然。"华老笑道："不须遣发家奴，这纸文契便在老夫身边。文契的格式虽有未合，但是写得明明白白，为着家况清贫，鬻身做奴，这便是唐寅的来意，并没有其他的志愿啊。"枝山道："老太师既把文契带在身边，便请一观，究属真相如何，不难水落石出。"华老便在袍袖摸出这纸文契，传给众人观看。确是唐寅亲笔，除却年月日和署名以外，分着四行缮写，每行二十二字：

　　我康宣今年一十八岁，姑苏人氏。身家清白，素无过犯。只
为家况清贫，鬻身华相府中，充当书童。身价银五十两，自秋节
起，暂存账房，俟三年后支取。从此承值书房，每日焚香扫地，
洗砚磨墨等事。听凭使唤，从头做起。立此契为凭。

枝山大笑道："老太师，你怎么'明察秋毫之末，而不见舆薪'？子畏题的平头诗、平头《西江月》都逃不过你老人家的法眼，唯有这纸平头文契，却没有看出破绽。"华老听到"平头文契"四个字，才注意到平头四个字，却是"我为秋香"，不觉又羞又愤道："这小子戏弄老夫，今天绝不和他甘休。'君子可欺以其方'，看文契时，总是直行看起，谁知他在横行里面弄这蹊跷。"枝山道："老太师且慢责备小唐，他不但在平头四字表明来意，而且他在最关紧要的地方也曾把来历说明，只是老太师没有留意罢了。"华老道："这又奇了，他在什么所在说明来历？"枝山道："请问老太师，这纸文契的紧要所在却在何处？"华老道："紧要所在，便在署名，他署的是康宣二字，谁知他是唐寅化名？"枝山道："署名不算紧要，更有比着署名还得紧要。"华老道："那便是签押了。"枝山道："子畏曾向晚生说起，署的名是康宣，签的押却是'唐寅六如'四字，不过写得花了一些，老太师你曾注意吗？"沈、文、周三人听了，彼此细认签押，确是一笔所出狂草，写着'唐寅六如'四字，不过笔画细如飞丝，须得仔细观看，才能认识。华老听了不信，重把这纸文契细细观看，不觉恼羞成怒道："可恶的小子，今天老夫到来，绝不和他甘休。"说时，把文契纳入袖中，依旧藏好了。枝山道："请问老太师怎样不和子畏甘休？"华老道："他不该欺侮老夫，卖身投靠。而且老夫待他不薄，更不该骗了婢女，贪夜逃走。"枝山大笑道："老太师善做反逼文章，明明是老太师欺了子畏，子畏并没有欺你老太师。明明是子畏待老太师不薄，怎说是老太师待子畏不薄？呵

呵，这真叫作'反装着门印子'了。"

华老听了，茫然不解，便要请道其详。陪宾的四人见华老停杯不举，急于解释这疑问，都说晚生们各敬老太师一杯，再行解释这疑问不迟。于是沈、祝、文、周各各敬了华老一满杯。华老饮干以后，再向枝山讨论方才的问题。枝山道："老太师怪着子畏相欺，道他不该更姓换名，前来哄骗你老人家。"华老捋着长髯道："诚哉是言也。"枝山道："但是据子畏说，并没有欺侮你老太师。所写的一纸卖身文契，既已表明来意，收处'从头做起'，他已点明从这平头四个字上做起，他又把'唐寅六如'四字签在契尾，算得光明磊落，'事无不可对人言'。你老太师把他收作家奴，填补华安的名字，罗帽直身，屈居皂隶。他又不曾接受你老人家的身价银，所以卖身银两完全存在相府中的账房，不曾支取分毫。便是逢时逢节，你老人家赏给他的东西，他一一封裹完密，并没有带回家中。论理呢，卖身为奴，须得受了身价银，才好把他当作奴才看待。子畏不曾接受身价银，却肯低头屈膝，受你老人家的呼来喝去，请问老太师，这是你欺侮了子畏，还是子畏欺侮了你？"华老默然片晌道："老夫早知道他是唐解元，绝不会把他充当家奴。"枝山道："老太师又来了，卖身以文契为凭，文契以签押为凭，他既已签着'唐寅六如'的花押，又平头写着'我为秋香'四字，又在收句写着'从头做起'四字的字样，老太师便该看出他是唐解元为着秋香而来了。"华老道："这算是老夫的疏忽，不过老夫虽把他充当书童，却没有薄待了他，自从他进了大门，便把他另眼看待。王本立老夫子辞馆以后，又把他拔升伴读书童，百般笼络，唯恐不至。谁料那天足下光降以后，他便存了异心，种种诡计，层出不穷，骗得秋香到手，便即去如黄鹤，全不想六个月来，老夫怎样地把他夸奖、把他赏拔、把他亲如子侄、把他爱若天骄。唉！祝孝廉，天下无情之人，无有逾于此者。老夫待他不薄，他却薄待老夫，怎说是反逼文章呢？"枝山道："既蒙老太师下问，晚生自当申明一切，不过老太师又是停杯不饮，却叫晚生等不敢贪杯。"华老道："好好，老夫且来浮个大白。"当下又干了一杯酒，便道，"祝孝廉请道其详。"枝山道："晚生斗胆，先要动问老太师，儿子和婢女，究竟是谁亲谁疏？"华老道："这有什么怀疑呢？自然儿子亲，婢女疏。"枝山道："否否不然，祝某以为老太师待婢女甚亲，待令郎甚疏。"华老道："祝孝廉熟读《国策》，又套袭着触龙见赵威后的语气来和老夫问难。

312

但是老夫不是赵威后，秋香又不是燕后，两个小儿也不是长安君，祝孝廉拟于不伦了。"枝山道："老太师且听晚生细道其详。晚生为什么说老太师厚待婢女，薄待令郎呢？据子畏说起，自从老太师把他拔充伴读以后，他便感恩知己，对于两位令郎的文学百般开导、百般诱掖。从前延请老夫子时，公子们读书多年，进益甚少，一经子畏伴读以后，公子们的文思便即滔滔不竭，和昔日大不相同。"华老点头道："诚然诚然，唐寅之功，未可抹杀。他既向足下道及小儿，他可曾说儿辈的文字怎样地和昔日大不相同？"华老说到这一句，笑容可掬，原来父母有爱子之心，听得人家称赞他的儿子，当然笑容满面了。沈、文、周三人都敬了一杯酒，枝山慢慢地说道："据着子畏说起，公子们在六个月前所作的文字，恰是清空一气。自经子畏指导以后，现在公子们的大作，也是清空一气。"华老笑说道："祝孝廉弄错了，只怕儿辈现在的文字或者清空一气，昔日的文字绝不会清空一气。倘如祝孝廉说，六个月前是清空一气，六个月后依旧是清空一气，那么儿辈的文字进步何在？"枝山道："同是清空一气，却分两般解释：六个月前的清空一气，是文字荒谬的清空一气；六个月后的清空一气，是文字进步的清空一气。六个月前的清空一气，是在清早空肚的时候，读了公子们的文字，不觉胸头一气；现在的清空一气，便是笔笔清顺，句句凌空，前后一气，和昔日大不相同。"说到这里，博得在座的都笑。华老尤其快活，掀髯大笑不止。只这一笑，把胸头的剩余的五分怒意完全抛为乌有了。正是：

三杯权作扫愁帚，四座咸开含笑花。

欲知后事如何，且看下回分解。

第四十四回

红粉两行恍入女儿国
金尊三献欢饮寿星杯

同是清空一气的四字评语，半年以前的清空一气，和半年以后的清空一气，相去何啻霄壤。一经枝山解释，喜得华老霁色顿开，喜得华老心花怒放，喜得华老口中爬出许多活蟹来。华老口中哪里有活蟹爬出？只不过嘻哈嘻哈的一片笑声，嘻哈二字和江南人说的活蟹相似。周文宾趁这机会又来敬酒，口称老太师持螯饮酒，何妨多用几杯。华老笑道："周解元弄错了，这是三春，不是九秋，饮酒则有之，持螯则未也。"文宾道："活蟹便在老太师口头，怎说没有？"华老又是几声活蟹，酒落欢肠，一饮而尽。论到华老素性方严，后生小子和他戏笑，他便要板起面孔，连称岂有此理。但是现在则不然，一者听得人家夸奖他的儿子，万不料两个踱头也有清空一气的日子；二者酒到半酣，兴致正好，便有谑词，他也不会和人家认真起来。周文宾敬酒以后，达卿、徵明、枝山又须各贺一杯，都说恭贺两位公子文运亨通，指日飞黄腾达，直上青云。华老口称承蒙谬赞，又连干了三杯，所有对于唐寅的愤怒完全付诸九霄云外了。

停杯以后，又问枝山道："祝解元，你说老夫厚于待婢，薄于待子，还不曾申说明白，倒要请教。"枝山道："老太师听禀，晚生说老太师薄于待子，为着爱其子必敬其师。子畏虽不是府上所延的西宾，但是半载以来，和令郎切磋琢磨，竟能脱胎换骨，造就到这般地步，他的功劳，竟和良师一般。老太师既有爱子之心，便该优待子畏，如孟尝君之于冯谖，平原君之于毛遂，尊为上客，不以家奴相待，所有贱役完全豁除。老太师厚待子畏，便是厚待令郎，才不失却'爱其子必敬其师'的道理。"华老道："祝孝廉错怪老夫了。自从唐寅伴读以来，老夫早已把他特别相待。除却

314

伴读以外，所有贱役完全豁除。"枝山大笑道："老太师，你竟老当益壮了，你的说话，竟似年轻人的口吻。"华老听了，又是茫然不解。枝山道："老太师有所未知，苏州人的老俗话叫作'嘴上无毛，说话不牢'。今天在座诸人，沈、文、周三人都是嘴上无毛，他们的说话偶尔脱节，这是不足为奇。至于老太师长髯过腹，一言一语，自然都成信史。便是晚生年龄尚轻，却已于思于思，晚生的话，也不敢凭空撒谎。"华老捋着长髯道："难道老夫说谎了吗？"枝山道："老太师啊，你说把小唐的贱役完全豁除，为什么那天晚生和衡山登堂参相，老太师却唤小唐出来送茶呢？"这一句话堵住了华老的嘴，只好向枝山呆看，肚里寻思："真叫作一点水滴在油瓶里，平日不遣伴读书童捧茶敬客，偏生那天要卖弄书童的本领，难倒他们吴中名士，却强迫书童出外捧茶献客，以致被老祝捉住了破绽，饱受奚落，作声不得。"枝山见华老这般窘迫模样，便道："晚生妄谈，老太师无须顶真。晚生也知道老太师唤令小唐送茶献客，并非真个侮辱他，只是要叫他卖弄才华，足见得相府家童不输吴中才子。"华老笑道："老夫那天确有这般的用意，难得祝孝廉竟会体贴入微。"枝山道："老太师虽然别有用意，但是小唐心中殊觉难堪，他在半年内用尽心思，使两位公子的文学大有进步，老太师依旧不肯相谅，却叫他捧茶献客，做那低三下四的行为。薄待小唐，便是薄待了令郎，老太师以为然否？"华老没话可说，只好点头默认。周文宾接着说道："听得老太师今天到来，要向子畏问罪，且要他顶着家法板向老太师长跪待责，晚生以为这是传言之讹，未必是真。无论子畏没有大罪，便是罪在不赦，也得看着两位令郎的分上，网开一面。要是传闻不误，那么子畏伴读半年，老太师不以为德，反以为怨，今日里定要使子畏下不过去，未免用着泰山压卵之势了。"枝山暗暗好笑道："阿二语中有骨，又是一个泰山嵌在里面了。"华老道："上门问罪要他顶着家法板出见，老夫在先确有此意，现在听了祝孝廉的种种譬解，早把问罪之心付之烟消云散。唐解元伴读半年，毕竟功大罪小，将功抵罪，尚有余功。"枝山道："老太师说他有罪，罪在哪里？"华老道："他骗得秋香到手，连夜逃奔，在这分上，自有相当罪名。"枝山笑道："老太师，不是晚生阿其所好，小唐确是有功无罪之人。他的功，老太师既已明白了；他的罪，却无一桩成立。道他是卖身为奴，背主私奔，他既没有接受身价银，他便不是老太师的家奴，既不是家奴，或留或去，他便可以自己做主，合

315

则留，不合则去，何罪之有？道他是骗取婢女，居心不正，但是府上的秋香，是老太师夫妇赏给小唐做妻房的，又不是偷偷摸摸得来的，又不是大闹元宵把美人拦腰抢去的。"说到这里，向文宾瞧了一眼，文宾暗暗地骂一声狗头无礼。但是华老毫不觉察，只静听着老祝的辩护。老祝又道："况且子畏临行的时候，不曾携带金银，他是来去分明的。来的时候，表明着来意；去的时候，留诗作别，自露真名。至于府上的秋香，虽然承蒙老夫人认作义女，但是还没有举行承认的礼数，依旧脱不了是个婢女身份。老太师为着婢女的事，太觉小题大做了，气吁吁地远道而来，兴这问罪之师，不是把婢女看得太重了吗？为着婢女而要把公子们曾沾教益的伴读先生顶着家法板当众出丑，不是厚于待婢而薄于待子吗？"

华老听罢这一席话，认为义正词严，无可辩驳，便道："祝孝廉，听君一席话，胜读十年书，老夫也认为唐寅有功无过。从此以后，便不再把他当作书童看待，尽可名正言顺，叫儿辈从他为师，但不知这位解元公可要把儿辈拒之于门墙之外？"枝山道："老太师既有此意，少顷见了子畏，自然容易商量。但是有一层，公子既从小唐为师，那么见了秋香做何称呼，难道依旧把她当作婢子看待？"华老笑道："妻以夫贵，当然不能以婢子相待了。"沈达卿接口道："老太师既无问罪之心，那么子畏不用疑惧，便可出来参相了。"周文宾道："子畏再不出见，不免慢客了，要被人家批评一句'有眼不识泰山'，这便如何？"枝山又向他瞟了一眼，暗暗好笑，又是一个泰山了。这时候，席面初上大菜，照例须得主人敬酒。忽地外面传来消息，说道："九娘娘准备在筵前跪献三杯寿星酒。"华老忙问道："这是什么道理？"枝山道："老太师不用盘问，见了自会知晓。晚生等须得避席片时，且待九娘娘献过了寿星酒，再来奉陪老太师。"说罢，沈、祝、文、周四人同时告退。

华老也想离席，却听得外面奏动细乐，一对对乐工分班站立筵前，还有头插金花的掌礼也在两旁站立。华老到了这时，却走不得，只好高坐在上面，看他们做何办法。他默念唐寅拥有八美，九娘娘便是秋香，筵前跪献寿星杯，宛如儿辈跪献孝顺杯，但是见了秋香，老夫怎样地呼唤她呢？老夫人虽曾认她做女，但是认女的礼节还没有实行。她虽强，总是一名婢女，她唤我一声相爷，我便答她一声秋香，也不好算轻待了她。华老满腹狐疑的时候，外面一对对的丫鬟打扮得花花绿绿，都在庭院中站立两旁，

316

一对一对又一对，约莫总有十五六对，挨挨挤挤地站着。华老益发奇了，那天在东西鸳鸯厅上排的丫鬟阵，怎么这里八谐堂的庭院中也排起一个丫鬟阵来？鸳鸯厅上的丫鬟阵，是专供那伴读书童挑选妻房；八谐堂下的丫鬟阵，这是什么用意呢？敢是唐寅和老夫比赛阵图吗？敢是老夫叫唐寅点中一名丫鬟，唐寅也叫老夫点中一名丫鬟吗？唉！唐寅错了，老夫是研究濂洛关闽之学的，对于女色上面，此心已如槁木死灰一般，岂似你们这辈自命风流的人物，见了美色，魂灵儿便飞往九霄。

　　在这个当儿，忽听得乐工们又奏动细乐，在那奏乐声中，外面娉娉婷婷走进一位盛装的美人，华老以为是秋香到了，比及走近，却是个半老徐娘。值席的童儿禀报华老，这是祝解元的祝大娘娘。那时祝大娘娘上了八谐堂，并不上前招呼，只在一旁站立，华老很替祝大娘娘可惜，好一个品貌端庄的妇人，在毒蛇窠里生活，这也算得遇人不淑了。祝大娘娘上了八谐堂，乐工们不住奏乐，进来的盛装少妇益发多了。值席童儿又是一一地屈膝禀报：这是嘉兴的沈二娘娘，这是周二爷的大娘娘、二娘娘，这是文二爷的大娘娘、二娘娘、三娘娘。华老见了，好生疑讶，不信世间佳丽都会聚于一堂。老夫年迈了，要是轻了三四十岁的年纪，见了这般的粉白黛绿，难保不目迷五色、心羡群芳。但是现在读了关闽濂洛诸道学家的语录，收束此心，便可以漠然不动。华老虽然这般设想，但是被那钗光鬓影的炫耀，自己这颗心也有些摇摇不定。乐工们又是不绝地奏乐，唐家八美依次上堂，在那香风拂拂的中间，值席童儿一一禀告道："进来的便是我们八位娘娘，这是陆昭容大娘娘、罗秀英二娘娘、九空三娘娘、谢天香四娘娘、马凤鸣五娘娘、李传红六娘娘、蒋月琴七娘娘、春桃八娘娘。"这时候，八谐堂上一共站立着一十五位娘娘。沈、祝、文、周等七位娘娘是宾，站在东边；唐家八位娘娘是主，站在西边。却把坐在中央的华老弄得方寸地恍恍惚惚，不知道闹的是什么一回把戏，自笑此身宛比到了女儿国中，除却值席书童乐工掌礼以外，竟寻不到一个男子。便问书童道："诸位娘娘到来做甚？"童儿屈着一膝禀告道："启禀相爷，只为今天九娘娘亲到筵前，向相爷跪献三杯寿星酒，所以众位娘娘都来观礼。"华老道："诸位娘娘对于这位新娘子是否互相投契？"童儿又屈膝禀告道："好叫相爷听了欢喜。新入门的这位九娘娘，确和天上神仙一般，诸位娘娘没有一位不是爱她敬她，尤其周、文两家的大娘娘，她们和九娘娘一见如故，便要拜

317

为义姊妹。周大娘娘是王兵部的千金王秀英，文大娘娘是杜翰林的闺秀杜月芳。"华老点头自念："秋香交着好运，一跤跌到青云里来了。王兵部曾和我同站朝班，杜翰林是我的儿女亲家，阀阅人家的女儿都和秋香认姊妹了，秋香的身份便不低了。少顷出见，她唤我一声相爷，我若回答她一声秋香，未免太不客气吧，但是除了唤她一声秋香，唤她什么是好呢？唉，这便难以应付了。"华老正在踌躇不绝的当儿，悠悠扬扬的细乐奏了三遍，两旁掌礼已高喝着奉请九娘娘上堂行献酒礼。

那时先有两名婢女捧着红氍毹和红拜垫在筵前铺设端正，掌礼的早在金漆盘内放着三个银杯，满满地斜着琥珀也似的酒。但听环佩叮咚声中，又有两名艳婢捧着打扮和天仙一般的九娘娘，轻移莲步，徐徐地走上华堂，掌礼的喝着跪见相爷，敬献寿星杯。那扶新娘的丫鬟把秋香扶到红氍毹上，方才跪下，华老已离了座位，偏立一边。冷不防秋香到了红氍毹上，口称着："爹爹在上，女儿秋香拜见爹爹，愿爹爹福寿绵绵。"说罢，盈盈地拜将下去。列位看官，华老做梦也想不到今天会得在八谐堂上见起女儿来，他这女儿两个字是不曾预备在口头的，他正苦着没有一个相当的称呼，却被秋香乘其不备，下跪的时候，向着他三呼爹爹。华老不由自己做主地道了一声"女儿罢了"。这都是祝枝山的锦囊妙计，用着许多旁敲侧击的方法，直使那华老不曾预备的女儿两个字，会得从牙缝中迸出。秋香听得华老唤出女儿两个字，益发把爹爹两字叫得热闹起来，跪着说道："女儿身受爹爹妈妈抚育之恩，才有今天的日子，饮水思源，恩深义重，先向爹爹跪献寿星酒三杯，补尽孝道。请爹爹不要推却，请爹爹领受女孩儿的孝心。"这爹爹的称呼，出于秋姑娘莺声燕语之中，何等轻灵，何等圆熟。华老生了耳朵，却没有听过女孩儿家这般亲热柔媚地唤他爹爹，向他唤爹爹的只有一吃一丁的两个踱头，听了不大悦耳，而且偶不注意，便把老生活作代名词，相形之下，益见得秋香的可爱。便道："女儿请起，为父的领受你的好意便是了。"说罢，亲到秋香身边，领受她的三杯寿星酒，都是一饮而尽。秋香道："多谢爹爹赏脸，女孩儿还得拜这四拜，答谢大恩，请爹爹上坐了。爹爹不坐，女孩儿便长跪不起了。"说也稀奇，父女虽然是假的，一经承认，却也会发生着天性关系，华老怎样舍得娇滴滴的女孩儿长跪筵前，一时情不可却，便即高坐在太师椅中。两旁插金花的掌礼轮流喝礼，互说吉语。乐工们笙簧并奏，这一幕认女的喜剧方才实现。

比及秋香拜罢起立，东面的七位女宾，西面的八位娘娘，又依次地来到筵前，齐向老太师万福，慌得华老离座答礼不迭。众美人贺喜完毕，纷纷退出，却剩这位九娘娘站立筵前。华老道："女儿不用相陪，且去休息休息吧。"秋香道："告禀爹爹，恰才是女儿拜见爹爹，行的是认父礼节，女婿还没有出见岳父，女孩儿还得偕同女婿，在筵前双拜你老人家。"华老尚未答言，乐工们又奏起乐来了，掌礼的又喝起礼节来了。在那奏乐喝礼声中，唐伯虎打扮得焕然一新，头戴解元巾，身穿绣花海青，足蹬粉底皂靴，居移气，养移礼，竟和罗帽直身时候的华安大不相同了，口称"岳父在上，小婿唐寅拜见"。慌得华老连唤"贤婿少礼"。夫妇俩同在红戳毹上拜了四拜。说也可笑，华老意想中顶着家法板的逃奴，却变成了射中孔雀屏的快婿。拜罢起立，彼此都不提前事，略道了几句客套，乐工掌礼，以及排班的众丫鬟，都簇拥着一双新贵人同到丹桂轩中去了。华老越想越觉好笑，独坐在椅子上，又是笑出一串活蟹来。方才避席的沈达卿、祝枝山、文徵明、周文宾四人，都到筵前深深作揖，口称"晚生等恭贺老太师新添雏凤，喜得乘龙"。华老离座答揖，笑说着："老夫梦想不到，会得在这里认女认婿。"说罢，一同入席，活蟹活蟹地笑个不休。

祝枝山道："今天这一席筵宴，确是人生难逢的好机会，老太师失却了一童一婢，多了一婿一女。"沈达卿道："恰才晚生向老太师禀告，子畏拜见老太师，须得用着隆重的礼节，便是预料有这一番婿女双拜的佳话。"周文宾道："恰才晚生曾经三上祝词，先说老太师是此间的泰山北斗，又说子畏有眼不识泰山，又说老太师休得泰山压卵。三呼泰山，含有深意，果然不出晚生所料，老太师便做子畏的泰山。"文徵明道："好叫老太师知晓，今天一切的经过，都是枝山预定的计划。他向晚生说：'今天老太师进了八谐堂，一定可以和子畏认为翁婿。'"华老笑向枝山道："这都是仗着祝孝廉的妙计，老夫才收得这么一位好女婿，承情之至。"说罢，又是几声活蟹活蟹。文宾笑道："老太师在这里出上联了，活蟹活蟹，可对毒蛇毒蛇。"枝山看了文宾一眼道："小周，你休逗口，且留心着。"华老今天很感激着枝山，笑说道："人人都把祝孝廉比作毒蛇，其实不然，祝孝廉是成人之美，一些也不毒。"枝山道："承蒙老太师谬赞，毒是不毒的了，不知究竟臭不臭呢？"华老笑道："哪里会臭，祝孝廉说笑话了。"枝山道："只怕比着鲍鱼更臭咧。"华老猛想到方才确有这句话，不知怎样会得传入枝山耳中，当下付之一笑，不说什么。又饮了一巡酒，枝山忽地想起行酒令来，却要老太师做令官。正是：

天地有情容我醉，江山无语笑人愁。

欲知后事如何，且看下回分解。

第四十五回

李寿姑图赖相思债
华秋香羞进合欢樽

枝山道："老太师，今天欢饮，该想一个佐酒的方法，晚生推举老太师做令官，行一个酒令如何？"沈达卿、文徵明、周文宾都表赞成。华老的兴致异常奋发，今天喜事重重，心花开放，众人要他行令，他不推辞，约略想了一想，便道："有了，老夫定下的酒令，第一句是《千字文》，第二句是词牌名，第三句是《诗经》，第四句是唐宋人诗。每人轮说一个，须得叶韵，说得对，依次饮一杯门面酒，说得不对，罚酒三杯。诸位都是大才槃槃，罚酒是没有这么一回事，只不过大家各饮一杯罢了。"众人听了，都说唯令官之言是听，请教了。华老捋着长髯，想了一想，他是做过宰相的人，出言吐语，总带些贵官气息，他道：

    化被草木，感皇恩，于林之下，不须檀板与金樽。

沈达卿道："这酒令冠冕堂皇，不是林下巨公，何能道其只字，请老太师饮了门面酒，以便晚生接令。"华老举杯一饮而尽。沈达卿道："方才令爱千金向老太师敬上寿星杯，以代冈陵之祝，晚生也来恭颂几句。"便道：

    福缘善庆，寿星明，以介眉寿，汉廷鸠杖赐桓荣。

华老道："承蒙赞许，老夫也来陪你一杯。"于是彼此饮了一杯酒。轮到枝山，便道："贺了寿星，便该贺新郎了。"念道：

> 弦歌酒燕，贺新郎，今夕何夕，春来多半为花忙。

在座的听了，笑声大作，笑声里面，华老的活蟹又爬出了一大串。沈达卿道："这'春来多半为花忙'七字，确是子畏定评，一刻春宵，九美团聚，真个大忙而特忙了。"文宾道："枝山的酒令，无一不解人颐。"枝山道："祝某不是自夸，却会未卜先知，和本朝刘伯温先生按下的风水一般，酒令里面，早知道子畏所娶的第九位美人唤作秋香，所以引用的一句唐诗，叫作'九秋香满镜台前'。"文徵明道："听得昭容大嫂向内人月芳谈起，子畏失踪，和这句酒令很有关系。当时大嫂听了这酒令，心中不以为然，到了来日，便和子畏研究这'九秋香满镜台前'一句诗，讥笑他有了八美，还思九美。子畏却说两句大话，叫作'全凭窃玉偷香手，去访沉鱼落雁容'。大嫂听了，益发不悦，便要子畏去访出一位沉鱼落雁的美人来。只为闺房戏语，便成了事实。过了一天，子畏真个雇着一叶扁舟，去访沉鱼落雁之容了。所以枝山的一句诗，确是九美团圆的佳谶。"在座的听了个个称奇，尤其是华老，奇啊奇啊唤个不止。枝山饮了门面酒，徵明接令道："方才的筵前认女，也好编入酒令。"于是念道：

> 毛施淑姿，好女儿，琴瑟在御，碧桃花下酒盈卮。

华老道："本地风光，确是好酒令，老夫也来贺你一杯。"于是彼此又一饮而尽。周文宾道："轮到我便要收令，也来向老寿星恭上几句颂词吧。"笑说道：

> 肆筵设席，醉春风，为此春酒，催捧蟠桃献木公。

这个酒令，又值得众人赞叹。华老道："周孝廉承情谬赞，老夫也来陪你一杯酒。"于是彼此又一饮而尽。酒令行了一周，大家都有几分醉意。华老道："老夫带来的两名家童都到哪里去了，怎么不来伺候？"枝山道："两位贵管家也在茶厅上开怀欢饮，有本宅家童陪着饮酒，老太师放着他们快活一天吧。"

编书的趁着这个当儿，且把茶厅上的一席酒补叙一下，免得详于主人，略于家童，惹人评论我有了入主出奴的观念。且说茶厅一席酒，华平、华吉坐了上座，陪宾四人，便是文祥、祝童、唐兴、唐寿。华平、华吉和唐子畏曾做了半年的同伴，子畏不忘其旧，所以今天预备的酒席也是上品佳肴，只不过比着八谐堂上的盛筵稍逊一筹罢了。华平、华吉为着主人含怒而来，防着他见了唐寅，大起冲突，所以很替唐子畏捏一把汗。后来有人告诉他们，说太师爷已在八谐堂上认了女儿女婿，老人家怒意全无，笑容满面，只是喊着活蟹活蟹。华平、华吉方才放下胸头一块石，彼此开怀饮酒。又听得八谐堂上的主宾都在行令，唐兴、唐寿便请平、吉二人也想一个酒令玩玩。华平说："元宵佳节，相府中童儿聚会，那时这位新姑爷在相府中和我们做同事，大家推我行令，我便想出一个俗语令。我说的是'豁绰豁绰走过来，扒吼扒吼两碗饭'，新姑爷接着说道'阿祝阿祝挑粪担，刮辣刮辣断扁担'，引得我们哈哈大笑。今天诸位要行令，我想也来行一个俗语令，略为变通一些，诸位看来好不好呢？"众人不约而同地都道了一个好字，便请他举一个例。华平道："第一句俗语包含一个人，第二句俗语嵌着头脑两字，第三句须有乡下人弗识的字样，第四句和第五句都要押韵，我说的太师爷吃寿星杯，便有这么的四句俗语。"

　　识宝太师，寿头寿脑，乡下人弗识驼子，长辈（涨背谐音），说说笑笑，倚老卖老。

　　酒令开始，合座称妙，轮着第二人，便是华吉了。华吉想了多时，便道："我来取笑这位旧同事的新姑爷吧。他先在丈人家中住了半年，他便是俗语说的猫脚女婿了。"华平道："猫脚女婿怎么样？"华吉道：

　　猫脚女婿，滑头滑脑，乡下人弗识土字堂，上他当，油腔滑调，齐全八套。

　　华平道："好虽好，只是太把新姑爷嘲笑了，防他知道了，不和你甘休。"华吉笑道："你把太师爷嘲笑，说他寿头寿脑，要是老人家知晓了，不怕他动怒吗？"华平道："太师爷正在活蟹活蟹的时候，怎会动怒？"华吉笑道："新姑爷也在十分有趣的时候，益发不会动怒了。轮到文祥兄弟，快接令吧。"文祥道："我便说这新人九娘娘，但是用什么俗语称呼她？有了，唤她一声黄花闺女吧。"遂道：

> 黄花闺女，拗头拗脑，乡下人弗识扒耳朵，少有趣，撮撮撩撩，眉花眼笑。

华平笑道："你怎知道他们小有趣，也许已经大有趣的了。"文祥道："我想唐大爷不见得这般急形急状。苏州人做亲是有规矩的，叫作一让天。二让地、三让父母，直待第四夜才许大有趣。"唐兴笑道："也不定是第四夜，或者第三夜已经大有趣了。俗语说得好：'第一夜陌生，第二夜肉香，第三夜塘里鱼进浜。'"众人听得这般说，又是一阵喧笑。第四轮到祝童了，祝童道："我来说一个呆大女婿，随意说说，不一定指是谁，你们听吧。"念道：

> 呆大女婿，憨头憨脑，乡下人弗识落帽风，发痴（发吹谐音），强凶霸道，臀凸肚跷。

文祥道："祝童兄弟，这个呆大女婿是谁，只怕就是你吧？"唐兴也帮着说道："一定是你，一定是你，你到杭州去就亲，成就你的荷包姻缘，敢是强凶霸道，臀凸肚跷，做出一副憨头憨脑的模样？"说得在座的拍手大笑。华平、华吉不明白荷包姻缘四个字，唐兴便把祝童到了杭州，怎样猜中一条"想入非非"的灯谜，怎样得到了一只荷包，怎样把这荷包赠予锦葵丫鬟，怎样三月初一在杭州成亲，今天才到苏州。唐兴把这事一一告诉了华平、华吉二人。祝童拍了唐兴一下道："你原来不是个好人，我讲给你听时，你说替我守秘密。"唐兴笑道："这叫作荷包口收得住，人口收不住啊。轮到我接令了，你说呆大女婿，我便说黄毛丫头，也是随意说说，不指定是谁，你且听着。"开口念道：

> 黄毛丫头，轻头乖脑，乡下人弗识走马灯，又来了，一搠一跳，一颠一倒。

在座的听了，都向祝童好笑。祝童道："由着他嚼蛆，和我无干。"收令的轮着唐寿，便道："我说摇铎（吴语音笃）道人，这是我胡诌的，在座的并没有这个人。"接念道：

> 摇铎道人，贼头狗脑，乡下人弗识藕朴，老骚（稍谐音），
> 七颠八倒，廿五送灶。

六个人行令一周，酒已喝了不少。里面丹桂轩中十六位娘娘坐了两席，上席七位是沈、祝、文、周四家闺眷，下席九位便是唐家九美。在座的才女居多，喜行令的要行令，喜猜拳的要猜拳。那时闲煞了这位唐解元，他便献一个羯鼓催花令，要叫众美人不拘一格，各擅所长。他的酒令须把左右两席十六位美人联络一气，每席推举一位令官，轮到献技，须听令官的命令。左席的令官是祝大娘娘，右席的令官是唐大娘娘，唐寅自己做鼓吏，便在丹桂轩的回廊里面设着鼓吏席，旁边安置着一面大鼓、两个鼓槌，席上备的佳肴美酒自斟自酌。击鼓时，取槌击声。停鼓时，举杯饮酒。丫鬟们攀折两枝碧桃花，送往左右二席，外面击鼓，里面传花，鼓声一停，花鼓在谁的手中，便由谁应令。应的什么令，须听令官指挥，令官察看执花的有什么技能，便可指挥她即席献技。善唱者着令唱小曲一支，善说笑话者着令说笑话一则，善作诗善猜谜者着令她吟诗猜谜，总在不拘一格，各献所长。要是违令，须得罚酒三杯，要是所行的令和在座者发生关系，那关系人须得陪饮一杯。要是停鼓的时候，花枝恰恰传到令官手里，那么令官也得命令着自己即席自献技能。

唐寅献了这个羯鼓催花令，好叫十六位美人都不感受寂寞。只为十六位美人的文学和技能，彼此参差不齐，要是规定了一种酒令，有擅长的，也有不擅长的，擅长的固然兴致飞扬，不擅长的未免意味索然。有了这羯鼓催花令，五花八门，兼容并包，一个酒令之中，又包括着许多酒令，所以众美人听了一致赞成。唐寅的鼓吏也是唐大娘娘委任的，只为丹桂轩中今天宴请女宾，当时的男女嫌疑辨别最严，当然不能叫唐寅入席。但是叫他一人向隅，未免寂寞寡欢，因此在轩外另设一席，叫他充当这鼓吏的职权，鼓吏须听里面令官的指挥，令官不着他起鼓，便不能擅自起鼓。当时

丹桂轩中，互相谦让，唐家九美坚请左席祝大娘娘传令起鼓，左席诸女宾也是坚请唐大娘娘传令起鼓。后来议定章程，宾席和主席轮流传令起鼓，先宾后主，毋庸推辞。那么祝大娘娘无可推却了，千难万难，开令最难，几次吞吞吐吐，要想唤一声唐家叔叔起鼓。古代的妇女何等面嫩，待要开令，又觉得没有这般勇气，隔了片晌，依旧不曾出口。那时侍席的婢女手执着桃花，专候一声令下，好把花枝交付与令官。其时左席第一位是祝大娘娘，挨次而下，沈二娘娘、文大娘娘、文二娘娘、文三娘娘、周大娘娘、周二娘娘，一共七人。饮酒的当儿，唯有文二娘娘李寿姑不大举杯，每上佳肴，她也难得下箸，只拣着糖果中的梅子，吃了一个，又吃一个。周大娘娘道："文二嫂怎样只吃青梅？"祝大娘娘笑道："敢是有了身孕吗？"李寿姑俯首不语，杜月芳却竖着三个指头，表示着二娘娘已有三个月身孕了。主席上的陆昭容道："宾席上可以传令起鼓了。祝家姊姊做了令官，有发号施令之权，千万不要客气啊！"祝大娘娘被逼得无可如何，只好道一句唐家叔叔起鼓。轩外坐的唐寅正静听着将令，只这一声吩咐，便放下手头的酒杯，取起鼓槌，嘭嘭地击将起来。那时侍婢手中的花枝已交付与令官祝大娘娘，右手接着，便传给沈二娘娘，又传给文大娘娘，又传给文二娘娘，又传给文三娘娘柳儿。外面的鼓声戛然而止，花枝却在柳儿手里。祝大娘娘知道柳儿的长技，会唱小调，便令她唱一支动人情绪的小曲。文三娘娘没奈何，便将花枝交付与侍婢，俯着粉颈唱道：

> 小奴奴腹中起了一大块，左推也不开，右推也不开。唤丫鬟，替我请个大夫来，可是有了病，可是有了灾。那大夫眉头几皱连声唉，也不是病来也不是灾，就是情人留下的相思债。

柳儿唱这支《相思债》的小曲，可算是恶作剧了，唱一句，却偷眼看看并坐的李寿姑，唱得李寿姑面上火一般热，看得李寿姑面上霞一般红。一曲唱毕，满座笑声。祝大娘娘道："同席的只有文家二嫂怀孕，要请文家二嫂满饮一杯。"但是李寿姑哪里肯饮，只说祝家大嫂，我是没有这么一回事啊。柳儿笑道："二娘，这一笔相思债休想抵赖，方才我家大娘已告诉了同席，你已是三个月身孕了。"说时，满斟着一杯酒，定要李寿姑一口饮尽。李寿姑侧着头儿，哪里肯饮，她定要抵赖这一笔文郎留下的相思债。祝大娘娘道："你不肯饮，便把杯酒沾一沾唇，要是躲躲闪闪，泼去了杯中酒，怕不要沾染了衣服。"李寿姑真个没法，才把樱唇碰了碰酒杯。柳儿放着酒杯笑道："那么这笔相思债，二娘已承认了?"李寿姑轻拍着柳儿的肩道："三娘，你不是个好人，你帮着大娘作弄我，毕竟你们都是一家人。"说时，又引得众人大笑。坐在轩外的鼓吏唐伯虎自斟自酌，听了轩中的莺莺燕燕互相调笑，他怎不快活。但是又起了一种感想，暗思文衡山去年冬季结婚，已有梦熊之兆，自己娶了九美，至今嗣续尚虚。转念一想，我太不知足了，既得陇，又望蜀，自己年龄尚轻，愁他做甚。列位看官，唐伯虎占尽了人间艳福，但是美中不足，将来并无子息，这不是编者咒诅他，翻读《六如居士全集》，便知分晓。至于文二娘娘腹中一笔相思债，将来呱呱出世，又是一位文学家与美术家。至于衡山的儿子是谁，这不在本书范围以内，诸位但去翻检《明史·文苑传》自会知晓。

按下闲话，且说宾席上传过一回花，接着便该主席上传令起鼓。这位唐大娘娘陆昭容并不像祝大娘娘这般地吞吞吐吐，她很干脆地唤道："鼓吏听着，快快击起鼓来。"唐寅怎敢怠慢，放下酒杯，又是嘭嘭地敲动羯鼓。主席上照样传花，主席上的座次挨着顺序，自大娘娘至九娘娘，围着圆桌而坐。这时候的击鼓击得长久，传过一回花，鼓声未停，周而复始。桃枝儿传到二娘娘罗秀英，鼓声止了。陆昭容道："二娘的填词功夫很不弱，请你口占小令，须合眼前风景。"罗秀英不敢违令，放下花枝，便道："大娘容想。"思索了一会子，便道，"有了，我口占的小令，唤作《蝶恋花》。"便琅琅地读那词句道：

　　有女堆云髻，小立银屏里。妙龄取次问伊行，几几几，绿似
珠妍，碧同玉艳，一般年纪。

念了半阕，已博得众人欣赏。陆昭容道："这个妙人儿，除却我们九妹，还有谁呢?"秋香听了，低着粉颈，只不作声。罗秀英又念着下阕道：

　　粉臂红妆腻，秀黛青丝细。昨宵曾否梦巫山，未未未，今夜
香衾，月明人静，恐难逃避。

327

锦心绣口的罗秀英即席填词，填成这香艳绝伦的《蝶恋花》，上阕已似调侃秋姑娘，念到下阕，句句却指着秋姑娘，分明说她昨宵躲过檀郎，今夜无论如何，总躲不过了。秋香听到这里，羞得不可开交。在座诸人，都赞美罗秀英的《蝶恋花》，可以移作秋姑娘的催妆词。坐在轩外的唐伯虎，很佩服罗秀英的《蝶恋花》，但是又替秋姑娘担惊，生怕陆昭容不肯放松她。果然不出唐寅所料，陆昭容便指派着秋姑娘喝两杯成双酒。秋香道："这首词和我没相干，怎么要我喝起酒来？"陆昭容道："九妹不可违令，快快饮这两杯成双酒。你若限于酒量，便仿照东边的文二嫂嫂，在唇上碰这两下，便够了。"原来九美所坐的圆桌，秋香的左边正坐着大娘娘陆昭容，右边正坐的八娘娘春桃，彼此都是斟了一杯酒，定要秋香沾唇。秋香却把手帕遮着樱唇，坚不肯饮。陆昭容道："鼓吏听者，九妹不肯饮酒，你便代饮了吧。"唐寅很松脆地应一声得令，便即揭帘而入，接着昭容、春桃的酒，立在筵前，都是一饮而尽，口称一声谢令官的赏赐，放下酒杯，依旧退到外面。那时两边席上的倩笑声音同时并作，笑了一会子。祝大娘娘向李寿姑说道："文二嫂嫂你却吃亏了。"李寿姑听了，茫然不解，便道："大嫂，你道我吃什么亏？"正是：

　　双关语织千般锦，相印心通一点犀。

　　欲知后事如何，且看下回分解。

第四十六回

品玉箫同聆下雨歌
熄银灯戏赠催妆曲

祝大娘娘笑道："文二嫂嫂，你看人家有代酒的人，你家的二爷却不在这里，你不是吃亏了吗？快快请二爷到来，在筵前替你饮酒。"李寿姑笑道："大嫂，我一向算你是忠厚人，原来你也会捉弄人，我可知晓了，敢是祝大伯教授你的。"在座的见主席已传过一回花，便请祝大娘娘发令起鼓。文大娘娘道："大嫂，你做了令官，该唤鼓吏起鼓，不该唤唐家叔叔起鼓。"祝大娘娘道："那么请外面的鼓吏起鼓。"唐寅又是嘭嘭地击起鼓来。这一回的传花，却停止在周二娘娘素琴手里。祝大娘娘知道周二娘娘熟于曲牌名，便请她连说八个曲牌名，须得叶韵。素琴想了一想，便道曲牌名是有了，只是祝大嫂须得喝两杯酒。于是念道：

好姊姊，赛观音。傍妆台，玉楼春。懒画眉，点绛唇。耍孩
儿，称人心。

祝大娘娘道："这酒令和我何干，却要我饮酒？"素琴道："怎说不饮酒，大嫂别号云里观音，这便是'好姊姊赛观音'。大嫂又新添了一位宝宝，这便是'耍孩儿称人心'，该饮一杯，一共奉敬两杯酒。"祝大娘娘没法推辞，只得饮了两杯酒，但是执了酒壶又满满地斟了一杯，回敬素琴。素琴道："这算什么？"祝大娘娘道："你也该饮一杯，你也是'好姊姊赛观音'，倘把你的鞋袜去了，趺坐在莲台上面，不是和观音菩萨一般无二吗？"这句话一说，羞得这位周二娘娘素琴抬不起头来。只为十六位美人，倒有十五位都是纤纤莲钩，单是她的裙幅以下却藏着两只莲船，叫她怎么

不羞呢？她便吃亏在做了十六世纪的妇女，要是生在目今世界，她便可以大出风头了，只怕十五位纤纤莲钩的落伍美人都要羞得抬头不起，唯有周二娘娘素琴却可以蹬着摩登式跳舞鞋，在跳舞场中博那观众的热烈欢迎咧。祝大娘娘见素琴低着头不肯饮酒，便道："周二嫂，你不饮酒，便是违令了，违令者须得罚酒三杯。"素琴才不敢抗令，只得干了这一杯酒，宾席上的酒令方才过去。

主席上的陆昭容又是第二次唤着鼓吏起鼓。唐寅擂起鼓来，才打着两下，便即停止。这是唐寅有意和大娘娘开玩笑。鼓起即停，好叫陆昭容手中的花枝不及传给别人。果然这花枝尚在昭容手中，鼓声已停止了。众人笑道："大姊，发令的是你，接令也是你。"昭容道："我没有什么擅长，我只会讲讲笑话。"众人都说："便是讲个笑话也好。"昭容道："这笑话不是我杜撰的，便是我们大爷的笑话，在座的诸位姊妹，除却九妹，谁都知晓。"那边宾席上的祝大娘娘道："我们诸姊妹也不知晓，请你讲得高声一些。"昭容道："记得去年正月里，我们斜对门的王老太太七十寿辰，为着邻居之谊，我们大爷也去祝寿。那王老太太取出一幅泥金笺，定要大爷题首寿诗。大爷道：'题诗不难，难在没有资料。'王老太太道：'老身便是资料，还有老身的一子一女，今日里都来祝寿，也是资料。'大爷毫不思索，便提笔在泥金笺上平写四句：

　　王老太太不是人
　　令郎令爱不是人
　　一男一女都做贼
　　将来个个没饭吃

"王老太太见了这四句诗，气得手都颤了，脸都青了，扶着龙头拐杖，颤巍巍地向大爷说道：'唐解元，老身没有开罪于你，为什么骂了老身，还要骂我的一子一女？'大爷笑道：'老太太，你休性急，为着泥金笺上墨迹难干，所以先写上面的四句，还有下面的四句，待到墨迹干了以后再行书写，成为一首通俗的寿诗，管叫只有颂扬，没有咒骂。'其时寿堂上许多宾朋围着观看，个个皱着眉儿，以为无论如何，总不能把咒骂的句子上变成颂扬口气。待了一会子工夫，泥金笺上的墨迹方才干了，大爷才续写着四句，和上句一气读下，便成了一首祝寿的诗：

> 王老太太不是人，宛比灵山观世音。
>
> 令郎令爱不是人，却是善才龙女身。
>
> 一男一女都做贼，偷得蟠桃献娘亲。
>
> 将来个个没饭吃，九转灵丹圆圆吞。

"王老太太得了这一首寿诗，立时回嗔作喜，十二分地感谢我们大爷。后来八月里大爷失踪，王老太太知道了，急得了不得，特地赴杭州烧香，祝我们大爷路上平安，这便是感谢这一首寿诗的缘故。"

众人听得陆昭容讲完这趣事，都是笑声不绝。秋姑娘且笑且想，去年大爷绘的《雕鸽图》，也是先骂后颂，先写上句，后写下句，原来这是大爷弄惯的玩意儿，这是大爷的拿手好戏。昭容忽地向秋香说道："九妹，你须饮一杯酒，还有外面的鼓吏，也得陪你饮一杯酒。"秋香道："大姊讲笑话，怎么又要小妹饮酒？"昭容道："听得大爷讲起，去年描写观音，大爷自绘作善才模样，却把你绘作龙女，这是和笑话有关系的，所以准备着两杯酒，你和大爷各喝一杯。"秋香没有话说，干了一杯龙女酒，唐寅也到筵前，领受了一杯善才酒。春桃拍手笑道："你们一个善才，一个龙女，却不要'一男一女都做贼'才是好啊！"这句话不打紧，惹得秋香晕起脸上朱霞。唐寅笑道："我以后不作游戏诗了，免得你们借我的拳头撞我的嘴。"

唐寅到了轩前，宾席上的祝大娘娘又唤着请鼓吏起鼓。唐寅应声击动这催花的鼓，待到鼓声停止，周大娘娘王秀英手执着花枝，正待授给二娘娘素琴，恰在尴尬的当儿，王秀英还没有脱手，素琴却已伸手去取，一枝花在两人手里。席上众人请问令官，毕竟这花枝算在谁人手里。祝大娘娘道："周家大嫂、二嫂分应此令。"素琴道："我恰才已应过了。"祝大娘娘道："便是应过，这番也得换一个花样献献技能。听得周家大嫂的凤凰箫在杭州城中独一无二，便请大嫂吹一回箫，再请二嫂依着箫声唱一回曲，两位合奏妙技，一定可以使人满意。"于是王秀英和素琴附耳数语，彼此订定了歌曲的名目，侍酒的丫鬟送上凤凰箫。秀英品箫，素琴便按着拍子唱那《下雨歌》道：

蒙蒙的雨儿不住地下，偏偏情人不在家。情人若在家，任凭老天下多大。劝老天住住雨儿，让他回船去吧。湿了衣裳事小，滑了情人事大。常言道："黄金有价人无价。"

这时候，丹桂轩中寂静无声，大家听得入神。吹箫吹得佳，唱歌唱得好，这般妙技，一时无二。但是在座中的文大娘娘杜月芳，徐徐地俯首至臆。祝大娘娘见了，猛记得一件趣事，便道："文家大嫂须满饮一杯。"杜月芳勉强抬头道："大嫂为着甚来？"祝大娘娘道："你不记得去年文二爷遇雨滑跌的旧事吗？那天冒雨上船的情形，和恰才的《下雨歌》如出一辙，这杯酒不叫你吃，叫谁吃呢？"王秀英听了奇怪道："怎么我们所唱的歌曲，和文二爷的旧事相合？"祝大娘娘便把那天文解元乔扮随役，饱餐秀色，为着王阁老前来游山，慌得躲避不遑，冒雨下山，身遭倾跌的事，说了一遍。王秀英道："原来无意巧合，文大嫂你便饮了一杯吧。"杜月芳没奈何干了这杯酒。

主席上的令官，又喊鼓吏起鼓。这一通鼓声停止，这花枝儿恰在秋香手中。陆昭容道："我们和九妹初次相逢，却不知道九妹擅长的是什么技能，请九妹自己说了吧。"秋香道："大姊问及小妹，却是万分惭愧，小妹却无一技之长。"昭容哪里肯信，定要秋香说出，秋香一味谦逊。昭容向着轩外的鼓吏高唤道："鼓吏听着，九娘娘有什么奇才异能，快快报来。"唐寅道："启禀令官，这位九娘娘是猜诗谜的杜家，她在相府里，逢到元宵张灯，表妹冯玉英所制的灯谜大半被她猜中。令官要她献技，不如编几个灯谜，请她一猜吧。"昭容听了大喜，便道："九妹既是猜谜杜家，愚姊有一个谜面在此，你且猜着。"随后念道：

钗儿半卸鞋儿堕，灯边熄却银钉火，勾销一粒相思颗。（猜一字）

秋香道："大姊的谜面不易猜破，要是猜不中便怎样？"昭容道："猜不中罚酒三杯，但是九妹冰雪聪明，没有猜不中的道理。"秋香道："那么小妹领受了三杯吧。"昭容道："你别谦逊，一定可以猜中的。"秋香摸了摸髯角，又把牙箸蘸着杯中的酒，在空碟里面书写，写了一会子，便道："有了，敢是'發（发）财'的'發'字吗？"昭容道："九妹端的好心思，不愧猜诗谜的杜家。"但是同席的诸位娘娘大半不明白这谜底囊字，和谜面三句诗做何关系。昭容笑向二娘娘罗秀英说道："你会填这很艳丽的《蝶恋花》，料想这谜面的用意总可知晓的。"罗秀英点了点头儿，众人又强着罗秀英说明用意。罗秀英道："宾席上的才女正多啊，这里有秀英，那边也有秀英，这里的秀英是不行的，那边的秀英才是秀色可餐、英英露爽呢。"众人听了，真个要请宾席上的周大娘娘王秀英解释这哑谜儿。王秀英道："妹子是愚鲁之辈，怎会解释这哑谜儿。便会解释，也不能越俎代庖，还是请唐二嫂打破这哑谜儿吧。"罗秀英不能推辞，便说明这哑谜儿道："这是用的拆字格，把發字拆成三部分，一癶，二弓，三殳。谜面上说的钗儿半卸鞋儿堕，钗儿又称钗股，卸了一半，便是殳字。鞋儿堕，是指着女鞋，只为上面有钗儿半卸字样，那鞋儿便不问可知是窄窄的弓鞋了，那便是个弓字。燈（灯）边熄却银钉火，燈边去火便成为登。勾销一粒相思颗，相思颗是红豆的豆，登字去豆，便成癶字。癶殳弓合在一起，不是發财的發字吗？大姊的谜面作得曲折，九妹的谜底猜得也细密，一个是作诗谜的杜家，一个是猜诗谜的杜家。"昭容笑道："你呢？"罗秀英道："我不会作谜，也不会猜谜。"昭容道："你便是解诗谜的杜家。"罗秀英笑道："左一个杜家，右一个杜家，我们这里没有杜家。真正的杜家，便是宾席上的文大嫂杜月芳。"祝大娘娘道："你们的玩意儿闹到我们席上来了。"文大娘娘杜月芳道："我的杜家虽然有名无实，但是觉得这个谜儿好虽好，却有些美中不足。女鞋未必一定是弓鞋，要是遇着周二嫂，即使钗儿半卸鞋儿堕，也不会堕下一面弓来。"说时众人大笑，羞得素琴把一双莲船缩到裙里去了。祝大娘娘道："文大嫂借此报复了，方才周二嫂唱了《下雨歌》，罚她喝了一杯酒，'六月债，还得快'，她便借着弓鞋把你取笑一回。好了好了，那边的酒令业已行过，我们这里又要起令了。"主席上的陆昭容道："且慢，我们这里还没有人饮酒，照例行过了令，须得有人喝过了酒才算令毕。"说时，她便满满地斟了一杯酒，向在座的遍看一回道："这杯酒谁该喝呢？有了，请九妹喝这满杯吧。"秋香道："大姊，怎么叫小妹领罚呢？小妹猜了这哑谜儿，理该领赏，不该领罚。"昭容笑道："这不是罚你，这是贺你咧，你会猜谜，难道不会猜这谜外的谜？"秋香摇

333

头道："小妹不明白什么叫作谜外的谜。"昭容道："明人不消细说，你要我说，我便说了吧。这谜面上的三句诗，是我赠你的催妆诗，今夕何夕，只有你和这三句诗相配。"秋香道："大姊取笑了，这三句诗，在席的诸位姊姊谁都相配的。临睡的时候，谁都要卸下钗儿、褪去鞋儿、熄却灯儿的，要喝酒，大家都喝。"陆昭容道："九妹，还有一句呢，勾销一粒相思颗，这便是确定你九妹，移易不得的。我们大爷为着你三笑留情，不惜离乡背井，在东亭镇上住了半载有余，却没有勾销这粒相思红豆，今夜里，你是躲不过的了，我们也不许你躲。恰才二妹词中说的'今夜香衾，月明人静，怕难逃避'。她用怕难两个字，还是测度之词，我却不须测度，可以预先决定的，你便老老实实地喝个满杯吧。"众人齐声好笑，秋香益发不好意思了，低着头不肯饮酒。春桃擎着酒杯，强迫她沾一沾唇，方才罢手。

这时候的快活，莫快活于昔日书童今朝鼓吏的唐解元唐伯虎，他昨宵在能静楼上挨受着孤眠独宿，昨宵不必说了，今宵不知怎么样。罗秀英虽然填这一阕《蝶恋花》，但是动员令操于大娘娘，不操于二娘娘，要是大娘娘今宵再令唐解元睡在能静楼上，那么秀英的词便不能见于事实。现在好了，唐解元亲耳听得昭容吩咐秋香说道："今夜里，你是躲不过的了，我们也不许你躲。"这十七个字非同小可，灌入唐解元耳朵里，宛如十七道甘泉奔赴耳窍，又从耳窍灌到心窍里面，把唐解元这颗收束不住的心，深深地浸在甜水里面。他想这是大娘娘的命令，今夜不把鸳鸯拆在两下里了，妙也妙也，说不尽的妙也。唐解元一壁起着手指摩擦鼻尖，一壁喃喃地念着妙也妙也。丹桂轩中又轮着宾筵上行令，祝大娘娘道："请鼓吏起鼓。"唤了一声，却不听得鼓声发动。祝大娘娘道："奇了，敢是唐家叔叔生了气吗？我是不该唤他鼓吏的。"便改换着呼声道，"请唐家叔叔起鼓。"唤了两三声依旧鼓音寂然，便遣发丫鬟去探听动静。毕竟唐大爷是不是在回廊里面饮酒？还是喝醉了？还是睡着了？丫鬟悄悄地出了丹桂轩，唐解元依旧没有觉察，依旧摩擦着鼻尖，依旧喃喃地自语道："妙也，今夜里。妙也，你是躲不过的了。妙也妙也，我们也不许你躲。妙也妙也，说不尽的妙也。"丫鬟掩着嘴笑道："大爷发痴了，祝大娘娘唤你起鼓，你却在这里造庙，左一个庙也，右一个庙也，这是什么庙？城隍庙呢，还是神仙庙？"唐寅听了，自觉好笑，便即应令起鼓。

鼓声停时，这花枝儿停在沈二娘娘芙蓉手里。祝大娘娘道："沈二嫂初次见面，你会的技艺我们不知道，请你自己说了吧。"芙蓉道："祝大嫂饶了我吧，我是嘉兴的乡间女子，懂不得酒令茶令。"祝大娘娘笑道："你便唱一支嘉兴山歌也好。"芙蓉待要不唱，祝大娘娘却要罚她喝酒三杯，没奈何，只得低着头唱道：

　　一只鸡，喔喔啼，港南大姊几时归。大船载不归，小船载不归，风大落雨自己归。阿爹看见女儿归，撑开船头买鱼买肉归。阿妈见了女儿归，揩台抹桌笑眯眯。阿哥见是妹子归，挑了粪桶直向西。阿嫂听见姑娘归，躲在房里弄布机。兄弟听得阿姊归，拿了书包乱赶归。妹子见了阿姊归，揭开箱子换新衣。

芙蓉操着嘉兴调，歌中的"归"字都读作"居"字，大家听了，都觉得别饶趣味。祝大娘娘道："歌是唱了，令是行了，这杯酒叫谁吃呢？"大家都揣摩着歌中的句子，觉得在座的诸人都没有和歌儿相合。文二娘娘道："大家都不要饮酒吧。"只因李寿姑开了口，祝大娘娘猛地想起一桩事，便道："来来来，文二嫂请你饮这一满杯。"李寿姑道："祝大嫂又来了，怎么'园中果子拣熟吃'？我已罚过一次酒，又要我罚酒，沈二嫂唱的嘉兴歌，和我何干？"祝大娘娘道："谁说没相干，歌中末一句揭开箱子换新衣，不知箱子里面可藏着乱砖头？"李寿姑涨红着脸道："不要说了，受罚便是了。"说时，自斟着一杯酒，一饮而尽。座中诸美，除却祝大娘娘和文家三位娘娘以外，谁都没有知晓这换空箱一幕趣剧，都向祝大娘询问这哑谜儿，怎么叫作箱子里的乱砖头，怎么文二嫂肯饮这一杯罚酒？祝大娘娘笑道："这件事要算趣闻，待我道来，好叫诸位知晓。"这句话不打紧，顿使杜月芳、李寿姑不安于席，这是不曾公开的趣事，如何可以讲给大众知晓，又不好喝止她，只是小鹿在胸头乱撞。毕竟杜月芳有主意，假把牙箸拂落在地，趁着俯首拾箸的当儿，便在桌子底下打照会，潜在祝大娘娘的裙幅上拽这一下。祝大娘娘不过吓吓她们，并非真个放什么野火，忙向在座的说道："方才说的箱子是李家老伯的画箱，李老伯喜藏名书名画，所有书画都藏在画箱里面。一天，吩咐他的女儿开箱取画，谁料不开犹可……"说到这里，文二娘娘的箸儿也落地了，借着拾箸，便把箸儿在

335

祝大娘娘的凤鞋上打了一下。祝大娘娘很从容地说道："谁料打开看时，却是一箱的乱砖头，原来李老伯喜古藏画，这是盛着秦砖汉瓦的箱儿，他女儿竟误开了。"众人听了，也都不疑，杜月芳、李寿姑方才心定，却佩服祝大娘娘有急智。

主席上的唐大娘娘又唤着鼓吏起鼓，唐解元正待提起鼓槌，却见仆人来禀报道："华相爷已经宴罢，要准备上轿去了，大爷快去相送。"唐寅便放下鼓槌，整着衣巾，到八谐堂去送他的丈人峰出门。不但唐寅恭送鸿山，便是秋香也要欢送她义父。丹桂轩中的羯鼓催花令暂时告一停顿。正是：

待到春来花自好，不如归去鸟初啼。

欲知后事如何，且看下回分解。

第四十七回

秦姝顾女妙语解颐
吉士佳人良宵阻梦

丹桂轩中的羯鼓催花正是再接再厉，一听得华鸿山宴罢出门，唐解元和秋香忙着到八谐堂去恭送这位贵宾。那时八谐堂的陪宾都离座了，华老已有了六七分的醉意，华平、华吉在旁伺候。唐寅抢步上前道："岳父大人何妨小做勾留，夜间尚有菲酌，便在舍间有屈一宵吧。"秋香也和小鸟依人一般，走到华老面前，频频地唤着爹爹道："爹爹，屈你盘桓几天。爹爹不须客气，这是女婿家中啊，和爹爹自己家里一般。"华老道："贤婿、女儿，多承你们好意，但是今天已和杜亲家有了预约，夜间和他剪烛长谈，不能失信。"华平、华吉见了新姑爷和姑奶奶，都是屈着一膝谢宴，秋香低着头，很有些不好意思。昔日同侪，今分阶级，这"姑奶奶"三字，似乎难以接受。唐寅转是从容不迫地说道："平哥、吉弟两位管家，今天怠慢你们了。"唐寅这般称呼却在不亢不卑之间，平哥、吉弟是同事者的口吻，两位管家是新姑爷的语气，把来混合在一起，却使平、吉两人暗暗佩服这位新姑爷，可谓"君子不忘其旧"。华老临走时，解下两件佩挂的东西，便是珊瑚扇坠和碧玉环，做了今天的觌仪。唐寅夫妇跪下谢赏，华老连唤请起不迭。比及站起，华老又道："贤婿，还有一件东西也还了你吧。"便在袍袖中摸出这纸我为秋香的志愿书，交还了唐寅。又笑着说道："从今以后，老夫要请你绘一幅中堂和几幅屏条，料想不会拒诸门外吧。"唐寅道："岳父说哪里话，岳父不嫌拙画丑陋，小婿尽可效劳。"于是新夫妇送着华老，直到外堂。外面沈达卿、祝枝山、文徵明、周文宾四人，站班似的在轮香堂畔站着多时了。他们知道这里是必由之路，拭抹着眼睛，定要把这三笑留情的秋香看一个"毫发无遗憾"。但是苦了祝枝山，他的眼睛藏在衣袋里，便是这随身法宝，其名叫作单照，但听得环佩叮咚和那靴声橐橐，知道秋香已随着华老走近轮香堂了。沈、文、周三人早把眼睛拭抹好了，唯有老祝的眼睛，一时摸索不到。华老向着他们拱手道："四位贤才再会了。"慌得他们都说老太师慢请。待到老祝摸着他的随身法宝，可惜时机已错过了，唐寅、秋香早已送过华老上轿，夫妇俩穿着备弄，自到里面去了。沈、文、周三人都是啧啧赞美秋香的丰神绝世、丽质倾城，一半是真的佩服，一半是故意在祝枝山面前扩大夸张，明知他摸不到单照，宛比雾里看花，不知是红是白。枝山道："你们休得夸张自己的眼福，我的福分总得比你们大过几倍。小唐已面许我的了，过了几天，他便要强迫他的九娘娘向我祝阿胡子三笑留情。"周文宾笑道："老祝，你真叫作癞蛤蟆想吃天鹅肉咧！秋香见了小唐，自然三笑留情。秋香见了你的一团茅草乱蓬蓬，只怕便要不顾而唾，不是三笑留情，却是三唾留恨。"枝山道："倘无老祝，他们怎有今日之下？秋香想到这里，不笑也要笑了，秋香绝不三唾留恨，秋香一定三笑留情。"沈、文、周三人听了，疑信参半。那时华老去了，八谐堂上的一席盛筵还没有吃到杯盘狼藉，而且尚有几道菜不曾献上，只为华老离座，他们不得不随着离座。其实呢，贵宾在座，他们多少有几分矜持，这一席酒没有吃得爽快。尤其是祝阿胡子，他对于吃的问题丝毫不肯放松。他虽是江南第二才子，他也是唐虞第四不才子，只为《左传》上说唐虞时代有不才子四人，第四个不才子，其名字叫作饕餮，贪食曰饕，贪财曰餮，枝山正犯着这两个字。当下吩咐仆人把八谐堂上的一席酒搬到书房中去，以便他们知己四人传杯弄盏，不醉无归。按下慢表。

且说唐寅、秋香送过华老以后，回到里面，各归原座。陆昭容道："我们继续行令吧，宾筵上行过四次，我们只行了三次。"二娘娘罗秀英道："那么请令官传令起鼓吧，时候不早了，行过一回令，也该歇歇了。"于是大娘娘又吩咐鼓吏起鼓。这一回鼓声停处，花枝儿却在四娘娘谢天香手里。陆昭容道："四妹你是惯说笑话的，也来说一个笑话吧。"天香道："我只会讲些老笑话，这是人人知晓的，听了不发松。"昭容道："便是老笑话也不妨，你只需加盐加酱，再加些酵粉，自会发松。"四娘娘想了一会子，便道："有了，我把老笑话改造一下子，好叫在席的诸位姊妹多喝几杯酒。原来有两位美人，都是十二分的姿色，一个宛比王嫱，一个仿佛西子，所差异的，一位美人齿白，一位美人齿黑。那齿白的要给人家瞧见她的牙齿，要是瞧见了白如瓠犀般的牙齿，十二分姿色便成了二十四分。那齿黑的怕被人家瞧见她的牙齿，要是瞧见了黑如焦炭般的牙齿，十二分姿色便要降落至二分。有一天，两位美人遇见了一个少年书生，向她们请问姓名，她们都不说真话。那齿白的只管卖弄她的瓠犀，那齿黑的只管掩护她的焦炭。少年书生先和齿白者扳谈。先问尊姓，齿白的把唇一掀道：'姓秦。'这个秦字出口，她的瓠犀般的白齿早已一一呈露了。又问芳名，她说红线。又问年龄，她说十七。又问贵府何处，她说天库前。又问识字否，她说会读《诗经》。又问有何技能，她说会弹月琴。又问弹的是什么调，她说《鸾凤和鸣》。齿白的每答一句，总把樱唇一掀，只为她的答语，句句可以呈露她的白齿。少年书生又和齿黑者扳谈。先问尊姓，齿黑者便把上下唇闭得紧紧的，道了一个顾字，那焦黑的牙齿便可以借此掩护了。又问芳名，她说素素。又问年龄，她说十五。又问贵府何处，她说桃花坞。又问识字否，她说会念弥陀。又问有何技能，她说会敲大鼓。又问敲的是什么鼓，她说催花羯鼓。每答一句，总使朱唇紧闭，只为她的答语，句句可以掩护她的黑齿。"四娘娘讲完这笑话，在座的听了也都解颐，昭容吩咐丫鬟连斟了满满的八大杯酒，便道："在这酒令上，有六位都该喝酒，几乎要喝一个满堂红了。传红六妹，你喝一杯，只为酒令里面有一个红线，你在红字上便该喝一杯。月琴七妹，你也该喝一杯，酒令里面有一句会弹月琴，你在月琴两字上该喝一杯。凤鸣五妹，你也该喝一杯，只为酒令里面有一句鸾凤和鸣，你在凤鸣两字上该喝一杯。春桃八妹，你也该喝一杯，只为酒令里面有一句桃花坞，你在桃字上该喝一杯。九空三妹，你也该喝一杯，只为酒令里面有一句会念弥陀，在座的会念弥陀，除却你九空三妹是谁，该喝一杯。"于是众美人都服从令官命令，三娘娘九空、五娘娘马凤鸣、六娘娘李传红、七娘娘蒋月琴、八娘娘春桃都饮了一杯酒。谢天香笑道："我有意把你们的名字嵌在里面，好叫你们喝一个满堂红。"昭容笑道："四妹，你自己也该喝一杯，只为酒令里面有一句天库前，你在天字上面，也该喝一杯。"谢天香道："这真叫作搬了砖头压痛自己的脚咧。"于是也把满杯的酒一饮而尽。尚有两满杯，昭容便传唤鼓吏入内，罚令饮酒："只为酒令里面，一则曰会打鼓，二则曰催花羯鼓。罚你饮酒以后，簪一枝花，擂一回鼓，唱一首词，我们的酒令就此收束了吧。好在宾主两席上的姊姊妹妹不是应过令，定是喝过酒，十六人中没有一人向隅，我们也可兴尽而止了。"唐寅服从阄令，干了两杯令酒以后，簪了一枝花，便要擂一回鼓，唱一首词了。他说："令官吩咐我的是三个一，我唱的词也有三个一，合在一起，便是六一居士了。"于是擂了一通鼓，接着唱一首苏东坡的《行香子》道：

　　清夜无尘，月色如银，酒斟时须满十分。浮名浮利，休苦劳神。叹隙中驹，石中火，梦中身。

　　虽抱文章，开口谁亲，且陶陶乐尽天真。不如归去，做个闲人。对一张琴，一壶酒，一溪云。

　　陆昭容要唐寅簪一枝花、擂一回鼓、填一首词，唐寅却添了一张琴、一壶酒、一溪云，凑成六一，本是六如居士，却变成六一居士了。酒阑席散，时候不早，宾席上的七美人纷纷作别，都是上轿而去。外面书房中沈、祝、文、周四人也都醉饱而归。周文宾在苏州本有住宅，沈达卿住在祝枝山家中，他们都须有数日的勾留。

　　唐解元送客以后，正待去陪伴秋香，陆昭容道："你该去望望你的姑母。我们本请她老人家前来吃一杯喜酒，上午她遣人来回复，说略有感冒，今天不来，缓一天来了。她是我们的长亲，又曾替你出过一番力。你在相府中和她见面，彼此各说隐语，你托她觅带叶竹枝，她到了苏州，曾经当面央恳枝山，托他早施妙计，所以老祝对于这件事，尤其十二分卖力。现在你的心愿已遂了，华老上门的难关已过去了，姑母有病，你该亲自去问候。要是不过偶有微恙，待到我们大宴客的日子，还得邀请她们阖第都来饮酒。"唐寅道："请问大娘，我们大宴客的日子定于何日？"昭容道："这是枝山替你定下的计划。他说华老认你做了女婿，这一副盛奁不日总得补送上门。相府补送妆奁，须得拣选黄道吉日，我们便在这一天大排筵宴，邀请亲朋都来喝一杯喜酒。姑母是你的长亲，趁着今天问疾，便该预先去邀请一次，到了临时，再送请帖不迟。"唐寅道："大娘，我今日擂鼓擂得乏了，姑母那边明天去吧。好在华府送奁不是即日的事，我们大宴客的日子还没有定，忙什么呢？"说到这里，伸了一个懒腰做出疲倦的模样，又说，"哟哟，两条胳膊，怎么左一阵右一阵地酸麻，这是羯鼓催花太起劲的缘故。"陆昭容笑道："不料大爷这般疲乏，姑母那边明天去吧。趁着宾客已散，请你早到能静楼上，休息一宵，才是道理。"唐寅听得能静楼三字，猛吃一惊，忙向昭容说道："你又要把我贬入冷宫了，一之为甚，其可再乎？"昭容道："我并无恶意，只为你自称疲倦，理该休息一宵。"唐寅道："前言戏之耳，我没有什么疲倦，要去探病，还是趁早便去的好。苏州人规矩，上灯以后探病，是触犯人家忌讳的。"昭容道："你两条胳膊不是酸溜溜吗？"唐寅笑道："现在不酸了。"当下吩咐书童，传唤着靠班提轿伺候。于是整理衣巾，预备出门，却摸着了方才华老交还他的一纸平头文契，便即取了出来，传给九美观看。依着唐寅的心思，看过以后，便想付之丙丁。秋香想要留作纪念，但是她异常乖觉，不肯自己做主，却要请问大娘娘，这纸文契可要烧毁。昭容道："不须烧毁，而且还得装潢成册，留作佳话。"又向秋香说道，"九妹，你的文契呢，太夫人可曾还你？"秋香道："那天大爷点中了小妹，太夫人便把文契掷还小妹，准许小妹脱离了奴籍。小妹在先也想把文契烧掉了，后来一想，不如保留着，可以永远记念着微贱时的苦楚。"昭容笑道："那便再好也没有了，两张文契裱在一个册页上，好在二妹会得装潢，不须付托外面裱褙店，免得传扬出去，被那编唱弹词的当作了好资料。"唐寅拍手道："装潢以后，我还得绘一幅图呢。"昭容道："不但绘图，便是恰才二妹填的一首《蝶恋花》也好写上，留为风流佳话。"唐寅听了好生欢喜，秋香的一颗芳心也得着许多安慰。难得大娘娘这般贤惠，新人进门，毫无妒意。要是换了饱含醋意的妇人，把这文契摧毁尚且不及，怎肯装裱成册呢。

唐寅受了阃令，坐了轿去探望姑母。到了山塘冯通政宅第，下轿入门，自有门役通报。冯良材出外相迎，笑说道："老表弟这是千金一刻的时光，哪有闲工夫光降蓬庐？"唐寅道："听得姑母福躬欠安，特地前来探问。"冯良材笑道："家母身子很安，今天知道府上开了一个美人大会，家母推托有病，不来赴宴，免得红装里面来了一个白发妇人。"唐寅喜道："原来姑母没有病，这便好极了。过了一天，舍间还得大排筵宴款待亲朋，到了那时，一定要请阖府光临的。老表兄你可知，今天四士伴相，把华老一腔怒意吹作云烟，他竟和我认为翁婿了。他见了我和九娘，笑得扯开了嘴，和欢喜佛一般，只不过欢喜佛没有这般的长胡子罢了。"冯良材道："府上的情形，恰才衡山来过，我都知道了。"

他们表兄弟到了里面，冯太太知道侄儿到来，欢喜不迭。坐定献茶以后，唐寅便把前来探候的原因道了一遍。冯太太笑道："我没有病，我只为今天府上的女宾都是江浙两省的著名美人，除却祝大娘娘年在三旬以上，其他都是二十不足十八有余的妙人儿。做姑母的年老了，人老珠黄不值钱，和她们年轻人坐在一起，益觉得老者越老，少者越少。"唐寅笑道："姑母太谦了。姑母虽老，依旧是一株老少年，今天她们在丹桂轩中，饮酒行令，异常快乐，只可惜姑母没有在座。"冯太太笑道："正为我没有在座，她们方才这般快乐，要是老身也在座，至少要减她们一半乐趣。我在少年时也喜和那年龄相仿的姊姊妹妹坐在一起，谈谈说说，十分起劲。要是同席有了一位老年妇人，累我们存着拘束之心，饮酒和谈话都不爽快。还记得十八岁这一年，同席吃喜酒的都是性情投契的小姊妹，谁料空了一位，我表叔的祖母便来和我们同席。她已是七十多岁的人，我们没有人和她讲话，她却向我们絮聒不休。假如我们嗑着瓜子仁吃，她便羡慕我们的齿劲。她又自述年迈了，硬的东西都咀嚼不动了。她又背着每个牙齿掉落的年岁，两边蟠牙是什么时候掉落的，当前门牙是什么时候掉落的。说的时候，还把嘴儿扯开着，要我们看她剩余的牙齿。我们小姊妹听得厌烦，却又不能不和她敷衍。她又倚老卖老，专讲些陈年古董的话，三十年前梳的发髻是怎么怎么样的，四十年前风行的绣鞋儿绘的是什么时新花样。絮絮叨叨地讲了一件，又是一件，我们小姊妹谁敢剪住她？这一席酒吃得最没趣味。后来每逢赴宴，我总约齐了小姊妹凑成一桌，再也不肯空着座位，使那老年人和我们合席，向我们谈那毫不相干的老景。好侄儿，年矢催人，从前憎厌老人的，现在也成了老人。想起十八岁上的事，因此做姑母的托病不来赴宴。待到你大宴亲朋的日期，做姑母的一定到来，我便可以拉着几位老太太同坐一桌，畅谈我们的老景。"唐寅道："告禀姑母知晓，大宴亲朋，为期不远，待到择定日子，务请姑母和表嫂光临。那天的女宾一定很多，老年人自有老年人做伴，中年人自有中年人同席。侄儿先来面请，届时再行补柬。"冯太太笑道："一定前来叨扰你的喜酒便是了。但有一层，请你们八位侄媳原谅，我们玉英并非放刁，知道你在相府中做书童，不向她的表嫂们给个消息，实在地位使然，有种种难言之隐。"唐寅道："姑母不须吩咐，以前侄媳们略有误会，现在都明白了。"冯太太道："只怕不见得吧，她人或者肯原谅，你的大娘娘不见得肯原谅吧？多少总有些怪着我们母女。"唐寅道："昭容对于表妹毫无怨言，对于姑母却万分感激。只为老祝来授锦囊，大半是姑母传言之力，因此听得姑母玉体欠安，逼着我来……"这句话没有说完，自己便知道出了漏洞，待要缩住，早已不及。冯太太笑道："老身本觉稀奇，千金一刻的时光，怎有工夫来探望你的姑母，原来是逼你到来。好侄儿，我不留你了，快请回府吧。"唐寅听了，又不好意思便走，依旧坐着说些闲话，冯太太传唤丫鬟，快去预备四色佳肴、一壶美酒。唐寅连忙离座告辞说："侄儿恰才喝过酒，缓日再来叨扰姑母吧。"说罢，返身便走。冯太太笑道："这是老身下的逐客令，不如是，你不好意思便走咧。"冯良材送着唐寅上轿，自回里面，不须细表。

唐寅坐了轿儿，经过山塘，进金阊门，入桃花坞，早已是六街灯火的时候。下轿回家，不多时便即夜宴。只为日间醉饱，夜宴的时候很短，不久便即散席。隔了一会子，秋香先已上楼。昭容笑道："你去实行你的《蝶恋花》吧。"唐寅似得了将军令，恨不得抢步上前，高喊一声"小将得令"，于是笑吟吟地上楼而去，自信千金一刻，便在须臾之际。谁料到了香闺门外，却见双扉紧闭。正是：

　　绣幕红丝仙眷属，碧纱朱箔小吟窝。

欲知后事如何，且看下回分解。

第四十八回

唐解元巧对一双络索
祝希哲妄思三笑姻缘

　　唐解元待入香闺，却见双扉紧闭，推了一下，里面已落了闩，只得轻轻地唤了一声娘子。里面秋香低应道："大爷得罪了，请到大姊那边去吧。"唐寅道："娘子又来了，这是卑人奉了大娘娘之命来伴娘子的。"秋香道："有屈了，请你到能静楼上休息去吧。"唐寅暗暗好笑，什么得罪了、有屈了，全是那天本人在鸳鸯厅上挑选芳姿，向那落第者慰劳的话。今夜秋香套着本人论调，有意为难，这不是替那落第者出一口不平之气吗？于是在门外央告道："好娘子，贤娘子，不要作难，你不开门，卑人便顾不得男儿膝下黄金，要在门外长跪了。"秋香道："且慢，有一个上联在此，请大爷对就了，门便开放。"唐寅道："娘子，你学着苏小妹三难新郎吗？你出了'闭门推出窗前月'的上联，我没有东坡一般的内兄助我一臂，对就道'投石冲开水底天'七字妙联，这便如何？"秋香道："我非苏小妹，怎敢三难新郎。我出的对联，无非纪念良宵，说几句吉利话，大爷是聪明人，一定可以应对如流。上联是说的本地风光，叫作'锦帐低垂，不短不长双络索'。"唐寅在门外说道："娘子容想。"他以为这上联确是本地风光，而且络索双垂，不长不短，是祝颂我们齐眉到老的意思，对仗不难，难在本地风光，又要说些吉祥句子。秋香在门内催促道："大爷号称江南第一才子，似这般浅近对仗，难道还要搜肠索肚吗？快快对来，恕我不能久候了。"说也稀奇，文思泉涌的唐伯虎，今夜竟被窘于秋姑娘。这不是江郎才尽，却是心无二用。他上楼的时候，他的心弦竟随着楼梯声而颤动，六个月来的相思债，全仗着今夜同梦，一笔勾销。古来相传的佳话，叫作真个销魂。其实呢，人生最为销魂的时候，不在真个，也不在假个，却在待要真个而又不曾真个的当儿。他跨上一步楼梯，他距离真个销魂便接近了一步，待到楼梯已上，他和秋香只隔着绣阁双扉，他的方寸中正汹涌着热恋之潮，却把文潮都压下了。银汉隔红墙，正是待要真个而又不会真个的时候，这时候的销魂真够他挨受，哪有情绪玩这对句儿呢？只得在门外央告道："娘子，放了卑人进房，卑人便可对就。"秋香笑道："好一个江南第一风流才子，也有受窘的时候。这下联便是敲门砖，下联不成，门儿不放，大爷再不对来，我不久候了，请你明天交卷吧。"唐寅听得明天交卷，陡地一惊，热恋之潮受了这打击渐渐下退，曾经压迫的文潮便渐渐提高起来，笑说道："有了，有了，娘子听着，'绣衾同拥，难分难解九连环'。娘子，这下联对得如何？既系本地风光，而且又确切你这位如花如玉的九娘娘，快快开门，和你实行这下联吧。"但听得一啐一呀的声音同时并作，啐是秋香口头的啐，呀是呀的一声门儿开放了。唐解元再也玲珑不过，进了房门，便把门儿掩上，又落了闩，绝不容第三者闯入香闺。谁是第三者，便是区区的一支笔了。列位看官，编书的告了一个罪，他们紧闭房门以后的事究属如何，这一支被摈在门外的笔竟无法去替他们描写了。

一宵无话，已到来朝，房门开放，这时候可不早了。唐寅盥洗完毕，用过点膳，正待要"水晶帘下看梳头"，外面传来消息，说有一个摇船人要向大爷取画扇，说是大爷面许他的。唐寅笑了一笑，知道是米田共来了，便道："娘子暂时失陪了，他虽是一个村汉，卑人却少不了他。来时节，仗着他，去时节，也仗着他。他来索扇，我却要尽先发落这份笔债。"秋香点头道："君子不忘其旧，正该如此。"唐寅便在能静楼上取两页扇面，随意画了几笔花卉，又另封着纹银十两，算是谢意，遣人授给米田共。米田共得了，感谢不绝，回去以后，不久便和他的情人阿福成为夫妇，表过不提。

唐寅绘扇以后，依旧要去陪伴秋香，楼下又传来消息，说道："祝大爷来了。"唐寅道："请他在书房里坐，我便来也。"他口中这么说，他的身子却是依依不舍地坐在妆台旁边。秋香道："你别冷待了好友，若没有他，你依旧做你的伴读，我依旧做我的丫鬟。"唐寅道："让他坐一会儿也不妨，我怕见他，他挟有勋劳而来，我没有法儿填他的欲壑。"秋香道："不过多送些谢意与他罢了，值得和他较量？"唐寅道："金钱上面我是很慷慨的，他要多少，我已应允他了。"秋香道："金钱以外，他还要些什么？敢是要你的画件吗？"唐寅道："我也应允他了。他要我替祝大嫂绘一幅照像，我和他说明，只需择定了日子，便可替云里观音写像。"秋香道："那么他还有什么要求呢？大爷你瞧着朋友分上，可以应允的，便应允了他吧。"唐寅道："我是应允了，只怕娘子不肯。"秋香道："大爷，你太轻视了我咧。我虽出身青衣，却也器量宽宏，不肯效学小家子气，大爷应允的，我没有不应允之理。"唐寅笑道："娘子真个肯允许吗，只怕不见得吧？"当下便把那天祝枝山在吉甫堂参相，华老唤本人送他登舟，他在舟中亲授锦囊，要求着事成以后，须得秋香如法炮制地向他三笑。本人急于要向他问计，便胡乱应允了。在先以为他故意戏谑，并不当真，谁料我们到了苏州，他又向我第二次要挟，事在必行，那便使我左右为难了。假使一味抵赖，我便是食言而肥；真个要你向他三笑留情，非但我不愿，只怕你也不肯。秋香听到这里，不禁嗔怒，便道："大爷，这事万难应允，一颦一笑，岂可滥施于人？你快去回复老祝，旁的报酬，在所不吝，若要我向他三笑留情，今生休想。"唐寅道："我也知道娘子不肯应允，所以那天他催着你出外向他三笑留情，我便回绝他没有得到新人的允许，这事便不能实行。他便允许着三天的限期。满了三朝，无论你允不允，总得如法炮制，把去年的三笑留情向着他复演一遍，定要把他勾魂摄魄，才肯罢休。"秋香道："老祝这般无赖，难道大爷真个应允了吗？"唐寅道："其时听到华老已到苏州，准备上门寻仇，我正要央求他的锦囊妙计，没奈何又只得承认了，好在有三天之期，还可设法对付。现在既然娘子不肯应允，我只得去回绝了他吧。"楼上正在讨论对付之策，楼下又有人来催着大爷去见客，说方才来的祝大爷在书房里大发脾气了。他说："大爷宠了新人，忘却了旧友，若没有旧友，新人怎会到手？"他说："大爷再不下楼，他便要到街坊上去讲给行人知晓，叫他们判一个谁是谁非。"唐寅道："娘子失陪片刻，这胡子是说得出做得出的。"秋香道："大爷，千万不要和他翻脸，你只委婉曲折地回复他。"唐寅点头称是，赶忙下楼。

经过八谐堂上，八美都向他取笑。唐寅不暇回答，便到书房里去看老祝。枝山几声冷笑道："子畏，你居然也会下楼的吗？我只道你把我干搁在这里了。"唐寅赔着笑脸，再三道歉。彼此坐定以后，唐寅便问他此来有何见教，枝山道："无事不登三宝殿，我的来意，你也该知晓了。"唐寅道："敢是索账而来？这一千两纹银，今天一定可以送到府上。"枝山道："我此来非专为索这赔款而来。"唐寅笑道："敢是索画而来？大嫂的玉容我一定替她写照，只不过略缓数天便是了。"枝山道："我此来也非专为索画件而来。"唐寅道："那么还有什么呢？没有了吧？"枝山道："今天是什么日子？"唐寅道："三月初五。"枝山道："你结婚以后的第几天？"唐寅屈着指道："我是三月初二结婚的，从结婚日子算起，今天是第四朝了。"枝山冷笑道："你也知是第四朝了吗？你说过了三朝，新娘子向我留情三笑，谁知你过桥拔桥，你已经真个魂销，却把我老祝抛在九霄。"唐寅笑道："老祝出口成章，句句叶韵。听得我们大娘娘说起，那天她把你拔去蛇须，着你出外寻友，你向她立誓，也是出口成章，句句叶韵。老祝老祝，你将来把大著《祝枝山集》付刊的时候，这两篇韵文一定要选在里面的啊！"枝山道："好，好，你还要嘲笑我吗？今天老祝到来，不专为着索赔，也不专为着索画，无事不登三宝殿，今天到来，便是专为索笑而来。你嘲笑我拔去胡须，你嘲笑我喃喃宣誓，你可知道我吃的是什么苦，我吃的是三笑留情的苦。你是甜了，我是苦了，今日里也得使我甜这一甜。"唐寅道："老祝不要放刁，旁的事情，我答应了不会爽约，唯有这一桩事，须得我们新娘子答应了才能作准。恰才我迟迟下楼，便是和新娘子相商这件事。"枝山道："她可肯巧笑倩兮，美目盼兮？"唐寅道："她说请你祝大伯原谅，三笑留情，万难从命。"枝山道："我不管。她应允，也要三笑留情；她不应允，也要三笑留情。"

　　正在谈话时，却听得有人笑将进来道："什么三笑留情四笑留情，我来也凑这一笑。"原来进来的便是周文宾，他是唐寅的熟友，不须通报，听得唐兴说我们大爷和祝大爷在书房中谈笑，他便闯将进来，做那不速之客、入幕之宾。彼此坐定以后，童儿送茶，不须细表。文宾便问唐寅道："你和老祝讨论些什么事情？"唐寅便把枝山要求的三笑留情一一说了。又道："这件事，请你下一断语，究竟老祝这般的要求合理不合理？"文宾笑道："若问合理不合理，自然不合理。俗语说得好：'朋友妻，不可欺。'新娘子向你三笑留情，是在情理之内，老祝见猎心喜，也要博一个三笑留情，这便出乎情理之外了。"枝山道："老二，你也是个过桥拔桥的人，你拥有娇妻美妾，便忘却我老祝了。你不帮老祝，却帮小唐。"文宾道："你休性急，我话未毕。老祝既有这不合情理的要求，子畏便不当贸贸然地允许，现在一诺再诺，而且约定了三朝以后，便叫新娘子见了老祝三笑留情。大丈夫一言既出，驷马难追。你既允许了老祝，休说三笑留情，便是三抱留情，也只好践你的诺约。"文宾口里这般说，却向唐寅频频做眼色，又在他衣袖上拽了两下。文宾递过照会，唐寅点了点头儿，已是心照不宣。老祝便吃亏在目力不济上面，很得意地说道："老二，这几句话才是公平之谈。无论如何，小唐既允许了我，万万抵赖不得。"唐寅已知道文宾帮着自己了，但怕老祝生疑，假意向文宾说道："二兄，你也是这般说，不像我的好友了。自古道：'推己及人谓之恕。'试问二兄，假使老祝也向你这般要求，你可肯把你的夫人向他三笑留情？"文宾说道："苍蝇不钻没缝的蛋，老祝见了我，绝不会有这无理的要求。要是他有这要求，只消我骂他几声狗头，他便不敢存这妄想了。我所怪的，只怪你不知轻重，竟一口应允了，既已应允，还有什么话说呢？新娘子情愿，也要她三笑留情；新娘子不愿，也要她三笑留情。你要是翻悔前言，休说老祝不答应，便是我也要编派你的不是。"

　　文宾口中这么说，手中又不住地拽着唐寅的衣角。枝山大喜道："老二的说话句句中肯，小唐你还有什么话说？"唐寅道："责我悔约，我确是无话可答。但其中自有许多妨碍，彼此都是知己，总得原谅一二。"枝山笑道："你太小气了，我老祝也知道'朋友妻，不可欺'，只不过请你这位新夫人如法炮制地向我笑这三笑。她既没有损失些什么，我也不希图占她什么便宜。你向她切实地开导一番，她自然应允了。"唐寅道："我已开导过了，无奈她存着瓜田李下之嫌，坚不应允。"文宾道："我来定一个折中办法吧。子畏呢，既有诺约在先，无论如何，不许他自食前言。老祝呢，不妨通融一些，暂缓一天，好叫子畏尽着一天的工夫，在新娘子面前百般开导。开导不听，则继之以长跪。长跪无效，则继之以涕泣。人非草木，岂能无情，新娘子也只好冒着瓜田李下之嫌，再来一个三笑留情。"枝山道："老二的办法，我也首肯。只要她肯向我三笑留情，便暂缓一天也没有妨碍。但是到了来日，新娘子依旧不肯，这便如何？"唐寅眼看着文宾，迟迟不答。文宾向他颠眉眨眼，似乎叫他一口应承。唐寅道："暂缓一天，包在我身上，稳叫她向你三笑留情。"枝山道："我是个近视眼，新娘子离着我太远了，休说三笑，便是三百笑，也不过俏媚眼做给瞎子看。今天申明在先，相见的时候，越近越妙。"唐寅又有些迟疑模样，文宾拽着他的

348

农角，唐寅才敢应允道："依你便是了，总在不即不离之间。离得太远了，你便是雾里看花。离得太近了，她也不肯。总在相距三四尺的光景，你道如何？"枝山点头道："三四尺差不多，倘有些模糊，我可以凑上去瞧个仔细。但是还有几句话，须得声明在先。说便是三笑留情，却有道地的笑、搭浆的笑。什么叫作道地的笑，明天和我见面，也将和你们去年相见的笑一样地情致缠绵。什么叫作搭浆的笑，只是皮笑肉不笑地笑了三笑，急匆匆地返身而走，那便使我老大地失望了。小唐，你愿叫新娘子向我搭浆地笑呢，还是道地地笑？"唐寅不敢率尔回答，眼看文宾，文宾又是颠眉眨眼地向他示意。他才敢回答道："老祝放心，明天重演那三笑留情，是道地的笑，不是搭浆的笑。"枝山道："空说一声道地是不中用的，讲给我听，是怎样的道地？"唐寅道："这倒好笑，怎好画一把刀给你看，道地便是道地，你只放心便是了。"枝山道："嘴上无毛，说话不牢。和你们年轻人讲话，滑头滑脑，动不动便要上当，须得根牢果实地声明在先，单说一声道地，我不敢信。"唐寅道："依你的意思，怎样才算道地？"枝山道："你休问我，须先问你，第一笑怎生模样？"唐寅道："第一笑在虎丘山上，邂逅相逢，她便盈盈地笑了。"枝山道："也要她和我做出邂逅相逢的模样，向我盈盈地笑这一笑。第二笑怎生模样？"唐寅道："第二笑在唱歌追舟，银盆泼水，她又哧哧地笑了。"枝山道："也要她做出银盆泼水的模样，向我哧哧地笑这一笑。第三笑怎生模样？"唐寅道："第三笑在舍舟登陆，情话初通，她又微微地笑了。"枝山道："也要她做出情话初通的模样，向我微微地笑这一笑。总而言之，她怎生向你笑，也该怎生向我笑。你毕竟允是不允？"唐寅又看了看文宾的面色，才敢道个允字。

于是三人又谈些闲话。文宾道："我不错误你的黄金时刻了，新婚宴尔，你还是上楼陪伴新夫人去吧。"枝山道："我也不坐了，你快到新夫人面前去开导一番，依着老二的话，开导不从，则继之以长跪，长跪不从，则继之以涕泣。我今天还得到杜颂尧那边去吃酒，他备着盛筵请他的亲家，我做陪客，又可以实行一句'徒铺啜也'的经训。"唐寅也不强留，便送着祝、周两人出门，回到里面，很有些踌躇不决。枝山要求的同样三笑，告诉了新娘子，一定要惹动她的娇嗔。不告诉新娘子，到了来朝，老祝又来索笑，叫我如何对付？转念一想，方才周文宾向我再三示意，他一定有什么神机妙算。他的心思并不在老祝之下，不过老祝专喜卖弄心机，所以博得洞里赤练蛇的绰号。文宾藏而不露，且不肯轻易地侮弄他人，所以他不曾出过什么恶名。今天筹商对付老祝之策，非得遣发家人把文宾追回不可。唐寅正待遣发家丁出门追赶，却听得外面笑将进来道："子畏子畏，你不用忧疑，若要问计，须问我周二。"正是：

山穷水尽疑无路，柳暗花明又一村。

欲知后事如何，且看下回分解。

第四十九回

一番秘策有意戏狂徒
两字罗帏无心成佳兆

　　唐寅见文宾折回，笑逐颜开地说道："二兄，我正待遣人奉邀，难得你半途折回，我被老祝逼得走投无路了。你向我示意，你总有妙策啊。"文宾笑道："子畏兄，且和你到书房里去运筹帷幄，这里不是谈话之所。"于是一宾一主，重入书房。唐寅正待问计，文宾道："且慢，老祝这个人，诡计最多，你去吩咐家童门役，要是老祝折回，问及周二爷可在里面，须得一口回绝他，解他的疑。"唐寅依言，便即吩咐唐兴传谕家丁门役，要是祝大爷到来，问及周二爷，只说周二爷出门以后，并没折回。他若相信最好，他若不信，你们悄悄地进来通知一声，免得被他闯将进来，看破机关。唐兴领了主命，自去通知，不在话下。唐寅道："二兄，现在可以授计了。你有什么高见，请道其详。"文宾笑道："老祝这个人，心计虽工，但是吃了眼睛的亏。董仲舒说得好，'与之齿者去其角，傅其翼者两其足'，要是有了老祝这般心计，还加着敏锐的眼光，那么便似猛虎生翼，还当了得。"唐寅道："听说他在杭州也曾吃了你的亏。"文宾笑道："他吃了亏，却不肯输东道，这页扇面我至今还藏着，他再三要向我取还，我怎肯放手？"唐寅道："他要取还做甚？他的面皮坚似城堵墙，难道还怕人议论他吗？"文宾道："他不怕谁，只怕家中的云里观音。当年老祝略施诡计，把云里观音骗得到手，他的志愿是遂了。不过赵姓那边却定着一种约法，便是不许老祝纳妾，也不许老祝在外面寻花问柳，老祝应允了，才把云里观音娶到家中，所以老祝家中，除却赵氏大嫂以外，没有一位偏房。一者他这一副尊容，端的欢迎者太少了；二者为着约法的拘束，便是有人欢迎他，也不敢在外面拈花惹草。这一页扇面，便成了他的供状。扇面上

351

的称呼便是'许大好妹妹'五个字，有了这把柄落在我的手里，他若倔强，我可以到赵氏大嫂那边去告发。亏得他存了这三分忌惮，若不然，这张老鸦嘴怎肯替人家牢守秘密，敢怕沸沸扬扬，弄得满城风雨了。"

正在谈论时，唐兴进来回话，说："祝大爷果然折回，见了小人，还想冒这一冒。他说，你去请周二爷出来，我有话说。小人说，周二爷不是和祝大爷同时出门的吗？祝大爷道，他走了一程，便即折回来，要和你们大爷在书房里说几句密话，现在想已谈完了，你请他出来吧。小人见祝大爷一冒再冒，便也给他一个空城计。小人说，祝大爷既不相信，请你到书房中自去看吧。小人一壁这么说，一壁却向唐寿做手势，假使祝大爷真个来闯书房，唐寿便可抢上进来报告。谁知祝大爷号称足智多谋，今天却中了小人的空城计。他说，周二爷既不在里面，我也不进去了。说罢，便摇摇摆摆地向城隍庙那边去了。"唐寅点头道："你对付得妙，少顷有赏。"唐兴谢了主人，返身出去。文宾笑道："果然不出区区所料，他走了一程。竟会回来。"唐寅道："你的预料为什么这般正确，好似当年范睢料王稽一般。"文宾道："恰才我帮着他说话，要你践约，要你跪求新夫人向他做一套三笑留情，这些话句句都中着老祝的胃口。他虽然十分快活，照是时时拈着乱蓬蓬的胡髭，向我好笑。我已看出他的怀疑态度，即起身告辞，免得被他猜破了机关。他见我走，他也走了。走到巷口，分道而行，我见他走远，便即折回，好和你商量对付的方法。但是料定老祝的疑云未释，不久也要折回，现在他中了计，不会再来的了，我便可以和你商量这一件事。我们唐、祝、文、周，彼此都是挚友，互相调谑，不算什么一回事。但是老祝这番要求未免过火了，不由我不代抱不平，却也怪你忒煞马马虎虎了。三笑留情是你的一生艳福，怎么可以允许老祝享受这同样的艳福？子畏子畏，我赠给你八字的评语，叫作'偷香手妙，应变衡疏'。"唐寅道："你的评语，确是留出我的病根。我有了应变之才，便不会在老祝锦囊里面讨生活，受他种种的挟制了。那天在舟中为着急于要向老祝问计，才把不该答应的也便马马虎虎地答应了。二兄，你是个侠义心肠的男子，你该替我想一个解围的方法了。"文宾道："解围的方法是有的，只是怕你。"唐寅道："怕我什么？"又说道："怕你声价自高，要你绘一幅画，千难万难。不是我在网师园中扮了美人儿，你怎肯替我发落这一张纸？"唐寅道："以前的话，不须说了。只求你把解围的方法传授与我，躲过了这个难关，你要绘什么，我绝不声价自高，有意为难。"文宾道："听说你肯绘一幅《桃坞三结义图》，可是真的?"唐寅道："承蒙嫂夫人和衡山夫人杜女士不嫌鄙贱，要和我的第九内子结为金兰姊妹，这是非常荣幸的事。待到花前结义的一天，我便效法《桃园三结义图》的笔法，绘一幅《桃坞三结义图》。桃园三结义，是英雄三结义；桃坞三结义，是美人三结义。听得三结义的次序，杜女士排行第一，嫂夫人排行第二，内子恰是排行第三。"文宾道："这一幅画图，我希望你早日绘成。但是我还有一种请求，为的是内人秀英很赏识你的画笔，意欲请你另描一幅小影，你肯俯允否?倘蒙俯允，这几天内便要请你描容，只为过了几天，我们便要回杭州去了。"唐寅道："悉听尊命，绝不延误。你要性急，便在来朝请嫂夫人光临舍间，便可以渲染丹青，描写玉容。好在祝大嫂也要我写照，我可以请她来凑这现成，描好了嫂夫人玉貌，接着便好替祝大嫂写照。但求你把解围的方法告我知晓。"文宾听说云里观音也要唐寅描容，不觉心生一计，便道："子畏兄凑耳过来，我有一个妙策传授与你。"唐寅真个凑过耳去，文宾便把这八字秘密传授唐寅，便是如此如此、这般这般。唐寅大喜，便即称谢不绝。文宾坐了片刻，便即告辞。

　　唐寅送客以后，回到里面，这时秋香已下了堂楼，和那八位娘娘在八谐堂上谈话，见了唐寅，便问老祝的来意可是为着索笑而来。唐寅坐定以后，便把恰才的经过述了一遍。说到祝枝山痴想艳福，众美人都把银牙咬了又咬；说到周文宾巧授妙计，众美人又把笑口开了又开。陆昭容道："'十个胡子九个骚'，老祝在杭州闹过了笑话，在这里又要闹第二回笑话了。"唐寅笑向昭容说道："说来说去，都是你大娘不好。"昭容奇怪道："和我何干?"唐寅道："去年大娘将他的胡子，可惜只将去七十五茎半，要是手腕辣了一些，把他全部胡须拔个一干二净，他便不是胡子了，他便不骚了，他便不会在杭州闹了笑话，又向苏州闹笑话了。"说到这里，八谐堂上早已是一片笑声。昭容笑罢，便道："幸而我只拔去他的七十五茎半蛇须，损失单上的银两，大爷还担当得起，要是把他拔得牛山濯濯，他在损失单上正不知要开着多少银两咧。他的胡须是光了，只怕大爷的财产也是一个光。"二娘娘罗秀英道："周二叔既授锦囊，我们还得从速行计。祝大嫂那边，大姊先去走一趟吧。"昭容道："我想还是你去的好，老祝见了我，多少总有些忌惮，我去走一趟，防他生疑。二妹上门，老祝便不会疑惑了。你见了祝大嫂，只说是问候问候，昨天饮酒回来，身子可好，还约着她到我们家里来，以便描写小照，那么老祝便在旁边，也不会疑惑了。觑个机会，便可以依计行事。"众美人听了，大家都赞成二娘娘去走一遭。秋香尤其感激，她说为着小妹分上，却要二姊去劳神，说不出的心头感激。罗秀英笑道："九妹，你要感激我，却不在今天。"秋香知道下文的话多少总带些调笑性质，便低着头不敢盘问。唐寅很赞成她们彼此调笑的，便问秀英道："不在今天，是在哪一天？"秀英掩着嘴说道："便在昨天，若不是我赠给她一首《蝶恋花》，只怕十二巫峰，还不免有咫尺天涯之感咧。"说到这里，还套着《蝶恋花》词中的最后数语，换了几个字，笑向秋香曼声吟哦道：

　　昨宵曾否梦巫山，梦梦梦，今夜罗帏，月明人静，又须跨凤。

　　秋姑娘羞得伏在案上，隔了半晌，才肯抬头。陆昭容道："大爷既把八谐堂改作九成堂，上面的匾额合该早日更换。"唐寅道："这九成堂三个字，须得请一位大手笔的先生写成字样，才好更换。"昭容道："便请老祝一挥何如？"唐寅道："枝山擅长狂草，堂额写了草书，觉得不太好看。"罗秀英道："文二叔的书法很是秀媚，请他一书可好？"唐寅道："衡山的书法，擅长楹联屏条，要作擘窠大字，气魄尚嫌不足。须知写字一道，也须和身份相配，名公巨卿的书法，虽然未必尽皆佳妙，但是一种气魄，毕竟比众不同。"昭容道："我想着一位名公巨卿了，趁着你的丈人峰华太师尚在苏州，这九成堂三字匾额请这位老太师大笔一挥，岂不是好？他的身份要算是高的了，他的气魄一定比众不同。"唐寅笑道："华老的身份是高的了，他的笔墨却不高。"这句话不打紧，却惹动了秋香的娇嗔，便道："大爷，怎么讥评你的丈人峰，你太觉目无尊长了。"唐寅才知道出言不慎，正待向秋香赔话，外面传来消息，说道天库前文二爷来了。唐寅皱了皱眉儿，觉得平日所患，患在良友太少，今日所患，又患在良友太多，怎么祝周才去，小文又来？昭容便催着唐寅出去应客，衡山又不比老祝，他是个好人。唐寅离了八谐堂，自去应客，九位美人依旧在堂上闲谈。昭容道："老祝这个人，心肠是很热的，我们都少不了他。只是他喜占口头便

354

宜，而且口不择言，只是些邋遢之言。在这分上，他以为便宜，其实他吃尽了亏。周二叔定下计较，却是谑而不虐，这个骚胡子，非得这般惩治他不可。我们对付老祝，须得恩怨分明。他的好处，我们不能忘却他；他的坏处，我们也不能饶恕他。"秋香道："要是被他看破了机关，这便如何？"昭容道："九妹放心，老祝的心计虽工，但是为着女色面上，他的方寸便乱了，更兼着一双眼睛不济事，所以他在杭州瞧不出周二叔的真相，只道他真个是乡下姑娘许大。"秋香道："老祝在杭州闹过什么笑话，大娘可肯告诉我知晓？"昭容道："老祝在杭州的事，都瞒不过周府的锦葵丫头，锦葵嫁了祝童，同到苏州，昨天也在这里帮忙，她把老祝的笑话，悄悄地告诉我侍婢。侍婢又转告诉我听，因此我便得知大略。周二叔向锦葵借了女人装束，打扮一个乡下姑娘，自称许大，去试老祝的眼力。老祝居然上当，说了许多肉麻话儿，又替他写了一把扇面，上面的称呼是许大好妹妹，下面落款便是老祝。听得周二叔得了这个凭据，便可以挟制老祝。老祝要是口不择言，他便要把这扇面在祝大嫂面前出首告发。"众美人听了，都觉得闻所未闻，十分好笑。

谈了一会子，唐寅送客回来，面有喜色。众美人问他见了衡山，道些什么话。唐寅以手加额道："我们堂上的匾额，有一位大手笔的老先生题写了，此人便是告老的少傅王守溪王鏊王老先生。他的年龄还不到致仕之年，只为宸濠跋扈，才乞骸骨归乡，享受那林下岁月，现在奸王伏法，又将出仕。他有书信寄给衡山，说要绘一幅《出山图》，非得门下士唐寅执笔不可。他问衡山究竟唐寅失踪以后，可得着正确消息，要是有了消息，须把这层意思告诉唐寅，请他从速着笔。绘就以后，还得请吴中诸名士贶以诗章，俾成全璧。衡山把王少傅的书信给我看过，我便一口应允了。只为王少傅是我的恩师，平时谦恭下士，对于区区夸奖逾分，为着知己之感，这一幅《出山图》，须得尽着两三天的工夫赶紧绘写。但是我托衡山转向王少傅代求这九成堂三字匾额，料想他老人家为着投桃报李的分上，这三字题匾，一定可使区区如愿以偿了。"昭容道："那么大爷的画件源源不绝了，要绘《王少傅出山图》，又要绘《桃坞三结义图》，又要绘祝大嫂云里观音的像，又要绘周大嫂王秀英女士的像，又要绘本人卖身投靠的像。"唐寅道："大娘取笑了，卖身投靠，何用绘像？"昭容道："大爷忘记了吗？卖身文契装裱成页以后，你不是也要绘一幅画吗，这幅画定是你的卖身投靠图。"春桃笑道："大爷还得绘一幅河滨别别图?"唐寅道："八娘错了，只有河滨送别图，哪有河滨别别图?"春桃笑道："听得那天老祝说起，他到东亭镇时，你恰在相府的水墙门外，别别地倒一把臭夜壶，你若绘入画图，不是河滨别别图吗?"唐寅笑道："你和大娘总是一鼻孔出气，大娘取笑我投靠，你便取笑我倒夜壶，须知投靠是真，倒夜壶是假。老祝的嘴里哪有好话说出，好了，明天眼前报了。二娘要去访祝大嫂，午前去呢，还是午后去?"罗秀英道："我想午后去的好。午前去了，要忙着他们留饭，反而于心不安。"

　　到了午后，罗秀英去访祝大娘娘，恰值老祝在杜翰林家中午宴未归，罗秀英和祝大娘娘接洽的结果竟是十分圆满，这圆满两个字，是对于文宾的计划而言。若说云里观音的心中，对于丈夫这般行为，认为很不圆满。罗秀英回家以后，无多时候又是傍晚，吃过夜饭以后，无多时刻又是黄昏，那便论到同梦的问题了。论到宴尔新婚，唐寅当然要去陪伴秋香，但是亲于新人，未免要疏于旧人，况且六个月以来，抛却了如花如玉的八位娘娘，要是今天再宿新房，非但秋香不允，便是唐寅也觉于心不安。唐寅到了大娘娘房中，却被大娘娘拒却。她说："二妹今天所改的《蝶恋花》词，已许你'今夜罗帏，月明人静，又须跨凤'，你不如仍到新房中去吧。"唐寅到了新房中，又被秋香拒却。她说："大爷的存心何忍，抛撒了她们半载有余，怎么不去陪伴大姊? 大姊不纳，还有二姊呢。"唐寅没奈何，又去求见昭容，才知"霞飞鸟道，月满鸿沟，行不得也哥哥"。正在进退两难之际，昭容笑道："有了，你到二妹那边去吧。"唐寅道："要是她又挡驾，这便如何?"昭容道："她欢迎你去，怎会挡驾。"唐寅听了，茫然不解。昭容道："你休观望自误，我来送你进场。"好在二娘娘的房间便在隔壁，于是携着唐寅的手，出房进房，已到了罗秀英那边。秀英也表示拒却，昭容笑道："二妹，你是拒却不得，方才你唱的《蝶恋花》词，大有留髡之意，大爷该在你房里住宿。"秀英道："大姊冤枉我了，我唱的词，是叫大爷住在九妹房里。"昭容道："你昨天填的词，是叫大爷住在九妹房里，只为词中说的是'今夜香衾，月明人静，应难逃避'，这香衾二字，是指着秋香的衾而言，自然叫大爷住在九妹房里。你方才把来调换了几个字，叫作'今夜罗帏，月明人静，又须跨凤'，把香衾二字换作罗帏，可见要留着大爷住在姓罗的帏中了，大爷所跨的凤，只怕不是九妹，却是

356

你二妹吧。"说时，丢却唐寅返身走了。急得秀英连连剖辩道："这是我无意巧合，并非存心，大姊你唤他出去。"但是昭容并不回答，已把房门反扣住了。正是：

画栏鹦鹉声初唤，锦帐鸳鸯梦亦酣。

欲知后事如何，且看下回分解。

第五十回

扮演假秋香逢场作戏
结束真才子对酒当歌

　　想不出罗秀英的《蝶恋花》词，本要调笑秋香，却调笑了自己，把香衾二字换了罗帏。她辩白是出于无心，陆昭容却道她出于有意，究竟是有意是无心，编书的不赘一词，请读者自下判语。仁者见仁，智者见智，倒是一个玩意儿。且说来日是三月初六日，唐寅结婚以后，已是第五朝了。劳苦功高的祝枝山，为着唐寅今天履行这苛刻条约，肯把他的爱人秋香牺牲色相，复演一次三笑留情，他越想越快活，隔夜在床上喜而不寐。云里观音祝大娘娘已知道他的用意，却假意儿问他为着何事，值得这般喜而不寐。枝山道："我越想越有兴味，自从去年陆昭容打上门来，拔去七十五茎半的胡子，我的晦气星也被她连根拔去，从此以后，到处都得着利市。在杭州混了几个月，业已满载而归。此番小唐回家，全仗我的锦囊妙计，这千两纹银的损失日间已遣人送来，也可以供给我一年的娱乐费。我老祝的脾气，有了银钱，夜间翻来覆去，便睡不稳，娘子你睡你的便是了。"祝大娘娘道："你说千两纹银够你一年的娱乐费，你难道有了金钱，便想到外面去嫖院不成？"枝山道："娘子休出此言，以前没有娶你时，我没睬没睬，难免在花柳场中走动。自从娶你的时候，定下约法，我便奉若金科玉律，再也不敢在外面胡行乱走。那天八谐堂上，众美人在那里大会串，我却避席而去，目不斜视，可见我和你做了夫妇，'曾经沧海难为水，除却巫山不是云'，只有和你相亲相爱。旁的妇女，便是扑入我怀中，我也成了坐怀不乱的鲁男子。"祝大娘娘明知老祝说谎，却也不去点破他，只说："你既不贪女色，你说的娱乐费是什么？"枝山道："我所爱的只有饮酒赌博，有了这一千两纹银，尽可供给我的饮酒和赌博了。"说话时，睡在后房的官官忽地哭将起来，慌得乳妈赶紧喂他，又呜呜地唱着《乳娘曲》。祝大娘娘埋怨枝山道："都是你睡不稳，带累宝宝也醒了。"

到了初六日，枝山一骨碌便即起身。祝大娘娘道："你又没要事，为什么这般无事忙？"枝山道："今天小唐约我去小酌。"祝大娘娘笑道："哪有清晨小酌之理？你便去看他，他也不见得起身。唐家叔叔新婚宴尔，你何苦去扰乱人家的好梦？"枝山自觉好笑，果然起得太早了。盥漱已毕，用过点膳，自到书房中去写些东西，只为昨天华老取出两卷上好宣纸交付枝山，一卷是央求枝山的墨宝，一卷是托枝山代交唐寅，请他绘一幅中堂、四条屏风，便在十天以内绘好，以便早付装池，辉生四壁。华老交付枝山的写件已预纳了笔资，唯有转交唐寅的画件，非但不肯预付润金，而且还得定下限期。华老以为唐寅声价自高，架子太足，现在做了自己的女婿，看他还能摆出以前"四不绘"的架子，什么润金不丰不绘，笺纸不佳不绘，期限不宽不绘，心绪不佳不绘。华老的一幅中堂、四条屏对，完全要女婿当差，自己不费分文润资，他以为是便宜之至了。谁知他把秋香认作女儿，这女儿可以轻易承认的吗？《西厢记》上说的"赔钱货"，不赔钱，不成其为女儿，不赔很大的钱，不成其为相府中的女儿。华老自从初三日赴宴认女以后，当夜便打发华平回去，把详情禀告太夫人。比及太夫人得知消息，立时忙个不了，替义女赶办盛妆，以及义女要求的利益，一一都是照办。克日用着大号船舫载往姑苏，好叫人家知晓相府嫁女的盛况。列位看官，华老以为占了唐寅的便宜，不出润资，及其强迫他如期交卷，谁知自己府上准备的一副盛妆，比什么润金还重，不吃亏处正是他的大吃亏，得便宜时正是他的失便宜，按下慢表。

且说祝枝山为着时候太早，且在书房中挥洒几副对联，再往桃花坞去领略秋香三笑留情，也不为迟。向例写对，总是祝童磨墨。现在不见祝童，他便高声呼唤着祝童，却不听得祝童答应，拍着书案，大骂着祝童该死。却被管家老妈子听得，站在书房门口说道："大爷说祝童该死，祝童真个该死。"枝山道："祝童怎样该死？"老婆子笑道："祝童快活得要死了。他吃了晚饭，洗过脸，便陪着他的新娘子进房，砰的一声，房门便闭上了。我和他要讲一句话，他也没工夫回答，睡到这时，依旧鸦雀无声，真个快活得要死了。大爷要唤他，我可去敲他的门。"枝山才想着祝童也在新婚宴尔的时代，这是人生难得的乐事，我何必去破他的好梦。这几副对联什么时候都好写的，何必忙在今朝。便向老妈子说道："你不用去敲门，由着他们自己起身吧，我没有什么要事，只不过要他磨墨罢了。待他起身以后，再叫他磨墨不迟。"老妈子笑着去了。

枝山在自己家中又耽搁了多时，才到桃花坞去访问唐寅。他以为时候不早了，谁知到了唐宅，唐寅还没有起身。他在书房坐了长久，才见唐寅出来款客。见面以后，便道："老祝来得这般早？"枝山道："今天为着索笑而来，理该早起。小唐小唐，三笑留情可以开始了。"唐寅道："你休性急，且在这里坐谈一会子，待她梳妆完毕，和你相见未迟。"枝山道："周老二昨天出门以后，可曾来看你？"唐寅道："他昨天匆匆出门，并未折回。你为什么问及他，今天可要他到场？我这里可以遣人请他到来。"慌得枝山摇手不迭道："不要他到场，他的花样很多，我有时还得吃他的亏。"唐寅见枝山手里执着一卷纸，便道："老祝，你手里的一卷纸，可是接到了什么写件？"枝山道："不是老祝的写件，却是小唐的画件。这是你丈人峰交下来的，非但没有润资，而且要限期交卷，只许十天，不许逾限。逾限不交卷，须得顶着家法板长跪受责。"唐寅笑道："到了你嘴里，总是装头装尾，定限是真，受罚是假。我到了苏州，画件接续而来，既要替王少傅写一幅《出山图》，又要替丈人峰绘堂幅。长者命，不敢辞，只好抽调工夫替他们赶一下子。"当下收着画纸，插入笔筒里面。枝山道："今天会串这三笑留情，定在什么地方？"唐寅道："待到梳妆完毕，先请你到八谐堂行相见礼。"枝山道："行了相见礼便怎样？"唐寅道："行过相见礼，便是烦演这一出三笑留情了。第一笑在花园中太湖石畔，这是替代虎丘山上初次留情的；第二笑在花园中旱船旁边，这是代替官舫中两次留情的；第三笑在花园中回廊左右，这是代替东亭镇上三次留情的。"枝山道："你去年见了她怎样的，区区也要如法炮制。"唐寅道："我已向你说过了。"枝山道："还没有十分仔细。"唐寅道："她第一笑时，我只是目逆而送之，并未扳谈。她第二次笑时，我的衣襟上被她把银盆内的水溅湿了一大块。她第三笑时，我向她一揖到地，谢她银盆中的甘雨溅湿了半身。"枝山很得意地说道："你怎么样，我也怎么样，亦步亦趋便是了。"唐寅道："但有一句话声明在先。我去年遇见她时，袖子里不曾藏着单照，你若取出单照，我是不许的。"枝山道："小唐，你太不相谅了，我和你的眼光不同，怎好相提并论？"唐寅道："老祝，我和你订约的时候，并没提起

360

'随带单照'这四个字，你临时横生枝节，这是万万不能。"枝山道："不用单照便是了，你休着急，不见得取出单照，便会把你的新夫人摄入其中的。"枝山口头这般说，心头生疑。他想："小唐不许我取出单照，定有道理，不要又有周老二在内使弄机谋。我吃了他一次的亏，绝不再吃他两次的亏，少顷没有可疑之处便罢，若有可疑之处，我依旧可以取出袖中的法宝，照她一下。虽不是牛渚的犀，却也可以算得秦官的镜，是真是幻，总逃不过我这单照之中。"唐寅陪着枝山坐了一会子，里面出来一名使女，前来启请枝山，说我们九娘娘已梳妆好了，请祝大爷在内堂相见。唐寅便陪着枝山入内。枝山道："何必相陪，我不是老虎，难道会得衔了她去？"唐寅道："你非猛虎，却是毒蛇，被你咬了一口，非同小可。"两人说说笑笑，已到里面。

枝山上了八谐堂，却见两名婢女捧着一朵生香活色的解语花，从遮堂门后缓缓行来。他便凝神注视，却恨这一双不争气的眼睛仍不免雾里看花。但见那朵解语花上截穿的是桃红衫子，下截系的是葱绿裙儿，举步时很有一种袅袅婷婷的态度。而且弓鞋细碎的声音历历在耳，一阵阵的麝兰香，做了她的先导，其人未到，其香先来。枝山暗忖销魂使者来了，待要制止这颗活跃的心，却恨制止不得，依旧七上八下，跳个不停。唐寅道："枝山，这是内人，和你行相见礼了。"枝山仿佛见美人向他万福，他便深深答揖，连声九娘不敢，却听得对方回答了一声祝大伯。这声音的轻圆流利，竟似呖呖莺声花外啭。老祝的满腹疑团至此打破，他吃过了周文宾的亏，知道周老二惯会扑朔迷离，装作女人模样，今天八谐堂上的美人不要又是周老二的化装吧。上一回疏忽，这一回却要仔细了，他虽没有取出单照，但在步调和声调上面，便见得眼前的美人是真非假。周老二的步调，只会描摹着乡下姑娘的行路，怎有现在这般鞋弓袜窄、款款盈盈的模样？周老二的声调，只会描摹着乡下姑娘的口吻，怎有现在这般柔媚婉转、入耳不烦的效力？祝枝山号称辩士，到了这时竟做了噤声寒蝉，转是秋香向他敷衍道："请问祝大伯，那天祝大嫂从舍间散席回府，料想时候还早吧？"枝山忙道："承蒙关切，多谢多谢，那天拙荆叨扰盛筵以后，回家尚早。"秋香道："什么盛筵，只是简慢之至，过了几天，还得备着请柬，恭请阖第光临咧。"秋香立谈了几句，才说："祝大伯请宽坐，失陪了。"话才说完，便似惊鸿一瞥，扶着婢子返身入内。

枝山忙取单照，赏鉴一下，只见着秋香的背影，已够着他销魂。唐寅忙道："老祝，你犯了场规，我不许你怀挟，你怎么私藏这东西？快快交给我代为保管，出场后再行还你。"枝山道："小唐不要这般顶真，照了一回，我不再照便是了，现在已行过相见礼，待我到花园中去索笑吧。"唐寅陪着枝山同入园门。枝山道："不用你相陪了，你的园中，我已走熟的了。"唐寅笑道："还是陪着你的好。"枝山摇手道："不用不用，我这番是如法炮制，试问你在去年时和她三笑留情，可有人陪着你走？"唐寅道："我不陪便是了。但是去年的三笑留情，她是无主名花，今年的三笑留情，她已是有主名花了。去年的留情是真，今年的留情是假，一真一假，你须辨别分明，却不要过于高兴了，自讨没趣。"枝山怎知他言中微旨，只道小唐不放心，防着他动手动脚，便道："你放心便是了，我不过游戏三昧，借此陶情。'发乎情止乎礼义'，绝不会过于高兴的。"唐寅道："这便是自己便宜，你自去索笑，我不奉陪了。待你索笑完毕，再来看你。"说罢，拱手而别。

枝山少了一个监视的人，便觉得骨节轻松，不受拘束。他穿着回廊，随意走了几步，忽又停踪，似乎接得了什么警告一般，摸着自己的头颅道："且慢，莫非有诈？小唐对于财字上面，挥金不吝，确乎是很慷慨的。对于色字上面，满园春色，只许他一人独赏。要是好友们偶尔说几句俏皮话，占他便宜，他便要板起面皮，连说着狗头放屁。今天他由着我向他的心上人索笑，只怕有些不近情理吧？"转念一想："我休得多疑，他既许秋香和我在八谐堂上相见，难道不许我和秋香在花园中三笑留情？"他很得意地行了几步，忽又停踪，似乎接到了第二道的警告，搔着太阳穴，喃喃自语道："且慢，莫非有诈？要是唐寅用了'真假包公''真假孙行者'的手段，和我开一场玩笑，这倒要格外注意的。只怕八谐堂上的秋香是真，花园中的秋香是假，依旧周老二乔装改扮，把我哄骗一场，那么我在杭州闹了一回笑话，又要在苏州闹第二回笑话了。"转念一想："我休得多疑，周老二哄骗我时，趁着我多饮了几杯酒，又在灯光之下，人影迷离。今天是春光明媚，我又不曾饮过酒，老二虽然狡猾，未必再敢尝试，我放胆前行吧。"枝山行行止止，已近太湖石畔，他便站住了，这是指定的初次留情所在，他怎肯错过这好机会。延着颈，跷着脚，只是远远地望着前面，可有这桃红衫葱绿裙的妙人儿行来，和他一笑留情。谁知修近不修远，便在左近，飘起着一阵香风，赶快回头，他渴望的妙人儿已从假山洞中钻出，向着他轻轻一笑。枝山只听得笑声，却不曾细认笑态，待要摸出单照，妙人儿已似惊鸿一般地过去。单照里面，只照见惊鸿的背影，觉得娇模娇样，和八谐堂上的妙人儿一般体态。待要追上前去，又听得那边有婢女的呼声道："九姨娘，快到旱船里来坐坐。"枝山只得停止了脚步，暗自好笑，这一笑留情已演过了，妙人儿的一笑，但闻其声，未见其貌，这是一桩缺憾的事，待到二笑留情，绝不要仍蹈前辙，这单照待我执在手中吧。

他想定了主意，穿过假山，踏着落英满地的芳径，待向旱船旁边去索笑。谁知到了那边，旱船两旁的纱窗都是紧紧地闭着，却不见妙人儿演那银盆泼水的趣剧，但是隐隐听得纱窗里面有妇女谈笑的声音。枝山的听觉最灵，莺啼燕语，秋香的俏声音已在其中。他想纱窗不拓，妙人儿怎会二笑留情，去年唐寅追舟，是从唱歌声中引出秋香的，自己不会唱歌，便干咳几声嗽，代了唱歌吧。他想定了主意，便即干咳连声。咳声才定，接着便是屈戌声音，枝山怎敢怠慢，立时擎起了单照，这一回要把秋香的笑容看个清切。说时迟，那时快，纱窗开处，妙人儿重又露脸。呵呵，这不但老祝要看个清切，便是读者诸君也急于看个明白，但是妙人儿第二度露脸，却是高捧着银盆，她的杏脸桃腮半被银盆遮住。枝山心中怎不懊恼，好在银盆中的水是要泼去的，待她泼水的时候，娇容透露，便可在单照中间欣赏她的秀色，那么第二度的索笑，比第一度益发销魂了。谁料枝山所遇的事实，竟和他的理想相反。妙人儿把盆中的水向枝山迎头浇来，枝山赶紧躲避，已淋得满头满脸。他忙着要擦抹水痕，谁有工夫在单照中饱窥秀色，比及水痕抹去，旱船的窗儿已紧闭了，但是里面的笑声很多，似这般的二笑留情，觉得太没趣味。三笑之中，已经两笑，只剩最后的一笑了。枝山暗暗恼怒，这一回银盆泼水，秋香太不情了。她在去年泼水，沾湿小唐的衣襟，还向着他盈盈一笑。她在今天泼水，泼得我满头满脸，睁眼不开，她又隔着纱窗而笑。秋香秋香，未免太恶作剧了。他喃喃地念着，便到回廊左近去守候。

他又打定主意，他想："乌龟扒门槛，全在此一番。秋香戏我，我也得戏一戏秋香。"徘徊一会子，却见桃红衫葱绿裙的妙人儿又从那边分花拂柳而来，袅袅娜娜地绕着回廊，向着枝山，款移莲步。枝山一躬到地

363

道："九娘，承蒙你玉手银盆，淋得我满头满脸，我在这里谢赏了。"那妙人儿见这情形，扶着栏杆，笑得花枝招展。枝山觉得这笑声有异，忙把单照凑上前去照这一下。不照犹可，一照时，不由得慌了手脚。但听得那妙人儿喃喃地骂道："你这胡子，太没有规矩。读了多年的书，全不知道'朋友妻，不可欺'。"枝山诺诺连声，不敢置辩。原来那人不是秋香，却是云里观音祝大娘娘。

枝山到了外面，扭住了唐寅，要和他讲理。唐寅道："老祝，你只有自己，没有别人，只有你和我们大娘娘定下计较，把轮香堂改作佛堂，把新娘子藏匿内室，吓得我上天无路，入地无门。现在小试狡猾，演一出真假秋香，在八谐堂上的是真秋香，在花园中的是假秋香，便是府上的大嫂。"枝山笑道："知道了，这不是你的计较，一定是周老二传授你的锦囊。"又拈着髭须冷笑道，"周老二，你不要凶，你的凭据落在我的手里。你有一首游戏诗，竟把陆昭容唤作雌老虎，我一定要告发，也叫你周老二领略她的虎威。"唐寅笑道："老祝，你也有凭据落在老二手里。这一页'许大好妹妹'的扇面，若被大嫂知晓了，怕不要醋海生波。我劝你们都不要告发吧，我来做一个中间人，把文宾手中的扇面，和你手中的一首游戏诗，仿着交换俘虏的办法，彼此归还了吧。"枝山听了，也赞成这般的办法。这一天，唐寅整理丹青，替祝大娘娘、周大娘娘各绘了一幅肖像。从此唐、祝、文、周，都有了圆满的结束。

过了几天，华相府中的全副嫁妆送至解元府中，一切富丽堂皇，无须赘叙。单就这两本五寸厚的妆奁簿，要是一一转载在小说上面，至少又要添着两卷书。唐府迎妆以后，便即大排筵宴，款待男女嘉宾。这一天的筵宴可算盛极一时，亲戚朋友足有二百余人之多，传杯弄盏，行令猜拳，比上一次还得热闹数倍。然而天下无不散的筵席，写到酒阑席散，便觉乏味。编书的所编的这部《唐祝文周四杰传》，是以乐观二字做前提，趁他们酒未阑、席未散时，编书的也得放下羊毛笔，喝一壶完工的酒。而且饮酒中间，还得唱着唐解元的《进酒歌》道：

> 吾生莫放金叵罗，请君听我饮酒歌。为乐须当少壮日，老去萧萧空奈何。朱颜零落不复再，白头爱酒心徒在。昨日今朝一梦间，春花秋月宁相待。洞庭秋色尽可沽，吴姬十五笑当垆。翠钿

珠络为谁好，唤那客问钱有无。画楼绮阁临朱陌，上有风光消未得。扇底歌喉窈窕闻，尊前舞态轻盈出。舞态歌喉各尽情，娇痴索赠相逢行。典衣不惜重酤酊，日落月出天未明。君不见刘生荷锸真落魄，千日之醉亦不恶。又不见毕君拍浮在酒池，蟹螯酒杯两手持。劝君一饮尽百斗，富贵文章我何有？空使今人羡古人，纵有浮名不如酒。

图书在版编目(CIP)数据

唐祝文周四杰传·第二部 / 程瞻庐著. — 北京：
中国文史出版社，2019.3
（民国通俗小说典藏文库·程瞻庐卷）
ISBN 978 - 7 - 5205 - 0910 - 7

Ⅰ. ①唐… Ⅱ. ①程… Ⅲ. ①长篇小说 - 中国 - 现代
Ⅳ. ①I246.5

中国版本图书馆 CIP 数据核字 (2018) 第 272606 号

点　　校：孙　晔
责任编辑：牟国煜

出版发行：中国文史出版社
社　　址：北京市海淀区西八里庄 69 号院　邮编：100142
电　　话：010 - 81136606　81136602　81136603（发行部）
传　　真：010 - 81136655
印　　装：廊坊市海涛印刷有限公司
经　　销：全国新华书店
开　　本：720×1020　1/16
印　　张：24　　　　字数：352 千字
版　　次：2019 年 3 月第 1 版
印　　次：2019 年 3 月第 1 次印刷
定　　价：78.00 元